Kirsten Winkelmann

Als gäbe es kein Gestern

Roman

Dieses Buch ist für Dich, Mama, und nur für Dich.
Ich hab´s Dir vielleicht noch nie gesagt ...
Aber durch Dich bin ich die, die ich bin.
Ich danke Dir dafür.

Über die Autorin

Kirsten Winkelmann hat sich mit ihren Romanen „Alles aus Berechnung“, „Zwei Leben - eine Liebe“ und „Schwesterherz“ als Autorin einen Namen gemacht. Die gelernte Finanzbeamtin lebt gemeinsam mit ihrem Mann und ihren vier Kindern in Norddeutschland.

Kirsten Winkelmann

Als gäbe es kein Gestern

Roman

1. Auflage 2010
Bestell-Nr. 816 545
ISBN 978-3-86591-545-0

Umschlaggestaltung: Olaf Johannson, spoon design
Umschlagbild: Shutterstock
Satz: Mirjam Kocherscheidt; Gerth Medien GmbH
Druck und Verarbeitung: GGP Media GmbH, Pößneck
Printed in Germany

Kapitel 1

Sie öffnete die Augen. Da war etwas Helles, Weißes ... Verzweifelt versuchte sie, es scharf zu stellen. Aber je mehr sie blinzelte und anschließend ihre Augen zusammenkniff, desto stärker verschwamm die Fläche zu einer undefinierbaren Masse.

Ein seltsames Grunzgeräusch ließ sie zusammenzucken. Woher stammte es? Was hatte es zu bedeuten? Sie wollte danach fragen ... und da erklang es erneut! Ein Zittern durchfuhr sie. Dieses Geräusch machte ihr Angst. War es überhaupt menschlichen Ursprungs?

Sie versuchte sich aufzurichten, doch gelang ihr das nicht. Irgendetwas hielt sie fest. Irgendetwas tat ihr weh. Aber was? Und wo?

Ein seltsames Gefühl kroch ihre Kehle hinauf. Sie konnte es nicht in Worte fassen, aber es beinhaltete den Eindruck, dass irgendetwas nicht in Ordnung war ... *überhaupt nicht* in Ordnung war.

Hilfe! Ist hier jemand???

Aber es ertönten keine Worte, sondern nur eine Ansammlung dieser schrecklichen, sinnlosen Geräusche.

Und dann folgten noch andere. Etwas klapperte, ein Schatten fiel auf sie. Vor ihr ein Umriss. Eine menschliche Form? Aber kein Gesicht.

Als das Grunzen zum dritten Mal ertönte, schwante ihr etwas ... und das versetzte sie so sehr in Panik, dass sie herumzappelte und ... fortfuhr diese animalischen Grunzgeräusche auszustoßen ...

❧

Als sie das nächste Mal zu Bewusstsein kam, war ihre erste Wahrnehmung ein Duft. Er versetzte sie auf eine grüne Wiese, auf der ein Meer von Blumen blühte. Blauer Himmel mit ein paar wenigen schneeweißen Wolken. Strahlender Sonnenschein. Zitronenfalter, die über das grüne Gras tanzten.

Schön, wollte sie sagen, doch erklang auch dieses Mal nur ein abartiges Stöhnen.

Sie keuchte erschrocken auf und erinnerte sich sofort an das, was sie beim letzten Mal empfunden hatte: Angst. Etwas stimmte nicht!

„Shhshshh", sagte eine Stimme, die unendlich sanft und freundlich klang. Und als sich gleich darauf eine warme Hand auf ihre Wange lehnte, ebbte das Gefühl der Panik genauso plötzlich wieder ab, wie es gekommen war.

Als wäre es das Selbstverständlichste von der Welt, hob sie eine Hand, umklammerte damit die fremde Hand und hielt sich daran fest.

Die fremde Stimme flüsterte etwas.

Es klang immer noch sanft und melodisch. Vertrauenerweckend. Beruhigend.

Sie versuchte zu antworten, brachte aber nur einen jämmerlichen Laut zustande. Es war, als würde ihr Mund nicht mehr zu ihr gehören. Gehörte überhaupt etwas zu ihr?

Sie befahl ihren Augen, sich zu öffnen. Fast war sie erstaunt, dass sie ihr gehorchten.

Auch dieses Mal war nicht mehr als ein Umriss da. Etwas Dunkles umrahmte eine helle Fläche. Dunkle Haare? Um ein Gesicht? Sie blinzelte verzweifelt gegen den Schleier an, den sie auf ihren Augen vermutete, erreichte aber keine Besserung. Was bedeutete das alles?

Wieder stieß sie einen jämmerlichen Laut aus. Wieder antwortete die Stimme auf sanfte, aber völlig unverständliche Weise.

War sie in einem Albtraum gelandet? Oder gar in der Hölle?

Die Tränen quollen wie von selbst aus ihren Augen und vernebelten ihr das letzte bisschen Sicht. Das letzte bisschen Hoffnung.

Sie schluchzte auf. Es war ein heiseres, klägliches Schluchzen, das genauso wenig menschlich klang wie all die anderen Geräusche, die sie bis dahin von sich gegeben hatte.

Ich will sterben … Das war der Sinn dessen, was darin mitschwang.

Aber dann verstummte sie plötzlich, weil doch noch ein Stück Leben zu ihr vordrang.

Töne … Musik …

Und obwohl sie kein einziges Wort von dem verstand, was die sanfte Stimme sang, beruhigte dieses Lied sie so sehr, dass sie in einen tiefen Schlaf zurücksank.

❧

Nachdem sie ihr Lied beendet hatte, verließ Karen Scholl das trostlose weiße Krankenzimmer. Als sie auf den Flur hinaustrat, sah sie Arvin am Fenster stehen. Er hatte die Arme vor der Brust verschränkt, starrte nach draußen und schien die Blätter zu beobachten, die der kräftige Herbstwind in Massen von den Bäumen fegte.

Sie ging zu ihm. Ihre Schritte hallten auf dem Linoleumfußboden. „Solltest du jetzt nicht bei ihr sein?", sprach sie ihn von hinten an. Es war kein Vorwurf in ihren Worten. Nur die Frage.

Arvin rührte sich nicht. Er war ein großer, kräftiger Mann mit dichten dunklen Haaren und einer eckigen, schwarz umrandeten Brille. Im Moment sah er genauso zerknittert aus wie das beigefarbene Oberhemd, das er trug.

„Arvin", flüsterte Karen und strich mit einer Hand über seinen linken Oberarm. „Hey!"

Arvin reagierte noch immer nicht. Er sah traurig und verloren aus.

„Du bist es ihr schuldig", mahnte Karen und verlor sich nun ihrerseits in der rotbraunen Blätterpracht, die unten in dem kleinen Park von rechts nach links und von links nach rechts gewirbelt wurde. Sie schauderte ein wenig. Es war nicht schwer, sich die herbstlichen Temperaturen vorzustellen und gedanklich mit diesem kräftigen Wind zu kombinieren.

Jetzt endlich öffnete Arvin den Mund. „Ich kann nicht", krächzte er heiser. Und dann seufzte er so tief, als wäre er selbst Patient in diesem Krankenhaus. „Verstehst du das?"

„Es ist ein Wunder, dass sie überlebt hat", sagte Karen und dachte an das bandagierte Etwas zurück, das sie in jenem Bett zurückgelassen hatte. Nichts, aber auch gar nichts daran erinnerte sie noch an die lebenslustige Livia. „Das ist wie ein Zeichen!"

Arvin wandte sich ruckartig zu ihr um. „Unsinn!", entfuhr es ihm. „Es ist wie eine Strafe!" Aber als er es ausgesprochen hatte, stöhnte er auch schon auf und drehte sich wieder weg. Im nächsten Moment rammte er seine geballte Faust mit voller Wucht auf die Fensterbank vor ihm.

„Für wen?“, fragte Karen leise.

Arvin brauchte eine ganze Zeit, bis er sich halbwegs wieder gefangen hatte. „Auch für sie!“, gelang es ihm schließlich zu antworten. Seine Stimme war tief und hatte einen vollen, voluminösen Klang. „Ich hab mit den Ärzten gesprochen. Die Wahrscheinlichkeit, dass sie wieder die Alte wird, ist mehr als gering. Wenn es nur das Schädel-Hirn-Trauma wäre … Aber du hast die Fotos gesehen. Rechts war ihr halber Kopf eingedrückt. Vielleicht kann sie nicht mehr sprechen. Oder nicht mehr laufen! Oder gar nichts mehr!“

Karen schluckte schwer. Sie war eine hübsche Frau von Anfang dreißig, mit langen rötlich-braunen Haaren und einer guten Figur. Wieder dachte sie an das, was sie eben zu Gesicht bekommen hatte. Verbände, die über den gesamten Kopf verteilt waren und nur die Augenpartie, die Nase, eine Wange und einen Teil des Mundes freigelassen hatten. Strähnige dunkle Haare, die an wenigen Stellen unter dem Verband hervorkrochen. Geschwollene Lider, geschwollene Lippen, eine bläulich aufgeblähte Nase, aus der Schläuche kamen … Sie schauderte. „Sie röchelt nur“, flüsterte Karen gequält.

„Siehst du! Und das soll ein Zeichen sein?“

„Gott macht keine Fehler“, behauptete Karen.

„Dann erklär mir bitte, was das hier soll!“, brach es aus Arvin hervor. „Es war auch vorher schon schwer genug. Aber das hier …“ Seine Stimme schien in einem Meer von Schmerz unterzugehen. „Das hier schaff ich nicht.“

Karen schlang ihre Arme von hinten um seine Brust und drückte sich an ihn. „Ich helfe dir ja“, sagte sie leise.

Kapitel 2

Drei Wochen später hatte sich ihr Zustand ein wenig gebessert. Mittlerweile konnte sie Gesichter erkennen – auch wenn sie nicht wirklich scharf zu stellen waren. An den Umrissen, am Geruch und am Klang der jeweiligen Stimmen konnte sie Personen unterscheiden, doch wusste sie weder, in welcher Eigenschaft diese Personen bei ihr waren, noch wie diese hießen oder was sie von ihr wollten. Natürlich spürte sie, dass die meisten es gut mit ihr meinten. Aber es war furchtbar, nicht mit ihnen kommunizieren zu können. Auch wenn sie sich noch so sehr bemühte, konnte sie nur unverständliche Laute von sich geben. Und umgekehrt war es nicht besser. Was die Personen sagten, verstand sie nicht. Es hatte nur vom Klang her eine Bedeutung für sie. War die Stimme sanft und freundlich, dann ging es ihr gut, wirkte sie hektisch oder gar verärgert, dann fürchtete sie sich.

Der Besuch, den sie jeden Tag am meisten herbeisehnte, hatte die sanfteste und melodischste von allen Stimmen, war umhüllt von einem herrlichen Duft wie von Blumen und hatte ein Gesicht, das von langen rötlich-braunen Haaren umrahmt war.

Sie kam jeden Tag in etwa um die gleiche Zeit. Jeden. Meistens war sie allein, manchmal hatte sie eine zweite Person dabei. Diese war sehr groß und kräftig, mit dunklen Haaren und diesem schwarzen Ding im Gesicht. Aber sie redete nicht und war deshalb uninteressant. Nein, es war die Frau, die ihre ganze Hoffnung verkörperte. Indem sie einfach da war … sie fütterte … streichelte … und für sie sang …

❧

„Karen", sagte sie und begann zu strahlen, soweit ihre gespannte Gesichtshaut dies zuließ. Sie merkte selbst, dass der Name aus ihrem Mund noch ein wenig befremdlich klang, aber Karen verstand ihn, und darauf kam es an.

„Hallo", antwortete Karen und lächelte warm. Sie war gerade erst gekommen, näherte sich jetzt dem Bett und nahm die ihr entgegengestreckte Hand – es war die Linke – in die ihre. Die Rechte lag ziemlich unbeteiligt auf der Bettdecke. „Wie geht es dir heute Morgen?" Sie sprach die Worte ganz besonders langsam und deutlich aus, so als spräche sie mit einem kleinen Kind.

„Gut", antwortete ihr Gegenüber und strahlte immer noch. Karens Hand fühlte sich warm und weich an. Außerdem duftete sie … na ja, wie die Blumen, die sie mitgebracht hatte. Sie zeigte auf den riesigen Strauß in Karens Hand. „Rosen!" Sie hätte gern mehr gesagt, wusste aber nicht, wie. *Rosen*, das traf es nicht. Das waren einfach zu wenige Worte für diese Pracht aus apricotfarbenen Blüten, die nicht nur durch ihre herrliche Farbe, sondern auch durch den Wechsel ihrer Farbintensität bestachen und am Rand gänzlich weiß wurden. Sie verlor sich in den Farben und der unglaublichen Schönheit. Spontan entzog sie Karen ihre Hand und berührte die zartweichen Blätter. Neben Karen waren Blumen das Einzige, was ihr etwas bedeutete.

Karens Lächeln verbreiterte sich. „Du hast es dir gemerkt! Das ist toll!" Sie legte den Blumenstrauß auf der Bettdecke ab, stand auf, ging zum Fenster hinüber und betrachtete die diversen Blumenvasen, die dort standen. Schließlich entschied sie sich für einen Strauß weißer Herbstanemonen. Er war noch nicht wirklich verblüht, zeigte aber erste Anzeichen von Austrocknung. Sie nahm den Strauß aus der Vase, ließ ihn abtropfen und warf ihn dann in den nächstgelegenen Mülleimer.

Im nächsten Moment hatte sie plötzlich das Gefühl, sich umdrehen zu müssen. Und tatsächlich. Die junge Frau in dem Bett hatte ihre Augen von den Rosen losgerissen und starrte jetzt mit traurigem Blick auf den Mülleimer. Karen seufzte. „Du hast schon viel zu viele Blumen hier stehen. Es gibt keine Vasen mehr. Außerdem schimpfen die Krankenschwestern. Das verstehst du doch?"

Der Blick der Patientin wanderte vom Mülleimer zurück zu den herrlichen Rosen auf ihrem Schoß, erhellte sich aber auch jetzt nicht wirklich. Stattdessen hob sie ihre linke Hand und berührte damit nacheinander die Schnittflächen der Rosenstängel.

„Du magst es nicht, dass sie abgeschnitten wurden, nicht wahr?", fragte Karen leise. „Das versteh ich gut." Irgendwie war es ja auch der Anfang vom Ende … Aber dann versuchte sie, den Gedanken abzuschütteln, ging zum Waschbecken hinüber, tauschte das Wasser aus und platzierte nunmehr die Rosen in der entsprechenden Vase. Anschließend stellte sie die Vase auf dem Nachttisch ab. Um die junge Frau abzulenken, fragte sie: „Welche Blumen soll ich dir morgen mitbringen?"

Die Patientin rappelte sich sofort aus ihrer halb liegenden Position in eine sitzende, wandte sich ihrem Nachttischchen zu und kramte umständlich ein Heft daraus hervor. Karen hatte es ihr mitgebracht. Es war eigentlich nichts Besonderes – nur der Katalog eines Versandhauses für Gartenpflanzen –, aber dennoch ihr wertvollster Besitz. Ohne die rechte Hand zu Hilfe zu nehmen, schlug sie es auf und begann darin zu blättern. Als ihre Augen schließlich zu leuchten begannen, wusste Karen, dass sie die richtige Seite gefunden hatte. „Die", sagte sie und deutete mit dem Finger auf eine rote Gerbera.

„Gerbera", nickte Karen und nahm auf einem Stuhl Platz, der links neben dem Krankenbett stand.

„Ger-be-ra", wiederholte ihr Gegenüber ein wenig nuschelnd. Ihr Sprachvermögen hatte sich in den letzten Wochen zwar gebessert, doch ließ ihr aktiver Wortschatz immer noch sehr zu wünschen übrig. Sie hatte praktisch bei null angefangen und musste alles neu erlernen.

Die Tür wurde aufgerissen. „Mittagessen!", flötete eine Stimme, die keine der beiden Anwesenden leiden konnte. Im nächsten Moment stürmte Frau Barkfrede ins Krankenzimmer. Sie war eine kleine, runde Person mit kurzen blonden Haaren und einem viel zu resoluten Auftreten. „Es gibt leckere Gemüsesuppe!"

Karens Blick verfinsterte sich. Es war nicht leicht, jemandem beim Essen zu helfen, der seinen Mund kaum öffnen konnte, chronisch appetitlos war und seine rechte Hand nicht unter Kontrolle hatte. Und dann auch noch Suppe???

Die Krankenschwester hatte ein abgedecktes Tablett in der Hand, auf dem eine kleine weiße Dose lag. Als sie sich jetzt dem Nachttischchen näherte, stieß sie schon mal einen tiefen Seufzer aus und nahm dann mit einer verärgerten Geste die Blumen herunter. „Wie oft soll ich Ihnen noch sagen, dass die Blumen auf die Fensterbank gehören?!" Anstelle der Blumen landete nun das Tablett auf dem Nachttisch. Dabei klapperte es so laut, dass Karen Angst um die Suppe hatte. Trotzdem biss sie sich auf die Zunge. Sie konnte sich ja schlecht jeden Tag mit Ella Barkfrede anlegen.

„Hier", sagte Ella und drückte Karen die kleine Dose in die Hand. „Wenn du schon mal hier bist, kannst du ihr ja auch die Tabletten geben, nicht wahr?"

Karens Blick verfinsterte sich noch mehr. Sie war Hebamme und arbeitete auf der Entbindungsstation. Aber jetzt war sie in ihrer Freizeit hier! Dachte sie jedenfalls … Mit einem tiefen Seufzer öffnete sie die Dose.

„Und heute wird aufgegessen, ja?“

Als Ella Barkfrede jetzt zur Tür zurückmarschierte, ahmte Karen diesen Satz so gekonnt mit ihrer Mimik nach, dass ihr Gegenüber zu kichern begann. Beide verstummten allerdings, als sich Frau Barkfrede an der Tür noch einmal umdrehte.

„Stimmt etwas nicht?“, fragte sie spitz.

„In der Tat“, antwortete Karen und deutete schlagfertig auf die geöffnete Pillendose. „Wenn ich hier schon deine Arbeit erledige, möchte ich auch wissen, was ich tue.“ Sie nahm eine große längliche Tablette aus der Dose. „Diese hier sehe ich zum ersten Mal. Was ist das?“

„Ich stelle die Medikamente nicht zusammen“, antwortete Frau Barkfrede unfreundlich. „Das macht Ilona. Du kannst sie gerne fragen, wenn du willst.“ Und mit diesen Worten verließ sie endgültig das Krankenzimmer.

Karen rollte mit den Augen. „Dumme Kuh“, rutschte es ihr heraus.

„Dumme … *Kuh*?“, wiederholte ihr Gegenüber ein wenig undeutlich.

Karen musste lächeln. „Ich mag sie nicht“, erklärte sie sanft. „Und sie mag mich nicht.“

„Sie doof. Du lieb.“

Karens Gesichtsausdruck wurde wieder weich. „Du bist auch lieb, Livia!“ Aber als sie es ausgesprochen hatte, erschrak sie auch schon.

Ihr Gegenüber reagierte genauso, wie Karen es befürchtet hatte, und schüttelte heftig den Kopf. „Nicht Liva! Nicht Liva!“ Und dabei schlug sie mit der linken Faust auf die Bettdecke. „Ich nicht Liva!“

„Schon gut, schon gut“, versuchte Karen sie zu beruhigen. „Es tut mir leid, dass ich dich so genannt habe! Wirklich!“ Und dann packte sie ihr Gegenüber am Handgelenk und versuchte, ihre heftigen Bewegungen zu unterbinden. Es war nicht gut, wenn sie sich so aufregte. Schließlich war sie erst vorgestern ein weiteres Mal operiert worden. Am Anfang, als es um Leben und Tod gegangen war, hatte man die Knochenbrüche und Gesichtsverletzungen links liegen gelassen. Jetzt musste all das allmählich aufgearbeitet werden.

Ihre Bewegungen ließen nach. Sie hatte ohnehin nicht viel Kraft. Allerdings fing sie jetzt an zu weinen. „Nicht Liva", jammerte sie kläglich. Ihre Tränen benetzten den Verband, der immer noch den größten Teil ihres Gesichtes bedeckte.

„Nein, nicht Liva", bestätigte Karen. „Wir können einen anderen Namen für dich aussuchen. Welchen möchtest du?"

Ihr Gegenüber schniefte und wischte sich mit der linken Hand die Tränen fort. Dann sagte sie: „Karen."

Karen seufzte tief. „Du kannst aber nicht Karen heißen", erklärte sie unendlich sanft, „weil *ich* schon Karen heiße."

„Beide Karen?"

Karen schüttelte den Kopf und dachte einen Moment lang nach. „Wie wär's mit ... Lara?" Das war ihrem wirklichen Namen zumindest ähnlich ...

Aber Lara-Livia bekam schon wieder diesen abwehrenden Gesichtsausdruck. Gleich würde sie sich wieder aufregen.

„Also gut", beeilte sich Karen zu sagen. „Dann heißt du eben Karen. Ich teile meinen Namen gern mit dir."

Ihr Gegenüber begann zu strahlen. „Karen?"

Karen sah nicht sehr glücklich aus. Aber sie nickte und versuchte tapfer, ihre Bedenken zur Seite zu schieben. Es ging nur um einen Namen ... eine Nebensächlichkeit ...

Oder? Seit ihrem Autounfall war Livia wie ein Kind, das sich selbst erst finden oder zumindest *wieder* finden musste. Wer konnte schon wissen, welche Auswirkungen es haben würde, wenn sie in dieser Phase die Identität einer anderen annahm? „Der Unfall ...", hörte Karen sich sagen. Sie schauderte und sah noch einmal die Stelle vor sich, an der Livias Wagen von der Straße abgekommen war. Es war ein wenig außerhalb passiert, in einer bergigen Region, am Ende einer überaus lang gezogenen Linkskurve. Dort hatte ihr Wagen die Leitplanke durchschlagen und war etwa zwanzig Meter in die Tiefe gestürzt. „Kannst du dich daran erinnern?"

Ihr Gegenüber riss entsetzt die Augen auf.

„Vergiss es!“, ruderte Karen zurück. „Lass … lass uns über etwas anderes sprechen …“

Die Augen der Patientin begannen hektisch hin und her zu wandern. Karen konnte ihre wachsende Unruhe beinahe körperlich spüren. „Das Mittagessen“, versuchte sie sie abzulenken. „Es wird ja ganz kalt. Komm, wir essen was!“ Sie sprang auf und entfernte die Abdeckung des Tabletts.

Kapitel 3

„Irgendetwas stimmt nicht mit ihr!“ Karen klang atemlos. Sie erklomm zusammen mit Arvin die Stufen des Treppenhauses. Außerdem redete sie nun schon seit geraumer Zeit verzweifelt auf ihn ein. Es war Samstag und damit einer der beiden Tage, an denen Arvin sie bei ihren Krankenbesuchen immer begleitete.

„Du hast die Ärzte gehört“, entgegnete Arvin. Im Gegensatz zu seiner Schwester atmete er völlig normal, was wohl daran lag, dass er seit Jahren joggen ging und dementsprechend fit war. „In den vergangenen beiden Wochen ist sie dreimal operiert worden. Drei Vollnarkosen. Und das in ihrem Zustand. So was schlaucht nun mal.“

Karen blieb stehen und stemmte die Hände in die Hüften. „Im Gegensatz zu dir, Arvin“, hielt sie ihm vor, „besuche ich sie jeden Tag. Und deshalb wage ich zu behaupten, dass es nichts mit den Operationen zu tun hat. Es begann … ich weiß auch nicht … irgendwie schleichend und an irgendeinem Punkt, den ich nicht mehr datieren kann!“

Arvin registrierte erst jetzt, dass Karen stehen geblieben war, und folgte ihrem Beispiel. Als er sich jetzt zu ihr umdrehte, stand er einige Stufen über ihr. Da er ohnehin sehr groß und kräftig war, wirkte er auf Karen wie ein Bär. Dabei war er doch ihr kleiner Bruder und erst neunundzwanzig! „Vielleicht schafft sie es nicht, Karen. Du solltest diese Möglichkeit zumindest in Betracht ziehen.“

„Das habe ich“, fauchte Karen. „Jedenfalls damals, als sie in Lebensgefahr schwebte. Aber jetzt …“– ihre Stimme glitt ins Weinerliche ab – „jetzt ist sie doch über den Berg!“

Arvin zuckte die Achseln. „Du hast mir selbst erzählt, was in den Krankenhäusern abgeht“, sagte er müde. „Erst heißt es, sie sind außer Lebensgefahr und dann sterben sie an irgendeiner x-beliebigen Infektion. Krankenhäuser sind regelrechte Brutstätten für die gefährlichsten Keime und Bakterien. Schon allein der Aufenthalt darin ist lebensgefährlich.“

„Aber Livia zeigt keine Anzeichen für eine Infektion“, beharrte Karen. „Sie hat nicht einmal Fieber.“

Arvin hob ratlos die Hände. Dabei raschelte der Strauß Blumen, den er bei sich trug. „Vielleicht ist sie zu schwach, um Fieber zu entwickeln.“

Karen verschränkte die Arme vor der Brust. Gleichzeitig nahm ihr Gesicht einen kampflustigen Ausdruck an. „Wie kannst du nur so gleichgültig sein, Arvin?“, griff sie ihren Bruder an. „Das begreife ich nicht.“

Arvin schluckte, hielt ihrem Blick aber stand. „Ich bin nicht für sie verantwortlich“, knurrte er, „nicht mehr jedenfalls.“

Angesichts dieser Antwort bildete sich ein mitleidiger Ausdruck auf Karens Gesicht. Als sie das nächste Mal sprach, klang es sanft und zärtlich: „Sicher?“

„Ja, sicher“, bellte Arvin, wirbelte herum und flüchtete vor seiner Schwester die Treppe hinauf.

❧

Als die beiden kurz darauf das Krankenzimmer betraten, standen die letzten Worte immer noch wie eine Mauer zwischen ihnen.

Die Patientin trug nichts dazu bei, dass sich diese Stimmung veränderte. Sie lag apathisch in ihrem Bett und reagierte überhaupt nicht auf ihren Besuch. Nicht einmal, als Karen sie ansprach, zeigte sie eine Reaktion.

„Du hast nicht übertrieben“, bemerkte Arvin.

Karen legte ihre Hand auf Livias Stirn und rief damit zumindest ein leises Stöhnen bei ihr hervor. „Sie ist schweißgebadet“, flüsterte sie Arvin zu.

„So geht das nicht weiter“, seufzte Arvin. „Ich hole einen Arzt.“

„Ich gehe“, entgegnete Karen. Ihr Gesichtsausdruck spiegelte Entschlossenheit, aber auch tiefe Sorge wider. „Und ich werde jemanden holen, der Ahnung hat.“ Sie warf einen letzten Blick auf Livia, riss sich dann los und stürmte eilig in Richtung Tür.

Als sie gegangen war, entstand eine beunruhigende Stille in dem kleinen Raum. Abgesehen von den leicht rasselnden Atemzügen der Patientin war kaum ein Ton zu hören. Arvin verlagerte sein Gewicht unruhig von einem Bein aufs andere, konnte sich aber nicht entschließen, zum Bett hinüberzugehen. Stattdessen wanderte sein Blick unentschlossen von dem Blumenmeer auf der Fensterbank zu seinem eigenen Strauß.

„Kannst … du mich hören?“, brachte er schließlich heraus.

Livia bewegte sich ein wenig, antwortete aber nicht.

„Ich bin's … Arvin“, setzte er hinzu. Aber auch jetzt reagierte sie nicht wirklich auf ihn. Arvins Unbehagen wuchs. Er sah auf seine Uhr. „Wie lange dauert es denn, einen Arzt zu holen?“, flüsterte er ärgerlich. Eine Minute verging, dann noch eine. Es kam ihm vor wie zwei Stunden.

Als er Schritte auf dem Flur vernahm, wandte er seinen Kopf hoffnungsvoll zur Tür. Aber die Geräusche verlagerten sich nur in die andere Richtung und verschwanden allmählich wieder. „Kein Wunder, dass die Leute in diesem Krankenhaus verrecken.“ Es sollte schwarzer Humor sein, brachte ihn aber nicht einmal zum Schmunzeln.

Tick … tack … tick. Er kannte die Sekunden nicht wieder. War dies die gleiche Zeiteinheit, die ihm sonst durch die Finger rann? Allmählich wurde er wütend. Und diese Wut richtete sich gegen seine Schwester. „Du hast mir versprochen, dass ich sie nicht allein besuchen muss“, flüsterte er ärgerlich. „Hoch und heilig versprochen.“

Tack … tick … tack. „Oh Mann!“, jammerte er kläglich. Aber es vergingen noch ein paar weitere Minuten, bis sich endlich die Tür öffnete und Karen zurückkehrte.

„Bist du da irgendwie festgewachsen?“, kommentierte sie die völlig unveränderte Szene.

„Wenn du auf die Uhr gesehen hättest“, entgegnete Arvin, „wüsstest du, warum es praktisch vorprogrammiert war, dass ich Wurzeln schlage.“

„Genau da?", fragte Karen spöttisch, wandte sich aber schon im nächsten Moment dem Mediziner im weißen Kittel zu, der ihr ins Zimmer gefolgt war. Er war noch jung und sah nicht sehr kompetent aus. Dass er klein und schmächtig war, konnte Arvin noch akzeptieren, aber musste er sich zu allem Überfluss auch noch einen Vollbart stehen lassen, der nur stellenweise wuchs?

„Ich habe schon seit geraumer Zeit den Eindruck, dass es ihr schlechter geht." Karens Stimme klang wirklich besorgt. „Aber Dr. Kopp nimmt mich überhaupt nicht ernst."

Der junge Mann fühlte sich sichtbar unbehaglich. Er sah mehrfach zur Tür hinüber und spielte unruhig mit einem silbernen Kugelschreiber. „Und genau das ist der Grund, warum ich gar nicht hier sein sollte, Frau Scholl", begann er. „Wenn Frau Barkfrede mich hier sieht, weiß es das ganze Krankenhaus. Und wenn Dr. Kopp das erfährt –"

„Trotzdem müssen Sie mir helfen", beharrte Karen. „Der Patientin zuliebe!" Sie deutete auf Livia. „Sehen Sie doch mal."

Ein wenig widerwillig näherte sich der Mann dem Krankenbett, fühlte erst Livias Stirn und dann ihren Puls. Anschließend sprach er sie an. „Können Sie mich hören?" Als er keine Antwort bekam, holte er eine kleine Lampe aus der Brusttasche hervor, hob eines ihrer Lider an und leuchtete ins Auge. Das Gleiche machte er mit dem anderen. „Holen Sie Dr. Kopp!", empfahl er schließlich. „Bestimmt wird er seine Meinung ändern."

„Und wenn nicht?", entfuhr es Karen.

„Es sind Untersuchungen notwendig", wiegelte der junge Arzt ab. „Ich kann doch keine Blutuntersuchung anordnen, ohne dass der zuständige Kollege etwas davon erfährt!"

„Wenn meine Frau stirbt", meldete sich nun Arvin zu Wort, „werde ich nicht nur Dr. Kopp, sondern auch Sie zur Rechenschaft ziehen."

Dieser eine Satz und die natürliche Autorität, die darin mitschwang, genügte.

Der junge Arzt seufzte tief. „Ich werde selbst mit Dr. Kopp reden." Und mit diesen Worten eilte er auf den Flur hinaus.

Als er gegangen war, herrschte eine ganze Zeit lang Stille in dem kleinen Raum. Dann sagte Karen nur einen einzigen Satz: „Scheint, als wärst du dir doch nicht so sicher …"

Kapitel 4

„Eins, zwei, drei, vier, fünf", freute sich Vanessa und setzte die blaue Spielfigur auf dem „Mensch-ärgere-dich-nicht"-Brett zügig vorwärts.

Anschließend würfelte Karen. „Sagst du mir, wie oft ich setzen muss?", fragte sie an Livias Adresse gerichtet. Sie saß gemeinsam mit ihrer Tochter und ihrer Schwägerin in einem der Aufenthaltsräume des Krankenhauses. „Eins … zwei … drei", antwortete Livia, indem sie mit dem Finger die einzelnen Punkte auf der Oberfläche des Würfels zählte.

„Prima", lobte Karen und streckte ihre Hand nach der gelben Spielfigur aus.

Aber Livia kam ihr zuvor. „Ich will", protestierte sie und riss das gelbe Figürchen an sich.

„Lass das", schnauzte Vanessa sie an. „Das ist Mamas Spielfigur!"

Sofort zog Livia ihre Hand zurück. „Tut leid", rief sie erschrocken. „Tut leid!"

Karen legte ihre Hand beruhigend auf Livias Arm. „Ist nicht schlimm." Sie sprach mit ihrer Schwägerin immer noch wie mit einem kleinen Kind, nicht wie mit einer Frau im Alter von siebenundzwanzig Jahren. Aber das war auch angebracht. Obwohl Livia täglich Fortschritte machte, war sie noch längst nicht auf dem Stand angekommen, den Vanessa mit ihren fünf Jahren erreicht hatte. Die falschen Medikamente hatten sie einfach um Wochen zurückgeworfen.

„Jetzt würfel endlich", verlangte Vanessa. Sie war ein niedliches kleines Mädchen mit hellblonden Haaren und zwei neckischen Zöpfen, aus denen sich mittlerweile schon ziemlich viele Haare herausgeschummelt hatten.

Livia nickte eifrig, griff mit der linken Hand nach dem Würfel und schleuderte ihn so unkoordiniert über den kleinen Tisch, dass er von dort auf den Boden hüpfte.

Vanessa rollte mit den Augen. „Das war das tausendmillionste Mal heute", schimpfte sie. „Wann lernst du endlich, dass du nicht so doll würfeln sollst?!"

„Tut leid", sagte Livia.

„Es heißt: Tut *mir* leid", korrigierte Vanessa sie altklug.

„Tut *mir* leid", wiederholte Livia artig. Obwohl sie erst kürzlich noch einmal im Gesicht operiert worden war und dementsprechend bemitleidenswert aussah, ging Vanessa nicht zimperlich mit ihr um. Aber gerade das wirkte, wie Karen festgestellt hatte, äußerst anregend und erfrischend auf Livia. Und so brachte sie Vanessa in letzter Zeit immer häufiger mit hierher.

Nachdem Vanessa einen abgrundtiefen Seufzer losgelassen hatte, erhob sie sich und ging auf die Knie, um den Würfel zu suchen. „Eine Zwei", verkündete sie, als sie aus der Versenkung wieder auftauchte.

Livia nickte, griff dieses Mal nach einer roten Spielfigur und setzte sie vorwärts.

„Die nicht", rügte Karen sanft. „Diese Figur darfst du nur setzen, wenn du eine Sechs gewürfelt hast. Nimm doch lieber diese hier." Sie deutete auf eine Figur, die sich schon im sicheren Zielgebiet befand, aber noch nicht bis nach vorne vorgerückt war.

„Gut", sagte Livia und befolgte den Ratschlag.

Wieder einmal schüttelte Karen innerlich den Kopf. Vor ihrem Unfall war Livia eine äußerst eigensinnige Person gewesen. Wie war es nur möglich, dass sie jetzt so einfach zu lenken war?

Derweil kramte Vanessa in ihrer Hosentasche herum. Nach einer Weile beförderte sie eine Packung mit kleinen Traubenzuckerbonbons daraus hervor. „Willst du einen?", fragte sie Livia und hielt ihr die Packung hin.

Livia sah kurz zu Karen hinüber und schüttelte dann verschämt den Kopf.

Karen verstand ihren Blick sofort. Sie hatte Livia eingeschärft, niemals ohne ihre Zustimmung Medikamente einzunehmen. Und das hatte seinen Grund. Irgendwie waren Livia über Wochen hochdosierte Herzmedikamente verabreicht worden, und niemand hatte bisher eine Ahnung, wie das passiert war. Der zuständige Arzt hatte sie jedenfalls nicht verschrieben. Fest stand nur eines: Wenn Dr. Kopp nicht eingegriffen und den Grund für ihren Zustand herausgefunden hätte, wäre sie jetzt definitiv tot. „Das sind keine Tabletten", lächelte Karen. „Du kannst gerne welche nehmen."

Das ließ sich Livia nicht zweimal sagen. Sie griff in die Packung und hätte wohl alle genommen, wenn Vanessa nicht lautstark protestiert hätte. Seit ihrem Unfall war sie geradezu verrückt nach jeder Art von Süßigkeiten. Es war, als würde sie auch in dieser Hinsicht den Stand ihrer geistigen Entwicklung nachvollziehen.

Kapitel 5

Arvins Schritte wurden mit jedem Meter, den er zurücklegte, langsamer. Er wollte nicht hier sein. Dieses Krankenhaus stieß ihn ab. Es war Karens Gebiet. Nicht seines.

Aber Vanessa hatte Geburtstag und sich von ihrer Mutter einen ganzen langen Tag im Freizeitpark gewünscht. Und Livia wartete auf Besuch. Das hatte Karen ihm oft genug gesagt.

Arvin stieß einen abgrundtiefen Seufzer aus und zwang seine Beine, sich weiter fortzubewegen. Die Station, in der sich Livia befand, hatte er bereits erreicht. Ganz hinten am Ende des Flures konnte er schon ihre Zimmertür sehen.

Eine Stunde. Das war es, worauf er sich mit seiner Schwester geeinigt hatte. Aber wie sollte er eine Stunde überstehen, wenn er noch immer mit Schaudern an jene fünf Minuten zurückdachte, die er damals, als es ihr so schlecht gegangen war, allein mit ihr verbracht hatte?

Er blieb stehen. Aber er konnte sich genauso wenig entschließen, einfach umzukehren.

Aus einem kleinen Raum links von ihm trat eine Krankenschwester auf den Flur hinaus, warf ihm einen verwunderten Blick zu und wechselte dann in einen Raum auf der gegenüberliegenden Seite.

Arvin rührte sich nicht. Die unterschiedlichsten Erinnerungen durchfluteten ihn. Bilder mit Livia aus glücklichen Zeiten. Livia ganz in Weiß mit ihrem strahlenden Lächeln und dem atemberaubenden Brautkleid. Ihre weiche Hand in seinem Nacken. Und dann das genaue Gegenteil von alledem. Das zornige Funkeln in ihren Augen. Die –

„Kann ich Ihnen irgendwie helfen?“, fragte eine Stimme von rechts.

Arvin wandte den Kopf. „Äh … nein“, krächzte er und versuchte die unguten Erinnerungen einfach abzuschütteln.

Die Krankenschwester von eben musterte Arvin und ließ ihren Blick einen Moment an seinem zerknitterten Oberhemd verweilen. „Sie finden Ihre Frau hinter der vorletzten Tür auf der linken Seite“, sagte sie.

Ich finde meine Frau nirgends mehr, dachte Arvin, sprach es aber nicht aus.

Dennoch stimmte es. In gewisser Weise gab es Livia nicht mehr. Er konnte sie weder lieben noch hassen. Und darum wusste er nicht, was er hier sollte. „Danke“, presste er hervor und setzte sich in Bewegung. Es hatte ohnehin keinen Zweck, so lange mit sich zu ringen. Karen hatte recht. Das Verantwortungsgefühl war stärker als seine Abwehr.

Wenig später öffnete er die Tür zu ihrem Krankenzimmer. Sofort schlug ihm der intensive Duft eines Blumenmeeres entgegen. Er hielt den Atem an und bekam ein schlechtes Gewissen. An Blumen hatte er heute gar nicht gedacht …

„Arvin ist hier“, kündigte er seinen Besuch an, noch bevor er Livia sehen konnte.

Er bekam keine Antwort.

„Ich bin es – Arvin“, probierte er es noch einmal. Aber als er gleich darauf das ganze Zimmer in sein Blickfeld bekam, fand er es leer vor. Sie lag nicht in ihrem Bett. Stattdessen blickte der kleine Teddybär, den Vanessa ihr geschenkt hatte, aus großen Knopfaugen zu ihm herauf.

„Hm“, machte er verwundert. Dann beugte er sich in die Tiefe und sah unter dem Bett nach. Karen hatte ihm erzählt, dass Livia immer dann, wenn es ihr nicht gut ging, Zuflucht unter ihrem Bett suchte. Aber dieses Mal nicht. Dieses Mal war niemand dort. Er richtete sich wieder auf und drehte sich um. Die Tür zum Badezimmer war geschlossen.

Livia, wollte er rufen, biss sich aber gerade noch auf die Zunge. Hatte ihm Karen nicht eingeschärft, dass sie förmlich ausrastete, wenn jemand sie mit diesem Namen ansprach? Er verzog das Gesicht. Er konnte ja schlecht „Karen“ rufen, oder?

Um das Problem zu umgehen, ging er bis zur Badezimmertür und klopfte. „Arvin ist hier", sagte er erneut, aber auch jetzt erhielt er keine Antwort.

Er seufzte tief, klopfte ein weiteres Mal und rief ein wenig zaghaft: „Karen?" Aber auch das half rein gar nichts.

„Karen?", rief er lauter. Nichts. Kein einziges Geräusch. Er streckte seine Hand aus und drückte vorsichtig die Klinke hinunter. Dann schob er die Tür auf. Das Badezimmer war leer.

Arvin runzelte die Stirn. Hatte Karen ihm nicht erzählt, dass sie ihr Zimmer niemals allein verließ? Einen Moment verlagerte er sein Gewicht unentschlossen von einem Bein aufs andere. Dann machte er sich auf die Suche nach der Krankenschwester von vorhin. Er fand sie auf dem Flur, wo sie gerade volle Wasserflaschen gegen leere austauschte und auf einem Rollwagen platzierte.

„Entschuldigung", sprach er sie an.

Die junge Frau schenkte ihm sofort ihre gesamte Aufmerksamkeit. Sie war eine hübsche Person mit einem blonden Pferdeschwanz. „Brauchen Sie irgendetwas?", erkundigte sie sich freundlich.

„Ich finde meine Frau nicht", entgegnete Arvin.

Die Krankenschwester warf ihm einen mitleidigen Blick zu. „Die vorletzte Tür auf der linken Seite. Sagte ich das nicht?"

„Sie ist nicht dort."

Die Krankenschwester seufzte tief. Wahrscheinlich ging sie davon aus, einen Vollidioten vor sich zu haben. Sie schob die Kiste mit den leeren Wasserflaschen, die zu ihren Füßen stand, mit einem schabenden Geräusch so an die Seite, dass niemand darüber stolpern konnte. „Dann kommen Sie mal mit, Herr Scholl." Ihre Worte klangen gönnerhaft.

Arvin sagte nichts darauf und trottete brav hinter der jungen Frau her. Er war schon zufrieden, dass sie sich überhaupt seines Problems annahm. Wie hätte er in diesem riesigen Komplex auch allein nach Livia suchen sollen?

Die Krankenschwester betrat Livias Zimmer und verhielt sich genauso, wie es zuvor Arvin getan hatte. Sie guckte zuerst unter das Bett und dann ins Badezimmer. Anschließend zuckte sie ratlos die Achseln. „Sie verlässt nie allein ihr Zimmer“, wunderte sie sich.

Arvin nickte nur.

„Vielleicht ist sie zu irgendeiner therapeutischen Maßnahme gebracht worden“, mutmaßte die Krankenschwester.

Arvin hob hoffnungsvoll die Augenbrauen. Das würde gleich zwei seiner Probleme auf einmal lösen. Livia war in guten Händen, und er konnte nach Hause gehen, ohne ein schlechtes Gewissen haben zu müssen. Karen würde verstehen, dass er nicht zweimal am gleichen Tag zu einem Krankenbesuch erscheinen konnte.

Die Krankenschwester sah auf ihre Uhr. „Das wäre allerdings ziemlich ungewöhnlich um diese Zeit.“

Arvin sackte in sich zusammen.

„Ich werde das klären“, schlug die junge Frau vor und verließ ziemlich eilig den Raum.

Arvin seufzte tief, schlenderte auf den einzigen Stuhl zu und setzte sich. Wenn Livia nicht da war, konnte er es ganz gut in diesem Raum aushalten …

Er saß eine Weile einfach nur so da, zuckte dann aber zusammen, als eine andere Krankenschwester zur Tür hereinstürmte. Sie war klein und rundlich. „Barkfrede“, stellte sie sich vor und reichte Arvin, der sich sofort erhob, die Hand. „Ihre Frau soll verschwunden sein?“

Arvin fand die Stimme der Schwester irgendwie unangenehm. Sie klang so hart und blechern. Er zuckte die Achseln. „Hier ist sie jedenfalls nicht.“

Frau Barkfrede beugte sich in die Tiefe und sah unter dem Bett nach. „Stimmt“, musste sie zugeben. „Das ist wirklich seltsam. Vor einer Stunde habe ich sie noch gesehen. Und sie verlässt nie allein ihr Krankenzimmer!“

„Vielleicht war sie nicht allein“, mutmaßte Arvin.

Frau Barkfrede stemmte die Hände in die Hüften. „Wer soll denn bei ihr gewesen sein?“

„Ein Arzt vielleicht? Oder eine Krankenschwester? Wegen irgendeiner Untersuchung oder Therapie?“

„Ohne mein Wissen?“, entfuhr es Frau Barkfrede. „Das wäre nun wirklich die Höhe!“

Mannomann, dachte Arvin und ging instinktiv in Abwehrhaltung. *Was für ein Feldwebel!* „Können Sie das nicht klären?“, fragte er schließlich. „Ich meine … es gibt doch Lautsprecher hier. Können Sie nicht eine Durchsage machen oder so was?“

„Eine Durchsage“, wiederholte Schwester Barkfrede. „Nun ja …“ Der Gedanke schien ihr nicht sonderlich zu gefallen. Jedenfalls ging sie zum Bett herüber, schüttelte die Bettdecke auf und fing an, den Nachttisch aufzuräumen. Schließlich machte sie sich mit zwei leeren Gläsern und einer Tasse auf den Weg nach draußen. Dabei murmelte sie: „Ich glaube, ich werde erst mal selbst auf die Suche gehen. Es wäre nicht richtig, wegen einer solchen Kleinigkeit das ganze Krankenhaus in Aufruhr zu versetzen.“

Arvin blickte ihr etwas ratlos nach. Eine Kleinigkeit also … Er beschloss, diese Einschätzung beruhigend zu finden, und ließ sich wieder auf seinem Stuhl nieder. Glücklicherweise hatte er sein Handy dabei. Auf diese Weise konnte er die Wartezeit für seine Arbeit nutzen. Er wählte die Nummer seines Kompagnons.

„Krantz“, meldete sich Enno.

„Ich bin's“, antwortete Arvin. „Wo steckst du denn? Ich hab schon den ganzen Vormittag versucht, dich zu erreichen.“

„Mein Handy war verschwunden“, lautete die Antwort. „Ich hab's eben erst wiedergefunden.“

„Ach tatsächlich?“, entgegnete Arvin misstrauisch. „Möglich wäre auch, dass du dich nicht getraut hast, ans Telefon zu gehen!“

„Der Auftrag ist im Sack, wenn du das meinst.“

Aber diese Aussage kam Arvin ein bisschen zu kurz und zu einfach vor. „Zu welchen Konditionen?“, fragte er deshalb.

Enno antwortete nicht gleich. „Geld war kein Thema“, sagte er schließlich.

„Was war denn Thema?“

Enno seufzte tief. „Einen kleinen Haken hat die Sache, das muss ich zugeben …“

Arvin versteifte sich. „Spuck's aus.“

„Wir brauchen neue Aufträge, Arvin, das weißt du.“

„Aber nur, wenn wir sie bewältigen können, das weißt du!“

„Du kannst das Unmögliche möglich machen, Arvin. Du bist ein Genie“, schmeichelte ihm Enno.

Arvin hielt den Atem an. Allmählich schwante ihm, worauf das Ganze hinauslief. „Wir haben nicht genug Leute, Enno. Und diese Software ist extrem aufwändig. Also komm, sag mir nicht, dass du dich zeitlich hast unter Druck setzen lassen!"

„Er braucht die Software nun mal bis nächsten Sommer", sagte Enno kleinlaut. „Aber krieg jetzt bloß keine Krise. Du hast über ein Jahr Zeit. Außerdem ist das eh nur ein Richtwert. Wenn wir den Auftrag erst einmal haben, kann er sich nicht mehr umentscheiden. Selbst wenn wir eine kleine Vertragsstrafe zahlen müssen, kommen wir noch hervorragend dabei weg!"

„Du ... du kompletter Vollidiot", schimpfte Arvin. „Ich habe dir doch gesagt, dass er diese Software von keinem Unternehmen dieser Welt in einem solchen Zeitraum bekommen wird. Du hättest hart bleiben sollen!" Er war inzwischen aufgestanden und wanderte unruhig im Zimmer auf und ab. „Ich kann nicht arbeiten, wenn man mich hetzt!"

„Unsinn", konterte Enno. „In Wirklichkeit läufst du unter Druck zur Hochform auf. Du merkst es nur nicht!"

Arvin blieb stehen und seufzte tief. „Ich begreife nicht, warum ich dich immer alleine in diese Verhandlungen schicke."

„Du bist nun mal der Programmierer und ich der Manager. Läuft doch ganz gut, oder etwa nicht?"

„Gut lief es vor ein paar Jahren", widersprach Arvin. „In letzter Zeit leben wir von der Hand in den Mund."

„Was der Grund dafür ist, dass wir neue Aufträge brauchen."

„Ich weiß nicht", überlegte Arvin. „Irgendwie hab ich das Gefühl, dass wir mehr Aufträge haben als früher. Jedenfalls arbeite ich wie ein Verrückter. Wie können dann die Gewinne zurückgehen?"

„Inflation und Preisverfall", entgegnete Enno. „Und zwar in einer ungünstigen Kombination. Aber das ist BWL. Davon verstehst du nichts."

Arvin antwortete nicht. Er hatte auch gar nicht richtig zugehört. Stattdessen starrte er interessiert aus dem Fenster und betrachtete die Menschenmenge, die sich auf der Rasenfläche direkt vor dem Gebäude versammelt hatte. Eine seltsame Unruhe ging von ihr aus. Einige Leute riefen irgendetwas, andere zeigten aufgeregt auf das Gebäude. Außerdem kamen immer mehr Menschen hinzu.

Arvin begann unwillkürlich zu schnuppern. Das sah fast so aus, als hätten die Leute das Gebäude verlassen, weil es irgendwo angefangen hatte zu brennen. Aber das war Unsinn, oder? Auf jeden Fall roch er nichts – nichts außer süßlichen Blumen jedenfalls.

„Arvin?“, fragte Enno jetzt schon zum dritten Mal in Folge.

„Irgendetwas stimmt hier nicht“, murmelte Arvin. „Ich ruf dich später wieder an.“ Dann schaltete er das Telefon aus, ließ es in seiner Jackentasche verschwinden und eilte auf den Flur hinaus. Dort machte er sich auf die Suche nach irgendeiner Schwester. Zunächst fand er keine, aber dann stieß er beinahe mit Frau Barkfrede zusammen, die aus einem der Schwesternzimmer auf den Flur hinausstürmte.

„Oh, Sie sind es“, entfuhr es ihr. „Es tut mir leid, aber Sie werden sich noch einen Moment gedulden müssen. Je größer das Krankenhaus, desto größer die Koordinationsschwierigkeiten.“ Sie stieß einen theatralischen Seufzer aus. „Manchmal habe ich wirklich den Eindruck, dass hier die eine Hand nicht weiß, was die andere tut. Aber machen Sie sich keine Sorgen, ich werde Ihre Frau schon auftreiben. Es wäre allerdings besser, wenn Sie im Zimmer oder im Aufenthaltsraum warten würden. Sonst suche ich am Ende auch noch Sie. Ginge das?“

„Was ist draußen los?“, erkundigte sich Arvin in der für ihn typischen, etwas wortkargen Art.

„Wie … *draußen*?“

„Die Menschentraube auf dem Rasen“, erläuterte Arvin.

Frau Barkfrede zog die Stirn in Falten. „Ich weiß von keiner Menschentraube.“

„Im Falle eines Brandes würde doch sicherlich Alarm ausgelöst, oder?“

Schwester Barkfrede starrte ihr Gegenüber entgeistert an. „Sie machen mich nervös“, sagte sie und setzte sich im nächsten Moment auch schon in Bewegung.

Arvin folgte ihr … über den Flur … in das nächstbeste Krankenzimmer … bis hin zum Fenster.

„Entschuldigung“, sagte er ein wenig verlegen in Richtung der beiden älteren Damen, die den unverhofften Besuch in ihrem Zweibettzimmer ein wenig verdattert zur Kenntnis nahmen.

„Das ist ja … Was machen die denn da?“, stammelte Frau Barkfrede, als sie die Versammlung auf dem Rasen sah.

„Es sind jetzt siebenunddreißig Leute, acht mehr als noch vor fünf Minuten“, stellte Arvin fest.

Ella Barkfrede wandte den Kopf und starrte Arvin entgeistert an. „Wie haben Sie die so schnell gezählt?“

„Ich muss nicht zählen. Ich *sehe* die Menge“, antwortete Arvin schlicht.

„Stimmt etwas nicht?“, fragte die Dame, die ihr Bett in der Nähe der Tür hatte.

„Das wissen wir nicht“, antwortete Arvin.

Schwester Barkfrede öffnete jetzt das Fenster, lehnte sich weit hinaus und versuchte herauszufinden, was die Leute irgendwo oberhalb ihrer eigenen Position so faszinierend fanden. Arvin hatte derweil das zweifelhafte Vergnügen, ihren etwas ausladenden Hintern zu betrachten. Schließlich gab sie es auf, ihren Hals zu verrenken, und zog ihren Oberkörper leicht keuchend ins Zimmer zurück. „Brennen tut es jedenfalls nicht“, sagte sie ein wenig ratlos. Dann verschloss sie das Fenster wieder. „Vielleicht ist es besser, wenn ich mal nachsehe. Soweit ich das erkennen kann, ist kein Klinikpersonal da draußen.“

„Ich komme mit“, beschloss Arvin.

Und so dauerte es nicht lange, bis er auf Wegen, die er nie und nimmer allein gefunden hätte, zu einer Nebeneingangstür gelangt war. Da Schwester Barkfrede zu diesem Zeitpunkt schon ziemlich außer Atem war, öffnete Arvin die Glastür als Erster. Draußen schlug ihm kühle, aber äußerst klare und angenehme Luft entgegen. Außerdem schien die Sonne. Der April gehörte eben doch schon zum Frühling. Arvin hatte jedoch nur Augen und Ohren für die Menschen auf dem Rasen. Er spürte sofort, dass sich die Aufregung verstärkt hatte.

Gleich darauf kreischte eine Frauenstimme entsetzt auf.

Eine andere Stimme rief: „Hilfe! Warum tut denn niemand etwas?“

„Wo bleibt denn die Polizei?“

Arvin begann zu laufen und näherte sich der Gruppe. Hinter sich hörte er das Keuchen der Krankenschwester. Noch im Laufen sah er sich zum Gebäude um – und blieb vor Entsetzen so plötzlich stehen, dass Frau Barkfrede ungebremst in seine Seite lief. Arvin taumelte und fing sich wieder. Schwester Barkfrede ging es ähnlich, doch stöhnte sie vor Schmerz laut auf und entlud schon im nächsten Moment ihren ganzen Ärger über Arvin. „Sind Sie verrückt, so einfach stehen zu bleiben?“, fuhr sie ihn an. „Ich hab mir alle Rippen geprellt!“

„Gibt es einen Zugang zum Dach?“, fragte Arvin. Deutliche Panik schwang in seiner Stimme mit.

Aber Schwester Barkfrede hatte im Moment kein Ohr für solche Details. „Wie bitte?“, keifte sie. „Ich glaube, Sie haben mich nicht richtig verstanden! Ich verlange eine Entschuldigung!“

Arvin sagte kein Wort. Seine Miene war grimmig, aber auch entschlossen. Ohne zu zögern nahm er Schwester Barkfredes Gesicht zwischen seine Hände, drehte es Richtung Gebäude und dann ein Stück nach oben. Entsetzt keuchte sie auf. „Ist sie das etwa?“

„Sieht so aus. Gibt es jetzt einen Zugang oder nicht?“

„Sicher … klar … kommen Sie!“ Und mit diesen Worten setzte sie sich erneut in Bewegung und rannte mit ihren kurzen Beinen zurück zum Gebäude.

Arvin folgte ihr nicht gleich. Er starrte noch einen Moment auf die Gestalt, die dort oben auf dem Flachdach des Gebäudes zu sehen war. Die kleine, schlanke Silhouette, die dunklen Haare, die im Wind umhertanzten, das alles ließ den Schluss zu, dass Livia dort oben stand. Aber sie war zu weit weg, als dass er irgendwelche Details erkennen konnte. Abgesehen davon hätte er gar nicht gewusst, woran er sie sonst noch hätte erkennen können. Er wusste nicht, womit sie bekleidet war. Und ihr Gesicht war noch immer zum Teil bandagiert …

Jetzt ging ein Raunen durch die Menge.

Die Gestalt war noch näher an den Rand des Daches herangetreten und starrte wie hypnotisiert nach unten.

Arvin hielt die Luft an. Wenn jetzt eine kräftige Böe kam …

„Muss sie erst fallen?“, schrie jemand zu ihm herüber.

Die Stimme der Krankenschwester riss ihn aus seinem Schockzustand. Er startete wie bei einem Hundertmeterlauf, holte sie ein und hetzte mit ihr auf das Gebäude zu. Allerdings stellte sich jetzt schnell heraus, dass Schwester Barkfrede genauso unsportlich war, wie ihre Figur dies hatte vermuten lassen. Schon als sie das Gebäude erreichten, war sie so fertig, dass sie kaum noch vorwärtskam. Aber Arvin gönnte ihr keine Verschnaufpause. Er packte sie am Arm und schob sie vorwärts, immer in die Richtung, die sie ihm bedeutete.

Kurz darauf standen sie in einem Fahrstuhl und fuhren nach oben.

„Ich hab keine Ahnung, wie sie dahin gekommen ist“, jammerte Schwester Barkfrede und schnaufte dabei wie ein Taucher, der es in letzter Minute an die Oberfläche geschafft hatte.

Arvin antwortete nicht. Es war möglich, dass sie in genau diesem Moment in die Tiefe fiel …

Jesus Christus, betete er verzweifelt, *ich will es nicht wirklich. Ich will es nicht wollen.*

Der Fahrstuhl kam zum Stehen. Als sich die Metalltür zur Seite schob, stürmte Arvin bereits nach draußen. Es war, als würde er den Wunsch, dass sie endlich aus seinem Leben verschwinden möge, durch zusätzliche Aktivität bekämpfen.

„Links entlang“, keuchte Frau Barkfrede und rannte hinter Arvin her. „Durch die weiße Tür da hinten!“

Arvin riss die Tür auf und gelangte in ein kleines Treppenhaus. Dass er nach oben musste, konnte er sich denken. Er nahm immer zwei Stufen auf einmal und flog beinahe aufwärts. Auf die Schwester wartete er nicht mehr. Er spürte, dass er das Ziel gleich erreicht hatte. Zwei- … dreimal … änderte die Treppe ihre Richtung. Dann stand er vor einer grauen Metalltür. Er drückte die Klinke herunter … schob … riss … scheiterte.

„Sie ist verschlossen!“, rief er ungläubig.

„Es gibt nur diesen einen Zugang“, keuchte Schwester Barkfrede einige Meter unter ihm.

„Das *kann* nicht sein!“, brüllte Arvin und drückte noch verzweifelter gegen die Tür. Sie schien nach außen aufzugehen. Aber sie schloss sich direkt an die Treppe an. Wie also sollte er

Anlauf nehmen? Er trat zwei Stufen nach unten, stürmte los und warf sich, so gut es ging, mit der rechten Seite gegen die Tür. Nichts … außer einer anständigen Prellung.

Arvin war nicht der Typ, der an der Realität vorbeilebte. Er kannte sich aus mit Grenzen. „Ich werde es nicht schaffen", verkündete er und stürmte auch schon wieder nach unten. „Suchen Sie jemanden, der einen Schlüssel hat … haben Sie eine Ahnung, wo ich ein Brecheisen finden kann?"

„Gut … nein", beantwortete Schwester Barkfrede nacheinander die beiden Fragen. Und dann musste sie sich dicht an die kalte Wand pressen, damit dieser wild gewordene Typ sie nicht einfach umlief. Schon im nächsten Moment rannte sie dann allerdings nicht weniger eilig hinter ihm her. Wenn das hier schiefging, war sie die Erste, die Ärger bekommen würde …

„Werkzeuge", brüllte Arvin, während er den Vorsprung zu der Krankenschwester immer mehr ausbaute. „Es muss doch irgendwo Werkzeuge geben!" Er schien auf dem Weg in tiefer gelegene Etagen zu sein, jedenfalls ließ er die Tür, die ganz offensichtlich ins nächstgelegene Stockwerk führte, unbeachtet rechts liegen.

„Ich weiß nicht", keuchte Frau Barkfrede. „Ich kümmere mich nicht um so was … obwohl …" Sie wurde langsamer und blieb plötzlich stehen. „Der Generalschlüssel!" Hatte ihre Stimme eben noch furchtbar hilflos geklungen, so überschlug sie sich jetzt beinahe vor Aufregung. „Ich bin ja so blöd! Es gibt einen Generalschlüssel! Und den kann ich besorgen!" Mit diesen Worten setzte sie sich wieder in Bewegung, gelangte bis zu der Tür, die Arvin gerade passiert hatte, und riss sie auf. „Nun kommen Sie schon", rief sie noch, dann war sie verschwunden.

Arvin hatte derweil eine filmreife Vollbremsung hingelegt und war jetzt wieder auf dem Weg nach oben. Sein Vorsprung war nun von Nachteil. Es dauerte lange, bis er die Tür erreicht hatte, die gerade Frau Barkfrede verschluckt hatte. Als er sie durchquerte, fand er sich auf einem weiß gestrichenen, recht lang gezogenen Flur wieder – der allerdings vollkommen verwaist war. „Schwester?", brüllte er verzweifelt. „Hallo?" Hilflos sah er sich um. Er hatte keine Ahnung, in welche Richtung er sich wenden sollte. Schließlich machte er ein paar unsichere Schritte nach links, nur um kurz darauf voll durchzustarten und nach rechts zu laufen. Aber auch auf diese Weise kam er nicht weit.

„Hier“, hörte er eine Stimme hinter sich keuchen.

Er wirbelte herum. Am Ende des Flures hing Schwester Barkfrede in einem Türrahmen und streckte ihm mit letzter Kraft einen Schlüssel entgegen. Er rannte auf sie zu. Wenn er nicht gerade Wichtigeres zu tun gehabt hätte, dann hätte er die Frau ohne Zweifel in die Notaufnahme transportiert. Sie war hochrot und japste beängstigend nach Luft. So aber entriss er ihr nur den Schlüssel, der mit einem herzförmigen Anhänger verbunden war, und startete erneut voll durch. Mit seiner Beute hetzte er durch den Flur und die Treppenstufen wieder nach oben. Und tatsächlich. Als er die Tür erreicht hatte, ließ sie sich mithilfe des Schlüssels mühelos öffnen.

Im nächsten Moment stand er auf dem Dach.

Livia ... sie war noch da. Aber sie stand bedrohlich nah am Rand des Daches! Und sie starrte nach unten.

Das Dach ... es war eindeutig nicht für den Aufenthalt von Menschen gedacht. Jedenfalls gab es kein Geländer ringsum. Und hier oben wehte ein ziemlich böiger Wind! Auch sonst deutete nichts darauf hin, dass das Dach zum Beispiel als Terrasse genutzt wurde. Der Bodenbelag jedenfalls war einfach nur grau und funktionell.

Arvin tat ein paar unsichere Schritte auf Livia zu. Er hatte Angst, sie zu erschrecken. „Hallo“, sagte er, einfach weil ihm nichts Besseres einfiel.

Sofort wirbelte Livia zu ihm herum. Ihren Augen waren wirr. Es machte den Eindruck, als wüsste sie nicht, was hier los war.

„Ich bin es, Arvin“, probierte Arvin. „Frierst du gar nicht?“ Sein Blick streifte ihren langärmeligen Schlafanzug und blieb an ihren nackten Füßen hängen. Livia hatte seit ihrem Unfall immer nackte Füße. Er wusste nicht, warum, aber sie trug ungern Schuhe. „Ich möchte dich wieder in dein Zimmer bringen. Komm einfach her.“

Livias Blick wanderte von Arvin zurück zu dem, was sich auf dem Krankenhausgelände abspielte. Und das war nicht verwunderlich. Die Menschentraube vor dem Gebäude hatte erstaunliche Ausmaße erreicht. Es kam Arvin so vor, als wäre alles nach draußen gerannt, was das Bett noch verlassen konnte. Aber das war es nicht, was ihn am meisten beunruhigte. Oder besser gesagt ... was Livia beunruhigte. Die Polizei war da unten. Und Arvin hatte das Gefühl, als würde Livia verängstigt auf das Blaulicht starren, das am Polizeiwagen immer noch angeschaltet war. Immerhin hatten sie auf das Martinshorn verzichtet.

„Alles ist in Ordnung", sagte Arvin, wodurch es ihm gelang, Livias Aufmerksamkeit von der Polizei weg- und zu ihm hinzulenken. „Komm einfach her", ergänzte er so ruhig und warm, wie es das wenige schauspielerische Talent, das er besaß, hergab. Aber obwohl es einem guten Zweck diente, kam er sich schrecklich verlogen vor. Alles an dieser Frau stieß ihn ab. Die Verbände, ja, sogar ihre unschuldigen und verwirrten Augen. „Komm her."

Und tatsächlich. Sie machte einen zaghaften Schritt auf ihn zu.

Aber dann geschah es. „Hier spricht die Poli–"

Die zweite Hälfte des Wortes „Polizei" blieb dem Beamten, der das Megafon eingesetzt hatte, förmlich im Halse stecken. Oder wurde es durch den Aufschrei der Menge erstickt? Jedenfalls ging alles sehr schnell. Livia war herumgewirbelt, hatte dabei irgendeine ungeschickte Bewegung gemacht, verlor nun das Gleichgewicht und ruderte unkontrolliert mit den Armen in der Luft herum.

Arvin sah das Unglück kommen und hechtete vorwärts.

Livia schrie auf, fiel und hatte bereits die Kontrolle verloren, als Arvin bäuchlings auf sie zuschlitterte. Dabei hatte er allerdings versäumt, seine Geschwindigkeit zu kalkulieren. In Sekundenbruchteilen wurde ihm klar, dass er viel zu schnell und im Begriff war, selbst über den Rand hinwegzuschießen. Im nächsten Moment bekam er Livias Handgelenk zu fassen, packte zu und setzte gleichzeitig seinen gesamten Körper ein, um abzubremsen. Zunächst schien das auch zu gelingen, aber dann fiel Livias gesamtes Körpergewicht in seinen Arm und er wurde ruckartig vorwärtsgezogen. Mit einem verzweifelten

Aufschrei verlagerte er sein Gewicht nach hinten, was immerhin dazu führte, dass er oben blieb, mit Kopf und Oberkörper jetzt aber gefährlich weit über das Dach hinausragte. Schon spürte er, wie er das Gleichgewicht zu verlieren begann. Und in dieser Situation fing Livia auch noch an zu zappeln.

„Hör auf!", brüllte er verzweifelt, ließ aber nicht los. Die Fingernägel seiner linken Hand kratzten über den Beton, während er versuchte, irgendetwas zu fassen zu kriegen, das Halt versprach. Aber da war nichts – nur eine vollkommen glatte Fläche.

„Livia!", schrie er erneut. Aber das hätte er nicht tun sollen. Die Nennung ihres Namens veranlasste Livia, wie eine Irre den Kopf zu schütteln und sich erneut zu winden. Es sah sogar so aus, als versuchte sie, sich aus Arvins Griff zu befreien.

Während er spürte, wie er die Kontrolle verlor, explodierten Hunderte von Gedanken in Arvins Kopf. *Niemand wird dir einen Vorwurf machen, wenn du sie jetzt loslässt*, war nur einer davon.

„Schluss jetzt!" Es war ein letzter verzweifelter Versuch ... aber er führte dazu, dass Livia den Kopf hob und einmal mehr aus großen, verwunderten Augen zu ihm in die Höhe starrte. Gleichzeitig ließen ihre Bewegungen nach. „Karen?", fragte sie und wirkte dabei wie ein Kind, das nach seiner Mutter rief. Arvin witterte eine Chance. „Karen kommt gleich", sagte er und hielt Livias Blick wie ein Befehlshaber gefangen.

Seltsamerweise schien das zu helfen. Livia hörte auf sich zu bewegen und hing auf einmal da wie eine Maus in den Klauen des Bussards.

Ohne den Blick von ihr zu nehmen, nutzte Arvin die Gelegenheit und schob sich Millimeter um Millimeter rückwärts. Dabei war seine ganze Konzentration allein auf sein Gleichgewicht gerichtet. Nur eine einzige falsche Bewegung – das wusste er – und er landete samt dieser Frau im Jenseits.

Aus Millimetern wurden Zentimeter.

„Ich ziehe dich jetzt hoch", verkündigte Arvin, als er wieder Kontrolle über seinen Körper erlangt hatte. Mittlerweile ragten nur noch Kopf und Schultern über den Rand hinaus.

Livia nickte. „Hoch", wiederholte sie. „Zu Karen."

„Ja", seufzte Arvin, „zu Karen."

Kapitel 6

Als Arvin an diesem Abend in sein Haus zurückkehrte, kam es ihm noch kälter und leerer vor als sonst.

Geraume Zeit stand er einfach nur im dunklen Flur und starrte vor sich hin. Dann schlich er wie ein geprügelter Hund ins Wohnzimmer, zündete zuerst den Kamin an und nahm dann einen kleinen Teddybären vom Kaminsims. „Na du“, flüsterte er und drehte den Teddy auf den Bauch, sodass er ein jammerndes Geräusch von sich gab. „Genauso fühle ich mich auch.“

Er behielt den Teddy in der Hand und ließ sich in Mantel und Schuhen nur wenige Zentimeter vor dem brennenden Kamin nieder.

Es dauerte lange, bis das Feuer richtig in Gang kam. Aber dann erfüllte der kräftige, würzige Geruch von verbrennendem Holz den Raum. Und es tat gut, die Flammen zu betrachten. Sie wirkten so lebendig, so leidenschaftlich, so anders, als er sich selbst fühlte.

Es war nicht leicht, die Ereignisse des Tages zu verdauen. Er spürte immer noch Livias Gewicht in seinem rechten Arm. Und es kam ihm so vor, als reiße dieses Gewicht auch an seinem Herzen … als würde er selbst davon zerrissen!

Er schloss die Augen. Weder das Knistern des Feuers noch der Teddy auf seinem Schoß vermochte ihn zu trösten. Mittlerweile war ihm warm. Aber auch die schwere Wärme schien nicht die Fähigkeit zu besitzen, den Eisklotz in seiner Brust zu zerschmelzen.

Er hatte das Bedürfnis zu weinen, aber auch das wollte nicht gelingen. Im Grunde fühlte er sich wie gelähmt, wie festgewachsen an seinem Standort. Als er zu schwitzen begann, fehlte ihm die Kraft, seine Position zu wechseln.

Erst als er Schritte hörte, wandte er müde den Kopf.

„Arvin?“, hörte er die Stimme seiner Schwester rufen. Sie besaß von jeher einen Schlüssel und schien hereingekommen zu sein, ohne zu klingeln.

Er wollte, dass sie wieder ging. Aber schon wenig später wurde die Tür zum Wohnzimmer geöffnet.

„Arvin? … Oh!“ Karen klang erstaunt. „Ich wusste nicht … Ich meine … alles war so duster, sonst hätte ich ja geklingelt … Was machst du denn hier im Dunkeln?“

Arvin räusperte sich und fand endlich die Kraft, sich zu erheben. „Ich wollte nur … Es war so kalt hier drinnen.“ Schnell setzte er den Teddy aufs Kaminsims zurück. Als Karen das Licht anschaltete, hob er schützend die Hände vors Gesicht.

„Du hast ja noch deinen Mantel an!“, beschwerte sich Karen. Und dann seufzte sie tief. „Man kann dich wirklich keine fünf Minuten allein lassen, weißt du das?“

Arvin nahm die Hände wieder herunter. Dann sagte er trotzig: „Ich war auch nie dafür, dass mich alle allein lassen.“

Karen seufzte erneut. „Apropos. Wie war's bei Livia?“

Arvin antwortete nicht gleich. Er war sich nicht sicher, ob er seiner Schwester die Wahrheit sagen sollte. Sie war ein unglaublich fürsorglicher Typ. Sie würde ausrasten … Andererseits … wie sollte er ihr diese Kleinigkeit verheimlichen? Die ganze Stadt würde morgen davon sprechen! „Es war … wie soll ich sagen … Willst du dich nicht erst einmal setzen?“

„Sag nicht, du hast gekniffen!“, brauste Karen auf.

Arvin knöpfte langsam seinen dunklen Wollmantel auf. Allmählich hatten sich seine Augen an die Helligkeit gewöhnt. „Du bist nicht besser als ich, Schwesterchen.“ Er deutete auf Karens rote Windjacke. „Die sieht noch wärmer aus als mein Mantel.“

„Ich wollte auch nicht lange bleiben“, entgegnete Karen. „Ich wollte nur sichergehen, dass mit Livia alles geklappt hat.“

„Zieh deine Jacke aus und setz dich aufs Sofa. Ich hol uns was zu trinken.“

Karen seufzte zum dritten Mal, tat aber, wie ihr befohlen, und saß schon wenig später in Pullover und dicken Socken auf Arvins schwarzer Ledergarnitur.

„Ein KiBa, stimmt's?“, lächelte Arvin, als er mit Karens Lieblingsgetränk ins Wohnzimmer zurückkehrte.

Karen verschränkte die Arme vor der Brust. Irgendwie hatte sie im Moment so überhaupt keine Lust auf Bananen-Kirsch-Saft. Sie hatte sich den ganzen Tag mit Vanessa durch diesen Freizeitpark gekämpft und war jetzt furchtbar erschöpft.

Außerdem hatte sie schon wieder dieses Völlegefühl im Magen, das ihr in letzter Zeit immer häufiger zu schaffen machte. „Wenn du glaubst, dass mich das milder stimmt ...", drohte sie.

Arvin hatte sich ein Bier mitgebracht, verteilte die Getränke und ließ sich ebenfalls auf dem Sofa nieder. „Glaubst du, Livia ist lebensmüde?", begann er unvermittelt.

Die Augen seiner Schwester weiteten sich. „Wie ... wie kommst du denn darauf?"

„Sag's mir", bat er. „Du kennst sie viel besser als ich. Würdest du ihr ... na ja ... zutrauen, dass sie sich umbringt?"

Karen stand der Mund offen. „Ist irgendetwas Schlimmes passiert?", krächzte sie.

Arvin schüttelte eilig den Kopf. „Nein, es ist alles gut gegangen, aber ... na ja ... nur knapp."

Karen fröstelte plötzlich. „Du warst also da."

„Ja, aber sie war nicht in ihrem Zimmer. Die Schwester und ich, wir haben sie auf dem Dach gefunden."

„Auf dem Dach ..." Karen fuhr sich durch die langen rötlich-braunen Haare, formte einen Pferdeschwanz daraus und ließ die Haare anschließend wieder fallen. „Aber sie verlässt nie allein ihr Zimmer!", brach es aus ihr hervor.

„Ich weiß", seufzte Arvin. „Und das ist auch noch nicht alles ..."

„Arvin", jammerte Karen. „Jetzt lass dir doch nicht alles aus der Nase ziehen!"

„Der einzige Zugang zum Dach war abgeschlossen."

Einen Moment lang herrschte Schweigen. Dann keuchte Karen: „Willst du damit sagen, dass sie sich einen Schlüssel besorgt hat, aufs Dach gestiegen ist und anschließend wieder hinter sich abgeschlossen hat?"

„Wäre es möglich?"

„Möglich? Nein! Sie ist noch ein Kind ... Ich meine ... zumindest geistig ... Sie weiß nicht, wer sie ist ... Im Grunde ist sie völlig verängstigt! Zu einer solchen Tat ... einer überlegten Tat in diesem Sinne ... wäre sie niemals fähig!"

„Mir kam es auch komisch vor, zumal sie keinen Schlüssel bei sich trug."

„Nicht?“ Karen hatte sich inzwischen weit auf ihrem Platz nach vorn gebeugt und rieb nervös ihre Oberarme.

„Nein. Und er wurde auch auf dem Dach nicht gefunden.“

„Vielleicht hat sie ihn runtergeworfen.“

Arvin sah auf und blickte seiner Schwester prüfend ins Gesicht. „Du traust es ihr also doch zu …“

„Nein!“ Karen war aufgesprungen und wanderte jetzt beunruhigt durch Arvins Wohnzimmer. „Wie schon gesagt, sie verlässt niemals freiwillig ihr Zimmer. Und wenn, dann muss ich zumindest in ihrer Nähe sein! Du weißt es doch auch! Ich wäre niemals mit Vanessa in den Freizeitpark gefahren, wenn man mir nicht versprochen hätte, dass Livia ausnahmsweise den ganzen Tag in ihrem Zimmer bleiben darf!“

Arvin nickte. „Ja, das hab ich der Polizei auch gesagt. Und Schwester Barkfrede hat's bestätigt. Trotzdem ist die Polizei wie selbstverständlich von einem Selbstmordversuch ausgegangen.“

Karen war vor dem Kamin stehen geblieben und starrte nun in die Flammen, wie es ihr Bruder zuvor getan hatte. „Für einen Anschlag auf ihr Leben gibt es ja auch kein Motiv …“ – einen Moment lang schien sie zu zögern – „kein ernst zu nehmendes jedenfalls.“

Arvin legte den Kopf schief. „Welches *nicht* ernst zu nehmende Motiv fällt dir denn ein?“

Karen machte eine wegwerfende Handbewegung und kehrte zum Sofa zurück. „Vergiss es einfach.“ Dann griff sie nach ihrem KiBa und würgte einen Schluck herunter. „Lecker.“

Arvin nahm den Blick nicht von ihr. „Welches nicht ernst zu nehmende Motiv, Karen?“, wiederholte er.

Karen stellte den KiBa auf den Couchtisch zurück. Dann blickte sie angestrengt auf das Glas. „Fällt dir jemand ein, der sie lieber tot als lebendig sehen würde, hm?“

Arvin schwieg.

„Es ist doch so, oder nicht?“, fragte Karen.

„Deswegen würde ich sie doch nicht umbringen“, presste Arvin mühsam hervor.

„Ich weiß“, sagte Karen leise. „Aber schon die Tatsache an sich ist ziemlich schlimm …“

Arvin rang die Hände. „Was erwartest du?"

Karen legte ihre rechte Hand auf seine beiden und brachte sie damit zur Ruhe. „Ich kann mir vorstellen, wie du dich fühlst, Arvin. Aber Livia ist nicht mehr dieselbe wie vorher. Und sie braucht jetzt unsere Hilfe."

„Ich kann nicht", entfuhr es Arvin. Und dann schüttelte er hektisch den Kopf. „Ich kann einfach nicht."

„Sie weiß nichts mehr von früher", beharrte Karen.

„Schon möglich … Die Frage ist nur, wie lange dieser Zustand anhält. Ihre Erinnerung kann jederzeit wiederkommen, oder nicht? Und ihr Verstand auch. Zumindest ist es nicht ausgeschlossen, das hast du selbst gesagt."

„Wäre es dir lieber, wenn sie für den Rest ihres Lebens auf dem Stand eines Kleinkindes bliebe?"

„Ich weiß es doch nicht!", brüllte Arvin und sprang auf. Während er weitersprach, gestikulierte er wild mit seinen Händen. „Lieb wäre mir jedenfalls, wenn ich wüsste, was auf mich zukommt! Ich bin mit ihr verheiratet, Karen. Ich bin für sie verantwortlich. Hast du eine Ahnung, wie sich das anfühlt?"

„Du solltest auf Gott vertrauen, Arvin. Er weiß schon, was er dir zumuten kann."

Arvin sackte in sich zusammen. „Bist du sicher?"

„Du nicht?"

„Nicht mehr irgendwie … Ich meine … ich glaube schon noch an ihn … hier jedenfalls …" – er deutete an seine Stirn – „aber hier …" – er deutete auf sein Herz – „herrscht gähnende Leere. Ich meine … er nimmt mir alles weg, was ich besitze … Ich verstehe ihn einfach nicht."

„Alles hat seinen Sinn", flüsterte Karen. „Du wirst es schon noch verstehen."

„Hoffentlich", seufzte Arvin, „hoffentlich."

Kapitel 7

„Woher weiß ich, dass ich tatsächlich Livia bin?"

Karen blickte auf, fuhr aber fort, Livias rechte Hand einer kräftigen Massage zu unterziehen. Sie saß neben ihr auf dem

Krankenhausbett und hatte feuchte Hände von dem Massageöl, das durchdringend nach einer Mischung aus Orange und Arnika duftete. Während sie die Innenflächen durchknetete und vor allem die Verlängerung des Daumens bearbeitete, betrachtete sie die Frau, die vor ihr saß. Im letzten halben Jahr hatte sie erstaunliche Fortschritte gemacht. Vor allem sprachlich merkte man ihr kaum noch ein Defizit an. Und sie stellte intelligente Fragen – für Karens Geschmack sogar manchmal zu intelligente.

Im Grunde hatte sie tatsächlich wenig Ähnlichkeit mit Livia. Oder? Karen war sich nicht mehr sicher. Eigentlich erinnerte sie sich kaum an die alte Livia. Es war so lange her … Wie hatte ihre Stimme geklungen? Wie ihr Lachen? Wie war sie gegangen? Wie hatte sie gesprochen? In letzter Zeit hatte sie sich diese Fragen nicht gerade selten gestellt. Und noch häufiger hatte sie bedauert, dass sie keine Videoaufnahme von Livia besaß. Nur Fotos. Und die reichten anscheinend nicht aus, um die Erinnerung wieder aufzufrischen.

Livia hatte einen Spiegel in ihrer linken Hand und blickte in kleineren Abständen hinein.

Ist nicht gerade erfreulich, was du siehst, nicht wahr?, dachte Karen. Nachdem Livia zum dritten Mal an ihrer Nase operiert worden war, hatte diese endlich wieder Ähnlichkeit mit einer solchen. Aber sie war immer noch von Narben übersät und von Verfärbungen überzogen. „Du weißt es nicht", sagte sie heiser. „Du musst uns einfach glauben."

„Uns?", wiederholte Livia.

„Arvin und mir", entgegnete Karen und arbeitete sich nunmehr von der Handinnenfläche zum kleinen Finger hoch.

Obwohl Livia große Schwierigkeiten damit hatte, ihre rechte Hand zu gebrauchen, ballte sich diese jetzt zur Faust und umschloss dadurch Karens Finger. „Ich mag ihn nicht", flüsterte sie.

Karen entzog Livia ihre Hand. „Aber er ist dein Mann …"

„Das behauptest du!", gab Livia zurück. „Aber du hast es mir niemals bewiesen. Es könnte doch auch eine Verwechslung sein …"

„Erstens", begann Karen und war selbst froh, dass sie sich die Fakten noch einmal in Erinnerung rufen konnte, „gibt es keinen Menschen auf dieser Welt, der behauptet, Livia Scholl zu sein. Nur du allein kommst für diese Rolle in Betracht. Zweitens hat man dich in einem Wagen gefunden, der Livia Scholl gehörte. Drittens trugst du Kleidung, die Arvin und ich erkannt haben, und zwar nicht nur eine Jacke, sondern auch Hose, Bluse und Unterwäsche. Außerdem hattest du deinen Ausweis bei dir, deinen Trauring, deine Uhr und dein Lieblingsarmband. Viertens hast du Livias Größe, ihre Statur, ihre Augenfarbe und Haarfarbe. Wie kann es da noch Zweifel geben?"

„Aber ich fühle mich nicht wie eine Livia", brach es in voller Verzweiflung aus Livia hervor.

„Wie fühlst du dich dann?", fragte Karen, obwohl sie wusste, dass sie ihrer Schwägerin damit wehtun würde. „Wie eine Petra? Oder eine Brigitte?"

Livia entzog Karen ihre Hand und drehte ihr demonstrativ den Rücken zu. „Du bist so gemein!", schluchzte sie auf.

„Livia", beschwor Karen ihre Freundin. „Ich bin nicht gemein. Ich sehe nur den Tatsachen ins Auge. Du bist Livia. Es gibt keine andere Erklärung. Und ich an deiner Stelle würde mich allmählich damit abfinden."

„Du hast gesagt, dass Livia gut zeichnen konnte", probierte Livia und wandte sich Karen voller Hoffnung wieder zu. „Ich hingegen krieg nicht mal ein vernünftiges Haus gemalt!" Sie deutete auf ihren Nachttisch, wo ein Wust von Zetteln darauf hindeutete, dass sie diese angebliche Fähigkeit intensiv ausprobiert hatte. „Ich stelle mich total dumm an. Ich kann unmöglich Livia sein."

„Du kannst deine rechte Hand doch noch gar nicht richtig gebrauchen. Außerdem hab ich mit Dr. Kopp über dieses Thema gesprochen. Bei der Schwere deines Unfalls ist es nicht verwunderlich, dass du Fähigkeiten eingebüßt hast!"

Livia antwortete nicht. Aber ihr Blick wirkte so verloren, dass Karen sie spontan umarmte. „Ich bin doch da", tröstete sie ihre Schwägerin. „Wir stehen das gemeinsam durch!"

Livia schüttelte den Kopf. „Du fühlst nicht, was ich fühle", sagte sie und schob Karen entschieden von sich. Dann wandte sie sich nach rechts, öffnete die Schublade ihres Nachttischchens und kramte ein zerknittertes Foto daraus hervor. „Nichts davon hat irgendetwas mit mir zu tun", jammerte sie. „Gar nichts."

Karens Blick auf Livias Foto war nicht minder skeptisch. „Wenn ich ehrlich bin", seufzte sie, „kann ich auch keine Ähnlichkeit feststellen. Aber das muss ich auch nicht. Die Tatsachen sind überzeugend genug. Und denk mal an deine Begeisterung für jede Art von Blumen. Du bist gelernte Floristin! Das passt doch wie die Faust aufs Auge!"

„Das ist das Einzige, was passt ..."

„Und wenn schon! Du solltest froh sein, dass du eine Identität hast. Schließlich gibt es keine Alternative. Oder willst du ein Niemand sein?"

❧

Willst du ein Niemand sein? Die Worte hallten noch lange in Livias Kopf nach. Natürlich wollte sie das nicht! Sie wollte weder namenlos noch allein sein. Im Gegenteil! Niemand konnte wirklich ermessen, wie froh sie war, dass es Karen gab! Instinktiv wusste sie, dass ihr Karens aufopfernde Pflege das Leben gerettet hatte. Gute, liebe, selbstlose Karen!

Noch glücklicher wäre sie allerdings gewesen, wenn es nur Karen für sie gäbe. Karen und Vanessa, genau. Ohne Arvin. Ohne diesen großen dunklen Mann mit der tiefen Stimme und dem strengen Blick. Dem vorwurfsvollen Blick.

Sie fragte sich schon lange, was es war, das er ihr vorwarf. War es der Unfall? War sie vielleicht zu schnell gefahren? Oder hatte sie einen schlimmen Fahrfehler begangen? Hatte sie vielleicht sein Lieblingsauto kaputt gemacht? Oder war es ihr Aussehen? Widerte sie ihn einfach an?

Wenn sie ihr eigenes Spiegelbild betrachtete, erschien ihr diese Antwort nicht unwahrscheinlich. Sie war abgrundtief hässlich. Immer noch – oder immer wieder – gab es verbundene Stellen in ihrem Gesicht, geschwollene Bereiche, herunterhängende Partien, die über keinerlei Gefühl verfügten und nicht gesteuert werden konnten.

Arvin ... ein seltsamer Name, ein seltsamer Mann ...

Am schlimmsten war die Tatsache, dass sie seinetwegen so hin- und hergerissen war. Manchmal hasste sie ihn für sein Verhalten. Manchmal fand sie es verständlich. Manchmal hoffte sie darauf, dass es sich ändern würde. Manchmal fürchtete sie genau das …

Sie seufzte tief, griff einmal mehr nach dem Spiegel, der stets auf ihrem Nachttisch lag, und blickte hinein. Immerhin leuchteten ihr ein Paar wache blaue Augen entgegen. Ihr Verstand funktionierte wieder!

Sie konzentrierte sich auf ihre Augen und versuchte, den Rest des Gesichtes zu vergessen. Sicher, sie war hässlich, aber sie spürte auch, dass es nicht allein ihr Aussehen war, das Arvin abstieß. Nein, diese Antwort war zu einfach, zu … oberflächlich. Das wahre Problem lag tiefer, es war vielschichtiger. Aber was nur, was hatte sie an sich … in sich, das so viel Abscheu produzierte?

Sie hatte Karen schon oft darauf angesprochen, aber nie eine zufriedenstellende Antwort darauf erhalten. Karen wollte ihr nicht antworten, das war ihr längst klar. Und Arvin? Der mied sie sowieso, als hätte sie eine ansteckende Krankheit.

Dabei musste sie eine Antwort bekommen. Ja, sie musste. Ihr Leben hing davon ab. Ihre Identität. Vielleicht … ganz vielleicht … war das, was Arvin und sie voneinander trennte, auch der Schlüssel zu ihrem Gedächtnis?

Kapitel 8

Auch in den darauffolgenden Monaten hielten Livias Fortschritte an. Abgesehen von den Schwierigkeiten in der Feinmotorik ihrer rechten Hand konnte sie bald alle Gliedmaßen wieder hervorragend benutzen. Und auch ihre Lern- und Merkfähigkeit steigerte sich auf ein durchaus akzeptables Niveau.

Ein Problem stellten allerdings die Kopfschmerzen dar, mit denen sie zu kämpfen hatte. Meist traten sie morgens auf, wenn sie eine Nacht mit fürchterlichen Albträumen hinter sich hatte.

Livia hasste diese Albträume. Sie hatte das Gefühl, als brächten sie alles in ihr durcheinander. Am Morgen danach wusste sie manchmal nicht mehr, wie sie hieß und wo sie war. Es dauerte dann bis zu zwei Stunden, bis sie wieder einigermaßen klar war. Am Schlimmsten aber war die Tatsache, dass mit den Träumen niemals Erinnerungen zurückkehrten. Alles, was vor dem Unfall war, blieb eine schwarze, undurchdringliche Masse.

Erfreulich waren hingegen die Veränderungen in Livias Gesicht. Die Operationen wirkten Wunder und hatten bald ein Aussehen geschaffen, mit dem sie sich nicht mehr schämen musste. Allmählich gab es auch wieder Ähnlichkeiten zu früher. Die Nase entsprach dem Bild, das Livia in ihrem Nachttisch hatte. Sie war gerade, nicht allzu lang und durchaus hübsch. Außerdem waren ihre braunen Haare auch dort, wo sie die schwersten Kopfverletzungen erlitten hatte, wieder gewachsen. Livia trug sie genauso, wie sie es auf dem Bild gesehen hatte: kinnlang, ohne Pony und durchgestuft. Seltsamerweise gab es dennoch erhebliche Unterschiede zu früher. Durch die Stufen kamen deutliche Wellen zum Vorschein, was der Frisur ein erhebliches Volumen verlieh. Auf dem Foto aber sahen die Haare vollkommen glatt aus. Wie passte das zusammen?

„Haare ändern sich eben“, antwortete Karen, als sie auf dieses Thema angesprochen wurde.

„Alle sieben Jahre“, nickte Livia, „das hat zumindest der Friseur gesagt. Ich wundere mich nur … na ja … dass dieser Zeitpunkt ausgerechnet mit dem Unfall zusammenfällt.“

„Hör auf, Livia“, schimpfte Karen und blieb stehen. Sie schlenderte mit ihrer Schwägerin über eine Wiese, die sich ganz in der Nähe des Krankenhauses befand. Es war inzwischen Herbst und Livias Unfall lag schon ein ganzes Jahr zurück. Trotz der Jahreszeit war es heute ungewöhnlich warm und die Sonne knallte aus allen Rohren vom Himmel. Während Karen dies sichtlich genoss, hatte sich Livia unter einem riesigen Sonnenhut versteckt. Sie musste noch unheimlich aufpassen. Vor allem ihr Kopf war furchtbar empfindlich. Wenn er mit Sonnenstrahlen in Berührung kam, brannte er sofort wie Feuer. Außerdem wurden die Kopfschmerzen dadurch begünstigt. „Es bringt doch nichts, wenn du dieses Thema immer wieder aufwärmst. Du bist Livia Scholl, und damit basta!"

Livia verschränkte beleidigt die Arme vor der Brust. „Ich wär nur gern sicher. Das ist alles."

„Da", sagte Karen und deutete auf eine noch intakte Pusteblume, die am Wegesrand stand, als hätte man sie vergessen. Sie wurde vom Wind sanft hin und her geschaukelt. Karen ging ein paar Schritte darauf zu, bückte sich und pflückte sie. „Guck mal." Sie holte ganz tief Luft und blies kräftig gegen die Samenfäden. Diese stoben davon, tanzten noch eine Weile durch die Luft und ließen sich dann weit verteilt auf dem Gras nieder. „Erst sah sie gelb aus und duftete, dann wurde sie zur Pusteblume und jetzt ist nur noch ein Stängel übrig geblieben." Karen hielt Livia den Stängel vor die Nase. „Trotzdem ist es noch dieselbe Blume. Glaub mir, sie würde sich selbst nicht wiedererkennen!"

Livia verzog den Mund. „Diese Blume ist tot, Karen. Deshalb gibt es keine Ähnlichkeit mehr. Ich aber lebe noch!" Als müsse sie dies unter Beweis stellen, setzte sie sich wieder in Bewegung. Wenn sie mit ihren nackten Füßen – angesichts der Temperaturen hatte Karen heute nichts dagegen gehabt, dass sie barfuß war – über eine Wiese lief und die Grashalme unter ihren Sohlen kitzelten, vermittelte ihr das ein Gefühl von Lebendigkeit. Schon nach wenigen Schritten blieb sie jedoch wie angewurzelt stehen.

Derweil hatte Karen den Stängel mit einer ärgerlichen Bewegung auf den Boden geworfen. „Als du noch alles geglaubt hast, was ich dir erzählt habe, hast du mir besser gefallen", schmollte sie. Als sie jedoch feststellte, dass Livia ihr nicht antwortete und sich auch nicht mehr rührte, folgte sie ihr. „Ist was?", fragte sie verwundert.

„Da!", flüsterte Livia und deutete auf die Gestalt eines Mannes, der sich zügig, aber nicht fluchtartig von ihnen entfernte. „Das ist er!"

„Wer?" Karen hatte keine Ahnung, worauf Livia hinauswollte. Der Mann hatte nichts Besonderes an sich. Er trug eine Jeans, ein rotes Poloshirt und eine dunkle Baseballkappe.

„Dieser Mann da … den sehe ich in letzter Zeit andauernd!", entgegnete Livia atemlos. „Andauernd."

Karen schüttelte verständnislos den Kopf. „Er wird Patient in diesem Krankenhaus sein", mutmaßte sie. „Da ist es kein Wunder, wenn du ihm häufiger begegnest."

„Aber er sieht mich immer so seltsam an. So … ich weiß auch nicht … als würde er mich kennen!"

„Vielleicht gefällst du ihm", lächelte Karen.

Aber Livia stieg nicht auf diese Bemerkung ein. „Und wenn er mich *doch* kennt? Wenn er mehr über mich weiß als ich selbst?"

„Hat er dich denn niemals angesprochen?"

Livia schüttelte den Kopf und sah der kleiner werdenden Gestalt noch immer ängstlich nach. Irgendetwas an diesem Mann war ihr unheimlich.

„Dann bildest du dir das Interesse bestimmt ein", war sich Karen sicher.

Livia seufzte tief und wandte ihre Aufmerksamkeit endlich wieder Karen zu. „Ich finde es so gemein, dass uns die Polizei bei den Fingerabdrücken nicht helfen wollte", sagte sie.

Karen verzog das Gesicht. Auf Livias Drängen hatte sie sich an die Polizei gewandt und vorgeschlagen, dass diese in Arvins Haus Fingerabdrücke nehmen könnte, um sie mit Livias zu vergleichen. Dann wäre ihre Identität ein für alle Mal bestätigt worden und dieses unsägliche Thema hätte der Vergangenheit angehört. Aber das Gespräch mit dem zuständigen Beamten war äußerst unerfreulich verlaufen. Er hatte sie ausgelacht und irgendetwas in Richtung „Denken Sie nicht, dass die Polizei Wichtigeres zu tun hat?" von sich gegeben.

„Gibt es denn nichts anderes, was beweisen könnte, dass ich Livia bin? Irgendetwas, das man selbst nachprüfen kann?"

„Die Zähne", überlegte Karen. „Auf diese Weise identifiziert man auch Leichen …"

„Wer war denn mein Zahnarzt?" Livia war auf einmal Feuer und Flamme.

Karen zog die Stirn in Falten. „Keine Ahnung … Du weißt ja, vor deinem Unfall hatten wir nicht den allerbesten Draht zueinander."

„Auch ein Grund, weshalb ich an meiner Identität zweifle", seufzte Livia. „Weiß Arvin denn, zu welchem Zahnarzt ich gegangen bin?"

„Höchstwahrscheinlich“, antwortete Karen, wirkte aber auf einmal ziemlich zurückhaltend. „Aber wenn du das wissen willst, musst du ihn schon selbst fragen. Du weißt ja, dass ihn dieses Thema nervt.“

„Ihn nervt alles, was mit mir zu tun hat“, erklärte Livia und strich gedankenverloren über ihre Stirn. Rechts gab es noch eine Stelle, an der sie nach wie vor kein Gefühl hatte. „Ich würde zu gern wissen, ob er mich erst seit dem Unfall hasst oder ob er mich schon früher nicht leiden konnte“, murmelte sie. Sie streifte Karen mit einem vorsichtigen Blick. „Du hast nicht vor, mich darüber aufzuklären, oder?“

„Nein!“, fauchte Karen ungewohnt scharf. „Ich bin es nämlich leid, immer zwischen dir und Arvin zu stehen. Das ist nicht meine Aufgabe.“

„Aber er redet nicht mit mir“, beschwerte sich Livia. „Er besucht mich nur, wenn es gar nicht anders geht.“ Sie verschränkte frustriert die Arme vor der Brust. „Und ans Telefon krieg ich ihn auch nicht. Wenn ich ihn anrufe, ist entweder seine Sekretärin oder dieser Enno Dingsbums am Apparat.“ Sie warf Karen einen herausfordernden Blick zu. „Und findest du es in Ordnung, dass er mich nie zurückruft?“

„Ich kann es doch nicht ändern“, antwortete Karen hilflos. Sie ärgerte sich ja selbst über Arvins Verhalten.

„Du willst nicht“, behauptete Livia. „Du hältst dich aus allem schön raus und wartest, dass sich die Probleme von allein lösen.“

Karen starrte sie an. Was hatte sie da gerade gesagt? „Das ... das ist doch wohl die Höhe“, brach es aus ihr hervor. „Ich halte mich raus? Ich?“ Sie stemmte die Hände in die Hüften und lief rot an. „Ich hab deinetwegen mein ganzes Leben aufgegeben! Ich habe nichts mehr – keine Freunde, keine Hobbys! Ich widme mich entweder dem Job, meiner Tochter oder dir! Es gibt nichts anderes mehr, gar nichts. Und das alles habe ich getan, obwohl du vor deinem Unfall ...“ Sie biss sich im letzten Moment auf die Zunge und verstummte.

„Obwohl ich vor meinem Unfall was?“, zischte Livia. „Ich hab immer gewusst, dass da irgendetwas war. Und ich hab ein Recht, es zu erfahren!“

„Rechte, Rechte", entfuhr es Karen. „Ich hör immer nur ‚Rechte'. Wie wär's zur Abwechslung mal mit Pflichten? Ehelichen Pflichten zum Beispiel. Hast du eine Ahnung, was Arvin durchgemacht hat? Wie du mit ihm umgesprungen bist?"

„Wie?", schrie Livia ihr entgegen. „Wie bin ich denn mit ihm umgesprungen?"

Karen stöhnte auf und drehte sich von Livia weg. „Es ist nicht meine Aufgabe, dir das zu sagen", presste sie hervor. „Es ist Arvins Sache. Und ich habe keine Lust, das zu übernehmen."

„Also gut", gab Livia zurück. „Ich werd ihn fragen. Aber sag nachher nicht, ich hätte vorsichtiger mit ihm umgehen sollen oder so was. Ich hab ein Recht auf ein paar Antworten. Und wenn du sie mir nicht gibst, hol ich sie mir bei ihm. Und weißt du was? Ich werde es sofort tun." Sie drehte sich um und marschierte in die Richtung, aus der sie beide gekommen waren.

„Tu das!", rief Karen hinter ihr her. „Und wenn du schon mal dabei bist, dann klär bitte auch die alles entscheidende Frage, ob du bei ihm wohnen kannst, wenn du demnächst entlassen wirst."

Livia blieb stehen, als wäre sie gegen eine Wand gelaufen. Dann drehte sie sich in Zeitlupentempo um. Entsetzen stand ihr ins Gesicht geschrieben. „W-was?", stotterte sie.

Karen schluckte. Sie hatte sich schon so lange vorgenommen, dieses Thema anzusprechen. Und sie hatte es sanft und vorsichtig tun wollen. Stattdessen hatte sie den Frust darüber, dass Arvin auch bei diesem allzu notwendigen Thema immer abblockte, an Livia ausgelassen.

„Ich … ich weiß nichts von einer Entlassung … und …" Livia wirkte vollkommen verstört. „Das Krankenhaus ist mein Zuhause."

Karen senkte betroffen den Blick. „Die Entlassung ist ja auch noch ein bisschen hin. Vor Januar, Februar wird das nichts. Trotzdem möchte ich, dass du dich damit auseinandersetzt. Im Grunde … hast du doch gewusst, dass du nicht für immer im Krankenhaus bleiben kannst", sagte sie leise.

„Januar, Februar", wiederholte Livia und schauderte. „Aber warum … weißt du es und ich nicht?" Livias blaue Augen waren kugelrund.

Karen mochte sie noch immer nicht ansehen. „Die Ärzte haben wohl geahnt, dass du mit einer Entlassung Probleme haben würdest. Deshalb haben sie mich gefragt, ob ich es dir schonend beibringen könnte. War nicht wirklich schonend, was?“

„Du wirst mich doch aufnehmen, Karen, oder?“, fragte Livia, ohne auf die Frage einzugehen. Das Zittern in ihrer Stimme verriet viel über die Bedeutung dieser Frage. „Ich meine … du bist meine Freundin … der einzige Mensch …“

Karen blickte angestrengt auf ihre Schuhe. „Ich hab nur eine klitzekleine Wohnung, Livia, und –“

„Das macht nichts“, beeilte sich Livia zu versichern. „Ich brauche nicht viel Platz. Ehrlich nicht. Ich schlafe auf dem Sofa und –“

„Ich aber“, fiel Karen ihr ins Wort. Dann nahm sie all ihren Mut zusammen und sah Livia in die Augen. „Ich brauche viel Platz. Und Vanessa braucht viel Platz. Und überhaupt …“ – sie atmete einmal tief durch – „was ich vorhin gesagt habe … du weißt schon … dass ich gar kein eigenes Leben mehr habe … keine Hobbys … keine Freunde … das ist ein großes Problem für mich.“

„Dann lösen wir es gemeinsam!“, rief Livia aus. „Ich fühle mich sowieso furchtbar nutzlos hier im Krankenhaus. Es ist schrecklich, einfach nur so vor sich hin zu leben! Ich möchte eine Aufgabe haben und gebraucht werden. Ich könnte dir furchtbar viel abnehmen. Ich kann arbeiten! Ich *will* arbeiten! Ich mach dir den ganzen Haushalt, wenn du willst! Und ich betreue Vanessa. Sie geht doch jetzt in die Schule …“ Sie verstummte, weil Karen heftig mit dem Kopf schüttelte.

„Darum geht es doch nicht, Livia. Es geht darum, dass Vanessa ihre Mutter auch mal ganz für sich alleine braucht. Und ich … ich brauche ebenfalls einen Rückzugsort. Verstehst du das nicht?“

Livia schluckte schwer, räusperte sich und kämpfte ganz offensichtlich mit aufsteigenden Tränen. „Aber ich …“ – ihre Stimme klang belegt – „ich kann nicht alleine leben.“ Sie hob die rechte Hand. „Ich bin noch gar nicht ganz gesund. Und dann die Albträume …“

„Ich weiß", nickte Karen. „Und deshalb bin ich auch der Meinung, dass du bei Arvin einziehen solltest." Sie sah Livias Ausbruch kommen und verhinderte ihn, indem sie beschwichtigend die Hände hob und sofort weitersprach. „Ich weiß, was du jetzt denkst, Livia. Aber Arvin ist nicht so, wie du denkst. Außerdem arbeitet er sehr viel. Er wird nur selten zu Hause sein. Abgesehen davon werde ich dich genauso häufig besuchen wie jetzt auch. Das verspreche ich dir!"

„Er wird mich gar nicht aufnehmen!", sagte Livia. Ob sie mit diesem Satz einer Hoffnung oder einer Befürchtung Ausdruck verlieh, war nicht erkennbar.

„Doch, das wird er", behauptete Karen. „Er wird dich aufnehmen, weil er ein verantwortungsbewusster Mensch ist. Und er wird dich aufnehmen, weil er muss. Ihr seid schließlich verheiratet. Wenn du es willst, wird er dich aufnehmen."

Livia schüttelte verzweifelt den Kopf. „Ich will es aber nicht." Sie schlug die Hände vors Gesicht und begann zu schluchzen. „Ich will es nicht!"

Kapitel 9

Karen tat, was sie nicht wollte und nicht ihre Aufgabe war: Sie vermittelte.

Das Gespräch mit Arvin über dieses Thema fand an einem Sonntagnachmittag statt. Karen hatte sich bei Arvin zum Kaffee eingeladen und rutschte schon während der Torte unruhig auf ihrem Platz hin und her. Als Vanessa schließlich zum Toben nach draußen verschwunden war, sagte sie: „Wir müssen reden."

Arvin, der die Gabel schon fast zum Mund geführt hatte, zögerte kurz, schob das riesige Stück Schwarzwälder Kirschtorte dann aber doch in sich hinein und genoss es mit sichtlicher Begeisterung. Erst als er damit fertig war, sagte er: „Allerdings müssen wir das! Und zwar darüber." Er deutete missbilligend auf Karens Teller. Das Stück Torte, das er seiner Schwester aufgetan hatte, war kein bisschen kleiner geworden. „In letzter Zeit isst du wie ein Spatz."

Karen nickte. Diese Bemerkung war ein Ablenkungsmanöver, kam ihrer Strategie aber durchaus zugute. „Du hast recht, Arvin. Es geht mir nicht gut. Ich habe Magenprobleme. Hast du eine Ahnung, woher das kommt?"

Arvin versteifte sich. Anscheinend hatte er gerade bemerkt, dass er sich ein Eigentor geschossen hatte. „N-nein."

Karen blickte ihm ernst ins Gesicht. „Ich bin überfordert, Arvin. Eigentlich wäre ich mit meiner Doppelrolle als Krankenschwester und alleinerziehender Mutter schon überlastet. Aber ganz nebenbei muss ich noch deine ..." – sie zögerte kurz – „meine Schwägerin betreuen. Ich kann nicht mehr, weißt du?"

Arvin senkte betreten den Blick. „Sicher weiß ich das. Und ich würde dir ja auch helfen, wenn ich könnte ... wenn ich mehr Zeit hätte. Aber die Firma! Du weißt, dass es uns schon länger nicht mehr besonders gut geht. Immerhin hat Enno diesen Auftrag an Land gezogen ... Das Problem ist bloß, dass ich nicht weiß, wie ich diese Software in so kurzer Zeit fertigstellen soll! Ich arbeite schon wie ein Verrückter!"

Karens Blick wurde weich. Sie spürte förmlich, wie ihre Entschlossenheit ins Wanken geriet. Es stimmte ja, die Firma, die Enno und er gemeinsam aufgebaut hatten, befand sich in der Krise. Und sie war Arvins Lebensgrundlage! War es da nicht ihre Aufgabe, ihm den Rücken freizuhalten?

„Mama!", rief eine begeisterte Stimme. Gleich darauf stürmte Vanessa herein. Ihre Wangen waren vor Aufregung gerötet, ihre Knie total verdreckt. „Kommst du mit raus? Ich will dir zeigen, was ich kann!"

„Einen Moment noch, Vanessa", entgegnete Karen und schenkte ihrer Tochter ein warmes Lächeln.

Trotzdem erstarb das Strahlen in Vanessas Blick. „Das kenn ich schon", maulte sie und verließ mit hängenden Schultern das Wohnzimmer.

Karen sackte in sich zusammen. Vanessa hatte recht. Sie wurde andauernd vertröstet. Sie konnte nicht noch mehr zurückstecken. „Ich werde Livia *nicht* bei mir aufnehmen", hörte Karen sich sagen.

Arvin blickte auf. „Wie ... aufnehmen?"

„Sie wird demnächst entlassen“, erwiderte Karen leise. Auch Arvin hatte sie es schonender beibringen wollen. Aber ihre Kräfte waren nun mal verbraucht.

„Entlassen? Aber … wieso? Ich meine … kommt sie nicht in irgendeine Reha oder so?“

„Sie hat die Rehamaßnahmen schon im Krankenhaus mitgemacht, Arvin. Wenn du sie in letzter Zeit mal besucht hättest, wüsstest du das.“

Arvin schwieg. Er war ehrlich geschockt.

Während beide so dasaßen, schlug die Standuhr, die einmal Arvins und Karens Eltern gehört hatte, vier Mal. Es war ein voller, durchdringender Klang. „Du müsstest nicht viel tun, Arvin“, begann sie müde. „Du müsstest ihr nur erlauben, bei dir zu wohnen. Alles andere würde ich regeln … den Papierkram und alles …“

Arvin schluckte schwer. „Kann …“ – er musste sich räuspern, um ein halbwegs verständliches Wort herauszubringen – „kann sie denn nicht allein leben?“

Karen sah ihren Bruder prüfend an. „Sie will es natürlich nicht … und ich hab auch nicht versucht, sie dazu zu überreden …“ Sie zögerte einen Moment. „Arvin“, setzte sie neu an, „glaubst du denn, dass du dir das leisten könntest?“

„Leisten? Du meinst …“ Jetzt war es Arvin, der erst einmal nachdenken musste. Er stand auf und durchwanderte unruhig das Wohnzimmer. Vor der Uhr aus dunklem Eichenholz blieb er stehen und murmelte: „Sie ist meine Frau. Ich bin unterhaltspflichtig …“ Er fuhr mit dem Finger auf den geschnitzten Blättern entlang, die das Ziffernblatt umgaben. Irgendwann fielen seine Hände einfach so herunter. „Mist“, brach es aus ihm hervor, „sie hat mich in der Hand! Dieses kleine Luder hat mich in der Hand!“

Karen erschrak. „Bist du verrückt? Livia ist nicht so … nicht mehr jedenfalls. Sie kann sich an nichts erinnern, bitte vergiss das nicht.“

„Das behauptest du …“, sagte Arvin finster.

„Arvin …“ Karen war sprachlos.

„Sieh mich nicht so an!“, fauchte Arvin. „Ich bin nicht so naiv wie du. Menschen ändern sich nicht. Jedenfalls nicht grundlegend. Das Herz bleibt dasselbe. Glaub mir, sie wird ihr wahres Ich schon noch offenbaren!“

Karen sagte nichts dazu. Sie konnte Arvin ja verstehen … Trotzdem kannte er Livia nicht so, wie sie sie kennengelernt hatte. Sie *war* anders! „Was ist nun?“, wagte sie nach einer Weile zu fragen. „Kannst du es dir leisten, ihr eine Wohnung zu finanzieren?“

Arvin sah seine Schwester an und schüttelte bitter den Kopf. „Im Moment … keine Chance.“

Karen fummelte in ihren Haaren herum, formte einen Pferdeschwanz und ließ ihn wieder fallen. Dann seufzte sie tief. „Es ist unser Elternhaus. Ich … ich könnte es nicht ertragen, wenn es verkauft werden müsste.“

„Ich auch nicht“, hauchte Arvin und wurde weiß wie die Wand. „Oh Mann!“

❧

Die Gespräche mit Livia waren nicht viel besser. Obwohl sie irgendwann auch offiziell über ihre bevorstehende Entlassung informiert wurde, konnte sie sich mit dem Gedanken, bei Arvin einzuziehen, einfach nicht anfreunden.

Wenige Wochen vor ihrer Entlassung besuchte sie mit Karen einen Supermarkt. Das gehörte zu den vielen Aktionen, die Karen durchführte, um Livia wieder auf das normale Leben vorzubereiten. Unglücklicherweise fühlte sich Livia in Menschenansammlungen nicht sehr wohl. Sie hatte mit Schweißausbrüchen und Angstzuständen zu kämpfen.

„Also los“, forderte Karen sie auf. „Stell dir vor, du hättest eine eigene Wohnung und müsstest einkaufen. Was würdest du aus dem Regal nehmen?“

„Ich hab aber keine eigene Wohnung“, sagte Livia und hielt sich krampfhaft an der Stange des Einkaufswagens fest.

Aber Karen kannte kein Erbarmen. „Wir gehen systematisch vor“, lautete ihr Vorschlag. „Du musst morgens frühstücken. Was brauchst du?“

„Ich werde bei dir wohnen … und du gehst für mich einkaufen“, flüsterte Livia und verdrehte die Augen. Das grelle Licht des Supermarktes rief ein Schwindelgefühl bei ihr hervor.

„Du wirst bei Arvin wohnen, und der ernährt sich nur von Fast Food. Wenn du nicht einkaufen kannst, musst du verhungern“, sagte Karen streng. „Also sprich: Was möchtest du zum Frühstück?“

„Schokolade“, krächzte Livia.

Karen seufzte tief. Livia war süchtig nach jeder Art von Süßigkeiten. Ein weiterer Grund, warum sie keinesfalls allein leben konnte. „Brot“, widersprach sie. „Such es bitte.“

Livia schluckte und sah sich um. Die Menge von Produkten erschlug sie förmlich. Alles war so unglaublich bunt.

Nachdem Karen eine Zeit lang abgewartet hatte, seufzte sie frustriert. „Komm mit, ich bringe dich in den richtigen Gang.“ Sie zog Livia am Gemüse und an den Säften vorbei in Richtung Brot und Kuchen. Vor den entsprechenden Regalen blieb sie stehen. „Auf geht's!“

Livia starrte verwirrt auf die Produktvielfalt. Schließlich trat sie einen Schritt vor und griff nach einer Aluschale mit Butterkuchen.

„Nein!“, protestierte Karen. „Kein Kuchen zum Frühstück, okay? Wir kaufen Schwarzbrot.“ Sie beförderte eine 500-Gramm-Packung in ihren Einkaufswagen. „Weiter geht's. Was möchtest du als Brotaufstrich haben?“

„Nutella“, antwortete Livia.

Karen rollte mit den Augen. Das war ja schlimmer als bei Vanessa. „Du kriegst Marmelade“, entschied sie und schob Livia an allerhand anderen Leuten vorbei in die entsprechende Abteilung. Vor den Marmeladen blieb sie stehen. „Welche willst du?“

Livia griff nach dem erstbesten Glas, das sie zu fassen bekam.

Aber Karen nahm ihr auch das wieder weg. „Du magst keine Erdbeermarmelade“, sagte sie sanft. „Du magst viel lieber Maracuja oder sonst was Exotisches. Weißt du das denn nicht?“

Livia schien sie nicht zu hören. Ihr Blick klebte an den Menschen, die durch den Laden wuselten. Sie war völlig abgelenkt.

Karen schüttelte ungläubig den Kopf. In ihrer gewohnten Umgebung benahm sich Livia wie eine ganz normale Frau. Auf jeden Fall konnte sie klare Gedanken fassen und intelligente Sätze formulieren. Aber an unbekannten Orten brach das alles wie ein Kartenhaus in sich zusammen. Dann wirkte Livia wieder wie ein Kind.

„Wir gehen“, entschied sie. Dann räumte sie das Brot wieder an seinen Platz zurück und verließ mit Livia den Supermarkt. Es hatte einfach keinen Zweck.

Draußen angekommen, atmete Livia sichtbar auf. Obwohl es ein bisschen schneite, schien ihr die Umgebung viel besser zu bekommen. Als Karen den leeren Einkaufswagen in die entsprechende Vorrichtung zurückschob, fragte sie irritiert: „Wo ist das Brot?“

„Ich fürchte, du bist noch nicht reif fürs Einkaufen“, sagte Karen und zog den Reißverschluss ihrer Jacke ganz bis unter ihr Kinn.

Livias Blick erhellte sich. „Dann muss ich wohl bei dir wohnen ...“

Sehr zu ihrem Leidwesen schüttelte Karen den Kopf. „Ich werde für dich einkaufen und ich werde auch für dich putzen, wenn es sein muss. Aber wohnen wirst du bei Arvin.“

„Du hast überhaupt keine Zeit, für mich zu putzen. Du musst doch arbeiten ... und für Vanessa da sein. Es wäre viel einfacher, wenn ich das Putzen und Waschen und Bügeln und Einkaufen übernehmen würde. Ich möchte mich doch so gerne nützlich machen. Glaub mir, ich kann das alles lernen. Ich *werde* es lernen, wenn ich nur bei dir wohnen darf! *Bitte!*“ Sie faltete die Hände und setzte ihren flehendsten Hundeblick auf.

Da war es wieder. Hier draußen an der frischen Luft argumentierte sie wie eine Gesunde! Karen steuerte mit Livia auf die Straße zu. Da der Schnee nicht liegen blieb, konnten sie sich frei bewegen. „Arvin braucht auch jemanden, der für ihn sorgt“, behauptete sie. „Er hat schon viel zu lange ganz allein gelebt.“

„Wirklich?“, fragte Livia, zum ersten Mal ehrlich interessiert. „Meinst du, es würde ihm guttun, wenn ich mich um ihn kümmere?“

„Ganz bestimmt! Wenn du zum Beispiel für ihn kochst, würde er sich endlich mal gesund ernähren!“

„Meinst du denn … er würde essen, was ich ihm koche?"

Karen antwortete nicht gleich. Anscheinend musste sie über diese Frage erst einmal nachdenken.

„Also nicht", schlussfolgerte Livia.

Inzwischen waren sie an der Bushaltestelle angekommen. Karen hatte kein eigenes Auto und fuhr immer mit öffentlichen Verkehrsmitteln. Aus irgendeinem Grund hasste sie Autos.

„Ein bisschen sträuben würde er sich schon …", gab Karen zu. Sie seufzte. „Du musst ihm einfach viel Zeit geben, Livia. Der Unfall und das alles … das hat ihn sehr mitgenommen. Er weiß einfach nicht, wie er dir begegnen soll."

„Und deshalb ignoriert er auch die Briefe, ja?", brach es aus Livia hervor.

Karen sah überrascht zu ihr auf. „Briefe?"

Livia drehte sich weg und tat so, als würde sie den Busfahrplan studieren.

Karen sah ihr über die Schulter. „Das ist die falsche Linie", sagte sie sanft.

Daraufhin ging ein Ruck durch Livia. Sie wandte sich ab und steuerte auf das kleine, rundherum verglaste Wartehäuschen zu, das sich nur wenige Meter von ihr entfernt befand und das im Moment menschenleer war. Es würde sie vor dem Schnee schützen. Auf der kleinen Bank nahm sie Platz.

Karen folgte ihr und setzte sich neben sie. Dann schüttelte sie sich ein paar vorwitzige Schneeflocken aus den Haaren. „Du hast ihm geschrieben?", fragte sie vorsichtig.

Livia schluckte und war offensichtlich den Tränen nahe. Hilflos blickte sie in der Gegend umher.

„Livia", flüsterte Karen. „Mir kannst du es doch sagen!"

„Da ist er wieder", hauchte Livia. Sie starrte entgeistert nach rechts, die Straße entlang.

Karen folgte ihrem Blick, konnte aber nichts Ungewöhnliches entdecken. „Häh?"

„Der Mann", flüsterte Livia und schauderte. „Der Mann aus dem Krankenhaus."

Karen sah ein weiteres Mal die Straße hinunter. Da waren allerhand Männer … „Der mit der Brille?" Tatsächlich kam ein schlanker Mann mit Brille und Aktentasche auf sie zu.

Aber Livia schüttelte den Kopf. „Nein … der da hinten, der mit der Mütze."

Karen musste genau hinsehen, um zu verstehen, wen Livia meinte. Ein Mann mit einer Baseballkappe entfernte sich von ihnen. Er war unauffällig gekleidet und auch schon an die dreißig Meter weit weg. „Aber Livia", wunderte sich Karen. „Er ist schon so weit weg. Du kannst ihn unmöglich wiedererkannt haben."

„Er hat mich angesehen", flüsterte Livia. „Nur ganz kurz, aber genauso wie immer. So als wollte er irgendetwas von mir!"

Karen sah zweifelnd hinter der Gestalt des Mannes her. „Meinst du wirklich?"

„Du glaubst mir nicht", stellte Livia fest und sah ihrer Freundin vorwurfsvoll ins Gesicht. „Du denkst, dass ich spinne."

„Ich denke, dass du im Moment ein bisschen überfordert bist", gab Karen zu. „Der bevorstehende Umzug nimmt dich halt ein bisschen mit."

„Umzug", wiederholte Livia und wusste einen Moment lang nicht so genau, was nun ihr größtes Problem war. Und welcher Mann ihr am meisten Angst machte. Der Unbekannte oder doch eher Arvin. „Ich will nicht zu Arvin", jammerte sie.

„Erzähl mir von den Briefen", nahm Karen den Faden wieder auf.

Livia seufzte abgrundtief. „Ich …" – ihre Stimme klang belegt – „ich wollte von ihm selbst hören, dass er einverstanden ist … dass ich einziehe, meine ich." Und dann brach die Verzweiflung wie ein Vulkan aus ihr hervor. „Aber warum antwortet er mir nicht? Ich hab Tage gebraucht, um diese Briefe zu schreiben. Wie soll ich mit jemandem unter einem Dach leben, der so tut, als gäbe es mich überhaupt nicht?" Sie schluchzte auf. „Und vielleicht gibt es mich ja auch gar nicht … vielleicht …" Sie riss die Hände vors Gesicht. „Ich krieg nicht mal die Adresse dieses Zahnarztes. Nicht einmal das!"

Karen sah ihren Ausbruch hilflos mit an. Sie konnte nichts tun, nicht einmal widersprechen.

❧

„Hast du einen Brief von Livia bekommen?" Karen fiel im wahrsten Sinne des Wortes mit der Tür ins Haus. Sie spazierte an Arvin vorbei, zog ihre Jacke aus und hängte sie an die Garderobe. Dann drehte sie sich zu ihm um. „Nun?"

Arvin antwortete nicht. Stattdessen verschloss er wortlos die Tür, ließ seine Schwester stehen und steuerte auf die Küche zu.

Karen folgte ihm. „Ich will eine Antwort, Arvin."

„Du bist meine Schwester, nicht meine Mutter", fauchte Arvin und ließ sich am Küchentisch nieder. Die Küche war im Stil der Siebzigerjahre eingerichtet und machte den Eindruck, als wäre sie seitdem nicht renoviert worden. Die groß gemusterte, in Blau und Weiß gehaltene Tapete löste sich jedenfalls an einigen Stellen bereits von der Wand. Außerdem wirkte sie schmuddelig.

Karen blickte angewidert in den Topf, aus dem Arvin eine Suppe löffelte. Sie roch scharf und würzig. Auf dem Herd stand eine geöffnete Dose, in der sich einmal mexikanischer Bohneneintopf befunden hatte. Karen sah auf ihre Uhr. „Es ist Viertel vor neun", sagte sie missbilligend. „Ich dachte, du wärst längst fertig mit dem Abendbrot."

Arvin löffelte seelenruhig weiter seine Suppe.

Karen seufzte, zog mit einem scharrenden Geräusch einen Stuhl vom Tisch und setzte sich. Dann atmete sie einmal tief durch und probierte es mit einem sehr viel freundlicheren Tonfall erneut. „Tut mir leid, Arvin. Ich hab nicht vor, dich zu kontrollieren oder zu bemuttern. Trotzdem möchte ich wissen, ob du Livias Brief beantwortet hast."

Arvin wandte den Kopf und deutete mit einem Nicken in eine ganz bestimmte Richtung. Karens Blick fiel auf die Schublade, in der schon ihre Eltern die Post zwischengelagert hatten. Sie erhob sich. Der Stuhl scharrte erneut über den Boden. Sie ging zur Schublade und öffnete sie. Erstaunlicherweise lag Livias Brief obenauf. Sie nahm ihn heraus. „Du hast ihn überhaupt nicht aufgemacht?", entrüstete sich Karen. „Sie schreibt dir einen Brief und du liest ihn nicht mal?"

„Ich hatte keine Zeit", rechtfertigte sich Arvin. „Außerdem kann ich mir denken, was drinsteht. Und wie hätte ich darauf reagieren sollen?" Er setzte ein gekünsteltes Lächeln auf und sagte mit übertrieben sanfter Stimme: „Schön, dass du bald wieder zu meinem Leben gehörst, Livia. Ich hatte dich schon so vermisst …" Sein Lächeln erstarb. „Ich bitte dich, Karen!"

Aber Karen hatte dieses Mal wenig Verständnis. „Keiner hat von dir verlangt, dass du sie belügst, Arvin. Ich frage mich allerdings, wie du dir das Zusammenleben mit ihr vorstellst. Willst du in den Keller ziehen oder was? Wenn sie hier wohnt, wirst du wohl auch mal mit ihr reden müssen. Und vielleicht würde es euch beiden helfen, wenn ihr beizeiten damit anfangt."

Arvin antwortete nicht, sondern wandte sich mit finsterem Blick wieder seiner Suppe zu.

Karen hingegen öffnete den Brief. „Du hast doch nichts dagegen …?!"

Da Arvin nicht antwortete, begann sie zu lesen. Als sie damit fertig war, standen Tränen in ihren Augen. „Sie ist furchtbar tapfer", sagte sie mit belegter Stimme. „Obwohl sie weiß, dass du sie ablehnst, ist ihr Brief freundlich und kooperativ. Gib ihr doch eine Chance, Arvin!"

Arvins Blick verhärtete sich noch mehr. „Alle Jahre wieder oder was?", fauchte er.

Karen seufzte tief. „Beantworte wenigstens ihre Frage", bat sie.

Arvin blickte auf. „Was für eine Frage?"

„Sie ist immer noch nicht davon überzeugt, dass sie wirklich Livia ist", klärte Karen ihn auf. „Ich hab ihr erzählt, dass man Unfallopfer anhand der Zähne identifizieren kann. Jetzt möchte sie wissen, zu welchem Zahnarzt sie gegangen ist."

Arvin sah seine Schwester entgeistert an. „Wie jetzt … sie ist nicht Livia? Aber was … ich meine … wer soll sie denn sonst sein?"

„Sie hat keine Ähnlichkeit mit der alten Livia", sagte Karen und verlieh damit einmal mehr ihren eigenen Zweifeln Ausdruck. Bei Livia hatte sie sich diese nicht anmerken lassen. Trotzdem waren sie niemals ganz verschwunden … „Das hast du selbst gesagt!"

„Das ist lange her", antwortete Arvin. Und dann erhob er sich, ging nun seinerseits zur Anrichte hinüber und kramte in der Briefeschublade herum. Kurz darauf holte er zwei Fotos daraus hervor. Eine Weile betrachtete er sie. Dann hielt er sie Karen hin. „Hier“, sagte er betont gelangweilt. „Vorher – nachher.“

Karen nahm die Bilder entgegen und hielt sie nebeneinander. „Das hier ist erst zwei Wochen alt“, sagte sie und deutete auf eines der beiden Bilder.

Arvin setzte einen vorwurfsvollen Blick auf. „Du hast es mir förmlich aufgedrängt. Wahrscheinlich hast du gehofft, dass ich mich aufs Neue in sie verliebe.“ Er lachte zynisch. „Das ist leider komplett gescheitert.“

Karens Blick verfinsterte sich. „Ich bin viel realistischer, als du glaubst“, schmollte sie. Sie hatte allerdings gehofft, dass er Livia weniger abstoßend finden und zumindest mal besuchen würde … Sie betrachtete das andere Bild. „Wie alt ist das hier?“

„Zwei Jahre, drei Monate und acht Tage“, seufzte Arvin.

Karen blickte erstaunt zu ihm auf. „Du und dein Zahlengedächtnis …“, bemerkte sie kopfschüttelnd. „Daran werde ich mich wohl nie gewöhnen.“

„Ich finde schon, dass die Bilder Ähnlichkeit miteinander haben.“

„Das liegt an den Schönheitschirurgen“, überlegte Karen laut. „Sie hatten dieses Foto und –“

„Spinnst du jetzt völlig?“, fiel Arvin ihr ins Wort. „Willst du mir allen Ernstes erklären, dass sie eine Fremde ist, die nur durch Zufall in meinem Auto unterwegs war?“

Karen zuckte die Achseln. „Ich weiß, es klingt verrückt –“

„Verrückt?“, entfuhr es Arvin. „Es weckt sogar Zweifel an deinem Geisteszustand!“ Er schüttelte den Kopf. „Andererseits …“ Er tat so, als würde er überlegen. „Also wenn du bei dieser Vermutung bleiben willst, hast du meine volle Unterstützung, Karen. Ja, genau! Wenn ich es mir recht überlege, wäre das die Lösung all meiner Probleme. Ich könnte sie vor die Tür setzen, ohne ein schlechtes Gewissen haben zu müssen. Ich könnte –“

„Hör auf!“ Dieses Mal war es Arvin, dem das Wort abgeschnitten wurde. „Vergiss das Thema einfach! Ich wusste sowieso, dass du blöde darauf reagieren würdest. Am besten, du besorgst ihr einfach die Unterlagen vom Zahnarzt und gut ist die Sache.“

Arvin sah seine Schwester ein wenig nachdenklich an. „Das wird schwierig“, sagte er schließlich.

„Warum?“

„Die Praxis ist vor ein paar Monaten abgebrannt. Erinnerst du dich nicht mehr?“

Karen riss die Augen auf. „Der Brand bei Dr. Dierks?“

Arvin nickte.

„Wie dumm“, sagte Karen, musste dann aber feststellen, dass ein kalter Schauer über ihren Rücken rieselte.

Kapitel 10

Als Livia an diesem Abend das Licht ausmachte, wusste sie bereits, dass die Nacht nicht die allerbeste werden würde. Sie hatte einfach zu lange gegrübelt. Zum hundertsten Mal hatte sie die Frage bewegt, ob sie zu Arvin ziehen sollte oder ob es irgendeine andere Alternative gab. Aber Karen hatte unmissverständlich deutlich gemacht, dass sie sie nicht aufnehmen würde. Und allein leben …? Schon der bloße Gedanke ließ sie schaudern.

Das größte Problem waren diese Albträume. Sie erschütterten Livia bis ins Mark. Und sie wurden nicht gerade seltener! Vielleicht hatte sie selbst Schuld daran. Die Angst vor dem nächsten Albtraum hielt sie vom Schlafen ab und führte dazu, dass sie oft viel zu spät ins Bett ging. Genau wie heute.

Livia wickelte sich tiefer in ihre Decke ein und versuchte, an etwas Positives zu denken. Karen war nicht weit. Sie hatte heute Nachtschicht und würde gleich morgen früh zu ihr kommen. Außerdem war eine Nachtschwester in der Nähe.

Aber es war schon so spät! Schon kurz nach zwölf. Und spätes Zubettgehen förderte diese Albträume, das wusste Livia mittlerweile.

Schwertlilien, dachte Livia, *lila Schwertlilien.* Damit befolgte sie einen Rat, den Karen ihr gegeben hatte. *„Wenn du nicht einschlafen kannst“*, hatte sie gesagt, *„dann stell dir eine Wiese mit Blumen vor.“* Das war ein guter Tipp. Livia liebte Blumen über alles. Und wenn sie sich diese Wiese vorstellte, dann hatte sie plötzlich das Gefühl, als könnte sie all die verschiedenen Düfte riechen, all die verschiedenen Farben sehen, die die Natur zu bieten hatte.

Livia versuchte, im Geiste in die Alpen zu reisen, und stellte sich eine Alm vor, auf der die verschiedensten Blumen und Kräuter wuchsen. Schmetterlinge flogen von einer Blüte zur anderen und Kühe mit Glocken fraßen sich durch das satte Grün. Der Himmel war strahlend blau. Livia kam es so vor, als könnte sie die Wärme der Sonne auf ihrer Haut spüren. Sie bewegte sich vorwärts. Auf einmal war sie barfuß und spürte, wie das Gras unter ihren Fußsohlen kitzelte. Dann veränderte sich das Bild. In der Ferne erschien ein Berg, der schnell näher kam. Auf einmal türmten sich hohe Felsen vor Livia auf. Sie sah in die Höhe. Die Sonne blendete sie. Als sie ihre Augen mit den Händen abschirmte, entdeckte sie nur wenige Meter über sich ein Edelweiß, das neben ein paar Gräsern auf einem kleinen Felsvorsprung blühte.

Livia begann zu strahlen und machte sich ohne zu zögern auf den Weg nach oben. Ohne jegliche Anstrengung kletterte sie in die Höhe und näherte sich schon bald dem Edelweiß. Aber als sie es erreicht hatte und ihre Hand danach ausstreckte, entfernte es sich plötzlich von ihr. Livia sah in die Höhe und entdeckte es erneut ein paar Meter über sich. Da stand es nun, als wäre nichts gewesen, auf einem Felsvorsprung, der ziemlich viel Ähnlichkeit mit dem letzten hatte. Livia war irritiert. Sie kletterte höher, streckte erneut ihre Hand aus und musste ein weiteres Mal feststellen, dass sich die Blume vor ihr davonmachte. Sie wurde unruhig.

Verbissen kämpfte sie sich weiter in die Höhe, wurde aber ein drittes Mal enttäuscht.

Ihre innere Unruhe wuchs. Sie kletterte jetzt mit der Geschwindigkeit einer Bergkatze höher, erreichte die gute Position vom letzten Mal, verzichtete aber darauf, gleich zuzugreifen. Stattdessen beobachtete sie die Blume erst eine Weile und ließ ihre Hand dann wie bei einem Überraschungsangriff vorschnellen.

Dieses Mal wich die Blume nicht vor ihr zurück … sondern konterte!

Sie sprang mitten in Livias Gesicht und saugte sich darin fest.

Ein Schrei löste sich aus Livias Kehle, ging jedoch in dem unter, was ihr Gesicht gefangen hielt.

Livia wehrte sich mit den Händen, erreichte aber nur, dass sie den Halt verlor und in die Tiefe stürzte. Der Felsen zog an ihr vorüber, und sie verlor das Gefühl dafür, wo oben und unten war. Allerdings spürte sie noch, dass sie keine Luft mehr bekam. Sie konnte nicht atmen!

Lichtblitze zuckten vor ihren Augen und ein nicht zu beschreibendes Gefühl von Panik ergriff sie. In Todesangst streckte sie ihre Hände aus, um zumindest den Felsen zu erreichen und sich daran festzuhalten. Im nächsten Moment umklammerte sie etwas und versuchte erneut, die Blume aus ihrem Gesicht zu entfernen.

Ein seltsames Geräusch, gleich einem Stöhnen, ertönte.

Sie war plötzlich frei, ruderte herum und polterte mit einem dumpfen Geräusch zu Boden.

Gleich darauf tat sie einen Atemzug, der tiefer und verzweifelter nicht hätte ausfallen können. Dann noch einen Atemzug.

Das Gefühl einer fremden Gegenwart. *Gefahr.*

Dabei musste sie tot sein! Sie war abgestürzt!

Sie riss die Augen auf. Und wirklich … alles war dunkel!

Aber dann schwere Schritte, ein plötzlicher Lichtstrahl, der Livia blendete, eine Tür, die ins Schloss fiel, weitere Schritte, die sich schnell entfernten, dann tiefe, gespenstische Stille.

Livia begann zu wimmern, tastete mit einer Hand umher und wusste weder, wo sie war, noch, was das alles zu bedeuten hatte. Sie kam nur langsam zu sich. Die Gegenstände, die ihre Hände ertasteten, lösten keine Erinnerung in ihr aus. Sie fühlten sich kalt und hart an, aber auch glatt, ganz und gar nicht wie ein Felsen …

„Karen", hauchte sie hilflos. Und dann brach die ganze Panik wie ein Vulkan aus ihr hervor und sie brüllte aus voller Kehle: „Karen!"

Gleich darauf waren erneut Schritte zu hören. Wieder öffnete sich eine Tür. Dieses Mal war Livia zumindest so weit vorbereitet, dass sie rechtzeitig die Augen schließen konnte.

„Frau Scholl", sagte eine Stimme, die Livia schon mal gehört hatte und die ein wenig besorgt klang. Dann berührte etwas ihren Arm. „Haben Sie sich verletzt?"

„Da war jemand", flüsterte Livia.

„Sie sind aus dem Bett gefallen“, sagte die Stimme. „Kommen Sie, ich helfe Ihnen wieder hoch.“

„Da war jemand“, wiederholte Livia und öffnete ihre Augen. Die Tür … das Licht vom Flur … die Schritte … Das alles hatte sie eben schon einmal erlebt!

„Ich bin es doch – Schwester Bettina! Alles ist in Ordnung!“

„Ein Mann …“, flüsterte Livia und dachte an das Geräusch, das einem Stöhnen geglichen hatte. Ein tiefer, männlicher Klang. „Er wollte mir was tun!“ Sie wusste nicht, wie oder weshalb, sie wusste nur, dass es so war. Und dann schluchzte sie auf: „Ich … will … zu Karen!“

„Frau Scholl“, beruhigte Schwester Bettina ihre Patientin. „Sie haben schlecht geträumt. Bitte beruhigen Sie sich!“

„Ich will zu Karen!“, beharrte Livia und versuchte sich hochzurappeln.

„Aber Ihre Schwägerin hat Nachtdienst, genau wie ich! Und soweit ich weiß, hat sie doch versprochen, gleich morgen früh vorbeizukommen!“

„Zu Karen“, schnaufte Livia und zog sich am Bett in die Höhe. Als sie wieder auf ihren Beinen stand, versuchte Schwester Bettina, die Gelegenheit zu nutzen und Livia wie selbstverständlich wieder ins Bett zu verfrachten. Dabei hatte sie allerdings nicht mit dem Widerstand ihrer Patientin gerechnet. Livia schubste die Schwester einfach beiseite und stolperte auf das Licht zu.

„Frau Scholl!“, beschwerte sich Schwester Bettina. „Es ist mitten in der Nacht!“

Aber Livia hörte nicht auf sie. Sie erreichte den Flur und lief geradewegs in Richtung Fahrstuhl …

❧

Karens Nachtschicht war bislang erfreulich ruhig verlaufen.

Sie hatte eine junge Frau am CTG, doch sah es nicht so aus, als würde die Geburt tatsächlich in Gang kommen. Ansonsten war nichts los im Kreissaal.

Karen war darüber erleichtert. In letzter Zeit vertrug sie die Wechsel von Tag- und Nachtschicht nicht mehr besonders gut.

Meist spielte ihr Magen verrückt. Auch jetzt verspürte sie ein Völlegefühl, das sich von Zeit zu Zeit in Übelkeit verwandelte und anschließend wieder beruhigte.

Es klingelte. Ein schrilles, durchdringendes Geräusch, das man auch inmitten von Presswehen nicht überhören konnte.

Karen zuckte zusammen. Sie wusste einfach, dass sie heute keine besonders guten Leistungen erbringen konnte. Ein wenig widerwillig erhob sie sich, verließ das Schwesternzimmer, durchquerte den Flur und öffnete die Haupttür.

„Livia!", entfuhr es ihr, kurz darauf klebte ihre Schwägerin bereits in ihrem Arm und schluchzte hemmungslos. „Bettina!", krächzte Karen erschrocken. „Ist was passiert?" Die Frage war überflüssig. Wenn ihre Kollegin mit Livia im Schlepptau hier erschien, war bestimmt etwas passiert. „Hatte sie wieder Albträume?"

Bettina zuckte schlicht die Achseln.

Daraufhin wandte sich Karen wieder Livia zu. Sie strich ihr beruhigend über das wirre Haar und murmelte: „Alles ist gut, mein Schatz. Alles ist gut." Es dauerte lange, bis das Schluchzen allmählich verebbte. „Hast du schlecht geträumt?", fragte Karen erneut.

„Es war kein Traum!", sagte Livia und umklammerte Karen noch stärker. „Da war ein Mann."

Karens Blick wanderte zu Bettina hinüber, aber die schüttelte nur den Kopf.

„Du hast geträumt, Livia", schlussfolgerte Karen.

Livia schüttelte so heftig mit dem Kopf, dass sie Karen einen leichten Kinnhaken verpasste. „Ein Mann …", wiederholte sie. „Er wollte mir was tun."

Karen zog die Stirn in Falten. „Ein Mann?", wiederholte sie. „Und was hat er gemacht?"

„Ich weiß nicht!" Livia schluchzte erneut auf. „Da war dieses Edelweiß. Ich wollte es pflücken, aber dann … dann ist es mir ins Gesicht gesprungen. Und ich bin abgestürzt!"

Karens Gesichtsausdruck entspannte sich. „Ein Traum", flüsterte sie.

„Nein!", widersprach Livia. „Ich hab sein Stöhnen gehört. Und er ist weggerannt!"

„Livia!“, beschwor Karen ihre Schwägerin. „Du weißt doch, wie heftig du immer träumst. Und es ist mitten in der Nacht. Du bist bestimmt noch gar nicht richtig wach!“

„Dieses Mal war es anders – jedenfalls zum Schluss. Das Licht hat mich geblendet. Außerdem konnte ich seine Gegenwart fühlen. Ich ...“ Karen konnte spüren, wie Livia zitterte. „Ich spüre sie immer noch!“

Karen seufzte. „Kommt erst mal rein. Ich hab ein CTG zu überwachen.“

„Ich muss dringend zurück“, sagte Schwester Bettina und lächelte entschuldigend.

Karen nickte. „Verstehe schon. Ich kümmere mich um sie.“ Mit diesen Worten zog sie Livia in den Flur des Kreissaalbereichs. Sie brachte sie ins Schwesternzimmer, platzierte sie auf einem Stuhl, kniete sich vor sie hin und sah ihr fest in die Augen. „Hör zu. Ich muss mal eben nach meiner Patientin sehen. Aber ich bin gleich zurück. Bleib hier sitzen und versuch, ein bisschen wacher zu werden, okay?“

❧

Da saß sie nun im Schlafanzug auf einem Bürostuhl und zitterte wie Espenlaub. Abgesehen davon, dass ihr tatsächlich kalt war, hatte die Angst sie immer noch fest im Griff. Es war, als wäre sie der Gefahr in Person begegnet. Das Gefühl war unbestimmt, aber dafür umso stärker und bedrohlicher. Irgendjemand hatte versucht, sie umzubringen. Und er würde es wieder tun.

Sie schauderte. Drehte sie jetzt völlig durch?

Ein Traum, schien Karen erneut zu sagen.

Aber Livia schüttelte ein weiteres Mal ganz heftig den Kopf. Kein Traum. Da war sie sich ganz sicher. Sie kannte diese Albträume. Und sie führten immer aus der Realität heraus, niemals in sie hinein. Außerdem konnte sie sich an jedes Detail erinnern. Das Aufstöhnen, seine Schritte, das helle Licht des Flures, die eilige Flucht. Jemand war in ihrem Zimmer gewesen!

Sie versuchte, ihre Gedanken zu ordnen. Der Felsen, das Edelweiß ... ein Traum. Die fremde Gegenwart, die panische

Flucht … Wirklichkeit. Das Gefühl, nicht mehr atmen zu können …?

Ein Gefühl der Beklemmung baute sich auf.

Livia legte ihre Hand auf ihren Brustkorb und versuchte, ganz tief durchzuatmen. Das Ergebnis waren eine paar flache, hektische Atemzüge. Mehr war nicht möglich. Ein neuer Schub Angst lag wie ein Gewicht auf ihrer Lunge. „Karen", wimmerte sie und kämpfte mit den Tränen.

„Ich bin ja hier", antwortete Karen schon vom Flur aus. Gleich darauf eilte Karen an ihre Seite. Sie nahm Livia ganz fest in die Arme.

Livia vergrub ihr Gesicht in Karens Bauch. Der Stoff der Schwesternkluft fühlte sich glatt und kühl an ihrer Wange an. „Es war kein Traum", schluchzte sie. „Es war anders als sonst."

Karen versuchte, ein paar Millimeter vor ihr zurückzuweichen. Der zusätzliche Druck in ihrer Magengegend verstärkte die ohnehin schon vorhandene Übelkeit. „Am besten, du legst dich erst mal hin und schläfst dich richtig aus", sagte sie sanft. „Morgen sieht die Welt schon wieder ganz anders aus."

„Du glaubst mir nicht", schlussfolgerte Livia. Es war eine Feststellung, nicht mehr. Und sie konnte Karen deswegen nicht einmal böse sein. „Du denkst, dass ich immer noch nicht ganz richtig bin im Kopf."

Karen seufzte tief. „Du hast Schlimmes durchgemacht, Livia. Und du hast ständig solche Albträume. Was erwartest du?"

Livia nickte und sah voller Liebe zu Karen auf. „Du sagst mir immer die Wahrheit, Karen."

Karen musste schlucken, hielt Livias Blick aber tapfer stand. Sie musste an die Sache mit dem Zahnarzt denken. Das hatte sie Livia verschwiegen. Und es sorgte auch jetzt für den Hauch eines Zweifels. Was, wenn wirklich jemand in Livias Zimmer gewesen war? Sie schauderte. Morgen, das nahm sie sich ganz fest vor, würde sie Livias Zimmer in Augenschein nehmen. „Schlaf erst mal. Morgen sehen wir weiter, okay?"

❧

Mit dem Morgengrauen kam das Ende von Karens Nachtschicht. Unglücklicherweise hieß das, dass sie Livia wecken musste. Ihr Schützling hatte im Kreissaal I auf einem der riesigen Betten geschlafen, die sonst nur für Geburten gebraucht wurden.

Karen öffnete die entsprechende Tür und betrat leise den Raum. Das Licht blieb ausgeschaltet, dafür ließ sie die Tür offen stehen. Auf diese Weise erhellte das gedämpfte Licht des Flures auch den Kreissaal ein wenig.

Livia lag eingerollt ganz am Kopfende des Bettes und schlief tief und fest. Ihr Gesicht zeigte in Richtung Tür. Karen setzte sich neben sie und betrachtete sie eine Weile. Wenn sie schlief, sah sie aus wie eine ganz normale Frau. Es gab so gut wie keine Narben mehr in ihrem Gesicht. Höchstens ein paar feine weiße Linien, die man nur bemerkte, wenn man genau hinsah. Und sie war hübsch! Nicht so schön wie vorher, aber durchaus hübsch. Ein ebenmäßiges Gesicht mit großen Augen und langen Wimpern, ein Mund, der etwas Verletzliches hatte.

„Livia“, flüsterte Karen und legte ihre Hand auf Livias Wange.

Livia stieß einen tiefen, wohligen Seufzer aus, rührte sich ein wenig und kam kurz danach wieder zur Ruhe.

Karen lächelte sanft und strich Livia über das wirre dunkle Haar. „Livia“, wiederholte sie etwas lauter. „Aufstehen.“

Dieses Mal gab Livia ein paar abwehrende Geräusche von sich und zog die Bettdecke höher.

Karen schüttelte missbilligend den Kopf. „Meine Nachtschicht ist zu Ende. Du musst wieder in dein Zimmer.“

Im nächsten Moment war Livia hellwach. Mit weit aufgerissenen Augen starrte sie Karen an. „Ich gehe nicht zurück in mein Zimmer.“ Obwohl ihre Stimme noch rau und verschlafen klang, hatte Karen keinen Zweifel, dass sie diese Worte ernst meinte.

„Hab keine Angst, Livia“, beruhigte Karen sie. „Ich komm doch mit. Wir gehen gemeinsam dorthin.“

Livia setzte sich ruckartig auf. „Ich gehe nicht dorthin!“

Karen seufzte. „Wenn du willst, suchen wir alles ganz genau ab. Jeden Schrank und jede Ecke. Dann kannst du sicher sein, dass niemand mehr dort ist.“

„Ich – gehe – nicht – zurück – in mein Zimmer“, beharrte Livia. „Nie-mals!“

„Es war nur ein Traum“, sagte Karen hilflos.

Livias Blick wanderte in die Ferne. Karen konnte sehen, dass sie sich zu erinnern versuchte. „Ich weiß es nicht“, murmelte Livia schließlich. Ihre Hände waren zu Fäusten geballt. „Ich weiß es wirklich nicht. Im Kopf denke ich, dass ich geträumt haben könnte. Aber hier …“ – sie deutete auf ihre Magengegend – „hier fühlt es sich so an, als wäre es in Wirklichkeit passiert. Vielleicht …“ Sie zögerte, sprach es dann aber doch aus: „Vielleicht ticke ich wirklich nicht ganz richtig.“

Karen musste schlucken. Sie konnte nicht leugnen, dass sie gerade einen ähnlichen Gedanken gehabt hatte. „Nicht doch, Livia“, sagte sie. „Nach allem, was du durchgemacht hast, ist es normal, wenn dir Albträume Schwierigkeiten bereiten. Aber es ist auch wichtig, dass du dich diesen Erlebnissen stellst. Komm mit in dein Zimmer. Dann kannst du das Ganze am besten verarbeiten.“

Livias Gesichtsausdruck verfinsterte sich. „Ich sagte doch: Ich gehe nicht zurück in mein Zimmer.“

Ein Hauch von Ärger keimte in Karen auf. „Ich war die ganze Nacht auf den Beinen, Livia. Außerdem fühl ich mich nicht besonders. Ich muss schlafen. Ich *kann* dir nicht länger Gesellschaft leisten.“

„Ich würde dich nicht stören“, sagte Livia und probierte mal wieder ihren Hundeblick. „Im Gegenteil, ich könnte mich um Vanessa kümmern, während du schläfst.“

„Vanessa geht gleich in die Schule“, knurrte Karen. „Und wenn sie nach Hause kommt, bin ich längst ausgeschlafen. Abgesehen davon geht mir das Thema allmählich auf die Nerven. Ich werde dich nicht bei mir aufnehmen, Livia. Niemals!“

Livia war bei jedem dieser Worte tiefer in sich zusammengesackt. All ihre Hoffnungen trieben davon. „Schon gut“, schmollte sie. „Ich hab’s ja verstanden. Trotzdem werde ich auf keinen Fall in diesem Krankenhaus bleiben. Wenn ich nicht mit zu dir kommen kann, gehe ich halt zu Arvin.“

„Wie bitte?“ Karen glaubte nicht richtig zu hören.

„Das Haus kann man abschließen, oder?“, erkundigte sich Livia.

„S-sicher.“

„Und du hast gesagt, dass Arvin einverstanden ist …“

„Ja … schon. Aber der Entlassungstermin ist erst in einer Woche. Er rechnet noch gar nicht mit dir.“

Livia schlug die Decke zurück. „Er wird auch in einer Woche nicht mit mir rechnen“, sagte sie trocken und krabbelte aus dem Bett.

Kapitel 11

Schon als Livia in Karens Schlepptau die Auffahrt zu Arvins Haus betrat, hatte sie ein ungutes Gefühl. Es war gar nicht mal das Haus. Mit seiner beigefarbenen Verklinkerung und der ebenerdigen Bauweise verriet es sofort, dass es aus den Siebzigerjahren stammte. Was ihr allerdings überhaupt nicht behagte, war der Garten. Er war stark überwuchert und machte dadurch einen ungepflegten Eindruck. Die Büsche, die die Auffahrt zu beiden Seiten umrahmten, waren unten ausgedünnt und holzig. Von der Größe her erinnerten sie eher an Bäume als an Büsche. Außerdem hatten sie die Pflasterung bereits zu einem großen Teil für die Natur zurückerobert. Am Boden ließen sie weder Platz noch Licht für Blumen oder Grünpflanzen. Insgesamt verlieh das dem Grundstück einen wenig einladenden, dafür aber recht geheimnisvollen Charakter. Livia schauderte. Es war jetzt Ende Februar, und sie fragte sich, wie der Garten erst im Frühling oder Sommer aussehen würde. Im hinteren Teil des Gartens gab es allerhand ausgewachsene Bäume. Sobald sich dort wieder ein Blätterkleid entwickelte, würde es dem Haus das letzte bisschen Licht rauben.

„Hab ich den Garten so verunstaltet?“, fragte Livia leise.

Karen seufzte und schüttelte den Kopf. „Nein“, sagte sie und steuerte auf die mahagonifarbene Haustür zu. Bevor sie dann allerdings die Treppe aus Waschbetonplatten betrat, blieb sie noch einmal stehen, stellte Livias Reisetasche ab und drehte sich mit ernstem Gesichtsausdruck zu ihr um. „Hör zu, Livia. Es gibt da etwas, das ich dir sagen muss. Etwas wirklich Wichtiges."

Livia nickte interessiert.

„Etwas, das du in jedem Fall beachten musst."

Livia nickte erneut. Allmählich wurde sie neugierig.

„Es betrifft den Garten und das Haus, Livia. Und es ist Bedingung dafür, dass du hier wohnen darfst."

Livia zog argwöhnisch die Stirn in Falten. „Hat Arvin das gesagt?"

„Es ist nicht nötig, dass er das sagt", antwortete Karen und fasste ihre Haare zu einem Pferdeschwanz zusammen. Einen Moment lang drehte sie die Haare in ihren Händen, dann ließ sie sie wieder fallen. „Er weiß einfach, dass ich diese Sache sicherstellen werde."

Livia schauderte. „Du machst mir Angst", sagte sie nervös.

„So schlimm ist es auch wieder nicht." Karen lächelte ihr aufmunternd zu. „Es ist bloß so, dass du in diesem Haus und auch im Garten nichts verändern darfst. Gar nichts, verstehst du? Arvin möchte das nicht. Oder besser gesagt: Er hasst es wie die Pest!"

Livia atmete auf. „Wenn's weiter nichts ist ..."

Seltsamerweise schüttelte Karen den Kopf. „Ganz so einfach ist es nun auch wieder nicht. Das Haus ist ... wie soll ich sagen ..." – sie deutete auf die Umgebung – „na ja ... nicht viel besser als der Garten. Es könnte sein ..." Sie zögerte. „Ach, was soll ich um den heißen Brei herumreden? Du wirst das Haus nicht mögen. Du hast es schon damals nicht gemocht. Und deshalb wird es dir enorm schwerfallen, nichts daran zu verändern. Verstehst du das?"

Livia nickte. „Ich werd mich daran halten."

„Damals hast du es nicht getan ..."

Livia bekam große Augen. Endlich wurde die Vergangenheit mal wieder Thema! „War das der Grund für unsere Schwierigkeiten?", brach es aus ihr hervor. Aber als sie es ausgesprochen hatte, wusste sie auch schon, dass Karen ihr nicht antworten würde. Die Abwehr stand ihr deutlich ins Gesicht geschrieben. „Vergiss die Frage", sagte Livia unwirsch und dachte: *Ich werde es schon selbst herausfinden. Darum bin ich schließlich hier. Unter anderem jedenfalls.*

Es war so. Schon vor der heutigen Nacht war ihr klar geworden, dass es nur eine einzige Möglichkeit gab, die Wahrheit über ihre Identität und ihre Ehe herauszufinden: vor Ort, bei Arvin. Wenn sie hier gelebt hatte, war es der Ort, an dem sie am ehesten ihre Erinnerung wiederfinden konnte. Und es war der Ort, an dem die Wahrheit über ihre Ehe verborgen lag.

Sie sah sich noch einmal um ... und seufzte innerlich. Hoffentlich war nicht alles so düster, wie es die Umgebung vermuten ließ ...

❧

Livia saß jetzt schon seit zwei Stunden mit angewinkelten Beinen auf der Couch im Wohnzimmer und wartete. Mittlerweile ging es auf zehn Uhr abends zu. In den vergangenen Stunden war sie durchs Haus getigert, hatte alles inspiziert, aber natürlich nichts verändert. Selbst in dem Zimmer, das Karen ihr zugewiesen hatte, hatte sie sorgfältig darauf geachtet, nur ja nichts zu verstellen. Seit acht Uhr wartete sie nun mit klopfendem Herzen auf Arvins Rückkehr. Karen hatte sie schon darauf vorbereitet, dass er erst spät nach Hause kommen würde. Aber so spät?

Sie blickte sich zum hundertsten Mal im Wohnzimmer um, lauschte dem Ticken der großen alten Standuhr und starrte auf den kalten dunklen Kamin. Dieser Raum war das Ungemütlichste, was man sich nur vorstellen konnte. Kein Wunder, wenn es zwischen ihr und Arvin deswegen Streit gegeben hatte. Welche Frau konnte es schon aushalten, wenn ihr Mann keine Veränderungen zuließ? Livia spürte ein Gefühl der Wut in sich aufkeimen. Sie konnte sich lebhaft vorstellen, was vorgefallen war. Karen hatte ihr erzählt, dass sie seit ihrer Hochzeit nicht mehr arbeiten gegangen war. Wahrscheinlich hatte sie Abende in diesem Wohnzimmer verbracht und verzweifelt auf Arvins Rückkehr gewartet. Ihr Blick verfinsterte sich. Wie gemein war das denn! Arvin arbeitete den ganzen Tag und kam nur zum Schlafen nach Hause und sie, Livia, hatte den ganzen Tag allein in dieser fürchterlichen Bude gesessen und nichts verschönern dürfen! Dabei war das Haus im jetzigen Zustand kaum zu ertragen! Die alten Möbel waren schon schlimm genug, aber die Tatsache, dass es in diesem Haus keine Grünpflanzen gab, machte ihr noch mehr zu schaffen. Keine einzige Pflanze. Überhaupt keine! Nicht einmal hier im Wohnzimmer!

Ein leises Geräusch, das jedoch stark an den Motor eines Pkws erinnerte, wischte all diese Gedanken fort. Livia atmete schneller, setzte sich kerzengerade auf und richtete ihre gesamte Konzentration auf das Gehör. Das Geräusch verstummte, was jedoch kein schlechtes Zeichen war. Schließlich konnte es bedeuten, dass Arvin den Wagen geparkt hatte. Und tatsächlich, gleich darauf fiel eine Autotür ins Schloss. Livia fuhr sich nervös mit den Fingern durch die Haare. Sie hatte alles getan, um hübsch auszusehen, und mindestens eine halbe Flasche Haarspray verbraucht. Vielleicht ... ganz vielleicht ... gefiel sie Arvin ja. Er hatte sie seit Wochen nicht mehr gesehen. Und ihr Aussehen hatte sich durchaus zum Positiven verändert. Vielleicht war er angenehm überrascht ... Vielleicht konnten sie ganz von vorn beginnen ...

Livia hörte, wie die Haustür geöffnet und wieder geschlossen wurde, dann Schritte im Flur. Sie versteifte sich noch mehr. Die Schritte kamen näher. Sie hörte auf zu atmen. Die Wohnzimmertür öffnete sich.

„Oh", machte Arvin, als er Livia erblickte. Mit überraschtem Gesichtsausdruck stand er im Türrahmen und starrte sie an. Livia hatte den Eindruck, als würde er die gesamte Tür ausfüllen, so groß und breit wirkte er auf sie. Er trug eine schwarze Stoffhose und ein ziemlich zerknittertes helles Hemd.

„Karen hat dir doch gesagt, dass ich hier sein würde?", begann Livia ängstlich. „Sie hat versprochen, dich zu informieren."

„Ich bin informiert", antwortete Arvin und starrte sie immer noch an. „Ich hab dich nur nicht ... im Wohnzimmer erwartet."

„Wo denn?", gelang es Livia zu fragen. Unter Arvins finsterem Blick fühlte sie sich immer unwohler.

„Vielleicht im Gästezimmer. Karen hat dir doch hoffentlich gesagt, dass du im Gästezimmer schläfst?" Es war nicht der Hauch von Freundlichkeit oder Wohlwollen in seinem voluminösen Bariton.

Livia schluckte. Sie hatte keinen Zweifel, dass Karen ihr das Gästezimmer zugewiesen hatte. Es war entsprechend karg und unpersönlich eingerichtet. Aber immerhin hatte sie nicht ausgesprochen, dass es das Gästezimmer war. „Hat sie", gab Livia zur Antwort. „Aber ich kann nicht vierundzwanzig Stunden am Tag im Gästezimmer sitzen …"

„Das musst du auch nicht", entgegnete Arvin und schien aus seiner Starre zu erwachen. Allerdings hatte das nichts Positives. Die Leidenschaft, die in seinen schwarzen Augen funkelte, war eher düsterer Natur … „Um mal Klartext zu reden: Die meiste Zeit bin ich sowieso im Büro. In dieser Zeit kannst du dich aufhalten, wo du möchtest. Aber wenn ich gegen Abend oder noch später nach Hause komme, dann möchte ich das Wohnzimmer für mich haben. Das ist fair, wie ich finde. Genauso verhält es sich morgens. Ich frühstücke gegen neun. Es wäre toll, wenn du um diese Zeit noch schlafen würdest. Anschließend kannst du tun und lassen, was du willst."

Livias Mund öffnete sich wie von selbst, gab aber keinen Ton von sich. Das hier war so anders, so vollkommen anders, als sie sich die erste Begegnung mit Arvin vorgestellt hatte …

„In Ordnung?"

Livia schaffte es, wie in Trance zu nicken, dann schloss sich die Wohnzimmertür und Arvin war verschwunden. Seine Schritte hallten hart und kalt durch den Flur.

❧

Als Livia am nächsten Morgen erwachte, fror sie wie ein Schneider. Zum Teil hing das einfach damit zusammen, dass sie vergessen hatte, die Heizung anzustellen. Zum anderen war es darauf zurückzuführen, dass sie gestern kaum etwas gegessen hatte. Zuerst war es die Nervosität gewesen, dass sie Arvin zum ersten Mal seit Langem begegnen würde, und anschließend war sie nur noch konsterniert in ihr Zimmer geflüchtet. Da war es kein Wunder, dass sich ihr Magen jetzt umso stärker in Erinnerung rief.

Livias erster Blick galt ihrer Uhr. Es war kurz nach halb neun.

Sie richtete sich auf, um ihre Ohren frei zu bekommen, und lauschte in die Umgebung hinein.

Und tatsächlich. Da waren leise Geräusche, die erst an Schritte und dann an das Scharren eines Stuhles erinnerten. Wenige Sekunden später ertönte ein Geräusch, das sie mit dem Klicken eines Toasters in Verbindung brachte.

Ich frühstücke gegen neun. Es wäre toll, wenn du um diese Zeit noch schlafen würdest, hallten Arvins Worte drohend durch ihren Kopf.

Sie schluckte schwer und verkroch sich wieder unter ihre Bettdecke. Das hier war ein einziger Albtraum!

Zitternd vor Kälte und Einsamkeit zählte sie die Minuten, bis sie endlich den Wagen vom Hof fahren hörte. Erst dann atmete sie halbwegs auf, verließ das Bett und zog sich an. Da sie nicht aufhörte zu frieren, zog sie zwei T-Shirts unter ihr Sweatshirt und begab sich dann dick eingemummelt – aber wie immer barfuß – in die Küche.

In einem der Schränke fand sie eine angebrochene Packung Toast, Butter und zwei Gläser Marmelade. Erdbeer und Kirsche – igitt. Sie wusste nicht, warum sie diese Sorten hasste, es war einfach so. Auf der Suche nach etwas anderem durchstöberte sie den Kühlschrank, fand aber nur Ketchup, Senf, Milch, Käse und Wurst. Dabei brauchte sie unbedingt etwas Süßes zum Frühstück! Sie suchte weiter und stieß in einem der anderen Schränke zumindest auf ein bisschen Zucker. Warmer Toast mit zerlaufener Butter und einem Berg von Zucker – das hatte doch was!

Während sie einen Toast nach dem anderen verschlang, rieselte der Zucker in Massen auf Tisch und Fußboden. Aber das störte sie nicht. Schließlich hatte sie alle Zeit der Welt, um nachher wieder sauber zu machen.

Das Toastbrot verkleinerte sich zusehends. Vielleicht war es in Arvins Haus doch nicht so schlecht. Wenigstens konnte sie essen, was sie wollte. Während sie kaute, betrachtete sie mit einer Mischung aus Interesse und Faszination die abgenutzte, blau-weiß gemusterte Tapete. Je länger sie das tat, desto stärker wurde dieses seltsame Gefühl, das wie ein Ruf von weither wirkte … Aber als sie versuchte, ihn zu verfolgen, löste er sich einfach in Luft auf.

Sie probierte es noch einmal und starrte geradezu beschwörend auf die Tapete. Aber jetzt kam gar nichts mehr, nicht einmal mehr das Gefühl von eben. War es der Hauch einer Erinnerung gewesen? Und war das der Beweis dafür, dass sie tatsächlich hierher gehörte? Dass sie das Haus brauchte, um den Weg in die Vergangenheit zu finden? Dass sie tatsächlich Livia Scholl war?

Noch während sie darüber nachdachte, hörte sie, wie ein Auto auf den Hof fuhr.

Vor lauter Schreck sprang Livia auf, rannte in ihr Zimmer und schlitterte unter ihr Bett. Als sie schwer atmend zum Lattenrost hochblickte, kamen ihr die ersten Zweifel. War sie noch ganz bei Trost? Arvin hatte gesagt, dass sie, sobald er das Haus verlassen hatte, machen konnte, was sie wollte. Wenn er jetzt zurückkam, war das sein Problem!

Trotz dieser Gedanken sah sich Livia nicht in der Lage, ihre Position wieder zu verlassen. Sie hatte einfach das Gefühl, als wäre es überall sonst viel zu gefährlich.

Erst als sie hörte, wie jemand ihren Namen rief, erwachte sie aus ihrer Starre.

„Karen?“, antwortete sie hoffnungsvoll und krabbelte unter dem Bett hervor.

„Du hast schon wieder Zucker gegessen“, hörte sie Karen aus Richtung Küche schimpfen. „Dabei weißt du ganz genau, dass du nicht so viel Süßes darfst. Du bist gerade erst aus dem Krankenhaus entlassen worden.“

„Karen“, seufzte Livia und eilte in die Küche, wo sie sich auf direktem Wege in Karens Arme warf. „Karen! Ein Glück!“

„Und sieh dir diesen Toast an“, fuhr Karen unbeirrt fort. „Da ist so viel Zucker drauf, dass du einen Kuchen davon backen könntest!“

Livia klammerte sich an Karens Nacken fest, als wollte sie sie nie wieder loslassen. Essen war nicht alles … „Wenn ich bei dir wohnen darf, ess ich nie wieder Zucker“, schluchzte sie auf. „Versprochen!“ Beinahe im gleichen Moment spürte sie, wie Karen sich versteifte. „Es tut mir leid“, schob Livia hinterher. „Ich bleibe natürlich hier.“ Aber ihre Worte klangen so verzweifelt, dass Karen einen Schritt zurücktrat und Livia erst einmal prüfend betrachtete.

„Er hat dich wohl nicht sehr freundlich aufgenommen", schlussfolgerte sie.

„Er will mich nicht sehen!", brach es aus Livia hervor. „Er will, dass ich in meinem Zimmer bleibe, wenn er zu Hause ist."

Karen seufzte tief. „Das tut mir wirklich leid …"

„Ist das alles?", fragte Livia empört. Sie wollte doch, dass Karen etwas daran änderte!

Karen zuckte ein wenig hilflos die Achseln. „Wir wussten beide, dass er nicht laut ‚Hurra' schreien würde, oder?"

„Aber was soll ich denn jetzt machen?", brach es aus Livia hervor. „Du hast selbst gesagt, dass ich hier nichts verändern darf. Womit, bitte schön, soll ich dann die Zeit totschlagen?"

„Komm mit, ich zeig es dir", lächelte Karen und zog Livia am Arm in Richtung Flur. Dort stand ein riesiger Einkaufskorb auf dem Fußboden, der mit Unmengen von Obst und Gemüse gefüllt war. Karen beachtete ihn allerdings nicht, sondern steuerte auf die Garderobe zu. Sie griff nach ihrer dunkelbraunen Handtasche, öffnete sie und zauberte ein Taschenbuch daraus hervor. „Hier, das hab ich von zu Hause mitgebracht. Es ist ein toller Roman."

Livias Augen weiteten sich – allerdings vor Entsetzen und nicht vor Begeisterung. Das Buch war mindestens so dick wie hoch. Sie sah zu Karen auf. „Du weißt, dass ich noch nicht wieder flüssig lesen kann", sagte sie vorwurfsvoll. „Wie kannst du mir dann so einen Schinken geben?"

„Und du weißt, dass du das Lesen dringend üben musst", antwortete Karen streng. „Außerdem wird es allmählich Zeit, dass du die Schulbücher durch was Richtiges ersetzt. Abgesehen davon hast du selbst gesagt, dass du dich langweilst. Warum also nicht?"

Livia verzog entgeistert das Gesicht. „Warum also nicht? *Warum – also – nicht*? Ich hab wochen- … ach, was red ich … monatelang diesen Unterricht besucht, Karen. Wie ein Kind. Und ich hab es auch gehasst wie ein Kind. Aber jetzt hab ich Urlaub. Das ist das Einzige, was mir an der jetzigen Situation gefällt. Und das werd ich ganz bestimmt nicht hergeben."

„Wie du meinst." Karen pfefferte das Buch mit einer ziemlich verärgerten Bewegung auf die kleine Anrichte im Flur.

„Du bist ja auch erst seit gestern hier. Noch ein bis zwei Wochen und du wirst mir dafür die Füße küssen. Wart's nur ab!"

Livia schluckte. „Du glaubst nicht, dass sich hier etwas ändern wird, oder?"

„Also, wenn du Arvin meinst … Nein. Das glaube ich nicht."

„Aber es muss doch eine Möglichkeit geben, Zugang zu ihm zu finden", überlegte Livia. „Was mag er denn? … Ich meine … was braucht er? Würde es ihn zum Beispiel freuen, wenn ich ihm das Haus auf Vordermann bringe?" *Nötig ist es jedenfalls*, dachte sie. Bei ihrem gestrigen Rundgang hatte sie ziemlich viel Staub, jede Menge Schmutzwäsche und viel zu viel Altglas vorgefunden …

Karen zuckte resignierend die Achseln. „In letzter Zeit hab ich das Gefühl, dass ihn gar nichts mehr freut. Es tut mir wirklich leid, Livia."

„Aber er ist mein Mann!", entfuhr es Livia.

Karen bedachte Livia mit einem verwunderten und zugleich seltsam prüfenden Blick. „Bist du mittlerweile davon überzeugt?", fragte sie vorsichtig.

Livia antwortete nicht gleich. „Ich weiß es nicht", seufzte sie. „Vorhin hatte ich das Gefühl, als würde die Tapete in der Küche irgendetwas in mir auslösen. Aber dann war es genauso schnell wieder vorbei, wie es angefangen hat …" Sie machte einen Schritt auf die Garderobe zu und betrachtete sich in dem Spiegel, der dort hing. Dabei fiel ihr auf, wie ungekämmt sie aussah. Ihre braunen Haare erinnerten eher an einen Handfeger als an eine Frisur. Dann zupfte sie an dem blauen Sweatshirt herum, das sie trug. Es hatte eine schöne, leuchtende Farbe, war aber ansonsten eher funktionell als elegant. Der Spiegel war da ziemlich ehrlich zu ihr. Wenn sie Arvin auf sich aufmerksam machen wollte, würde sie sich zumindest ein bisschen besser kleiden müssen … „Besitze ich eigentlich noch mehr Sachen?"

Karen hob fragend die Augenbrauen. „Wie meinst du das?"

„Na ja … Ich hab kaum was anzuziehen. Die Sachen, die ich aus dem Krankenhaus mitgebracht habe, können unmöglich die einzigen Sachen sein, die ich jemals besessen habe."

Karen ging an Livia vorbei in Richtung Küche. „Hast du was zu trinken für mich?"

Livia sah ihr zunächst verwundert nach, folgte ihr dann aber. „Ich schätze, du kennst dich hier 'ne Ecke besser aus als ich", kommentierte sie Karens Frage.

Karen stimmte ihr wortlos zu, indem sie auf einen bestimmten Schrank zuging, ihn öffnete und ein Glas daraus hervorholte. Damit ging sie zum Waschbecken, öffnete den Wasserhahn und befüllte das Glas. „Willst du auch was?"

„Nur 'ne Antwort", sagte Livia und stemmte herausfordernd die Hände in die Hüften.

Karen reagierte nicht. Stattdessen hob sie das Glas und trank in langsamen Schlucken daraus.

Livia beobachtete sie und verfolgte mit ihrem Blick einen einzelnen Tropfen Wasser, der sich aus Karens rechtem Mundwinkel löste, zum Kinn hinunterrann und von dort auf den Fußboden tropfte.

Als Karen fertig war, sagte sie: „Lecker. Ich weiß, dass du kein Wasser magst. Deshalb hab ich dir Saft mitgebracht. Überhaupt hab ich allerhand schöne Sachen für dich eingekauft. Willst du mal sehen?"

Livia schüttelte entschieden den Kopf. „Du weichst mir aus", stellte sie fest. „Wenn es um Arvin geht, versteh ich deine Zurückhaltung ja. Schließlich ist er dein Bruder. Aber warum sagst du mir nicht, wo sich mein Eigentum befindet?"

Karen senkte den Blick. Einen Moment lang schien sie mit sich zu ringen. Dann blickte sie wieder auf. „Er hat sie weggeworfen", sagte sie tapfer.

Livias Augen weiteten sich. „Wer? Arvin?"

Karen nickte betreten.

„Meine Kleidungsstücke?"

Karen nickte erneut.

„Alle?"

Karen nickte zum dritten Mal, woraufhin Livia zu einem der Küchenstühle wankte und sich erst einmal setzen musste. Einen Moment lang war sie sprachlos, dann fragte sie fast flüsternd: „Er hat gehofft, dass ich sterbe, nicht wahr?"

Karen stellte das Glas weg und ging auf Livia zu. Direkt hinter ihr blieb sie stehen und begann, sanft ihre Schultern zu massieren. „Es tut mir leid, Livia."

„Ich muss ihn furchtbar enttäuscht haben", sagte Livia bitter. „Kein Wunder, dass er mich unter diesen Umständen so ungern aufnimmt."

„Es sah damals schlecht aus", verteidigte Karen ihren Bruder. „Niemand hat wirklich geglaubt, dass du es schaffen würdest. Nicht mal die Ärzte."

Livia ballte ihre Hände zu Fäusten. „Und es wäre auch so viel praktischer gewesen, wenn ich gestorben wäre. Arvin hätte seine Ruhe ... du hättest auch ein Problem weniger –"

„Jetzt ist aber Schluss!", entfuhr es Karen. „Ich kümmere mich gern um dich. Das weißt du."

„Wenn ich woanders wohne jedenfalls ..."

Karen stöhnte auf.

Livia erkannte eine Mischung aus Wut und Verzweiflung in diesem Geräusch und war nicht verwundert, als Karen gleich darauf ihre Massage einstellte. „Tut mir leid", sagte Livia zerknirscht. „Ich sollte nicht immer wieder davon anfangen ..."

Karen antwortete nicht. Sie stand einfach nur schwer atmend hinter Livia.

„Verzeihst du mir?", fragte Livia kleinlaut. Da sie auch jetzt keine Antwort erhielt, drehte sie sich zu ihrer Schwägerin um und stellte mit Entsetzen fest, dass diese lautlos zu weinen begonnen hatte.

„Oh nein, Karen!", rief Livia aus und griff nach ihrem Arm. „Jetzt wein doch nicht! Ich hab's nicht so gemeint, ehrlich!"

„Ich kann doch nichts dafür", schluchzte Karen. „Ich werd allem nicht mehr gerecht. Dir nicht. Dem Job nicht. Vanessa nicht. Und ich hab ewig diese Bauchschmerzen!"

„Bauchschmerzen?", wiederholte Livia alarmiert. Und dann ließ sie Karen vor Schreck wieder los. „Davon wusste ich nichts!"

Karen kramte ein Taschentuch aus der Hosentasche hervor und schnäuzte sich. „Ich wollte dich nicht beunruhigen."

Livia fröstelte und verschränkte schutzsuchend die Arme vor der Brust. „Hast du jetzt Bauchschmerzen?"

Karen schüttelte den Kopf. „Nein, heute geht´s eigentlich."

„Und wie oft hast du diese Schmerzen?"

„Ach, lass doch", wiegelte Karen ab und wischte sich eilig die Tränen aus dem Gesicht. „So schlimm ist es auch wieder nicht."

„Wie oft, Karen?", beharrte Livia.

Karen seufzte tief. „Alle paar Tage vielleicht..."

„Und was sagen die Ärzte dazu?"

Karen zuckte die Achseln. „Na ja ..."

„Soll das heißen, dass du noch gar nicht beim Arzt warst?", bohrte Livia.

Karen senkte den Blick. „Man kann doch nicht wegen jeder Kleinigkeit zum Arzt rennen", nuschelte sie. „Außerdem ... hab ich ja gedacht, es wird bald besser."

Livia hatte eine Gänsehaut. „Aber das wird es nicht", stellte sie fest.

Karen steckte ihr Taschentuch wieder ein. „Nicht wirklich", musste sie zugeben.

„Und wie lange geht das schon so?"

„Ein paar ... Monate, schätze ich."

„Monate?", wiederholte Livia entsetzt. „Seit meinem Unfall oder was?"

Karen zuckte die Achseln. „Es fing erst irgendwann danach an, denke ich."

„Puh", machte Livia und griff sich mit einer Hand an die Stirn. „Das ist starker Tobak! Vor allem weil du nie etwas gesagt hast ..." Dann blickte sie urplötzlich wieder auf. „Weiß Arvin davon?"

Karen schüttelte den Kopf.

„Tolle Beziehung habt ihr da", kommentierte Livia trocken. „Scheint nicht viel besser zu sein als unsere Ehe ..."

„Ich konnte ihn nicht damit belasten", verteidigte sich Karen. „Er hat furchtbar viel zu tun."

„Du konntest ihn nicht mit deiner Krankheit belasten ... Du konntest ihn nicht mit seiner Ehefrau belasten ... Ich verstehe schon ..."

„Nichts verstehst du!", fauchte Karen. „Arvin ist ein geradliniger, verantwortungsbewusster und fürsorglicher Mensch.

Und er hat es schwer gehabt im Leben. Da ist es doch nicht verwunderlich, wenn ich versuche, ihm den Rücken frei zu halten."

„Ich weiß nicht …", zweifelte Livia. Geradlinig konnte ja noch hinkommen, aber *verantwortungsbewusst*? Und *fürsorglich*? „Apropos fürsorglich", wechselte sie das Thema. „In Anbetracht der Tatsache, dass du kein Auto besitzt und andauernd Bauchschmerzen hast, werde ich nicht zulassen, dass du weiterhin für mich einkaufst."

„Traust du dir denn zu, die Einkäufe selbst zu erledigen?", wollte Karen wissen.

Livia nickte eifrig. Das viele Obst und Gemüse in dem Einkaufskorb war Motivation genug …

„Wir können ja noch mal üben gehen, wenn du willst", schlug Karen vor. „Am besten sofort. Das Wetter ist super und ich könnte ein bisschen frische Luft gebrauchen."

„Toll", strahlte Livia und kaufte im Geiste schon Schokolade und Gummibärchen. Dieses gesunde Zeug war einfach nicht zum Aushalten … „Ich zieh mich noch kurz um und dann geht's los. Kannst du inzwischen die Einkäufe wegpacken?"

„Sicher."

In ihrem Zimmer angekommen, entledigte sich Livia zuerst der T-Shirts und tauschte dann ihr blaues Sweatshirt gegen einen schlichten beigefarbenen Pullover. Dann ging sie ins Badezimmer und bearbeitete ihre Haare. Sie war schon eine ganze Weile damit beschäftigt, als sich die Tür öffnete.

„Alles fertig", verkündete Karen und lehnte sich gegen den Türrahmen.

„Ein paar Minuten brauche ich aber noch."

„Kein Problem", entgegnete Karen und beobachtete Livia beim Fönen. Sie machte das schon wieder ganz geschickt. Allerdings fiel deutlich auf, dass sie in erster Linie die linke Hand benutzte und die rechte nur zur Unterstützung einsetzte.

Livia schien ihre Gedanken zu lesen. „Sag jetzt nichts. Die Ärzte haben gesagt, dass es ganz in Ordnung ist, wenn ich zur Linkshänderin werde." Und dann verteilte sie mit links eine Ladung Haarspray auf ihrer dunklen Wuschelfrisur.

Karen sagte tatsächlich nichts. Sie starrte nur nachdenklich auf Livias Haare. Frisch frisiert hatten sie noch weniger Ähnlichkeit mit früher …

„Na, wie sehe ich aus?“ Livia drehte Karen ihre Vorderseite zu und strahlte sie erwartungsvoll an.

„Sehr hübsch“, krächzte Karen und betrachtete nunmehr Livias Pullover. Nach einer Weile murmelte sie: „Früher hast du beige gehasst.“

Livias Lächeln erstarb. „Wirklich?“

Karen nickte. „Soweit ich weiß, schon.“

„Hm. Dann hat sich mein Geschmack wohl verändert …“ Sie überlegte. „Oder nicht? Im Grunde weiß ich gar nicht, was ich mag und was nicht. Ich hab mir nie Gedanken darüber gemacht …“

„Früher wusstest du das sehr gut“, stellte Karen fest.

„Aha“, machte Livia. Zeitgleich bildete sich ein Ausdruck von Besorgnis auf ihrem Gesicht. „Die Adresse meines Zahnarztes …“, sagte sie plötzlich. „Hat Arvin dir die inzwischen gegeben?“

Karens Gesichtsausdruck war nicht viel entspannter als Livias. „N-nein“, stammelte sie. „Ich muss wohl … vergessen haben, danach zu fragen.“ Ihre Gedanken wanderten ein paar Stunden zurück und verweilten bei dieser klitzekleinen Kleinigkeit, die sie gestern Mittag in Livias ehemaligem Krankenzimmer gefunden hatte … Arvin würde das Ganze abtun, aber sie selbst war noch nie so verwirrt gewesen wie jetzt. Und deshalb hatte sie sie auch aufbewahrt. Zu Hause. In einer Plastiktüte.

„Schade“, seufzte Livia. „Ich hab zwar beschlossen, meine Identität zu akzeptieren, aber es wäre trotzdem nicht schlecht, wenn ich ganz sicher sein könnte.“

„Der Albtraum …“, hörte Karen sich sagen. „Du hast gesagt, dass du gehört hast, wie der Mann aufgestöhnt hat. Glaubst du, er hat vor Schmerzen gestöhnt?“

„Vor Schmerzen? … Keine Ahnung!“, stammelte Livia. „Wieso fragst du das? Ich dachte, du hältst es nur für einen Traum!“

„Das tue ich ja auch“, lachte Karen. Sie merkte selbst, wie gekünstelt es klang. „Ich denke aber … na ja, dass Träume …

wie soll ich sagen … einiges über die Psyche verraten können. Deshalb ist es wichtig, dass du dir die Details noch einmal ins Gedächtnis rufst."

„Das will ich aber nicht", entfuhr es Livia. „Ich will nichts davon in meinem Gedächtnis haben. Gar nichts!" Und mit diesen Worten drehte sie sich wieder dem Spiegel zu, griff nach ihrer Kulturtasche und begann, hektisch darin herumzukramen. „Der Pony ist zu lang", verkündete sie und holte erst einen Kamm, dann die Zahnbürste und der Reihe nach noch einige andere Gegenstände aus der Tasche. „Wo zum Donnerwetter ist meine Nagelschere?", fauchte sie schließlich. Aber als sie sich zu Karen umdrehte, war diese spurlos verschwunden.

Kapitel 12

In den nächsten beiden Wochen war Livia vollauf damit beschäftigt, in ihre neue Rolle als Hausfrau hineinzuwachsen. Sie musste alles von Grund auf lernen. Jeder Handgriff war neu für sie, jede Kleinigkeit mit Schwierigkeiten behaftet. Und dann erst die Tatsache, dass ihr eigentlich nur eine Hand zur Verfügung stand …

Aber sie hatte ja alle Zeit der Welt. Und so kämpfte sie sich tapfer durchs Wäschewaschen, -aufhängen, -falten und -bügeln, durchs Fensterputzen, Gardinenwaschen, Staubwischen, Saugen und Bödenschrubben.

Und das alles, damit Arvin mit ihr zufrieden war!

Was er nicht war …

Oder zeigte er es einfach nicht?

Auf jeden Fall ging er ihr weiter aus dem Weg. Abends kam er vor zehn Uhr nicht nach Hause und selbst die Sonntage verbrachte er woanders. Einmal begegnete sie ihm, allerdings mehr aus Zufall, weil er etwas vergessen hatte und ins Haus zurückgekehrt war. Aber auch bei dieser Gelegenheit murmelte er nur einen Gruß und vermied jedes weitere Gespräch.

Vielleicht gehörte er zu den Männern, die keinen besonderen Wert auf ein geputztes Haus legten.

Livia seufzte tief. Vielleicht gehörte er auch zu den Männern, die keinen besonderen Wert auf eine Frau legten …

❧

Eine weitere Woche verging und drückte auf Livias Stimmung. Sie ertappte sich jetzt immer häufiger dabei, dass sie morgens nicht aus dem Bett kam und tagsüber zu viel fernsah.

Als Karen eines Nachmittages vorbeikam, empfing Livia sie mit einem „Ich hab nachgedacht“. Die beiden Frauen standen noch im Flur. Karen nahm gerade einen Bügel von der Garderobe, um ihre Jacke aufzuhängen. „Wenn ich mich vor Arvin verstecke, werden wir in hundert Jahren noch wie zwei Fremde nebeneinander her leben.“

Karen hielt mitten in ihrer Bewegung inne und sah Livia an. „Was ist daran falsch? Immerhin streitet ihr euch nicht.“

„Aber er ist mein Ehemann“, antwortete Livia. „Kein Ehepaar dieser Welt sollte so miteinander leben.“

„Ich weiß nicht …“ Karen wirkte etwas zögerlich. „Ihr lebt ja nicht freiwillig unter einem Dach. Und ihr liebt euch nicht. Glaub mir, selbst Paare, die einander lieben, finden manchmal keinen gemeinsamen Weg. Wie wollt ihr dann miteinander auskommen?“

„Ich könnte *beschließen*, ihn zu lieben“, antwortete Livia schlicht.

Karen starrte sie an. In ihrer linken Hand befand sich immer noch der Kleiderbügel, in ihrer rechten die Jacke. „Wie bitte?“

„Da war diese Talkshow“, sagte Livia ein wenig übereifrig, „und es war ein Ehetherapeut zu Gast. Der hat gemeint, man könne jede Ehe retten, wenn nur einer der Partner beschließt, den anderen von Herzen zu lieben.“

Karens Blick verriet große Skepsis. „Und du meinst, du könntest das?“

Livia zuckte die Achseln. „Ich könnte es zumindest versuchen …“

„Arvin lieben“, murmelte Karen, „… ohne seine Mithilfe … ohne Grund.“ Sie malte mit dem Bügel ein Herz in die

Luft. „Er ist mein Bruder … Ich kenne ihn seit einer Ewigkeit. Und selbst mir fällt es manchmal schwer, ihn zu lieben …“ *Man müsste eine Heilige sein, um das zu schaffen.* Ihr Blick fiel auf Livia. Livia war nie eine Heilige gewesen … Dann schüttelte sie urplötzlich den Kopf und sagte laut: „Nein, keine Chance.“

„Jetzt entmutige mich doch nicht so“, protestierte Livia und nahm Karen erst den Bügel und dann die Jacke aus der Hand. Dann hängte sie beides an die Garderobe. „Hilf mir lieber bei meinem Plan!“

„Plan, wieso Plan?“

Livia packte Karen am Arm und zog sie mit sich fort. „Das Ganze funktioniert natürlich nur, wenn die Liebe auch zum Ausdruck kommt.“ Sie zerrte Karen bis in die Küche. „Ich hab schon mal ein paar Stichworte aufgeschrieben.“

Karen zog die Stirn kraus und näherte sich dem Küchentisch, auf dem ein Zettel und ein Stift lagen.

„Setz dich“, befahl Livia. „Möchtest du einen KiBa?“

Karen schüttelte den Kopf und zog einen der Stühle zurück. Als sie darauf Platz nahm, knarrte er verdächtig. „Gar nichts, danke.“

„Übrigens“, sagte Livia und warf Karen einen prüfenden Blick zu. „Warst du endlich beim Arzt?“

„Der Termin ist nächste Woche“, antwortete Karen und nahm den Zettel zur Hand.

„Hast du das nicht letzte Woche auch schon gesagt?“, fragte Livia argwöhnisch.

„Lieblingsgericht, Knabbereien, Getränke“, las Karen vor. Es waren die Überschriften einer von Hand gemalten Tabelle. „Was hat das zu bedeuten?“

„Das sind die Dinge, mit denen ich meine Liebe zum Ausdruck bringen könnte“, strahlte Livia und setzte sich neben Karen. „Ich muss bloß wissen, wie Arvin zu alldem steht.“

„Du meinst, was er gerne isst und trinkt oder wie?“

„Genau! Glaubst du, er taut auf, wenn ich ihm siebenmal in der Woche sein Leibgericht koche?“

„Du meinst: Liebe geht durch den Magen?“

Livia nickte eifrig.

„Hm … ich weiß nicht …“, überlegte Karen. „Kannst du überhaupt kochen?“

„Nein“, musste Livia zugeben. Aber sie hatte es auch nie probiert. Jedenfalls nicht seit ihrem Unfall. Es war eben nicht nötig gewesen. Sie hatte einfach aufgewärmt, was Karen für sie vorgekocht hatte. „Aber ich könnte es sicher lernen. Also sag schon. Was isst er gern?“

„Keine Ahnung“, stammelte Karen. „Ich meine … also das ist gar nicht so einfach.“

„Los doch!“, drängelte Livia. „Lass dir was einfallen!“

„Er mag Weintrauben …“

„Weintrauben, aha“, nickte Livia und riss Karen den Zettel aus der Hand. „Das muss ich mir aufschreiben. Weiter?“

„Lakritz …“ An dieser Stelle wirkte Karen etwas zögerlich.

„Was für Lakritz?“

„Lakritz eben. Ich kenn mich nicht aus, ich mach mir nichts aus Lakritz.“

„Und wo krieg ich das?“

„Im Supermarkt wahrscheinlich … was weiß ich …“

„Also gut“, seufzte Livia. „Weiter!“

„Weiter … weiter, du bist gut!“ Karen griff in ihre Haare und begann, damit herumzuspielen. Zuerst klemmte sie sich die Haare hinter die Ohren, dann bildete sie einen Zopf, den sie gleich darauf wieder fallen ließ. „Arvin ist vielleicht mein Bruder, aber das heißt noch lange nicht, dass ich all seine Vorlieben kenne …“

„Wir haben aber noch kein Hauptgericht. Und ohne Hauptgericht brauch ich gar nicht erst anzufangen!“

„Hauptgericht …“, murmelte Karen und wickelte eine Haarsträhne um ihren rechten Zeigefinger. „Arvin isst eigentlich alles, was man ihm vorsetzt …“

Livia hing gespannt an ihren Lippen.

„Bis auf Sauerkraut vielleicht …“, überlegte Karen.

„Ich will aber nicht wissen, was er nicht mag, sondern was er mag! Komm schon, denk nach! Irgendwas liebt jeder. Eine Suppe vielleicht … oder einen Braten oder irgendetwas Außergewöhnliches wie … wie … Kohl und Pinkel!“, brach es plötzlich aus ihr hervor. „Mit Kasseler und Bauchspeck.

Mhmmm …" Sie schloss genüsslich die Augen. „Wie wäre das?"

Karen sah irritiert zu ihr herüber. „Hast du das mal im Krankenhaus gekriegt?", fragte sie vorsichtig.

Livia zuckte die Achseln. Sie hatte nicht die allerbesten Erinnerungen an die Krankenhauskost. „Nicht, dass ich wüsste …"

„Ich kenne das Essen im Krankenhaus", überlegte Karen. „Und Kohl und Pinkel war bestimmt nie dabei." Sie schüttelte entschieden den Kopf. „Es ist ja auch kein Gericht aus dieser Gegend."

„Nicht?"

Karen schüttelte nachdenklich den Kopf. „Du klingst aber, als hättest du es schon öfter gegessen."

„Ich sehe ihn auch vor mir … den dampfenden Kohl und die fette Pinkelwurst." Livias Blick hatte eine leicht verklärte Note.

„Das würde bedeuten, dass du dich an früher erinnerst …"

„Meinst du wirklich?", fragte Livia und sprang auf. Dann begann sie, in der Küche herumzuwandern. „Aber das wäre doch toll! Richtig toll, meine ich. Vielleicht fängt es endlich an. Vielleicht kommt die Erinnerung zurück!" Vor einem freien Stück Wand blieb sie stehen und starrte beschwörend auf die Tapete. „Vielleicht ist es dieses Haus. Vielleicht hilft es mir tatsächlich, mich zu erinnern!"

„Kohl und Pinkel isst man im Norden", sagte Karen mehr zu sich selbst als zu Livia. „Und du bist im Ruhrpott aufgewachsen und dann hierhergezogen. Meines Wissens hast du nie im Norden gelebt."

Livia wandte irrtiert den Kopf. „Du bist dir auch nicht mehr sicher, dass ich Livia bin", begriff sie plötzlich.

„Nein, Quatsch …"

„Aber sicher!", widersprach Livia und stürmte auf Karen zu. Dann baute sie sich breitbeinig vor ihr auf. „In letzter Zeit merkt man es immer deutlicher. Es kommt mir fast so vor, als ob … irgendetwas passiert wäre, das dich zweifeln lässt …"

„So ein Unsinn", fauchte Karen. „Ich wundere mich nur, das ist alles. Du könntest den Kohl im Urlaub gegessen haben oder während einer Klassenfahrt …"

„Ich muss das nachprüfen …“, stammelte Livia, „und zwar sofort!“ Sie drehte sich im Kreis, so als würde sie nach irgendetwas suchen, und stolperte dann planlos auf den Flur hinaus. Als sie merkte, dass sie nicht klar denken konnte, blieb sie stehen und versuchte sich erst einmal zu sammeln. Sie kannte diese Attacken schon. Wenn sie unter Druck stand, funktionierte ihr Kopf nicht, wie er sollte. Sie schloss die Augen. „Das Telefon“, flüsterte sie sich zu. „Das Telefon steht … im Wohnzimmer.“ Als sie die Augen wieder öffnete, war sie ein bisschen ruhiger. Sie lief ins Wohnzimmer, holte das Mobilteil und kehrte damit in die Küche zurück. „Ich hätte viel eher auf die Idee kommen müssen“, verkündete sie.

Karen zog fragend die Augenbrauen hoch.

Livia fuchtelte wie wild mit dem Telefon herum. „Ich werde den Kontakt zu meinen Eltern wiederherstellen! Kannst du mir ihre Telefonnummer geben?“

Karen sah Livia ein wenig mitleidig an. „Du bist mit siebzehn von zu Hause abgehauen. Seitdem hattest du keinen Kontakt mehr zu ihnen. Und selbst wenn ich die Nummer hätte, wäre es nicht sehr wahrscheinlich, dass sie noch stimmt.“

„Hast du sie denn?“

Karen schüttelte bedauernd den Kopf. „Du wolltest nie über deine Eltern sprechen. Ich glaube, du hast sie gehasst.“

„Aber ich werde mir doch die Adresse …“ Livia verstummte. Entsetzen überflutete ihr Gesicht. „Ich musste sie mir nicht notieren“, flüsterte sie heiser, „weil ich sie hier hatte.“ Sie tippte sich an die Stirn. „Oh nein …“

„Arvin hat sich häufiger darüber beschwert, dass du so wenig über deine Vergangenheit gesprochen hast“, erinnerte sich Karen. „Und dein Geburtsname …“ Sie zögerte einen Moment und sah Livia bedauernd an. „Voigt … ein Allerweltsname …“

„Aber es muss doch eine Möglichkeit geben, ihre Adresse herauszufinden!“, entfuhr es Livia. „Ich *brauche* das!“

Karen überlegte einen Moment. „Man kann nur heiraten, wenn man seine Geburtsurkunde vorlegt. Das bedeutet, dass beim Standesamt zumindest dein Geburtsort und die Vornamen deiner Eltern gespeichert sind. Ich denke, ich könnte da mal nachfragen."

„Tu das", seufzte Livia. „Bitte, bitte, tu das."

❧

In den darauffolgenden Tagen nutzte Livia jede Gelegenheit, um mit Karen das Einkaufen zu üben. Es gab ein kleines Einkaufszentrum, das nur etwa anderthalb Kilometer vom Haus entfernt lag. Karen übte zuerst den Fußweg mit Livia und dann das Einkaufen selbst. Dabei wählte sie stets Zeiten, in denen nicht so viel los war, die Mittagszeit etwa oder den ganz späten Abend.

War es am Anfang schon ein Erfolg gewesen, wenn Livia nur ein einziges Produkt korrekt in den Einkaufswagen befördert hatte, so war sie bald in der Lage, einen Zettel mit mehreren Produkten abzuarbeiten. Allerdings hatte sie mit dem Bezahlen furchtbare Schwierigkeiten. Die anderen Menschen in der Schlange, das Piepsen des Scanners und die Geräusche rundherum lenkten sie so sehr ab, dass sie völlig planlos reagierte, wenn sie an der Reihe war.

Schließlich führte Karen ein Gespräch mit der Geschäftsleitung. Die war so aufgeschlossen, dass alle Mitarbeiter über Livia informiert wurden und ihre freundliche Mithilfe zusicherten. So kam es, dass Livia meistens schon am Eingang ganz besonders freundlich begrüßt wurde. Später wurde dann eine Kasse nur für sie allein geöffnet.

Es dauerte allerdings noch ein paar weitere Tage, bis Livia auch Karen davon überzeugt hatte, dass es ihr guttun würde, im Bereich des Einkaufens endlich selbstständig zu werden. Erst nachdem Livia ihr versichert hatte, dass sie in erster Linie Vollkornbrot, Marmelade, Obst und Gemüse einkaufen würde, willigte Karen schließlich ein. Und sie sorgte auch dafür, dass in einer der Küchenschubladen immer ein wenig Geld zu finden war. Von nun an ging Livia täglich alleine einkaufen. Von nun an standen jeden Tag frische Weintrauben in der Küche. Und von nun an stürmte Livia jeden Morgen zuallererst an eben diesen Ort. Lagen die Weintrauben unberührt da, so reagierte sie enttäuscht. Waren sie aber dezimiert worden, so strahlte sie über das ganze Gesicht. Insgesamt aber, das merkte sie deutlich, sprach der Absatz dafür, dass Arvin tatsächlich gerne Weintrauben aß. Kernlose allerdings, das fand sie schnell heraus, mundeten ihm besser als andere. Weiße aß er lieber als rote. Und kleine kernlose aus der Türkei gingen am besten weg.

Nachdem das nun geklärt war, wandte sich Livia dem zweiten Projekt zu: Lakritz. Sie kaufte eine Tüte mit Stafetten, also Lakritzstäbchen, die mit buntem Zucker umhüllt waren (das war die einzige Art von Lakritz, die sie auch selbst mochte), und stellte sie in einem Schälchen auf den Wohnzimmertisch. Vorsichtshalber zählte sie sie durch. Nach drei Abenden, an denen nicht ein einziges Lakritzstäbchen verschwunden war, stand fest, dass Stafetten nicht das Richtige waren. Etwas anderes musste her. Livia entschied sich für „Katjes-Kinder“ und wandte auch hier die Zähltechnik an. Das Ergebnis der ersten drei Abende war verwirrend. Am ersten hatten fünf der kleinen Kätzchen gefehlt, am zweiten keine, am dritten drei. Was sollte sie denn davon halten?

Sie entschied sich, Tagebuch über Arvins Reaktionen zu führen und das Ganze ein bisschen zu beschleunigen. Deshalb kaufte sie eine Tüte Haribo Color-Rado und eine Tüte Lakritz-Konfekt, mischte beide und stellte sie in einer größeren Schale ins Wohnzimmer. Auch in diesem Fall zählte sie die einzelnen Sorten sorgfältig durch. Allerdings wurde schnell klar, dass keine davon zu Arvins Lieblingssorte gehörte. Er rührte sie gar nicht erst an.

Allmählich wurde es schwieriger. Der Laden, in dem Livia normalerweise einkaufte, führte auch noch Katzenpfötchen, Salz-Brezeln und saure Heringe. Von den Brezeln verschwanden ein paar, aber es waren nicht wirklich viele. Alles andere blieb stehen.

Da ihre Einkaufsmöglichkeiten nun erschöpft waren, wandte sich Livia an Karen. Schon ein paar Tage später brachte diese ihr Lakritzschnecken mit. Aber auch die schienen Arvin nicht zu munden.

Jetzt wurde es auch für Karen schwieriger. Als Livia am darauffolgenden Samstag bei Karen zu Mittag aß, hatte sie keine neuen Sorten auftreiben können. Deshalb schlug sie vor, das

Internet zu Hilfe zu nehmen. Sie surften ein bisschen herum und fanden heraus, dass es viel stärkere Sorten Lakritz gab, sogenanntes „Lakritz für Kenner". Sie bestellten sich durch das gesamte Sortiment.

„Harte Pastillen mit 7,9 % Salmiakgeist" waren schließlich das, was bei Arvin Anklang fand. Gleich am ersten Abend nach Ankunft des entsprechenden Paketes futterte er diese vollständig aus Livias Mischung heraus.

Karen musste gleich die nächste Bestellung rausschicken und einen ordentlichen Vorrat für Livia anlegen. Von nun an stand immer ein kleines Schälchen dieser – für Livias Geschmack übrigens ungenießbaren – Pastillen auf dem Wohnzimmertisch.

Nachdem sie nun schon zwei Möglichkeiten gefunden hatte, Arvin freundlicher zu stimmen, war es Zeit für den nächsten Schritt, für Kommunikation nämlich. Da sie sich immer noch nicht gut vorstellen konnte, persönlich mit Arvin zu sprechen, beschloss sie, eine schriftliche Nachricht zu verfassen – als Versuchsballon quasi. Dafür kaufte sie einen Block mit hochwertigem zartgelbem Papier und einen Füller. Als sie ihn allerdings benutzte, stellte sich heraus, dass das Schreiben mit Füller eine ganz besondere Hürde für sie darstellte. Während der Rehamaßnahmen hatte sie gelernt, mit links zu schreiben. Sie war nicht besonders schnell geworden, aber einigermaßen sicher. Dabei hatte sie allerdings einen Bleistift oder Kugelschreiber benutzt, niemals jedoch einen Füller! Als sie nun mit Füller zu schreiben versuchte, scheiterte sie gleich auf mehreren Ebenen. Erstens blieb die Feder stets an dem Papier hängen und verursachte dabei hässliche Kleckse und zweitens verwischte sie mit ihrer Hand in einer Tour die gerade fertigen Buchstaben! Livia wurde wütend und saß bald in einem Meer von zusammengeknüllten Zetteln. Dennoch gab sie nicht auf. Sie besaß einen Füller und würde auch damit schreiben!

Mehrere Stunden und einige Tränen später hatte sie es schließlich geschafft, folgende kurze – und saubere – Nachricht zu verfassen:

Lieber Arvin,
ich gehe heute Morgen einkaufen und würde gerne wissen, ob ich Dir irgendetwas mitbringen soll.
Deine Livia

Am nächsten Morgen klingelte Livias Wecker bereits um sieben Uhr. Sie zog sich eilig an, schlich in die Küche, deponierte dort ihre Nachricht auf dem Tisch und flüchtete wieder in ihr Zimmer.

Die Zeit bis zu Arvins Abfahrt stellte ihre Geduld auf eine harte Probe. Es kam ihr so vor, als würde er heute besonders spät aufstehen und besonders lange duschen und frühstücken. Endlich – um Viertel nach neun – hörte sie die Tür ins Schloss fallen.

Das Geräusch bildete den Startschuss für einen Sprint, der Livia in null Komma nichts aus ihrem Zimmer in die Küche katapultierte.

Nein danke.

Livia starrte ungläubig und ziemlich atemlos auf die beiden Worte. „Nein danke", stand unter ihren Zeilen. Mehr nicht. Die Schrift wirkte schwungvoll und machte den Eindruck, als hätte er sehr fest aufgedrückt. Das verlieh ihr eine starke und entschlossene Note. Umso schlimmer war es, dass da nichts weiter als „Nein danke" zu lesen war! Nicht einmal ein „Nett, dass du fragst, aber ich war schon selbst einkaufen" oder „Danke übrigens für die Weintrauben". Kein „Dein Arvin". Nichts, gar nichts!

Livia sank wie betäubt auf den nächstbesten Küchenstuhl. Er war noch warm. Arvin hatte bis eben hier gesessen. Livia fröstelte. Sie hatte sich noch nie so einsam gefühlt wie in diesem Moment …

❧

„Ich kann es mir einfach nicht merken", sagte Livia niedergeschlagen. Sie saß in Karens Wohnzimmer und starrte verzweifelt auf das Memory-Spiel, das auf dem Couchtisch ausgebreitet war. Eine Karte war aufgedeckt. Sie zeigte einen Apfel.

„Du musst die Positionen auswendig lernen“, riet Karen. „Apfel – dritte Reihe von rechts, zweite von oben.“

Livia folgte ihrer Anweisung, deckte die entsprechende Karte auf – und fand den gesuchten Apfel.

„Vorsagen gildet nicht!“, protestierte Vanessa und stemmte die Hände in die Hüften. Dabei sah sie furchtbar süß aus. Karen hatte ihre Haare mit kleinen bunten Spangen verziert und ihr ein rosa Kleid mit einem Überwurf aus Tüll angezogen.

„Jetzt sei doch nicht so genau“, meckerte Livia schlecht gelaunt. Und dann deutete sie auf den Stapel von mindestens zehn Pärchen, der sich neben Vanessa türmte. „Du gewinnst doch sowieso.“

„Mama ist aber auch nicht schlecht“, entgegnete Vanessa und deutete auf Karens Stapel. Er war ungefähr halb so hoch wie ihrer.

„Nur ich hab noch kein einziges Paar“, seufzte Livia.

Vanessa schürzte die Lippen. „Also gut“, sagte sie gönnerhaft, „du kannst die beiden Äpfel behalten.“

„Jetzt will ich nicht mehr“, maulte Livia und drehte die beiden Karten wieder um. „Wer ist dran?“

„Ich!“, antwortete Vanessa und räumte in den nächsten Minuten mit Feuereifer sechs Pärchen vom Tisch. Währenddessen entwickelte sich Livias Laune deutlich sichtbar in Richtung Gefrierpunkt. Als Vanessa endlich einmal die falsche Karte aufgedeckt hatte, fragte sie: „Wo sind eigentlich die Kekse?“

„Alle“, sagte Karen.

Vanessa ließ sich auf die Couch fallen und hampelte gelangweilt hin und her. „Kannst du noch welche holen?“

„Nein“, lautete die knappe Antwort ihrer Mutter.

„Und warum nicht?“, explodierte Vanessa. Sie stand auf einmal kerzengerade vor Karen. „Ich hab nur zwei Kekse abgekriegt!“

„Ich könnte uns noch einen Apfel schälen …“

„Ich will aber keinen Apfel! Ich will Kekse!“

„Und ich sagte Nein. Du kannst morgen wieder Kekse bekommen.“

„Aber das ist gemein. Und es ist nur wegen Livia. Du gibst mir keine Kekse, weil Livia immer alle wegfuttert!“

Livias Blick verfinsterte sich noch mehr. Ihr war nicht klar gewesen, dass sie so genau beobachtet wurde.

Sie stand auf. „Ich will nach Hause!“

Karen seufzte tief. „Kindermund tut Wahrheit kund. So ist das nun mal.“

„Ich kann auch zu Fuß gehen“, knurrte Livia und bewegte sich in Richtung Flur.

„Jetzt warte doch mal!“

Aber Livia wartete nicht. Sie erreichte den Flur und begann, ihre Jacke anzuziehen.

Karen eilte ihr nach. „Was hast du denn nur für eine schlechte Laune?“, erkundigte sie sich vorsichtig. „Wir hatten doch einen netten Nachmittag, oder etwa nicht?“

Livia drehte Karen den Rücken zu und verschränkte abwehrend die Hände vor der Brust. Wie ein schmollendes Kind stand sie jetzt im Flur.

„Livia“, ermahnte Karen sie, „jetzt benimm dich doch nicht so kindisch.“

„Und warum nicht?“, brach es aus Livia hervor. „Was macht es für einen Unterschied, wie ich mich benehme? Hier nimmt mich doch sowieso niemand für voll! Vanessa nicht, du nicht und Arvin sowieso nicht.“

„Also daher weht der Wind“, sagte Karen und streichelte sanft über Livias Haar. „Du hast schlechte Laune, weil deine Pläne nicht funktionieren.“

„Er … ist einfach ein Scheusal“, krächzte Livia.

Karen hob alarmiert die Augenbrauen. „Was macht er denn?“

„Gar nichts“, jammerte Livia. „Das ist es ja. Die Weintrauben … die futtert er und … die Lakritze auch. Aber das ist dann auch schon alles!“

„Begegnet ihr euch denn mal?“

Livia schüttelte den Kopf. „Aber ich schreibe ihm Nachrichten“, gestand sie mit piepsiger Stimme. „Inzwischen täglich.“

„Ach wirklich?“, wunderte sich Karen. „Und was schreibst du ihm so?“

„Gestern habe ich ihn gebeten, das Altglas wegzubringen.“

„Und?“, fragte Karen gespannt. „Was hat er gemacht?“

„Er hat das Altglas weggebracht."

Karen hob verblüfft die Augenbrauen. „Aber das ist doch ... gut – oder nicht?"

„Nein, ist es nicht!", rief Livia und wirbelte zu Karen herum. „Weil ich das Altglas auch allein wegbringen könnte! Deshalb! Was interessieren mich diese blöden Flaschen? Ich möchte, dass ein Gespräch zustande kommt! Aber das funktioniert nicht! Ich schreibe ihm lauter freundliche Worte und er mir kein einziges."

„Vielleicht steht er nicht so auf Briefchen", mutmaßte Karen.

Livia merkte auf. „Meinst du?"

„Also, mir hat er noch nie einen Brief geschrieben ..."

„Echt nicht?" Livia schöpfte neue Hoffnung. „Du glaubst, dass er auftaut, wenn ich persönlich mit ihm spreche?"

Das hab ich nicht gesagt, dachte Karen und sagte ein wenig zögerlich: „Möglicherweise."

„Die Frage ist nur ... wie ich das anstellen soll, ohne dass er wütend auf mich wird." Livia strich mit dem Finger über die Stelle an ihrer Stirn, an der sie kein Gefühl mehr hatte. „Schließlich hat er mir gesagt, dass ich mich von ihm fernhalten soll."

„Eine Möglichkeit wüsste ich wohl ...", begann Karen.

Livia sah voller Hoffnung zu ihr herüber.

„Der Gottesdienst am Sonntagmorgen ... ich hatte dir schon mal angeboten, dass du mitkommen könntest."

„Was hat das denn jetzt mit Arvin zu tun?", wunderte sich Livia.

„Er geht auch hin. Wusstest du das nicht?"

„Nein!" Livia war erstaunt. „Das hast du mir nie erzählt." Sie dachte einen Moment lang nach. „Er ist zwar sonntags nie zu Hause. Aber da er sich überhaupt nicht blicken lässt, dachte ich, er würde den ganzen Tag arbeiten."

„Morgens besucht er den Gottesdienst, mittags isst er hier bei Vanessa und mir und nachmittags ... hm ... keine Ahnung, was er da macht. Wahrscheinlich geht er joggen oder so was ..."

„Deshalb lädst du mich sonntags immer erst zum Kaffee ein", schlussfolgerte Livia.

Karen zuckte die Achseln. „Ich muss mich auch um meinen Bruder kümmern …"

„Aber was würde es mir bringen, wenn ich mitkäme?", fragte Livia. „Wie ich Arvin kenne, würde er einen Platz wählen, der sich ganz am anderen Ende des Raumes befindet …"

„Du sollst ja nicht mit mir mitkommen, sondern mit Arvin", stellte Karen klar. „Das ist der Trick dabei."

„Er würde mich nie und nimmer mitnehmen", behauptete Livia. „Jedenfalls nicht freiwillig."

„Und genau da täuschst du dich", widersprach Karen und verbannte ein paar vorwitzige Haarsträhnen hinter ihre Ohren. „Arvin ist Christ. Und Christen sind geradezu verpflichtet, andere mit in den Gottesdienst zu nehmen. Das nennt man Mission!"

Livia machte ein skeptisches Gesicht. „Bei mir wird er sich weigern …"

„Wird er nicht", lächelte Karen. „Ich kenne ihn besser als du. Vertrau mir einfach."

Livia sah trotzdem nicht sehr glücklich aus. „Der Grund, weshalb ich dein Angebot nie angenommen hab … das mit dem Gottesdienst, meine ich …", begann sie zögerlich.

„… sind die vielen Menschen", vollendete Karen ihren Satz. „Ich weiß. Und bis vor Kurzem hätte ich dir auch abgeraten. Aber jetzt … in letzter Zeit hast du riesige Fortschritte gemacht. Überleg doch mal: Mittlerweile gehst du sogar alleine einkaufen. Meinst du nicht, dass du die Menschen unter diesen Umständen ertragen könntest? Wir sprechen ja auch von äußerst netten Menschen!"

„Ob sie nett sind oder nicht, spielt für mich keine Rolle", seufzte Livia. „Allein die Menge macht's. Wenn ich mich überrannt fühle, krieg ich einen Kurzschluss. Du weißt, was das bedeutet."

„Allerdings", nickte Karen und verzog das Gesicht. Es gab Dinge, die sie selbst Arvin nicht zumuten wollte … „Vielleicht hast du recht", murmelte sie, „vielleicht ist es noch zu früh."

„Bestimmt sogar", nickte Livia und versuchte, ganz tief ein- und besonders langsam wieder auszuatmen. Schon allein der Gedanke an eine Menschenansammlung trieb ihren Puls in die Höhe … Nein, ein Gottesdienst kam nicht infrage. „Da bleibt nur die Sache mit dem Kochen", überlegte sie laut. „Aber es muss etwas ganz, ganz Besonderes sein. Dir ist nicht zufällig was eingefallen, oder?"

„Doch", antwortete Karen und begann zu strahlen. „Apfelstrudel! Apfelstrudel liebt er über alles. Unsere Mutter hat ihn früher immer gemacht."

„Apfelstrudel ... aha. Ist das denn ein Hauptgericht? Also für mich klingt es eher nach so was wie Kuchen ..."

Karen zuckte die Achseln. „Keine Ahnung. Wir haben ihn jedenfalls mittags gegessen. Wichtig ist allerdings, dass du ein paar Dinge beachtest."

„Und zwar?"

„Du musst auf jeden Fall den Teig selbst zubereiten. Fertigmischungen sind nicht sein Geschmack. Und verwende auf keinen Fall Rosinen! Obwohl Arvin Weintrauben liebt, hasst er Rosinen wie die Pest! Wichtig ist auch, dass du Vanillesoße kochst. Ohne Vanillesoße geht gar nichts."

Livia atmete einmal tief durch. „Klingt nicht gerade einfach ... Hast du ein Rezept?"

„Ich kann dir das Rezept meiner Mutter geben", antwortete Karen ein wenig zögerlich. „Das Problem ist bloß ... na ja ... ich will dir keine falschen Hoffnungen machen, aber ... ich für meinen Teil hab's nicht hinbekommen. Soweit ich mich erinnere, war der Teig das Problem ..."

„Probleme sind ein gutes Zeichen", seufzte Livia. „Sie passen zu mir. Gehst du suchen?"

❧

Livia verlor keine Zeit. Noch am Abend machte sie sich an die Umsetzung ihres Plans und verfasste – einmal mehr – eine Nachricht für Arvin.

Lieber Arvin,
ich möchte einige Dinge mit Dir besprechen und würde mich freuen, wenn Du morgen mit mir zu Abend essen würdest. Ich werde auch etwas Leckeres kochen. Passt dir 20:00 Uhr?
Deine Livia

Obwohl Livia das Schreiben inzwischen ein bisschen besser von der Hand ging, hatte sie mehrere Stunden für dieses Ergebnis gebraucht. Und auch die Uhrzeit war ein Problem gewesen. Arvin kam normalerweise nicht vor zehn Uhr abends nach Hause. Aber Apfelstrudel um zehn Uhr? Sie hatte lange darüber nachgedacht und sich erst für zehn, dann für neun und schließlich für acht Uhr entschieden. Man konnte doch wohl erwarten, dass er ein einziges Mal zwei Stunden früher nach Hause kam, oder?

Man konnte nicht.

Habe äußerst viel zu tun. Bin deshalb gezwungen, Deine Einladung abzulehnen.
Arvin

„Bin gezwungen", las Livia am nächsten Morgen und entspannte sich ein wenig. Das war nicht so schlimm, wie sie befürchtet hatte. Eigentlich klang es recht freundlich – wenn nicht gar ermutigend! Bin gezwungen – gegen diesen Zwang gab es ein Mittel!

Lieber Arvin, schrieb sie am nächsten Tag,
wenn es Dir erst später passt, ist das kein Problem. Wie wär's mit morgen Abend um 21:30 Uhr?
Deine Livia

Mir wäre es lieber, wenn wir Deinen Gesprächsbedarf schriftlich decken.
Arvin

Livia schluckte schwer, als sie diese Antwort las. Das war eine Unverschämtheit! Nach allem, was sie in diesem Haushalt leistete, war diese Antwort wie ein Schlag in ihr Gesicht!

Unglücklicherweise hatte Livia einen ganzen Tag lang Zeit, diese Frechheit auf sich wirken zu lassen …

Lieber Arvin, schrieb sie schließlich. Dieses Mal wirkte ihre Schrift ein wenig unstet – was wohl eine Auswirkung des Ärgers war, der in ihrer Magengegend herumbrodelte.

Ich würde dich sicher nicht um ein gemeinsames Abendessen bitten, wenn sich die Dinge, die ich auf dem Herzen habe, schriftlich regeln ließen. Deshalb erwarte ich dich morgen Abend um 22:00 Uhr.
Livia

An ‚deine Livia' war unter diesen Umständen nicht mehr zu denken.

Aber auch die Fertigstellung ihrer Botschaft vermochte ihre Wut nicht abzumildern. Was bildete sich dieser Kerl eigentlich ein? Wie konnte er es wagen, all ihre Dienste in Anspruch zu nehmen und sie dann derart mit Füßen zu treten? Gebügelte Hemden, leckere Weintrauben, ein geputztes Haus, ja, das war in Ordnung. Aber ein paar persönliche Worte – nein danke?!?

Der Ärger verfolgte Livia bis in die Nacht und hinderte sie am Einschlafen. Als Arvin gegen halb zehn nach Hause kam, lauschte Livia auf jedes seiner Geräusche. Und auch als er schon längst zu Bett gegangen war, konnte sie noch keine Ruhe finden. *Ich könnte mich entscheiden, ihn zu lieben*, klang es in ihren Ohren. Das hatte sie selbst gesagt. War sie größenwahnsinnig gewesen? „Wehe, du lehnst ab", waren ihre letzten Worte, bevor sie schließlich einschlief. „Wehe!"

Als sie am nächsten Morgen erwachte, spürte sie sofort, dass irgendetwas nicht stimmte. Es war richtig hell in ihrem Zimmer und … zu still! Livia setzte sich ruckartig auf und sah auf ihren Wecker. *Viertel nach zwölf?*

Sie sprang aus dem Bett und rannte in die Küche. Vielleicht war es besser, wenn er ihre Einladung abgelehnt hatte … Wenn er nämlich zugesagt hatte, würde sie in wenigen Stunden einen perfekten Apfelstrudel zubereiten müssen. Mit Vanillesoße! Und das, obwohl sie noch überhaupt nichts eingekauft hatte!

Als Livia den Zettel zur Hand nahm, war sie auf alles vorbereitet. Sogar auf eine noch frechere Antwort als beim letzten Mal. Stattdessen fand sie ihn genauso vor, wie sie ihn hinterlassen hatte – ohne Antwort! Ohne ein einziges Wort!

Sie starrte auf die gähnende Leere und spürte ein ungutes Gefühl in sich aufsteigen. Sie wusste nicht, woran sie war!

Nichts … das war ziemlich wenig! Was hatte es zu bedeuten? War es zähneknirschende Zustimmung? Oder verärgerte Ablehnung? In beiden Fällen war es keine gute Voraussetzung für einen netten Abend. Sie schauderte. Was hatte sie sich da nur eingebrockt?

Das einzig Gute war, dass sie Arvin für zehn Uhr bestellt hatte. Selbst wenn er keine Lust auf den Abend hatte, würde er um diese Zeit nach Hause kommen. Wenn alles gut lief, würde er dann den Apfelstrudel riechen … und ihre Bemühungen erkennen … und sich doch noch auf den Abend einlassen …

Sie atmete einmal tief durch. Ja, der Apfelstrudel musste her, und zwar einer, der ihm die Schuhe auszog, einer wie ihn seine Mutter zubereitet hatte, dann würde sich schon alles zum Guten wenden!

Sie sah auf ihre Uhr. Mittlerweile war es halb eins. Ziemlich spät. Dabei musste sie noch einkaufen! Und die Mittagszeit war die einzige Möglichkeit, um das in Ruhe zu tun.

An ein entspanntes Frühstück war unter diesen Umständen nicht zu denken. Sie verzichtete gleich ganz darauf, zog sich eilig an und erstellte zunächst eine Einkaufsliste. Mehl und Zucker waren noch vorhanden, erforderlich waren also Butter, Wein, Äpfel, Haferflocken, gehackte Nüsse, Schokolade, Zimt, Milch, Eier, Vanillesoßenpulver, Puderzucker und Backpapier. Außerdem brauchte sie frische Weintrauben für Arvin.

Im Laden angekommen, lief zunächst alles wie am Schnürchen. Äpfel, Milch, Eier und Butter fanden fast wie von selbst den Weg in den Einkaufswagen. Kurz darauf fiel Livias Blick jedoch auf die Non-Food-Artikel. Die vielen verschiedenen Dinge faszinierten sie und lenkten sie von ihrer eigentlichen Aufgabe ab. Vor einem Haufen mit eingepackten Blusen blieb sie besonders lange stehen. Die Frauen auf den Bildern sahen ganz anders aus als sie selbst in ihrem Sweatshirt. Sie wollte auch so aussehen!

„Ich denke, Sie sollten sich besser Ihrem Einkaufszettel widmen“, sprach eine junge Frau Livia an.

Livia hatte Mühe, aus den Gesichtern der Blusenmodels wieder in die reale Welt zurückzufinden. Außerdem trug die junge Verkäuferin vor ihr ebenfalls eine Bluse …

„Ich bin heute Abend verabredet“, sagte Livia. „Und ich möchte auch eine Bluse anziehen.“

„Das können Sie ja“, nickte die junge Frau. Sie war zierlich und hatte feuerrote Haare. Auf ihrer weißen Bluse prangte der Name des Geschäfts, in dem sie sich befanden. „Am besten, Sie arbeiten zuerst Ihren Einkaufszettel ab, gehen dann nach Hause und ziehen sich um!“

„Ich hab aber keine Bluse“, wandte Livia ein.

Die junge Frau zog erstaunt die Augenbrauen hoch. „Sie haben bestimmt eine Bluse.“

Livia schüttelte energisch den Kopf. „Ich hab nur so was“, sagte sie und deutete auf das blaue Sweatshirt, das oben aus ihrer Jacke herausschaute.

„Hm“, machte die junge Frau und musterte Livia eine Weile. Dann wandte sie sich den Blusen zu, nahm eine nach der anderen zur Hand und wählte schließlich ein hellblaues Exemplar mit einer aufwändigen Blumenstickerei aus. „Achtundreißig“, sagte sie. „Das sollte Ihnen passen. Die Bluse ist nicht teuer. Möchten Sie sie kaufen?“

Livia nickte eifrig und begann über das ganze Gesicht zu strahlen. In null Komma nichts landete die Bluse in ihrem Einkaufswagen. Das Problem war allerdings, dass sie von nun an nur noch auf ihre Bluse schaute und kaum mehr in der Lage war, sich auf ihren Einkaufszettel zu konzentrieren. Wäre die junge Verkäuferin nicht gewesen, die sie durch den gesamten Laden begleitete, dann hätte sie es wohl nicht auf die Reihe bekommen. So aber ging alles glatt.

Erst auf dem Rückweg wurde Livia dann auch wieder bewusst, welch schwierige und vor allem zeitintensive Aufgabe vor ihr lag. Als sie zu Hause ankam, zwang sie sich, die Bluse erst einmal wegzulegen. Dann wandte sie sich der Herstellung des Teiges zu. Ohne größere Mühe verknetete sie Mehl, Butter, Wein und Salz und beförderte das Ganze in den Kühlschrank. Dann kümmerte sie sich um die Vanillesoße. Entgegen all ihren Befürchtungen klappte auch das auf Anhieb. Es kochte weder die Milch über noch bildeten sich Klumpen. Livias Brust schwoll vor Stolz ein wenig an. Sie hatte gar nicht zu hoffen gewagt, dass alles so problemlos funktionieren würde. Schließlich hatte sie seit ihrem Unfall noch nie allein gekocht. Mittags hatte sie meist Aufgewärmtes von Karen gegessen oder auch mal eine Fertigpizza.

In der Vanillesoße rührte Livia so lange herum, bis sie abgekühlt war, ohne eine Haut zu bilden.

Dann ging sie ins Wohnzimmer. Sie kramte eine Tischdecke, ein paar Kerzen und das gute Geschirr hervor und verlieh dem Esstisch auf diese Weise ein romantisches Ambiente.

Jetzt musste nur noch der Teig gelingen!

Zuerst aber waren die Äpfel an der Reihe. 750 g Äpfel, so stand es in dem Rezept, das waren exakt fünf Stück. Livia wusch sie zuerst und holte dann einen Sparschäler. Aber schon als sie diesen zum ersten Mal ansetzte, ahnte sie, dass das Schälen und Schneiden nicht gerade einfach werden würde. Sie hatte so etwas ja auch noch nie zuvor gemacht, außerdem hatte sie mit der immer noch nicht voll funktionsfähigen rechten Hand keine hundertprozentige Kontrolle über den Apfel. Und wie sollte sie das Messer mit links am besten ansetzen? Beim Erklären des Rezeptes hatte Karen irgendetwas von „immer vom Körper wegschneiden" gesagt, aber als Livia diese Technik probierte, fiel ihr andauernd der Apfel aus der Hand. Andersherum funktionierte es besser – jedenfalls bis zu dem Zeitpunkt, als sich Livia mit dem Schäler so heftig in ihre rechte Hand schnitt, dass sie eine halbe Stunde und die halbe Hausapotheke benötigte, um die Blutung wieder zu stillen. Von nun an arbeitete Livia unter Schmerzen, dafür aber auch vorsichtiger.

Entsprechend lange dauerte es. Für den ersten Apfel benötigte Livia eine geschlagene Dreiviertelstunde, für den zweiten fast die gleiche Zeit. Erst danach ging es langsam besser. Der fünfte Apfel war eine Sache von fünfzehn Minuten. Trotz dieses Erfolges konnte sich Livia nicht richtig freuen. Ihre Hand schmerzte fürchterlich, außerdem hatte sie zittrige Knie und ziemlichen Hunger. Aber es ging inzwischen auf halb sieben zu und der Teig war noch nicht fertig! Für den Fall, dass es Probleme geben würde, brauchte sie unbedingt eine Zeitreserve!

Sie gönnte sich ein paar Schlucke Wasser und holte dann sofort den Teig aus dem Kühlschrank. Nachdem sie ihn noch einmal kurz durchgeknetet hatte, teilte sie ihn in zwei Teile und begann, die erste Hälfte mithilfe eines Nudelholzes zu einem Rechteck auszuwalken. Das funktionierte eigentlich ganz gut, vor allem weil sie sich daran erinnert hatte, dass sie das Nudelholz mit Mehl bestäuben sollte. Auch das anschließende Bestreuen mit Haferflocken, der Hälfte der Apfelscheiben, Nüssen, Zucker und Zimt war kein Problem. Als sie jedoch das Wort „Schokoladen*stückchen*" las, breitete sich so etwas wie Panik in ihr aus. Sie wickelte eine Tafel Schokolade aus, zerteilte diese den Einkerbungen entsprechend und betrachtete zweifelnd das Ergebnis. Stücke waren das auf jeden Fall, aber Stück*chen*? In ihrer Not rief sie Karen an und erfuhr, dass die Schokolade noch erheblich stärker zerkleinert werden müsse. Karen verwies dabei auf eine Küchenmaschine, doch sah sich Livia nicht in der Lage, eine solche zu benutzen. Selbst wenn sie in Arvins Küche eine gefunden hätte, wäre es ihr kaum möglich gewesen, diese richtig zu bedienen. Sie griff daher erneut zum Messer. Dabei stellte sie fest, dass Schokolade zu den härtesten Lebensmitteln gehörte, die sie kannte. Dieses Mal verletzte sie sich zwar nicht, doch bezahlte sie die Schokoladenstückchen mit einer leuchtend roten, dick angeschwollenen linken Hand.

„Teig zusammenschlagen" lautete die nächste Anweisung ihres Rezeptes. Aber das war leichter geschrieben als getan. Als Livia den Teig an den Seiten anzuheben versuchte, blieb er einfach kleben und rührte sich nicht vom Fleck. Er war wie mit dem Küchentisch verwachsen. Zwar ließ er sich mithilfe von Messern und Pfannenwendern quasi vom Tisch herunterschneiden, doch ging dies auf Kosten der Stabilität. Irgendwann hatte Livia nur noch Stücke in der Hand und war vollkommen entnervt.

Und dabei war es schon … *acht Uhr*???

Der Blick auf die Uhr versetzte Livia endgültig in Panik. Die Zeit wurde knapp! Sie sprintete zum Kühlschrank, holte die Schüssel mit der anderen Hälfte des Teiges heraus, knallte ihn auf den Küchentisch, wandte sich wieder dem missglückten Teil zu, versuchte die Äpfel und anderen Zutaten herunterzukratzen, ließ die Hälfte auf den Fußboden fallen, begann die Sachen wieder aufzuheben, stand auf, um eine Schüssel zu holen, drehte sich im Kreis … und sank im nächsten Moment neben ihren Zutaten auf die Knie. Wenn sie jetzt weitermachte, das wusste sie, wäre in fünf Minuten alles ruiniert! Einige Minuten saß sie einfach nur so da und versuchte, ihre Gedanken zu ordnen. In ihrem Kopf herrschte so ein Durcheinander! „Ich brauche Hilfe", flüsterte sie schließlich. „Karen kann mir helfen." Und dann versuchte sie, all ihre Konzentration auf dieses Vorhaben zu richten.

Als sie sich gleich darauf erhob, war es ihr möglich, das Telefon zu finden und auch Karens Nummer zu wählen.

„Scholl", meldete sich diese.

„Du musst mir helfen", sagte Livia erstaunlich ruhig. „Es geht nämlich alles schief. Alles."

„Livia?", fragte Karen.

„Den Teig krieg ich nicht wieder vom Tisch herunter. Und die Füllung liegt auf dem Fußboden."

„Dabei klingst du ganz entspannt."

„Das täuscht", entgegnete Livia. „Arvin kommt um zehn Uhr. Ich bin ein Wrack!"

„Hast du denn die Schokolade zerkleinert?"

„Die Schokolade ist prima." Jetzt mischte sich doch ein Hauch von Unwillen in Livias Stimme. „Aber der Teig … es ist, als hätte ich ihn mit Uhu versetzt."

„Vielleicht hast du vergessen, den Tisch mit Mehl zu bestäuben?"

„Den Tisch? Wieso den Tisch? Ich hab das Nudelholz bestäubt!"

„Tja … das reicht nicht", antwortete Karen.

„Und was mach ich jetzt?" Livias Stimme glitt ins Weinerliche ab.

„Hast du noch eine zweite Portion Teig?"

„Schon …"

„Dann probier es damit noch einmal!"

„Nur wenn du am Telefon bleibst", jammerte Livia. „Wenn du auflegst, geb ich auf."

„Aber ich bringe gerade Vanessa ins Bett …"

„Wenn du auflegst, geb ich auf", wiederholte Livia.

„Zuerst bringe ich Vanessa ins Bett. Dann rufe ich dich zurück. In Ordnung?"

„Also gut … Aber beeil dich."

Es dauerte zwanzig Minuten, bis Karen endlich zurückrief. Aber dann erwies sie sich als rettender Engel. Unter ihrer Anleitung wurde Livia nicht nur ruhiger, sie lief auch zur Hochform auf. Nachdem sie den Tisch großzügig mit Mehl bestäubt hatte, klappte sowohl das Ausrollen als auch das Zusammenschlagen wie einstudiert. Pünktlich um Viertel nach neun war der Strudel im Ofen.

„Jetzt muss er nur noch erscheinen", kommentierte Karen diesen Erfolg. „Richtig zugesagt hat er ja nicht, oder?"

„Das nicht", musste Livia zugeben. „Aber er kann ja schlecht im Büro übernachten. Und gegen zehn war er eigentlich immer zu Hause. Du siehst also … er kann mir gar nicht entgehen!"

Karen antwortete nicht.

„Glaubst du etwa, er sagt mir ins Gesicht, dass er meine Einladung ablehnt?", fragte Livia deutlich verunsichert. „Auch wenn er den Apfelstrudel riecht?"

„Ich möchte nur nicht, dass du enttäuscht bist. Arvin ist … na ja … er kann ziemlich stur sein."

„Du möchtest nicht, dass ich *enttäuscht* bin?", wiederholte Livia fassungslos. „Ich hab den ganzen Tag geschuftet, Karen! Ich hab mir die Hand aufgeschlitzt und die Füße wund gelaufen!" Dass sie den ganzen Tag noch nichts gegessen hatte, verschwieg sie an dieser Stelle besser … „Glaub mir, ich *wäre* enttäuscht, und das ist noch milde ausgedrückt."

„Halt mich einfach auf dem Laufenden", bat Karen. „Du kannst mich anrufen, wann immer du willst, okay?"

„Okay." Als Livia auflegte, hatte sie ein ziemlich ungutes Gefühl. Bisher war sie wie selbstverständlich davon ausgegangen, dass Arvin im Angesicht ihrer Bemühungen klein beigeben würde. Aber jetzt war sie sich plötzlich nicht mehr sicher.

Umso wichtiger war, dass Arvin erkannte, wie viel Mühe sie sich gegeben hatte!

Sie eilte in ihr Zimmer, zog sich eine saubere Jeans an und stürzte sich dann auf ihre Bluse. Es dauerte lange, bis sie Folie, Pappe, Plastikklammern und Schildchen entfernt hatte. Und dann war die Bluse auch noch knittrig! Aber Bügeln hatte sie geübt, und so gelang es ihr ohne Probleme, das gute Stück auf Vordermann zu bringen. Anschließend eilte sie ins Bad, um ihre Haare zu frisieren. Bevor sie allerdings den Föhn anschaltete, riss sie das Fenster sperrangelweit auf. Der Föhn war schließlich laut und sie durfte Arvins Ankunft auf keinen Fall verpassen!

Trotz dieser Sicherheitsmaßnahme unterbrach Livia das Föhnen im Drei-Minuten-Takt. Sie steckte dann regelmäßig den Kopf aus dem Fenster, um sicherzugehen, dass noch kein Wagen vorgefahren war.

Gute dreißig Minuten später hatte Livia ihr Äußeres in Hochform gebracht. Ihr Spiegelbild überraschte sie selbst. Zum ersten Mal seit Langem … vielleicht sogar zum ersten Mal in ihrem Leben – so kam es ihr jedenfalls vor – fand sie sich hübsch. So hübsch, dass sie mehrere Minuten vor dem Spiegel stehen blieb und sich fröhlich zulächelte. Vielleicht ging es Arvin genauso … vielleicht würde er sie sogar mögen …

Sie riss sich vom Spiegel los und bewegte sich in Richtung Küche. Schon im Flur atmete sie den verführerischen Duft aus Äpfeln und Zimt ein. Dieser Strudel war eindeutig gelungen. Selbst Arvin würde ihn nicht verpassen wollen! Ein Blick in den Ofen bestätigte diese Einschätzung. Der Strudelteig hatte eine leicht bräunliche Farbe angenommen und machte den Eindruck, als wäre er genau richtig.

Livia lief das Wasser im Munde zusammen. Erst jetzt wurde ihr klar, wie viel Hunger sie hatte! Sie sah auf ihre Uhr. Es war fünf nach zehn! Sie schaltete den Ofen aus, öffnete die Tür und holte das Blech heraus. Einen Moment lang ließ sie den Strudel abkühlen, dann bestreute sie ihn großzügig mit Puderzucker.

„Jetzt solltest du kommen“, murmelte sie und starrte sehnsüchtig auf den fertigen Strudel.

Einen Moment lang blieb sie dort stehen. Dann ging sie in den Flur und öffnete die Haustür. Wenn sie allerdings angenommen hatte, dass sich Arvins Ankunft auf diese Weise beschleunigen ließ, hatte sie sich getäuscht. Um zwanzig nach zehn stand sie noch immer abwartend auf dem Flur, ohne dass ein Auto vorfuhr.

„Das ist ein schlechtes Zeichen“, sagte sie und fröstelte plötzlich. Arvin kam eigentlich nie nach zehn Uhr. Wenn er es heute tat, sprach das nicht gerade für die erhoffte Begeisterung.

Also gut, er wollte diese Einladung nicht. Vielleicht kam er sogar mit Absicht später nach Hause. Aber das hieß noch lange nicht, dass sie sich ins Bockshorn würde jagen lassen!

Livia kehrte in die Küche zurück, schaltete den Ofen auf ganz kleine Stufe und stellte den Strudel zum Warmhalten hinein. Dann setzte sie sich abwartend an den Tisch. Eine Weile trommelte sie mit den Fingern auf der Tischplatte herum, lauschte dem lauten Knurren ihres Magens und malte sich aus, was sie Arvin gleich an den Kopf werfen würde.

Die Minuten vergingen und Livias Energien schwanden. Ihre Augen wurden kleiner. Sie hatte vor lauter Hunger ein flaues Gefühl im Magen. Und die Verletzung an ihrer Hand pochte, wie sie es an diesem Tag noch kein einziges Mal erlebt hatte.

Es wurde halb elf … elf … halb zwölf.

Allmählich begriff Livia, dass Arvin nicht mehr kommen würde.

Allerdings fehlte ihr die Kraft, sich darüber aufzuregen.

Der Gedanke, dass sie allein ein Stück Strudel essen könnte, huschte durch ihre Gedanken, fand aber keinen Widerhall mehr. Sie schaltete nur noch den Backofen aus und verkrümelte sich in ihr Bett.

❧

Sie erwachte von einem Geräusch, das sie erst nach sehr, sehr langer Zeit als das Klingeln des Telefones identifizierte. Aber sie hatte ohnehin keine Kraft aufzustehen. Obwohl es gleißend hell in ihrem Zimmer war, hingen ihre Gedanken am letzten Abend fest.

Arvin hatte sie versetzt. Er hatte es wirklich getan! Es war unglaublich.

Oder nein, war es nicht! Sie hätte es vorhersehen müssen. Wenn diese Ehe gescheitert war, dann musste das ja einen Grund haben, und dieser Grund war Arvin. Er war ein gefühlloser Idiot, jawohl! So eine Eigenschaft entwickelte sich nicht von heute auf morgen. Nein, sicher nicht. Sie war unter Garantie von Anfang an da gewesen und der Grund für ihre schlechte Ehe. Warum war sie nicht früher darauf gekommen?

Alles passte doch zusammen. Karens Warnungen … Sie ließ Karens Worte noch einmal Revue passieren: *Arvin kann sehr stur sein. Arvin lieben? Einfach so? Nein, keine Chance.*

Wie dumm war sie gewesen! Wie naiv!

Aber damit war es jetzt vorbei. Jetzt würde er sie kennenlernen. Ja, das würde er!

Sie schlug ruckartig die Decke zurück und sprang aus dem Bett, musste sich aber schon im nächsten Moment wieder hinsetzen. Ihre Umgebung drehte sich und die Zimmerdecke kam auf sie zu.

Eine ganze Weile blieb sie mit geschlossenen Augen auf dem Bett sitzen, erst dann hatte sich ihr Gleichgewichtssinn so weit beruhigt, dass sie langsam wieder aufstehen konnte.

Noch mit dem Schlafanzug bekleidet, führte ihr erster Weg auf den Flur und von dort zur Haustür. Ein einziger Blick nach draußen verschaffte ihr Gewissheit. Arvin war noch immer nicht zu Hause. Er war die ganze Nacht über weggeblieben!

Das Telefon begann erneut zu klingeln.

Livias Augen verdunkelten sich. Wenn das Arvin war …

Mit zackigen, fast militärischen Schritten steuerte sie auf das Wohnzimmer und dort direkt auf das Telefon zu. „Ja?"

„Ich bin's, Karen. Ich wollte nur wissen, wie es gelaufen ist …"

Livia antwortete nicht gleich. Sie brauchte einen Moment, um ihre Anspannung unter Kontrolle zu bekommen. „Ach du", sagte sie enttäuscht. Wie gern hätte sie jetzt Arvin in die Finger gekriegt …

„Das klingt nicht gut", erkannte Karen. „Hat er deine Einladung ausgeschlagen?"

„Er ist gar nicht erst nach Hause gekommen", antwortete Livia und starrte gedankenverloren auf ihre rechte Hand. Sie tat immer noch weh. Und der notdürftige Verband, den sie gestern angelegt hatte, war total schmuddelig. Kein Wunder, nach all der Arbeit …

„Oh, das tut mir leid. Hast du den Strudel allein gegessen?"

„Nein", knurrte Livia. „Und ich habe es auch nicht vor. Abgesehen davon bin ich noch im Schlafanzug. Kann ich dich später zurückrufen?"

„S-sicher“, stammelte Karen noch, dann hatte Livia auch schon aufgelegt. Sie hatte jetzt wirklich keine Lust auf Karens Mitleidsbekundungen. Ihr war eher nach Rache zumute!

Rache, genau …

Livias Augen verengten sich zu drohenden Schlitzen. Was Arvin konnte, das konnte sie schon lange …

Kapitel 13

Als Livia abends um exakt einundzwanzig Uhr dreiundvierzig Arvins Wagen vorfahren hörte, bildete sich ein zufriedenes Grinsen auf ihrem Gesicht.

„Hundert“, flüsterte sie, „neunundneunzig, achtundneunzig, siebenundneunzig …“

Sie saß in ihrem Zimmer auf dem Bett und hatte es sich gemütlich gemacht. Das Deckenlicht war ausgeschaltet, nur ihre Nachttischlampe war noch an. Vor ihr auf der Bettdecke lag das Buch, das Karen ihr mitgebracht hatte. Obwohl sie noch keine einzige Zeile daraus gelesen hatte, steckte das Lesezeichen so ziemlich in der Mitte.

„Zweiundneunzig, einundneunzig, neunzig …“

Sie zählte langsam und sehr bedächtig. Zwischendurch nahm sie einen Schluck aus der dampfenden Tasse Tee, die neben ihr auf dem Nachttisch stand.

„Fünfundachtzig, vierundachtzig, dreiundachtzig, zweiundachtzig …“

Sie hörte die Autotür zuknallen.

„Dreiundsiebzig, zweiundsiebzig, einundsiebzig …“

Sie hörte, wie Arvin die Haustür öffnete und den Flur betrat.

„Sechsundsechzig, fünfundsechzig …“

Obwohl es so aussah, als ob Livia jeden Moment schlafen gehen würde, trug sie keinen Schlafanzug. Stattdessen hatte sie eine hellblaue Bluse mit einer Blumenstickerei an …

„Achtundfünfzig, siebenundfünfzig, sechsundfünfzig …“

An seinen Schritten konnte sie erkennen, dass er sich in Richtung Wohnzimmer bewegte.

„Zweiundvierzig, einundvierzig, vierzig, neununddreißig …“

Ihre Anspannung wuchs. Jedenfalls rieb sie energisch über die Stelle auf ihrer Stirn, an der sie kein Gefühl mehr hatte.

„Vierunddreißig, dreiunddreißig …"

Livias Atem ging schneller.

„Achtundzwanzig, siebenundzwanzig, sechsundzwanzig …"

Ohne es zu wollen starrte Livia ängstlich auf ihre Zimmertür. Was tat sie eigentlich hier? Sie kannte diesen Mann doch gar nicht. Sie hatte keine Ahnung, wozu er fähig war!

„Neunzehn, achtzehn, siebzehn …"

Stampfende Schritte näherten sich und sorgten dafür, dass Livia die Zahlen im Halse stecken blieben. Sie griff mit zitternden Händen nach ihrem Buch, öffnete es da, wo sich das Lesezeichen befand, und tat so, als wäre sie ins Lesen vertieft.

Die Tür schwang auf.

„Wie kannst du es wagen?", polterte Arvin los.

Aus dem Augenwinkel kam er ihr vor wie ein riesiges dunkles Monster, doch zwang sie sich, ihn keines Blickes zu würdigen. Sie las einfach weiter.

„Wir hatten eine Abmachung", röhrte Arvin. Seine Stimme schien den ganzen Raum in Schwingungen zu versetzen.

Jetzt endlich hob Livia ihren Blick. Der arrogante Gesichtsausdruck, den sie stundenlang vor dem Spiegel geübt hatte, kam jedoch nicht zustande. „Hatten wir?", gelang es ihr zu fragen.

„Du hast in diesem Haus nichts zu verändern", bellte ihr Ehemann. Er war außer sich vor Wut. Außerdem saß seine Brille schief auf der Nase …

„Das war dein *Wunsch*", antwortete Livia, „ebenso wie es mein Wunsch war, einen Abend mit dir zu verbringen. Es scheint dir jedoch lieber zu sein, meine Wünsche zu ignorieren. Das ist kein Problem. Nur musst du dich nicht wundern, wenn ich mir die gleichen Freiheiten nehme." *Immerhin*, dachte Livia, *hab ich meinen Text hingekriegt.*

Arvin öffnete kurz den Mund, schloss ihn dann aber wieder. Einen Moment lang verlagerte er sein Gewicht von einem Bein auf das andere, dann sagte er: „Du willst also Krieg …"

„*Du* willst Krieg", gab Livia zurück. „*Ich* wollte mit dir zu Abend essen."

„Ich aber nicht mit dir", erwiderte Arvin. Seine Stimme klirrte vor Kälte. „Ich esse, wann ich will und mit wem ich will. Und glaub mir: Du gehörst nicht zum ausgewählten Personenkreis."

Livia schluckte ein paarmal gegen die bodenlose Enttäuschung an, die seine Worte bei ihr auslösten. Fast hätte sie losgeheult. Aber dann gewann ihre Wut die Oberhand. „Das ist schade", fauchte sie. „Vor allem weil wir nun mal verheiratet sind –"

„Waren", fiel Arvin ihr ins Wort. „Waren!"

Livia verstummte. Das eine Wort hatte so abwehrend, so … *panisch* geklungen … Da war nichts mehr von der Gleichgültigkeit, die er sonst an den Tag legte. Livia versuchte, in seinem Gesicht zu lesen, aber sie kannte ihn einfach zu wenig … „Ich kann mich an nichts erinnern, Arvin", sagte sie hilflos. „Und niemand will mich aufklären …" Fast flehend sah sie ihn an. „Was ist denn nur passiert?", flüsterte sie.

Aber Arvins Lippen blieben schmal. „Lass mich einfach in Ruhe", sagte er kalt. „Leb du dein Leben und ich lebe meins. Dann werden wir hervorragend miteinander auskommen."

„Du verlangst von mir, dass ich dein Haus teile, aber nichts verändere, dass ich deine Ehefrau bleibe und niemals erfahre, was zwischen uns vorgefallen ist?", brach es aus Livia hervor. Durch ihre Bewegungen rutschte das Buch von der Bettdecke und landete mit einem sanften Geräusch auf dem Teppichboden. „Das kann nicht dein Ernst ein!"

„Du kannst ja ausziehen", sagte Arvin. Seine tiefschwarzen Augen strahlten eine unglaubliche Härte aus. „Eine Wohnung ganz für dich allein – wie wär das? Oder noch besser: Du gehst ins Krankenhaus zurück."

Livias Mund öffnete sich wie von selbst, doch sie brachte keinen Ton zustande. Die Genugtuung in seinem Tonfall sprach Bände. Er kannte ihre Ängste. *Er* wusste *alles* und *sie* wusste *nichts* …

„Also?" Ein triumphierendes Lächeln umspielte Arvins Lippen.

Am liebsten hätte sie sich auf ihn gestürzt und dieses Lächeln aus seinem Gesicht geprügelt! Stattdessen griff sie zu der einzigen Waffe, die ihr jetzt noch einfiel … „Vielleicht später“, antwortete sie mühsam. „Zuerst werde ich herausfinden, was zwischen uns vorgefallen ist – auch ohne deine Hilfe, wenn es sein muss. Karen hat mir erzählt, dass wir in der Kirche getraut wurden, die ihr beide sonntags immer besucht. Du hast doch nichts dagegen, wenn ich nächsten Sonntag mal mitkomme?“

Arvin öffnete den Mund, um diese Bitte empört abzulehnen, zögerte dann jedoch. Einen Moment lang wirkte er hilflos und unentschlossen, dann bellte er: „Natürlich nicht!“ Sprach's und war auch schon zur Tür hinaus, welche gleich darauf mit einem lauten Knall ins Schloss fiel.

Livia sah ihm fassungslos nach. Fassungslos, weil sie nicht mit einem Ja gerechnet hatte. Weil Karen ihren Bruder augenscheinlich doch besser kannte, als sie es für möglich gehalten hätte. Und weil sie erbeten hatte, was sie überhaupt nicht tun wollte …

❧

Die nächsten Tage krochen dahin wie eine Schnecke auf dem Weg durch den Garten. Livia stand mehrfach davor, einen Rückzieher zu machen. Was sollte sie in einer Kirche? Sie hatte sich noch nie Gedanken über Gott gemacht. Jedenfalls nicht seit ihrem Unfall. Und vorher? Sie wusste es nicht und sie wollte auch nicht darüber nachdenken. Sie hatte auch so schon genug Probleme. Abgesehen davon fragte sie sich allmählich, ob Arvin all diese Mühen wert war. Sie sah ihn immer noch in ihrer Tür stehen … die Brille schief auf der Nase … die Augen voller Wut und Hass … Und das alles wegen der paar Grünpflanzen, die sie im Wohnzimmer deponiert hatte … und die Arvin schon längst wieder entsorgt hatte. Durfte man sich so verhalten, wenn man an Gott glaubte?

Vielleicht war es besser, wenn sie sich von ihm fernhielt. Vielleicht war er ein schlechter Mensch. Vielleicht war das der Grund für das Scheitern ihrer Ehe.

Vielleicht.

Es war nur der Schatten eines Zweifels. Meist ließ er sich ganz gut unterdrücken. Dann erinnerte sie sich an Arvins Kälte und Gleichgültigkeit. Aber wenn sie unaufmerksam war, schlichen sich andere Gedanken in ihren Kopf. Karen und ihr unerschütterliches Vertrauen zu Arvin. Die Tatsache, dass er jeden Sonntag in die Kirche ging. Nein, sie *konnte* diesen Termin nicht absagen. Sie *musste* herausfinden, was vorgefallen war!

Am Sonnabendmorgen verließ Livia das Haus, um einkaufen zu gehen. Als sie vor die Tür trat, stellte sie fest, dass über Nacht der Frühling ausgebrochen war. Es war viel wärmer als gestern, bestimmt mehr als fünfzehn Grad. Und die Sonne schien – jedenfalls auf dem Nachbargrundstück! Livia selbst stand im Schatten, was damit zusammenhing, dass auf Arvins Grundstück so ziemlich alles im Schatten lag. Ganz anders das Nachbargrundstück. Dort gab es überhaupt keine Bäume oder größeren Büsche, nur Beete und Blumen, Blumen, Blumen …

Livia ließ ihren Blick über die bunte Pracht schweifen und entdeckte dabei ihre Nachbarin, die auf den Knien vor einem dieser Beete hockte und ganz offensichtlich Unkraut zupfte.

Tulpen, dachte Livia sehnsüchtig, *Osterglocken … Hyazinthen … in Blau … und Pink …* Gedankenverloren näherte sie sich ihrem Traumbeet und hatte auf einmal das Gefühl, als würde es sich verändern … als hätte sie plötzlich eine ganz bestimmte Anordnung dieser Blumen vor Augen. Sie versuchte den Eindruck zu nähren … da war ein Rechteck aus blauen Hyazinthen und dann …

Die Nachbarin hatte Livia inzwischen bemerkt und sich erhoben. „Guten Morgen“, sagte sie.

Livia streckte die Hand aus, als könnte sie das Bild dadurch festhalten, aber dann flog es von dannen wie ein Seidentuch, das vom Wind fortgerissen wurde. „Ein Rechteck“, murmelte sie, „aus blauen Hyazinthen. Hab ich so was mal gepflanzt?“

Frau Lorenz, die Nachbarin, ergriff die Hand, die ihr entgegengestreckt wurde, und schüttelte sie, was zur Folge hatte, dass Livia umgehend in die Realität zurückkehrte. Die Hand war hart und sandig.

„Sie haben noch nie Blumen gepflanzt“, stellte Frau Lorenz klar. Sie war schon an die fünfzig und ausgesprochen hager. Ihre kleinen wachen Augen blickten lauernd hinter einer dicken Brille hervor. Sie deutete auf Livias Garten. „Das sieht man doch, oder?“

Livia blickte hinter sich und vermochte nichts dazu zu sagen. Der Garten – wenn man ihn denn als einen solchen bezeichnen wollte – war ein zugewucherter Dschungel, nicht mehr und nicht weniger. „Früher auch nicht?“, fragte sie. „Ich meine … vor meinem Unfall …“ Sie dachte daran, dass sie gelernte Floristin war … und dass Arvin sie einmal geliebt haben musste … „Am Anfang meiner Ehe“, sagte sie deshalb. Als wir noch glücklich waren, fügte sie gedanklich hinzu. „Da sah es hier doch bestimmt ganz anders aus.“

Die Nachbarin sah forschend in Livias Augen. „Ich weiß nicht, was Sie meinen, Kindchen. Sie sehen doch selbst …“ Sie hatte noch ein bisschen Kraut in ihrer linken Hand und deutete damit auf die Bäume und Büsche in Arvins Garten. „Das hier wächst schon, solange wir hier wohnen. Wo, bitte schön, ist da Platz für Blumen?“

Livia schluckte und starrte entsetzt auf eine besonders riesige Tanne. Die Frau hatte recht, so etwas wuchs nicht in ein paar Jahren. Sie schauderte. „Und wie lange wohnen Sie hier?“

„Acht Jahre.“

Acht Jahre. Und sie war erst seit vier Jahren mit Arvin verheiratet. Das bedeutete dann wohl, dass er ihr niemals – auch nicht am Anfang ihrer Ehe – gestattet hatte, Blumen zu pflanzen. „Und wie war *ich* so?“, fragte sie unwillkürlich. „Haben Sie mich mal lächeln sehen?“

Frau Lorenz schüttelte verwundert den Kopf. „Geht es Ihnen gut?“

Nein!, hätte Livia kreischen mögen. *Nein*! „Hatten wir überhaupt Kontakt?“, hörte sie sich fragen.

In dem etwas verblödeten Gesichtsausdruck ihrer Nachbarin dämmerte ein wenig Licht. „Sie erinnern sich nicht!“, flüsterte sie. Und dann atmete sie stoßartig ein. „Meine Güte, deshalb sind Sie so freundlich!“

Livia runzelte verwundert die Stirn. „Wie bitte?“

„Ist es so oder nicht?“, brach es aus ihrer Nachbarin hervor.

Livia seufzte tief. „Der Unfall … Ich habe mein Gedächtnis verloren, ja.“

„Amnesie?“ Frau Lorenz schlug aufgeregt die Hände zusammen. „Ganz und gar?“

Livia nickte.

„Wenn ich das Manfred erzähle …! Das ist … Wollen Sie nicht reinkommen? Ich könnte Ihnen einen Kaffee kochen. Bitte! Ich erlebe hier nicht viel. Amnesie. Das gibt es sonst nur im Fernsehen!“ Frau Lorenz ließ vor Aufregung ihr Unkraut fallen und packte Livia am Oberarm. Als ihr jedoch auffiel, dass sie deren Pullover mit schwarzem Sand beschmutzte, ließ sie sie sofort wieder los. „Wir müssen uns unterhalten, bitte!“

Livia trat unwillkürlich einen Schritt zurück. „Weshalb haben Sie gesagt, ich sei freundlich?“, fragte sie misstrauisch.

„Ach das“, seufzte Frau Lorenz. „Wenn ich gewusst hätte, dass Sie Ihr Gedächtnis verloren haben, dann hätte ich mir diese Bemerkung gespart.“ Sie zuckte bedauernd mit den Schultern. „Wenn ich ehrlich bin, hatten wir nicht das beste Verhältnis.“ Ihr Blick wanderte in Arvins Garten zurück. „Ich war vielleicht manchmal etwas harsch. Aber es war ja auch berechtigt. Wer möchte schon ein solches Nachbargrundstück haben?“

„Niemand“, nickte Livia und dachte: Jedenfalls niemand außer Arvin. „Und Ihr Verhältnis zu Arvin …“, fragte sie, „… war … ist … das genauso gestört?“

„Na ja …“, druckste Frau Lorenz herum, „seit der einstweiligen Verfügung schon.“

Livia hob ihre dunklen Augenbrauen. „Einstweilige Verfügung?“

Ihre Nachbarin wand sich. „Wollen Sie nicht erst einmal reinkommen?“

Livia schüttelte stumm den Kopf.

Frau Lorenz atmete einmal tief durch und strich sich eine vorwitzige Haarsträhne aus dem Gesicht. Dabei hinterließ sie einen Streifen aus dunkler Erde auf ihrer Wange. „*Einen* Baum hat er gefällt“, sagte sie und lächelte verlegen. „Aber nicht ganz freiwillig … Wissen Sie, er stand schon fast auf der Grundstücksgrenze. Ungefähr dort …“ Sie deutete auf den dunkelgrünen Gartenzaun, der die beiden Grundstücke voneinander trennte. „Sollte ich etwa zulassen, dass er unseren Zaun kaputt macht?“, ereiferte sie sich. „Die Wurzeln waren schon dabei, ihn anzuheben.“

„Es gab also eine Gerichtsverhandlung“, schlussfolgerte Livia.

Frau Lorenz nickte. „Und was für eine …“

„Und dann hat er den Baum gefällt?“

Frau Lorenz nickte erneut. „Ihm blieb nichts anderes übrig.“ Ihr Blick wanderte in die Ferne. „Ich sehe ihn immer noch vor mir … die Kettensäge im Anschlag … die Miene so finster, als würde er sich jeden Moment an uns rächen.“ Sie schauderte. „Ob Sie es glauben oder nicht, wir haben uns damals ein zweites Schloss angeschafft …“

Livia schluckte. Frau Lorenz stand mit ihren Befürchtungen nicht ganz allein da …

„Und dabei hab ich nie verstanden, warum diese Geschichte so ein Drama für ihn war“, fuhr die Frau fort. „Seit dem Tag, an dem er den Baum gefällt hat, hat er kein Wort mehr mit uns gesprochen. Es war … ich weiß auch nicht … als hätten wir seinen Hund getötet oder so was …“

Wie kannst du es wagen?, erinnerte sich Livia an Arvins Reaktion auf die Pflanzen im Wohnzimmer.

„Irgendwie tut mir die ganze Sache leid“, seufzte Frau Lorenz. „Garten hin oder her – die Nachbarn auf der anderen Seite sind noch schlimmer. Die feiern eine Party nach der nächsten. Und das bis nachts um vier.“ Sie zuckte die Achseln. „Es ist eben alles relativ.“ Und dann schenkte sie Livia ein freundliches Lächeln. „Ich finde, Sie sehen nett aus … irgendwie … netter als früher. Meinen Sie nicht, wir könnten ganz von vorne anfangen?“

Livia entspannte sich. „Warum nicht?“, lächelte sie. „Schließlich muss es auch mal einen Vorteil haben, wenn man sich an nichts erinnern kann.“

❧

Der Sonntag war ein ebenso schöner Frühlingstag wie der Samstag.

Um Arvin weder im Bad noch in der Küche zu begegnen, saß Livia schon morgens um halb neun fertig angezogen vor der Tür und wartete. Von Karen wusste sie, dass der Gottesdienst um zehn Uhr anfing. Es konnte also nichts schiefgehen …

Anfangs genoss sie das Zwitschern der Vögel und die völlige Abwesenheit von Autolärm und anderen menschlichen Geräuschen. Sie beobachtete die Ameisen, die sich direkt vor ihrer Nase eine Straße gebaut hatten und eilig darauf herumwuselten. Obwohl das Ganze ziemlich chaotisch aussah, hatte sicher jede Bewegung ihren Zweck.

Sie hingegen ging heute Vormittag einen Weg, der ihr mehr als zweifelhaft erschien. Was erhoffte sie sich eigentlich davon? Nahm sie wirklich an, dass man ihr in dieser Kirche ihre Fragen beantworten würde? Dass sie erfahren würde, was zwischen ihr und Arvin vorgefallen war? Ihr Blick wanderte einmal mehr durch seinen Garten. Wer war er nur? Sah es in seinem Herzen genauso unaufgeräumt aus wie hier? Oder genauso zugewuchert?

Sie seufzte tief. Dieser Mann war ein einziges Rätsel. Ihr Leben war ein einziges Rätsel …

Um die Wartezeit zu verkürzen, erhob sie sich und schlenderte ein bisschen durch den Garten. Manchmal meinte sie, die Reste früherer Strukturen zu erkennen, einmal stieß sie gar auf Platten, die von einem Weg zeugten, bis auf wenige Zentimeter in der Mitte aber bereits zugewuchert waren.

Ob Arvins Eltern diesen Weg angelegt hatten? Ob es hier einmal einen schicken Garten mit Rasen und Beeten gegeben hatte?

Sie ging weiter, gelangte in eine besonders stark bewachsene Ecke des Gartens und stand plötzlich vor den Überresten eines kleinen morschen Holzkreuzes. Im ersten Moment schlug ihr das Herz bis zum Hals und die furchtbarsten Gedanken überfluteten sie. Was, wenn Arvin ein Mörder war, der seine Eltern auf dem Gewissen hatte? Der sie hier verscharrt hatte und deshalb nicht ertragen konnte, dass irgendetwas verändert wurde???

Im nächsten Moment entzifferte sie das grünliche Wort „Spike“ und entspannte sich ein wenig. Das klang nach einem Hund. Arvins Hund?

Sie sah auf ihre Uhr und stellte fest, dass es schon Viertel nach neun war. Von ihrem jetzigen Standort aus konnte sie Arvins Wagen nicht sehen. Vielleicht war es besser, wenn sie in den vorderen Bereich zurückkehrte … Sie wollte gerade um die Hausecke biegen, als sie hörte, wie ein Wagen gestartet wurde. Irritiert hechtete sie los und sah Arvin mit dem Wagen rückwärts vom Hof fahren.

„Warte!", kreischte sie und rannte hinter dem Wagen her.

Wenig später hielt er an.

Als Livia die Beifahrertür öffnete, keuchte sie verärgert: „Wir waren verabredet!"

„Du warst aber nicht zu entdecken", gab Arvin zurück. Er hatte sich ganz schön herausgeputzt. Jedenfalls trug er ein dunkles Jackett und ein helles Hemd, allerdings ohne Krawatte. „Ich musste annehmen, du würdest noch schlafen."

„Da war wohl der Wunsch der Vater des Gedanken", fauchte Livia und krabbelte in den Wagen.

„Oder die Gewohnheit", gab Arvin zurück. „Früher warst du nämlich auch nicht gerade scharf darauf, mit in den Gottesdienst zu kommen."

„Warum nicht?", fragte Livia, erntete auf diese Frage allerdings nur ein abwehrendes Grunzen. Genervt legte sie den Gurt an. „Ich finde es nicht gut, dass du die Vergangenheit totschweigst", nahm sie das Gespräch wieder auf. „Vor allem kann ich mir nicht vorstellen, dass man sich als Christ so verhalten sollte. Ich hab gar keine Chance, mich zu verteidigen!"

„Ach ja, richtig, du hältst nichts vom Glauben, wusstest aber schon immer, wie Christen leben sollten, nicht wahr?", knurrte Arvin und kuppelte so unbeholfen, dass sich das Getriebe beschwerte.

„So meine ich das doch nicht", erwiderte Livia und hob hilflos die Hände. „Du drehst mir jedes Wort im Mund um!"

„Dann schweig doch."

Livia sah aus dem Fenster und versuchte, sich ihre Enttäuschung nicht anmerken zu lassen. Warum war er nur so?

Sie fuhren eine ganze Weile durch die Stadt, bevor sie auf einen kleineren Parkplatz einbogen, auf dem bereits einige Autos standen. Arvin parkte den Wagen, schaltete den Motor ab und stieg aus. Wenn Livia allerdings angenommen hatte, dass er sich jetzt ein bisschen um sie kümmern würde, dann hatte sie sich getäuscht. Er wartete nicht einmal auf sie, sondern marschierte einfach in irgendeine Richtung.

Livia wischte sich kurz über ihre Augen, sprang dann aus dem Wagen und hechete hinter Arvin her. Ein schmaler gepflasteter Weg führte vom Parkplatz durch eine Grünanlage und von dort auf einen Fußweg. Livia ging ungefähr drei Schritte hinter Arvin, ihre Schultern wirkten eingefallen, ihr Schritt zögerlich. Was hätte sie darum gegeben, wenn er sich zu ihr umgedreht und ihr irgendwie das Gefühl gegeben hätte, dass sie nicht allein war! Aber er marschierte nur vorwärts, mit zackigen Bewegungen und stolzer, unnahbarer Haltung.

Livia hatte sich gerade damit abgefunden, dass er sie den gesamten Vormittag über ignorieren würde, als er plötzlich stehen blieb.

Vor lauter Schreck stoppte auch Livia.

In etwa dreißig Metern Entfernung entdeckte sie eine Tür, die sich ständig öffnete und wieder schloss. Livia schluckte. Den Menschenmassen nach zu urteilen, die durch diese Tür traten, war dies eine ziemlich große Gemeinde. Sie atmete schwerer. Schon der Gedanke an Hunderte von Menschen nahm ihr die Luft zum Atmen.

In diesem Zustand fiel ihr gar nicht auf, dass Arvin unruhig von einem Bein auf das andere tippelte und sich dann schließlich verärgert zu ihr herumdrehte. „Warum kommst du denn jetzt nicht?“, ranzte er sie an.

Livias Augen weiteten sich. „Was? Wohin?“, stammelte sie.

Arvin verdrehte die Augen, ging auf sie zu, packte sie am linken Ellenbogen und zog sie mit sich in Richtung jener Tür.

Livia ließ es geschehen, obwohl ihr die Berührung eher unangenehm war. Es kam ihr so vor, als wäre es das erste Mal, dass er sie überhaupt berührte! Und sein Griff war hart, hart und unfreundlich!

Sie passierten die Tür.

Im Foyer des Gebäudes standen – so kam es Livia jedenfalls vor – Hunderte von Menschen herum. Fröhliches Geplapper erfüllte den Raum. Eine junge Frau stand nah am Eingang und wandte sich ihnen umgehend zu. „Hallo, Arvin!“ Die Frau war vielleicht Mitte zwanzig, hatte lange braune Haare und ein hübsches Gesicht. Als sie Arvins Hand schüttelte, war ihr

Blick bereits auf Livia gerichtet. „Wen hast du denn da mitgebracht?“

Arvin räusperte sich kurz. „Meine … Frau.“

Verlogener Mistkerl, dachte Livia und reichte der Frau die Hand. Ihre Meinung über diese Kirche war gefällt. Hier war alles wie überall. Die Menschen spielten einander etwas vor.

„Oh“, machte die junge Frau und musterte Livia mit großen Augen. „Wie … wie geht es Ihnen nach Ihrem Unfall?“

Furchtbar, wollte Livia sagen, hatte aber nicht die Kraft dazu. „Danke, gut“, presste sie hervor. Ihr Blick war auf die vielen Menschen gerichtet. Sie fühlte sich wie in einem Rudel Wölfe.

„Dann hoffe ich, dass Sie sich bei uns wohlfühlen“, lächelte die Frau.

Livia konnte noch nicken, dann hatte Arvin sie bereits weitergezogen. Er steuerte direkt auf eine dunkelbraune Tür zu, die in einen weiteren Raum zu führen schien. Am Eingang drückte ihm jemand ein Gesangbuch in die Hand, dann betraten sie einen riesigen Saal, der bereits zu zwei Dritteln mit Menschen gefüllt war. Hier fanden bestimmt dreihundert Menschen Platz!

Arvin steuerte mit Livia auf einen Platz in der hintersten Reihe des Saales zu, platzierte sie auf einem der Stühle und setzte sich neben sie.

Livia erlebte das alles wie durch einen Schleier hindurch. Arvins Verhalten war zweitrangig. Ihr Blick war einzig und allein auf die Menschen gerichtet, ihr Herz raste. Wäre sie doch nur zu Hause geblieben!

„Ich möchte vorne sitzen“, raunte sie Arvin mit letzter Kraft zu. „Da seh ich die vielen Menschen nicht!“

„Tu dir keinen Zwang an“, antwortete Arvin kalt.

Aber Livias Füße waren wie festgewachsen. Sie hatte keine Kontrolle mehr über sie.

„Bring mich hin!“, flehte sie leise.

Aber Arvin lachte auf. „Das könnte dir so passen! Erst zwingst du mich, dich mitzunehmen, und dann kommandierst du mich herum? Vergiss es!“

Livia konnte nichts mehr dazu sagen. Ihr Blick war auf eine Menschentraube geheftet, die in diesem Moment geschlossen auf sie und Arvin zukam.

„Mensch, Arvin, das finde ich aber toll, dass du uns deine Frau mitgebracht hast", rief der Mann, der vorneweg lief, schon von Weitem. Er war bestimmt schon an die siebzig, hatte aber eine extrem jugendliche Ausstrahlung. Als er dann allerdings Livias Hand schüttelte, stutzte er. „Sie haben eiskalte Finger. Geht es Ihnen nicht gut?"

Die Frage wurde vom Geplapper der übrigen Leute übertönt, die ebenfalls eine Bemerkung zu Livia machten und ihr neugierig die Hände entgegenstreckten.

„Bring mich hier raus!", flüsterte Livia Arvin zu. „Bitte!" Vor ihren Augen zog ein dunkler Schleier auf. Die ältere Dame, die ihr gerade jetzt die Hand schüttelte, war kaum noch zu erkennen.

Und dann sah sie gar nichts mehr …

❧

Als Livia die Augen aufschlug, sah sie als Erstes Karen.

„Was … wo …?" Livias Stimme klang rauchig und belegt.

„Im Krankenhaus", beantwortete Karen die nicht wirklich gestellte Frage. Sie saß neben Livia auf einem der Krankenbetten und hielt ihre Hand. „Arvin hat dich hergebracht. Du hast ihm einen gehörigen Schrecken eingejagt."

Livia räusperte sich. „Womit?", krächzte sie. „Nein, sag nichts, ich weiß schon. Er hat gehofft, dass er mich endlich loswird. Dass ich nur bewusstlos war, muss ein schlimmer Schock für ihn gewesen sein."

„Jetzt hör aber auf", schimpfte Karen und ließ Livias Hand los. „Arvin ist nicht so furchtbar, wie du immer denkst. Außerdem hat er dich höchstpersönlich hierhergebracht."

„Das schlechte Gewissen", behauptete Livia und setzte sich vorsichtig auf. „Schließlich war er schuld daran, dass mein Kreislauf versagt hat." Auf ihrem Nachttisch erblickte Livia ein Glas mit Wasser. Sie griff danach.

„Was soll das denn heißen?"

Livia trank das gesamte Glas leer, bevor sie antworten konnte. Das kühle, kohlensäurearme Wasser war wie Balsam für ihren ausgetrockneten Hals. „Die vielen Menschen", sagte Livia. „Er hat mich ihnen zum Fraß vorgeworfen!"

„Hast du ihm denn gesagt, dass du Probleme mit Menschenansammlungen hast?

„Das nicht. Aber ich hab ihn quasi angefleht, mich wieder rauszubringen … oder wenigstens mit mir nach vorne, in die erste Reihe, zu kommen. Aber natürlich hat es ihn nicht interessiert."

„Vielleicht war ihm das Ausmaß deines Problems nicht wirklich bewusst", gab Karen zu bedenken. Sie erhob sich und durchwanderte nachdenklich den Raum. Am Fenster blieb sie stehen und blickte hinaus. „Als er hier ankam, war er jedenfalls völlig aufgelöst. So hab ich ihn schon lange nicht mehr erlebt."

Livia verschränkte die Arme vor der Brust. „War jemand bei ihm?", fragte sie kalt.

„Ja, ein Freund von uns." Sie drehte sich zu Livia um. „Wieso fragst du?"

„Des Publikums wegen", antwortete Livia und sah Karen herausfordernd in die Augen. „Für die Show mit dem Titel ‚Ich bin ein guter Mensch und ein noch besserer Ehemann' braucht man halt sein Publikum."

Karen seufzte tief und wandte sich wieder ab. Draußen war die Rasenfläche, auf der sich damals, als Livia auf unerklärliche Weise auf das Dach geraten war, all die Zuschauer befunden haben mussten. Einen Moment lang spielte sie mit dem Gedanken, Livia von der ganzen Sache zu erzählen. Es war offensichtlich, dass sie sich nicht mehr daran erinnerte. Aber was würde das bringen? Auch die Tatsache, dass Arvin ihr das Leben gerettet hatte, konnte aus verschiedenen Blickwinkeln interpretiert werden …

Derweil verklumpte sich Livias Ärger in ihrem Magen zu einem dicken, hässlichen Gebilde. Sie dachte an all die Freundlichkeiten, die sie Arvin erwiesen hatte. Der Plan, ihn damit zu überwältigen, war jedenfalls gescheitert. Und deshalb war jetzt auch Schluss mit Lakritz, Weintrauben und Apfelstrudel. Von nun an würde Arvin eine andere Livia kennenlernen!

„Was für ein Hund war Spike?", hörte sie sich fragen.

Karens Kopf ruckte herum. „Er hat dir von ihm erzählt?“, fragte sie ungläubig.

„Sozusagen“, wich Livia aus. Obwohl das beiläufig klang, waren all ihre Sinne auf höchsten Empfang geschaltet. In Karens Gesicht konnte sie lesen, dass diesem Hund eine weitaus größere Bedeutung zukam, als sie für möglich gehalten hätte! „Was für ein Hund war er?“

„Ein Labrador“, entgegnete Karen langsam. „Er war … wie ein Bruder für Arvin.“

Ein Bruder … wie interessant! „War er schwarz?“

„Schwarz mit weißen Pfoten“, entgegnete Karen und lächelte versonnen. „Diese Abzeichen gibt es bei der Rasse äußerst selten. Aber er war ja auch ein äußerst seltener Hund. Du hättest Arvin und ihn erleben müssen. Sie waren ein Herz und eine Seele. Spike ist jede Rutsche mit ihm heruntergerutscht!“

Livia dachte an das Holzkreuz im Garten. „Wie alt ist er geworden?“

Sofort verschwand das Lächeln aus Karens Gesicht. „Sechs“, seufzte sie.

„Das ist nicht sehr alt.“

Karen schüttelte den Kopf. „Nein.“

„Woran ist er gestorben?“

„Du fragst mich aus“, erkannte Karen mit einem Mal. Ihr Tonfall klang verärgert. „Und deshalb möchte ich das Thema wechseln.“

„Wie du meinst“, antwortete Livia in etwas beleidigtem Tonfall. Immerhin hatte sie bereits erfahren, was sie wissen musste. Und sie hatte diese neckische Idee, mit der sie Arvin ein bisschen Dampf unterm Hintern machen konnte …

Kapitel 14

Livia verbrachte einen großen Teil der darauffolgenden Tage im Haus ihrer Nachbarn Gunda und Manfred Lorenz. Obwohl die beiden schon etwas älter waren, besaßen sie einen PC mit Internetanschluss und das nötige Know-how, um Livia bei ihrem Plan behilflich zu sein. Abgesehen davon waren sie ausgesprochen nett. Gunda jedenfalls. Manfred hingegen wirkte ein wenig seltsam auf Livia. Als sie ihm zum ersten Mal begegnete, war er völlig von der Rolle und schien nicht begreifen zu können, dass sich seine Frau mit Livia angefreundet hatte. Immer wieder ließ er sich die Sache mit der Amnesie erklären und betrachtete Livia, als würde sie sich jeden Moment in ein reißendes Tier verwandeln. Erst mit der Zeit entspannte er sich ein wenig. Eigentlich sah er ganz gut aus, fand Livia. Die grauen Schläfen und die Falten um seine Augen verliehen ihm eine Aura von Souveränität. Außerdem hatte er ein ebenmäßiges, braun gebranntes Gesicht und ein jugendliches Lächeln. Aber Livia hatte sowieso nicht allzu viel mit ihm zu tun. Im Gegensatz zu seiner Frau arbeitete er noch und kam erst gegen fünf Uhr nachmittags nach Hause. Gunda hingegen war aufgrund einer Osteoporoseerkrankung Frührentnerin und freute sich über jede Art von Ablenkung und Herausforderung.

Um einen Welpen zu finden, wie Livia ihn suchte, waren Stunden ausführlichen Surfens notwendig. Gunda ging in dieser Aufgabe so sehr auf, dass es Livia schon fast zu viel wurde. Sie hätte gern selbst etwas zur Suche beigetragen, musste sich aber damit begnügen, Unmengen von Kaffee zu kochen und Gunda damit bei Laune zu halten. Wenn ihr das Zusehen langweilig wurde, ging sie zumeist nach draußen und durchwanderte Gundas Garten. Hier fand sie alles, was sie drüben bei Arvin vermisste. Wunderschön geformte Beete mit Umrandungen aus Granitsteinen, liebevoll beschnittene Büsche, frei stehende Obstbäume, ja, sogar einen kleinen Teich, der von Schilfgräsern umrahmt war und durch einen Wasserlauf gespeist wurde. Jener Wasserlauf machte sich das etwas abfallende Gelände zunutze, bestand aus treppenförmig angeordneten Natursteinen und erweckte dadurch den Eindruck eines natürlichen Wasserfalles in Miniformat.

„Dein Garten ist so wunderwunderschön", schwärmte Livia, als sie erneut das Arbeitszimmer betrat. „Er ist eine Million Mal schöner als unserer."

„Das", lächelte Gunda, ohne den Blick vom Bildschirm zu nehmen, „könnte man ändern, oder etwa nicht?"

Livia unterdrückte einen Seufzer. Sie hatte den Lorenzens verschwiegen, wie verbohrt Arvin in dieser Hinsicht war und wie wenig Einfluss sie auf ihn hatte. „Um unseren Garten zu sanieren, bräuchte man Jahre", sagte sie stattdessen.

„Man könnte ja klein anfangen", schlug Gunda vor. Ihre rechte Hand führte immer noch die Maus über das Pad. Ab und zu klickte eine der beiden Tasten. „Vorne zum Beispiel, direkt an der Straße, da wächst nicht so viel. Man müsste nur das viele Laub entfernen, das da schon seit Jahrzehnten liegt, und könnte ohne größere Probleme ein kleines Blumenbeet anlegen. Primeln und Stiefmütterchen ... wie klingt das für dich?"

Livia antwortete nicht gleich. „Schätze, das käme dir sehr gelegen", sagte sie schließlich. Das Misstrauen war aus diesen Worten deutlich herauszuhören.

Gunda zuckte die Achseln. „Du hast davon angefangen", sagte sie. „Ich hab mich an dieses Chaos allmählich gewöhnt." Sie musste lachen. Es klang ein wenig glucksend. „Von mir aus kannst du auch noch ein paar Büsche pflanzen."

„Ha, ha", machte Livia und fragte sich, ob auch nur ein weiterer Busch in diesem Schattenreich überleben würde. Gleichzeitig stellte sie sich vor, wie das Grundstück wirken würde, wenn es sich hinter gelben und pinkfarbenen Primeln befände. Das wäre doch ein Unterschied wie Tag und Nacht! Abgesehen davon ... wäre es ein gelungener Racheakt für Arvin. Die Sache mit dem Hund würde ohnehin noch ein bisschen dauern. Und bis dahin sollte doch keine Langeweile aufkommen, oder?

❧

Als Livia am nächsten Morgen einkaufen ging, standen statt Lakritz und Weintrauben ein paar Süßigkeiten für sie selbst sowie einige Primeln und Stiefmütterchen auf ihrem Einkaufszettel. Sie hatte die Pflanzen schon besorgt und stand nun grübelnd vor dem Regal mit den Weingummis, als sie plötzlich von hinten angesprochen wurde.

„Livia!"

Sie wirbelte erschrocken herum und sah ... *ihn*. Er stand direkt vor ihr! Ein großer schlanker Mann mit einer Baseballkappe, die einen dunklen Schatten auf seine Augen warf. Der Mann aus dem Krankenhaus! Unwillkürlich trat Livia einen Schritt zurück und stieß mit dem Rücken gegen das Regal. Auch aus der Nähe machte der Mann ihr Angst. Obwohl er eigentlich ganz gut aussah, umgab ihn eine Aura von Unbarmherzigkeit. „Du tust so, als würdest du mich nicht kennen."

„W-wie bitte?", stammelte Livia. Hinter ihrem Rücken knisterten die Plastiktüten irgendwelcher Gummibären.

„Glaubst du wirklich, dass du mich so einfach abservieren kannst?"

Livia schluckte hörbar und drückte sich mit all ihrer Kraft gegen das Regal. „Ich verstehe nicht", hauchte sie.

„Ich will die Hälfte", flüsterte der Mann. „Nicht mehr und nicht weniger! Ruf mich an!"

„Frau Scholl?", fragte eine Stimme, die von weither zu kommen schien.

Sofort trat der Mann ein paar Schritte zurück.

„Ist alles in Ordnung?", fragte die Stimme erneut. Sie kam von links und gehörte zu Frau Bellmer, einer Mitarbeiterin des Lebensmittelmarktes, die jetzt den Gang entlang auf Livia zukam.

„Ruf mich an!", wiederholte der Mann, drehte sich um und ging in entgegengesetzter Richtung davon.

„Geht es Ihnen gut?" Die junge zierliche Verkäuferin mit den feuerroten Haaren hatte Livia jetzt erreicht und sah dem Mann misstrauisch nach. „Hat er Sie belästigt?"

„Er kennt meinen Namen", flüsterte Livia und schauderte aus tiefster Seele.

❧

Livia war aufgrund dieses Erlebnisses so verstört, dass Frau Bellmer sie nicht allein nach Hause schicken wollte. Sie rief Karen an, die schon nach kürzester Zeit erschien, um Livia abzuholen. Unglücklicherweise war Livia so durch den Wind, dass sie Karen nur berichten konnte, dass der Mann aus dem Krankenhaus plötzlich vor ihr aufgetaucht war. Den Inhalt dessen, was er gesagt hatte, bekam sie nicht mehr zusammen. Nur dass er ihren Namen kannte und dass sie ihn anrufen sollte, war hängen geblieben.

„Vielleicht ist er ein alter Bekannter von dir, der nur mal wieder Kontakt zu dir aufnehmen wollte“, mutmaßte Karen.

„Nein“, widersprach Livia und schüttelte panisch den Kopf, „er war böse auf mich. Furchtbar böse.“

„Können Sie das bestätigen?“, fragte Karen die Verkäuferin.

Die junge hübsche Frau zuckte nur die Achseln. „Alles, was ich weiß, ist, dass er ziemlich nah vor Ihrer Freundin stand. Und dass ich ihre Angst gesehen habe. Aber getan hat er ihr nichts. Ich glaube, er hat sie nicht mal berührt.“

„Hat er dich angefasst?“, wandte sich Karen an Livia.

Livia schüttelte den Kopf.

„Dann ist es jedenfalls kein Fall für die Polizei“, seufzte Karen und warf der Verkäuferin einen dankbaren Blick zu. „Sie haben sich toll verhalten, Frau Bellmer. Ich bin Ihnen extrem dankbar.“

„Kein Problem“, lächelte Frau Bellmer sanft. „Wenn irgendetwas ist, wissen Sie ja, wo Sie mich finden.“

❧

Auf dem Rückweg nach Hause war Livia sehr nachdenklich. Karen versuchte, sie durch ein Gespräch über Banalitäten aus ihrer Schweigsamkeit zu reißen, hatte damit aber keinen Erfolg. Meist zuckte Livia nur die Achseln oder grunzte ein knappes Ja oder Nein und hing ansonsten ihren Gedanken nach.

„Für wen sind eigentlich die Blumen?“, erkundigte sich Karen, als sie mit Livia eine Straße überquerte. Es war eine wenig befahrene Seitenstraße, die durch ein Wohngebiet führte.

Obwohl Karen nicht geglaubt hätte, dass das möglich war, verfinsterte sich Livias Blick noch mehr.

„Du hast doch nicht vor, sie in Arvins Garten zu pflanzen, oder?“

Livia antwortete auch jetzt nicht. Wie hypnotisiert starrte sie auf die Pflastersteine zu ihren Füßen.

„Arvin würde ausrasten, das ist dir doch sicher klar …“

„Ich will wissen, wer ich bin", sagte Livia. Sie hob auf einmal ihren Blick und klang erstaunlich entschlossen und klar. „Hast du inzwischen meine Adresse von früher?"

Karen hob zunächst verdutzt die Augenbrauen, nickte dann aber. „Ja, hab ich. Du stammst aus Essen. Aber unter der Adresse, die mir das Einwohnermeldeamt genannt hat, wohnt keine Familie Voigt mehr." Sie hob hilflos die Arme. „Sieht schlecht aus."

„Ich will, dass du einen Privatdetektiv engagierst."

Karen schwieg einen Moment und betrachtete den gepflegten Vorgarten, den sie mit Livia gerade passierte. „Das kostet aber Geld", gab sie zu bedenken.

„Na und?", brauste Livia auf. „Arvin arbeitet Tag und Nacht. Wer so viel Zeit in seine Arbeit steckt, hat bestimmt Unmengen von Geld. Ist es nicht seine Pflicht als Ehemann, dass er mir etwas davon gibt?"

„So einfach ist das nicht", seufzte Karen. „Ich hab dir schon mal gesagt, dass seine Firma in letzter Zeit nicht besonders gut läuft. Arvin ist genauso knapp bei Kasse wie ich."

„Dann frag ich halt Gunda", verkündete Livia und fragte Karen den Rest des Rückwegs über jedes Detail aus, das diese in Erfahrung gebracht hatte.

❧

Karen blieb noch zum Mittagessen und ging erst, als sie das Gefühl hatte, dass Livia wieder einigermaßen sie selbst war.

Aber gerade das war sie ja eigentlich nicht …

Als Karen gegangen war, sprintete Livia umgehend zu Gunda hinüber und klingelte Sturm.

„Weißt du eigentlich, wie spät es ist?", knurrte Gunda, kaum, dass sie die Tür geöffnet hatte.

Livia zog fragend die Augenbrauen hoch.

„Viertel nach zwei", half Gunda. Sie sah – wie Livia erst jetzt feststellte – ein wenig zerknittert aus. Außerdem rieb sie frierend ihre Oberarme. „Mittagszeit."

„Ups", machte Livia und erinnerte sich daran, dass Gunda mittags immer ein Schläfchen hielt. „Dann komme ich wohl später noch mal wieder …"

Gunda rieb sich das Gesicht. „Nein, komm rein“, seufzte sie. „Ich kann jetzt eh nicht wieder einschlafen.“

„Tut mir wirklich leid“, entschuldigte sich Livia.

„Ja, ja, schon gut.“ Gunda bedeutete Livia, nun endlich einzutreten, und machte die Tür hinter ihr zu. „Warst du wenigstens erfolgreich?“

Livias Augen weiteten sich. „Womit?“

Gunda schlurfte inzwischen in Richtung Küche. „Na, mit den Blumen.“

„Ach so, ja, schon“, stammelte Livia.

Währenddessen nahm Gunda die Kaffeekanne aus der Maschine, befüllte sie mit Wasser und goss dieses in den Wasserbehälter um. „Aber?“, wollte sie wissen.

„Nichts aber, es ist nur ...“ Und dann brach es ungehindert aus ihr heraus: „Glaubst du, man kann übers Internet auch Menschen finden?“

Gunda, die inzwischen damit begonnen hatte, Kaffeepulver in den Filter zu füllen, sah sich verwundert zu ihr um. „Was für Menschen?“

Das Aroma von Kaffee stieg in Livias Nase. „Meine Eltern zum Beispiel. Sie heißen Walter und Annemarie Voigt und wohnten bis vor ein paar Jahren in Essen.“

„Und du hast keine aktuelle Adresse?“

Livia schüttelte stumm den Kopf.

„Geburtsdaten? Mädchenname?“

Livia nickte.

„Dann geht es bestimmt“, überlegte Gunda und stellte die Dose mit dem Kaffeepulver in den Schrank zurück.

„Meinst du wirklich?“, freute sich Livia und begann aufgeregt, hin und her zu wippen. „Können wir sofort anfangen zu suchen?“

Gunda schaltete die Kaffeemaschine ein. „Wieso wir? Du hast gefragt, ob *man* Menschen übers Internet finden kann. Nicht, ob *ich* das kann.“ Wenig später ertönte das charakteristische Gurgeln und Zischen, mit dem das heiße Wasser in den Filter sprudelte.

„Kannst du es denn nicht?“, fragte Livia zutiefst enttäuscht.

Gunda seufzte tief, schob Livia mit sanftem Druck zum Küchentisch hinüber und platzierte sie auf dem erstbesten Stuhl. Dann setzte sie sich neben sie. „Erstens kann ich diese Frage im Grunde gar nicht beantworten. Schließlich hab ich so was noch nie probiert …"

„Und zweitens?"

„Zweitens frag ich mich allmählich, in welcher Reihenfolge ich meine vielen Aufgaben abarbeiten soll …", schmunzelte Gunda.

„Wie meinst du das?"

„Na ja … ich hätte gern gewusst, ob wir zuerst den Labrador suchen, die Blumen pflanzen oder etwas über deine Eltern in Erfahrung bringen."

„Die Blumen und der Hund … ach ja", erinnerte sich Livia und dachte einen Moment lang nach. Ihre Eltern zu finden erschien ihr im Moment am wichtigsten. Aber was sollte sie so lange mit den Blumen machen? „Können wir die Blumen in eurer Garage zwischenlagern?", fragte sie Gunda.

„Nein, können wir nicht!", antwortete Gunda und furchte ihre ohnehin schon recht zerknitterte Stirn. „Wenn du sie gekauft hast, werden sie auch eingepflanzt. In der Garage werden sie viel zu schnell welk."

„Aber ich hab gar keine Lust mehr, sie einzupflanzen", seufzte Livia. Und das stimmte. Die Begegnung mit dem Mann aus dem Krankenhaus hatte Livia bis ins Mark erschüttert. Im Moment fühlte sie sich nicht in der Lage, auch noch Arvin gegen sich aufzubringen.

„Aber ich hab mich schon so auf diesen kleinen Lichtblick gefreut", schmollte Gunda. „Wenn du willst, dass ich noch mehr Zeit im Internet verbringe, solltest du mich ein bisschen bei Laune halten."

Das war ein überaus schlagkräftiges Argument, fand Livia und wagte nicht mehr zu widersprechen.

❧

Es war nicht schwierig, das Beet so vorzubereiten, dass es die Blumen aufnehmen konnte. Die Gartenarbeit machte Spaß, außerdem gab es tatsächlich nur Blätter, Zweige und Kraut auf dem Boden. Obwohl das Wetter nicht gerade berauschend war und gelegentlich auch ein paar Tropfen Regen vom Himmel fielen, war es wundervoll, wie dieser kleine Teil des Gartens Gestalt annahm. Und sie, Livia, hatte es in der Hand! Jedenfalls in der linken ... Ihre rechte Hand tat noch immer nicht das, was sie sollte. Gröbere Arbeiten, die konnte sie auch mit rechts verrichten. So war es kein Problem mehr, mit beiden Händen eine Schubkarre zu schieben oder einen Rechen zu führen, mit rechts einen Eimer zu tragen oder auch ein Loch zu graben. Feinere Arbeiten hingegen wie das Einpflanzen der Blumen und das Festdrücken der Erde wurden immer mehr zur Aufgabe ihrer linken Hand.

Sie ordnete die Blumen so an, dass sie ein kreisförmiges Muster beschrieben. In die Mitte pflanzte sie ein Stiefmütterchen, um dieses herum einen kleinen Kreis gelber Primeln, dann wieder Stiefmütterchen, dann pinkfarbene Primeln und zuletzt erneut Stiefmütterchen.

Eine Augenweide ... Und wie es erst roch! Livia war sich auf einmal sicher, dass es keinen Duft gab, der an Blumen heranreichen konnte.

„Das sieht toll aus", lobte auch Gunda das fertige Werk. „Richtig toll!"

Manfred war bei seiner Rückkehr ebenso voll des Lobes. „Du bist die geborene Gärtnerin, Livia. Dein Mann wird begeistert sein." Er wusste es halt nicht besser ...

Und gerade deshalb war Livia alles andere als fröhlich, als sie nach getaner Arbeit ins Haus zurückkehrte. Sicher würde Arvin heute Abend bei ihr aufkreuzen und seinen ganzen Frust über ihr ausschütten. Und sie? Würde sie dem standhalten können?

Eine ganze Zeit lang versuchte sie sich seelisch auf den unvermeidbaren Streit vorzubereiten, aber je öfter sie sich seinen letzten Auftritt ins Gedächtnis zurückrief, desto unwohler fühlte sie sich. Was, wenn seine Wut noch steigerungsfähig war? Was, wenn er ihr etwas antat???

Ihre Unruhe wuchs mit jeder Minute, die verstrich und den Abstand zu zehn Uhr verringerte. Sie stand auf, ging in ihr

Zimmer und schloss sich ein. Sollte er seine Wut doch an etwas anderem auslassen!

❧

Livia wachte auf, als ein Auto vom Hof fuhr. Erstaunt setzte sie sich auf. Sie hatte geschlafen wie ein Baby und nichts, aber auch gar nichts mitgekriegt. Nicht einmal Arvins Rückkehr. Schon gar nicht den Versuch, in ihr Zimmer einzudringen und auf sie einzuschimpfen!

Sie streckte sich und gähnte einmal herzhaft. Was hatte das zu bedeuten? War es möglich, dass er das Beet im Dunkeln übersehen hatte? Aber spätestens heute Morgen – eben – musste er daran vorbeigefahren sein. Und es befand sich ganz vorne am Grundstück, noch dazu direkt neben der Pflasterung. Nein, unmöglich, es war keinesfalls zu übersehen.

Sie stand auf und ging ins Badezimmer. Vom Fenster aus versuchte sie einen Blick auf ihr Beet zu erhaschen, hatte aber keinen Erfolg. Die dazwischen stehenden Büsche und Sträucher nahmen ihr die Sicht. Sie wusch sich und begann sich anzuziehen.

Als sie gerade in ihre Jeans schlüpfte, klingelte es an der Tür.

Erschrocken hielt sie in ihrer Bewegung inne. Arvin? War er zurückgekommen, um ihr die Leviten zu lesen? Aber dann würde er doch nicht klingeln! Er hatte doch einen Schlüssel!

Es klingelte erneut und gleich dreimal hintereinander … ungeduldig.

Livia zog sich hektisch fertig an und rannte dann in Richtung Flur. Als sie ihn erreicht hatte, verlangsamten sich ihre Schritte allerdings wieder. Fast ein bisschen ängstlich näherte sie sich der Eingangstür. „Wer ist da?", fragte sie misstrauisch.

„Ich bin's – Gunda! Bist du nicht ganz bei Trost?"

„Ist … ist Arvin bei dir?", fragte Livia ihrerseits.

„Häh? Nee, wieso?"

Jetzt erst war Livia so weit beruhigt, dass sie nach dem Schlüssel griff und die Tür aufschloss.

„Wieso Arvin?", fragte Gunda, als sie Livia endlich zu Gesicht bekam. Sie war fertig angezogen, hatte aber ganz offensichtlich ihre Haare noch nicht zu Ende gekämmt. Sie standen zu allen Seiten ab und erweckten ein wenig den Eindruck eines Handfegers. Dadurch wirkte sie selbst noch schmaler und zerbrechlicher als sonst. „Du weißt doch, dass wir kein Wort miteinander reden!"

„Schon ... Aber wieso hast du gefragt, ob ich nicht ganz bei Trost bin?"

„Das Beet!", brach es aus Gunda hervor. „Manfred hat mich eben erst von der Arbeit aus angerufen! Es war doch so, so schön!"

„Sicher war es schön", stammelte Livia und dann dämmerte ihr etwas. „*War*?", fragte sie unläubig.

Gundas Blick wurde mit einem Mal so prüfend und durchdringend, dass sich Livia darunter zu winden begann. Um jetzt bloß nichts Falsches zu sagen, flüchtete sie nach draußen. Die Hofpflasterung fühlte sich rau und kalt an unter ihren nackten Füßen. Aber es brauchte nur wenige Schritte, dann sah sie, was Gunda meinte. Das Beet – es war weg.

Fassungslos trat sie näher. Dort, wo sie gestern so liebevoll Blumen gepflanzt hatte, sah alles genauso aus wie ... wie früher. Ja, wirklich! Hätte sie nicht gewusst, definitiv *gewusst*, dass sie hier Blumen gepflanzt hatte, dann hätte sie es nicht geglaubt. Die Blumen waren nicht zu sehen. Stattdessen lagen wieder Blätter und Zweige an der Stelle.

Livia konnte nicht anders. Sie fiel auf die Knie und begann sich durch die Blätter zu wühlen. Hier mussten irgendwo ihre Blumen sein!

Aber dem war nicht so. Unter den Blättern und Zweigen kam nur nackte schwarze Erde zum Vorschein. Sorgfältig geglättete schwarze Erde. Und keine einzige Blume.

„Was geht hier vor?", fragte Gunda. Sie war unbemerkt neben Livia getreten und klang ziemlich ... nun ja ... *argwöhnisch*.

Livia schluckte und zog eilig ihre Hände unter den Blättern hervor.

„Ich ...", stotterte sie, „also ... ich war ... nicht wirklich zufrieden, weißt du?" Sie lachte künstlich. „Die Anordnung! Sie war ... einfach nicht das Richtige. Ich werde ... es neu machen. Jawohl!“ Und das entsprach auch ihren Absichten! „Ich werde neue Blumen kaufen und das Beet neu gestalten. Gleich heute.“

„Soll das heißen, dass du das Beet selbst kaputt gemacht hast?“, brach es aus Gunda hervor.

„J-ja, sicher!“ Livia mochte nicht zu Gunda aufsehen. „Ich hab's kaputt gemacht. Ich bin … perfektionistisch.“ Sie wunderte sich selbst, dass sie das Wort richtig ausgesprochen hatte … „Das bin ich und deshalb … na ja … ich konnte nicht schlafen und dann hab ich … die Blumen halt wieder herausgerissen … So war das!“

Gunda stemmte die Hände in die Hüften. „Und dann hast du das Beet mit Blättern bedeckt …“

„Ja … hab ich. Ich wollte nicht, dass … dass Arvin das Beet sieht, weißt du? Es soll doch … eine Überraschung sein. Und da … mir eingefallen ist, dass er Pink nicht mag …“ Wow, das klang doch glaubwürdig, oder? „Es wäre keine richtige Überraschung mehr …“

„Arvin mag also kein Pink“, fasste Gunda zusammen. Sie klang nicht gerade überzeugt. „Aber Blumenbeete mag er, ja?“

„K-keine Ahnung“, stotterte Livia. „Ja, doch, ich meine … er wird sich schon dran gewöhnen, aber nur … wenn ihm die Farbe der Blumen gefällt …“

Gunda atmete deutlich hörbar einmal tief durch. „Ich weiß ja, Livia, dass du einen ziemlich schweren Unfall hattest, aber –“

„Hilfst du mir?“, beeilte sich Livia zu fragen. Sie wollte nicht, dass Gunda noch länger über ihren geistigen Gesundheitszustand nachdachte. Außerdem hatte sie sich allmählich gefangen. „Ich meine … beim Einkauf.“ Sie würde heute auf keinen Fall alleine einkaufen gehen. „Und bei der Gestaltung. Ich will … na ja … wir wissen doch beide, dass Arvin das Grundstück am liebsten so behalten möchte, wie es jetzt ist. Deshalb bin ich ein wenig unsicher geworden. Ich möchte auch nur, dass es das schönste Beet der Welt wird. Damit es Arvin vom ersten Moment an überzeugt!“ Das klang schon besser …

„Okay“, nickte Gunda denn auch. „Ich helfe dir. Aber nur, wenn du mir versprichst, dass du heute Abend nicht wieder alles rausreißt!“

Livia nickte, als hinge ihr Leben davon ab.

❧

Es war das Ergebnis von fünf Stunden Arbeit. Und es war das schönste Beet, das Livia je gesehen hatte. Dieses Mal hatten sie die Blumen sternförmig angeordnet und noch ein paar gelbe Tulpen und blaue Hyazinthen dazugepflanzt. Pink hingegen tauchte nicht mehr auf.

Trotz dieses Kunstwerks war Livia sicher, dass Arvin nur die Veränderung sehen würde. Aber wie konnte sie verhindern, dass er das Beet erneut zerstörte?

Sie entschied sich für einen ihrer berühmten Zettel und schrieb:

Lieber Arvin,
ich weiß, dass du deinen Garten so behalten möchtest, wie er ist, möchte dich aber dennoch bitten, mein Beet zu respektieren. Wir leben nun einmal gemeinsam in diesem Haus und müssen uns beide hier wohlfühlen. Vielleicht gibt es ja die Möglichkeit, dass du einen kleinen Teil des Gartens in meine Obhut gibst und ich dafür den Rest so lasse, wie es dir gefällt? Das wäre doch ein guter Kompromiss!
Deine Livia

Als sich Livia an diesem Abend in ihr Zimmer begab, hatte sie viel zu viele Süßigkeiten bei sich. Sie merkte selbst, dass sie in letzter Zeit immer stärker dazu tendierte, ihren Frust mithilfe von Süßigkeiten zu kompensieren. Aber sie konnte nicht anders. Seit sie keine Naschereien für Arvin mehr einkaufte, wanderten Gummibärchen, Kaubonbon & Co. wie von allein in ihren Einkaufswagen …

Sie verbrachte die Wartezeit also mit Kauen und hatte auf diese Weise keine Probleme, bis zu Arvins Rückkehr wach zu bleiben. Außerdem kam er früher als sonst nach Hause, und zwar bereits um Viertel nach neun.

Livia löschte vorsichtshalber das Licht in ihrem Zimmer und konzentrierte sich darauf, seine Reaktion zu erhorchen.

Es dauerte nicht lange, bis ihr klar wurde, dass der Zettel seine Wirkung verfehlt hatte … Oder hatte er ihn überhaupt nicht gelesen?

Arvin begab sich schon Minuten nach seiner Rückkehr wieder nach draußen und verbrachte dort viel zu viel Zeit! Zudem hörte sie, wie die Tür der Werkstatt, die ziemlich quietschte, geöffnet und wieder geschlossen wurde.

Hoffentlich, dachte Livia nur, *hoffentlich beobachten Gunda und Manfred ihn nicht bei seinem Treiben …*

Über diesen Gedanken schlief sie schließlich ein.

Der nächste Morgen war dem vorangegangenen erstaunlich ähnlich.

Livia erwachte, als Arvin vom Hof fuhr, und hörte gleich darauf Schritte an der Haustür. Dann klingelte es.

Livia seufzte tief und erhob sich. Was für eine Erklärung sollte sie sich dieses Mal einfallen lassen? Auf dem Weg zum Flur eilte sie an der Küche vorbei, um nachzusehen, ob Arvin ihren Zettel gelesen hatte.

Er hatte. Der Zettel lag auf dem Küchentisch. Aber er bestand nur noch aus kleinen Schnipseln!

In Livias Bauch baute sich eine Wut auf, die die von gestern noch bei Weitem übertraf. Wie konnte er es wagen? Wie konnte er mit einer solchen Überheblichkeit auf ihre Bitte reagieren?

Es klingelte erneut … mehrfach … ungeduldig.

„Ich komme ja schon", knurrte Livia und beförderte die Schnipsel in den nächstbesten Mülleimer.

Als sie gleich darauf die Haustür öffnete, stand wie erwartet Gunda vor ihr. Allerdings sagte sie kein Wort. Sie stand nur da, mit vorwurfsvollem Blick und verschränkten Armen.

Livia trat unwillkürlich einen Schritt zurück. Ihr fehlte eine vernünftige Erklärung. Außerdem war ihr gerade ein Schwall kalte Luft entgegengekommen. Es hatte sich anscheinend abgekühlt. Und das nicht nur in ihrem Herzen … „Willst du nicht … erst mal reinkommen?", schlug sie ein wenig kleinlaut vor.

Gunda schüttelte stumm den Kopf.

„Ich weiß, ich hab's versprochen", begann Livia und trat noch einen weiteren Schritt zurück. Ihr Schlafanzug war zwar langärmelig, aber nicht sehr dick. Außerdem waren ihre Füße nackt. „Aber gestern Abend sind mir wieder Bedenken gekommen."

„Ich hab gehört, wie du da draußen herumgewerkelt hast", nickte Gunda. Ihr Tonfall war zunächst streng, nahm dann jedoch ihre Enttäuschung auf. „Aber ich hab so gehofft, du würdest nur noch ein paar Verbesserungen vornehmen!"

„Ich weiß", seufzte Livia und versuchte, den linken Fuß mit dem rechten zu wärmen. „Aber du weißt ja, wie wichtig es ist, dass Arvin das Beet auch gefällt, und mir ist eingefallen …" Was? Was konnte ihr eingefallen sein?

„Was?", fragte Gunda erbarmungslos. „Was ist dir eingefallen?"

„Sterne", kam es Livia in den Sinn. „Gestern Abend ist mir eingefallen, dass Arvin Sterne nicht mag. Wir müssen uns etwas anderes überlegen."

Gunda schüttelte fassungslos den Kopf. „Sterne", wiederholte sie. Dieses Mal klang ihre Stimme ein wenig hilflos. „Und wieso ist dir das nicht früher eingefallen?"

„Der Unfall", gab Livia zurück. „Ich hab halt viel vergessen …"

Gunda starrte sie an. Ihr Blick verriet deutlich, was sie dachte: *Der Unfall, richtig* … Und dann sagte sie schlicht: „Wenn du das Beet ein drittes Mal zerstörst, bist du auf dich allein gestellt."

Livia nickte. Sie würde nicht zulassen, dass er das Beet ein drittes Mal zerstörte!

❧

„Gib mal her", sagte Gunda und griff nach Livias Schaufel. „Man kann ja nicht mit ansehen, wie du dich herumquälst."

„Lass das!", protestierte Livia. „Ich bin vielleicht langsamer als du, aber das stört mich nicht. Wenn man mir alles aus der Hand nimmt … und zwar im wahrsten Sinne des Wortes … wird meine rechte Hand nie wieder gesund."

Gunda ließ die Schaufel los und starrte auf besagte Hand. „Was ist eigentlich mit ihr?"

Livia zuckte die Achseln. „Eigentlich gar nichts. Sie hat bloß nicht die Kraft, die die linke hat."

„Und das wird sich ändern?"

Livia setzte die Schaufel auf dem Boden ab, wischte sich mit dem linken Handrücken über die Stirn und hinterließ dabei eine Spur aus schwarzem Sand. „Keine Ahnung", seufzte sie. „Die Ärzte haben gesagt, ich müsse die Hand nur fleißig gebrauchen, dann würde sie bald wieder ganz die Alte. Aber ehrlich gesagt … glaube ich das nicht. Ich hab monatelange Rehamaßnahmen hinter mir. Und jetzt bin ich schon wieder seit Wochen zu Hause. Trotzdem scheint es keine Besserung zu geben."

„Und? Stört dich das sehr?"

Livia hob die rechte Hand und bewegte nacheinander alle Finger. „Ein bisschen schon. Andererseits … werde ich immer mehr zur Linkshänderin. Ich mache halt das Beste aus meinem Problem. Sogar schreiben kann ich schon mit links!" Das klang, als hätte sie das Schreiben voll im Griff. Aber das war nicht so. Für die Nachricht, die sie gestern an Arvin geschrieben hatte, hatte sie eine halbe Stunde gebraucht. Und er hatte sie einfach so zerrissen! Wahrscheinlich in einer halben Sekunde … Bei dem Gedanken verfinsterte sich ihr Blick. Dieses Mal würde sie ihm keine Nachricht schreiben. Dieses Mal würde sie ihm einen Denkzettel verpassen. Und sie hatte da auch schon eine vage Idee …

„Wer weiß, vielleicht bist du sogar eine umerzogene Linkshänderin. Früher wurde doch jeder auf rechts getrimmt", überlegte Gunda.

„Das würde ich zu gern nachprüfen", seufzte Livia und warf Gunda einen hoffnungsvollen Blick zu. „Du bist bei deinem letzten Besuch im Internet nicht zufällig auf einen gewissen Walter Voigt gestoßen?"

„Leider nicht." Gunda zuckte bedauernd die Achseln. „Anscheinend ist es nicht so einfach, Personen zu finden. Bei Hunden ist es leichter." Sie begann zu grinsen. „Sogar wenn es um einen schwarzen Labrador mit weißen Pfoten geht."

„Hast du etwa einen?" Livias Gesichtsausdruck erblühte wie eine Frühlingsblume. „Wo? Wann? Ich meine … wie alt ist er? Ist er männlich?"

„Ungefähr dreihundert Kilometer von hier. In fünf Wochen. Jetzt ist er drei Wochen alt. Ein ER, ja“, beantwortete Gunda nacheinander die gestellten Fragen.

Livia erschrak. „Dreihundert Kilometer … Das ist … zu schaffen, wenn es eine Zugverbindung gibt“, überlegte sie laut. „Gibt es die?“

Gunda schüttelte den Kopf. „Manfred hat mit dem Züchter schon telefoniert. So wie es aussieht, wohnt er in der absoluten Einöde.“

„Dann ist es fast unmöglich!“, jammerte Livia.

„Ist es nicht“, widersprach Gunda und lächelte sanft. „Wir könnten den Hund an einem Samstag holen, wenn Manfred sowieso nicht nur Arbeit muss.“

„Wir?“, fragte Livia erstaunt.

„Ja, wir. Wozu sind Freunde schließlich da?“

Livia schluckte schwer. Sie hatte Freunde so nötig, so furchtbar, furchtbar nötig! „Das würde ich euch nie vergessen, Gunni.“

„Schon gut“, antwortete Gunda und räusperte sich verlegen. Dann wandte sie sich ab. „Ich hol schon mal die nächste Ladung Blumen, ja?“

Livia sah ihr nach. Ohne Gunda hätte sie das Leben in dieser feindseligen Umgebung bestimmt nicht mehr lange ausgehalten. Gunda war … wie ein Geschenk des Himmels. Natürlich kam auch Karen immer noch regelmäßig vorbei. Und sie verbrachte nach wie vor die Sonntagnachmittage bei ihr und Vanessa. Aber das war nicht dasselbe, nicht dasselbe wie eine Nachbarin, die jeden Tag, um nicht zu sagen fast ununterbrochen zur Verfügung stand! Natürlich gab es auch manchmal Zoff, so wie vorhin mit den Blumen. Aber Livia merkte deutlich, dass Gunda sie ins Herz geschlossen hatte und nicht zulassen würde, dass die Beziehung an Meinungsverschiedenheiten zerbrach.

❧

Als Livia nach getaner Arbeit und einem längeren Kaffeetrinken mit Gunda in Arvins Haus zurückkehrte, wusste sie, dass noch eine wichtige Aufgabe vor ihr lag. Zuerst jedoch duschte sie und zog sich frische Kleidung an. Dann erst machte sie sich auf die Suche.

Sie ging langsam und mit offenen Augen durch das Haus und betrachtete rechts und links jedes Möbelstück, jeden Gegenstand, der zu Arvins Einrichtung gehörte. Im Wohnzimmer blieb sie eine Weile vor einem knopfäugigen Teddybären stehen, der auf dem Kaminsims saß. Anschließend öffnete sie zum ersten Mal, seit sie aus dem Krankenhaus gekommen war, ein paar Schränke und kramte in Schubladen herum. Dabei entdeckte sie ein paar höchst interessante Dinge, unter anderem Fotoalben, die Karen, Arvin und ihre Eltern zeigten. Sogar Spike war auf einigen davon zu sehen!

Die Bilder faszinierten Livia so sehr, dass sie direkt vor dem Schrank, in dem sie sie gefunden hatte, auf den Teppichboden sank und eins nach dem anderen studierte. *Eine ganz normale Familie*, dachte Livia als Erstes. Vater, Mutter und zwei Kinder. Ein Junge und ein Mädchen. Die typische deutsche Durchschnittsfamilie. Aber irgendetwas, das wusste, das fühlte Livia, musste doch schiefgegangen sein, oder?

Sie blätterte zurück an den Anfang des ersten Albums. Es begann bei Karens Geburt, zeigte, wie sie gewickelt wurde, die Flasche bekam, gebadet wurde – das volle Programm.

Alle Fotos waren liebevoll einsortiert und beschriftet. Dass sie schon älter waren, erkannte man schon an der Größe. Es waren eher kleine Bilder, kleiner noch als 9x13, außerdem hatten manche einen weißen Rand drumherum. Auch die Farben entsprachen nicht immer dem heutigen Standard. Einige der Bilder hatten einen starken Rot- oder Grünstich. Trotzdem konnte man die Personen sehr gut erkennen.

Karens und Arvins Eltern sahen sympathisch aus. Der Vater hatte Ähnlichkeit mit Arvin, er war genauso groß und genauso dunkelhaarig, trug aber keine Brille. Außerdem wirkte sein Haar schon ein wenig schütter. Die Mutter war kleiner und ein bisschen untersetzt. Sie trug eine viel zu große, schwarz umrandete Hornbrille. Aber diese Liebe, mit der sie ihr Baby betrachtete …

Mit einem Mal war es da. Es war nur ein Gefühl, nicht mehr. Kein Bild. Nur das unbestimmte Gefühl von Eifersucht. Sie selbst war nicht so angelächelt worden. Nicht so. Wahrscheinlich hatte es seinen Grund gehabt, dass sie von zu Hause ausgerissen war …

Um den Gedanken zu verscheuchen, blätterte sie weiter.

Karen wuchs heran. Sie war ein süßes Mädchen. Dann wurde Arvin geboren. Livia betrachtete seine Babybilder besonders ausgiebig.

Wenn du mich jetzt sehen könntest, dachte sie zufrieden, *wärst du richtig sauer.*

Auch er war ein süßes Kind. Große braune Augen und pechschwarze Haare. Die Flasche … der erste Brei … krabbeln … laufen … Fahrrad fahren … Auf seinem Einschulungsfoto hatte er schon ein bisschen Ähnlichkeit mit dem heutigen Arvin. Jedenfalls wirkten seine Augen genauso ausdrucksstark und seine Statur ähnlich kräftig. Keinesfalls machte es den Eindruck, als wäre ihm der Schultornister noch zu groß.

Und dann – Livias Herz schlug schneller – kam Spike ins Haus. Ein Geburtstagsgeschenk für Arvin, wie Livia schnell entdeckte. Von dem tapsigen Welpen gab es fast so viele Fotos wie von den Kindern. Er war aber auch zu süß mit seinen weißen Pfoten und dem rabenschwarzen Fell!

„Er knabbert einfach alles an", las Livia unter einem der Bilder.

Noch faszinierender war allerdings Arvins Blick. Auf jedem, aber auch wirklich jedem der Bilder, die ihn gemeinsam mit Spike zeigten, leuchteten seine Augen wie ein Weihnachtsbaum. Er war vernarrt in diesen Hund, das war nicht zu übersehen.

Livias Blick hingegen wurde eisig. *Wollen sehen, wie du auf Spike Nr. 2 reagierst*, dachte sie. *Wie du damit umgehst, dass er mir gehört, mir ganz allein.* Sie hatte keine Angst mehr davor, dass Arvin wütend werden würde. Sollte er doch. Sollte er sie schlagen, wenn er wollte! Alles war besser als diese Gleichgültigkeit, dieses Desinteresse!

Sie blätterte weiter. Sowohl Arvin als auch Spike wuchsen heran. Es war schon erstaunlich, auf wie vielen Aufnahmen die beiden gemeinsam zu sehen waren. Beinahe machte es den Eindruck, als wäre Arvin mit diesem Hund verwachsen!

Und dann endeten die Fotos. Einfach so. Mitten im Album.

Livia runzelte die Stirn, blätterte suchend weiter, stieß aber nur auf leere Seiten. Sie klappte das Album zu und betrachtete die Vorder- und Hinterseite sowie den Rücken, um festzustellen, ob es dort irgendwelche Hinweise gab. Aber da war gar nichts. Sie stellte das Album in den Schrank zurück und suchte nach weiteren Alben. Aber alle, die dort standen, hatte sie bereits angeguckt und andere gab es nicht. Weder in diesem Schrank noch in einem der anderen.

Ein wenig enttäuscht gab Livia auf. Wieso hatten Karens und Arvins Eltern die Alben nicht fortgeführt? Und überhaupt – wo lebten die beiden jetzt eigentlich? Irgendwann – daran konnte sich Livia noch dunkel erinnern – hatte Karen mal gesagt, ihre Eltern wären weggezogen, aber wohin? Und warum besuchten sie ihre Kinder nie? Und Karen … warum sprach sie so selten über ihre Eltern?

Was Livia fast noch mehr wurmte, war die Tatsache, dass es keine Bilder von Arvin und ihr gab. Sie hatte so gehofft, dass die Alben weiter in die jüngere Vergangenheit reichen würden, bis zur Hochzeit vielleicht oder sogar darüber hinaus. Wo waren diese Bilder? Arvin war vielleicht nicht scharf auf Fotos gewesen (worauf war er überhaupt scharf?), aber sie selbst, sie hatte doch sicher auf Hochzeitsfotos bestanden, oder?

Livia stieß einen zutiefst frustrierten Seufzer aus und klappte die Schranktür wieder zu. Dieser Misserfolg war wahrscheinlich die Strafe dafür, dass sie so ungehemmt in Arvins Sachen herumgeschnüffelt hatte. Aber wer konnte es ihr verdenken? Niemand in dieser Familie beantwortete wirklich ihre Fragen. Und sie musste doch schließlich wissen, woraus ihr Leben so bestand, oder etwa nicht? Nicht dass es wirkliche Hoffnung gab, die Scherben kleben zu können …

Apropos Scherben …

Livia erinnerte sich an den ursprünglichen Grund ihres Besuches hier im Wohnzimmer und fuhr fort, die Einrichtungsgegenstände zu betrachten. Allerdings öffnete sie jetzt keine Schranktüren mehr, sondern konzentrierte sich auf Gegenstände, die auch so sichtbar waren. Einige davon, unter anderem eine Vase, eine kleine Spieluhr und einen Globus, nahm sie in die Hand, untersuchte sie eingehender und versuchte, ihre Beschaffenheit, ihr Gewicht und ihren Wert einzuschätzen.

Die Vase bestand aus Porzellan und war so ziemlich das Hässlichste, was ihr jemals begegnet war. Sie war ziemlich hoch, vielleicht vierzig Zentimeter, und furchtbar grün. Die Grundfarbe war pastellgrün, verdunkelte sich aber dort, wo ein Relief aus Blättern zum Vorschein kam, zu einem tiefen Blattgrün. Alles in allem machte die Vase weder den Eindruck, als wäre sie besonders alt noch erschien sie ihr besonders wertvoll.

„Gut“, flüsterte Livia. „Das dürfte für den Anfang genügen.“

Im nächsten Moment geschah es dann. Obwohl es nicht so aussah, als wäre dies auf irgendeine Bewegung von Livia zurückzuführen – eigentlich hatte sie sich überhaupt nicht bewegt -, fiel die Vase zu Boden und zerbrach mit einem lauten Knall auf den Fliesen des Wohnzimmers in Tausende von Scherben.

„Ups“, sagte Livia und tat erschrocken. „Wie konnte das denn passieren? Arvin, wirklich, das tut mir soooo leid.“ Ihr Blick wurde kalt. „Viel Spaß beim Aufräumen.“ Und dann stieg sie mit großen Storchenschritten über die Scherben hinweg, um ihre nackten Füße nicht zu verletzen, und wackelte zufrieden in ihr Zimmer.

Kapitel 15

Als Livia am nächsten Morgen die Augen aufschlug, war Arvin noch im Haus. Sie hörte seine Schritte …

Ihr erster Blick galt ihrer Armbanduhr. Es war Viertel nach neun. Das bedeutete, dass er ziemlich spät dran war!

Sie hörte das Rauschen der Klospülung … dann das Klappern der Duschwand. Livia runzelte irritiert die Stirn. Aber tatsächlich … jetzt wurde das Wasser angestellt! Das bedeutete, dass er *richtig* spät dran war! Hatte es etwa so lange gedauert, ihr Beet zu vernichten?

Da sie es nicht wagte, ihr Zimmer zu verlassen, und sie von ihrem Fenster aus nicht sehen konnte, wie es um ihre Blumen bestellt war, musste sie sich wohl oder übel gedulden. Aber das Warten war eine Tortur. Was, wenn ihre kleine Maßnahme versagt hatte? Was sollte sie Gunda erzählen, wenn das Beet ein drittes Mal verschwunden war?

Die Minuten schlichen dahin. Arvin schien es heute Morgen überhaupt nicht eilig zu haben. Er duschte so furchtbar lange …

Livia stand auf, zog sich an und wanderte unruhig in ihrem Zimmer hin und her. Dabei überlegte sie schon mal, welche Ausrede heute in Betracht kam. Ein anderer Standort vielleicht? Ihr konnte doch eingefallen sein, dass Arvin das Beet auf der anderen Seite der Einfahrt besser gefallen würde.

Livias Magen gab ein lautes Gluckern von sich. Ob das von der Aufregung herrührte oder mit Hunger zu tun hatte, vermochte sie allerdings nicht zu sagen.

Fest stand aber, dass Arvin jetzt frühstückte … Livia hatte gehört, wie er einen der Küchenstühle zurückzog. Danach waren seine Schritte verstummt.

Sie seufzte tief … ließ sich auf ihr Bett zurückfallen … stand wieder auf … wanderte umher …

Es dauerte eine Ewigkeit, bis es endlich so weit war und Arvin vom Hof fuhr.

Livia atmete auf, stürzte aber dennoch nicht sofort zur Tür. Etwas in ihr zögerte. Es war eine Sache, warten zu *müssen*, aber eine andere, wenn man das Unvermeidbare noch herauszögern konnte. Was sollte sie tun, wenn das Beet erneut verschwunden war?

Einen Moment später hörte sie Schritte auf dem Tritt. Dann klingelte es an der Tür.

Gunda … da war sich Livia ganz sicher. Und das bedeutete nichts Gutes! Als sie sich jetzt erhob, war ihre Haltung gebeugt und ihr Gesichtsausdruck düster. Arvin war einfach eine Nummer zu groß für sie. So war es doch!

Sie schlich zur Tür. Noch während sie unterwegs war, klingelte es erneut ungeduldig. „Ja doch“, flüsterte Livia missmutig. Sie dachte noch nicht einmal über eine vernünftige Ausrede nach. Was konnte jetzt noch glaubwürdig sein? Sie glaubte das Ganze ja selbst nicht!

„Hi", sagte Livia, als sie Gunda schließlich gegenüberstand. Und dann lächelte sie gequält.

„Und?", fragte Gunda nur. Über ihrer abgewetzten Jeans trug sie ein altes Sweatshirt und eine graue Weste. Beides war viel zu eng und ließ sie deshalb noch dürrer wirken.

Livia zuckte wortlos die Achseln. Die ganze Lügengeschichte hatte ja doch keinen Zweck. „Was soll ich sagen …?"

„Na, die Wahrheit", sprudelte es aus Gunda hervor. „Was hat er gesagt?"

Livia hob fragend die Augenbrauen. Wieso gesagt? „Wer … Arvin?"

„Ja, wer denn sonst?", lachte Gunda. „Hat es ihm nun gefallen oder nicht?"

Livia starrte ihre Nachbarin an, als hätte sie sich vor ihren Augen in eine Hyazinthe verwandelt. „Wieso gefallen?"

Jetzt war es Gunda, die nicht mehr so richtig weiter wusste. Sie verschränkte die Arme vor der Brust. „Geht es dir gut?"

„Das Beet", stammelte Livia, die allmählich begriff. „Ist es …? Ich meine …" Sie brach ab, ging ein paar Schritte vorwärts und blieb dann unentschlossen auf den Waschbetonplatten stehen, aus denen der Tritt bestand. Sie waren eiskalt heute Morgen! Egal … Sie setzte sich erneut in Bewegung, tapste die Stufen hinab und lief über die Betonsteine, die sich daran anschlossen.

Es waren nur wenige Schritte, dann kamen die ersten Blumen in Sicht.

Kurz darauf stand sie vor ihrem Beet – ihrem intakten Beet. Alles war genau so, wie sie es gestern hinterlassen hatte!

Sie starrte es an, bis die gelben und blauen Flecken zu einer einheitlichen Masse verschwammen. Hieß das, dass sie gewonnen hatte? Gesiegt? Eins zu null?

„Stimmt irgendetwas nicht?", fragte Gunda.

Livia hatte sie gar nicht kommen hören. „Doch", stammelte sie und drehte sich zu Gunda um, „alles bestens." Sie grinste. „Sogar allerbestens! Eins a sozusagen!"

Gunda nickte, sah aber immer noch ein bisschen skeptisch aus. „Du wolltest mir gerade sagen, wie Arvin das Beet fand."

„Toll!" Aber als Livia Gundas Blick sah, ruderte sie zurück. „Na ja … toll ist übertrieben … eigentlich … fand er es furchtbar … aber …“ Sie atmete einmal tief durch und log: „Im Grunde hatten wir einen ziemlich heftigen Streit. Aber nur am Anfang. Zum Schluss hat er eingesehen, dass es mein gutes Recht ist, ein so verschwindend kleines Stück des Gartens nach meinen Wünschen zu gestalten. Was natürlich bedeutet, dass der Rest vorerst so bleibt, wie er ist. Aber es ist ein Anfang, findest du nicht auch?“

Gunda nickte, hatte aber immer noch diesen Ausdruck von Argwohn in den Augen. „Was verstehst du unter einem ‚ziemlich heftigen Streit‘?“, wollte sie wissen.

„Eine laute Diskussion“, antwortete Livia und gab sich alle Mühe, locker zu wirken.

„Ich will …“ – Gunda zögerte – „na ja … dir nicht zu nahe treten, aber Manfred und ich, wir …“

Livia hob fragend die Augenbrauen.

„… haben das Gefühl …“ Gunda brach schon wieder ab und starrte auf einen Zitronenfalter, der gerade jetzt eine der blauen Hyazinthen umkreiste.

„Spuck's aus“, verlangte Livia.

Gunda riss ihren Blick los und wandte ihn Livia zu. „Schlägt er dich?“, fragte sie kurzerhand.

„Häh?“

„Arvin. Ich will wissen, ob er dich schlägt.“

„Aber … aber nein“, lachte Livia. „Wie kommst du denn darauf?“

„Du modelst dreimal das Beet um, bevor du es ihm präsentierst, Livia“, sagte Gunda ernst. „Du hast furchtbare Angst vor ihm.“

„Angst – nein!“, protestierte Livia und schüttelte heftig den Kopf. „Respekt vielleicht, aber keine Angst. Und außerdem … ist es … viel eher Liebe, die mich treibt. Ich … ich weiß einfach, wie sehr Arvin Veränderungen hasst, und ich will ihn nicht verletzen. Das ist alles.“

„Du sprichst nie über ihn.“ Das war eine Feststellung.

Livia schluckte. Nachbarschaftliche Nähe brachte Nachteile mit sich, die sie erst jetzt erkannte. „Wir sind … wir leben … seit dem Unfall … ein bisschen nebeneinander her.“ Sie zuckte verlegen die Achseln. „Ist leider so.“

Gundas Blick blieb prüfend. „Und das ist alles, ja?"
„Ja!", beteuerte Livia. „Ganz bestimmt!"
Ihre Nachbarin seufzte. „Ich will nicht weiter nerven", sagte sie schließlich. „Aber wenn du jemals Hilfe brauchst …" – sie warf Livia einen vielsagenden Blick zu –, „jemals … dann sind wir für dich da. Und zwar zu jeder Tages- und Nachtzeit, verstanden?"
Livia nickte. Diese Aussage beruhigte sie mehr, als ihr lieb war.

❧

Als Livia wenig später ins Haus zurückkehrte, konnte sie immer noch nicht ganz fassen, dass Arvin das Beet akzeptiert hatte. Es war fast ein bisschen zu einfach gewesen. Oder sollte das dicke Ende noch kommen?
Sie war neugierig, wie Arvin auf die kaputte Vase reagiert hatte. Deshalb steuerte sie auf das Wohnzimmer zu. Hatte er die Scherben liegen lassen oder hatte er sie entsorgt?
Als sie die Wohnzimmertür öffnete, dachte sie zuerst, dass Letzteres der Fall war. Der Boden war ja auch komplett sauber und scherbenfrei. Aber dann fiel ihr Blick auf die Anrichte, auf der die Vase gestanden hatte, und Livia erstarrte. Über lange Sekunden hinweg dachte sie, ihre Fantasie spiele ihr einen Streich. Auf der Anrichte stand die Vase. Genauso groß, genauso grün, genauso hässlich. Und vollkommen intakt! Drehte sie jetzt durch?
Entsetzt ging sie ein paar Schritte vorwärts, näherte sich der Vase und … wusste nicht, ob sie aufatmen oder doch lieber einen Schreikrampf kriegen sollte.
Jetzt, aus der Nähe, sah man sie deutlich … die tiefen Risse, die zeigten, dass diese Vase einmal ein Scherbenhaufen gewesen war. Und da … da waren kleine Stellen im hellen Pastellgrün, die ganz weiß waren. Livia fuhr mit den Fingern darüber hinweg, spürte die scharfen Kanten und begriff, dass ein paar kleine Teilchen ihren Weg nicht wieder zurück an den Ursprungsort gefunden hatten. Und dennoch blieb der Gedanke an einen Haufen von Tausenden kleiner Scherben. Wie um alles in der Welt war es Arvin gelungen, das wieder in Ordnung

zu bringen? Oder noch viel wichtiger: Wie lange hatte er dafür gebraucht?

Je länger sie darüber nachdachte, desto klarer wurde ihr, dass diese Arbeit die ganze Nacht in Anspruch genommen haben musste … Jetzt passte auch alles zusammen … dass er so spät dran gewesen war … so lange geduscht hatte. Das alles hing mit einer durchgemachten Nacht zusammen … wegen einer Vase! Einer alten hässlichen Vase!

Oder hatte sie sich getäuscht?

Ein ungutes Gefühl begann Livia die Kehle zuzuschnüren. Hatte sie etwas furchtbar Wertvolles zerstört? Oder einen Gegenstand, dem ein besonderer, ideeller Wert anhaftete?

Die Besorgnis wurde so groß, dass Livia nicht anders konnte. Sie steuerte auf das Telefon zu und wählte die Nummer des Krankenhauses, genauer gesagt der Entbindungsstation. Bald darauf hatte sie Karen am Apparat.

„Livia", sagte Karen atemlos. „Ist irgendetwas passiert?"

„Nein, nein", antwortete Livia ein wenig schuldbewusst. „Ich … äh … wollte nur wissen, ob es bei morgen Nachmittag bleibt."

„Livia, ich stecke mitten in einer Geburt!" Karens Ton hätte vorwurfsvoller nicht sein können.

Livia schluckte. Gleichzeitig war ihr klar, dass sie nicht lange um den heißen Brei herumreden konnte. „Die grüne Vase", sagte sie mutig, „die mit den Blättern … ist die wertvoll?"

„Hast du sie runtergeschmissen?", erkundigte sich Karen. Ihr Ton war schon etwas sanfter.

Trotz ihres schlechten Gewissens musste Livia schmunzeln. „Könnte man sagen …"

Karen seufzte. „Nein, wertvoll ist sie nicht. Aber ich schätze …" – sie seufzte tief – „Arvin wird 'ne Krise kriegen."

„Warum?"

„Weil … weil … ach, das verstehst du nicht."

„Hat sie einen ideellen Wert?"

„Einen ideellen Wert …", wiederholte Karen. „Ja, schon."

„Und warum?"

„Warum, warum", machte Karen. „Du fragst einem wirklich Löcher in den Bauch. Ich mach dir einen Vorschlag: Ich ruf

Arvin einfach an und erklär es ihm. Dann ist er vorbereitet. In Ordnung?"

„Nein!", rief Livia. „Nein! Die Vase ... sie hat ... nur einen Sprung. Wenn ich Glück habe, merkt er's gar nicht. Nicht anrufen, okay?"

„Aber warum denn nicht? Du tust ja fast so, als würde Arvin dich ermorden. So ist er nicht, glaub mir!"

Als Livia Luft holte, um darauf zu antworten, klingelte es an der Tür.

„Erwartest du Besuch?", fragte Karen, die das Geräusch ganz offensichtlich gehört hatte.

„Eigentlich nicht", entgegnete Livia und fragte sich, was Gunda jetzt schon wieder wollte. „Besser, ich sehe mal nach."

„Denk dran, an der Tür kauft man nichts!"

„Ja, Mama", seufzte Livia. „Aber du rufst Arvin nicht an, okay?"

„Okay", seufzte Karen. „Bis morgen."

Als Livia auflegte, fühlte sie sich schon ein bisschen besser. Während sie zur Tür schlenderte, machte sie sich bewusst, dass die Vase auch nicht wertvoller war als ihr Beet. Und wenn man die Mehrarbeit zusammenrechnete, die Arvins Zerstörungen verursacht hatten, kam unter Garantie auch eine ganze Nacht zusammen.

„Hast du was vergessen?", fragte Livia, als sie die Tür öffnete. Seltsamerweise kam nicht Gunda dahinter zum Vorschein, sondern ein fremder Mann. „Oh", machte Livia erschrocken.

Der Mann war groß, schlank und sehr gut aussehend. Er trug ein rotes Poloshirt mit einem Krokodil auf der linken Brust und eine Bluejeans. Auffallend war sein Bart – wenn man ihn denn als einen solchen bezeichnen konnte. Er bestand aus einem dünnen, aber dunklen Strich, der sich auf Höhe des unteren Kieferknochens von einem Ohr zum anderen zog. Ähnlich spartanisch waren seine Haare. Sie waren so kurz, dass sie kaum mehr als einen dunklen Schatten auf seiner Kopfhaut bewirkten. Aber das schadete seiner Erscheinung nicht. Die maskulinen Züge, die sonnengebräunte Haut und die kräftigen Muskeln, die unter seinem Poloshirt zum Vorschein kamen, ergaben ein durchaus harmonisches Gesamtbild.

„Sie haben sich bestimmt in der Tür geirrt", vermutete Livia und klang dabei ein ganz kleines bisschen enttäuscht.

Der Mann musterte Livia von oben bis unten und blieb schließlich an ihren Augen hängen. Fast kam es Livia so vor, als suchte er dort nach irgendetwas … „Kennen wir uns?", fragte sie verunsichert.

„Das mit der Amnesie scheint zu stimmen", sagte der Fremde. Seine Stimme klang sympathisch.

Livia sah ihn hilflos an. „Ich hatte einen schweren Autounfall. Ich kann mich wirklich nicht erinnern."

Jetzt entspannte sich der Mann ein wenig. „Aber das macht doch nichts. Ich bin Enno." Er streckte ihr seine Hand entgegen und lächelte gewinnend.

„Enno Krantz?" In Sekundenbruchteilen ratterte alles durch Livias Kopf, was sie über Enno Krantz wusste, allem voran die Tatsache, dass Arvins Firma ‚Scholl & Krantz' hieß und dass Enno sein Kompagnon war. Soweit Livia wusste, kümmerte sich Arvin um die Software, also das Produkt, während Enno die Aufträge hereinholte.

Enno nickte jetzt und ließ seine Hand ganz langsam wieder sinken.

„Oh, Entschuldigung", beeilte sich Livia zu sagen und streckte ihm nun ihrerseits die Hand entgegen. „Ich benehme mich furchtbar, ich weiß. Es ist nur … na ja … ich bekomme nicht sehr oft Besuch."

Seine Hand fühlte sich warm an, sein Händedruck war kräftig. „Das heißt dann wohl, dass wir hier an der Tür stehen bleiben werden", sagte er und schmunzelte.

Livia hing einen Moment an seinem Lächeln fest und begriff nur langsam, was seine Worte bedeuteten. „Was? Nein! Ich meine … tut mir leid … kommen Sie doch rein!"

„Gern", lächelte Enno, entzog Livia seine Hand und spazierte an ihr vorbei. „Küche oder Wohnzimmer?", fragte er.

„Ich … keine Ahnung", stammelte Livia. „Egal …"

Aber ihr Gast steuerte ohnehin schon auf das Wohnzimmer zu. Er schien sich bestens hier im Haus auszukennen. Livia dackelte hinter ihm her. Als sie am Spiegel vorbeikam, fiel ihr auf, dass sie nicht besonders gut gekleidet war. In der Annahme, dass

Arvin ihr Beet erneut dem Erdboden gleichgemacht hatte, war sie schon mal in ihre Gartenklamotten geschlüpft. Ihr dunkelblaues Schlabbersweatshirt war nicht nur dreckig, sondern auch schon ein bisschen löchrig. Und das heute!

Als Enno das Wohnzimmer erreichte, sah er sich erst einmal gründlich um. Dabei glitt sein Blick auch an der grünen Vase vorbei. Dass sie geklebt war, schien ihm allerdings nicht aufzufallen. „Alles beim Alten", murmelte er. „Sieht nicht so aus, als hättest du hier alles auf den Kopf gestellt!"

Livia runzelte die Stirn. Dieser Enno war sympathisch, trotzdem fühlte es sich seltsam an, wenn er sie duzte. Dabei war es gar nicht die vertrauliche Anrede an sich. Eher war es die Tatsache, dass dieser Enno ihr etwas voraushatte, dass er auf Erinnerungen zurückgreifen konnte, zu denen sie keinen Zugang hatte.

„Sind ... äh ... waren wir ... befreundet? Früher, meine ich?", stammelte sie ein wenig hilflos.

Enno drehte sich zu Livia um. „Ja ... doch ... könnte man so sagen. Ist dir das unangenehm?"

Erstaunlicherweise hatte er grüne Augen, *leuchtend* grüne Augen. Und das, obwohl seine Haare am Kopf und am Bart beinahe schwarz wirkten. „Ich ... weiß nicht ...", stotterte Livia. „Ein bisschen vielleicht."

Enno seufzte tief. „Weißt du was? Du setzt dich jetzt erst mal hübsch hierher ..." Er umrundete Livia und legte seine Hände von hinten auf ihre Schultern.

Die plötzliche Berührung jagte einen Schauer durch Livias Körper, der ihr bis in die Zehenspitzen zog. Ohne es zu wollen, versteifte sie sich.

Wenn Enno dies bemerkte, ließ er es sich nicht anmerken. Er schob Livia in Richtung Sofa und drückte sie sanft, aber bestimmt auf einen der Plätze. „Du entspannst dich jetzt mal. Und ich koch uns einen Kaffee. Nur mit Milch – so wie früher?"

Livia nickte mechanisch. Sie wusste nicht so recht, wie ihr geschah, und entspannte sich kein bisschen, nicht einmal als Enno wenig später das Wohnzimmer verlassen hatte. Ob Arvin damit einverstanden war, dass dieser Enno sich hier wie zu Hause fühlte? Standen sich die beiden derart nah? In den letzten beiden Monaten hatte er Arvin kein einziges Mal besucht! Andererseits arbeiteten die beiden zusammen. Und da Arvin rund um die Uhr arbeitete, gab es wohl keinen Grund für Treffen hier im Haus.

In der Küche klapperte Geschirr. Nur mit Milch – so wie früher? Hatte sie tatsächlich häufiger mit ihm Kaffee getrunken? Sein Verhalten sprach dafür. Aber wenn sie tatsächlich so gut mit ihm befreundet war, wieso hatte er sie dann nicht früher besucht? Und vor allem: Warum war er nie ins Krankenhaus gekommen?

Solche und ähnliche Gedanken beschäftigten Livia, bis Enno mit einem Tablett ins Wohnzimmer zurückkehrte. Ein kräftiger Kaffeeduft begleitete ihn. Auf dem Tablett standen zwei Tassen mit Untertassen und ein Teller mit Schokoladenkeksen. Bei ihrem Anblick errötete Livia ein wenig. Sie hatte die Kekse vor ein paar Tagen zusammen mit drei weiteren Packungen gekauft. Dabei wusste sie genau, dass Karen nicht damit einverstanden gewesen wäre. Das Schlimmste war, dass diese Packung als einzige noch übrig geblieben war. Die anderen Kekse hatte sie schon gestern und vorgestern aufgegessen …

Enno stellte das Tablett auf dem Couchtisch ab und reichte Livia die Tasse mit dem dampfenden Kaffee. Milch war schon drin.

„Danke", sagte Livia und schielte auf die Kekse.

Enno war ihrem Blick gefolgt und schob ihr jetzt den Teller hin. „Nimm dir welche", ermunterte er sie. Und dann grinste er. „Es sind sowieso deine."

„Ich weiß …", druckste Livia herum. „Aber ich … na ja … darf nicht so viele Süßigkeiten."

„Warum nicht?", wunderte sich Enno. „Du bist furchtbar dünn … sogar dünner als früher." Er sah sie einen Moment lang prüfend an und sagte dann: „Und das ist nicht der einzige Unterschied zu früher."

Livia horchte auf. „Was meinst du?", fragte sie verunsichert.

Enno schürzte die Lippen. Es schien ihm ein wenig unangenehm zu sein, dass er dieses Thema angeschnitten hatte. „Es gibt ziemlich viel Gerede, Livia", begann er schließlich.

„Was für Gerede?"

„Man erkennt dich kaum wieder, weißt du? Es gibt Leute, die … na ja … ernsthaft bezweifeln, dass du wirklich Livia bist!" Bei diesen Worten machte er ein Gesicht, als würde er jeden Moment Prügel beziehen.

Aber Livia zuckte nur gleichgültig die Achseln und nahm einen Keks vom Teller. „Mit diesem Thema bin ich durch", sagte sie und biss genussvoll davon ab. Das krachende Geräusch, das sie dabei hervorrief, wirkte so appetitanregend, dass auch Enno einen Keks vom Teller nahm. „Wenn ich nicht Livia wär", fuhr Livia mit vollem Mund fort, „wo ist dann Livia? Und wer vermisst eine Frau wie mich? Außerdem hatte ich hier im Haus schon mehrfach den Eindruck, dass mir Dinge bekannt vorkommen."

„Im Ernst, ja?", staunte Enno. „Heißt das … du beginnst dich zu erinnern?"

„Ich weiß nicht", überlegte Livia und stibitzte sich einen weiteren Keks. „Ein bisschen vielleicht …"

„Auch an Arvin?", erkundigte sich Enno.

Livia sah ihn nachdenklich an. Einerseits war sie sich nicht sicher, ob es überhaupt erstrebenswert war, sich an Arvin zu erinnern, andererseits gab es auf einmal ungeahnte Möglichkeiten … „Hat er mich jemals geliebt?", hörte sie sich fragen.

Ennos Mund öffnete sich wie von selbst, doch er gab keinen Ton von sich. Entgeistert starrte er Livia an.

„Tut mir leid", seufzte Livia und rieb sich verlegen über die taube Stelle an ihrer Stirn. „Das kam ein bisschen plötzlich, nicht wahr? Du musst mir nicht antworten."

„Ich … äh …", stammelte Enno, „weiß wirklich nicht …"

„Wie gesagt … es ist in Ordnung." Aber war es das wirklich?

Enno antwortete nicht und nahm stattdessen einen großen Schluck aus seiner Kaffeetasse. Als er sie auf den Untersetzer zurückstellte, gab sie ein leises Klirren von sich. Seltsamerweise ließ dieses Geräusch die Stille zwischen ihnen noch schwerer wirken.

„Vielleicht", krächzte Livia schließlich, „vielleicht kannst du mir wenigstens sagen, ob *ich* ihn geliebt habe."

Enno schluckte schwer und starrte auf seine Kaffeetasse. „Sonst hättest du ihn nicht geheiratet, oder?"

„Aber warum hat er mich geheiratet?", brach es aus Livia hervor. „Da muss es doch einen Grund gegeben haben!"

Enno blickte auf. „Im Grunde … wart ihr niemals glücklich", sagte er leise.

„Niemals?", wiederholte Livia geschockt. „Nicht mal zu Anfang?"

Enno zuckte die Achseln. „Vielleicht ganz zu Anfang … ich weiß es nicht."

„Aber du bist sein Freund!", brach es aus Livia hervor. „Er muss dir doch mal von uns erzählt haben … davon, wie wir uns kennengelernt haben … was ihm an mir gefallen hat!"

Enno strich sich verlegen über seinen dünnen Bart. „Arvin ist nicht wie andere Menschen, Livia. Er ist … furchtbar verschlossen. Das war er immer!"

„Wo hab ich ihn kennengelernt?", bohrte Livia weiter.

„Wo? Na, hier!"

„Wo *hier*?"

„Hier im Haus", entgegnete Enno, als sei es das Selbstverständlichste von der Welt. „Besser gesagt: an der Haustür. Ich glaube, du wolltest ihm irgendetwas verkaufen …"

Livia glaubte nicht richtig zu hören. „An der Haustür?", fragte sie fassungslos und dachte an die beiden etwas fragwürdigen Gestalten, die vor Kurzem bei ihr geklingelt hatten, weil sie Postkarten von Behinderten verkaufen wollten – und verkauft hatten. Karen hatte ihr einen ziemlich langen Vortrag gehalten, als sie es erfahren hatte …

„Ich dachte, ich sei Floristin von Beruf!"

Enno zuckte die Achseln. „Das hast du zumindest behauptet …"

Livias Blick spiegelte immer mehr Entsetzen wider. „Das klingt, als wäre ich … na ja … ziemlich dubios gewesen …"

Enno fummelte an seinem rechten Ohrläppchen herum. „Ich glaub, Karen hat das auch gedacht. Jedenfalls hat sie mit Engelszungen auf Arvin eingeredet. Sie wollte wohl, dass er die Finger von dir lässt."

„Was nichts genützt hat", murmelte Livia. Und dann warf sie Enno einen fast flehenden Blick zu. „Das ist doch ein gutes Zeichen, oder etwa nicht?"

Enno antwortete nicht darauf.

„Was ist?“, fuhr Livia ihn an. „Hast du auch gedacht, ich sei die Falsche für ihn?“

Enno seufzte tief. „Ihr wart nun mal nicht richtig füreinander. Das hat sich schon nach wenigen Monaten herausgestellt. Aber das muss nicht an dir gelegen haben. Zumindest nicht nur. Arvin ist ein … ein eher ungewöhnlicher Mensch. Es ist kein Wunder, dass er dir an der Haustür begegnet ist. Solange ich ihn kenne, wechselt er zwischen Haus, Arbeit und Kirchengemeinde hin und her. Außer dem Joggen hat er überhaupt keine Hobbys. Findest du das normal?“

„Kirche und Sport, das sind immerhin zwei Hobbys“, widersprach Livia vorsichtig.

„Aber er hat überhaupt keine Freunde!“

„Er hat dich“, gab Livia zu bedenken.

„Nur mich!“

„Woran liegt das?“, fragte Livia schlicht.

Enno zuckte die Achseln. „Er war schon so, als ich ihn kennengelernt habe.“

„Wann war das?“

Enno lehnte sich auf seinem Platz zurück und verschränkte die Arme vor der Brust. „Dieses Gespräch hat Ähnlichkeit mit einem Verhör“, stellte er fest.

„Wie ich schon sagte: Du musst mir nicht antworten …“

Enno schüttelte ein wenig den Kopf und sagte dann: „Ich hab ihn an der Uni kennengelernt.“

„Dann hat er neben Haus und Kirchengemeinde auch die Uni besucht …“

„Aber nur die Uni. Keine Kneipe, kein Kino – gar nichts.“

„Hast du mit ihm studiert?“, fragte Livia.

„Nein. Arvin ist Informatiker. Ich hab Betriebswirtschaftslehre studiert.“

„Wie hast du ihn dann kennengelernt?“

„Er hat einen Aushang gemacht. Am Schwarzen Brett. ‚Suche BWL-Studenten zwecks Gründung einer eigenen Firma.‘ Kannst du dir so was vorstellen?“

„War er da schon fertig mit seinem Studium?“

Enno lachte auf. „Er hatte gerade angefangen.“

„Und du?“

„Ich war im sechsten Semester.“ Er grinste in sich hinein. „Trotzdem ist Arvin früher fertig geworden als ich. Und das mit den allerbesten Noten. Ich schätze, er ist so was wie ein Genie.“

Livia griff nach ihrer Tasse und nahm einen Schluck von ihrem Kaffee. Er war nicht mehr besonders heiß. „Und die Firma? Habt ihr die wirklich schon im Studium gegründet?“

Enno nickte. „Und sie war vom ersten Tag an ein Erfolg. Arvin schreibt Programme wie andere Briefe. Ich glaube, er denkt in diesen Programmiersprachen. Abgefahren …“

Livia zuckte mutlos die Achseln. Arvin war ein mathematisches Genie und sie selbst konnte nicht einmal richtig schreiben. Kein Wunder, dass sie keine gemeinsame Basis hatten. „Und ich?“, hörte sie sich fragen. Ihre Stimme klang ein bisschen kläglich. „Konnte ich auch irgendetwas?“

„Du warst eine Schönheit“, antwortete Enno und lächelte verlegen. „Eine umwerfende, unglaubliche Schönheit.“

Livia schluckte schwer und rieb sich über die taube Stelle an ihrer Stirn. „Mit der Betonung auf ‚war‘“, sagte sie niedergeschlagen.

„Na, hör mal“, protestierte Enno. „Das stimmt doch gar nicht. Du siehst … wie soll ich sagen …“ Er betrachtete sie einen Moment. „Du siehst schon ein bisschen anders aus als früher, aber du bist immer noch sehr hübsch. Und man sieht nicht, dass du einen schweren Unfall gehabt hast.“ Er zögerte kurz. „Lass mal sehen.“ Er rückte näher an Livia heran, streckte die Hand aus und legte sie unter ihr Kinn. Dann hob er ihr Gesicht ein wenig an und betrachtete es so intensiv, dass Livia unter seinem Blick errötete. „Da sind ein paar feine weiße Linien“, sagte er mehr zu sich selbst als zu Livia. „Aber die sieht man nur von Nahem. Und auch dann machen sie den Eindruck, als gehörten sie einfach zu dir. Nein, ich bleibe dabei. Du bist hübsch, sehr hübsch sogar.“

Livia hatte das Gefühl, als wäre alles Blut, das sich in ihrem Körper befand, in ihren Kopf aufgestiegen. Den Rest spürte sie nicht mehr. Atmete sie überhaupt noch? „Wenn wir Freunde waren“, fragte sie fast tonlos. „Warum hast du mich dann nicht im Krankenhaus besucht?“

Enno räusperte sich, ließ ihr Kinn los und rückte auf seinen Platz zurück. Der Zauber des Moments war verschwunden. „Arvin wollte es nicht", antwortete er.

„Hältst du dich immer an seine Anweisungen?"

Für den Bruchteil einer Sekunde sah es so aus, als würde in Ennos Augen etwas aufflackern, dann verschwand der Eindruck wieder. „Du bist seine Frau", sagte er ein wenig gepresst. „Wie könnte ich mich dann *nicht* an seine Anweisungen halten?"

„Er hasst mich." Es war keine Frage mehr, sondern eine Feststellung.

„Warum wohnst du dann hier?"

Livia schluckte schwer. Sie war auf einmal den Tränen nah. Ennos Frage hatte nur bestätigt, was sie längst wusste. Arvin hasste sie. „Ich weiß nicht, wer ich bin!", flüsterte sie mit letzter Kraft. „Ich … seh in den Spiegel und … kenne mich nicht! Weder von außen noch von innen. Hast du eine Ahnung, wie sich das anfühlt? Es ist, als wäre man mitten im Ozean ausgesetzt worden – ohne Boot, ohne alles. Man schwimmt in irgendeine Richtung und kann sicher sein, dass es die falsche ist. Man weiß nicht einmal, ob es Sinn macht zu schwimmen. Und wenn ich …" – ihre Stimme drohte zu versagen – „… wenn ich nicht bald Boden unter die Füße bekomme, werde ich ertrinken!"

Kapitel 16

Livia stand mit verschränkten Armen vor ihrem Beet und starrte es an. Es war gewachsen, sehr stark sogar. Sie hatte es jeden Tag um ein paar Blumen erweitert. Es reichte jetzt fast bis zur Einfahrt und verlieh dem gesamten Grundstück ein buntes, fröhliches Ambiente.

Eigentlich hätte sie zufrieden sein müssen. Das Beet war ein Traum. Ganz nach ihren Vorstellungen. Und sie hatte gewonnen. Arvin hatte es nicht gewagt, noch einmal Hand an ihre Blumen zu legen.

Aber es war ein fragwürdiger, ein erzwungener Sieg. Und Livia hatte den Eindruck, als hätte er Arvins Hassgefühle noch verstärkt. Wenn sie ihm begegnete, wirkte er wie ein Vulkan, der kurz vor dem Ausbruch stand. Irgendetwas hatte schon immer unter der Oberfläche gebrodelt. Aber jetzt kam es ihr so vor, als könnte er es bald nicht mehr kontrollieren.

Eine einzelne stille Träne rann an Livias rechter Wange hinunter. Das Beet war nicht das, was sie wollte. Es befriedigte sie nicht. Nicht wirklich jedenfalls. Sie wollte sich nicht nur mit Dingen beschäftigen, die sie für sich selbst tat. Sie wollte Dinge tun, die für andere wichtig waren! Sie wollte gebraucht werden! Aber das wurde sie nicht! Wie schlimm das für sie war, merkte sie schon allein daran, dass sie mehr und mehr Süßigkeiten in sich hineinstopfte. Gummibärchen, Traubenzuckerlollies, Kaubonbons – sie hatte inzwischen das ganze Sortiment zu Hause, das der Laden zu bieten hatte.

Wenn das Karen wüsste … Aber Karen wusste es nicht. In letzter Zeit war sie sowieso mehr mit Arvin als mit ihr, Livia, beschäftigt. Immer wenn sie kam, redete sie auf Livia ein und versuchte sie davon zu überzeugen, dass das Beet wieder wegmusste, dass es Arvin einfach nicht zuzumuten sei. Es gab deshalb häufig Streit.

Bei Enno war das anders. Er schien alles in Ordnung zu finden, was sie tat. Seit er wusste, dass sie Zuckerzeug liebte, brachte er ihr bei jedem Besuch etwas Leckeres mit. Er kam regelmäßig, bestimmt dreimal die Woche. Und seine Besuche taten ihr gut. Sie tranken zusammen Kaffee, plauderten und sprachen über alte Zeiten. Obwohl Livia nicht wirklich viel Neues erfuhr, war das zumindest eine kleine Brücke zu ihrem früheren Ich.

Was sie ein bisschen störte, war die Heimlichtuerei. Enno bestand darauf, dass sie niemandem von seinen Besuchen erzählte. „Arvin kriegt immer gleich 'ne Krise und vermutet, dass ich meinen Job schleifen lasse", hatte er gesagt. „Seit es der Firma nicht mehr so gut geht, dreht er völlig am Rad."

Nun, mit Arvin sprach Livia sowieso nicht. Aber sie hätte gern Karen von Enno vorgeschwärmt. Er war freundlich und konnte lustige Geschichten erzählen. Außerdem interessierte er sich für sie. Ja, wirklich! Er sprach nicht nur über sich selbst, sondern wollte alles wissen, was Livia betraf. Wenn sie traurig war, bekam er es mit. Wenn sie sich freute, entlockte er ihr die Gründe dafür. Und wenn es Dinge gab, die einen Hauch von Erinnerung in ihr zu wecken schienen, setzte er alles daran, sie in ihrer Suche zu unterstützen. Niemand sonst hatte das bisher getan. Nicht einmal Karen. Manchmal kam es Livia sogar so vor, als hätte Karen gar kein wirkliches Interesse an der Vergangenheit, als wollte sie gar nicht, dass die alte Livia zurückkehrte.

Aber dafür gäbe es keinen Grund, hatte Enno ihr versichert. Er hatte die alte Livia als einen angenehmen, attraktiven und lebensfrohen Menschen beschrieben, den man gern zurückhaben wollte.

Enno war nett, sehr nett sogar.

Und doch …

Livia seufzte tief.

Enno war Enno. Ein Freund. Aber Arvin war ihr Mann. Und ihre Vergangenheit – das war doch klar – lag bei Arvin, nicht bei Enno. Und sie konnte nicht ruhen, nicht weiterleben, solange sie nicht wusste, was vorgefallen war.

Und deshalb …

Livia warf ihren Blumen einen letzten, liebevollen Blick zu und flüsterte: „Lebt wohl, meine Schäfchen. Ich werfe euch dem Wolf zum Fraß vor."

Und dann ging sie mit gesenktem Kopf ins Haus zurück, steuerte auf das Wohnzimmer zu und stand bald darauf vor der Vase, die Arvin erst vor Kurzem aus den Scherben zurück ins Dasein gerufen hatte.

Diese Vase … – Livia streckte die Hand danach aus und fuhr mit den Fingerkuppen über die stumpfe und etwas raue Oberfläche – … diese Vase war nicht mehr das hässliche grüne Etwas, das sie damals darin gesehen hatte. Im Gegenteil. Auf irgendeine seltsame Weise schien sie ihr das Wertvollste zu sein, was dieses Haus zu bieten hatte. Arvins Zeit steckte darin, seine Liebe …

Bei dem Gedanken bildete sich ein dicker Kloß in Livias Hals. Arvins Liebe sollte ihr gehören, seiner Frau. Nicht diesem Gegenstand!

Sie nahm die Vase von der Anrichte und betrachtete die feinen weißen Risse. Was hinderte sie daran, die Vase ein zweites Mal fallen zu lassen?

Aber ein paar Sekunden später stellte sie das grüne Ding mit einer ärgerlichen Bewegung und einem klappernden Geräusch auf die Anrichte zurück. Sie brachte es einfach nicht übers Herz! Stattdessen sah sie sich kurz im Wohnzimmer um, steuerte auf die andere Seite zu und näherte sich lauernd dem wuscheligen Teddybären, der mit kleinen glitzernden Augen auf dem Kaminsims saß. Einen Moment lang verlor sie sich in seinem Blick und hatte das Gefühl, als würde er sie vorwurfsvoll ansehen. Und als sie ihn dann in die Hand nahm, protestierte er auch noch mit einem Mitleid erregenden Jammern. Livia schauderte. Fast hatte sie das Gefühl, als würde dieses Ding Arvin repräsentieren …

„Es ist nur ein Gegenstand!“, erinnerte sie sich.

Und dann presste sie ihre Lippen fest zusammen, klemmte sich den Körper des Teddys zwischen die Beine, packte den Arm des Bären und zog ihn mit einer ruckartigen Bewegung in die Höhe. Sie hatte den Arm umgehend in der Hand. Und auch die anderen Gliedmaßen leisteten so gut wie gar keinen Widerstand. Livia riss sie alle heraus. Dabei hatte sie einen harten, unbarmherzigen Zug um ihren Mund. Was allerdings überhaupt nicht zu diesem Gesichtsausdruck passen wollte, waren die Tränen, die jetzt aus ihren Augen fielen. Doch gab sie kein Geräusch von sich, sondern arbeitete verbissen weiter. Im Inneren des Teddybären stieß sie auf eine Füllung aus Heu, die sie jetzt gnadenlos aus dem Kuscheltier herauspulte. Ein etwas staubiger Geruch wie aus einer alten, längst vergangenen Zeit stieg ihr in die Nase. Doch auch das konnte sie nicht abhalten. Als sie schließlich nur noch eine schlaffe Hülle in der Hand hielt, stand sie auf, holte aus der Küche eine Schere und begann dann, das Fell des Teddys zu zerschneiden. Dieses Mal würde es keine Reparatur geben, dafür würde sie sorgen.

„Vielleicht sagst du mir jetzt, weswegen du mich hasst“, flüsterte sie, als alle Arbeit getan war.

Und dann verteilte sie die Stoff- und Heuschnipsel weiträumig auf dem Fußboden und ging erst einmal zu Gunda nach drüben. Sie brauchte dringend ein bisschen Gesellschaft.

Unglücklicherweise hatte Gunda nur begrenzt Zeit. Manfred und sie hatten Karten für eine Oper und komplimentierten Livia bereits um Viertel nach sechs wieder zur Tür hinaus. Dabei wäre sie gerade heute gern bis zehn geblieben …

Als sich Livia dem Haus näherte, stellte sie überrascht fest, dass aus dem Briefkasten, der rechts neben der Eingangstür an der Hauswand befestigt war, ein Umschlag herausragte. Das war seltsam, schließlich kam die Post immer morgens, außerdem hatte sie den Briefkasten heute schon geleert.

Sie machte sich nicht die Mühe, den Briefkastenschlüssel zuhilfe zu nehmen, sondern hob nur ein wenig die Klappe des Briefschlitzes an und zog den Umschlag heraus. Es war ein gewöhnlicher, weißer Din-A6–Umschlag - nicht beschriftet, aber dennoch zugeklebt.

Livias Herz schlug ein wenig schneller. Ob der Brief von Arvin stammte? War es möglich, dass er hier vorbeigekommen war, ohne dass sie etwas davon mitbekommen hatte? Und dass dieser Brief bereits eine Reaktion auf den kaputten Teddy war?

Sie riss den Umschlag so hastig und so ungeschickt auf, dass er völlig zerfetzt wurde. Sein Inhalt, ein schlichter weißer Din-A4-Zettel, blieb allerdings intakt. Als Livia ihn auseinandergefaltet hatte, las sie nicht mehr als einen einzigen Satz: „Ruf mich endlich an! T."

Livia schluckte schwer und musste nicht lange überlegen, wer diese Botschaft verfasst hatte. „Ruf mich an!", das hatte der Mann mit der Baseballkappe zu ihr gesagt! Und er kannte nicht nur ihren Namen, sondern auch ihre Adresse! Livia wirbelte herum und blickte sich mit großen, vor Angst geweiteten Augen um. Ob er immer noch in der Nähe war?

Ihre zitternden Finger tasteten wie von allein nach dem Hausschlüssel, kramten ihn hektisch aus der Hosentasche hervor, ließen ihn mit einem klirrenden Geräusch fallen, hoben ihn wieder auf … und bekamen ihn kaum ins Türschloss. Immer wieder sah sich Livia dabei nach hinten um. Sie fühlte sich bedroht! Und sie konnte nichts dagegen tun! Nicht einmal anrufen konnte sie! „T." - wer sollte das sein? Welcher Name steckte dahinter? Und wie lautete seine Telefonnummer?

Als Livia die Haustür endlich aufbekam, stürzte sie in den Flur, warf die Tür hinter sich zu und schloss wieder ab. Aber auch danach gönnte sie sich keine Ruhe. Zuerst suchte sie das gesamte Haus nach einem möglichen Eindringling ab. Erst als sie ganz sicher sein konnte, dass niemand im Haus war, beruhigte sie sich ein wenig.

Von da an zog sich der Abend wie Kaugummi dahin. Einerseits sehnte Livia Arvins Rückkehr herbei, weil sie sich dann sicherer fühlen konnte. Andererseits hatte sie Angst vor ihm und seiner Reaktion auf den kaputten Teddy. Hätte sie das bloß gelassen! Man musste sich doch nicht die ganze Welt zum Feind machen, oder? Sie fragte sich, wie Arvins Reaktion ausfallen würde. Was war ihm zuzutrauen? Gunda und Manfred befanden sich nicht in der Nähe. Wen also sollte sie rufen, wenn Arvin komplett ausrastete?

In ihrer Not rief sie Enno an, hatte dann aber nicht den Mut, ihm den Grund ihres Anrufs zu nennen. Als sie wieder aufgelegt hatte, fühlte sie sich wie ein kompletter Feigling. Die Stofffetzen zu ihren Füßen waren ein passendes Bild für ihre eigene Entschlossenheit …

Als es schließlich auf zehn Uhr zuging, hatte Livia sechsmal zwischen dem Wohnzimmer und ihrem eigenen Zimmer hin- und hergewechselt. Inzwischen hatte sie sich ein wenig von dem Schock des Briefes erholt. Und sie erinnerte sich daran, dass sie die Konfrontation mit Arvin eigentlich wollte. Wie sonst sollte sie herausfinden, was die eigentliche Ursache für Arvins Hassgefühle war? Aber dann wiederum fürchtete sie sich so sehr, dass sie nur hinter der verschlossenen Tür ihres Zimmers, genauer gesagt unter ihrem Bett, Luft zum Atmen fand.

Arvins Auto fuhr vor, als Livia gerade zum soundsovielten Mal aus dem Wohnzimmer in ihr eigenes Zimmer ging. Sie erstarrte. Das tapsende Geräusch, das ihre nackten Füße bis eben auf den Fliesen des Flures hervorgerufen hatten, wurde durch das Brummen des Motors und dann durch das Knacken einer Handbremse ersetzt.

Beide Geräusche klangen heute so beängstigend, dass es Livia so vorkam, als würden ihre Füße schlicht auf den Fliesen festfrieren. Und dieser Zustand pflanzte sich anscheinend von dort in alle anderen Körperteile fort! Die Nerven so gespannt, als handelte es sich um die Saiten einer Geige, wartete sie auf das Unvermeidliche und hatte doch nicht die Kraft, ihre Flucht fortzusetzen und ihr Zimmer aufzusuchen.

Der einzige Trost war die Tatsache, dass es auf dem Flur komplett dunkel war, doch hielt auch das nicht lange an. Arvin schien es heute besonders eilig zu haben, jedenfalls hörte Livia seine Schritte auf dem Tritt, dann das Geräusch des Schlüssels und das leise Knarren der sich öffnenden Haustür. Gleich darauf kroch ein schmaler Streifen Licht unter der Tür hindurch, die Flur und Eingangsbereich voneinander trennte. Und Livia befand sich immer noch in einem Zustand völliger Handlungsunfähigkeit!

Im nächsten Moment wurde die Tür geöffnet.

Arvin erblickte Livia sofort, was kein Wunder war, da sie nur wenige Meter vor ihm stand. „Oh", machte er erstaunt, fing sich aber schnell wieder. Ohne sie eines Grußes zu würdigen, ging er in einem weiten Bogen um sie herum und steuerte auf das Wohnzimmer zu.

Lauf, flüsterte eine Stimme in Livias Innerem, doch fehlte ihr die Energie, darauf zu reagieren. Hinter ihr schwang die Wohnzimmertür auf, dann klickte der Lichtschalter.

Livia hörte, wie Arvin einen Fuß in den Raum hineinsetzte und im nächsten Moment mitten in seiner Bewegung innehielt.

„Was –", hörte sie ihn keuchen, dann setzte die sprichwörtliche Ruhe vor dem Sturm ein.

Livia konnte nicht anders. Sie drehte sich um und sah just in dem Moment in sein Gesicht, in dem sich die Verblüffung in einen Ausdruck von Schmerz verwandelte. Aber es war kein gewöhnlicher Schmerz. Schon gar kein Schmerz, der zu einem kaputten Teddybären passen würde. Es war ein Schmerz, der so tief wirkte, so … existenziell, dass er einen ähnlichen Schmerz wie einen Blitz direkt in Livias Magen schickte.

„Das hast du nicht getan!" Seine Stimme klang gar nicht mal verärgert, nur fassungslos.

Livias Hände ballten sich zu Fäusten. In diesem Moment bedauerte sie ihr Handeln mehr, als sie es jemals hätte ausdrücken können.

Gleich darauf trafen sich ihre Blicke und für den Bruchteil einer Sekunde schwappte ein Gefühl unglaublicher Verlorenheit aus Arvins Augen direkt in Livias Herz.

❧

Die Verbindung brach jedoch so schnell, wie sie entstanden war. Schon im nächsten Augenblick wurde Arvin wieder Herr seiner Gefühle und drängte seine nackte Seele in ihr Verlies zurück. Kalte Wut wurde zu ihrem Wächter. Sie schoss wie Hagel aus seinen Augen und schien die gesamte Umgebung abzukühlen.

Livia schauderte körperlich.

„Das … das wirst du mir büßen!“, knurrte Arvin.

Aber seine Drohung kam nicht an. Livia war noch viel zu benommen von dem, was sie gesehen hatte. „Ich büße schon“, flüsterte sie heiser. „Ich weiß nur nicht, wofür!“

Ihre verzweifelte Frage wurde jedoch auch jetzt nicht beantwortet. Als würde er flüchten, schoss Arvin an ihr vorbei und war im nächsten Moment zur Tür hinausgestürmt.

Livia schluckte. Sie wusste genau, was er jetzt vorhatte.

Es dauerte ein paar Sekunden, bis sie ihre zitternden Knie so weit stabilisiert hatte, dass sie ihm folgen konnte. Wenig später stand sie draußen vor der Tür und beobachtete mit einer seltsamen Distanz, wie Arvin auf die Blumen eintrat, die sie so liebevoll gepflanzt hatte. Seine Bewegungen waren dabei so heftig und unkontrolliert, dass man an seinem Geisteszustand zweifeln konnte. Jetzt ließ er sich sogar fallen, rupfte die Blumen mit den Händen aus, schleuderte sie auf die Straße und zerwühlte das Beet unter Einsatz seines gesamten Körpers.

Livia starrte ihn nur an, als beträfe sie das Ganze überhaupt nicht. Sie hatte es ohnehin kommen sehen. Was sie allerdings nicht hatte kommen sehen, waren ihre eigenen Gefühle. Im Moment war sie sich nämlich nicht sicher, ob sie ihre Blumen oder doch lieber Arvin bedauern sollte …

❧

Livias Mitleid hielt erstaunlich lange an. Auch noch als sie am nächsten Morgen bei Helligkeit die Reste ihres Beetes betrachtete, erinnerte sie sich an Arvins Gesichtsausdruck, fühlte sie fast den Schmerz, den sie gesehen hatte.

Das Beet war unwichtig geworden. Die Blumen? Nebensächlich!

Und was das Schlimmste war: Sie hatte nicht einmal mehr die Energie, ihr Werk wiederherzustellen!

Sie bückte sich und hob eine herausgerissene Tulpe auf. Mit ihren roten Blättern gehörte sie zu den schönsten Errungenschaften ihres Beetes. Und doch war sie nur eine Blume, ein Ding. Es war schade, wenn sie zerstört wurde. Aber es konnte sie niemals so treffen, wie die Zerstörung dieses Kuscheltieres oder auch die Zerstörung der Vase Arvin getroffen hatte. Warum war das so? Was verband er mit diesen Gegenständen? Was stimmte nicht mit ihm?

Als sie kurze Zeit später damit beschäftigt war, die Reste der Blumen in einem Eimer zu verstauen, wurde ein paar Meter weiter eine Verandatür geöffnet und Gunda kam zum Vorschein. Livia wäre am liebsten im Erdboden versunken, hatte aber keine Zeit mehr zum Flüchten.

„Was ist passiert?“, rief Gunda, während sie auf Livia zueilte.

„Jugendliche“, sagte Livia müde. „Ich schätze, da haben sich ein paar Jugendliche ausgetobt.“ Sie zuckte die Achseln. „Ich hab einfach kein Glück mit diesem Beet.“

Gunda starrte erst auf das Chaos zu Livias Füßen und dann in Livias Gesicht. „So was hat’s hier in der Gegend ja noch nie gegeben“, bemerkte sie argwöhnisch.

Livia schluckte. „Einmal ist immer das erste Mal“, antwortete sie und kaute nervös auf ihrer Oberlippe herum. Und dann blickte sie nach oben. „Ich muss mich beeilen. Sonst fängt es an zu regnen.“ In der Tat war das Wetter nicht das beste. Es war bedeckt, doch schien das Grau der Wolken seit einigen Minuten immer tiefer und dunkler zu werden. Außerdem wehte ein kühler, böiger Wind.

„Na gut“, seufzte Gunda. „Auf ein Neues. Wir sind ja schon eingearbeitet. Gib mir den Eimer und geh neue Blumen kaufen. Dann werden wir noch vor dem Regen fertig.“ Als Livia sich nicht rührte, schob sie ein „Na los!“ hinterher und griff nach dem Eimer.

Aber Livia schüttelte den Kopf. „Dieses Mal nicht. Ich geb auf. Ich will das Beet nicht mehr.“

Gunda starrte sie entgeistert an. „Bist du verrückt? Dein ganzes Herzblut steckt in diesem Beet. Natürlich machen wir es neu!“

„Nein. Machen wir nicht.“ Livia hielt den Eimer einfach fest, bis Gunda ihn wieder losließ.

„Was ist denn in dich gefahren?“, wunderte sich Gunda. „Ich meine … du *liebst* dieses Beet.“

„Nein, tu ich nicht“, widersprach Livia. Ihre Stimme klang wackelig. „Nicht mehr jedenfalls.“ Und dann fiel ihr zum Glück ein Regentropfen ins Gesicht. „Ich hab einen Tropfen abgekriegt“, schob sie erleichtert hinterher. „Ich geh jetzt besser rein.“ Mit diesen Worten ließ sie den Eimer einfach auf den Boden fallen und steuerte auf die Haustür zu.

„Ich hab einen Termin abgemacht“, rief Gunda hinter ihr her.

Livia blieb stehen und drehte sich um. „Termin?“, fragte sie verständnislos.

„Der Hund“, antwortete Gunda. „Wenn du willst, können wir ihn Samstag in zwei Wochen abholen.“

„Oh, das ist … schön“, sagte Livia, wusste aber nicht, ob es schön oder doof oder einfach nur egal war. „D-danke.“ Und dann ließ sie Gunda zum zweiten Mal stehen.

Was man als dumm bezeichnen konnte. Denn wenn man allein war, dachte man zu viel nach …

Livia versuchte sich abzulenken, indem sie erst einmal ein paar Gummibärchen in sich hineinstopfte und kauend das Haus durchwanderte. Aber auch das war nicht die beste Lösung. Arvins Gesichtsausdruck schien sie in jeden Raum zu verfolgen, sogar in ihr Schlafzimmer – den einzigen Raum, der ihr hier im Haus ganz allein gehörte.

Irgendwann hielt Livia es nicht mehr aus und griff zum Telefonhörer.

Gunda konnte sie nicht anrufen, die würde viel zu viele unangenehme Fragen stellen. Und Karen? Die beantwortete sowieso keine Fragen, die Arvin betrafen. Da blieb allein Enno übrig.

Sie wählte die Handynummer, die er ihr gegeben hatte.

„Ja?", meldete er sich. Es klang kurz und wenig erfreut.

Livia schluckte. „Ich bin's, Livia."

„Oh." Enno schwieg vor lauter Schreck. Dafür war im Hintergrund eine Stimme zu hören, die Livia unschwer als die ihres Ehemannes identifizierte. Schließlich klang sie genauso hart und gereizt, wie sie es von ihr gewohnt war. „Musst du jetzt telefonieren oder können wir diese Sache zu Ende besprechen?" Livia lauschte fasziniert seinen Worten. Sie hörte ihn nicht oft sprechen. Und sie hatte sich schon häufig gefragt, ob er mit anderen Menschen genauso umging wie mit ihr …

„Was … äh … was kann ich für Sie tun?", fragte Enno.

Livia antwortete nicht gleich, begriff aber, dass sich Enno in einer schwierigen Situation befand. „Kannst du kommen?", presste sie hervor.

Pause.

„Was ist nun?", verlangte Arvin.

„Moment noch!" An Ennos ärgerlichem Tonfall konnte Livia ablesen, dass Arvin gemeint war. Dann wurde seine Stimme wieder freundlicher, klang aber noch genauso geschäftsmäßig. „Sicher. Wann?"

„Sofort?"

„Halbe Stunde, okay?"

„Okay."

Es dauerte jedoch fast eine Stunde, bis Enno tatsächlich vor der Tür stand. In dieser Zeit hatte Livia so viele Süßigkeiten gegessen, dass ihr richtig schlecht war.

„Endlich!", seufzte Livia, als sie die Tür öffnete.

„Alles in Ordnung?", fragte Enno und musterte Livia erst einmal von oben bis unten. Er trug einen perfekt sitzenden schwarzen Anzug und ein silberfarbenes, in verschiedenen Schattierungen schimmerndes Hemd mit einer grauen Krawatte.

„Ich hab dich von der Arbeit weggeholt", sagte Livia schuldbewusst.

„Du hast mich direkt aus der Höhle des Löwen geholt", grinste Enno und trat ein. Dann umarmte er Livia. „Arvin hat eine saumäßige Laune. Ist irgendetwas vorgefallen?"

Livia hielt sich heute ein bisschen länger als sonst an Enno fest und atmete das frische, männliche Aftershave ein, das er immer benutzte. Es tat so gut, einen Freund zu haben! „Wir haben uns gestritten", sagte sie mit kläglicher Stimme.

„Das ist ja eigentlich nichts Neues", lächelte Enno und steuerte auch schon auf die Küche zu. „Kaffee im Wohnzimmer – so wie immer?"

Livia nickte nur, folgte Enno aber dennoch in die Küche.

Dort angekommen, fiel Ennos Blick auf die beiden leeren Gummibärchentüten, die neben dem Kühlschrank auf der Arbeitsplatte lagen. Er drehte sich zu Livia um und fragte sanft: „Hast du wenigstens gefrühstückt?" Als Livia verlegen zu Boden blickte, schüttelte er missbilligend den Kopf, öffnete den Kühlschrank und holte Brot heraus.

„Lass das", bat Livia. „Mir ist jetzt schon schlecht. Wenn ich auch noch Brot esse, kannst du anschließend den Boden wischen."

Enno schüttelte erneut den Kopf, legte das Brot jedoch in den Kühlschrank zurück und setzte stattdessen Kaffee auf. „Ich hab das Beet gesehen", sagte er, als er die Kaffeedose wieder verschloss und in den Schrank zurückstellte.

Livia schluckte. „Er hat ganze Arbeit geleistet, was?"

Enno schaltete die Kaffeemaschine ein, nahm ein Tablett und bestückte es mit Tassen, Untertassen und Milch. „Es sieht aus, als hätte eine ganze Horde Wildschweine darin herumgewütet."

Livia starrte auf die Kaffeemaschine, die inzwischen zischende und gluckernde Geräusche von sich gab, sah in Wirklichkeit aber Arvin vor sich, wie er mit vor Wut verzerrtem Gesicht auf ihre Blumen eintrat. Er hatte in der Tat „wild" gewirkt. Sie schauderte. „Es war so schrecklich", flüsterte sie.

Enno legte einen Arm um sie und schob sie in Richtung Tür. „Jetzt setzen wir uns erst mal", entschied er. „Und den Kaffee hol ich später." Er führte Livia durch den Flur und öffnete die Tür zum Wohnzimmer. Als er jedoch sah, was dort auf dem Fußboden lag, blieb er erschrocken stehen. „Wow", entfuhr es ihm. „Ist das der Grund für seine schlechte Laune?"

Livia starrte verblüfft auf die Reste des Teddys. Sie hatte angenommen, dass Arvin sie wegräumen würde. „Ich wollte ihn aus der Reserve locken …", antwortete sie mit unsicherer Stimme.

„Und? Hat's was gebracht?"

Livia schloss für einen Moment die Augen und ließ dadurch zwei Tränen herauskullern. Als sie es bemerkte, entwand sie sich Ennos Griff und drehte ihm den Rücken zu. „Das Schlimmste", schluchzte sie nach einer Weile, „das Schlimmste ist, dass ich einfach nicht weiß, was ich von ihm halten soll. Meistens hasse ich ihn. Aber dann wiederum … hab ich den Eindruck, als wäre der Arvin, den ich sehe, nicht der Arvin, der er ist." Sie schüttelte heftig den Kopf. „Du wirst das sicher nicht verstehen, aber … gerade gestern, da … da hatte ich den Eindruck, als würde ihn etwas quälen … etwas Furchtbares. Vielleicht … vielleicht ist er gar nicht so gemein, wie er immer tut. Vielleicht ist er nur verweifelt oder furchtbar unglücklich oder … Ich weiß auch nicht." Sie drehte sich wieder zu Enno herum und sah ihm fast flehend in die Augen. „Du kennst ihn viel besser als ich. Was glaubst du?"

Ennos Blick war hart. „Solange ich Arvin kenne, war er immer nur auf seinen eigenen Vorteil bedacht. Er schert sich um nichts und niemanden, nicht mal um seine Freunde. Schon gar nicht um mich oder dich!"

Livia schluckte schwer. Ein Teil von ihr dachte: *Wusste ich's doch!* Ein anderer protestierte. War es möglich, dass Arvin sein Innerstes so erfolgreich verbarg, dass nicht einmal Enno es gesehen hatte? „Er besucht diese Kirche", probierte sie schwach. „Das bedeutet doch, dass er zumindest auf der Suche nach etwas ist. Meinst du nicht?"

Enno seufzte, wandte sich den Stoff- und Heuresten zu und begann, sie mit dem Fuß zur Seite zu schieben. „Es ehrt dich ja, dass du das Gute in ihm sehen willst", sagte er, „aber der Mensch ist nun mal ein Gewohnheitstier. Wahrscheinlich hat er diesen Religionsfimmel von seinen Eltern geerbt. Seine Schwester ist ja auch davon infiziert worden."

„Sie hält viel von ihm“, griff Livia das Thema auf.

„Mehr noch! Wenn du mich fragst, ist sie komplett in ihn vernarrt. Kein Wunder, dass sie ihn bei jeder sich bietenden Gelegenheit in Schutz nimmt.“ Enno hatte inzwischen einen kleinen Haufen gebildet, ließ von seiner Arbeit ab und ließ sich plumpsend aufs Sofa fallen.

„Dann glaubst du also, dass es Menschen gibt, die durch und durch schlecht sind?“, fragte Livia, während sie sich ebenfalls dem Sofa näherte.

Enno zuckte gleichgültig die Achseln. „Weiß ich doch nicht …“

Livia setzte sich neben ihn. „Aber wie wird man schlecht? Wird man schon so geboren? Oder ist das Leben daran schuld? Kann man überhaupt was dafür?“ Sie untermauerte ihre Frage mit einer ausgeprägten Gestik. „Was wiederum zu der Frage führt, ob man für seine schlechten Taten zur Verantwortung gezogen werden kann …“

„Wen interessiert das denn jetzt?“, murmelte Enno.

Aber Livia schien ihn gar nicht zu hören. „Glaubst du eigentlich an Gott?“

Enno stand auf. „Ich schätze, der Kaffee müsste jetzt fertig sein.“ Er deutete auf den Stoff- und Heuhaufen. „Am besten, ich bringe gleich den Mülleimer mit …“

Aber Livia schüttelte den Kopf. „Arvin wird die Reste vielleicht behalten wollen“, überlegte sie.

„Die Reste behalten?“, entrüstete sich Enno. „Arvin hat dir wohl 'ne Gehirnwäsche verpasst!“

„Ich möchte ihn nicht noch mehr verletzen“, sagte Livia leise.

„*Du* … *ihn*? Er verletzt dich!“, brach es aus Enno hervor. „Sieh dir doch dein Beet an! Mann, das kann ich wirklich nicht mehr länger mit ansehen!“ Einen Moment lang zögerte er. Dann ging er vor Livia in die Hocke, nahm ihre Hand und sagte: „Hör zu, Livia. Ich weiß, dass du dich Arvin gegenüber verpflichtet fühlst. Aber er ist ein Arschloch, das dich überhaupt nicht verdient hat. Und deshalb … na ja … ich hab eine ziemlich große Wohnung … Du könntest … bei mir unterkriechen, wenn du willst.“

Livia stand der Mund offen. „Das … das ist …“ Sie legte ihre Hand auf Ennos Wange. „Das ist das Netteste, was mir jemals passiert ist!“

Bisher hatte jeder nur versucht, sie loszuwerden. Karen hatte ihre Bitte, bei ihr einziehen zu dürfen, strikt abgelehnt. Von Arvin einmal ganz zu schweigen.

Enno legte seine Hand über Livias, drehte den Kopf und begann, die Innenfläche ihrer Hand zu küssen.

Livia, die von seinem Vorschlag immer noch ganz benommen war, hörte auf zu atmen und starrte auf ihre Hand.

Fünfzehn Sekunden später klingelte es an der Tür.

Enno sprang so plötzlich auf, als hätte man auf ihn geschossen. „Wer ist das?“, keuchte er.

Livia kam nur langsam zu sich. „Ich … Keine Ahnung“, stammelte sie.

„Ich hab den Wagen drei Straßen weiter geparkt“, murmelte Enno hektisch. „So wie immer. Es weiß also niemand, dass ich hier bin. Wer auch immer vor der Tür steht, du musst ihn unbedingt loswerden … Lass bloß keinen rein!“

Livia schüttelte leicht apathisch den Kopf. Sie konnte längst nicht so schnell umschalten wie Enno. „Jetzt geh schon!“, befahl Enno. „Sonst schleicht gleich jemand ums Haus!“

Dieses Mal nickte Livia und erhob sich. Aber erst als es zum zweiten Mal klingelte, fing sie wirklich an sich zu beeilen. Sie rannte über den Flur und öffnete wenig später die Haustür.

Zu ihrer Überraschung stand Karen vor der Tür. Sie sah … irgendwie schlecht aus, fand Livia. Unter ihren Augen wölbten sich tiefe dunkle Ringe. Und sie wirkte besorgt. „Stimmt was nicht?“, fragte Livia spontan.

„Ich muss mit dir reden“, antwortete Karen. Ihre Stimme klang müde und kratzig.

Erst jetzt fiel Livia wieder ein, dass Enno im Wohnzimmer auf sie wartete. Unwillkürlich berührte sie mit den Fingerspitzen ihrer Hand die Stelle, die Enno geküsst hatte. Ohne es zu wollen, errötete sie.

In Anbetracht der Tatsache, dass sich Livia nicht von der Stelle rührte und auch die Tür nicht weiter öffnete, fragte Karen: „Kann ich reinkommen?“

Livia schluckte. „Ich … äh … n-nein."

„Was?" Karen glaubte wohl sich verhört zu haben.

„Ich … na ja … kann grad nicht", stammelte Livia und wackelte nervös mit ihren Zehen.

„Du kannst grad nicht", wiederholte Karen. Zu der Müdigkeit in ihrer Stimme gesellte sich eine Spur Ärger. „Und warum nicht?"

„B-Besuch", stotterte Livia.

Karen stemmte die Hände in die Hüften und legte den Kopf schief. Sie sah Livia so durchdringend an, dass diese noch hundertmal tiefer errötete, als dies ohnehin schon der Fall war. „Hier ist doch was faul", murmelte Karen schließlich.

Livia wich ihrem Blick aus.

„Geh zur Seite", befahl Karen. Ihr Tonfall duldete keinen Widerspruch und führte umgehend dazu, dass Livia vor ihr zurückwich. Der Gedanke, sich Karen zu widersetzen, entstand gar nicht erst.

Karen trat ein und heftete ihren Blick zunächst auf die Garderobe. Da sie hier jedoch keine fremden Kleidungsstücke vorfand, stapfte sie weiter in Richtung Küche. Livia eilte ihr nach. „Wusste ich's doch", entfuhr es Karen, als sie die beiden Gummibärchentüten auf der Arbeitsplatte liegen sah. Sie eilte darauf zu und hob sie an. „Leer", kommentierte sie ihre Entdeckung. Und dann drehte sie sich zu Livia herum. „Ist es das, was du vor mir verheimlichen wolltest?"

Livia atmete innerlich auf, wollte jedoch nicht lügen und senkte einfach nur den Blick.

„Hast du wenigstens gefrühstückt?", fragte Karen streng.

Livia sackte noch ein bisschen tiefer in sich zusammen und schüttelte den Kopf.

„Hast du noch mehr davon gekauft?", setzte Karen ihre Befragung fort.

Livia nickte und zeigte andeutungsweise auf einen der Unterschränke. Als Karen diesen öffnete, erschrak sie sichtlich. In dem Schrank türmten sich die Süßwaren nur so. Kekse, Kaubonbons und Gummibärchen aller möglichen Sorten füllten den gesamten Schrank aus. „Das … das gibt's doch nicht!", entfuhr es Karen. „Ich hab dir vertraut, weil ich glaubte, es sei für deine Gesundung notwendig. Aber das hier … das … wie lange geht das schon so?“

„Nicht lange, wirklich nicht“, beteuerte Livia und schämte sich wirklich. „Anfangs hab ich alles richtig gemacht und … nur Süßigkeiten gekauft, die ich Arvin anbieten wollte. Ehrenwort. Aber dann …“ Sie seufzte tief und blickte Karen voller Verzweiflung in die Augen. „In letzter Zeit ist alles schiefgegangen“, jammerte sie drauflos. „Arvin hasst mich, da kann ich machen, was ich will!“

Karens Blick wurde zuerst weich … und spiegelte dann plötzlich einen Schmerz wider, der weit über das hinausging, was Livia durchmachte. Im nächsten Moment eilte sie auf Livia zu und stürzte sich in deren Arme. Sehr zu ihrer Überraschung fand sich Livia in einer Umklammerung wieder, die ihr die Luft zum Atmen nahm. „Alles ist so furchtbar“, brach es aus Karen hervor. „Wer kann das noch verstehen? Wer?“

Als Livia wenig später eine verräterische Nässe an ihrem Hals spürte, versteifte sie sich. Weinte Karen etwa? Karen … ihre Karen? Der Felsen ihres Lebens? „Meine Güte, Karen“, flüsterte Livia entsetzt. „Was … was ist denn nur los mit dir?“

„Ich kann dir nicht noch mehr aufbürden“, schluchzte Karen. „Und Arvin auch nicht!“

„Aufbürden … wie? Was meinst du?“

„Vanessa …“, begann Karen mit zitternder Stimme. „Ich brauche –“ Sie wurde unterbrochen, weil es an der Tür klingelte.

„Was brauchst du?“, fragte Livia sanft.

Aber Karen hatte sich bereits aus der Umarmung gelöst und war dabei, ihre Tränen zu trocknen. „Geh nur“, sagte sie ein wenig mühsam. „Ich komm schon zurecht.“

Livia hob hilflos die Hände.

„Jetzt geh schon. Vielleicht ist es nur der Paketbote.“

Livia seufzte tief und tapste verunsichert zur Tür. Die ganze Situation war ein bisschen viel für sie. Enno im Wohnzimmer, Karen in der Küche und ein Dritter an der Tür. Es hätte sie nicht gewundert, wenn jetzt auch noch Arvin nach Hause gekommen wäre. Stattdessen stand jedoch Gunda vor der Tür.

„Ich bin schwer beschäftigt", sagte Livia und zuckte bedauernd die Achseln.

„Ich wollte auch nur mal nach dem Rechten sehen", sagte Gunda. „Du warst vorhin so fatalistisch. Geht's 'n bisschen besser?"

Livia widerstand dem Drang, den Kopf zu schütteln, und nickte tapfer. „Ich komm nachher mal rüber, okay?"

„Okay."

Livia machte Anstalten, die Haustür wieder zu schließen, als ein freundliches „Hallo" sie davon abhielt. „Sie müssen Gunda sein", sagte Karen und näherte sich vom Flur aus der Haustür.

„Genau und wer sind Sie?"

„Ich bin Karen, Livias Schwägerin", antwortete Karen und schüttelte Gundas Hand. „Ich hab schon viel von Ihnen gehört. Deshalb ist es schön, Sie mal kennenzulernen."

„Danke, gleichfalls", lächelte Gunda. Im nächsten Moment erhellte sich ihr Blick noch mehr und sie wandte sich Livia zu. „Dann ist der gut aussehende junge Mann, der vorhin kam, wahrscheinlich dein Schwager, was?"

Livia gefror auf dem Platz, an dem sie stand, zu einer Eisskulptur.

„Welcher junge Mann?", wunderte sich Karen. Aber als ihr Blick auf Livia fiel, erstarrte auch sie.

Sekundenlang herrschte tiefe, betretene Stille, dann sagte Gunda: „Ich … äh … muss … wieder rüber." Sie warf Livia noch einen zutiefst verunsicherten Blick zu, schlüpfte zur Tür hinaus und zog diese hinter sich zu.

Erneute Stille.

Und dann drehte sich Karen um und steuerte aufs Wohnzimmer zu.

Livia schloss die Augen. Sie konnte jetzt eh nichts mehr tun.

Sie hörte, wie die Wohnzimmertür aufgerissen wurde. „Was, bitte schön, ist das?", rief Karen aus. Es folgte eine kurze Pause. „Und was tust du hier?"

Ein wenig ängstlich machte sich Livia auf den Weg ins Wohnzimmer.

„Das ist aber keine besonders freundliche Begrüßung", hörte sie Enno antworten.

„Ihr habt versucht, mir deine Anwesenheit zu verheimlichen", fauchte Karen. „Gibt es dafür einen Grund?"

„Seit wann bin ich dir Rechenschaft schuldig?"

„Seit du im Haus meines Bruders herumlungerst", konterte Karen.

„Ich lungere nicht herum", protestierte Enno. „Ich bin eingeladen worden … stimmt doch, Livia?" Damit wandte er sich an Livia, die gerade zaghaft um die Ecke schaute und jetzt am liebsten im Erdboden versunken wäre.

Karen wirbelte zu ihr herum und sandte Blicke aus, die den stärksten Mann umgehauen hätten. „Seit wann geht das schon so?", verlangte sie zu wissen.

Livia machte ein Gesicht, als hätte sie gerade um Haaresbreite einen Verkehrsunfall überlebt.

„Jetzt mach aber mal halblang", knurrte Enno. „Du tust gerade so, als ob wir eine Affäre miteinander hätten. Dabei sind wir nur Freunde, nichts weiter."

„Als ob du Freunde hättest", schnaubte Karen.

„Bist wohl eifersüchtig", sagte Enno und grinste plötzlich. „Aber natürlich – das ist es!"

Angesichts dieser Worte stürmte Karen auf Enno zu, packte ihn am Jackett und zerrte ihn mit sich fort in Richtung Tür. „Raus hier!", keifte sie und wirkte dabei so wütend, dass Livia sie nicht wiedererkannte. Fassungslos und verängstigt zugleich, wich sie vor den beiden zurück.

Enno leistete bei alledem keinen besonderen Widerstand, sondern grinste nur überheblich und versuchte, das Gleichgewicht zu halten. Als er dann jedoch an Livia vorbeikam, warf er ihr einen bedauernden Blick zu und sagte im Vorbeiwanken: „Tut mir leid, Livia. Wir sehen uns morgen, ja?"

„Das kannst du dir abschminken!", schnaubte Karen, ließ Enno los und schubste ihn von nun an in Richtung Haustür. „Livia wird dich nie wieder empfangen, verstehst du?"

„Das werden wir ja sehen", entgegnete Enno und hüpfte leichtfüßig vorwärts, um dem nächsten Angriff zu entgehen. „Livia braucht dringend Freunde und hier im Haus hat sie ja keine."

„Ich werd's Arvin erzählen", drohte Karen.

Enno blieb stehen und drehte sich zu Karen um. Dies geschah so plötzlich und so unvermittelt, dass auch Karen mitten in ihrer Bewegung innehielt.

Livia kam es so vor, als hätte irgendwo jemand die Stopp-Taste gedrückt. Verwundert blickte sie von Enno zu Karen und wieder zurück zu Enno. Das amüsierte Grinsen war aus seinem Gesicht verschwunden. Stattdessen übermittelten seine Augen eine ernst gemeinte Drohung. „Wenn du das tust", sagte er gefährlich leise, „werd auch ich mich mit ihm unterhalten. Verstanden?"

„Wir haben eine Abmachung!" Karens Stimme zitterte vor Wut … oder war es Angst?

„Ich werde sie brechen", flüsterte Enno. Und dann warf er Livia einen letzten Blick zu, drehte sich um und spazierte ohne ein weiteres Wort zur Tür hinaus.

Als die Tür hinter ihm ins Schloss fiel, sackte Karen deutlich sichtbar in sich zusammen.

„Welche Abmachung wird er brechen?", fragte Livia. Es wunderte sie nicht, dass ihre Stimme leise und piepsig klang.

„Du wirst ihn nicht wiedersehen", sagte Karen, ohne sich zu Livia umzudrehen. Sie starrte immer noch auf die Haustür. „Hast du das verstanden?"

„Ich bin nicht Vanessa", begehrte Livia auf. „Ich entscheide selbst, mit wem ich mich treffe."

„Nein, du bist Livia", stimmte Karen ihr zu. „Livia *Scholl*. Und du bist mit Arvin Scholl verheiratet. Deshalb wirst du dich von anderen Männern gefälligst fernhalten."

Livia stemmte die Hände in die Hüften. „Enno ist aber kein Mann", protestierte sie. „Jedenfalls nicht in diesem Sinne. Er ist ein Freund, nichts weiter. Und er hat recht. Ich brauche Freunde. Wahrscheinlich brauche ich sie noch dringender als manch anderer."

Karen seufzte tief und drehte sich endlich zu Livia um. Dann sagte sie versöhnlich: „Du hast mich … und … und diese Gunda. Reicht das denn nicht?"

„Nicht wenn man eine Antilope ist und in der Höhle des Löwen wohnt", gab Livia zurück.

„Es sei denn … der Löwe ist alt und hat schon lange keine Zähne mehr … und alles, was er will, ist eine Antilope, die ihr

Gras mit ihm teilt", seufzte Karen. Sie zögerte einen Moment und fuhr dann fort: „Und was, wenn die Antilope nicht weiß, dass sie lahmt und dass draußen eine Hyäne auf sie wartet, die noch viel gefährlicher ist als der Löwe?"

Livia musste schlucken. „Was willst du damit sagen?"

Karen hob beschwörend die Hände. „Enno ist ein Arschloch, Livia. Er meint nicht dich. Er schmeißt sich nur an dich ran, um Arvin eins auszuwischen."

„So ein Blödsinn", lachte Livia. „Arvin möchte mich lieber heute als morgen loswerden. Wenn Enno ihm eins auswischen wollte, würde er dafür sorgen, dass ich für immer hier bleibe."

„Arvin ist anders, als du denkst." Karens Blick war verzweifelt. „Das versuche ich dir schon so lange zu erklären."

Für den Bruchteil einer Sekunde meinte Livia noch einmal den Schmerz zu spüren, den sie bei Arvin gesehen hatte … nein, glaubte gesehen zu haben. Und dann schüttelte sie bitter den Kopf. „Arvin ist das Arschloch", sagte sie, mehr um sich selbst davon zu überzeugen als Karen, „nicht Enno." Sie schob trotzig die Unterlippe vor. „Und darum werde ich mich auch so oft mit ihm treffen, wie ich nur will!"

Kapitel 17

Obwohl Livia genau das tat – obwohl sie sich so häufig mit Enno traf, wie sie nur wollte –, ertappte sie sich von jenem Tag an dabei, dass sie ihm anders begegnete als vorher. Es war nicht so, dass sie ihm misstraute, eher war es so, dass sie ihn beobachtete, wenn nicht gar studierte.

Ob er das spürte?

Vielleicht. Livia hatte das unbestimmte Gefühl, dass ihre Freundschaft anstrengender und irgendwie verkrampfter geworden war. Auf jeden Fall war Enno vorsichtiger geworden. Seit dem Zusammentreffen mit Karen parkte er seinen Wagen noch weiter vom Haus entfernt. Und er hatte ein Klingelzeichen mit Livia abgemacht, das ihr die Möglichkeit gab, nicht zur Tür zu gehen, wenn zum Beispiel Karen bei ihr war.

Auch sein Verhalten war reservierter geworden. Den Vorschlag jedenfalls, dass Livia zu ihm ziehen könnte, wiederholte er nicht. Und er schlug auch niemals selbst ein Treffen vor, sondern wartete stets darauf, dass Livia ihn einlud.

Livia gefiel diese Zurückhaltung. Sie gab ihr das Gefühl, dass sie respektiert wurde. Was ihr weniger gefiel, war die Tatsache, dass ihre Gespräche mit Enno eher an der Oberfläche blieben. Wenn sie mal wieder die Frage aufwarf, was denn eigentlich einen Menschen ausmachte, wie man zu einem „Ich" wurde, wie Enno sich selbst sah und definierte, klinkte er sich meist aus der Unterhaltung aus und wechselte das Thema. Solche Fragen schienen ihn einfach nicht zu bewegen.

Dafür war er ein sehr großzügiger Mensch, der stets etwas Süßes dabei hatte, wenn er Livia besuchte.

Und das war Livias Rettung.

Ein paar Tage nämlich nachdem Karen Livias Süßigkeitenvorräte in der Küche entdeckt hatte, war Livia an ihren Schrank gegangen und … hatte ihn leer vorgefunden! Und nicht nur das. Auch die Geldvorräte, aus denen sie sich immer bedient hatte, waren verschwunden! Dafür war der Kühlschrank mit allem gefüllt, was das Herz eines vollwertigen Essers begehrte.

Livia tobte, rief Karen an und musste sich sagen lassen, dass ihr bis auf Weiteres kein eigenes Geld mehr zur Verfügung stünde. Sie selbst, Karen, würde von nun an für die Einkäufe sorgen.

Livia war sicher, dass sie sich eine solche Bevormundung nicht gefallen lassen musste, wusste aber nicht, wie sie sich dagegen wehren sollte. Also konzentrierte sie sich darauf, ihren Bedarf an Süßem auf andere Weise zu decken.

Unglücklicherweise schien auch Arvin an der Verschwörung beteiligt zu sein. Wann immer Livia Süßigkeiten im Haus deponierte, die sie von Enno oder Gunda erhalten hatte, musste sie um deren Sicherheit fürchten. Manche verschwanden auf ungeklärte Weise, andere fielen den Inspektionen zum Opfer, die Karen in regelmäßigem Abstand im Haus und vor allem in Livias Zimmer durchführte. Aus diesem Grund war Livia gezwungen, sich immer ausgefeiltere Verstecke für ihre eisernen Reserven auszudenken. Sie versteckte Gummibärchen in der Standuhr, Kaubonbons in Vasen und Mäusespeck hinter alten Gemälden.

„Manchmal könnte man glauben, du findest Gefallen an diesem Spielchen", seufzte Enno, als er eines Tages eine leicht versengte Plastiktüte mit Colafläschchen aus einem Lampenschirm zog.

„Niemand benutzt diese Lampe!", empörte sich Livia, die gerade ins Wohnzimmer zurückkehrte.

Enno zuckte bedauernd die Achseln und deutete auf die Tageszeitung, die vor ihm auf dem Couchtisch lag. „Ist so dunkel hier, ich konnte den Artikel nicht lesen." Und dann drehte er die Tüte von rechts nach links und betrachtete angewidert die verklebte Masse, die sich darin befand. „Ich hab dir die Dinger geschenkt, damit du sie isst, nicht damit du sie versteckst."

Livia seufzte. „Ich brauche was für schlechte Zeiten", entschuldigte sie sich. Dabei trat sie einen Schritt näher, zog Enno die Tüte aus der Hand und führte sie zur Nase. „Riecht total verkokelt", sagte sie angewidert. Dann wanderte ihr Blick in die Ferne … schien sich erst am Fenster festzusaugen und dann gänzlich den Raum zu verlassen.

Enno beugte sich vor. „Ist was?"

„Ich kann's nicht greifen", flüsterte Livia. Ihre Augen wanderten inzwischen hektisch hin und her. „Feuer", sagte sie plötzlich. „Irgendetwas brennt." Sie hob plötzlich die Hände, so als wollte sie jemanden oder etwas abwehren.

„Der Unfall?", fragte Enno.

Aber Livia hörte ihn gar nicht. Sie begann plötzlich zu würgen und riss die Hände vor den Mund.

Enno sprang auf, entriss ihr die Gummibärchentüte und rief: „Hey! Jetzt komm mal wieder zu dir! Livia!"

Sein Verhalten führte erstaunlich schnell zum Erfolg. Livias Blick kehrte in die Gegenwart zurück, das Würgen ließ nach. Jedoch ging ihr Atem immer noch beunruhigend schnell. „Dieser Geruch", presste sie hervor, „das ist … wie der Geruch des Todes!"

„Woran erinnerst du dich?", fragte Enno. Er klang aufgeregt. „Ist es der Unfall?"

„Ich … weiß nicht", stammelte Livia. „Da war nur dieses Feuer. Und dieser Gestank … Eine Mischung aus verbranntem Plastik und …" – sie schien zu überlegen – „… Alkohol?"

Enno packte Livia am Oberarm. „Woran erinnerst du dich noch?“

Livia schüttelte den Kopf. „Keine Ahnung.“

„Denk nach!“, entfuhr es Enno. „Denk nach!“ Dabei wurde sein Griff an Livias Oberarm so fest, dass sie vor Schmerzen aufstöhnte. Erschrocken ließ Enno sie los. „Entschuldige.“

„Wieso ist es dir so wichtig, dass ich mich erinnere?“, fragte Livia verwundert.

„Wieso? Ich weiß nicht ... Ich ... dachte nur, es sei wichtig für ... *dich*.“

Livia rieb sich den schmerzenden Oberarm. „Manchmal bin ich mir nicht sicher“, begann sie ein wenig zögerlich und warf Enno einen zweifelnden Blick zu, „ob es dir wirklich um mich geht.“

„Um wen denn sonst?“, protestierte Enno.

Livia atmete einmal tief durch und setzte sich aufs Sofa. „Keine Ahnung.“

Enno warf die die Tüte mit den Gummibärchen mit einer ärgerlichen Geste auf den Tisch. „Ich kann wirklich machen, was ich will, es ist nie genug“, sagte er bitter. „Am besten, ich überlasse dich deinem liebenden Ehemann und räume das Feld. Ist es das, was du willst?“

Livias Blick verfinsterte sich. „Ich hab keine Ahnung, was ich will.“

Enno nickte. „Und genau das ist dein Problem.“

„Wie meinst du das?“

„Du bist wie ein Blatt im Wind, Livia. Weißt nicht, was du willst, tust nicht, was notwendig ist ...“

Livia schluckte. „Was ist denn notwendig?“

„Für den Anfang würde es helfen, wenn du dich wie eine erwachsene Frau benehmen würdest. Nehmen wir zum Beispiel die Sache mit dem Geld. Du hast Anspruch darauf! Du könntest es von Arvin einfordern.“

Livia sackte ein wenig in sich zusammen. Das Thema Geld war ein äußerst heikles Thema. Gunda hatte trotz eifriger Bemühungen nichts über Livias Eltern in Erfahrung bringen können. Deshalb hatte Livia damit angefangen, jede Woche ein bisschen Haushaltsgeld zur Seite zu legen. Sobald sich genug angesammelt hätte, wollte sie einen Privatdetektiv davon engagieren. Aber wie sollte sie dieses Vorhaben umsetzen, wenn der Geldhahn zugedreht blieb? Sie warf Enno einen hilflosen Blick zu. „Und wie soll ich das anstellen?"

„Du könntest es vor Gericht einklagen", schlug Enno vor.

Livia bekam große Augen. „Ich soll meinen Mann verklagen?"

Enno zuckte die Achseln. „Wenn es sein muss."

„Das kann ich nicht tun!"

„Warum nicht?"

„Na, weil … weil … weil man so was nicht tut!", brach es aus Livia hervor.

„Warum nicht?", fragte Enno ein zweites Mal.

Livia starrte ihn an. „Dann könnte ich meine Ehe ja gleich in die Tonne treten …"

Enno nickte zustimmend, sagte aber nichts.

„Arvin ist mein Mann – mein Ehemann", setzte Livia hinzu. „Ich sollte ihm eine gute Ehefrau sein."

„Und Arvin sollte dir ein guter Ehemann sein. Auch finanziell", konterte Enno.

Livia schluckte … schien zu überlegen … und stammelte schließlich: „Ich kann das nicht, Enno."

„Warum nicht?", fragte Enno ein drittes Mal. Und dann schüttelte er verständnislos den Kopf. „Ich versteh dich einfach nicht. Du benimmst dich, als wäre Arvin wichtig und du nicht. Dabei ist es umgekehrt."

„Ist es das?", brach es aus Livia hervor. „Und wenn ja, woher soll *ich* das wissen?" Sie hob fragend die Hände. „Niemand hier sagt mir, ob ich wichtig bin. Niemand sagt mir, woher ich komme und warum in meinem Leben alles schiefgegangen ist. Nicht mal du!" Sie sah Enno anklagend an.

Enno runzelte verwirrt die Stirn. „Ich hab's doch grad gesagt", antwortete er hilflos.

Livia seufzte tief. „Du begreifst überhaupt nicht, was ich von dir will, stimmt's?"

„Irgendwie nicht", gab Enno zu. Und nach einer Weile fügte er hinzu: „Holst du dir jetzt dein Geld oder nicht?"

Livias Gesichtsausdruck verfinsterte sich. „Du hast keine Probleme, an dich zu denken, oder?“, fragte sie missmutig.

„Also, wenn du es genau wissen willst …“ Er lächelte schief. „Nö!“

Livia atmete einmal tief durch. „Warum ist das nur so schwer?“, fragte sie – mehr an sich selbst als an Enno gerichtet.

„Ist es ja nicht“, behauptete Enno.

Livia sah ihn zweifelnd an. „Ich bin nicht so unabhängig wie du …“, sagte sie leise.

„In dem Fall“, begann Enno, nahm die Gummibärchen vom Tisch, öffnete die Tüte, beugte sich über den Tisch und hielt sie Livia hin, „musst du wohl das hier essen.“ Er sah ihr direkt in die Augen. „Guten Appetit.“

Kapitel 18

Das Gespräch mit Enno ging Livia lange nicht aus dem Kopf.

Eigenes Geld. Im Grunde war das das Mindeste, was sie verlangen konnte. Sie führte diesen Haushalt. Sie war erwachsen. Sie war Arvins Ehefrau. Sie hatte *Anspruch* auf eigenes Geld.

Und es gab Möglichkeiten …

Sie musste Arvin nur sagen, was sie wollte. Und wenn er sich weigerte, gab es tausend Dinge in diesem Haus, mit denen sie ihren Standpunkt verdeutlichen konnte …

Das Problem war nur, dass Livia immer, wenn sie sich diesen Gedanken hingab, Arvins Gesichtsausdruck vor sich sah. Diesen Schmerz. Auf irgendeine seltsame Weise schien sie ihn zu teilen! Schon der Gedanke daran, einen Gegenstand in diesem Haus zu zerstören, drehte ihr den Magen um. Jede Vase, jedes Möbelstück, jedes Bild erschien ihr seit jenem Abend so furchtbar wertvoll. So unersetzbar.

Andererseits … war es gut möglich, dass es nicht zur Durchführung kommen musste. Vielleicht reichte schon die Drohung aus …

Livia beschloss es zu versuchen und erwartete Arvin bereits am nächsten Abend bei voller Beleuchtung in der Küche. Sie hatte die Küchentür offen gelassen und sich so hingesetzt, dass sie direkt auf den Flur sehen konnte. Auf diese Weise gab es für Arvin keinen Weg an ihr vorbei.

Und tatsächlich blieb er stehen und sah vom Flur aus zu ihr hinein. „Du bist noch wach." Es war eine Feststellung, keine Frage.

„Ich muss mit dir reden", sagte Livia. Es war unangenehm, ganz im Hellen zu sitzen, während Arvins Gestalt im Dunkel des Flures kaum zu erkennen war.

„Und worüber?"

Livia atmete einmal tief durch und fragte sich zum soundsovielten Mal, ob es seine beeindruckende Gestalt oder seine tiefe, voluminöse Stimme war, die ihr solche Angst machte. „Es ist kein Geld mehr in der Schublade", presste sie ein wenig mühsam hervor.

Arvin antwortete nicht gleich. Livia konnte erahnen, dass er seinen Blick zunächst zur Schublade und dann wieder zurück zu ihr schweifen ließ.

„Karen ist der Meinung, dass du es nicht in ihrem Sinne verwendest."

Obwohl er nicht übermäßig laut gesprochen hatte, hallten seine Worte im Flur nach.

„Das stimmt", nickte Livia und befahl sich, ruhig sitzen zu bleiben und nicht ununterbrochen hin und her zu rutschen. „Ich verwende es in *meinem* Sinne."

„Karen ist der Meinung, dass du nicht weißt, was gut für dich ist."

„Ich beabsichtige, es herauszufinden", sagte Livia. „Aber dafür brauche ich Freiheiten."

„Klär das mit Karen", schlug Arvin vor und machte Anstalten weiterzugehen.

„Nein!", sagte Livia.

Arvin blieb stehen.

Livia sah ihn jetzt im Profil und konnte erkennen, dass sein Unterkiefer mahlte. „Ich kläre das mit dir. Du bist mein Ehemann. Und du musst mich finanziell versorgen."

Arvin drehte sich langsam wieder um, musterte Livia eine Weile und fragte dann: „Und wenn ich das nicht tue?"

Seine Stimme war noch kälter als sonst.

Livia schluckte schwer. Sie hatte so gehofft, dass es nicht zu diesem Punkt kommen würde! „Dann werde ich gezwungen sein, mir selbst Geld zu verschaffen." Ihre Stimme zitterte, während sie dies sagte. Aber was blieb ihr übrig? „Und wenn ich es mir recht überlege, kann ich nicht ausschließen, dass ich einige Einrichtungsgegenstände veräußern muss, um an Geld zu kommen."

Arvin lachte auf. Aber es war kein amüsiertes, sondern ein bitteres „Wusste-ich's-doch-gleich"-Lachen. „Es muss ein wunderbares Gefühl sein, die Schwächen eines anderen zu kennen und sie gnadenlos für eigene Zweck auszunutzen."

„Ja", fauchte Livia, „das ist toll. Es macht mich glücklich. Deshalb strahle ich immer so sehr. Ist dir das noch gar nicht aufgefallen?"

Arvin antwortete nicht, was zur Folge hatte, dass Livia einmal tief aufseufzte und dann ganz leise und vorsichtig hinzufügte: „Ich bin auch schwach, Arvin. Sehr schwach sogar. Wenn du willst, zeig ich dir all diese Schwächen."

„Ich kenne deine Schwächen", sagte Arvin mit blechern klingender Stimme. „Viel zu gut sogar." Dann griff er in seine rechte Gesäßtasche, zückte sein Portemonnaie, griff wahllos in das Fach mit den Scheinen und warf ihr alles entgegen, was darin enthalten war. Mehrere Scheine, darunter zwei Fünfziger und nicht wenige Zehner segelten durch die Luft, tanzten einen Moment lang umher und kamen dann im Umkreis von mehreren Metern verstreut auf dem Fußboden an.

Während Livia dieses Schauspiel jedoch völlig fasziniert und entsetzt zugleich beobachtet hatte, bekam Arvin nichts mehr davon mit. Er war bereits weitergegangen und ließ in diesem Moment eine Tür hinter sich ins Schloss fallen.

Livia zuckte zusammen, saß danach aber noch minutenlang wie erstarrt am Küchentisch. Arvin hätte sie nicht stärker demütigen können. Und er hätte ihr nicht deutlicher sagen können, was er von ihren Bemühungen hielt ... von dieser Ehe ... von ihr als Mensch ...

Er will dich nicht. Er will dich wirklich nicht. Es wird Zeit, dass du das akzeptierst, Livia.

Als Livia sich endlich aufraffen konnte und in ihr Zimmer ging, blieben die Scheine auf dem Küchenfußboden liegen. Lieber wäre sie gestorben, als dieses Geld zu nehmen. Um ein ganz kleines bisschen Trost zu verspüren, schlief sie in dieser Nacht unter dem Bett.

❧

„Ich brauche deine Hilfe“, sagte Livia ins Telefon. Ihre Stimme klang kratzig. Sie hatte schlecht geschlafen und im Grunde die ganze Nacht damit verbracht, eine Lösung für ihre verfahrene Situation zu finden.

„Und zwar?“ Enno war mit dem Wagen unterwegs, das hörte Livia deutlich an den Fahrgeräuschen. Wahrscheinlich hatte er sogar die Freisprechanlage eingeschaltet.

„Du musst mir helfen, einen Job zu finden.“

Stille. „Ich dachte, du hattest dich entschieden, das Geld von Arvin einzufordern.“ Ennos Worte waren gerade so zu verstehen.

„Ich werde mir eine eigene Wohnung suchen“, verkündete Livia.

Wieder Stille.

„Glaubst du, ich könnte als Floristin arbeiten?“, fragte Livia. Ennos Schweigen hatte sie ein bisschen nervös gemacht.

Enno räusperte sich. „Na ja … Floristinnen verdienen nicht das Allermeiste“, gab er zu bedenken.

„Ich brauche nicht viel“, behauptete Livia. „Eine klitzekleine Wohnung würde genügen.“ Obwohl … sie brauchte auch noch Geld für einen Privatdetektiv. Gunda hatte immer noch nichts über ihre Eltern herausgefunden … „Meinst du, das kriege ich finanziert?“

Erneut keine Antwort.

„Hörst du mich überhaupt?“, fragte Livia in das Rauschen hinein.

„Ich hab dir vor einiger Zeit schon mal angeboten, dass du zu mir ziehen könntest …“, sagte Enno langsam.

Dieses Mal schwieg Livia.

„Hast du mich verstanden?“

Livia telefonierte vom Bett aus und zog jetzt ihre Bettdecke ein wenig höher. Das Gespräch mit Arvin hatte ihr gezeigt, dass sie unabhängig werden musste. Sicher brachte es keinen Vorteil, wenn sie von einer Abhängigkeit in die nächste rutschte. „Ich hab das Gefühl, dass ich auf eigenen Beinen stehen sollte", sagte sie vorsichtig. „Das verstehst du sicher."

„Selbst wenn du einen Job findest", begann Enno, „wirst du nicht genug verdienen, um ganz allein zurechtzukommen." Er zögerte. „So wie ich die Dinge sehe, wirst du nicht umhinkommen, dich von Arvin unterstützen zu lassen."

„Lieber verhungere ich", knurrte Livia und hatte wieder die Geldscheine vor Augen, die Arvin ihr vor die Füße geworfen hatte. Wie sie eben gesehen hatte, lagen sie immer noch auf dem Küchenfußboden.

„Entweder Arvin oder ich", sagte Enno. „So ist das nun mal."

Livia seufzte tief. „Wieso bietest du mir das an, Enno? Was hast du davon?"

„Ich mag dich halt", antwortete Enno. „Du mich doch auch, oder nicht?"

Livia antwortete nicht gleich. Genau diese Frage hatte sie sich schon oft gestellt. Natürlich *mochte* sie Enno. Aber sie wurde das Gefühl nicht los, dass er sich unter „mögen" etwas mehr vorstellte. Und sie wusste einfach nicht, ob „mehr" vorhanden war. Wie fühlte sich „mehr" überhaupt an? Hatte sie dieses „Mehr" jemals in ihrem Leben empfunden? Für Arvin vielleicht?

„Fühl dich nicht unter Druck gesetzt", schob Enno nach. „Ich weiß, dass das Leben mit einer Amnesie verwirrend sein muss. Überleg dir einfach in Ruhe, was du willst und was nicht. Am besten … ich komm nachher mal vorbei. Hast du Zeit?"

„Heute geht's nicht", antwortete Livia. „Ich fahre mit Gunda und Manfred den Hund holen." Sie seufzte tief. Es gab keinen Grund mehr für einen Hund. Und wenn sie erst arbeiten ging, wurde das Ganze noch schwieriger. Auf der anderen Seite hatte der Gedanke an einen Gefährten, an jemanden, den sie lieben und versorgen konnte, an jemanden, der sie brauchte, ziemlich viel für sich. Und sie hatte ja auch schon zugesagt.

„Den Hund, ach so …“, sagte Enno nachdenklich. „Wohin fahrt ihr noch mal?“

Livia sagte es ihm.

„Das sind mindestens drei Stunden Fahrt“, stellte Enno fest. „Sechs Stunden Fahrt insgesamt, eine Stunde Aufenthalt. Vielleicht hast du ja Lust, mir das kleine Kerlchen heute Abend noch vorzustellen?“

„Hm“, machte Livia skeptisch.

„Am besten, du rufst mich an … sagen wir … 'ne Stunde bevor du zu Hause bist? Dann besprechen wir, ob es noch einen Zweck hat.“

„Ich hab kein Handy …“

„Haben Gunda und Manfred denn keins?“

„Doch, ich glaub schon …“

„Wenn ich komme, bringe ich ein paar Stellenanzeigen mit“, schlug Enno vor.

„Das würdest du tun?“ Livia strahlte. „Ich ruf dich an! Eine Stunde bevor wir zu Hause sind – in Ordnung!“

„Bis dann also.“

„Ja, bis dann.“

Als Livia aufgelegt hatte, atmete sie ganz tief durch. Ab heute begann ein neuer Lebensabschnitt! Sie würde sich abnabeln … von Arvin, von diesem düsteren Haus und von ihrer Rolle als Hausfrau. Ihr Mund verzog sich zu einem breiten Lächeln. Ein neues Leben lag vor ihr! Ein Leben mit Blumen … mit Hund … und vielleicht sogar mit Enno.

❧

Dass sich dieses neue Leben so anders und so wundervoll anfühlen würde, hatte Livia aber nicht gedacht …

Sie saß auf der Rückbank eines luxuriösen BMW 7 und hatte ein Wollknäuel auf dem Schoß, das ungeahnte Gefühle in ihr wachrief. Zu Beginn der Fahrt hatte es immer wieder versucht, von ihrem Schoß zu krabbeln und wahrscheinlich zu seiner Mama zu rennen, aber jetzt lag es zusammengerollt auf ihren Oberschenkeln und schlief. Livia konnte seine gleichmäßigen Atemzüge spüren. Und sie sandten eine Ruhe aus, die sich eins zu eins auf Livia übertrug. Alles würde gut werden!

Mit der rechten Hand strich sie dem pechschwarzen Bündel immer wieder über das samtene Fell, mit der Nase sog sie seinen etwas strengen und doch angenehmen Duft in sich auf. Und obwohl sie sich in einem fremden Auto und in einer ihr fremden Gegend befand, war ihr auf einmal, als wäre sie nach Hause gekommen ... an einen Ort, an dem sie lange nicht gewesen war ... vielleicht sogar an einen Ort ihrer Vergangenheit.

Wie hatte sie jemals daran zweifeln können, dass es richtig war, sich einen Hund anzuschaffen? Und wie war es nur möglich, dass ihre Abneigung gegen Arvin der eigentliche Grund für seine Anschaffung gewesen war?

Der Hund bewegte sich ein wenig und zauberte dadurch ein verklärtes Lächeln auf Livias Gesicht.

„Spike“, flüsterte sie zärtlich. Es kam nicht mehr darauf an, dass sie diesen Namen wegen Arvin ausgewählt hatte. Es war der einzige Hundename, den sie kannte. Und es war ein wundervoller Name.

„Ich sollte dir doch Bescheid sagen, sobald wir nur noch eine Stunde von zu Hause weg sind“, sagte Gunda. Da Manfred mit heftigen Kopfschmerzen zu Hause geblieben war, saß sie am Steuer.

„Oh ja“, erinnerte sich Livia. „Krieg ich dein Handy?“

Gunda reichte es ihr nach hinten.

„Hör mal“, sagte Livia ein wenig zerknirscht. „Dass ihr mir das Geld für den Hund geliehen habt, war eigentlich schon zu viel des Guten. Und dann auch noch die weite Fahrt ... Wenn ich jetzt auch noch euer Handy benutze ...“

„Jetzt mach aber mal halblang“, winkte Gunda ab. „Der Tag war wunderschön. Und wenn ich Spike gelegentlich mal ausführen darf, ist das schon Belohnung genug. Du weißt doch, dass ich immer selbst einen Hund haben wollte.“ Sie seufzte. „Ist schon blöd, dass Manfred gegen Hundehaare allergisch ist.“

„Ich zahl’s euch zurück“, versprach Livia, „auf Heller und Pfennig.“

Sie wählte Ennos Handynummer.

Schon nach zweimal Klingeln war er dran. „Na endlich", sagte er, „ich dachte schon, du würdest dich überhaupt nicht mehr melden."

„Es gab so viel zu regeln", entschuldigte sich Livia. „Verhaltensmaßregeln, Futter, Krankheiten … Ich glaub, ich hab mir nicht mal die Hälfte gemerkt."

„Vorsicht auf Gleis drei, ein Schnellzug fährt durch." Obwohl sie durchs Telefon kam, hatte Livia die Ansage erstaunlich gut vernommen.

„Wo bist du?", fragte sie verwundert.

„Am Bahnhof", antwortete Enno. „Aber nicht um Zug zu fahren. Ich hab mir nur was zu essen gekauft."

Livia sah auf ihre Uhr. „Es ist schon nach acht. Ich glaub nicht, dass wir uns heute noch sehen können."

„Wo seid ihr denn?"

Livia sah nach draußen. Es war schon dunkel. Einen Moment lang starrte sie auf die Leitplanken zu ihrer Rechten und hatte das Gefühl, als würden sie in einem irren Tempo an ihr vorbeiziehen. Fast wurde ihr schwindelig dabei. Dann tauchte ein Schild auf, das auf eine Abfahrt hinwies. Sie las Enno das Schild vor.

„Ich schätze, dann braucht ihr sogar noch etwas länger als eine Stunde", überlegte Enno. „Du hast recht, heute wird's zu spät. Wie wär's mit morgen?"

Livia zögerte einen Moment lang. Sie merkte schon länger, dass sie nicht sonderlich wild auf Ennos Besuche war. Woher kam das? Enno war doch so nett zu ihr! „Kaffeezeit?", fragte sie tapfer.

„In Ordnung, bis dann."

Livia schaltete das Gerät aus und gab es Gunda zurück. Dabei musste sie sich ganz schön verrenken, um den Hund nicht aufzuwecken. Das Handy war gerade wieder in Gundas Handtasche verschwunden, als diese fragte: „Das war dieser Enno, nicht wahr?"

„Mhm."

„Hat es … einen bestimmten Grund, dass er nie auf dem Hof parkt, wenn er dich besucht?"

Livia, die gerade Spike streicheln wollte, erstarrte mitten in ihrer Bewegung. Ihr war nie in den Sinn gekommen, dass Gunda so viel mitbekam! „Ich … äh … also", stammelte sie und merkte selbst, dass sie dadurch alles noch viel schlimmer machte.

Wenn Gunda das mitbekam, zeigte sie es nicht. „Keine Sorge", beruhigte sie Livia. „Von mir erfährt Arvin nichts."

„Ich –", begann Livia, brach dann aber ab. Sie wusste nicht einmal, ob es eine Rolle spielte, was Arvin erfuhr und was nicht. „Es … es ist nicht so, wie du denkst …", verteidigte sie sich lahm.

„Dein Mann ist ein unangenehmer Mensch", sagte Gunda. „Er hat es nicht anders verdient."

Livia schluckte schwer. Erstens hatte sie nichts mit Enno … Noch nicht? Und zweitens … hatte sie keine Ahnung, was Arvin verdient hatte und was nicht. Und was sie selbst verdient hatte und was nicht … Sie grübelte eine ganze Weile darüber nach, blickte zum Fenster hinaus und zählte die Autos, die ihr auf der anderen Seite der Autobahn entgegenkamen. Es waren irre viele. Wohin all diese Menschen wohl wollten? Und ob sie genauso schwerwiegende Probleme hatten wie sie selbst? „Glaubst du, dass es Menschen gibt, die durch und durch zufrieden sind mit ihrem Leben?", fragte sie Gunda. „Ich meine … kennst du solche Menschen?"

„Hmm …", machte Gunda. „Ich glaube nicht. Ich gehöre jedenfalls nicht dazu."

„Du?", wunderte sich Livia. „Aber du bist die Einzige, die einen einigermaßen zufriedenen Eindruck auf mich macht."

„Im Moment vielleicht. Aber früher …" Sie zuckte die Achseln. „Manfred und ich, wir haben uns nicht immer so gut verstanden wie heute. Er ist sogar schon fremdgegangen …"

„Mit wem?", brach es aus Livia hervor. Bis eben war Manfred der Inbegriff eines soliden Ehemannes für sie gewesen. Und jetzt …

„Keine Ahnung", seufzte Gunda. „Er weiß auch gar nicht, dass ich es weiß. Aber er konnte noch nie gut lügen. Und er steckte in einer richtig fiesen Midlifecrisis … Na ja … ich hab mir das Ganze eine Weile mitangesehen. Irgendwann hat er die

Frau aufgegeben und ist auch mit dem Herzen zu mir zurückgekehrt. Ich habe das deutlich gespürt. Seitdem läuft es wieder besser."

Livia saß inzwischen kerzengerade auf ihrem Platz. „Hast … hast du unter diesen Umständen denn noch Vertrauen zu ihm?", stammelte Livia.

„Wie ich schon sagte: Er ist ein katastrophaler Lügner", seufzte Gunda. „Und es hat auch ein bisschen gedauert. Aber mittlerweile geht es. Weißt du … wenn man so lange verheiratet ist wie Manfred und ich, dann hält die Beziehung so einiges aus."

„Puh", machte Livia und streichelte Spike. „Das ist ganz schön harter Tobak."

„Aber erzähl es nicht rum, ja?"

„Wem sollte ich schon davon erzählen?", erwiderte Livia.

„Vielleicht dem Mann von der Zeitung", witzelte Gunda. „Dann wüsste es gleich die ganze Stadt."

„Welchem Mann von der Zeitung?", wunderte sich Livia.

„Na, dem großen, gut aussehenden. Du weißt schon …"

„Ich weiß überhaupt nicht …"

„Hast du schon wieder Amnesie?", lachte Gunda. „Du hast diesen Typen doch zu uns geschickt, oder nicht? Damit wir ihm erzählen, wie ein Mensch mit Amnesie auf Dritte wirkt!"

„Häh?", machte Livia.

„Sag jetzt nicht, du hast keine Ahnung, wovon ich spreche." Gunda klang auf einmal ziemlich betroffen. „Da war dieser Typ. Er hat gesagt, du hättest uns erlaubt, über dich zu sprechen. Er schreibe an einem Artikel über Amnesie und müsste soundsoviele Betroffene besuchen. Wir haben uns nichts dabei gedacht. Vor allem deshalb nicht, weil er versprochen hat, dass im Artikel keine Namen preisgegeben werden."

„Aber so ein Typ war nicht bei mir!", krächzte Livia und bekam eine Gänsehaut. „Wie sah er denn aus?"

„Gut eben", wiederholte Gunda und blinkte, um auf die Überholspur zu wechseln.

„Ist das alles, was du dir gemerkt hast?"

Gunda hatte inzwischen die Fahrspur gewechselt und überholte einen Kleinwagen. „Keine Ahnung … Er hatte keine besonderen Merkmale … Außer vielleicht, dass er diese Baseballkappe trug. Er hat sie nicht mal im Wohnzimmer abgesetzt. Ganz schön unhöflich, wie ich finde."

„Baseballkappe?", entfuhr es Livia. Im Bruchteil einer Sekunde schwappte eine ganze Welle von Erinnerungen über sie hinweg. Der Mann aus dem Krankenhaus!

„Ja. Sagt dir das –" Gundas Satz wurde von einem ohrenbetäubenden Knall unterbrochen, der Spike mit einem einzigen Ruck von Livias Schoß katapultierte und die beiden Frauen panikartig aufschreien ließ. Als der Wagen zur linken Seite hin ausbrach, wurde Livia nach rechts geschleudert, aber vom Gurt festgehalten. Als Nächstes spürte sie ein heftiges Rumpeln, das sie wiederum nach links warf. Ihm folgte ein klirrendes Quietschen, das sich kaum lebensbedrohlicher hätte anhören können. Livia ruderte mit den Armen herum, versuchte sich irgendwo festzuhalten, stöhnte dann aber auf, als sie, begleitet von einem weiteren Knall, nach vorne geworfen wurde. Dabei nahm ihr der plötzliche Druck des Gurtes die Luft zum Atmen. Sie rang um Sauerstoff. Gleichzeitig fühlte sie sich wie in der Achterbahn. Irgendwie schien jetzt alles außer Kontrolle geraten zu sein. Der Wagen schlingerte, knallte wieder gegen etwas, drehte sich um seine eigene Achse … Wieder quietschte es. Aber dieses Mal klang es mehr nach verzweifelten Bremsgeräuschen. Livia hörte Gunda erst fluchen, dann wimmern. Hinter ihr knallte irgendetwas anderes. Dann kam plötzlich alles zur Ruhe.

Alles.

Ein paar bange Sekunden lang war sich Livia nicht sicher, ob sie am Leben war. Sie sah nichts. Sie hörte nichts.

„Gunni?", wollte Livia sagen, bekam aber nur ein jämmerliches Krächzen zustande.

„Livia", stöhnte Gunda. „Geht's dir gut?"

„Ich … weiß nicht, was passiert ist", keuchte diese. Sie klang völlig verstört.

„Ich auch nicht", gab Gunda zurück. „Ich hab plötzlich die Kontrolle verloren! Aber da war nichts. Kein Auto, kein Baum. Es ist einfach so passiert. Aus dem Nichts."

„Es ist so dunkel", jammerte Livia.

Und so war es. Rundherum war es stockfinster. Nur vorne war ein kleiner Lichtschein zu sehen, der wahrscheinlich von den Frontscheinwerfern stammte.

Und hinten? Livia versuchte sich umzudrehen, doch der Gurt saß bombenfest. Außerdem bestrafte er jede Bewegung mit Schmerzen. Livia hatte das Gefühl, dass sie vor allem an der Brust grün und blau war.

Sie streckte die Hand aus und tastete nach Spike.

Nichts.

„Spike", jammerte sie, erhielt aber keine Antwort. Wo war er?

„Ich muss nachsehen, wo wir zum Stehen gekommen sind", stöhnte Gunda.

Aber beinahe im gleichen Moment riss jemand die Fahrertür auf. „Haben Sie ein Handy?" Es war eine Männerstimme. Sie klang noch recht jung.

„J-ja", antwortete Gunda und tastete über sich nach der Deckenbeleuchtung. Als sie sie gefunden hatte, fiel gestreutes Licht in den Frontbereich des Wagens. „Livia?"

„Ich hab's dir wiedergegeben … Es muss in deiner Handtasche sein", wimmerte diese.

Gunda nahm die Tasche und wühlte planlos darin herum.

„Geben Sie her!", befahl der Mann. Er beugte sich ins Auto herein und entriss Gunda die Handtasche. Livia konnte ihn jetzt ganz gut erkennen. Er war wirklich noch recht jung. Zumindest war er so angezogen. Er trug eine ausgefranste Jeansjacke und eine Schirmmütze.

„Ist jemand verletzt?", fragte Gunda.

„Meine Freundin", sagte der junge Mann. Er hatte inzwischen das Handy gefunden und tippte eine Nummer ein.

Gunda drehte sich währenddessen zu Livia um. „Bist du verletzt?"

Livia schüttelte den Kopf. „Aber ich kann Spike nicht sehen." Sobald das Licht angegangen war, hatte sie verzweifelt nach ihm Ausschau gehalten. Aber er war weg, wie vom Erdboden verschluckt.

„Wir müssen … ein Warndreieck aufstellen oder so was", keuchte Gunda.

„Schon passiert", sagte der junge Mann. Und dann schien er den Notruf dran zu haben, jedenfalls telefonierte er, schilderte erstaunlich ruhig, was passiert war, gab die Position in Autobahnkilometern an und bat darum, dass ein Kranken- sowie ein Polizeiwagen geschickt wurden.

Livia staunte. Dieser junge Mann schien die Situation komplett im Griff zu haben. Sie griff nach rechts und versuchte, ihren Gurt zu lösen. Er saß extrem fest, ließ sich nach einiger Anstrengung aber doch lösen. Sie öffnete die Wagentür.

„Sie bleiben sitzen", befahl der junge Mann in strengem Tonfall. „Es ist stockduster. Ich hab keinen Bock auf Leute, die in verwirrtem Zustand auf der Autobahn rumrennen."

„Ich bin nicht verwirrt", protestierte Livia. „Ich muss nur meinen Hund suchen."

„Sie ist nicht verwirrt, sie will nur ihren Hund suchen", murmelte der junge Mann und sagte lauter in den Telefonhörer: „Wir brauchen auf jeden Fall *mehrere* Krankenwagen."

Livia seufzte frustriert auf und zog die Tür wieder zu. „Hast du eine Taschenlampe?", fragte sie in Gundas Richtung. „Oder irgendetwas, womit man vernünftiges Licht machen kann?"

„Wieso haben Sie die Kontrolle über den Wagen verloren?", hörte Livia den jungen Mann fragen.

„Keine Ahnung", antwortete Gunda. Ihre Stimme zitterte. „Da war dieser Knall und dann ... Ich weiß es wirklich nicht."

„Passen Sie auf ... Ich gehe jetzt zurück zu meiner Freundin. Polizei und Krankenwagen sind unterwegs. Sie rühren sich nicht vom Fleck, bis beide da sind. In Ordnung?"

„Ja, in Ordnung."

Livia drehte sich um und kniete jetzt auf der Rückbank. Dann sah sie nach hinten zum Fenster hinaus. Sie sah drei Pkws, die sich ineinander verkeilt hatten und beide Fahrspuren der Autobahn blockierten. Alle drei hatten noch Licht an.

Am beunruhigendsten aber war das Licht, das sich von viel weiter hinten näherte ...

„Ich finde, wir sollten aussteigen", sagte Livia. Ihre Stimme klang völlig ruhig.

„Warum?“, fragte Gunda.

„Weil wir gleich gerammt werden.“

Jetzt drehte sich auch Gunda um. Ein paar Sekunden herrschte Stille. Dann schrie sie in höchster Panik: „Raus, Livia, raus hier!“

Sofort geriet alles in Bewegung. Livia krabbelte zur Beifahrerseite rüber, um hinten rechts auszusteigen, öffnete die Tür und wollte aussteigen. Aber noch während sie damit beschäftigt war, hörte sie ein leises Fiepen. „Spike“, flüsterte sie entsetzt. Und dann beugte sie sich zum Boden des Wagens hinunter und tastete mit den Händen nach ihrem Hund. Im Fußbereich war er nicht, weder auf der Beifahrer- noch auf der Fahrerseite. Dort stieß sie lediglich auf eine knisternde Tüte – wahrscheinlich das Futter, das sie vom Züchter bekommen hatte. Sie bückte sich tiefer in den Wagen hinein und ertastete von hinten den Bereich unterhalb des Beifahrersitzes.

„Livia, komm jetzt“, schrie Gunda aus ein paar Metern Entfernung. „Der Wagen bremst nicht!“

„Spike ist hier!“, rief Livia. Inzwischen war sie mit den Fingerkuppen auf etwas Weiches, Haariges gestoßen, spürte aber gleichzeitig, wie sich das Wollknäuel vor ihren Händen zurückzog. „Komm her, mein Junge“, lockte sie den Hund.

„Livia!“, brüllte Gunda.

„Spike, bitte“, flüsterte Livia. Sie war jetzt so weit mit den Händen vorgedrungen, dass sie Spikes Fell zu fassen bekam, aber als sie zupackte und daran zog, entwand sich der Hund in Panik ihrem Griff.

„Livia!“, kreischte Gunda.

Die Panik, die in Gundas Stimme lag, sorgte dafür, dass sich alle Haare an Livias Körper aufrichteten. Ihr war auf einmal klar, dass sie ihr eigenes Leben aufs Spiel setzte. Mit dem Mut der Verzweiflung griff sie mit ihrer linken Hand ein weiteres Mal nach vorne, packte Spike und riss ihn ohne Rücksicht auf Verluste aus seinem Versteck. Die Hand wie zu einer Eisenfaust geschlossen, krabbelte sie rückwärts aus dem Wagen, bekam festen Boden unter die Füße, wirbelte herum und lief.

Nur Sekunden später knallte es wie bei einer Explosion, Metall knirschte, Menschen schrien und der Himmel wurde erhellt.

Livia blieb stehen. Aber sie starrte nur geradeaus, hörte hinter sich ein Feuer knistern, Menschen rufen und war doch wie gelähmt.

Und dann zuckte plötzlich ein fürchterlicher Schmerz durch ihren rechten Arm. Livia wurde vorwärtsgeworfen und landete auf ihren Knien. Trotzdem galt ihr erster Gedanke Spike. Sie spürte ihn immer noch in ihrer linken Hand, klemmte ihn geistesgegenwärtig zwischen ihre Beine und griff erst dann mit der linken Hand an die Stelle an ihrem Arm, die brannte, als hätte sie Feuer gefangen. Und sie war nass! Als Livia die Hand wieder wegnahm, bestätigte sich ihr Verdacht. Es war nicht wirklich hell vor ihr, da sie den Lichtschein des Feuers mit ihrem Körper verdeckte. Dennoch konnte sie erkennen, dass da eine dunkle Flüssigkeit an ihrer Hand klebte. Blut?

„Gunda!", stieß Livia aus.

Aber Gunda war nirgends zu sehen. Dafür spürte Livia jetzt, dass Spike zwischen ihren Beinen zu zappeln begann.

Und in der Ferne erklang eine Sirene.

Livia wischte das Blut kurzerhand an ihrer Hose ab, nahm Spike mit der linken Hand hoch und drückte ihn an ihren Körper. Er winselte dankbar.

Im nächsten Moment fuhr ein unglaublich scharfer Luftzug direkt an Livias Wange vorbei. Dabei explodierte doch gar nichts mehr …

Langsam – wie in Trance – stand Livia auf und drehte sich um. Aber die Szene war längst nicht so schlimm, wie sie angenommen hatte. Keine Explosionen, nur ein kleinerer Brand in einem der vielen, ineinander verkeilten Autos. Eine Menschentraube ein bisschen weiter weg. Und in der Ferne mehrere Blaulichter, die sich eilig näherten.

Und dann … warf irgendetwas sie rückwärts. Sie schlug mit dem Kopf auf etwas Hartem auf … und verlor das Bewusstsein.

Kapitel 19

Als sie die Augen wieder aufschlug, war es wie ein Déjà-vu-Erlebnis.

Ein weißer Raum. Und Karen an ihrem Bett.

Livia schnellte hoch und brabbelte: „Nein, ich hatte keinen Unfall … nein, bitte!"

Karen packte sie bei den Schultern und hielt sie ganz fest. „Keine Angst, Livia! Es ist nicht so wie damals. Du bist nicht schwer verletzt. Nur ein paar Kratzer!"

Livia griff ängstlich nach ihrem Gesicht und tastete es ab. Als sie spürte, dass dort alles in Ordnung war – keine Schmerzen, keine Verbände – beruhigte sie sich ein wenig. Beim Weitertasten entdeckte sie dann allerdings eine Wundauflage links an ihrem Kopf, ein Stück über der Schläfe. „Was … was ist passiert?"

„Weißt du, wer ich bin?", fragte Karen behutsam. Sie war nicht im Dienst. Jedenfalls trug sie einen langärmeligen grauen Pullover und eine Jeans.

Livia nickte mechanisch. „Karen."

Karen lächelte erleichtert.

Livia griff nach ihrem rechten Oberarm. Er tat weh. Dort befand sich ebenfalls ein Verband! „Was ist passiert?", fragte sie erneut.

„Du warst mit Gunda unterwegs", begann Karen vorsichtig.

Livias Augen wanderten hektisch umher. Dunkelheit … der Knall … der junge Mann … *Spike!* „Mein Hund!", rief sie aus. „Wo ist mein Hund?"

„Beruhige dich", beschwor Karen ihre Schwägerin. „Dem Hund geht's gut. Er hat nichts abbekommen."

„Wo ist er?"

„Er ist in guten Händen", versicherte Karen. „Du musst dir keine Sorgen machen."

„Wo ist er?"

Karen rutschte unruhig auf ihrem Stuhl hin und her, antwortete aber nicht.

„Hat Gunda ihn?"

„Manfred ist gegen Hundehaare allergisch", seufzte Karen und fuhr sich durch ihre langen rot-braunen Haare. „Sie hätte ihn sonst gern genommen."

„Wo ist er?"

„Arvin hat ihn", seufzte Karen und blickte Livia ängstlich an. Offensichtlich rechnete sie mit einem Wutanfall.

„Arvin?", wiederholte Livia entgeistert.

„Er hat sich extra freigenommen", schob Karen eilig hinterher. „Und er liebt Hunde. Wirklich, das musst du mir glauben! Er hat selbst mal einen gehabt. Und ob du's glaubst oder nicht – er hatte viel Ähnlichkeit mit dem, den du dir geholt hast. Er ist jetzt schon ganz vernarrt in ihn. Ich weiß, dass er ihn gut versorgen wird. Das musst du mir glauben!"

Livia schluckte schwer. *Er ist jetzt schon ganz vernarrt in ihn.* Diese Aussage, die ganze Situation war … unglaublich … nein, *ironisch!* War nicht genau das ihr ursprünglicher Plan gewesen? Dass Arvin Gefallen an Spike finden würde und sie ihm auf diese Weise alles heimzahlen konnte – weil er ihr Hund war und nicht seiner? Aber jetzt … fühlte sie sich, als wäre es umgekehrt. Jetzt war sie eifersüchtig auf Arvin. Jetzt hatte sie Angst, dass *er ihr* den Hund wegnehmen würde! Sie schwang kurzerhand die Beine aus dem Bett. „Ich will nach Hause!"

„Das geht nicht", sagte Karen schnell.

„Warum nicht?"

„Die Polizei wartet draußen. Sie hat noch ein paar Fragen an dich."

Livia, die sich gerade auf ihre Füße stellen wollte, hielt mitten in ihrer Bewegung inne und runzelte die Stirn. „Die Polizei?"

„Wegen des Unfalls."

„Es war ein gewöhnlicher Unfall", behauptete Livia.

„So gewöhnlich nun auch wieder nicht", widersprach Karen.

Livia sah sie prüfend an. „Nein?"

Karen atmete einmal tief durch und schüttelte dann den Kopf. „Nein." Einen Moment lang schwieg sie und spielte mit ihren Fingern herum. Dann sah sie Livia ins Gesicht und fragte: „Soll ich die Polizeibeamten hereinholen?"

Livia deutete verlegen auf den weißen Kittel, den sie trug und der hinten zum Teil offen war. „Erst möchte ich mir was Vernünftiges anziehen, okay?"

Karen sprang auf. „Aber natürlich! Ich hab dir einen Koffer gepackt." Sie ging auf einen der Schränke zu und öffnete ihn. „Hier." Sie holte eine kleine Reisetasche hervor, öffnete sie und stellte sie neben Livia auf dem Bett ab. „Soll ich dir helfen?"

„Ich fühl mich eigentlich schon ganz gut", erwiderte Livia, ließ sich von Karen den Kittel öffnen und schlüpfte erst einmal in ihre Unterwäsche. Als Karen ihren BH verschloss, fragte Livia: „Du hast mich gefragt, ob ich weiß, wer du bist ... Hast du wirklich geglaubt, ich hätte ein zweites Mal mein Gedächtnis verloren?"

„Ich weiß nicht ... Du hattest eine Gehirnerschütterung. Manchmal werden die Karten in solchen Fällen ganz neu gemischt. Alte Erinnerungen kommen wieder, neue werden verschüttet. Ist doch nicht ausgeschlossen."

„Bei mir sind keine alten Erinnerungen zurückgekehrt", seufzte Livia und zog sich einen hellblauen Pullover mit V-Ausschnitt über den Kopf.

„Nein?" Karens Frage klang irgendwie skeptisch.

Livia merkte auf. „Bist du da anderer Meinung?"

Karen zuckte die Achseln. „Du hast im Traum so komische Dinge gemurmelt ..."

Livias Augen weiteten sich. „Und zwar?"

„Ich hab nicht alles verstanden", bedauerte Karen. „Aber du hast von einem Jan gesprochen. Und davon, dass er ‚sich an die Arbeit scheren soll' oder so was. Kannst du damit was anfangen?"

Livia schüttelte den Kopf. „Ich kenne keinen Jan", flüsterte sie. „Und *Arbeit*? Was für Arbeit?"

„Vielleicht hab ich's auch falsch verstanden", sagte Karen leichthin. „Wie gesagt, du hast total undeutlich gesprochen. Soll ich jetzt den Polizisten holen?"

Livia nickte mechanisch und ließ Karen gehen. Sie selbst konnte das Gespräch allerdings längst nicht so schnell abschütteln. Wer war Jan? Oder hatte Karen sich verhört? Gedankenverloren stand sie auf, ging zum Fenster hinüber und starrte hinaus. Unter ihrem Fenster befand sich der riesige Krankenhausparkplatz, auf den ununterbrochen irgendwelche Fahrzeuge einbogen. Bestimmt waren es Besucher. Ob auch ein Jan darunter war?

Als es gleich darauf an der Tür klopfte, sagte Livia brav „Herein", sah sich aber nicht um. Ihr Blick war auf ein junges Pärchen gerichtet, das sich im vorderen Bereich des Parkplatzes mit verzweifelten Umarmungen voneinander verabschiedete. Die beiden waren gut aussehend und wirkten wie das ideale Paar. Irgendwie war Livia neidisch. Warum gab es niemanden, zu dem sie gehören konnte? Niemanden, der sie so sehr liebte wie dieser Mann seine Frau oder Freundin?

„Frau Scholl?", sagte eine etwas seltsame Männerstimme hinter ihrem Rücken.

Livias Mund fühlte sich auf einmal furchtbar trocken an. *Wenn ich doch Frau Scholl wäre*, dachte sie bitter. Wenn ich das nur wäre ... in seinem Herzen oder wenigstens in meinem ...

Und dann drehte sie sich tapfer um. „Ja?"

Vor ihr stand ein Hüne von einem Mann. Er war sicher zwei Meter groß, extrem breitschultrig und noch dazu recht untersetzt. „Walther", stellte er sich vor. „Hauptkommissar." Für einen so riesigen Kerl hatte er eine ungewöhnlich helle Stimme.

Livia streckte die Hand aus. „Freut mich, Sie kennenzulernen", sagte sie höflich.

„Ganz meinerseits." Der Händedruck des Polizeibeamten war fest. Aber als er jetzt lächelte, wirkte er gar nicht mehr wie ein riesiger Kerl, sondern eher wie ein Schuljunge, der auf irgendeine seltsame Weise zu schnell gewachsen war ... „Fühlen Sie sich fit genug, um mir ein paar Fragen zu beantworten?"

Livia versuchte, den Gedanken an irgendwelche Jans abzuschütteln, und nickte.

„Der Unfall ...", begann Herr Walther. „Woran können Sie sich erinnern?"

Während Herr Walther stehen blieb, schlenderte Karen zu einem der Besucherstühle hinüber und setzte sich.

Livia atmete einmal tief durch, drehte sich wieder dem Fenster zu und ließ zu, dass die unangenehmen Erinnerungen zu ihr zurückkehrten. „Wir hatten den Hund geholt und befanden uns auf dem Rückweg. Es war dunkel … stockfinster, um genau zu sein. Gunda saß vorne und fuhr den Wagen, ich saß hinten auf der Fahrerseite. Rechts neben mir lagen die Utensilien, die ich vom Züchter mitbekommen hatte. Futter und so'n Zeug." Plötzlich zuckte sie zusammen. „Ein fürchterlicher Knall …", fuhr sie mühsam fort. „Einfach so. Aus dem Nichts." Und dann beschrieb sie alles, woran sie sich erinnerte. Das waren vor allem Geräusche und die jeweiligen Reaktionen ihres Körpers darauf.

Herr Walther fragte intensiv nach und machte sich Notizen. Er wollte vor allem wissen, wie die Abfolge der Geräusche war und ob sie im Anschluss nach vorne, nach hinten oder zur Seite gedrückt worden war. Offensichtlich erhoffte er sich dadurch Rückschlüsse über den Ablauf des Unfalls.

„Jetzt haben wir alles mehrfach durchgekaut", sagte er schließlich. „Und ich weiß noch immer nicht, wobei Sie sich Ihre Verletzungen am Kopf und am Arm zugezogen haben."

„Oh, das ist erst zum Schluss passiert", antwortete Livia. „Als ich den Wagen bereits verlassen hatte. Und zwar … kurz nachdem der letzte Wagen auf die anderen geprallt war." Im Geiste hörte sie noch einmal den Knall, die Explosion und das Prasseln des Feuers.

„Also ist Ihnen etwas um die Ohren geflogen?", mutmaßte Herr Walther.

Livia runzelte die Stirn und dachte angestrengt nach. Sie erinnerte sich erstaunlich gut an alle Geschehnisse, und sie war sich sicher, dass der Aufprall und die anschließende Explosion schon zum Abschluss gekommen waren, als das mit dem Arm passierte. „Es war später", sagte sie langsam. „Und es war …" – sie zuckte hilflos mit den Schultern – „als würde jemand auf mich schießen oder so. Ich weiß, das klingt verrückt, aber so kam es mir vor."

Karen lachte unterdrückt auf, aber als sich Livia zu Kommissar Walther umdrehte, schien diesem nicht nach Lachen zumute zu sein. „Haben Sie denn einen Schuss gehört?"

Livia schüttelte den Kopf. „Nein."

„Aber hinter Ihnen prasselte auch ein Feuer, nicht wahr?"

Livia fröstelte auf einmal. „Jetzt sagen Sie nicht, dass Sie tatsächlich glauben …"

Herr Walther sagte nichts.

„Moment mal", sagte Livia. „Dieser Unfall … das ganze Geschehen … das war doch ein Unfall, oder nicht?"

Wieder keine Antwort. Nur nachdenkliches Schweigen.

„Herr Walther, ich habe ein Recht auf eine Antwort! Ich … ich hab Ihnen alles gesagt, was ich weiß! Jetzt sind Sie mal dran!"

Herr Walther atmete einmal tief durch und sagte dann etwas widerwillig: „Wir wissen noch längst nicht alles, Frau Scholl. Für uns ist das Ganze auch wie ein Puzzle. Aber wir wissen, dass der Wagen, mit dem Sie unterwegs waren, von einem Stein getroffen wurde, einem ziemlich großen Stein, um genau zu sein. Er hat die Kühlerhaube getroffen. Und das war ein Riesenglück für Sie. Denn wenn er durch die Windschutzscheibe gekommen wäre … na ja … Wahrscheinlich wurde er von der Brücke geworfen, unter der Sie gerade durchfuhren. So etwas ist schon häufiger vorgekommen. Es könnte ein Dummejungenstreich gewesen sein. *Könnte.*"

Livia schluckte schwer und sah hilfesuchend zu Karen hinüber. Aber die war leichenblass.

„Wenn es wirklich Schüsse waren …", sagte Livia beinahe tonlos, „dann drei. Einer hat meinen Arm gestreift. Einer ist knapp neben meinem Kopf vorbeigeflogen. Ich konnte den Luftzug spüren. Und der dritte …" Sie deutete auf ihren Kopf und schauderte erneut. Hatte wirklich jemand versucht, sie umzubringen? Unwillkürlich tauchte Arvin vor ihrem geistigen Auge auf. Er hasste sie definitiv am meisten von allen Menschen auf der Welt.

„Haben Sie Feinde?", fragte Herr Walther denn auch.

Livia streifte Karen erneut mit ihrem Blick, brachte es aber nicht fertig, in ihrer Gegenwart Arvin zu verdächtigen. „Da ist dieser Mann aus dem Krankenhaus", presste sie hervor.

Herr Walther hob interessiert die Augenbrauen.

„Er trägt eine Baseballkappe und scheint mich irgendwie zu verfolgen." In den nächsten Minuten berichtete Livia von allen Begegnungen, die sie mit diesem seltsamen Mann gehabt hatte. Und sie erzählte auch davon, dass er Gunda und Manfred aufgesucht hatte.

Als sie geendet hatte, fragte Kommissar Walther: „Abgesehen von dem Unfall gestern ... hat es da schon einmal seltsame Vorgänge gegeben?"

Livia schüttelte den Kopf, merkte aber auf, als sich Karen plötzlich zu Wort meldete. Ihre Stimme klang rau und verunsichert. „Seltsame Vorgänge hat es gegeben."

Herr Walther wandte sich ihr zu.

„Ganz am Anfang", führte Karen aus. „Kurz nach Livias Unfall."

„*Unfall*?", wiederholte Herr Walther entsetzt.

Karen wurde noch eine Spur blasser. „Sie glauben doch nicht ..."

„Ich muss allem nachgehen", antwortete Kommissar Walther ernst. „Allem." Und dann ließ er sich im Detail von dem ersten Unfall berichten, in den Livia verwickelt gewesen war und der sie das Erinnerungsvermögen gekostet hatte. Dabei flog sein Stift wie ein Düsenjet über das Papier des Notizblocks und zeichnete alles auf, was Karen ihm berichtete, jedes Detail, jede Kleinigkeit.

Livia hörte sich das alles mit gemischten Gefühlen an. Sie kannte die Fakten ja, hatte aber einfach keinen Bezug dazu ... Ihr war, als ginge es dabei gar nicht um sie, sondern um eine fremde dritte Person. Als Karen dann allerdings an die Stelle kam, wo die vertauschten Medikamente zur Sprache kamen, weiteten sich ihre Augen. „Aber das ... daran kann ich mich überhaupt nicht erinnern", sprudelte es aus ihr heraus.

Sofort drehte sich Herr Walther zu ihr um. „Überhaupt nicht?", wollte er wissen.

Livia schüttelte den Kopf und konnte es selbst kaum fassen. Natürlich war es anfangs schwer für sie gewesen, aber sie hatte doch angenommen, immerhin die Zeit nach dem Unfall bewusst erlebt zu haben ... Sie wandte sich an Karen. „Hast du mir das verschwiegen?"

Karen blickte ein wenig verlegen zu Boden. „Es ging dir nicht gut. Es geht dir ja bis heute nicht richtig gut. Und ich wollte dich nicht noch zusätzlich beunruhigen ..."

„Außerdem muss es ja keine Absicht gewesen sein", murmelte Livia und wandte sich an Herrn Walther. „Auch Ärzte machen Fehler, nicht wahr?"

Der Blick des Kommissars wanderte erneut zu Karen hinüber. „Was denken Sie?"

Karen rutschte mittlerweile ziemlich unruhig auf ihrem Stuhl hin und her, antwortete aber nicht.

„Karen!", flehte Livia. „Du denkst doch nicht wirklich, dass mich jemand umbringen will?!"

Karen schluckte. „Damals dachte ich es nicht …", begann sie etwas zögerlich.

„Und heute?", fragte Herr Walther unbarmherzig.

Karen nahm ihre Haare, formte sie zu einem Pferdeschwanz und ließ diesen wieder fallen. „Da war noch die Sache mit dem Dach", fuhr sie schließlich fort.

„Dach?" Livia begriff überhaupt nichts.

Karen atmete einmal tief durch und fand endlich den Mut, ihrer Schwägerin ins Gesicht zu sehen. „Die Sache mit dem Dach geschah ein paar Wochen später. Du warst aus deinem Krankenzimmer verschwunden und bist auf dem Dach wieder aufgetaucht. Das Seltsame war allerdings …" Sie zögerte, sprach es dann aber doch aus: „Der einzige Zugang zum Dach war verschlossen. Und du hattest keinen Schlüssel bei dir. Deshalb lag die Vermutung nahe, dass dich irgendjemand Fremdes in diese Lage gebracht hat."

„Damit ich runterspringe, oder was?"

Karen zuckte die Achseln. „Vielleicht …"

„Ich glaub, ich verstehe nicht ganz", meldete sich nun Kommissar Walther zu Wort. „Es gab derart seltsame Vorgänge … *mehrere dieser Art* … und nichts davon ist zur Anzeige gebracht worden?"

Karen stieß einen tiefen Seufzer aus. „Also, um ehrlich zu sein … das Krankenhaus war nicht gerade scharf darauf, die Polizei einzuschalten, und wir … also Arvin und ich …" Ihr Blick wanderte in die Ferne und enthielt auf einmal etwas, das nur Livia sah … einen Hauch von Argwohn vielleicht … „Es gab einfach keinen Grund, an einen … *Mordanschlag* … zu glauben."

Kommissar Walther nickte bitter. „Und deshalb wurde das Ganze unter den Teppich gekehrt."

Karen blickte erneut zu Boden.

„Der Traum!", entfuhr es Livia ohne Vorwarnung. „Du hast mir immer eingeredet, dass es ein Traum war!" Sie warf Karen fassungslose Blicke zu, doch wich ihr diese immer noch aus. „Karen!"

Karen begann, mit der rechten Hand ihre Stirn zu kneten, sah aber immer noch nicht auf. „Es tut mir leid, okay? Wenn wir jetzt darüber reden, kommt es mir auch so vor, als hätte ich sehen müssen, dass das alles nicht mit rechten Dingen zugegangen ist. Aber damals ..." Sie zuckte die Achseln. „Vielleicht *wollte* ich es auch nicht sehen ..."

„Weil du geglaubt hast, dass Arvin dahintersteckt?", fragte Livia kalt.

„Moment, Moment!", mischte sich Kommissar Walther ein. „Ich begreif hier gar nichts mehr. Was für ein Traum?"

„Arvin steckt nicht dahinter", zischte Karen. „Er ist ein guter Mensch. Das hab ich dir schon tausendmal erklärt."

„Aber er ist der Einzige, der mich wirklich hasst", behauptete Livia.

„Ihr Mann?", hakte Herr Walther ein. „Er hasst Sie?"

„Wie die Pest", nickte Livia.

Karen sprang auf. „Arvin steckt nicht dahinter!", brach es aus ihr hervor. „Wenn Arvin nicht gewesen wäre, wärst du sowieso schon lange tot."

„Wieso?", fragten Livia und Kommissar Walther wie aus einem Munde.

„Damals auf dem Dach ...", erläuterte Karen, „... hat er die Schlüssel besorgt und dich wieder runtergeholt. Und das war längst nicht so einfach, wie es klingt. Ich war ja nicht dabei, hab mir die ganze Geschichte aber von mehreren meiner Kolleginnen erzählen lassen. Du warst damals noch ziemlich verwirrt, Livia. Unten hatte sich eine Menschentraube gebildet, auf die du einfach zugegangen bist. Irgendwann standest du direkt am Abgrund. Und dann hat dieser dusselige Polizist ..." Sie stockte plötzlich, warf Herrn Walther einen entschuldigenden Blick zu und fuhr dann fort: „Der Typ aus dem Streifenwagen wusste wohl auch nicht, was er tun sollte. Er hat ein Megafon benutzt, um mit Livia zu reden. Aber das war genau das Falsche. Livia hat sich so erschrocken, dass sie das Gleichgewicht verlor. Wenn Arvin sie nicht festgehalten hätte …"

„Da war also eine Menschentraube", resümierte Livia unbeeindruckt. „Dann hat Arvin mich wahrscheinlich gerettet, weil er so viel Publikum hatte."

„Unsinn!", fauchte Karen. Und dann hob sie verzweifelt die Hände. „Wenn du dich nur erinnern könntest, Livia. Nach Aussage meiner Kolleginnen hat Arvin einen filmreifen Spurt hingelegt, der ihn fast sein eigenes Leben gekostet hätte. Das Krankenhaus spricht heute noch davon!"

Livia verschränkte die Arme vor der Brust. „Mir kommen gleich die Tränen …" Sie erntete einen vernichtenden Blick von ihrer Schwägerin.

Kommissar Walther nutzte die Gelegenheit. „Ich weiß immer noch nicht, was es mit diesem Traum auf sich hatte …"

Livia seufzte tief. „Ich eigentlich auch nicht mehr so richtig", gab sie zu. „Schließlich habe ich monatelang versucht, mir einzureden, dass ich es nicht wirklich erlebt habe." Sie warf Karen einen vorwurfsvollen Blick zu. „Es passierte hier im Krankenhaus." Livias Blick verfing sich im weißen Krankenhausbett. „Ich weiß noch, dass ich schlief. Und ich kann Traum und Wirklichkeit bis heute nicht richtig auseinanderhalten. Aber damals war ich fest davon überzeugt, dass jemand versucht hat, mich umzubringen. Ich nehme an, dass dieser Jemand versucht hat, mir ein Kissen aufs Gesicht zu drücken. Irgendwie konnte ich ihn abwehren."

„Ihn?", fragte Herr Walther.

Livia zuckte die Achseln. „Dieser Jemand hatte Kraft. Aber das ist auch schon alles, was ich Ihnen dazu sagen kann. Es war Nacht und stockfinster …"

„Und Sie?", wandte sich Kommissar Walther an Karen. „Können Sie mir sonst noch irgendetwas zu diesem Thema sagen?"

Karen schüttelte den Kopf, doch hatte Livia das unbestimmte Gefühl, dass sie sich in diesem Moment nicht wirklich wohl in ihrer Haut fühlte. „Bist du sicher?", fragte Livia denn auch.

„Natürlich bin ich sicher!“, fauchte Karen. „Oder bin ich jetzt die Nächste, die du verdächtigst?

Livia starrte sie an, antwortete aber nicht. Was hätte sie auch sagen sollen? Karen hatte ihren wundesten Punkt getroffen. Sie wusste schon lange nicht mehr, wem sie wirklich trauen konnte …

Kapitel 20

Als Livia nur wenige Stunden später neben Karen auf der Rückbank eines Taxis saß und endlich auf dem Weg nach Hause war, versuchte sie immer noch, sich über genau diesen Punkt klar zu werden. Wem traute sie eigentlich noch? Traute sie Karen? Sie betrachtete ihre Schwägerin vorsichtig von der Seite und fand, dass sie ihr zunehmend fremd geworden war. Sie hatte Geheimnisse. Dunkle Geheimnisse. Mit Enno. Und auch optisch war sie nicht mehr dieselbe. Sie hatte abgenommen. Ja, sie wirkte regelrecht ausgemergelt. Oder täuschte das? Livia wusste es nicht. Sie wusste gar nichts mehr. Seit sie mit Enno befreundet war, war ihre Beziehung zu Karen deutlich abgekühlt. Obwohl sie sie noch immer fast jeden Sonntag besuchte, drehten sich ihre Gespräche in letzter Zeit immer mehr um Belanglosigkeiten. Vielleicht war es ja auch gar nicht so, dass sie *Karen* misstraute. Vielleicht war es umgekehrt und Karen misstraute *ihr*?

Und wie sah es mit Arvin aus? Traute sie ihm? Oder anders ausgedrückt: Traute sie Arvin wirklich einen Mordversuch zu? Karen tat das offensichtlich nicht, aber das brachte sie nur zu der ursprünglichen Frage zurück: Wie vertrauenswürdig war Karen?

An dieser Stelle stieß Livia einen so herzergreifenden Seufzer aus, dass Karen zu ihr herüberblickte. „Alles in Ordnung?“

„Wie man's nimmt“, entgegnete Livia und starrte auf den Lkw, hinter dem sie schon seit geraumer Zeit herfuhren. „Seit heute weiß ich, dass mir irgendjemand nach dem Leben trachtet. Meine einzige Freundin sagt mir nur bedingt die Wahrheit. Und Arvin vergnügt sich mit meinem Hund. Wie, glaubst du, fühlt man sich unter diesen Umständen?“

Karen antwortete nicht gleich, sondern klammerte sich an der Autotür fest und sah dem Taxifahrer, einem jüngeren Mann mit viel zu vielen Ohrringen, dabei zu, wie er den Lkw überholte. Erst als das Manöver abgeschlossen war, entspannte sie sich ein wenig und sagte: „Arvin vergnügt sich nicht mit deinem Hund. Er hat ihn gerade mal achtundvierzig Stunden lang versorgt und wird ihn in deine Obhut übergeben, sobald du wieder das Haus betrittst. Also übertreib nicht so."

„Das Problem ist nur, dass der Hund gerade aus seiner gewohnten Umgebung gerissen wurde und im Begriff ist, eine Bezugsperson auszuwählen. In dieser sensiblen Phase sind achtundvierzig Stunden wie eine halbe Ewigkeit."

„Hätten wir den Hund vielleicht sich selbst überlassen sollen?"

„Nein, aber ihr hättet jemand anderen fragen können. Du weißt ganz genau, wie ich zu Arvin stehe."

„Wen, bitte schön, hätten wir denn fragen sollen? Manfred ist allergisch gegen Hunde. Und ich selbst musste arbeiten. Fällt dir sonst noch jemand ein?"

Livia verschränkte demonstrativ die Arme vor der Brust. „Hast du Enno gefragt?"

Karen atmete einmal ganz tief ein und wieder aus. „Ich spreche nicht mit Enno."

„Warum eigentlich nicht?", wollte Livia wissen. „Was ist zwischen euch vorgefallen?"

„Das geht dich nichts an."

„Dein Verhältnis zu Enno geht mich nichts an ... Mein Verhältnis zu Arvin geht mich nichts an ... Geht mich überhaupt irgendetwas an?", schimpfte Livia. Sie sah herausfordernd zu Karen hinüber, erntete aber nur Schweigen ... was sie noch mehr in Rage brachte. „Und wenn mich dein Problem mit Enno schon nichts angeht", meckerte sie weiter, „dann hättest du mich auch damit in Ruhe lassen können. Wie wär´s, wenn du im Hinblick auf die Unterbringung des Hundes einfach mal über deinen Schatten gesprungen wärst und an meine Interessen gedacht hättest?"

Karens Unterkiefer mahlte. „Ich denke also nicht an deine Interessen", knurrte sie. „Und ich hatte das Gefühl, ich würde mich fast ununterbrochen nur um dich kümmern. So kann man sich täuschen …"

Livia schnappte einen Moment lang nach Luft und sagte dann mit weinerlicher Stimme: „Also, wenn dir das zu viel wird, brauchst du's nur zu sagen …"

„Damit du dann endgültig in Selbstmitleid versinken kannst, ja?" Bei diesen Worten sah Karen nach draußen, stellte fest, dass sie schon fast bei Arvins Haus waren, und sagte zum Taxifahrer: „Da vorne rechts auf den Hof bitte." Der Angesprochene setzte den Blinker und bog auf Arvins Grundstück ein. „Wirklich, Livia, manchmal hat man das Gefühl, dass du dich nur um dich selbst drehst. Kommt dir eigentlich nie in den Sinn, dass es andere noch viel schwerer haben als du?"

Im Leerlauf gab der Motor nur ein leises, gleichmäßiges Tuckern von sich.

„Andere wie Arvin, ja?", erwiderte Livia und stieg umständlich aus dem Wagen. Während sie die Wunde am Arm kaum mehr spürte, schmerzte ihr Kopf doch noch ganz beträchtlich. Außerdem graute ihr schon jetzt vor der Begegnung mit besagtem Arvin. Ihr war, als könnte sie seinen fiesen Blick schon durch die Hauswand sehen. Ob Spike überhaupt noch am Leben war? „Arvin hier, Arvin da, Arvin, der bedauernswerte Arvin", lamentierte sie, während der Taxifahrer ihre Reisetasche aus dem Kofferraum holte. Seltsamerweise störte sie die Anwesenheit des Fremden kein bisschen. „Das hält wirklich keiner aus."

Karen kommentierte das Geschimpfe, indem sie demonstrativ im Wagen sitzen blieb. Und auch als Livia noch einmal fragend in den Wagen hineinschaute, stieg sie nicht aus. „Nicht Arvin", sagte sie von drinnen. „Ich meinte *mich*, Livia. *Mich*." Und dann zog sie einfach die Tür zu. Wenig später wurde der Wagen gestartet und das Taxi fuhr davon, ohne dass sich Karen von ihr verabschiedet hätte.

Livia starrte noch eine Weile entgeistert hinter ihr her. Was war denn das gewesen?

Schließlich seufzte sie tief und näherte sich dem Haus. Sie zückte ihren Hausschlüssel und schloss auf. Als sie den Flur betrat, roch sie sofort, dass irgendetwas anders war. Sie empfand es nicht als Gestank, merkte aber trotzdem, dass Spike jetzt hier lebte. Es roch einfach nach Hund oder vielleicht ganz allgemein nach Tier.

Aber wo war Spike?

Sie stellte die Reisetasche ab und öffnete leise die Tür, die den Eingangsbereich vom Flur trennte. Sofort hörte sie Geräusche, die sie mit Spike in Verbindung bringen konnte. Erst winselte er, dann erklang ein Geräusch, das wohl mal zu einem Bellen weiterentwickelt werden sollte. Jetzt ähnelte es eher einem Husten. Im nächsten Moment polterte irgendetwas. Gleich darauf … lachte jemand lauthals los. Es war ein Lachen, das aus voller Kehle stammte und so ansteckend wirkte, dass Livia spontan grinsen musste. Ihre Reaktion hielt allerdings nicht lange vor. Sie erstarb mit dem Gedanken, dass niemand in diesem Haus sein sollte, der so lachte. Schon gar kein Mann. Oder war Enno hier?

Nicht, dass sie Enno jemals so hätte lachen hören …

Ihr Mund verzog sich schon wieder. Dieses Lachen klang so … *so echt* … so kindlich begeistert … so *wundervoll*, dass es sie magisch in seine Richtung zog. Vielleicht war Enno tatsächlich vorbeigekommen, um sie zu empfangen …?

Sie schlich leise vorwärts und bemerkte, dass die Tür des Wohnzimmers einen Spaltbreit offen stand. Dahinter schien ein wahrer Ringkampf im Gange zu sein, denn es polterte und rumpelte jetzt schon wieder. Außerdem hörte Livia ein Schnaufen, das alles andere als menschlich klang. *Spike*?

„Gleich hab ich dich!", keuchte jemand.

Vollkommen verblüfft blieb Livia stehen. Das war eindeutig Arvins Stimme!

„Spike, komm her", lockte Arvin. „Komm, mein Dicker." Seine Worte klangen so sanft und freundlich, dass sie wie ein warmer Schauer über Livias Rücken rieselten. „Ja, du bist ein guter Junge", säuselte Arvin. „Brav!"

Die wenigen Worte hatten einen erstaunlichen Effekt auf Livia. Ohne dass sie es wollte, schnürten sie ihr fast die Kehle zu. Dieser Gegensatz! Die tiefe männliche Stimme … und dann diese Zärtlichkeit, die darin mitschwang … Livia war wie erstarrt und konnte nur zuhören … einfach nur zuhören …

„Ja, das gefällt dir, nicht wahr?"

Livia spürte, wie eine Saite in ihr angeschlagen wurde, die niemals zuvor erklungen war. Ein Abgrund von Sehnsucht tat sich vor ihr auf …

„Hey, du Frechdachs", lachte Arvin.

Livia hatte inzwischen am ganzen Körper eine Gänsehaut und merkte, dass die Sehnsucht sie zu überrollen drohte. Und dabei war es Arvin, der für diese Gefühle verantwortlich war. Arvin – der Mann, der möglicherweise versucht hatte, sie umzubringen! Der Gedanke brachte Livia auf den Boden der Tatsachen zurück und ermöglichte es ihr, sich wieder in Bewegung zu setzen. Sie versuchte, ihre Ohren vor Arvins Worten zu verschließen, schlich langsam rückwärts, gelangte bis zur Haustür, öffnete diese und ließ sie dann geräuschvoll wieder ins Schloss fallen. „Jemand zu Hause?", rief sie lautstark.

Absolute Stille.

„Hallo?", wiederholte sie.

Aus dem Wohnzimmer winselte es leise.

Livia durchquerte ein weiteres Mal den Flur und hörte, wie Spike von innen an der Tür herumkratzte. Gleichzeitig verbreiterte sich der Türspalt. Dahinter kam bereits eine schwarzweiße Pfote zum Vorschein. Wenig später zwängte sich der ganze Spike hindurch, stürmte auf Livia zu und sprang jaulend an ihr hoch.

„Ist ja gut, mein Kleiner!" Livias Tonfall hatte jetzt große Ähnlichkeit mit dem von Arvin. Sie hatte sich hingehockt und ließ es zu, dass Spike an ihrem Hals herumschleckte und gelegentlich auch mal das Gesicht erwischte. Sie war einfach nur erleichtert, dass er sie so begeistert begrüßte. Ihre schlimmste Befürchtung, dass er sich womöglich nicht einmal an sie erinnern würde, war nicht eingetreten. „Du bist ein ganz braver Hund. Ja, das bist du!" Spike legte sich jetzt vor sie auf den Rücken und ließ sich erst einmal ausgiebig kraulen. Dabei hechelte er zustimmend.

Obwohl Livia es unheimlich genoss, Spikes warmen weichen Bauch zu streicheln, warf sie zwischendurch immer wieder einen Seitenblick auf die Wohnzimmertür. Wo war Arvin? Und warum ließ er sich nicht blicken? Er konnte ja wenigstens mal „Hallo" sagen!

Livia überlegte einen Moment, ob sie einfach ins Wohnzimmer gehen sollte, entschied sich dann aber dagegen. Vielleicht war es ganz gut, wenn sie Arvin nicht begegnete …

Als sie sich schließlich erhob, stellte sich auch Spike auf seine Füße.

„Komm mit“, sagte Livia und entfernte sich ein paar Schritte vom Wohnzimmer.

Spike hingegen rührte sich nicht vom Fleck.

„Nun komm schon“, lockte ihn Livia und ging weiter. „Ich will dir mein Zimmer zeigen.“

Aber Spike reagierte auch jetzt nicht. Er sah Livia aus seinen großen dunklen Hundeaugen an, wandte dann den Kopf, blickte in Richtung Wohnzimmertür und wieder zurück zu Livia.

„Komm her!“, befahl Livia, jetzt schon etwas ungeduldiger.

Als würde er seinen Standpunkt untermauern, setzte Spike sich hin.

„Jetzt kommst du aber her“, sagte Livia energisch. Sie ging auf Spike zu, bückte sich und hob ihn hoch. Kam es ihr nur so vor oder war er schwerer also noch vor zwei Tagen?

Zumindest war er genauso widerspenstig. Er zappelte umher und versuchte, sich aus Livias Armen zu winden. „Vorsicht!“, schimpfte Livia. „Das hier ist viel zu hoch, um runterzuspringen.“

Den Hund kümmerte das nicht. Er setzte seine Fluchtversuche fort, bis Livia ihn schließlich auf dem Boden absetzte. Kaum dass seine Füße den Boden berührten, rannte er los, auf die Wohnzimmertür zu. Im nächsten Moment war er aus Livias Blickfeld verschwunden.

Livia fluchte lautlos und folgte ihm.

Als sie das Wohnzimmer betrat, bot sich ihr ein interessantes Bild. Arvin saß auf dem Sessel und las Zeitung. Zumindest tat er so. Der Hund ließ sich davon jedoch nicht beeindrucken. Er zerrte beharrlich an Arvins Hosenbein herum und winselte auffordernd.

Und auch Arvins Lippen umspielte so etwas wie ein unterdrücktes Grinsen. Als er schließlich die Zeitung weglegte und sich zu Spike herunterbeugte, überstrahlten seine Augen den gesamten Ärger, den er auszudrücken versuchte. „Verzieh dich“, befahl er und konnte nicht verhindern, dass seine Stimme mit Zärtlichkeit getränkt war. „Und lass mein Hosenbein in Ruh."

Dann blickte er nach rechts, wurde ernst und sagte: „Du bist wieder da."

„Ja, bin ich", antwortete Livia. Etwas Besseres fiel ihr nicht ein.

„Geht es dir besser?"

Als ob ihn das wirklich interessierte ... „Ja, danke." Und jetzt kam auch noch der schwierigste Teil. „Und danke, dass du meinen Hund versorgt hast."

„Hat Spaß gemacht", entgegnete Arvin. Dann erhob er sich, pflückte Spike von seinem Hosenbein und nahm ihn auf den Arm. Er streichelte ihn noch einen Moment und kam dann auf Livia zu. Dabei ging er so langsam, dass er den Eindruck machte, als würden ihm die Schritte schwerfallen. Schließlich streckte er die Arme aus und hielt Livia den Hund hin. „Hier."

Livia nahm Spike aus Arvins Händen, berührte dabei jedoch seine Haut und wurde von einem kleinen elektrischen Schlag getroffen. Erschrocken sah sie in Arvins Augen, entdeckte dort etwas, das Ähnlichkeit mit dem Schmerz hatte, den sie schon einmal an ihm wahrgenommen hatte, und wurde davon festgehalten. Viel zu lange standen beide so da und starrten einander an, dann löste sich Livia aus dem Bann, murmelte „Entschuldigung" und eilte mit Spike aus dem Raum.

Sie flüchtete förmlich in ihr Zimmer und kam erst wieder zu sich, als sie sich neben Spike auf dem Boden niedergelassen hatte.

„Ein gewöhnlicher Stromschlag", flüsterte Livia und starrte auf ihre Hände. „Das kann einem mit jedem passieren." Aber warum klopfte ihr Herz, als hätte es 220 Volt abgekriegt?

Während Livia versuchte, sich ein wenig zu beruhigen, schnüffelte sich Spike durch den gesamten Raum. Offensichtlich hatte er ihn noch nie betreten. Als er damit fertig war, baute er sich vor Livia auf und sah sie herausfordernd an.

„Du bist ein braver Hund", sagte Livia und kraulte ihn hinter den Ohren. „Leg dich ein bisschen hin und ruh dich aus. Nachher machen wir einen Spaziergang, okay?"

Spike ging zur Tür und blieb erwartungsvoll davor stehen. Dann wandte er den Kopf und sah Livia an.

„Offensichtlich hast du da was falsch verstanden“, sagte Livia. „Ich sagte, wir machen *nachher* einen Spaziergang.“

Spike begann mit dem Schwanz zu wedeln.

„*Nachher*“, wiederholte Livia, erntete aber ein erneutes Schwanzwedeln.

„Ich muss wohl deutlicher werden“, murmelte Livia, erhob sich, ging zum Bett hinüber und streckte sich mit einem begeisterten „Aaahhh“ lang darauf aus. Dann schloss sie die Augen. Ein paar Minuten Ruhe würden ihr guttun, das wusste sie.

Spike wusste das nicht. Livia erkannte das an dem Winseln, das schon kurze Zeit später von rechts zu hören war. Sie ließ ihre Augen geschlossen und versuchte, das Geräusch zu überhören. Anfangs funktionierte das auch ganz gut. Erst als Spike kurze Zeit später an ihrem Ärmel herumzupfte, wurde es etwas schwieriger. Livia entzog ihm mit einer ärgerlichen Bewegung den Arm, was allerdings nur zur Folge hatte, dass er sich bald darauf an ihrem Hosenbein zu schaffen machte. „Lass das“, fauchte Livia und probierte es erneut mit der Ignoranztechnik. Ein paar Minuten ging das auch gut, dann machte Spike mit einem unterdrückten Bellen auf sich aufmerksam. Sekunden später klopfte es an Livias Tür. Sie fuhr auf und sagte: „Herein?“

Die Tür ging auf und Arvin stand vor ihr. Spike nahm das zum Anlass, sich begeistert auf ihn zu stürzen. Livia hingegen fühlte sich ziemlich überrannt.

„Was willst du?“, fragte sie ungnädig.

„Ich ... ähm ...“ Arvin schien nicht zu wissen, wo er mit seinen Händen hin sollte, und wirkte dadurch sichtlich verlegen. „Ich hatte vergessen, dir zu sagen, dass Spike ...“ Er biss sich mitten im Satz auf die Zunge und verstummte, trat eine Weile von einem Bein aufs andere und fuhr dann noch stockender fort: „Der ... der Name ... es steht mir natürlich nicht zu ...“ Er hob hilflos die Hände. „Ich ... hatte mal einen Hund, weißt du? Und er ... er hatte viel Ähnlichkeit ...“ Sein Blick wanderte zu Spike hinüber. „Er hieß Spike ...“

Livia starrte Arvin an und musste sich zwingen, den Mund nicht offen stehen zu lassen. So hatte sie ihn noch nie erlebt!

Und sie war selbst überrascht, wie milde sie das auf einmal stimmte.

„Hast du … denn schon einen Namen für ihn?“, stammelte Arvin.

Livia befeuchtete ihre Lippen. „Spike klingt nett“, presste sie hervor.

„Wirklich?“, entfuhr es Arvin in einem Anfall von Begeisterung. Dann räusperte er sich und sagte in deutlich gemäßigterem Tonfall: „Findest du wirklich?“

Livia nickte. „Spike klingt nett“, wiederholte sie. Und dann wandte sie sich an Spike. „Nicht wahr, Spike?“

Als sie wieder hochblickte, hatte sie den Eindruck, dass Arvins Augen leuchteten. „Ich … bin jedenfalls nur gekommen, um dir zu sagen, dass … *Spike* … dringend mal Gassi gehen müsste. Ich … ähm … hab nämlich versucht, bestimmte Zeiten einzuführen. Du weißt schon … um ihn stubenrein zu kriegen. Und deshalb … na ja …“ Er sah auf seine Uhr und dann zurück zu Livia. „Ich könnte das übernehmen, wenn du willst.“

„Vielleicht können wir auch gemeinsam gehen“, hörte Livia sich sagen. Der Wunsch, mehr Zeit mit Arvin zu verbringen, war aus dem Nichts entstanden und hatte sich artikuliert, ohne um Erlaubnis zu fragen.

In dem Moment jedoch, in dem sich Arvins Miene verfinsterte, wusste Livia schon, dass sie einen Fehler begangen hatte. „War nur so 'ne Idee“, ruderte sie zurück. „Außerdem …“ – sie deutete auf Spike, der inzwischen schwanzwedelnd an Arvin hochsprang – „könnte es bestimmt nicht schaden, wenn er allmählich auch mal eine Beziehung zu mir entwickelt.“

„Natürlich nicht“, stimmte Arvin zu, machte aber den Eindruck, als wäre er auch damit nicht richtig glücklich. „Die Leine liegt im Flur auf der Anrichte.“

„Danke.“

„Gern geschehen.“ Arvin tätschelte zum Abschied noch einmal Spikes Kopf und wollte dann den Raum verlassen. Da Spike ihm jedoch auf Schritt und Tritt folgte, war das nicht ohne Weiteres möglich. Erst als Livia sich erhob und ihren Hund am Halsband festhielt, konnte Arvin gehen.

„Puh“, machte Livia, als sich die Tür hinter ihm geschlossen hatte. Und dann warf sie Spike, der protestierend winselte, einen vorwurfsvollen Blick zu. „Verräter“, sagte sie düster. Unglücklicherweise konnte sie Spikes Gefühlsregungen erstaunlich gut nachvollziehen. Hatte sie eben nicht selbst den Wunsch verspürt, in Arvins Nähe zu sein? „Jetzt ist aber Schluss“, rief sie sich selbst zur Räson. „Wenn es jemanden gibt, dessen Nähe ich schätze, dann ist es Enno.“ Sie wandte sich erneut an Spike. „Wir werden ihn anrufen und uns mit ihm treffen. Dann wirst du schon sehen, dass er ein super Ersatz ist.“ Sie stemmte die Hände in die Hüften. „Zwei oder drei Tage“, fuhr sie fort. „Dann hast du Arvin komplett vergessen. Wetten?“

Kapitel 21

Die „zwei oder drei Tage“ vergingen, ohne dass Livia ihre Wette gewann.

Spike hatte zwar nichts gegen Enno, schien ihn aber längst nicht so toll zu finden wie Arvin. Und obwohl er Livia ohne Zweifel von Tag zu Tag mehr in sein Herz schloss, blieb die Begeisterung für Arvin bestehen.

Was auf Gegenseitigkeit beruhte.

Livia konnte es selbst kaum glauben, musste aber feststellen, dass sich Arvins Verhalten, seit Spike ins Haus gekommen war, um hundertachtzig Grad gedreht hatte.

Morgens zum Beispiel stahl er sich nicht mehr aus dem Haus, bevor er Livia begegnet war. Im Gegenteil, er verließ das Haus erst, wenn sie aufgestanden war.

Unglücklicherweise fiel es Livia nicht schwer, dieses Verhalten einzuordnen. Woher der Wind wehte, merkte sie schon allein daran, dass er immer erst Spike begrüßte und manchmal sogar vergaß, Livia überhaupt einen „guten Morgen“ zu wünschen. Wenn sie Spike über Nacht nicht in ihrem Zimmer behalten hätte, wäre die morgendliche Begegnung wahrscheinlich ganz ausgefallen.

Arvins Liebe zu Spike hatte auch Einfluss auf die Abendgestaltung. Arvin kam nicht mehr um zehn Uhr abends, sondern gegen fünf Uhr nachmittags, manchmal sogar noch früher nach Hause! Er bat Livia dann höflich, eine Runde mit dem Hund drehen zu dürfen, und war anschließend – mit Jogging-Klamotten - für mehr als zwei Stunden erneut verschwunden.

Livia genehmigte diese Spaziergänge, schließlich wusste sie, wie glücklich der Hund darüber war. Allerdings ärgerte sie sich mit jedem Tag mehr darüber, dass Arvin diese Freundlichkeit nicht mit gleicher Münze zurückzahlte. Er hätte ja wenigstens so tun können, als würde er auch ihretwegen so viel Zeit zu Hause verbringen!

In den ersten Tagen hatte Livia noch darauf gehofft, dass er einen Teil des Abends mit ihr verbringen würde. Aber er gab sich so wortkarg und verzog sich immer in den Raum, in dem sich Livia gerade nicht aufhielt, dass diese Hoffnung schnell erstarb. Und auch zu einem gemeinsamen Abendessen konnte Livia ihn nicht bewegen. Sie beschwerte sich bei Karen darüber, erhielt aber nur zur Antwort, sie solle doch zufrieden sein. Schließlich habe sich Arvins Verhalten durch Spikes Ankunft erheblich verbessert.

In Anbetracht dieser Tatsachen versuchte sich Livia häufiger mit Enno zu treffen, musste aber feststellen, dass das viel schwieriger geworden war. Enno konnte eigentlich erst nachmittags, und da man sich nie sicher sein konnte, wann Arvin nach Hause zurückkehrte, stand er völlig unter Strom, wenn er Livia besuchte.

„Wir müssen uns nicht hier treffen", sagte Livia, als es ihr eines Tages zu bunt wurde. Enno hatte nicht einmal Platz genommen, sondern lief die ganze Zeit unruhig durch die Küche. Dabei hatte Livia schon darauf verzichtet, mit ihm ins Wohnzimmer zu gehen. Von der Küche aus konnte man die Einfahrt einsehen, was Enno furchtbar wichtig fand. Auf diese Weise konnte er sicher sein, dass er nicht von Arvin oder Karen überrascht wurde.

„Hm?", machte Enno, während er zum siebenundzwanzigsten Mal aus dem Fenster sah. Auch der Hund war schon ganz unruhig geworden. Er folgte Enno auf Schritt und Tritt und befand sich in deutlicher Habachtstellung.

„Wir können uns auch in irgendeinem Café oder so treffen, wenn dir das lieber ist“, sagte Livia.

„In der Öffentlichkeit, oder wie?“, empörte sich Enno.

Livias Blick verfinsterte sich. In letzter Zeit hatte sie immer weniger Freude an Ennos Gesellschaft. „Wie wär's, wenn wir uns stattdessen überhaupt nicht mehr treffen?“, fragte sie schnippisch.

Endlich gehörte ihr Ennos Aufmerksamkeit. „Jetzt mach aber mal halblang“, sagte er in etwas beleidigtem Tonfall. „Nur weil ich Angst vor deinem Mann hab, müssen wir noch keine getrennten Wege gehen.“

„Du hast gar keinen Grund, Angst vor Arvin zu haben“, behauptete Livia. „Schon gar nicht wegen dieser völlig harmlosen Treffen. Erstens läuft da nichts zwischen dir und mir. Und zweitens hat Arvin überhaupt kein Interesse an mir. Er wäre doch froh, wenn er mich endlich loswerden könnte.“

„Ihm liegt vielleicht nichts an dir. Trotzdem bist du seine Frau, wenn auch nur auf dem Papier. Glaub mir, Arvin gehört nicht zu den Männern, die sich ihr Eigentum streitig machen lassen.“

„Eigentum?“, wiederholte Livia entsetzt. „Du glaubst doch nicht wirklich, dass er mich so sieht.“

Enno zuckte bedeutungsvoll die Achseln und sah ein weiteres Mal aus dem Fenster.

„Heißt das, du würdest ihm wirklich einen Racheakt oder so etwas zutrauen?“ Sie überlegte einen Moment lang. „Auch einen … einen Racheakt *an mir*?“

„Die Polizei war bei mir“, sagte Enno.

Livia runzelte die Stirn. „Was willst du damit sagen?“

Enno atmete einmal tief durch und sah Livia ernst an. „Sie haben mir viele Fragen über Arvin gestellt. Sehr viele. Ich hab den Eindruck, dass sie ihn in Verdacht haben …“

„Du meinst wegen des Autounfalls?“

Enno nickte.

„Ich weiß nicht“, seufzte Livia. „Sie haben keine Projektile gefunden. Und auch sonst keine Anhaltspunkte, dass jemand von der Brücke aus auf mich geschossen haben könnte. Vielleicht … hab ich mir das Ganze auch nur eingebildet und der

Stein stammt von irgendwelchen dummen Jugendlichen." Sie schüttelte den Kopf und versuchte sich noch einmal zu erinnern. „Ich hab ja auch nichts gehört. Keinen Schuss, gar nichts." Die Erinnerung ließ sie schaudern. „Komm her, Nellie", sagte sie und streckte Spike trostsuchend die Hand entgegen.

Als sie wenig später zu Enno hinübersah, fing sie einen zutiefst entsetzten Blick auf.

„Ist was?", fragte Livia erschrocken.

„Wer ist Nellie?"

Livia begriff nicht. „Wieso Nellie?"

„Du hast Spike gerade Nellie genannt", behauptete Enno.

„Unsinn!" Aber als sie sich zu erinnern versuchte, funktionierte es nicht. „Hab ich wirklich Nellie gesagt?", fragte sie verunsichert.

Enno starrte prüfend in ihr Gesicht. „War das jetzt der einzige Vorfall dieser Art oder hast du dich schon mal an was erinnert?"

Livia schluckte und sagte: „In letzter Zeit kommt es mir häufiger so vor, als würde ich mich an irgendetwas erinnern. Einmal war es eine Wiese, eine ganz gewöhnliche Wiese, die in meinem Kopf aufgetaucht ist. Ein anderes Mal hatte ich ein Gesicht vor mir – ganz kurz nur, dann war es wieder verschwunden."

„Namen?", wollte Enno wissen.

Livia zuckte die Achseln. „Karen hat mal gesagt, ich hätte einen Jan erwähnt. Aber sonst ..."

„Das müssen wir im Auge behalten", sagte Enno und blickte schon wieder aus dem Fenster.

Livia rollte mit den Augen und sagte schnippisch: „Gute Idee. Du behältst Arvin und meine Erinnerungen im Auge und ich mach es mir im Wohnzimmer gemütlich. Viel Spaß noch." Mit diesen Worten erhob sie sich und verließ mit Spike im Schlepptau die Küche.

❧

Als Enno bald darauf gegangen war, saß Livia noch lange nachdenklich in der Küche. Enno hatte sich zwar bei ihr entschuldigt und eifrig auf „gut Wetter" gemacht, trotzdem wurde sie das Gefühl nicht los, dass ihre Freundschaft in einer Sackgasse steckte. Enno war einfach ... ja, wie war er? Oberflächlich vielleicht? Oder gar langweilig?

Livia tippte in regelmäßigen Abständen mit den Fingernägeln auf dem Tisch herum und ahmte auf diese Weise das Klackern nach, das Spikes Krallen auf den Küchenfliesen hinterließen. Er lief schon seit geraumer Zeit vor der Küchentür auf und ab.

Livia warf einen Blick auf ihre Armbanduhr. Es war Viertel vor fünf. Kein Wunder, dass Spike unruhig war. Er wartete auf Arvin.

Livia seufzte tief. Wieder einmal konnte sie Spikes Verhalten gut nachvollziehen. Sie ertappte sich selbst manchmal dabei, dass sie auf Arvin wartete. Obwohl es nicht auf Gegenseitigkeit beruhte, mochte sie ihn. Zumindest mochte sie die Tatsache, dass er Spike mochte. Enno hingegen hatte überhaupt nichts für Spike übrig. Er lehnte ihn zwar nicht ab, nahm ihn aber auch nicht wahr. Und im Grunde ... war genau das auch Livias Problem. Enno hatte auch nichts gegen sie. Natürlich nicht. Aber er nahm sie auch nicht wirklich wahr. Ihre Erinnerungen vielleicht. Ihr Gestern. Das interessierte ihn. Aber nicht ihr Heute. Nicht ihre Gedanken. Dafür war er viel zu sehr mit sich selbst beschäftigt. Und mit der Frage, wann Arvin nach Hause kommen würde ... Ja, wirklich, das war alles, worum er sich drehte. In letzter Zeit kam sich Livia nur noch wie eine Randerscheinung vor. Enno fragte schon lange nicht mehr, wie es Livia wirklich ging. Wie sie fühlte ... was sie liebte ... was sie fürchtete.

Zugegeben ... auch Arvin stellte solche Fragen nicht. Eigentlich stellte er überhaupt keine Fragen. Aber manchmal glaubte sie einfach zu wissen, dass viel mehr in ihm steckte, als er zum Ausdruck brachte. Dass er sich tausendmal mehr Gedanken machte als Enno.

Gestern zum Beispiel, da hatte sie einen Blick von ihm aufgefangen, der so ernst und intensiv gewirkt hatte, dass sie ihm am liebsten nachgegangen wäre. Und überhaupt ... war der Wunsch, diesen Mann – ihren *Ehemann* – endlich kennenzulernen, in letzter Zeit wieder unbändig gewachsen. Wer so lieben konnte wie er … und wenn es auch nur einen Hund betraf … konnte doch nicht wirklich verkehrt sein, oder?

Livia stieß einen Seufzer aus, der so tief war, dass Spike aufsah und dann zu ihr herübertrottete. Er rieb seinen Kopf ein paarmal an ihrem Bein entlang, entlockte ihr dadurch aber keine Reaktion. Daraufhin ging er dazu über, an ihrem Hosenbein herumzuknabbern. „Lass das!“, schimpfte Livia und entzog ihm das Bein. Sie war auf einmal wütend auf Spike. Warum verbrachte Arvin mehr Zeit mit ihm als mit ihr? Warum zog er den Hund ihrer Gesellschaft vor? Von der ungewohnten Reaktion überrascht, setzte sich Spike und sah Livia aus großen, verständnislosen Augen an. Das allerdings besänftigte Livia kein bisschen. „Du bist dumm“, sagte sie ärgerlich. „Du kannst nicht mal sprechen. Aber Menschen sprechen miteinander!“ Spike protestierte nicht, was Livia erst recht verärgerte. Missmutig erhob sie sich und ging auf die Küchentür zu. „Du wartest hier“, befahl sie, schlüpfte durch die Tür und machte sie ihm vor der Nase zu. Es wurde ohnehin Zeit, dass Spike lernte, auch mal ein paar Minuten allein zu verbringen.

Als Livia durch den Flur ging, hörte sie ihn protestierend winseln, drehte aber nicht um. „Ich brauche jetzt ein paar Minuten ganz für mich allein“, sagte sie zu sich selbst.

Unerklärlicherweise führte ihr Weg direkt ins Wohnzimmer und dort an den Schrank, in dem sie einmal Arvins alte Fotoalben gefunden hatte. Sie griff nach dem erstbesten und ließ sich damit auf den Sessel fallen.

Spike bellte von Zeit zu Zeit, doch klang dies noch sehr verhalten.

Interessanterweise bildete dieses Geräusch die perfekte Untermalung für Livias Fotosession, denn sie hatte ausgerechnet das Album herausgepickt, das Arvin und Spike I zeigte.

Während sie darin herumblätterte, sank ihre Stimmung tiefer und immer noch tiefer. Derselbe Hund. Dasselbe Leuchten in Arvins Augen. Warum galt es niemals ihr? Er hatte sie doch geheiratet! Da musste doch einmal mehr gewesen sein!

Spikes Bellen wurde lauter und fordernder.

Livias Stimmungsbarometer fiel und fiel.

Was tat sie eigentlich noch hier im Haus? Sie hatte doch ohnehin einen Job suchen und verschwinden wollen! Arvin war nun einmal kalt und hart. Er liebte Hunde und er hasste Menschen, so war das eben!

„Ich hasse dich", sagte sie zu dem Jungen mit dem strahlenden Lächeln und fuhr mit dem Finger zärtlich über sein Gesicht. „Und ich werde dich verlassen."

Im nächsten Moment wurde die Wohnzimmertür geöffnet und Livia sprang mit einem einzigen Satz aus dem Sessel. Das Fotoalbum fiel im hohen Bogen auf den Fußboden und blieb dort mit dem Rücken nach oben liegen.

„Wieso …", sagte Arvin und ließ seinen Blick zwischen dem Fotoalbum und Livia hin- und herschweifen. Neben ihm stand Spike. Er sah zu ihm auf und wedelte immer noch voller Begeisterung mit dem Schwanz. „Wie … wie kannst du es wagen?", polterte Arvin los. Dann stürmte er auch schon auf das Fotoalbum zu und riss es hoch, wobei ein ganzer Haufen loser Fotos auf den Boden segelte.

Livia war immer noch komplett überrumpelt und stammelte: „Ich … ich hab mir nur Spike Nummer eins angesehen."

Arvin eilte mit dem Fotoalbum auf den Tisch zu, legte es unendlich vorsichtig darauf ab und begann, die dünnen Pergamentseiten glatt zu streichen, die bei dem Sturz verknickt worden waren. Sein Verhalten passte in keiner Weise zu der Art, wie er redete. „Spike Nummer eins, wie du ihn nennst", schnaubte er, „geht dich nichts an. Nichts, gar nichts, verstehst du?"

Livia antwortete nicht gleich, spürte aber, wie sich eine unbändige Wut in ihrem Inneren aufbaute.

„Und Spike Nummer zwei geht dich nichts an", gab sie zurück. „Verstehst du?"

„Ach, um ihn zu pflegen, wenn du nicht zur Verfügung stehst, bin ich gut. Aber wenn es um die übrige Zeit geht, dann heißt es ‚Adios', ja?"

„Ich hab dich nicht gebeten, Spike zu übernehmen", konterte Livia. „Das war einzig und allein Karens Idee. Glaub mir, ich hätte lieber einen Fremden engagiert, als dich damit zu betrauen!"

„So wie ich lieber eine Fremde geheiratet hätte!"

Als der Satz heraus war, schnappte Livia verzweifelt nach Luft. Sie hätte so gern darauf geantwortet, konnte aber nicht. Es saß einfach zu tief. Sekundenlang herrschte eine Stille, die so schwer und dicht war, dass man sie hätte anfassen können. Dann hauchte Livia mit letzter Kraft: „Ich packe. Gib mir zehn Minuten, dann siehst du mich niemals wieder.“ Sie wandte sich an Spike. „Komm her, Spike.“

Arvin streckte blitzschnell die Hand aus, griff nach Spikes Halsband und hielt ihn fest. „Der Hund bleibt bei mir.“ Seine Worte waren fast genauso leise, wie es die von Livia gewesen waren.

Livia starrte ihn an. Sie konnte nicht glauben, was hier geschah. „Der Hund ist mein Eigentum“, flüsterte sie. „Ich habe ihn gekauft.“

„Mit meinem Geld.“

„Irrtum“, fauchte Livia. Ihre Stimme hatte sich ein wenig gefestigt. „Manfred hat mir das Geld geliehen. Und er wird gerne noch ein bisschen auf die Rückzahlung warten.“

„Du kannst ja auf Herausgabe klagen“, sagte Arvin kalt. „Freiwillig wirst du Spike jedenfalls nicht bekommen.“

„Du … du … Schuft, du Monster …“, kreischte Livia, stürzte sich auf Arvin und schlug mit den Fäusten auf ihn ein. Dabei entstand neuer Schmerz in ihrem rechten Oberarm, was sie in ihrer Wut jedoch ignorierte. „Das werde ich mir nicht gefallen lassen! Hörst du? Hörst du?“ Sie schlug weiter um sich, erreichte ihr Ziel jedoch nicht mehr, weil Arvin sie quasi am ausgestreckten Arm verhungern ließ. Mit der linken Hand hielt er immer noch ganz lässig Spike fest, die Rechte umklammerte schmerzhaft Livias linken Oberarm und hielt sie so weit von sich entfernt, dass sie allenfalls seinen Arm bombardieren konnte. Das allerdings schien Arvin nicht einmal zu spüren. Sein stahlharter Griff lockerte sich nicht im Geringsten. „Lass mich … los“, keuchte Livia und begann in ihrer Not, auch noch nach Arvin zu treten. Beim ersten Mal traf sie ihn sogar, als sie jedoch zum zweiten Mal ausholte, ließ Arvin sie blitzschnell los, was zur Folge hatte, dass sie das Gleichgewicht verlor und zu Boden stürzte.

Als sie schmerzhaft auf ihrem Gesäß landete, drehte Livia vollends durch, griff wahllos um sich, bekam das Fotoalbum zu fassen und schleuderte es mit voller Wucht gegen Arvin. Dort prallte es ab und klatschte ebenfalls zu Boden. Sehr zu Livias Überraschung ließ das Arvin jedoch längst nicht so kalt wie ihr eigener Sturz.

„Nein!", schrie er auf, ließ Spike los und bückte sich nach dem Album.

Aber er hatte nicht mit Livia und ihrer unermesslichen Wut gerechnet. Sie schnellte vor, packte das Album und riss schon im nächsten Moment mit einem Ratschen die erste Seite heraus.

„Nein!", schrie Arvin ein weiteres Mal und versuchte, das Album zu erreichen.

Aber Livia entwand sich ihm, schaffte es ein paar Meter von ihm weg und riss, von seiner Panik beflügelt, gleich zwei weitere Seiten heraus. Fotos segelten zu Boden, ebenso Fotoecken und Papierschnipsel.

„Bitte", flehte Arvin. „Livia!"

War es die Tatsache, dass sie ihren Namen zum allerersten Mal aus seinem Mund hörte? Oder war es sein Tonfall? Es hatte geklungen, als würde sie sein Herz zerreißen!

Kurz bevor ihr die nächste Seite zum Opfer fiel, hielt sie inne und sah zu ihm hinüber.

„Bitte!", krächzte Arvin ein weiteres Mal. Inzwischen kniete er vor ihr und streckte flehend seine Hände zu ihr aus. Seine Haltung ähnelte der eines Kindes, das sein Spielzeug zurückhaben wollte. Aber seine Augen erzählten mehr. Sie sprachen davon, dass ein Teil seines Lebens bedroht war.

Livia machte immer noch den Eindruck, als hätte man sie auf Standbild gestellt. Sie saß regungslos da, die rechte Hand an der nächste Seite des Albums, bereit, mit der Zerstörung fortzufahren.

„Du … du hast mir schon die Zukunft weggenommen", brach es aus Arvin hervor. „Nimm …" – er klang, als ob er jeden Moment in Tränen ausbrechen würde – „nimm mir nicht auch noch die Vergangenheit weg!"

„Wie?", flüsterte Livia und sah ihn jetzt genauso flehend an. „Wie hab ich dir die Zukunft weggenommen?"

„Wenn ich es dir sage –"

Livia verstand ihn auch, ohne dass er den Satz zu Ende sprach. Sie nickte. „Wenn du es mir sagst, kriegst du es zurück."

Arvin ließ die Hände sinken und sackte erleichtert in sich zusammen. Sein Kinn fiel auf seine Brust. „Du hast mich betrogen", sagte er tonlos. „Vom ersten Tag an. Hundertmal hast du gesagt, dass es sich nicht wiederholen wird. Aber das hat es. Immer und immer und immer wieder ..."

Livia starrte ihn an. Wie er so dasaß ... so eingefallen und beraubt ... als wäre es erst gestern gewesen ... nein, als wäre es wahr! „So etwas würde ich niemals tun", hörte sie sich sagen. „Niemals."

Arvin hob den Kopf. „Willst du es bestreiten?"

„Hast du mich auf frischer Tat ertappt?"

Arvin lachte kurz auf. „Glaub mir, das war nicht nötig. Du hast keinen Hehl aus deinen Seitensprüngen gemacht."

„Du bist krankhaft misstrauisch", behauptete Livia. „Wahrscheinlich siehst du Dinge, die niemals da waren."

Livias Worte riefen eine Veränderung in Arvins Gesichtsausdruck hervor. Die Hilflosigkeit verschwand hinter neu gewonnener Stärke. Er streckte ein weiteres Mal die Hand aus. „Du hast es versprochen."

„Warum bedeutet es dir so viel?", hörte Livia sich fragen.

Aber der Zugang zu ihm war längst versperrt. „Du stellst weitere Bedingungen?", fragte er kalt.

Livia senkte enttäuscht den Blick, streckte ihrerseits die Hand aus und reichte ihm das kaputte Album. „Ich könnte dir helfen, es zu reparieren", sagte sie heiser.

„Du hilfst mir, wenn du mich allein lässt", sagte Arvin.

Und Livia gehorchte.

Kapitel 22

Livia hatte sich in ihrem Leben noch niemals zuvor so heftig gestritten. Und noch niemals zuvor hatte sich ihr ein Streit derart eingeprägt. Er war einfach nicht wieder loszuwerden. Er begleitete sie durch den Tag, schlich sich in ihre Träume und war präsent, wenn sie morgens aufwachte. Mehrfach spielte sie mit dem

Gedanken, die Drohung, ihre Sachen zu packen, wahrzumachen. Aber es war keine durchdachte Entscheidung gewesen. Und sie hatte auch nicht die Kraft dazu. Jetzt erst recht nicht mehr …

Am schlimmsten war es, wenn sie Arvin begegnete.

Oder war es am schlimmsten gewesen, als sie das reparierte Fotoalbum zur Hand genommen hatte? Ihr war instinktiv klar gewesen, dass Arvin das Album wieder herrichten würde. Ihr war auch klar gewesen, dass es fast wie vorher aussehen würde. So wie die Vase.

Warum zerriss es ihr dann das Herz, wenn sie es betrachtete? Warum fühlte sie sich derart schuldig?

Es gab keinen Grund dafür. Arvin hatte sich unmöglich benommen. Er hatte sie beleidigt. Grundlos. Sie war sicher, nein, sie *wusste*, dass sie Arvin nicht betrogen hatte. Selbst wenn sie sich nicht mehr an früher erinnern konnte, fühlte sie doch, dass es nicht stimmte. Aber wie war er zu dieser Überzeugung gelangt? Und wie, bitte schön, konnte sie ihm beweisen, dass er sich getäuscht hatte?

„Arvin behauptet, ich hätte ihn betrogen", sagte Livia, kaum dass ihr Karen am darauffolgenden Abend die Haustür geöffnet hatte. „Ist er paranoid, oder was?"

Karen öffnete ihren Mund, um etwas dazu zu sagen, schloss ihn dann aber wieder. Livia fand, dass sie krank und eingefallen aussah, hatte aber keine Kapazitäten frei, um das zum Ausdruck zu bringen. „Jetzt sag was dazu", befahl sie stattdessen.

„Ist das der Grund deines Besuchs?", erkundigte sich Karen. Sogar ihre Stimme klang müde.

Livia nickte nur.

„Dann würde ich vorschlagen, du kommst erst einmal rein. Wie du dir denken kannst, ist Vanessa noch nicht im Bett."

Der Beweis für diese Aussage stürmte in diesem Moment auf den Flur und flog mit einem begeisterten Aufschrei in Livias Arme. „Ich hab ein neues Armband", plapperte sie drauflos. „Hier, guck mal. Mama hat es mir geschenkt. Wir waren auf dem Jahrmarkt. Ich bin Autoscooter gefahren. Und ich hab Fische geangelt. Und Fäden gezogen." In ihrem langen weißen Nachthemd sah Vanessa unglaublich süß aus. „Ich durfte alles machen, was ich wollte!"

Das sieht Karen gar nicht ähnlich, huschte es durch Livias Kopf. Soweit sie wusste, verdiente Karen gerade so viel, wie sie zum Leben brauchte. ‚Alles zu machen, was man wollte', lag da garantiert nicht drin. „Du hast bestimmt jede Menge Zuckerwatte gegessen. Auf jeden Fall bist du schwerer geworden", behauptete Livia und hatte wirklich alle Hände voll zu tun, um Vanessa auf dem Arm zu behalten. Zum einen konnte sie ihren rechten Arm sowieso nicht richtig gebrauchen, zum anderen hatten die Handgreiflichkeiten mit Arvin dafür gesorgt, dass die Verletzung wieder schmerzte und zu guter Letzt war Vanessa mit ihren inzwischen sechs Jahren wirklich schon ganz schön groß und schwer. „Soll ich dich vielleicht ins Bett bringen?", schlug Livia vor.

„Jaaa!", jubelte Vanessa, sprang von Livias Arm und zog sie schon im nächsten Moment mit sich fort.

Die Ablenkung tat Livia erstaunlich gut. Als sie eine gute halbe Stunde später zu Karen ins Wohnzimmer kam, war sie wesentlich entspannter als vorher. Und sie drehte sich nicht mehr ganz so sehr um sich selbst. Als Karen mit Gläsern und einer Flasche Wasser ins Wohnzimmer kam, fiel ihr wieder auf, wie schlecht diese aussah, und sie fragte: „Warst du jetzt eigentlich mal beim Arzt?"

„Sicher", erwiderte Karen und stellte ihre Fracht auf dem Couchtisch ab.

„Und?"

„Es ist furchtbar, wenn Kollegen einen in die Mangel bekommen", seufzte Karen. „Ich glaube, sie missbrauchen mich als Versuchskaninchen …"

„Haben sie denn was gefunden?"

Karen setzte sich. „Der Magen ist in Ordnung", antwortete sie. „Und der Darm auch …"

Livia bekam nicht mit, dass Karens Tonfall Ansätze eines „Abers" enthielt. „Dann geht's ja", atmete sie auf. Geich darauf kehrte sie zu dem Thema zurück, das ihr wirklich unter den Nägeln brannte: „Arvin hat mir gesagt, was seinen Hass auf mich hervorgerufen hat", sagte sie.

„Das freut mich, Livia", antwortete Karen ernst. „Wirklich. Erstens verstehst du jetzt, warum Arvin so fühlt, wie er fühlt, und zweitens ist es für ihn wichtig. Wenn er nicht endlich anfängt, seine Verletzungen zu bearbeiten, wird er sich vollends zugrunde richten."

Livias Augen waren bei diesen Worten zusehends größer geworden. „W-was ... was willst du damit sagen?", stammelte sie erschüttert. „Doch nicht, dass es stimmt?!"

Karen runzelte die Stirn und sah Livia prüfend an. „Du musst es doch ahnen, Livia. Zumindest *ahnen*." Ihr Blick wurde weich und liebevoll. „Stell dich der Wahrheit, Livia. Tu es. Das ist auch *deine* einzige Chance."

„Aber ... ich ..." Livia sprang auf und stieß dabei so fest gegen den Tisch, dass dieser wackelte. Beinahe wäre sogar die Wasserflasche umgefallen. „Nein!", rief sie. „Es ist nicht wahr! Ich ahne nichts! Im Gegenteil! Ich *weiß*, dass es *nicht* wahr ist! Ich würde so etwas niemals tun!"

Aber der mitleidige Blick, den diese Worte bei Karen hervorriefen, sprach eine deutliche Sprache.

„Glaub doch, was du willst!", fauchte Livia und schlängelte sich zwischen Tisch und Sofa durch. „Das tust du doch sowieso! Du warst nie auf meiner Seite. Nie!" Mit diesen Worten stürmte sie auf den Flur zu.

„Wer liebt, sagt die Wahrheit", rief Karen hinter ihr her. Aber die Antwort, die sie bekam, bestand nur aus dem Geräusch, das die Wohnungstür verursachte, als sie lautstark hinter Livia ins Schloss fiel.

❧

Als Enno nach mehrfachem Klingeln endlich die Haustür öffnete, wirkte er zuerst überrascht, dann schockiert und schließlich ärgerlich. Ohne ein Wort zu sagen, streckte er die Hand aus, griff nach Livias Arm und zog sie in die Wohnung. Erst als er die Tür wieder geschlossen hatte, begann er zu sprechen. „Bist du verrückt?", fuhr er sie an. „Ich bin auf deinen Besuch nicht vorbereitet!"

Livia antwortete nicht darauf. Sie war ohnehin schon völlig fertig, die Augen ganz rot vom vielen Weinen, die Haare zerzaust.

„Und wie du aussiehst“, fuhr Enno mit seiner Schelte fort. „Du hast unter Garantie die Aufmerksamkeit des ganzen Hauses auf dich gelenkt!“

Ein neuer Schwall Tränen schoss aus Livias Augen und vernebelte ihr die Sicht. Trotzdem drehte sie sich um und streckte die Hand nach der Türklinke aus.

„Jetzt warte“, sagte Enno etwas gemäßigter und eine Spur gönnerhaft. „Wenn du schon mal da bist …“ Er deutete auf eine Tür. „Da hinten ist das Wohnzimmer. Soll ich dir einen Kaffee kochen?“

Livia ließ die Türklinke wieder los, rührte sich aber nicht vom Fleck. Sie kramte umständlich ein Taschentuch aus der Hosentasche, schnaubte lautstark hinein und wandte erst dann den Kopf. Ein völlig beleidigter Blick traf Enno.

„Entschuldige“, seufzte dieser. „Ich hab's nicht so gemeint.“

„Wo ist das Wohnzimmer?“, fragte Livia nach. Ihre Stimme klang völlig belegt.

Enno deutete noch einmal in die entsprechende Richtung, worauf Livia mit langsamen Bewegungen und herabhängenden Schultern darauf zutrottete. Derweil bog Enno in die Küche ab.

Als Livia kurz darauf das Wohnzimmer betrat, hatte sie einen erstaunlich großen Raum vor sich, an den sich in der gesamten Breite ein Balkon anschloss. Durch die bodentiefen Fenster war der Raum extrem hell und freundlich. Livia fühlte sich gleich ein bisschen wohler. Rechts neben ihr befand sich eine moderne Couchgarnitur mit roten, auf Metallfüßen stehenden Sofas und Sesseln.

Livia steuerte allerdings nicht darauf, sondern erst einmal auf den Balkon zu. Ihr war jetzt nach ein bisschen frischer Luft. Unglücklicherweise war die Tür, die auf den Balkon führte, verschlossen. Und die Brüstung des Balkons verhinderte jeden Blick ins Grüne.

Livia seufzte tief und ging auf die Sitzecke zu, kam dabei aber an einem Schreibtisch vorbei, den Enno offensichtlich nicht sehr häufig aufräumte. Er war mit Papieren und Büromaterialien übersät. Als Livia ihn passierte, fiel ihr Blick auf einen kleinen Aktenordner, der die Aufschrift „Angelika“ trug. Der Frauenname versetzte Livia einen kleinen eifersüchtigen Stich und sorgte dafür, dass sie den Ordner in die Hand nahm. Sie wollte ihn gerade aufschlagen, als Enno das Wohnzimmer betrat.

„Hey", entfuhr es ihm.

Livia zuckte so erschrocken zusammen, dass ihr der Ordner aus der Hand fiel. Er klatschte leise auf den hellblauen Veloursteppichboden.

„Wühlst du immer in anderer Leute Sachen herum?", fuhr Enno sie an.

„Ich … äh … nein!", stammelte Livia und wollte sich nach dem Ordner bücken.

„Fass ihn nicht an!", fauchte Enno.

Livia zuckte zurück, als hätte sie sich die Finger verbrannt.

„Was hast du gesehen?", fragte Enno und kam mit großen Schritten auf Livia zu.

„Nichts, gar nichts", stotterte diese und wich zurück, bis der Schreibtisch sie aufhielt.

„Lüg mich nicht an!" Enno war immer noch vollkommen aufgebracht und baute sich breitbeinig vor Livia auf. Der Raum zwischen ihnen schrumpfte auf wenige Zentimeter zusammen.

„Ich lüg dich nicht an", beteuerte Livia und schob sich so weit nach hinten, dass die Tischplatte beinahe schmerzhaft gegen ihren Po drückte. Sie hatte auf einmal regelrecht Angst vor Enno.

„Was – hast – du – gesehen?", knurrte Enno wie ein bissiger Hund.

„Sag doch ruhig, dass diese Angelika deine Freundin ist", schrie Livia ihn an. „Es ist mir egal. Ihr könnt euch alle neue Frauen und Freundinnen suchen, okay? Es ist mir scheißegal!"

Ihre Worte hatten eine seltsame Wirkung auf Enno. Innerhalb kürzester Zeit entspannten sich seine Gesichtszüge und er begann sogar zu lächeln. „Tut mir leid", sagte er und schüttelte den Kopf. „Ich weiß nicht, was in mich gefahren ist. Tut mir wirklich leid."

Livia runzelte nur die Stirn. Die Verwandlung war einfach zu plötzlich.

„Ich hatte so viel Ärger mit Arvin diese Woche, dass ich überall Verrat wittere. Es tut mir leid, Livia, ehrlich."

Livia starrte ihn aus großen Augen an. „Du hast geglaubt, ich schnüffle für Arvin?" Sie war fassungslos. „Aber du ... du weißt genau, dass wir uns spinnefeind sind."

Enno seufzte tief. „Schon ... aber ..." Er verschränkte die Arme vor der Brust, löste sie wieder und gestikulierte mit den Händen. „Du bist immer mit ihm zusammen, Livia. Und mit mir nur noch selten. Manchmal denke ich ..." – er legte die Hände rechts und links neben Livia auf die Tischplatte und kam ihr dadurch erneut bedenklich nah – „... ihr kommt wieder zusammen."

Ennos Atem streifte Livias Gesicht und nahm ihr dadurch die Fähigkeit, selbst Luft zu holen. Sie hatte keine Ahnung, was hier passierte. Und auch als Enno sie küsste, reagierte sie nicht. Das alles schien nicht ihr zu passieren, sondern jemand anderem. Weder ihre Gefühle noch sonst etwas reagierte. Nicht einmal ihr Mund bewegte sich.

„Ich liebe dich", raunte Enno ihr zu.

Livia blinzelte ein paarmal, kam aber auch dadurch nicht richtig zu sich.

„Es wäre jetzt deine Aufgabe, mir ebenfalls zu sagen, dass du mich liebst", lächelte Enno. Anscheinend interpretierte er Livias Verhalten als Zustimmung.

„Ich ...", krächzte Livia, brach dann aber ab. In ihrem Inneren suchte sie verzweifelt nach einer Gefühlsregung, nach *irgendeiner* Regung. Aber da war nichts, gar nichts. Nur Leere. Was bedeutete das?

„Sag es", flüsterte Enno und näherte sich schon wieder Livias Mund.

„Ich bin zu dir gekommen, damit du mir sagst, dass ich keine Ehebrecherin bin", presste Livia mit weinerlicher Stimme hervor.

Dieses Mal war es Enno, der ein Stück zurückwich. Er starrte sie an. „Wie bitte?" Aber dann schien er zu verstehen. „Hat Arvin das behauptet?"

Livia nickte nur.

„Er lügt", behauptete Enno schlicht.

„Das klingt heute etwas ... etwas schal aus deinem Mund", stammelte sie und starrte auf ebendiesen.

„Mag sein", sagte Enno leichthin. „Aber Arvin ist ein Arschloch. Das hast du tausendmal erlebt. Er würde alles behaupten, was seinen Zwecken dient."

„Welchen Zwecken?"

„Das weiß ich doch nicht", antwortete Enno und wandte sich mit einer ruckartigen Bewegung von Livia ab. „Deine Fragen klingen, als würdest du ihm glauben."

„Bis eben nicht", antwortete Livia, während sie Enno mit ihren Blicken verfolgte. „Aber jetzt ..." Und dann fragte sie ihn geradeheraus: „Hab ich Arvin mit dir betrogen?"

„So'n Blödsinn", lachte Enno und schüttelte heftig mit dem Kopf. „Du hast Arvin nie betrogen. Weder mit mir noch mit irgendjemandem sonst. Und wenn du es jetzt tätest ..." – er warf ihr einen seltsamen, fast auffordernden Blick zu – „... dann wäre es die *Folge* seines Verhaltens, nicht die *Ursache*."

„Ich weiß nicht, Enno ... Ich ... erinnere mich nicht an früher. Und ich will mir nichts vorwerfen lassen müssen, verstehst du?"

Enno seufzte tief, streckte den linken Arm aus und wies auf die Tür. „Dann mach halt deine Erfahrungen, Livia. Früher oder später wird Arvin dir schon zeigen, wo dein Platz ist, da mach ich mir gar keine Sorgen."

Livia nickte, doch wirkte ihr Gesichtsausdruck ziemlich gequält. Sie hätte ein Vermögen gegeben, um schon jetzt zu erfahren, wo ihr Platz war.

Enno schien ihre Gedanken lesen zu können. Jedenfalls sagte er ernst: „Wann immer du kommst, Livia, ich werde hier sein und auf dich warten."

Livia fuhr sich mit der Zunge über die Lippen. Die Erinnerung an den Kuss hatte nichts wirklich Schönes an sich. Und auch sein übriges Verhalten war alles andere als angenehm gewesen. Ihr Blick fiel noch einmal auf den Aktenordner. „Ich glaub, ich kannte mal eine Angelika", sagte sie wie zu sich selbst. „Aber das muss früher gewesen sein, ganz früher." Ihr Blick wanderte in die Ferne. „Wenn ich es nur greifen könnte ...", murmelte sie. Aber dann schüttelte sie den Kopf und wandte sich zum Gehen.

Kapitel 23

Die Begegnung mit Enno bewirkte so ziemlich das Gegenteil von dem, was Livia bezweckt hatte.

Eigentlich hatte sie ihn aufgesucht, um sich bestätigen zu lassen, dass die ganze Seitensprunggeschichte nur in Arvins Kopf passiert war. Aber dann hatte er sie geküsst … und dadurch alles ganz neu infrage gestellt. War es möglich, dass sie Arvin mit Enno betrogen hatte? Und dass sie gerade dabei war, das Ganze zu wiederholen?

Die Antwort auf diese Frage schien ganz eng mit Livias Frage nach sich selbst, ihrem Charakter, ihrem Leben verknüpft zu sein. Und sie musste beantwortet werden. Sie *musste.*

Livia dachte lange darüber nach, wie dies möglich wäre, und kam zu dem Schluss, dass sie Menschen aufsuchen musste, die mit Arvin bekannt waren. Vielleicht hatte er ihnen erzählt, was zu Hause passiert war. Und vielleicht, ganz vielleicht, konnte sie ihnen sogar etwas entlocken. Das Problem war nur, dass ihr auf Anhieb niemand einfiel. Außer Enno schien Arvin keine Freunde zu haben und außer Karen keine Verwandte. Aber vielleicht gab es ja in Arvins Kirchengemeinde Menschen, die irgendetwas wussten?

Livia beschloss, nach jedem Strohhalm zu greifen, googelte bei Gunda ein bisschen im Internet herum, suchte sich eine „Bibelstunde" heraus und ließ sich schon wenige Abende später von Manfred zu Arvins Kirchengemeinde fahren.

Die größte Hürde bestand natürlich in ihren eigenen Erinnerungen. Obwohl sie heute besser mit Menschenansammlungen umgehen konnte als noch vor einigen Wochen, wurden ihre Knie schon weich, als sie aus dem Auto ausstieg.

„Hier, nimm mein Handy", sagte Manfred zum Abschied. „Dann kannst du anrufen, wenn ich dich abholen soll."

Livia nahm das Angebot dankend an, warf die Beifahrertür zu und machte sich zügig auf den Weg. Sie hatte keine Jacke an und war einem unerwartet kühlen Wind ausgesetzt. Immerhin regnete es nicht. Obwohl es bereits kurz vor acht war und die Veranstaltung laut Internet um acht beginnen sollte, sichtete sie nur zwei oder drei weitere Leute, die auf das Gebäude zusteuerten.

Livia beruhigte das. Die Massenveranstaltung vom letzten Mal war wirklich nicht das Richtige für sie.

Trotz dieser positiven Aspekte wurde die Erinnerung an ihren letzten Besuch mit jedem Schritt greifbarer. Als sie schließlich das Gebäude betrat, fühlte sie sich fast so eingeengt und bedroht wie damals. Dennoch steuerte sie ohne Umschweife auf den großen Saal zu. Dort angekommen, ließ der Druck ein wenig nach. Es war tatsächlich nur ein Bruchteil der Besucher anwesend, die Livia an jenem Sonntagmorgen angetroffen hatte. Damals waren die meisten Plätze belegt gewesen, heute war nur das Mittelschiff besetzt, und das auch nur im vorderen Drittel.

Auch die Art des Publikums war anders. Während an jenem Morgen alle Altersstufen vertreten gewesen waren, schien die Bibelstunde nur für ältere Menschen das Richtige zu sein. Kaum jemand der Anwesenden war jünger als fünfundsechzig.

Alte Leute haben Zeit zum Plaudern, ermutigte sich Livia und setzte sich in die letzte Reihe, direkt neben eine sympathische alte Dame in einem dunkelblauen, etwas altmodischen Kostüm.

„'n Abend", sagte Livia und lächelte zaghaft.

Die Frau lächelte zurück und entblößte dabei eine Reihe perfekt sitzender Zähne.

Dritte, dachte Livia sofort.

„Sie müssen schon entschuldigen", sagte die Dame. Sie war mindestens achtzig, jedenfalls hatte sie schneeweiße Haare und ziemlich viele Falten. „Ich hab nicht mehr das beste Gedächtnis. Aber ich glaube, wir haben uns schon mal gesehen …"

„Ich bin Livia Scholl", stellte sich Livia vor und wartete gespannt auf eine Reaktion.

„Scholl? Arvins Frau?" Es gelang der Frau nicht, ihre Verwunderung zu verbergen.

Livia nickte erneut.

„Brunhilde Schneider", erwiderte die Frau und streckte Livia ihre Hand entgegen. Sie war warm und weich. „Wenn Sie Arvins Frau sind, dann … dann waren Sie schon einmal hier, nicht wahr?"

„Sie meinen, vor ein paar Wochen?"

Die ältere Dame nickte.

„Ich bin wohl ohnmächtig geworden", seufzte Livia.

„Das war ein ganz schöner Schreck. Es hieß, Sie seien noch nicht wieder richtig gesund seit Ihrem Unfall. Jedenfalls habe ich den ganzen Gottesdienst über für Sie gebetet." Frau Schneider musterte Livia einmal kurz von oben bis unten und schenkte ihr dann ein warmes Lächeln. „Scheint ja geholfen zu haben."

Wenn man dran glaubt …, dachte Livia und sagte: „Es geht mir besser, wenn Sie das meinen."

„Auf jeden Fall sehen Sie aus wie das blühende Leben", nickte Frau Schneider. „Fast noch besser als früher."

Livias Kopf ruckte herum. „Sie kennen mich von früher?"

„Aber sicher, Sie wurden doch in dieser Gemeinde getraut. Schließlich ist Arvin schon seit Ewigkeiten hier Mitglied."

An dieser Stelle hörte Livia auf, ihre Worte mit Bedacht zu wählen. Die Sätze sprudelten einfach aus ihr heraus. „Wie sah ich aus?", keuchte sie mit unterdrückter Stimme. „Ich meine … damals … bei der Hochzeit? Sie haben nicht zufällig ein Hochzeitsfoto von mir?"

Brunhilde Schneider starrte Livia verwundert an. „Arvin hat doch bestimmt Hunderte von Hochzeitsfotos zu Hause …"

Aber Livia hörte nicht auf sie. Stattdessen schnellten ihre Hände vor und legten sich auf die Hände von Frau Schneider. „Bitte", flehte sie. „Bitte sagen Sie mir, dass Sie ein Hochzeitsfoto von mir haben!"

„Aber … aber sicher hab ich eins", stotterte Frau Schneider. „Ich war doch immer gut mit den Scholls befreundet."

„Mit den Scholls?", hauchte Livia. „Sie meinen mit Arvins Eltern? Wo sind sie jetzt? Haben Sie ihre Adresse?"

Frau Schneider antwortete nicht. Ihr Blick zeigte deutlich, dass sie jetzt doch nicht mehr so sicher war, ob es Livia besser ging. Aber auch wenn sie gewollt hätte, wäre sie Livia die Antwort schuldig geblieben, denn jetzt ertönte von verschiedenen Seiten ein vernehmliches „Pssst". Als Livia aufblickte, sah sie, dass der Pastor vorne stand und auf Ruhe wartete. Wenig später begann er mit ein paar einleitenden Worten, betete und stimmte einen Chorus an.

Derweil herrschte in Livias Kopf ein einziges Durcheinander. Wenn es so einfach war, an Informationen zu kommen, wieso war sie dann nicht früher auf die Idee gekommen, diese Gemeinde zu besuchen?

Sie sah vorsichtig zu der alten Dame hinüber und fing einen ganz kurzen, aber auch ziemlich irritierten Blick auf. Hoffentlich war sie nicht zu aufdringlich gewesen. Hoffentlich war Frau Schneider bereit, ihr die Fotos zu zeigen.

Der Pastor begann jetzt mit der eigentlichen Bibelstunde und stellte damit Livias Geduld auf eine harte Probe. Was hätte sie dafür gegeben, wenn sie anstelle einer langweiligen Predigt einen Blick in Frau Schneiders Fotoalben hätte werfen dürfen.

Erstaunlicherweise las der Pastor nicht aus der Bibel vor, sondern erzählte die Geschichte eines Babys, das zur Geburt eine Stoffpuppe geschenkt bekam. Die Mutter des Babys legte die Stoffpuppe mit in den Stubenwagen. Das Baby wuchs heran, wurde zu einem niedlichen kleinen Mädchen und gewöhnte sich so sehr an die weiche Puppe, dass es bald keinen Schritt mehr ohne sie unternahm. Ihre Liebe zu der Puppe überdauerte nicht nur die Windeljahre, sondern auch den Kindergarten. Schließlich kam das Mädchen zur Schule. Im Verlauf der Schuljahre wurde es immer größer und hübscher, die Puppe hingegen wetzte sich immer mehr ab. Aus der Not heraus steckte die Mutter sie ein paarmal in die Waschmaschine, was auch nicht gerade zu ihrer Stabilität beitrug. Als das Mädchen in die sechste Klasse kam, war die Puppe bereits an mehreren Stellen geflickt, hatte neue Augen bekommen und nur noch sehr wenige Haare. Trotzdem verbrachte sie auch jetzt noch jede Nacht im Bett des Mädchens. Erst als das Mädchen nach dem Abitur studieren ging, übergab es ihre Puppe der Mutter.

„Was denkt ihr, hat die Mutter mit der Puppe gemacht?“, fragte der Pastor in die Runde.

Sehr zu ihrem eigenen Erstaunen hing Livia zu diesem Zeitpunkt bereits voller Faszination an seinen Lippen.

„Sie hat sie weggeworfen“, sagte ein Mann aus der ersten Reihe.

„So eine Antwort kann nur von einem Mann kommen“, seufzte eine Frau, die nur zwei Reihen vor Livia saß. „Also, wenn ich diese Mutter wäre – und ich hatte Kinder, wie ihr wisst –, dann hätte ich die Puppe ein weiteres Mal gewaschen, vernünftig repariert und sorgfältig weggelegt."

„Eins-a-Antwort", lächelte der Pastor, der trotz eines Vollbartes noch ziemlich jung wirkte. „Denn genau das hat die Mutter getan. Die Frage ist nur: Warum? Welchen Grund hat dieses Verhalten?"

„Vielleicht war die Puppe wertvoll", mutmaßte der Mann, der sich schon eben zu Wort gemeldet hatte.

„Also, auf dem Flohmarkt hätte man nichts mehr für sie bekommen", stellte der Pastor klar. „Gar nichts."

„Sie war trotzdem wertvoll", behauptete ein anderer Mann. „Einfach weil sie für das Mädchen wertvoll war."

„Genau richtig", lächelte der Pastor. „Sie war wertvoll, weil jemand beschlossen hatte, dass sie wertvoll war. Und genau da wird die Sache interessant. Wir alle kennen Menschen, die Werte *suchen*. Es gibt sie im Grunde an allen Ecken und Enden. Goldgräber sind solche Menschen … oder Briefmarkensammler … Ähnlich verhält es sich mit Arbeitgebern, die Einstellungstests durchführen, oder …" – er grinste plötzlich – „na ja … mit Dieter Bohlen, wenn er mithilfe von Castings den neuesten Superstar sucht."

Ein paar Leute lachten amüsiert auf. Andere machten ein verwundertes Gesicht. Wahrscheinlich hatten sie noch nie DSDS gesehen …

„Was es viel seltener gibt", fuhr der Pastor fort, „sind Menschen, die Werte *geben*. Eltern sollten solche Menschen sein. Sie geben den Kindern ihren Wert, indem sie an sie glauben und sie fördern, noch bevor sie irgendetwas auf die Beine gestellt oder überhaupt einen Schritt vor den anderen gesetzt haben. Und wir alle wissen, welche Macht sie haben. Wie auch immer die Einstellung der Eltern zu ihnen war, so erleben sich auch die Kinder. Wurden sie geliebt, so halten sie sich für wertvoll und werden seltsamerweise schon in der Schule auch von den anderen Schülern respektiert. Wurden sie aber nicht geliebt, sondern nur kritisiert, dann ringen sie ihr Leben lang um die Anerkennung von außen."

Livia saß wie hypnotisiert auf ihrem Stuhl und starrte auf diesen jungen Pastor. Sie fühlte sich, als wäre sie nur wenige

Zentimeter von ihrer eigenen Antwort entfernt. Was war sie wert? Livia? Livia Scholl?

„Und jetzt verrate ich euch eine Neuigkeit: Die Liebe Gottes ist von ihrer Natur her immer eine wert*gebende* Liebe, nie eine wert*suchende*. Gott hat es nämlich nicht nötig, nach Werten zu suchen. Er ist der Inbegriff aller Werte, allen Wertes. Er ist es, der sowieso alles gibt. Was könnte er jemals suchen, das er nicht schon selbst besitzt? Was?"

Livia runzelte die Stirn. Sie war nicht hier, um etwas von Gott zu hören. Sie wollte etwas über sich selbst erfahren!

„Oder anders ausgedrückt ..." Der Pastor sah in die Runde, streckte seine Hand aus und deutete mit dem Zeigefinger zuerst auf den Mann in der ersten Reihe. „Was ist, wenn Gott dich ..." – sein Finger wanderte weiter – „... dich ... dich ... dich ..."

Als sein Finger an Livia hängen blieb und er ihr direkt in die Augen sah, hatte sie schon eine ganze Zeit lang nicht mehr geatmet ...

„... dich ... so sehr liebt wie das Mädchen diese Lumpenpuppe? Und wenn das alles ist, was du wissen musst? Wenn das das einzige Kriterium für deinen Wert ist? Wenn es nicht darauf ankommt, wie schlau du bist oder wie hübsch oder wie viel Wissen du angehäuft hast oder wie viel Geld? Was, wenn es vollkommen egal ist, was andere Menschen von dir denken? Wenn es nicht auf deine Leistungen ankommt? Nicht einmal darauf, wie ‚gut' du warst oder wie moralisch du gelebt hast?"

Livia war wie elektrisiert, merkte aber gleichzeitig, wie sich Widerstand in ihr regte. Während sie den Blick des Pastors auf der einen Seite beinahe verzweifelt festhielt, manifestierten sich ihre Gedanken auf der anderen in eine klare Richtung. *Niemand liebt mich auf diese Weise ... niemand ... niemand ... niemand.*

Schließlich endete dieser einzigartige Moment. Der Pastor wandte sich seiner Bibel zu, schlug sie auf und sagte: „Es gibt einen wunderschönen Bibeltext, um den es heute gehen soll: 1. Korinther 13, ab Vers 4. Ich werde den Text ein bisschen abwandeln, indem ich statt ‚die Liebe ist' einfach mal ‚Gott ist' lese." Und dann legte er los. „Gott ist langmütig und freundlich, Gott eifert nicht, er treibt nicht Mutwillen, er bläht sich nicht auf, er verhält sich nicht ungehörig, er sucht nicht das Seine, er lässt sich nicht erbittern, er rechnet das Böse nicht zu, er freut sich nicht über die Ungerechtigkeit, er freut sich aber an der Wahrheit, er erträgt alles, er glaubt alles, er hofft alles, er duldet alles …“

Vielleicht duldet er alles, weil ihm alles egal ist, überlegte Livia bitter. *Weil er mich genauso wenig kennt wie ich mich selbst … Wo war er denn in den letzten Monaten? Wo war er, als ich die Böschung hinuntergerast bin? Als ich im Krankenhaus lag?*

An dieser Stelle tauchte wie aus dem Nichts eine Gestalt vor Livias geistigem Auge auf. Es war Karen. Eine Gestalt mit einem unendlich liebevollen Blick … mit Händen voller Fürsorge …

Ich hätte viel mehr gebraucht, dachte Livia ärgerlich. *Einen Ehemann, der mich liebt. Eine Identität! Stattdessen hab ich nicht mal ein Hochzeitsfoto!*

Ihr Blick wanderte nach links zu Frau Schneider. Ob sie bei ihr die Antworten finden würde, die sie so dringend brauchte?

Den Rest der Bibelstunde verbrachte Livia mit der Suche nach einer geeigneten Strategie. Wie konnte sie Frau Schneider erklären, dass sie keine Hochzeitsfotos besaß, ohne ihr Misstrauen zu erregen?

Als sich die Versammlung zum Segensgebet erhob, hatte Livia etwas parat.

„Meine Bitte ist Ihnen sicher seltsam vorgekommen“, begann sie, kaum dass sich die ersten Besucher erhoben. „Wissen Sie … als ich den Unfall hatte, war ich gerade auf dem Weg zu einer Freundin, um die Fotos mit ihr anzusehen. Deshalb wurden sie allesamt zerstört.“

„Oh, das ist ja furchtbar“, erwiderte Frau Schneider entsetzt. „Richtig, richtig furchtbar!“

Livia nickte gequält. Sie hatte ein ziemlich schlechtes Gewissen. Ob es angebracht war, ausgerechnet in einer Kirchengemeinde mit dem Lügen zu beginnen? „Meinen Sie … na ja … Sie könnten mir die Fotos noch heute Abend zeigen?“

Frau Schneider sah auf ihre Uhr. „Ich … ich weiß nicht. Es ist schon nach halb zehn …“

„Bitte“, flehte Livia. „Ich bleib auch nicht lange.“

Die alte Dame zuckte die Achseln. „Nun … ich muss ja morgen nicht raus …“

Livia fiel ihr spontan um den Hals. „Danke! Das werd ich Ihnen niemals vergessen!"

Wie sich herausstellte, wohnte Frau Schneider nicht sonderlich weit entfernt. Nach einem Fußmarsch von nur wenigen Minuten standen beide vor der Eingangstür eines Mehrfamilienhauses. Frau Schneider reichte Livia die Schlüssel. „Ich seh nicht mehr besonders gut", entschuldigte sie sich.

Livia nickte und schloss die Tür auf. Dann hakte sie sich bei der alten Dame ein und half ihr, die Treppen in den dritten Stock zu bewältigen.

Als Livia die Wohnungstür öffnete, schlug ihr eine enorme Wärme entgegen. Erst jetzt fiel ihr auch auf, dass Frau Schneider trotz der Frühlingszeit einen dicken Wollmantel trug. „Sie sind wohl eine Frostbeule", bemerkte Livia lächelnd.

„Ich bin nicht auf Besuch eingestellt", entschuldigte sich die alte Dame und schaltete das Licht ein. „Wenn Ihnen zu warm ist, können wir das Fenster öffnen."

„Nicht nötig", erwiderte Livia und sah sich um. Der Flur war klein und recht altmodisch eingerichtet. Jedenfalls bestand die Garderobe aus verschnörkeltem Eichenholz.

„Das Wohnzimmer ist gleich hier vorne", sagte Frau Schneider und deutete auf die erste Tür zu Livias Linken. „Fühlen Sie sich wie zu Hause, ich hole nur noch etwas zu trinken. Was möchten Sie haben?"

„Ein Glas Wasser vielleicht?", schlug Livia vor.

„Kein Problem."

Während Frau Schneider nach rechts abbog, öffnete Livia die Tür zum Wohnzimmer. Eine Weile tastete sie hinter der Tür nach dem Lichtschalter, dann hatte sie ihn gefunden und konnte die Beleuchtung anschalten. Auch dieser Raum war nicht sonderlich groß, aber enorm warm. Neben einer schlichten Schrankwand aus dunklem Holz gab es ein Sofa und einen Sessel mit einem geblümten Stoffbezug und passenden Kissen.

Livia nahm Platz, hielt aber schon mal nach den Fotoalben Ausschau. Leider entdeckte sie nur ein paar nichtssagende Buchrücken, ziemlich viele Porzellanfiguren und etwas, das wie eine Sammlung alter Schallplatten aussah. Am liebsten wäre sie aufgesprungen, um auch die verschlossenen Schränke zu durchwühlen.

Als Frau Schneider schließlich wiederkam, trommelte Livia bereits unruhig mit den Füßen auf dem Teppich herum.

„Ich wundere mich, dass Arvin nicht schon längst auf die Idee gekommen ist, mich um ein paar Abzüge zu bitten", sagte Frau Schneider und stellte zwei gefüllte Gläser auf die dunklen Fliesen des Couchtisches.

„Ja, das …", stammelte Livia, „… wundert mich auch."

Sehr zu Livias Freude ging die alte Dame auf den Schrank zu und öffnete eine der Türen. „Vielleicht hat er nicht daran gedacht, dass ich welche besitze", überlegte sie.

„Wahrscheinlich …"

Frau Schneider holte eine größere Holzkiste hervor, trug sie zum Tisch und stellte sie dort ab. Dann ließ sie sich auf den einzigen Sessel fallen.

Wieder musste Livia all ihre Kraft aufwenden, um nicht aufzuspringen und über die Kiste herzufallen.

„Ich hab lange keine Bilder mehr eingeklebt", entschuldigte sich Frau Schneider und öffnete die Kiste.

Livia rückte so weit zu ihr herüber, wie es nur irgend möglich war, und versuchte verzweifelt, einen Blick auf die Bilder zu erhaschen. Unglücklicherweise schien in der Kiste wirklich ein ziemliches Durcheinander zu herrschen. Das oberste Bild zeigte zwei Kinder, einen Jungen und ein Mädchen. Frau Schneider nahm eine Brille vom Couchtisch, setzte sie auf und nahm das Bild aus der Kiste. „Das sind Marvin und Stella, meine Enkelkinder." Sie lächelte verklärt. „Möchten Sie mal sehen?"

Livia nickte tapfer und hörte sich in der nächsten Viertelstunde an, was für wundervolle Kinder die beiden waren. „Und meine Hochzeitsfotos?", fragte sie irgendwann.

„Ach ja, genau." Dieses Mal nahm Frau Schneider gleich einen ganzen Packen Bilder aus der Kiste und drückte sie Livia in die Hand. „Am besten, Sie sehen selbst nach."

Livia nickte gierig und durchsuchte die Bilder, indem sie immer eines nach dem anderen hinter die anderen steckte. Im ersten Stoß war nichts. Frau Schneider reichte ihr den nächsten. „Das sind übrigens Benno und Marianne."

Livia runzelte die Stirn. Das Ehepaar auf dem Bild hatte sie schon mal irgendwo gesehen …

„Deine Schwiegereltern“, sagte Brunhilde, als sie merkte, dass Livia die beiden nur verständnislos anstarrte.

„Oh“, machte Livia und erinnerte sich, die beiden auf den Fotos in Arvins Album gesehen zu haben. „Wohnen die beiden sehr weit weg?“

Da Frau Schneider nicht antwortete, sah Livia hoch und fing einen ziemlich erstaunten Blick auf. „Stimmt was nicht?“

„Na ja …“, entgegnete Brunhilde und betrachtete Livia immer noch voller Befremdung. „Du solltest eigentlich wissen, dass sie längst heimgegangen sind …“

Livia hob die Augenbrauen. „Heimge…?“ Als ihr dämmerte, was dieses seltsame Wort bedeuten sollte, machte sie: „Oh … *heimgegangen* … Sind sie das? Das tut mir aber leid … Ich meine …“ Und dann seufzte sie tief. „Frau Schneider, Sie müssen mich für völlig bekloppt halten. Arvin hat Ihnen doch hoffentlich erzählt, dass ich aufgrund des Unfalls viel vergessen habe …?“

Frau Schneider nickte. „Er hat was von Amnesie gesagt …“

„Wann sind sie denn gestorben?“, erkundigte sich Livia. „Vor oder nach meiner Hochzeit?“

„Sie sind gestorben, als Arvin vierzehn war“, sagte Frau Schneider schlicht.

Livia erstarrte. Von einer Sekunde auf die nächste tauchte das Bild eines leeren Fotoalbums vor ihrem geistigen Auge auf. War das etwa der Grund …? „Und wie?“, flüsterte sie atemlos.

Brunhilde Schneider seufzte tief. „Ein Autounfall.“

Livia sah der alten Dame prüfend in die Augen. Die Antwort war irgendwie so zögerlich gekommen … „Er war hoffentlich nicht dabei?“, fragte sie fast flüsternd.

Dieses Mal kam überhaupt keine Antwort.

„Ich muss das wissen“, flüsterte Livia und klang dabei wie eine Verdurstende bei der Bitte um Wasser.

Frau Schneider zögerte immer noch.

„Bitte“, flehte Livia.

„Sein Vater war sofort tot, aber Marianne –“ Ihre Augen füllten sich mit Tränen. Und als sie weitersprach, hatte sie Mühe, ihrer Stimme Stabilität zu verleihen. „Sie war meine Freundin und … sie ist in Arvins Armen gestorben."

Livia schloss kurz die Augen. Als sie sie wieder öffnete, war es, als wäre Arvin ein anderer Mensch für sie geworden. War dieses Erlebnis der Grund für sein Verhalten? Für seine Abneigung gegen Veränderungen? Für seine seltsame, fast fanatische Liebe zu Dingen wie Vasen, Teddybären und Fotoalben? „Wenn …", presste sie hervor, „wenn ich das doch nur gewusst hätte!"

„Dann?", wollte Frau Schneider wissen.

Ja, was dann?

„Ich weiß auch nicht …" Livia schüttelte den Kopf. „Wer hat sich nach dem Tod seiner Eltern um Arvin gekümmert?"

„Karen. Das war Karen."

Livia schluckte schwer. Ihr ging ein Licht nach dem anderen auf! Karens Abneigung gegen das Autofahren … und dann die Art, wie sie mit Arvin umging, diese manchmal fast mütterliche Art … Karen war drei Jahre älter als Arvin. *Siebzehn.* Kein Wunder, dass die beiden so aneinander hingen …

„Hatte ich je eine Chance?", hörte sich Livia fragen.

Frau Schneider runzelte die Stirn. „Was meinst du?"

„Als Ehefrau … Hat er mich je geliebt?"

„Ob er dich geliebt hat? Aber natürlich hat er das! Er war der verliebteste Esel, den ich je gesehen habe!" Bei dem Gedanken musste Frau Schneider lachen. „Wenn er nur deinen Namen gesagt hat, fingen seine Augen schon an zu strahlen. Jedem, der es hören wollte, hat er von dir vorgeschwärmt. Jedem."

Livia wurde gleichzeitig heiß und kalt. „Was hat er denn gesagt … Ich meine … was fand er denn so toll an mir?"

„Zuerst natürlich dein Aussehen, deine großen blauen Augen, dein Lächeln, deine Figur. Aber das war nicht das Ausschlaggebende. Ich glaube, du warst einfach so furchtbar anders als er, so lebendig … quirlig … fröhlich … Außerdem noch unbeschwert … spontan … unkonventionell. Damit hast du ihn aus seiner Traurigkeit gerissen."

Livia ließ diese Worte eine Zeit lang auf sich wirken. Unbeschwert? Fröhlich? In diesen Begriffen erkannte sie sich nicht wieder. „Was ist schiefgegangen?", fragte sie schließlich. Ihre Stimme zitterte.

Frau Schneider ließ sich zu einem weiteren tiefen Seufzer hinreißen. „Ich denke, es war wie so oft im Leben. Aus spontan wurde sprunghaft … aus quirlig anstrengend … aus unkonventionell …“ Sie zögerte.

„Untreu?“, fragte Livia.

„Das hast du gesagt …“

„Stimmt es oder stimmt es nicht?“, brach es aus Livia hervor.

„Arvin hat so etwas angedeutet …“, räumte Frau Schneider ein. Und dann warf sie einen betont vorsichtigen Blick auf Livia. „Was sagst *du* denn dazu?“

Livia zuckte die Achseln. „Ich weiß es nicht, Frau Schneider.“ Sie sackte auf dem Sofa in sich zusammen. „Seit eben weiß ich eigentlich überhaupt nichts mehr.“

Frau Schneider streckte die Hand aus und tätschelte Livias Knie. „Die Situation ist ziemlich verfahren, wie?“

Livia nickte traurig. „Arvin hasst mich. Ich weiß nur noch nicht, ob zu Recht oder zu Unrecht.“

„Spielt das denn eine Rolle?“

„Für mich schon! Vielleicht ist es schwer nachzuvollziehen, aber … Ich hatte diesen Unfall und weiß seitdem nichts mehr. Gar nichts. Ich weiß nicht, wer ich bin. Nicht mal, ob ich ein guter oder ein schlechter Mensch bin.“

„Oh, das kann ich dir beantworten“, lächelte Frau Schneider.

Livia runzelte die Stirn. „Und zwar?“, fragte sie deutlich verhalten.

„Aus Gottes Sicht bist du ein schlechter Mensch, Livia. Und das hängt nicht davon ab, ob du die Ehe gebrochen hast. Jeder Mensch ist schlecht oder sagen wir mal … nicht gut genug. Schon von Geburt aus. Das kannst du im Römerbrief nachlesen. *Alle sind schuldig geworden und haben die Herrlichkeit verloren, in der Gott den Menschen ursprünglich geschaffen hatte.* Das einzige Heilmittel gegen dieses Problem ist Jesus Christus. Wenn er ein Teil von dir ist, bist du in Gottes Augen in Ordnung.“

„Und wenn ich gar keine Lust habe, mich mit Gottes Augen zu sehen?“, fragte Livia provokativ.

Frau Schneider nahm einen Schluck Wasser. „Also, wenn du 'ne bessere Idee hast … nur raus damit!"

„Menschen", sagte Livia. „Ich bin ein Mensch und möchte mich lieber von anderen Menschen beurteilen lassen als von Gott."

„Hm …", machte Frau Schneider. „Frei nach Robert Schuller oder wie?"

„Robert wer?"

„Robert Schuller", wiederholte Frau Schneider. „Er hat mal gesagt: ‚Ich bin nicht, der ich glaube zu sein. Ich bin, der ich glaube, dass du glaubst, der ich bin.'

„Wie bitte???"

„Tja", kicherte Frau Schneider. „Darüber muss man erst mal nachdenken, nicht wahr? Aber dein Wunsch, dich von anderen Menschen beurteilen zu lassen, macht die Sache nun mal kompliziert. Wie wär's, wenn wir zuallerst klären, welche Menschen urteilen sollen? Menschen welcher Kultur? Welcher Zeit?"

„Keine Ahnung … Ist das wichtig?"

„Aber natürlich!", behauptete Frau Schneider. „Es gab Zeiten, da war es komplett in Ordnung, andere Menschen wie Hunde zu halten. Oder jemanden hinzurichten, der vor lauter Hunger einen Apfel vom Baum eines anderen gepflückt hat. Ach, viel mehr noch … in der ganzen Menschheitsgeschichte wurde die Grenze zwischen Gut und Böse willkürlich hin und her geschoben. Die englische Krone hat die grausamsten Piraten in den Adelsstand erhoben, nachdem sie Schiffe verfeindeter Länder angegriffen hatten."

„Dann eben zivilisierte Menschen. Menschen in Deutschland. Heute."

„Also die Spezies, die Wale schützt und Babys abtreibt, ja?"

Livia musste schlucken. „Das mit der Abtreibung ist ein schwieriges Thema …"

„Mag sein. Aber mit dem Ehebruch ist es definitiv genauso schwierig. Stell dir ein junges türkisches Mädchen vor, das zur Ehe gezwungen und dann andauernd geschlagen wird. Dann trifft sie den Mann ihres Lebens. Willst du sie verurteilen, wenn sie jetzt die Ehe bricht? Oder nimm deine eigene Situation. Du weißt doch gar nicht, was zwischen Arvin und dir vorgefallen ist. Und selbst wenn du es wüsstest … oder wenn Arvin sich tatsächlich falsch verhalten hätte … vielleicht hat er eine gute Entschuldigung dafür …“ Frau Schneider schüttelte den Kopf. „Also wenn du mich fragst, hast du nicht den Hauch einer Chance, die Schuldfrage vernünftig zu beantworten.“

Als Frau Schneider geendet hatte, herrschte eine ganze Zeit lang Schweigen. In Livias Kopf war vorher schon ein Knoten gewesen. Und das war durch Frau Schneiders Vortrag nicht gerade besser geworden.

Schließlich erhob Livia sich. „Ich muss jetzt nach Hause“, sagte sie müde. „Schlafen.“

„Kommt nicht infrage“, widersprach Brunhilde Schneider. „Zuerst suchen wir das Foto, dessentwegen du gekommen bist.“ Mit diesen Worten nahm sie Livia den Stapel Fotos aus der Hand, drückte sie sanft zurück aufs Sofa und machte sich nun ihrerseits auf die Suche. Eine ganze Weile arbeitete sie sich schweigend voran, dann hielt sie eines der Fotos triumphierend in die Höhe. „Hier ist es! Ich wusste doch, dass ich welche besitze.“

Livia streckte ihre Hand nach dem Foto aus und nahm es zitternd entgegen. Es war … schön und schrecklich zugleich! Arvin … Frau Schneider hatte nicht übertrieben … Auf dem Foto strahlten seine Augen, als hätte er einen großen Schatz gefunden. Und gut sah er aus … so groß und stattlich … so elegant in seinem dunklen Anzug … Aber die Frau - sie selbst? – schien keinen Bezug zu ihr, Livia, aufzuweisen. Kein Wiedererkennungswert. Keine Erinnerung. Eine Fremde. Nichts weiter. „Sie hat kaum Ähnlichkeit mit mir!“, flüsterte Livia mit zittriger Stimme. „Sehen Sie das?!“

Frau Schneider machte ein erstauntes Gesicht, schälte sich aus ihrem Sessel und ließ sich neben Livia auf dem Sofa nieder. Dann rückte sie ihre Brille zurecht und ließ ihren Blick zwischen dem Bild und Livia hin- und herschweifen. „Nein, das stimmt nicht“, sagte sie schließlich. „Ich sehe die gleiche Statur, die gleiche Haarfarbe, die gleiche Nase …“

„Aber die Augen“, flüsterte Livia. „Das sind nicht meine Augen.“

Frau Schneider zog an Livias Arm und hielt sich das Bild auf diese Weise direkt vor die Nase. „Findest du?“, meinte sie skeptisch. „Also für meinen Geschmack sieht man auf dem Bild viel zu wenig von den Augen, als dass man das beurteilen könnte."

„Nicht meine Augen", flüsterte Livia geistesabwesend.

„Wessen Augen denn dann?", erwiderte Frau Schneider nicht minder leise.

„Wenn ich das nur wüsste", hauchte Livia. „Wenn ich das nur wüsste …"

❧

Als Livia eine gute halbe Stunde später nach Hause kam, sah sie schon vom Hof aus, dass im Wohnzimmer noch Licht brannte. Wahrscheinlich hatte Arvin auf sie gewartet, um ihr Spike zu übergeben. Schließlich kannte er ihren erklärten Wunsch, dass Spike die Nacht in ihrem Zimmer verbrachte und nicht in seinem.

Livia verabschiedete sich von Manfred, zückte ihren Schlüssel und betrat das Haus. Dann zog sie ihre Schuhe aus und steuerte aufs Wohnzimmer zu. Allerdings waren ihre Bewegungen heute ziemlich bedächtig. Und in ihrem Magen rumorte es wie nach einer Achterbahnfahrt. Es kam ihr so vor, als würde sie Arvin gleich zum ersten Mal begegnen, ja, als wäre er nicht mehr der, von dem sie sich vorhin verabschiedet hatte.

Als sie die Wohnzimmertür öffnete, fand sie sowohl Arvin als auch Spike schlafend vor. Arvin saß zusammengekauert auf dem Sofa, sein Kinn lag auf seiner Brust, seine Hände ruhten in Spikes Fell, so als hätten sie es eben noch gestreichelt. Spike selbst lag neben ihm, hatte aber den Kopf auf Arvins Schoß abgelegt.

Livia kam behutsam näher und spürte, wie sich in ihrem Nacken eine Gänsehaut bildete, die sich rasch über ihren gesamten Körper fortpflanzte. Dieses Bild berührte sie so sehr … es war so voller Harmonie, so voller Liebe und Frieden …

Sie sah in Arvins Gesicht. Wenn er schlief, wirkte er so entspannt, wenn nicht gar attraktiv …

Livia musste sich fast zwingen, nicht einfach die Hand auszustrecken und ihn zärtlich zu berühren. Ob es eine Möglichkeit gab, alles, was er erlebt hatte, einfach wegzulieben?

Noch während sie sich mit diesem Gedanken beschäftigte, hob Spike den Kopf. Durch die plötzliche Bewegung erwachte auch Arvin. Er schnellte so plötzlich in eine aufrechte Position, dass Livia unwillkürlich eine paar Schritte rückwärts machte.

„Warum schleichst du dich an?", fauchte Arvin. Weil er noch nicht richtig wach war, nuschelte er ein bisschen.

Livias Blick verfinsterte sich. Anstatt zu antworten, dachte sie bitter: *Weglieben*, ja?

Arvin sah auf seine Armbanduhr. „Wo kommst du überhaupt jetzt erst her? Du hättest mir sagen können, dass du länger wegbleibst."

Livia verschränkte die Arme vor der Brust. „Ich bin dir keine Rechenschaft schuldig."

„Mir nicht, aber vielleicht dem Hund", gab Arvin zurück.

„Spike könnte problemlos ein oder zwei Stunden allein zu Hause bleiben. Was kann ich dafür, wenn du glaubst, ihn wie ein Kind verhätscheln zu müssen?"

Spike winselte unglücklich, so als hätte er bemerkt, dass sich Herrchen und Frauchen stritten.

„Ich verhätschele den Hund also wie ein Kind, ja? Und was ist mit dir? Wer kann denn keine einzige Nacht ohne Spike auskommen, hm?"

„Das bin ich!", schrie Livia ungewohnt heftig. „Und das liegt daran, dass ich in einem Haus wohne, in dem es ansonsten nicht den Hauch von Nähe oder Geborgenheit gibt!"

Diese Worte schienen zu sitzen. Jedenfalls brachten sie Arvin umgehend zum Schweigen. Und als er gleich darauf nach seiner Brille griff und sie mit seinem Shirt putzte, wirkte das fast ein wenig verlegen.

Livia atmete einmal tief durch, um wieder runterzukommen. Dann sagte sie ruhig: „Komm, Spike, wir gehen schlafen."

Spike erhob sich, machte aber keine Anstalten, vom Sofa zu springen.

„Komm, Spike", wiederholte Livia schärfer.

Arvin hatte seine Brille inzwischen wieder aufgesetzt. „Geh", sagte er und nickte dem Hund auffordernd zu. Das half. Spike sprang vom Sofa und trottete mit Livia in Richtung Tür. Als sie sie erreicht hatten, sagte Arvin: „Gute Nacht, Livia."

Livia blieb stehen, drehte sich aber nicht wieder um. „Gute Nacht, Arvin."

❧

Am nächsten Morgen wachte Livia davon auf, dass Spike am Ärmel ihres Schlafanzuges herumzerrte und dabei aufgeregt winselte. „Hey, was soll das?", maulte sie ihn an. Sie war todmüde und hatte noch überhaupt keine Lust aufzustehen. Außerdem hatte sie rasende Kopfschmerzen. Der gestrige Tag war wohl doch zu aufregend gewesen. Warum also nicht ausschlafen?

Die nächste Empfindung war etwas Kaltes, Feuchtes, das wie ein nasser Waschlappen durch Livias Gesicht wischte. „Hör jetzt auf", knurrte sie ärgerlich. „Ich bin müde und will schlafen."

Daraufhin entfernte sich die Hundeschnauze. Dafür begann das Winseln von Neuem.

Als Livia vorsichtig ihr linkes Auge öffnete, wurde sie von gleißend hellem Licht geblendet, erkannte aber einen Schatten, der aufgekratzt vor ihrem Bett hin und her lief. „Was ist denn los?", nuschelte sie verwirrt. „Wie spät ist es?"

Da Spike nicht antwortete, war sie gezwungen, selbst auf ihre Uhr zu sehen. Sie tastete auf dem Nachtschränkchen nach ihrer Armbanduhr, warf dabei ein leeres Glas auf den Teppichboden und fand endlich, was sie suchte. Da es so fürchterlich hell war, brauchte sie mehrere Anläufe, bis sie endlich die Uhrzeit entziffern konnte. Viertel nach elf …

Livia seufzte tief und konnte Spikes Verhalten auf einmal verstehen. Wahrscheinlich musste er mal. Ob Arvin noch da war? Normalerweise wartete er, bis Livia wach war, damit er noch einen kleinen Gang mit Spike unternehmen konnte. Aber Viertel nach elf? Das war wirklich außergewöhnlich spät!

Sie rappelte sich in eine sitzende Position, kämpfte aber immer noch mit ihren Augen. Sie ließen sich einfach nicht richtig öffnen.

Spike bellte unterdrückt.

„Ich komm ja", murmelte Livia und hob die Beine aus dem Bett. Täuschte sie sich oder wackelte das Bett hin und her?

„Oh Mann", stöhnte sie und kühlte mit der rechten Hand ihre pochende Stirn. Dann versuchte sie aufzustehen. Im ersten Moment ging das auch ganz gut, aber als sie schließlich stand, spürte sie sofort, dass mit ihrem Gleichgewichtssinn irgendetwas nicht in Ordnung war. Sie wusste ja kaum noch, wo oben und unten war!

Um das Schlimmste zu verhindern, ging sie eilig in die Hocke. Gleichzeitig wurde ihr klar, dass hier irgendetwas nicht ganz nach Plan lief. Sie konnte weder stehen noch geradeaus gehen. Sie konnte nicht einmal klar sehen! „Arvin", krächzte sie und kämpfte sich gleichzeitig auf ihre Knie. „Arvin!" Er musste doch noch da sein! Er verließ nie das Haus, ohne eine Runde mit Spike zu drehen.

„Spike", flüsterte Livia entsetzt. Obwohl ihr die Umgebung verzerrt erschien, konnte sie erkennen, dass auch der Hund nicht ganz er selbst war. Soeben hatte er begonnen, sich im Kreis zu drehen. Außerdem war das Winseln, das er von sich gab, eine Spur kläglicher geworden. Hinzu kam noch, dass es so aussah, als stünde die Schlafzimmertür sperrangelweit offen.

Das alles ließ nur einen Schluss zu …

Mit einem Ausdruck plötzlicher Entschlossenheit im Gesicht drehte sich Livia um ihre eigene Achse und versuchte, auf allen vieren vorwärtszukommen. Unglücklicherweise fühlten sich ihre Gliedmaßen an, als hätte sie jemand mit Gewichten bestückt. Sie kam einfach nicht richtig vom Fleck.

Das Fenster!, hämmerte es in ihrem Kopf. *Das Fenster!* Mit einer Willenskraft, die wirklicher, tiefer Angst entsprang, kämpfte sie sich Meter um Meter vorwärts. Dabei rang sie verzweifelt darum, nicht das Bewusstsein zu verlieren.

Als sie es bis zur Wand geschafft hatte, krallte sie sich mit beiden Händen an der Fensterbank fest, zog sich mit einem Stöhnen in die Höhe und stützte ihren Oberkörper auf der Fensterbank ab. Inzwischen drehte sich alles um sie herum und das Winseln des Hundes war zu einem verzerrten Fiepen geworden. Auch der Garten, den sie durch das Fenster sehen konnte, war nicht mehr als ein grünliches Durcheinander. „Gunda!" Es war kaum mehr als ein Röcheln, was aus ihrem Mund kam. Sie musste hier raus. Sie *musste*.

Du bist so nah dran …

Sie schloss die Augen, um gegen den alles verschlingenden Schwindel anzukämpfen, und streckte die linke Hand in die Höhe. Dann tastete sie verzweifelt nach dem Fenstergriff. Aber da war nichts, nur eine glatte Fläche. Sie probierte es höher, weiter links, nochmals höher … Da! Ihre Hand packte zu, als würde sie nie wieder loslassen. In der Position, in der sie sich jetzt befand, schien es ihr noch schlechter zu gehen. Sie atmete hektisch, hustete. Ihre Lungen schienen zu brennen, eine dunkle, schwarze Wand zerrte an ihrem Bewusstsein. „Nein", flüsterte sie, schob den Griff in die Höhe und zog daran.

Und tatsächlich, das Fenster öffnete sich einen Spaltbreit, klatschte jedoch gegen ihr Gesicht und wurde von ihr selbst aufgehalten. Sie versuchte, die frische Luft einzuatmen, spürte aber, dass nicht viel zu ihr vordrang. Der Druck des Fensters gegen Livias Gesicht war erstaunlich stark. Mehrmals klatschte es gegen ihr Gesicht, bevor es schließlich siegte und Livia wie einen Blumentopf von der Fensterbank wischte.

Kapitel 24

„Ich *kann* den Termin nicht einhalten", beharrte Arvin. „Keine Chance!"

„Du kannst schon, du willst bloß nicht", schnaubte Enno. Er saß mit einer Pobacke auf Arvins Schreibtisch und sah ihm beim Programmieren zu.

Arvin hörte auf, die Tastatur seines PCs zu bearbeiten, und lehnte sich mit einem Seufzer auf seinem schwarzen Ledersessel zurück. „Wenn ich's doch sage, Enno, ich kann nicht. Ich hab dir schon damals gesagt, dass du mich nicht so unter Druck setzen sollst. Deine Termine sind absolut nicht zu schaffen."

Enno verschränkte die Arme vor der Brust und maulte: „Früher bist du immer zur Hochform aufgelaufen, wenn du Termindruck hattest. Und jetzt? Du weißt doch schon länger, dass es knapp wird. Trotzdem lässt du gegen halb fünf den Stift fallen und gehst nach Hause. Verstehst dich wohl mit deinem Frauchen wieder besser, was?“

Arvin nahm seine Brille ab und begann sie an seinem T-Shirt zu putzen. „Ich gehe wegen Spike“, knurrte er, „und ich hab keine Lust, über Livia zu sprechen, okay?“

„Jetzt komm schon, Arvin“, säuselte Enno. „Ich bin dein Freund. Und ich bin neugierig. Sag mir wenigstens, wie sie sich gibt.“ Er fuhr mit seinen Fingern über seinen schmalen Bart. „Spielt sie immer noch das nette Mädchen von nebenan?“

Arvin antwortete nicht gleich, sondern schrubbte hektisch auf einem kleinen hellen Fleck herum, der sich mitten auf seinem linken Brillenglas befand. Irgendwann murmelte er dann: „Wegen der Amnesie, meinst du?“ Und dann seufzte er tief. „Das Problem ist nicht, ob sie Amnesie hat oder nicht. Das Problem ist, dass es mir so schwerfällt, Livia in ihr zu sehen. Ich muss mich immerzu daran erinnern. Sie sieht nicht aus wie Livia, sie spricht nicht wie Livia, sie verhält sich nicht so. Wenn ich's nicht besser wüsste, würde ich behaupten, man hätte mir ein Kuckucksei ins Nest gelegt.“

„Vielleicht hat sie sich von Grund auf geändert“, überlegte Enno.

„Ach, hör auf“, wiegelte Arvin ab. „Menschen ändern sich nicht, wenn sie einen Autounfall haben. Wenn sie Gott begegnen vielleicht. Aber nicht, wenn sie einen Autounfall haben.“

„Also spielt sie das Ganze“, schlussfolgerte Enno.

Arvin setzte die Brille wieder auf und knurrte: „Wahrscheinlich glaubt sie, ich würde ein zweites Mal auf sie hereinfallen. Aber da hat sie sich getäuscht. Selbst ich bin lernfähig, das kannst du mir glauben.“

Enno verschränkte die Arme vor der Brust. „Sicher?“, fragte er und sah Arvin prüfend an. „In letzter Zeit bist du irgendwie nicht du selbst. Du wirkst … ich weiß auch nicht … irgendwie nervös.“

Arvin streifte seinen Freund mit einem kurzen Blick, sah dann auf seine Hände und spielte gedankenverloren damit herum. Es dauerte eine Ewigkeit, bis er endlich antwortete. „Ich kann nicht so weitermachen, Enno“, sagte er heiser. „Einerseits zieht es mich nach Hause – schon wegen Spike –, andererseits ist sie dort." Er stieß einen abgrundtiefen Seufzer aus und murmelte mehr zu sich selbst als zu Enno: „Ich darf mich auf keinen Fall an sie gewöhnen! Auf gar keinen Fall!"

Er hatte den Satz gerade ausgesprochen, als vom Flur her Stimmen zu vernehmen waren.

Enno sah Arvin fragend an. „Also ich erwarte niemanden. Du?"

Arvin schüttelte den Kopf, erhob sich und ging zur Tür. Er hatte allerdings erst die Hälfte des Weges zurückgelegt, als sie sich von selbst öffnete und Frau Baumann, die Bürokraft, ins Zimmer stürmte. „Tut mir wirklich leid, Herr Scholl", plapperte sie aufgeregt drauflos. „Die Herren ließen sich einfach nicht aufhalten."

Arvins Blick fiel auf zwei Männer, die Frau Baumann auf dem Fuße folgten. Den einen der beiden kannte er bereits. Er war ein riesiger Kerl namens Walther und von Beruf Polizeibeamter. Arvin hatte ziemlich unangenehme Erinnerungen an seine erste Begegnung mit ihm. Damals, als Livia Spike geholt hatte und der Wagen der Lorenzens von einem Stein getroffen worden war, hatte er ihm ziemlich viele dumme Fragen gestellt. „Herr Scholl", begann er, „ich verhafte Sie wegen Mordversuchs an Ihrer Ehefrau. Ich muss Sie bitten, mir aufs Revier zu folgen."

„Was? Was? Was?", rief Arvin entsetzt. „Was ist mit Livia?"

Auch Enno war inzwischen aufgesprungen. „Ist ihr was passiert? Ist sie verletzt?"

„Sie sollten wissen, dass es Ihnen freisteht, sich zur Sache zu äußern", fuhr Hauptkommissar Walther fort. „Wenn Sie dies tun, werden diese Angaben mit in die Strafanzeige einfließen. Was Sie in jedem Fall beantworten müssen, sind Fragen zur Person."

Frau Baumann schlug die rechte Hand vor den Mund und erstarrte von einem Moment auf den nächsten zu vollkommener Bewegungslosigkeit.

Und auch Arvin schien erst einmal sprachlos zu sein.

„Wenn Sie möchten, können Sie schon vor Ihrer Vernehmung einen selbst gewählten Verteidiger befragen", vollendete Herr Walther seine Rede.

Die nächsten Sekunden herrschte absolute Stille.

Enno brach als Erster das Schweigen. „Ich werd dir einen Anwalt besorgen, Arvin", sagte er atemlos. „Was hältst du von dem Perschall? Du weißt schon, der Typ, für den du das Programm geschrieben hast?"

Arvin schluckte schwer und schien nur langsam wieder zu sich zu kommen. „Kann ich jetzt mal erfahren, was passiert ist?", fragte er.

„Ihre Frau ringt mit dem Tod", antwortete Herr Walther. Seine Augen hatten sich zu wütenden Schlitzen verengt. „Und ich glaube, das ist nicht das erste Mal."

Arvin blickte unwillkürlich zur Uhr. Es war Viertel nach fünf. „Aber heute Morgen", stammelte er, „da ging es ihr doch noch gut."

„Haben Sie heute Morgen mit ihr gesprochen?", fragte Herr Walther argwöhnisch.

„Ich –", begann Arvin, wurde aber von Enno unterbrochen. „Stopp!", rief dieser dazwischen. „Ich würde doch sagen, du suchst dir einen Anwalt, bevor du irgendwelche Aussagen machst."

Arvin schluckte nur und hob hilflos die Hände. „Wird sie sterben?", krächzte er.

„Das muss sich erst noch rausstellen", entgegnete Herr Walther knapp. „Kommen Sie jetzt mit?" Er streckte gebieterisch die Hand aus und berührte Arvin an der Schulter.

Arvin nickte, machte aber ein Gesicht, als würde er den Kopf schütteln. Er schien völlig neben sich zu stehen.

„Der Anwalt", erinnerte ihn Enno. „Sag nichts, bevor du mit ihm gesprochen hast."

Arvin schloss kurz die Augen. „Kannst du Karen anrufen und ihr erklären, was passiert ist?"

„Kein Problem", versicherte Enno und suchte in der Hosentasche nach seinem Handy.

„Sag ihr, dass ich nichts gemacht habe, okay?"

„Okay", nickte Enno, klang aber nicht so, als wäre irgendetwas okay …

❧

Viele Stunden und eine lange Vernehmung später saß Arvin zusammengekauert auf einem Stuhl im Vernehmungsraum des Polizeireviers und starrte vor sich hin. Was er nicht wusste, war, dass Livia ihm dabei zusah. Sie stand nur wenige Meter von ihm entfernt, betrachtete ihn durch eine große Fensterscheibe und unterhielt sich im Flüsterton mit Hauptkommissar Walther.

„Es ist nicht notwendig, dass Sie so leise sprechen", sagte dieser gerade. „Der Raum ist hervorragend schallisoliert. Er kann uns also nicht hören."

Livia hörte ihn zwar, begriff aber nicht so recht, was er sagte. Ihre gesamte Aufmerksamkeit war auf Arvin gerichtet. Er sah völlig fertig aus und ließ Wellen von Mitleid durch ihr Herz strömen. „Glauben Sie wirklich, er hat es getan?", flüsterte sie verzweifelt.

„In der Vernehmung sah es eigentlich nicht danach aus", räumte Herr Walther ein. „Zumindest hat er sich nicht in Widersprüche verwickelt. Andererseits war die Heizung definitiv manipuliert und es gab keinerlei Anzeichen für einen Einbruch. Außerdem haben Sie selbst gesagt, dass außer Ihrer Schwägerin und der Nachbarin niemand einen Schlüssel besitzt ..."

„Er sieht nicht aus wie ein Mörder", murmelte Livia und wärmte mit den Händen ihre Oberarme.

„Welcher Mörder sieht schon wie einer aus", lachte Kommissar Walther und blickte auf Livia herab. Er war anderthalb Köpfe größer als sie.

Livia seufzte tief. „Wenn das Fenster nicht aufgeweht wäre und Gunda sich nicht darüber gewundert hätte ... und wenn sie nicht rübergekommen und einen Blick durchs Fenster riskiert hätte ..."

„Dann wären Sie an einer Kohlenmonoxidvergiftung gestorben", nickte Herr Walther.

„Und das nur, weil die Abgase nicht weg konnten?", fragte Livia.

„Na ja, nicht ganz. Erstens hat jemand das Rohr mit einem alten Lappen verstopft, zweitens war die Heizung trotz der milden Jahreszeit auf volle Pulle gestellt, drittens waren alle Fenster verschlossen, viertens stand die Tür zu Ihrem Schlafzimmer auf. Das musste schon alles zusammenkommen."

Livia schüttelte den Kopf. „Was ich nicht verstehe, ist die Sache mit der offenen Schlafzimmertür. Warum hab ich nicht bemerkt, dass sie geöffnet wurde? Warum hat Spike nicht gebellt?"

„Ein Grund mehr, Ihren Mann zu verdächtigen", seufzte der Polizeibeamte. „Für ihn war es sicher kein Problem, den Hund ruhig zu halten."

Livia rieb sich die Stirn. „Meinen Sie, *ich* könnte noch mit ihm reden? Vielleicht krieg ich raus, ob er die Wahrheit sagt."

Herr Walther zuckte die Acheln. „Einen Versuch ist es wert. In Anbetracht der Beweislage kann ich ihn sowieso nicht mehr lange festhalten."

Gesagt, getan. Wenige Minuten später stand Livia vor der Tür des Vernehmungsraumes und versuchte, ihr klopfendes Herz zu beruhigen. Was würde Arvin sagen, wenn sie putzmunter den Raum betrat? Würde sie wieder nur Enttäuschung in seinen Augen lesen? Sie fröstelte und bekam prompt einen Kommentar von Herrn Walther. „Sie müssen das nicht tun", sagte er freundlich.

„Ich weiß", seufzte Livia. „Aber ich brauche doch Gewissheit! Bald lassen Sie ihn frei und dann redet er sowieso nicht mehr mit mir. Wie soll ich dann weiterhin unter einem Dach mit ihm leben?"

„Gibt es denn niemanden, bei dem Sie eine Zeit lang unterschlüpfen könnten?"

Livia schluckte. Karen hatte sie schon damals nicht haben wollen. Blieb nur noch Gunda. Aber was hatte sie gewonnen, wenn sie in Arvins unmittelbarer Nachbarschaft lebte? „Nicht so richtig", musste sie zugeben. „Sonst wäre ich wohl schon längst ausgezogen ..." Einen Moment lang fragte sie sich, ob sie nicht genau das schon längst hätte tun sollen. Aber dann würde diese fürchterliche Ungewissheit niemals verschwinden ... „Es hilft alles nichts ...", sagte sie schließlich. „Ich muss wissen, was hier gespielt wird." Sie deutete auf die Tür. „Sind Sie so nett?"

Herr Walther nickte und schloss auf.

❧

Als Livia den Raum betrat, kam von Arvin erst einmal überhaupt keine Reaktion. Er konnte sie ohnehin nicht sehen, weil er ihr den Rücken zukehrte. Und er bewegte sich auch nicht, hob nicht einmal den Kopf und stierte auf den Fußboden.

Livia blieb in der Nähe der Tür stehen, bis diese wieder verschlossen worden war. Dann machte sie ein paar Schritte auf ihn zu.

„Arvin?", sagte sie leise.

Arvin wandte wie gelangweilt den Kopf, sah Livias Gestalt, hob den Blick, bis er ihr Gesicht sehen konnte, und blieb mit einem Ausdruck echter Verwunderung daran hängen. Einige Sekunden lang machte es den Eindruck, als würde er nicht richtig begreifen, wer vor ihm stand, dann kam plötzlich Leben in ihn und er sprang auf. „Was … was machst du hier?", entfuhr es ihm. „Sie … sie haben mir gesagt …" Er verstummte, drehte erneut den Kopf und schleuderte wütende Blicke gegen die große verspiegelte Fläche, hinter der sich – wie Livia vermutete – mittlerweile schon wieder Herr Walther befand. Anschließend wirbelte er herum und wandte sich nun vollends Livia zu. „Was soll das alles?", fuhr er sie an. „Habt ihr euch verschworen, um mich fertigzumachen? Gab es diese ominöse Kohlenmonoxydvergiftung überhaupt?"

Livia sah ihn durchdringend an. War er nun ein großartiger Schauspieler oder komplett unschuldig? Sie entschied sich vorerst für die erste Variante. „Es gab sie", sagte sie heiser. „Und das weißt du ganz genau."

Arvin stemmte ärgerlich die Hände in die Hüften. „Du siehst putzmunter aus", stellte er fest.

„Das täuscht", antwortete Livia und spürte den rasenden Kopfschmerzen nach, die sie im Rhythmus ihres Herzschlags quälten. „Ich konnte es bloß nicht mehr aushalten im Krankenhaus. Ich wollte dein Gesicht sehen, wenn du erfährst, dass ich dem Tod ein weiteres Mal von der Schippe gesprungen bin."

Auf Arvins Stirn bildeten sich ein paar tiefe Falten. „Glaubst du wirklich, *ich* wäre das gewesen?"

„Die Heizung war manipuliert, Arvin", fauchte Livia, „und es gab keine Anzeichen für einen Einbruch. Was würdest du glauben?"

Arvin schüttelte verwirrt den Kopf. „Keine Ahnung. Ich würde mir Gedanken darüber machen, ob ich Feinde habe."

„Das hab ich", knurrte Livia und sah provozierend in Arvins Augen.

Einen Moment lang schien Arvin sprachlos, dann wandte er sich ab und begann unruhig im Raum umherzuwandern.

„Du kannst ruhig zugeben, dass du mich lieber tot als lebendig sähest", sagte Livia kalt.

Arvin blieb stehen und atmete einmal tief durch. Als er jetzt sprach, sah er Livia nicht an. „Damals, als du diesen Unfall hattest ..." Er stockte, schüttelte den Kopf und hatte offensichtlich Mühe weiterzusprechen. „Ich ... ich kann nicht behaupten, dass ich mich gefreut habe ... als sich herausstellte, dass du überleben würdest, meine ich. Aber das hier ..." Wieder hielt er inne, schien mit sich zu ringen ... drehte sich schließlich um und sah Livia in die Augen. „Ich bin Christ, Livia. So wahr ich hier stehe: Ich töte nicht."

Livia spürte, wie das Gefäß ihres Verdachtes Risse bekam, war aber immer noch nicht bereit, ihm zu glauben. „Du wartest immer, bis ich wach bin. Du gehst nie aus dem Haus, bevor du mit Spike Gassi gegangen bist. Und heute, ausgerechnet heute, soll das anders gewesen sein?"

„Du hast ewig geschlafen. Und ich hatte einen wichtigen Termin." Er hob beschwörend die Hände. „Frag Enno, wenn du mir nicht glauben willst."

„Die Tür zum Schlafzimmer stand offen. Wenn ein Fremder im Haus gewesen wäre, hätte Spike doch gebellt. Aber das hat er nicht. Wie, bitte schön, erklärst du dir das?"

„Spike", wiederholte Arvin und sah Livia fast flehend an. „Wie geht es ihm?"

„Ungefähr wie mir", seufzte Livia und rieb sich die Schläfen. „Aber er wird wieder. Karen ist mit ihm unterwegs. Anschließend wird sie ihn bei uns zu Hause abliefern." Arvin nickte erleichtert. Dann sagte er leise: „Ich schätze, ich hab nicht viele Argumente auf meiner Seite, Livia. Aber du weißt, wie viel mir Spike bedeutet. Ich hätte sein Leben niemals aufs Spiel gesetzt."

Livia blickte überrascht zu ihm auf. So bitter das Argument auch war, es zog einfach. Arvin liebte diesen Hund, niemand wusste das besser als sie. Er hätte ihn niemals, niemals in Gefahr gebracht! „Weißt du, was ich mich schon immer gefragt habe?", sagte sie unvermittelt.

„Nein?"

„Eigentlich wusste ich ja, dass du mich nicht leiden kannst. Doch dann hast du mich bei dir aufgenommen, und ich hab mich gefragt, ob es nicht doch noch eine Chance für uns gibt." Sie zögerte. Aber dann sah sie Arvin tapfer in die Augen und fragte: „Warum hast du zugelassen, dass ich bei dir einziehe? Warum hast du dich nicht einfach geweigert?"

Livia sah an Arvins Adamsapfel, dass er schluckte. „Ich muss das wissen", fügte sie eindringlich hinzu.

Arvin rang einen Moment mit sich, konnte aber nicht mehr verhindern, dass alles auf einmal aus ihm herausbrach. „Das weißt du ganz genau! Du hast doch selbst dafür gesorgt, dass du mich in der Hand hast. Und sag jetzt nicht, du hättest darauf verzichtet, deine Macht auszuspielen."

„Macht?" Livia hatte keine Ahnung, was er meinte.

„Das Haus", fauchte Arvin.

„Das Haus?", wiederholte Livia hilflos.

„Meine Güte, es gehört dir! Dir ganz allein!"

Livia schnappte einen Moment nach Luft. „Mir? Aber ... wieso?"

„Hör doch auf, die Unschuldige zu spielen", presste Arvin hervor. Seine Hände waren zu Fäusten geballt. Er war außer sich und schien Mühe zu haben, nicht auf Livia loszugehen.

„Ich dachte, es wäre dein Elternhaus", flüsterte Livia total verwirrt.

„Ist es ja auch", knurrte Arvin. „Aber ich war so ..." Er stöhnte auf, drehte sich ganz abrupt um und kehrte Livia den Rücken zu. Eine ganze Weile stand er nur so da und atmete schwer. Dann sagte er mit einem deutlichen Zittern in der Stimme: „... so *verliebt.*" Livia hätte ein Vermögen bezahlt, um zu erfahren, ob es Wut oder Traurigkeit war, die ihn so erschütterte.

„Heißt das, du hast es mir überschrieben?", fragte Livia sanft.

„Ich dachte, ich könnte dich auf diese Weise halten", flüsterte Arvin. „Aber du ... du hattest längst einen anderen." Er lachte auf. „Du hast die Schwierigkeiten der Firma vorgeschoben, irgendwas von Insolvenz gefaselt und so getan, als hättest du Angst, dass uns die Gläubiger das Haus wegnehmen. Karen hat mich gewarnt. Und irgendwie ... Ich glaube, ich hab geahnt, dass sie recht hat. Ich wollte es bloß nicht wahrhaben." Er schüttelte den Kopf und fuhr dann fast tonlos fort: „In Wirklichkeit wolltest du mich verlassen. Das war der Grund für deine Bitte. Das und sonst gar nichts."

Das war also der Grund für alles ... für seinen Hass, sein Misstrauen ... Kein Wunder, dass das alles so tief verankert war. Aus seiner Sicht war sie eine Verräterin der übelsten Sorte. „Du hättest ein gutes Motiv gehabt, mich zu töten", sagte sie leise.

Arvin seufzte tief, ging ein paar Schritte auf die Wand zu und lehnte sich mit dem Rücken dagegen. Dann sah er Livia zum ersten Mal wieder an. „Glaub mir, ich hab mal kurz darüber nachgedacht. Aber ich hatte schon so viel verloren. Ich konnte es mir nicht leisten, auch noch meinen Glauben über Bord zu werfen."

„Er bedeutet dir sehr viel." Es war eine Feststellung.

Arvin senkte den Kopf. „Er ist das Einzige, was mich noch am Leben erhält."

Livia schluckte. Die Anklage hätte nicht deutlicher ausfallen können. „Ich weiß nicht, was ich sagen soll, Arvin. Ich erinnere mich nicht an das, was früher war. Wirklich nicht. Aber wenn du mir eine zweite Chance geben würdest ... Jeder verdient doch eine zweite Chance." Ihr Blick wurde flehend. „Ich würde alles tun, um dir zu beweisen ..."

Schon bevor er sprach, konnte Livia sehen, dass ihre Bitte nicht erhört werden würde. Arvin hatte sich gefangen, er wirkte schon wieder fast so kalt und unnahbar wie sonst. „Das Problem ist, dass du bereits zwei Chancen hattest, Livia. Oder waren es drei? Zehn? Hundert?" Und dann schüttelte er entschieden den Kopf. „Ich hab dir mein Haus gegeben, Livia. Das bisschen, was von meinem Herzen noch übrig ist, werd ich lieber behalten."

Kapitel 25

Dann eben nicht, schäumte Livia auf dem Nachhauseweg. Sie war zu Fuß unterwegs und hatte ein Tempo drauf, mit dem sie so manchen Geher in den Schatten gestellt hätte. Blanke Wut trieb sie an und verschaffte ihr einen Tunnelblick. Sie sah nur den gepflasterten Weg zu ihren Füßen, nichts weiter – weder die Leute, die ihr entgegenkamen, noch die Autos, die in regelmäßigen Abständen links an ihr vorbeifuhren. Die Polizeistation war nur etwa eine halbe Stunde Fußweg von Arvins – pardon, von *ihrem* Haus – entfernt. Aber wenn sie so weitermachte, würde sie die Strecke in einer Viertelstunde schaffen. Das Problem war nur … dass sie keine Ahnung hatte, was sie zu Hause überhaupt sollte. Niemand wartete dort auf sie. *Niemand würde jemals warten*!

Sie versank in einem erneuten Anfall von Depressionen und konnte nicht verhindern, dass der Schmerz des Erlebten erneut zu ihr zurückkehrte.

Der Besuch im Polizeirevier fühlte sich an wie eine einzige Demütigung. Sie konnte sich nicht erinnern, jemals so gebettelt zu haben wie heute, sich jemals so klein gemacht zu haben. *Jemals so zurückgewiesen worden zu sein.*

Aber damit war nun Schluss. Was auch immer sie getan hatte, verdiente eine solche Behandlung nicht. Selbst wenn sie tatsächlich fremdgegangen war … Es war doch kein Wunder, dass sie das getan hatte … bei diesem Mann … bei dieser Hartherzigkeit!

„Das war's, Arvin, und zwar für immer!", sagte sie laut und zog dadurch ein paar verwunderte Blicke auf sich. Aber ihr Tempo blieb das gleiche. „Ich brauch dich sowieso nicht", schniefte sie, stellte aber gleichzeitig fest, dass die gräulichen Betonsteine zu ihren Füßen ihre Umrisse verloren und hinter einem Nebel vorwitziger Tränen verschwanden. „Ich könnte zehn Männer haben, wenn ich nur wollte!" Sie dachte an Enno und seine Worte bei ihrem letzten Besuch. *Wann immer du kommst, Livia, ich werde hier sein und auf dich warten.*

War das die Lösung ihrer Probleme? War Enno die Lösung?

❧

Als sie das Mehrfamilienhaus erreichte, in dem Enno wohnte, war Livia hochrot und total verschwitzt. Trotzdem zögerte sie nicht eine einzige Sekunde, sondern folgte dem schmalen gepflasterten Weg bis zur Haustür und drückte auf die Klingel.

„Du musst jetzt da sein“, murmelte sie unruhig. „Du musst.“

Jetzt, wo sie sich nicht mehr bewegte, transpirierte sie aus allen Poren.

„Ja?“

Livia spürte, wie sie gleichzeitig aufatmete und Herzrasen bekam. „Ich bin's“, sagte sie vorsichtig.

Stille.

Livia schluckte. „Ich weiß, dass du es nicht gern hast, wenn ich unangekündigt vorbeikomme“, begann sie. „Es ist nur –“

„Komm rauf“, sagte Enno.

Das Surren des Türöffners bestätigte Livia, dass er es tatsächlich ernst meinte. Sie stieß die Tür auf, betrat den Hausflur und erklomm ein wenig zögerlich die Treppenstufen. Irgendwie war sie sich immer noch nicht ganz sicher, dass Enno sie positiv empfangen würde. Seit ihrem letzten Besuch hatte sie sich noch kein einziges Mal bei ihm gemeldet.

Als Livia bald darauf das zweite Stockwerk erreichte, schienen sich ihre Befürchtungen zu bewahrheiten. Enno wartete bereits auf sie. Er lehnte lässig im Türrahmen und hatte die Arme vor der Brust verschränkt. Sein Gesichtsausdruck spiegelte eher Abwehr als freudige Erwartung wider. Während Livia näher kam, musterte er sie von oben bis unten und stellte dann fest: „Du siehst total fertig aus. Bist du hierhergejoggt, oder was?“

Livia blieb stehen. „So ähnlich“, presste sie hervor.

„Und sonst?“, erkundigte sich Enno. „Bist du wieder hier, um dir bestätigen zu lassen, dass du ein toller Mensch bist?“

Livia schluckte. Auf diese Frage gab es nur zwei mögliche Reaktionen. Die eine war, auf dem Absatz kehrtzumachen und wieder nach Hause zu gehen. Und die andere ... „Willst du mich noch haben?“, fragte sie heiser.

Enno merkte auf. „Ernsthafte Frage?“

Livia nickte. „Du hattest recht“, sagte sie bitter. „Arvin ist die Mühe nicht wert.“

Enno begann zu strahlen. „Ehrlich?"

„Ehrlich", sagte Livia, fand aber, dass sie sich entschlossener anhörte, als sie es tatsächlich war. Arvin war die Mühe nicht wert. Die Frage war bloß, ob Enno sie wert war …

„Na, dann komm mal rein", grinste Enno und trat zur Seite. „Willst du 'n Kaffee oder lieber was Kaltes?"

„Lieber was Kaltes."

Enno ging voran, betrat mit Livia im Schlepptau das Wohnzimmer und stürzte erst einmal aufs Sofa zu. „Ich bin leider überhaupt nicht auf Besuch vorbereitet." Mit diesen Worten entfernte er ein paar Zeitschriften und Kleidungsstücke von der knallroten Sitzfläche und warf sie kurzerhand neben dem Sofa auf den Fußboden. „Setz dich doch! Ich hol nur noch schnell was zu trinken." Sprach's und stürmte schon wieder zur Tür hinaus.

Als er den Raum verlassen hatte, atmete Livia erst einmal ganz tief durch. Warum war sie nur so schrecklich nervös? Sie konnte doch froh sein, dass Ennos Angebot noch Gültigkeit besaß. Oder hatte sie einfach Angst vor ihrer eigenen Courage?

Sie sah sich um und suchte instinktiv nach dem Ordner mit der Aufschrift „Angelika". Sie hatte den Namen nicht vergessen und auch immer noch das Gefühl, als käme er ihr bekannt vor. Aber weshalb?

Als Enno wenig später mit einem Tablett ins Wohnzimmer zurückkehrte, stand Livia immer noch bewegungslos neben dem Sofa.

„Warum setzt du dich nicht?"

Livia nahm Platz.

„Wasser oder lieber Apfelschorle?"

„Wasser."

Livia nahm das Getränk entgegen und stürzte es in einem Zug hinunter. Anschließend ließ sie sich ein zweites Glas einschenken und trank auch das leer. „Danke", seufzte sie. „Das war wirklich lebensnotwendig."

Enno schenkte erneut nach und ließ sich dann direkt neben Livia auf dem Sofa nieder. „Jetzt erzähl mal."

Livia schluckte und fand es irgendwie beängstigend, dass Enno so dicht neben ihr saß. Sein rechter Arm berührte ihren linken und rief dabei ein Kribbeln hervor, das sich über ihren gesamten Körper auszubreiten schien. „Das Haus", begann sie stockend. „Arvins Haus. Es gehört in Wirklichkeit mir."

Enno nickte. Er schien nicht übermäßig überrascht zu sein.

„Hast du eine Ahnung, was das bedeutet? Arvin hat mich nur bei sich einziehen lassen, weil er musste. Er hatte nie vor, unsere Ehe zu retten. Niemals, zu keinem Zeitpunkt!"

„Du hast ziemlich lange gebraucht, um das herauszufinden", erwiderte Enno mitleidig.

Livia sah ihn an. Ihr Gesicht spiegelte immer noch den Schmerz wider, den diese Erkenntnis bei ihr hervorgerufen hatte. „Aber woher wusstest du es?"

„Ich bin sein Freund, schon vergessen?"

Livia erschrak. „Er hat es dir erzählt? Warum hast du nichts davon gesagt?"

„Hab ich doch!"

Livia sackte in sich zusammen. „Anscheinend wollte ich es nicht wahrhaben", jammerte sie. „Ich hab bis zuletzt geglaubt, es gäbe noch eine Chance."

„Und jetzt nicht mehr?"

Livia schüttelte traurig den Kopf. „Nein", seufzte sie mit zitternder Stimme, „jetzt nicht mehr."

„Was bedeutet das?", fragte Enno. „Was bedeutet das für uns?"

Livia schluckte und streifte Enno mit einem denkbar kurzen Blick. „Ich ... weiß nicht", stotterte sie. „Vielleicht ... vielleicht könnten wir noch mal von vorn anfangen ..."

„Von vorn anfangen?", wiederholte Enno. „Wie stellst du dir das vor? Oder anders ausgedrückt: Wo stellst du dir das vor?"

„Wo?"

„Ja, wo! Du wohnst noch mit Arvin zusammen, Livia. Soll das etwa so bleiben?"

„Nein, natürlich nicht!", brach es aus Livia hervor. „Das ... das könnte ich gar nicht!"

„Also ziehst du bei mir ein, ja?"

„N-nein!", stotterte Livia entsetzt. „Das wäre viel zu früh! Ich meine ... wir kennen uns doch noch gar nicht richtig!"

Enno lehnte sich auf seinem Platz zurück. „Dann musst du ihn rauswerfen", schlussfolgerte er.

Livia schnappte nach Luft. „Ihn rauswerfen?“, stammelte sie. „Aber nein, das … Nein!“

Enno verschränkte die Arme vor der Brust. „Dann bin ich gespannt auf deine Ideen“, sagte er schlicht.

Livia öffnete den Mund und schloss ihn dann wieder. Ihr fiel überhaupt nichts ein! Sie hatte nicht genug Geld, um eine eigene Wohnung zu mieten. Und Sozialhilfe würde sie auch nicht bekommen. Nicht, solange sie Arvins Ehefrau war und auf dem Papier ein eigenes Haus besaß. Und Karen? Die würde sie heute genauso wenig aufnehmen wie damals.

Enno schien ihre Gedanken zu lesen. „Dir bleibt gar nichts anderes übrig, als ihn rauszuwerfen, Livia.“

Livia rutschte unruhig auf ihrem Platz hin und her. „Es ist sein Haus, Enno. Du weißt nicht, wie sehr er daran hängt. Er liebt dieses Haus.“

„Durch Liebe erwirbt man aber kein Eigentum, Livia. Das Haus gehört dir. Frag das Grundbuchamt.“

„Aber … ich kann das nicht“, jammerte Livia hilflos.

„Du musst aber“, beharrte Enno. Er wirkte jetzt kein bisschen entspannt mehr. „Weil dir gar nichts anderes übrig bleibt.“

„Es gibt Obdachlosenunterkünfte“, erwiderte Livia trotzig. „Irgendwo werde ich schon unterkommen.“

„Das gibt's doch gar nicht“, ereiferte sich Enno und sprang auf. „Willst du alles wegwerfen, was dir gehört, hm? Alles, was du jemals haben wolltest?“ Er schüttelte verzweifelt den Kopf. „Du warst bettelarm, als du in diese Gegend kamst, Livia. Ich erinnere mich noch gut daran. Damals hast du dir geschworen, dass das nicht so bleiben würde. Warum sonst hast du dir das Haus überschreiben lassen?“ Enno hatte sich inzwischen so sehr in Rage geredet, dass sich rote Flecken auf seinen Wangen gebildet hatten. „Überleg doch mal! Du wusstest, dass die Ehe mit Arvin keinen Pfifferling mehr wert ist. Und du wolltest nicht ohne alles dastehen. Das war schlau von dir. Jetzt gib das doch nicht alles auf!“

Livia reagierte nicht gleich, sondern sah Enno eine ganze Weile nachdenklich an. Dann fragte sie leise: „Hab ich das allein geplant … damals, meine ich … oder bist du mir … dabei behilflich gewesen?“

Enno hatte sich erstaunlich schnell wieder beruhigt. „Wie kommst du darauf?“, fragte er vorsichtig.

Livia sah ihn durchdringend an. „Erstens klang es so, als würde ich wegwerfen, was *du* immer haben wolltest. Und zweitens hab ich dich ganz offensichtlich in meine Pläne eingeweiht. Dafür muss es einen Grund gegeben haben.“

Enno leckte sich ein paarmal über die Lippen, bevor er antwortete. „Wir waren ein Paar, Livia“, sagte er schließlich. „Du und ich, wir haben uns von Anfang an geliebt. Und das könnte wieder so sein.“

Livia schloss die Augen. *Also doch*, war alles, was sie denken konnte. *Also doch.*

„Livia, Schatz“, entfuhr es Enno, „überleg doch mal, wie glücklich wir sein könnten! Wir waren füreinander bestimmt, vom ersten Moment an!“

„Du hast gesagt, er sei dein Freund“, presste Livia tonlos hervor. „Das hast du gesagt!“

„Er … er hat dich schlecht behandelt!“, beteuerte Enno. „Immer schon! Du kennst ihn. Du musstest in einem hässlichen, alten Haus leben, in dem du nichts verändern durftest, nicht mal die Bettwäsche! Jetzt warte doch mal!“

Livia war aufgesprungen und eilte bereits auf den Flur zu.

„Es war kein Wunder, dass du dir einen anderen gesucht hast!“, rief Enno hinter ihr her.

Livia hielt sich die Ohren zu und lief weiter.

„Man konnte es nicht aushalten mit ihm!“, schrie Enno. „Niemand hätte das gekonnt!“

Aber seine Worte vereinigten sich nur mit dem lauten Knall, den die Wohnungstür verursachte, als sie ins Schloss fiel.

Kapitel 26

Seit Livias Besuch bei Arvin auf der Polizeistation und bei Enno zu Hause waren zwei Wochen ins Land gegangen.

Zwei Wochen, in denen sie nicht zur Ruhe gekommen war, nächtelang gegrübelt und tagelang hin und her überlegt hatte.

Enno hatte sie in dieser Zeit nicht gesprochen. Und auch mit Arvin, der noch am gleichen Abend nach Hause zurückgekehrt war, hatte sie kaum ein Wort gewechselt. Manchmal fragte sich Livia, ob er sich an das Gespräch erinnerte, ob er ihm irgendeine Bedeutung zumaß. Der Alltag hatte sich jedenfalls nicht verändert. Livia wohnte nach wie vor im Haus, duldete Arvins Spaziergänge mit Spike und kümmerte sich ansonsten um den Haushalt.

Arvin schien mit dieser Situation leben zu können.

Für Livia war es furchtbarer als jemals zuvor. Zum einen war da diese Angst. Irgendjemand trachtete ihr nach dem Leben! Obwohl die Polizei fast ständig vor dem Haus Streife fuhr und Arvin auf Drängen des Herrn Walther eine neue Schließ- und Alarmanlage im Haus hatte installieren lassen, kam Livia nicht mehr zur Ruhe. Sie hatte zwar aufgehört, Arvin zu verdächtigen, lebte aber in dem Bewusstsein, dass jemand ins Haus eingedrungen war und auf professionelle Weise die Heizungsanlage manipuliert hatte. Wer hasste sie so sehr? Und wer gab sich so viel Mühe, um sie zu töten? Wäre Spike nicht gewesen, der ihr wenigstens ein kleines Gefühl von Sicherheit vermittelte, dann wäre sie wahrscheinlich schon längst zusammengebrochen. Aber auch so konnte man ihr die Angst deutlich ansehen. Sie äußerte sich vor allem darin, dass sie extrem schreckhaft war und hinter jedem Stein, jeder Straßenecke, ja, sogar hinter den Wohnungstüren Mörder und Einbrecher vermutete.

Und das war noch nicht alles …

Livia hatte ihr ganzes bisheriges Leben – soweit sie sich daran erinnern konnte – in Wartestellung verbracht. Erst hatte sie darauf gewartet, endlich gesund zu werden. Dann hatte sie darauf gewartet, dass ihre Ehe wieder funktionierte.

Aber seit jenem Tag waren alle Träume zerplatzt. Sie würde nie einen Menschen haben, der zu ihr gehörte, der sie brauchte und um den sie sich kümmern konnte. Nicht Arvin. Und auch nicht Enno.

Sie musste es irgendwie allein schaffen! Ganz allein.

Das Wie und das Wo war ihr nach wie vor ein Rätsel. Aber eines war ihr in den zwei Wochen wirklich klar geworden:

Jeder Ort war besser als dieser hier, jede Art besser als die bisherige!

Und so stand sie mit entschlossenem Gesichtsausdruck vor ihrem Kleiderschrank und räumte ein paar wenige Sachen in die kleine Reisetasche, die sie schon aus dem Krankenhaus mitgebracht hatte. Hinzu kamen noch Zahnpasta und ihre Zahnbürste, ein Kamm, ein Portemonnaie mit ein bisschen Geld und ihrem Personalausweis sowie zwei Bücher über Blumen, die sie mal gekauft hatte.

Spike schien zu spüren, dass irgendetwas nicht stimmte, jedenfalls ließ er Livia nicht aus den Augen, sondern begleitete sie auf Schritt und Tritt und bettelte winselnd um Aufmerksamkeit. Livia schien ihn zunächst nicht zu beachten. Erst als sie mit dem Packen fertig war, kniete sie sich neben ihm nieder und umarmte ihn.

„Ich kann dich nicht mitnehmen, Dicker", sagte sie mit belegter Stimme. „Das kann ich Arvin nicht antun. Außerdem weiß ich ja kaum, wie ich mich selbst ernähren soll." Sie zückte ein Taschentuch und schnaubte lautstark hinein. „Arvin wird sich gut um dich kümmern. Er liebt dich nämlich." Als hätte der Satz eine Schleuse geöffnet, rannen ein paar dicke Tränen an Livias Wangen herunter. Aber sie ließ nicht zu, dass mehr daraus wurde. Stattdessen wischte sie die Tränen mit einer kurzen ärgerlichen Bewegung ab und sah auf ihre Uhr. Schließlich hatte sie einen Termin einzuhalten.

„Mach's gut", flüsterte sie und küsste Spike auf den Kopf. Einen Moment lang hielt sie in dieser Position inne. Spikes Fell, das ihr Gesicht kitzelte, seine Wärme, selbst sein etwas strenger Geruch, das alles würde ihr fehlen … unendlich fehlen …

Sie stand auf. „Du bleibst hier!", befahl sie mit fester Stimme. Dann griff sie nach ihrer Tasche und sah zu, dass sie das Haus verließ, damit sie es sich nicht womöglich noch einmal anders überlegen würde. Was sie jetzt vorhatte, war richtig. Mehr noch: Es war das einzig Vernünftige!

Als sie nach draußen kam, zeigte sich der Himmel in einem dunklen Grau. Immerhin regnete es nicht. Dafür stand Gundas Wagen bereits in der Einfahrt. Die Fahrertür war sperrangelweit geöffnet. Dahinter stand Gunda. Sie stützte sich mit den

Armen auf der Tür ab, sah ansonsten aber ziemlich mürrisch und unglücklich aus. „Bist du wirklich sicher? Ich meine –"

„Ja!", bellte Livia und schnitt ihr dadurch das Wort ab.

Gunda atmete einmal tief durch, sagte aber nichts.

„Es tut mir leid", setzte Livia nach. Und dann zuckte sie hilflos mit den Schultern. „Aber wir haben das schon hundertmal durchdiskutiert."

Gundas Blick verfinsterte sich noch mehr. „Leider ohne Erfolg", knurrte sie.

Livia schloss die Haustür. „Ich hab deine Argumente gehört und berücksichtigt", behauptete sie. „Aber es ist *meine* Entscheidung. Ich bin mit Arvin verheiratet. Nicht du."

„Zum Glück!", entfuhr es Gunda.

Livia musste grinsen. „Ja, zum Glück." Dann ging sie langsam auf Gunda zu, blieb auf der anderen Seite der Fahrertür stehen, schlang von dort aus ihre Arme um ihre Freundin und drückte sie ganz fest. „Ich will einmal tun, was richtig ist", flüsterte sie ihr zu.

„Und ich will, dass du glücklich bist", gab Gunda zurück.

„Aber das werde ich bei Arvin niemals sein!", erwiderte Livia voller Eindringlichkeit.

„Deshalb habe ich dir angeboten, dass du bei uns wohnen könntest. Du weißt, dass Manfred nichts dagegen hat –"

„Gunda", mahnte Livia, trat einen Schritt zurück und sah ihrer Freundin missbilligend ins Gesicht.

„Ja, ich weiß", seufzte diese, „wir haben das hundertmal durchdiskutiert."

Livia nickte, umrundete den Wagen, warf ihre Reisetasche auf den Rücksitz und ließ sich selbst auf dem Beifahrersitz nieder. Als sie sich angeschnallt hatte, musste sie feststellen, dass Gunda immer noch bewegungslos hinter der Fahrertür stand. Ein wenig irritiert sah Livia ein weiteres Mal auf ihre Uhr. „Schlägst du jetzt eine Verzögerungstaktik ein?", erkundigte sie sich bei Gunda.

Diese stieß einen weiteren, abgrundtiefen Seufzer aus und stieg endlich in den Wagen. Als sie losgefahren war, murmelte sie: „Ich hab keine Ahnung, warum ich dich auch noch hinfahre."

„Weil du meine Freundin bist", antwortete Livia bestimmt.

Eine Weile konzentrierte sich Gunda nur auf den Verkehr. Sie fuhren durch ein Gewirr kleinerer Straßen und bogen dann auf eine Landstraße ab, auf der es lange Zeit nur geradeaus ging. Es fing ein bisschen an zu regnen, sodass Gundas Scheibenwischer in längeren Intervallen über die Windschutzscheibe quietschten. Nach einer Weile gelangten sie in ein Gewerbegebiet. Als die ersten Firmenschilder in Sicht kamen, fragte Gunda: „Warst du schon mal da?"

„In Arvins Firma, meinst du?" Livia schüttelte den Kopf. „Nein. Er hätte es nicht gewollt. Ich glaube … na ja … er hat die Firma immer als Rückzugsort benutzt … vor mir, verstehst du? Ich glaube nicht, dass er mich dort hätte sehen wollen."

Gunda schaltete mit einer etwas ärgerlichen Bewegung den Scheibenwischer aus. Anscheinend ging ihr das Gequietsche allmählich auf die Nerven. „Wenn er dich nur reden hören könnte", seufzte sie.

Livia runzelte die Stirn. „Wie meinst du das?"

„Du kennst ihn so gut, Livia. Und du klingst …" Sie seufzte tief. „Verstehen kann ich es nicht, aber manchmal macht es wirklich den Eindruck, als würdest du ihn lieben …"

Livia musste schlucken, sagte aber nichts dazu.

„Nun?", hakte Gunda nach.

„Er liebt *mich* nicht", sagte Livia mit fester Stimme. „Das ist das Einzige, worauf es ankommt."

„Ja, leider", seufzte Gunda und setzte den Blinker.

„Sind wir schon da?"

„Wir sind vorbeigefahren", grinste Gunda und bog auf eine Einfahrt ab, um dort zu wenden. Dann deutete sie in die entgegengesetzte Richtung. „‚Scholl & Krantz' – das muss es wohl sein, nicht wahr?"

Livia starrte auf das Schild, das Gunda ganz offensichtlich meinte. Es stand am Straßenrand und enthielt gleich sechs Schriftzüge. Dementsprechend dauerte es einen Moment, bis Livia ungefähr mittig „Scholl & Krantz" entdeckt hatte. Komisch, irgendwie hatte sie sich die Firma größer und bedeutender vorgestellt …

Gunda fuhr jetzt auf einen Hof mit großzügig angelegten Parkplätzen und stellte dort den Wagen ab. In dem Moment, in dem sie den Motor ausschaltete, schien eine ungewöhnlich tiefe Stille zu entstehen.

Lange Zeit sagten beide kein Wort. Schließlich brach Gunda als Erste das Schweigen. „Du verpasst deinen Termin", sagte sie heiser.

„Ich kann nie wieder gutmachen, was ihr für mich getan habt, Gunni", erwiderte Livia. „Wenn ich euch nicht gehabt hätte –"

„Hör bitte auf", fiel Gunda ihr ins Wort. „Ich mag keine langen Dankesreden. Schreib mir einfach, okay? Auch wenn du Geld brauchst –"

„Ich hab sowieso noch Schulden bei euch!", protestierte Livia.

Gunda wandte sich nach links und drückte die Verriegelung des Wagens. Mit einem Klacken bewegten sich alle Knöpfe nach unten. „Wenn du mir nicht versprichst, dass du mich im Notfall um Geld bittest, lass ich dich nicht gehen", sagte sie bestimmt.

Livia seufzte tief. „Ich verspreche es."

Eilig entriegelte Gunda den Wagen. „Dann sieh zu, dass du hier rauskommst", knurrte sie, „bevor ich es mir anders überlege."

Livia lächelte, nahm Gunda noch einmal ganz fest in den Arm und stieg aus dem Wagen. Ein ganz leichter Sprühregen empfing sie und sorgte dafür, dass sie sich noch unwohler fühlte. Schnell holte sie ihre Reisetasche. Als die hintere Beifahrertür wieder ins Schloss fiel, ließ Gunda sofort den Motor an. Livia begann hektisch zu winken, musste aber feststellen, dass Gunda sich kein weiteres Mal zu ihr umdrehte. Sie starrte nur stur geradeaus.

„Mach's gut", flüsterte Livia hinter ihrer Freundin her. Sie konnte Gundas Gefühle nur zu gut verstehen. Es kam ihr ja selbst so vor, als würde ihr halbes Leben vor ihr davonfahren!

Als Gunda außer Sichtweite war, wanderte Livias Blick über den Parkplatz. Er war ziemlich voll – hier parkten mindestens zwanzig Autos. Weiter hinten entdeckte sie auch Arvins Audi

Avant und Ennos 5er-BMW. Sie waren direkt nebeneinander geparkt, in trauter Zweisamkeit sozusagen.

Livia verzog das Gesicht. Sie hatte gehofft, dass Enno unterwegs war …

Mit der Reisetasche in der Hand bewegte sich Livia auf das Gebäude zu. Es war ein eckiger Kasten mit drei Stockwerken, einer schlichten weißen Putzfassade und zahlreichen, ziemlich großen Fenstern. Außer den Schildern, die sich an der Fassade wiederholten, gab es keine Verschönerungen, nicht mal Blumen oder Ähnliches. Dafür gab es zwei Türen – eine im linken Drittel des Gebäudes, eine im rechten. Aufgrund des Schildes wusste Livia, dass sie die linke nehmen musste. Sie drückte den Klingelknopf, unter dem sie ein weiteres Mal „Scholl & Krantz" lesen konnte. Kurz darauf surrte der Türöffner.

Livia atmete noch einmal tief durch, drückte gegen die Tür und betrat ein kleines, aber gepflegtes Treppenhaus. Links und rechts luden Türschilder in die „Hellmann KG" und das „Rechtsanwaltsbüro Stoick" ein, helle Mamorstufen führten nach oben. Ein wenig zögerlich begann Livia, diese zu erklimmen. Ob Arvin sie schon gesehen hatte? Ob er schon an der Tür auf sie warten würde? Oder ob sie an Enno vorbeimusste?

Nichts von alledem war der Fall. Als Livia das erste Stockwerk erreichte, las sie „Scholl & Krantz" gleich auf der Tür zu ihrer Rechten, doch blieb diese auch nach kurzem Warten weiter geschlossen. Da es sich jedoch um eine Tür mit Griff handelte, probierte Livia diesen kurzerhand aus. Und tatsächlich: Die Tür ließ sich öffnen. Sie führte in einen sehr hellen, großzügigen Raum, der Flur und Büro zugleich war. Hinter einem Schreibtisch saß eine Dame von vielleicht Ende vierzig, die an einem Computer zu arbeiten schien, aber jetzt aufblickte. Sie machte einen freundlichen Eindruck. „Haben Sie eben geklingelt?", fragte sie.

Livia nickte scheu.

„Wir kriegen hier nicht oft Kundschaft", sagte die Frau. Sie hatte dunkle Haare, die bereits von silbrigen Strähnen durchzogen und elegant hochgesteckt waren. Auffällig war zudem, dass sie ein Headset trug. „Bei uns läuft eigentlich alles über Telefon und Computer." Als wäre das ihr Stichwort gewesen, klingelte jetzt das Telefon. Die Frau drückte eine Taste. „Scholl & Krantz – individuelle Lösungen. Baumann am Apparat, was kann ich für Sie tun?"

Frau Baumann sagte jetzt ein paarmal „Ja" und „Aha" und bekannte dann: „Diese Frage muss Ihnen Herr Scholl selbst beantworten. Einen Moment bitte."

Livia hörte vor Schreck auf zu atmen.

Frau Baumann drückte eine Taste. „Da ist das Dentallabor Eilers am Apparat. Irgendetwas funktioniert mit dem Programm schon wieder nicht ... Ja, genau ... Ich leg auf."

Livia atmete weiter.

„Tut mir leid", sagte Frau Baumann und lächelte Livia zu. „Eigentlich waren Sie ja zuerst hier. Aber das Telefon kann man so schlecht warten lassen."

Livia nickte mechanisch. „Ich möchte auch zu Herrn Scholl", sagte sie leise.

„In welcher Angelegenheit?"

Livia schluckte. „In einer privaten Angelegenheit."

Frau Baumann sah Livia einen Moment lang prüfend an. „Und Ihr Name?"

„Ich bin ..." Sie stockte. *Arvins Frau*, hatte sie sagen wollen, aber das war ihr regelrecht in der Kehle stecken geblieben. Mit der Reisetasche in der Hand gab es eigentlich keinen Grund mehr, sich so vorzustellen. Sie räusperte sich. „Mein Name ist Livia Scholl. Ich muss Arvin für ein oder anderthalb Stunden entführen. Meinen Sie, dass das möglich ist?"

Die Überraschung stand Frau Baumann deutlich ins Gesicht geschrieben. „Frau Scholl ... oh ... aber ja ... Ich meine ... einen Moment." Wieder drückte sie eine Taste. Dann lächelte sie verlegen. „Besetzt ... Na ja, kein Wunder ..." Sie sprang auf. „Wollen Sie sich nicht setzen?" Mit diesen Worten deutete sie auf eine kleine Sitzgruppe direkt an einem der Fenster. „Ich ... ich könnte Ihnen einen Kaffee kochen ..."

„Nicht nötig", blockte Livia ab. Sie hätte ohnehin keinen einzigen Schluck heruntergekriegt. „Wichtig ist nur" – sie sah auf ihre Uhr – „dass Sie alle weiteren Gespräche von ihm fernhalten. Wir haben nämlich selbst einen Termin."

„Termin, ach so", stammelte Frau Baumann, ging zurück zu ihrem Schreibtisch und blätterte hektisch in einem Kalender herum. „Hab ich da was übersehen?"

„Arvin weiß nichts davon", konnte Livia sie beruhigen. „Es ist … sozusagen eine Überraschung."

Eine Überraschung war auch, dass sich in diesem Moment eine der angrenzenden Türen öffnete und Enno mit einer Kaffeetasse in der Hand dahinter zum Vorschein kam. Er trug einen perfekt sitzenden schwarzen Anzug mit einem weißen Hemd und einer grau gemusterten Krawatte. „Der Kaffee verdunstet mal wieder, Frau Baumann, Sie wer…" In dem Moment, in dem sein Blick auf Livia fiel, verstummte er und blieb vor Schreck wie angewurzelt stehen. „Was …" Aber auch dieser Satz wurde nicht vollendet. Stattdessen blickte Enno mit deutlich sichtbarer Verunsicherung zwischen Frau Baumann und Livia hin und her.

„Das ist Arvins Frau", half ihm Frau Baumann auf die Sprünge.

Enno räusperte sich und schien den Schreck allmählich zu verdauen. Er ging jetzt auf Livia zu und streckte ihr die Hand entgegen. „Enno Krantz", sagte er förmlich, bombardierte Livia aber gleichzeitig mit fragenden Blicken.

„Livia Scholl", entgegnete Livia und fragte sich, ob es wirklich nötig war, eine erstmalige Begegnung vorzuspielen. Ein wenig befangen schüttelte sie Ennos Hand. Sie war warm und schien Livia überhaupt nicht wieder loslassen zu wollen. „Ich möchte zu Arvin", versuchte sie die unausgesprochene Frage zu beantworten.

„Aha."

Livia hatte das Gefühl, dass es enttäuscht klang, und wusste nicht, was sie darauf sagen sollte. So entstand eine etwas unangenehme Stille, die erst Frau Baumann durchbrach, als sie mit einer Kaffeekanne in der Hand auf Enno zukam. „Sie wollten bestimmt Kaffee."

„Äh, ja, genau", stammelte Enno und hielt der Dame die Tasse hin. Gleich darauf schlug seine Tasse ein paarmal leise gegen die gläserne Kanne, was Livia darauf zurückführte, dass Ennos Hand ein wenig zitterte. Glücklicherweise wurde nichts verschüttet. Als Frau Baumann mit der Kanne zur Maschine zurückkehrte, machte Enno ein paar Schritte rückwärts. „Ja, dann ..." Er warf Livia einen kurzen, aber so sehnsüchtigen Blick zu, dass diese weiche Knie bekam und sich an den Grund ihres Besuches erinnern musste. Sie war wegen Arvin hier, nicht wegen Enno! „... dann geh ich wohl mal wieder an die Arbeit." Während Enno diese Worte aussprach, ging er weiter rückwärts, machte aber überhaupt nicht den Eindruck, als wollte er in sein Büro zurück. Eher schien es, als fordere er Livia heraus, ihn daran zu hindern. Aber nachdem sie das nicht tat, erreichte er nach einer Weile doch sein Büro und musste wohl oder übel darin verschwinden.

Als sich die Tür hinter ihm geschlossen hatte, atmete Livia auf. *Enno ist nicht der Richtige für dich*, ermahnte sie sich.

Derweil machte sich Frau Baumann erneut an der Telefonanlage zu schaffen. „Sie haben Besuch, Herr Scholl", sagte sie als Nächstes. „Ihre Frau ist hier." Stille. „Ja, tatsächlich. Sie steht hier neben mir."

Sekunden später öffnete sich die nächste Tür. Sie lag direkt neben Ennos Tür.

Wie passend!, dachte Livia sarkastisch.

Dieses Mal kam Arvin dahinter zum Vorschein. Er trug eine anthrazitfarbene Anzughose und ein hellblaues Hemd, aber keine Krawatte. Dadurch war er längst nicht so gut gekleidet wie Enno. Allerdings verliehen ihm die aufrechte Haltung, die dunklen Haare und die schwarze Brille einen Hauch von Eleganz. Im Gegensatz zu Enno wirkte Arvin ein wenig gefasster, aber das war ja auch kein Wunder. Schließlich hatte Frau Baumann ihn vorbereitet.

„Livia", sagte er nur. Sein Blick fiel auf ihre Reisetasche und wurde noch eine Spur verwunderter.

Livia nickte ihm zu. „Kann ich dich ein paar Minuten unter vier Augen sprechen?"

„Sicher." Arvin hob einladend die Hand, woraufhin sich Livia in Bewegung setzte und hinter ihm ein großzügiges, helles Büro betrat.

Als Arvin die Bürotür geschlossen hatte, standen beide ein paar Sekunden lang einfach nur so da und starrten einander an.

Arvin schien nicht zu wissen, was er tun sollte. Er bot ihr keinen Sitzplatz an und begann auch kein Gespräch. Er war wohl doch perplexer, als es den Anschein hatte.

„Ich habe eine Bitte an dich", sagte Livia schließlich.

Arvin verschränkte die Arme vor der Brust. „Und zwar?" Es waren nur zwei Worte, aber der Tonfall, in dem sie gesprochen wurden, enthielt alles Misstrauen dieser Welt.

Livia trat unruhig von einem Bein aufs andere. Sie wusste nicht, wie Arvin reagieren würde. „Ich habe einen Termin gemacht, und ich möchte, dass du mich zu diesem Termin begleitest."

Arvin hob auf eine sehr arrogante Weise die Augenbrauen. „Und worum soll es bei diesem Termin gehen?"

Livia musste schlucken. Sie wusste, dass es schwierig werden würde, Arvin irgendwohin zu locken, ohne ihm genauere Informationen zu geben. Aber sie hatte auch überhaupt keine Lust, ihre Absichten schon jetzt preiszugeben. Sie wollte das Ganze kurz und schmerzlos, ohne es begründen zu müssen und ohne dass Arvin im Vorfeld darauf reagieren konnte. Sonst bestand nämlich die Gefahr, dass sie es sich noch einmal anders überlegte … „Das wirst du rechtzeitig erfahren", entgegnete Livia knapp. „Aber ich verspreche dir, dass es sich für dich lohnen wird." Sie hielt gespannt den Atem an. Neugier war eines der stärksten Lockmittel, das sie kannte. Ob es bei Arvin funktionieren würde?

Arvin sah sie einen Moment lang durchdringend an. Dann fragte er: „Wann und wo soll dieser Termin stattfinden?"

„Um halb elf in der Innenstadt."

Wieder schien Arvin zu überlegen. „Ich kann hier nicht weg", sagte er schließlich. „Morgens glühen hier die Leitungen."

„Es wird nicht lange dauern", versicherte ihm Livia. „Eine halbe Stunde, mehr nicht. Danach hast du noch genug Zeit, um deine Kunden zurückzurufen."

Arvin schlenderte jetzt langsam zu seinem Schreibtisch hinüber, nahm einen Zettel herunter und schien ihn zu studieren. Dann sagte er beiläufig: „Das Ganze kommt ein wenig plötzlich, Livia. Ich würde vorschlagen, du lässt dir einen neuen ‚Termin' geben und stimmst ihn vorher mit Frau Baumann ab. Dann kann ich mich darauf einstellen und werde deinen Wunsch gern erfüllen."

Livia atmete einmal tief durch. Das Gespräch verlief nicht so, wie sie es sich erhofft hatte. Sie spürte, wie sich die alte Wut auf Arvin neu aufbaute und ihre Entscheidung bedrohte. Wollte sie diesem Kotzbrocken wirklich etwas Gutes tun? Und noch darum betteln? Sie beschloss, alles auf eine Karte zu setzen. „Es ist deine Sache, wie du reagierst, Arvin", sagte sie kalt. „Wenn du nicht mitkommen möchtest, bitte. Aber glaub mir, es wird keinen zweiten Termin geben. Und du wirst nie erfahren, was ich von dir wollte."

Wieder dauerte es einen Moment, bis Arvin reagierte. Obwohl er weiter auf seinen Zettel starrte, war Livia sicher, dass er überlegte. „Also gut", sagte er schließlich und ließ das Blatt los. Es segelte aus einer Höhe von vielleicht zehn Zentimetern auf den Schreibtisch zurück, schien Arvin jetzt aber überhaupt nicht mehr zu interessieren. Er drehte sich um und sah Livia ins Gesicht. „Ich komme mit. Wie denkst du, in die Innenstadt zu kommen?"

„Wir nehmen dein Auto", entgegnete Livia und hoffte, dass diese Tatsache keine weiteren Diskussionen hervorrufen würde. Sie hatte nun einmal weder Auto noch Führerschein.

Arvin hob kurz die Augenbrauen, sagte aber nichts dazu. Stattdessen ging er an einen Schrank, öffnete die Tür und holte einen dunklen Blouson heraus, in dessen Tasche ein paar Schlüssel klimperten.

So weit, so gut, dachte Livia und verließ in Arvins Schlepptau das Büro. „Ich bin in einer guten Stunde wieder da, Frau Baumann", sagte Arvin in einem Tonfall, der keinen Widerspruch duldete. Noch während er ging, zog er sich den Blouson über. „Bitte vertrösten Sie die Kunden."

„In Ordnung", sagte Frau Baumann, doch ließ die Art und Weise, in der sie es sagte, keinen Zweifel über den enormen Grad ihrer Verwunderung.

Kurz darauf folgte Livia Arvin bereits durchs Treppenhaus und dann über den Parkplatz. Dabei musste sie fast rennen, so lang und schnell waren seine Schritte. Aber da es immer noch nieselte, war das vielleicht auch gut so.

Als sie sich dem Wagen näherten, betätigte Arvin die Fernbedienung, um ihn zu entriegeln, machte sich aber nicht die Mühe, Livia die Tür zu öffnen. Stattdessen nahm er auf dem Fahrersitz Platz, wartete, bis auch Livia eingestiegen war, und fuhr dann schweigend los. Livia hatte ihre Reisetasche auf dem Schoß und fühlte sich nicht nur deshalb fürchterlich beengt. Es war schrecklich, sich auf so engem Raum mit ihrem Ehemann zu befinden und doch so weit von ihm entfernt zu sein, dass man kein einziges Wort miteinander wechseln konnte! Livia starrte angestrengt nach draußen und zählte die Sekunden. Eine Ewigkeit verging.

„Wo ist Spike?", fragte Arvin irgendwann.

„Zu Hause."

Arvin gab sich mit dieser Antwort zufrieden und setzte das bisherige Schweigen fort.

Erst als der Wagen nach einer Viertelstunde die Innenstadt erreichte, sprach Arvin wieder. „Wohin soll es gehen?"

„Nimm bitte das Parkhaus an der Kirche", erwiderte Livia knapp.

Arvin leistete ihrer Bitte Folge und fand einen Parkplatz im dritten Stockwerk. Als sie ausstiegen, schlug Livia der Gestank von Abgasen entgegen und nahm ihr das letzte bisschen Wohlbefinden. Aber sie ließ sich nichts anmerken und folgte Arvin in Richtung Ausgang.

„Jetzt bist du an der Reihe", sagte Arvin, als sie die Straße erreicht hatten.

Livia nickte und ging vor. Sie überquerten eine Straße, marschierten noch ein Stück und standen schließlich vor einem kleineren Bürogebäude. „Gravenhorst & Haubner, Rechtsanwälte und Notare" stand auf einem Schild. Livia läutete und betrat dann mit Arvin das Gebäude.

Der Empfang war fast so etwas wie ein kleiner Saal. Hinter einem riesigen Tresen wuselten mehrere Reno-Gehilfinnen durcheinander.

„Scholl", sagte Livia, als eine davon ihr Aufmerksamkeit schenkte. „Wir sind mit Herrn Haubner verabredet."

Die Reno-Gehilfin blickte in ihren Kalender, nickte freundlich und streckte den linken Arm aus. „Durch die Glastür, dann die Treppe hinauf, die zweite Tür links, bitte."

Livia und Arvin steuerten jetzt auf die entsprechende Tür zu, öffneten sie und erklommen eine Treppe. Im ersten Stock wurden sie durch Schilder auf einen Flur geleitet, der recht dunkel war und das wenige Licht von den Glastüren bezog, die davon abgingen. „Haubner, Rechtsanwalt und Notar, Fachanwalt für Familienrecht", stand in großen schwarzen Lettern auf der zweiten Tür links. Als Arvin das sah, versteifte er sich. „Aha", sagte er mit seltsamer Betonung.

Livia runzelte die Stirn und sah ihn an. „Stimmt was nicht?", fragte sie verunsichert.

„Ich hätte mir denken können, dass das ein Scheidungstermin ist", sagte Arvin. Seine Stimme klirrte vor Kälte. „Ich nehme an, das sind meine Sachen da in der Tasche?" Er deutete auf die Reisetasche.

Livias Blick wanderte fassungslos zwischen Arvin und ihrer Reisetasche hin und her. „Ich –", begann sie, war den Tränen aber so nah, dass sie den Satz nicht vollenden konnte. Um nicht die Fassung zu verlieren, klopfte sie und stürmte durch die Glastür.

Sie gelangte in ein kleineres Büro. Hinter einem Schreibtisch saß eine attraktive junge Frau.

Livia räusperte sich. „Scholl", stellte sie sich ein weiteres Mal vor. „Wir haben einen Termin bei Herrn Haubner."

„Oh, ja, er erwartet Sie bereits", lächelte die junge Frau und warf einen etwas irritierten Blick auf Arvin. Livia konnte sich denken, womit das zusammenhing. Wenn er nur halb so griesgrämig guckte wie eben, war er die Abschreckung in Person. Sie streifte ihn kurz mit ihrem Blick. Und tatsächlich, die Wirklichkeit übertraf alle Befürchtungen. Arvin sah aus, als würde er jeden Moment umkehren und wieder in seine Firma flüchten. Es musste also schnell gehen!

„Da lang, nicht wahr?", fragte Livia und eilte auch schon auf die einzige Tür zu, die von dem Vorzimmer abging. Sie klopfte noch kurz, wartete aber nicht, bis eine Antwort kam, sondern platzte in den Raum hinein. Im nächsten Moment sah sie sich einem etwas verwundert dreinblickenden Herrn gegenüber, der ziemlich tief in einem riesigen Ledersessel versunken war und dafür seine Füße auf dem Schreibtisch abgelegt hatte.

„Oh, Entschuldigung“, entfuhr es Livia, die erst jetzt merkte, dass ihr Verhalten ziemlich unhöflich gewesen war.

Herr Haubner fing an zu grinsen und schälte sich gemächlich aus seiner Position. „Frau Scholl, nehme ich an?“

Livia nickte ein wenig betreten und sah sich im Büro um. Es hatte eine deutlich gehobene Ausstattung mit Aktenschränken aus Kirschbaumholz und einem sehr edlen, aber auch enorm wuchtigen Schreibtisch.

„Kommen Sie einfach rein“, sagte Herr Haubner und winkte Livia und Arvin in den Raum hinein. Livia fand den Mann sofort sympathisch. Er hatte freundliche Augen mit tiefen Lachfalten an den Seiten. Und obwohl er schon deutlich über fünfzig und dem Anschein nach wahnsinnig erfolgreich war, merkte man an seiner Reaktion, dass er sich selbst nicht allzu wichtig nahm.

„Es tut mir wirklich leid“, entschuldigte sich Livia ein zweites Mal.

Herr Haubner zuckte die Achseln. „Jede Pause hat nun mal ein Ende.“ Er kam auf Livia und Arvin zu, streckte die Hand aus und begrüßte die beiden. Anschließend deutete er auf die beiden Stühle, die sich auf der anderen Seite seines Schreibtisches befanden. „Bitte schön.“

Als alle saßen, sagte Herr Haubner: „Ich denke, wir wissen alle, weswegen wir hier sind.“ Arvin sagte kein Wort. „Die Verträge sind natürlich vorbereitet.“ Er öffnete eine Schreibtischschublade und holte einen Stapel Papiere daraus hervor. „Zuerst muss ich Sie bitten, sich auszuweisen.“

Livia erblasste. Ihren eigenen Personalausweis hatte sie dabei, aber dass Arvin auch einen brauchte, hatte sie überhaupt nicht bedacht! Sie sah ihre ganzen Pläne bereits wie eine Seifenblase zerplatzen, als Arvin wie selbstverständlich in die Innentasche seines Blousons griff, sein Portemonnaie zückte und seinen Personalausweis daraus hervorkramte. Livia atmete auf.

Herr Haubner trug jetzt die Ausweisnummern in seine Papiere ein. Dann händigte er die Personalausweise wieder aus und sagte: „Ich bin leider verpflichtet, Ihnen den Vertrag noch einmal vorzulesen. Wenn ich Ihnen zu schnell bin, müssen Sie Bescheid sagen.“

Livia fragte sich noch, was denn wohl zu schnell sein könnte, als Herr Haubner auch schon loslegte und in einem unnachahmbaren Tempo Sätze herunterleierte, die auf diese Weise niemand verstehen konnte. Livia hörte nur „erschienen heute: … die Hausfrau Livia Scholl … deren Ehemann Arvin Scholl … baten mich um die Beurkundung eines Übertragungsvertrages … Grundbesitz Gemarkung … Flurstück … nachstehend Übernehmer genannt … geht mit Wirkung vom heutigen Tage auf den Übernehmer über … Eine Gegenleistung ist nicht zu erbringen … Die Beteiligten sind darüber belehrt …" Als Herr Haubner geendet hatte, musste er erst einmal eine Zeit lang tief durchatmen. Dann sagte er: „Haben Sie dazu noch irgendwelche Fragen?"

Livia sah dezent zu Arvin hinüber und meinte ein einziges riesiges Fragezeichen in seinem Gesicht zu entdecken.

„Schön", freute sich Herr Hauber. „Dann können wir ja zur Tat schreiten." Er sah Livia an. „Wenn Sie vielleicht zuerst unterschreiben wollen …?"

Livia nickte, nahm die Papiere entgegen und setzte ihre Unterschrift ohne zu zögern an die dafür vorgesehene Stelle.

„Und jetzt Sie, Herr Scholl", sagte Herr Haubner und schob Arvin die Schriftstücke hinüber.

Livia hielt gespannt den Atem an.

„Darf ich?", fragte Arvin. Es waren die ersten Worte, die er in diesem Büro gesprochen hatte.

„Aber natürlich", entgegnete Herr Haubner, wobei allerdings ein wenig Verwunderung in seinen Worten mitschwang.

Arvin nahm die Papiere an sich und begann sie zu studieren.

Derweil verwickelte Herr Haubner Livia in ein Gespräch über die Baumaßnahmen in der Stadt, die in letzter Zeit doch gravierende Ausmaße angenommen hatten.

Arvin verzog inzwischen keine Miene, sondern las nur höchst vertieft in dem Vertrag.

Da Livias Interesse im Grunde ihm und seinen Reaktionen galt, hatte sie äußerste Mühe, in dem Gespräch mit Herrn Haubner vernünftige Antworten zu geben. Und so war sie richtig erleichtert, als sich Arvin endlich zu Wort meldete.

„Wäre es möglich, dass ich noch einmal kurz mit meiner Frau allein spreche?“

Herr Haubner zog irritiert die Augenbrauen hoch. „Selbstverständlich“, stammelte er und stand auf. „Ich … wollte mir sowieso gerade einen Kaffee holen. Möchten Sie vielleicht auch einen?“

Arvin schüttelte stumm den Kopf. Livia tat es ihm gleich. Ihr war nicht nach Nahrungsmitteln zumute. Sie wollte nur diese Sitzung hinter sich bringen.

Als Herr Haubner den Raum verlassen hatte, sagte Arvin heiser: „Ich verstehe das nicht, Livia.“

Livia sah ihn nicht an, sondern blickte nur angestrengt geradeaus. „Was ist daran nicht zu verstehen? Ich gebe dir dein Haus zurück. Das ist alles.“

„Zu welchen Bedingungen?“

„Ich dachte, du hättest den Vertrag gelesen“, erwiderte Livia gereizt. „Eine Gegenleistung ist nicht zu erbringen, so steht es doch drin, oder nicht?“

„Aber … *warum*?“

„Meine Motive haben dich nicht zu interessieren, Arvin. Willst du das Haus oder willst du es nicht?“

„Ich … ich will es natürlich.“

„Dann unterschreib den Vertrag!“

Eine Weile reagierte er nicht, sondern saß nur bewegungslos da.

Dann ging die Tür auf und Herr Haubner steckte seinen Kopf hindurch. „Brauchen Sie noch länger?“

„Nein“, sagte Livia schnell. „Kommen Sie ruhig wieder.“

Das ließ sich Herr Haubner nicht zweimal sagen. „Ist der Vertrag in Ordnung?“, fragte er, während er wieder auf seinen Schreibtischstuhl zusteuerte.

„Er ist perfekt“, beeilte sich Livia zu versichern.

Herr Haubner sah ein wenig skeptisch zu Arvin hinüber, entspannte sich aber, als er sah, dass dieser seine Unterschrift unter die Papiere setzte. „Super“, freute er sich und nahm die unterschriebene Ausfertigung von Arvin entgegen. „Wir machen dann alles fertig und schicken es Ihnen zu. Einverstanden?“

Livia stand auf. „Einverstanden."

Arvin tat es ihr gleich, machte aber den Eindruck, als geschähe das etwas widerwillig. Und auch als er sich verabschiedete und mit Livia das Gebäude verließ, wirkte er nicht sehr dynamisch. Als sie auf der Straße angekommen waren, streckte ihm Livia die rechte Hand entgegen. „Leb wohl, Arvin."

Der Handschlag scheiterte daran, dass Arvin sich nicht beteiligte. Seine Hand wollte sich einfach nicht erheben. „Leb wohl?", wiederholte er. Sein Blick fiel auf Livias Reisetasche. „Was ist denn da drin?"

„Da ist drin, was *mir* gehört, Arvin. Ein bisschen Kleidung ... ein paar Erinnerungsstücke ... Papiere ... ein bisschen Geld. Ich hab nicht viel genommen, nur den Fünfziger, den Karen mir vor Kurzem gegeben hat. Für die Fahrt und die ersten paar Tage ..."

Arvin sagte nichts darauf, doch blieb sein Blick so fassungslos, dass Livias Gedanken in eine andere Richtung trieben.

„Willst du nachsehen, ob ich dir was gestohlen habe, Arvin?" Sie öffnete mit einer ärgerlichen Bewegung den Reißverschluss und hielt ihm die Tasche hin. „Hier, tu dir keinen Zwang an. Das Geld kann ich dir zurückgeben, wenn du willst. Ich brauch es eigentlich gar nicht!"

„Nein, nein, das meinte ich nicht", beschwichtigte Arvin. „Ich wollte nur ... Ich ... ich ..."

Livia seufzte tief und verschloss die Reisetasche wieder. „Hör zu ... ich möchte nicht, dass wir uns bei unserer letzten Begegnung streiten. Ich will eigentlich nur ..." Sie stockte, musste sich einen Moment lang sammeln und fuhr dann fort: „Ich will, dass du eines weißt, Arvin: Was auch immer ich getan habe, es tut mir leid" – sie sah ihn an – „wirklich leid. Ich wünsche dir, dass du darüber hinwegkommst. Nicht alle Menschen sind schlecht, weißt du? Auch nicht alle Frauen. Ich wünsche dir, dass du noch einmal eine triffst, der du vertrauen kannst." Sie schürzte die Lippen. „Mach's gut, Arvin." Sie hob noch einmal die Hand zum Gruß, wandte sich ab und ging eilig davon.

„Jetzt ... jetzt warte doch mal", rief Arvin hinter ihr her.

Livia ging weiter, hörte aber an seinen Schritten, dass Arvin ihr folgte.

„Hey … Livia", sprach er sie erneut an. Er war direkt hinter ihr.

Livia beschleunigte ihre Schritte.

Arvin tat das Gleiche. „Warte bitte!", rief Arvin eindringlich.

Endlich blieb Livia stehen, drehte sich aber nicht zu ihm um.

„Du kannst nicht einfach so gehen", sagte Arvin und umrundete sie. „Du … du würdest niemals allein zurechtkommen. Du hast keine Arbeit …"

„Ich werde mir eine suchen, Arvin. Ich bin nicht so nutzlos, wie du denkst."

„Das weiß ich. Es ist nur … dass ich für dich verantwortlich bin. Und ich will nicht, dass du unter die Räder kommst oder … oder unter Brücken schläfst."

„Wo ich schlafe, musst du schon mir überlassen", antwortete Livia gereizt.

„Wirst du es mir wenigstens mitteilen? Ich meine … krieg ich deine Adresse?"

„Nein", sagte Livia schlicht.

„Hat Karen sie?"

Ein schmerzlicher Ausdruck huschte über Livias Gesicht. Obwohl sie am vergangenen Sonntag wie immer bei Karen gewesen war, hatte sie ihr nichts von ihren Absichten erzählt. „Ich hab ihr einen Abschiedsbrief geschrieben", seufzte sie. „Ich steck ihn gleich noch ein." Mit diesen Worten setzte sie sich wieder in Bewegung. Um an Arvin vorbeizukommen, musste sie zwar die Fahrbahn betreten, hatte anschließend aber wieder freie Bahn und konnte ihren Weg fortsetzen.

Allerdings eilte Arvin auch dieses Mal hinter ihr her. „Warum so endgültig?", fragte er von hinten. „Es schadet doch nicht, wenn du uns sagst, wo du dich aufhältst."

Livia seufzte auf und blieb erneut stehen. Dieses Mal drehte sie sich sogar zu Arvin um. „Natürlich schadet es, Arvin. Wenn ich es euch sage, wird Karen alles tun, um mich zurückzuholen. Und dann schadet es auch dir. Du wolltest immer, dass ich dich in Ruhe lasse. Jetzt bekommst du, was du wolltest. Warum freust du dich nicht endlich?" Mit diesen Worten setzte sie sich zum dritten Mal in Bewegung.

„Warte, zum Donnerwetter", brüllte Arvin.

Livia wirbelte erschrocken zu ihm herum.

Arvin war inzwischen völlig außer sich. Sein Gesicht war puterrot und seine Nasenflügel bebten. „Ich will nicht, dass du gehst, okay? *Ich will es nicht!*"

Livia hob halb verwundert, halb amüsiert die Augenbrauen. „Ich denke, das mit dem Haus kam etwas plötzlich für dich, hm?", sagte sie in mitleidigem Tonfall. Dann schüttelte sie den Kopf, setzte die Reisetasche auf dem Gehweg ab und stemmte nachdenklich die Hände in die Hüften. „Hör zu. Es ist vielleicht besser, wenn du jetzt nicht ins Büro zurückkehrst. Geh nach Hause und dreh ein paar Runden mit Spike. Dann schlaf eine Nacht über der ganzen Sache. Glaub mir, morgen sieht die Welt schon wieder anders aus. Überleg doch mal … du kannst dich zu Hause ausbreiten, wie du willst. Niemand wird je wieder Blumen in deinem Garten pflanzen …"

Aber Arvin schüttelte entschieden den Kopf. „Bleib bei mir, Livia", sagte er ernst. „Bitte!"

Livia verzog verwundert das Gesicht.

„Ich meine es ernst", fuhr Arvin fort. „Ich will, dass du bei mir bleibst. Ich fühle mich verantwortlich für dich. Ich könnte es nicht ertragen, wenn ich nicht wüsste, wo du bist und wie es dir geht. Die Sache mit dem Haus … sie ist nicht so einfach, wie du denkst. Auf dem Papier gehört das Haus jetzt wieder mir, aber du bleibst trotzdem meine Frau, verstehst du? Es ist meine Aufgabe, dich zu versorgen! Und jetzt, wo du mir das Haus zurückgegeben hast, wiegt diese Verantwortung noch hundertmal schwerer …"

„Ich spreche dich frei von deiner Verantwortung", sagte Livia schlicht.

„Das geht nicht."

„Warum nicht?"

„Weil ich das Versprechen, für dich zu sorgen, nicht nur dir gegeben habe, sondern auch Gott."

„Wann soll das denn gewesen sein?"

„Bei unserer Hochzeit."

Livia seufzte tief. „Du hast ihm also versprochen, mich zu versorgen, ja?" Der Klang ihrer Stimme wurde schärfer. „Weißt du, Arvin, was mich interessieren würde? Mich würde interessieren, was du unter dem Begriff ‚Versorgung' so verstehst." Sie sah ihm provozierend ins Gesicht. „Erzähl doch mal!"

Arvin runzelte die Stirn. „Na ja … was man halt so landläufig unter Versorgung versteht … ein Dach über dem Kopf … Nahrung … Kleidung und all das."

Livia nickte bitter und presste dann mühsam hervor: „All das hatte ich, Arvin. Was denkst du wohl, warum ich es wegwerfe?" Als Arvin nicht antwortete, fuhr sie mit belegter Stimme fort: „Ich gehe, weil ich andere Dinge nötiger habe, viel nötiger … Dinge wie Liebe … Nähe … das Gefühl, gebraucht zu werden …"

„Ich könnte versuchen, dir das zu geben", sagte Arvin leise.

Livia lachte auf. „Du hasst mich, Arvin."

Arvin blickte zu Boden. „Ich könnte damit aufhören", antwortete er ernst.

„Dann gibst du es also zu? Du gibst zu, dass du mich hasst?"

Arvin sah ihr ins Gesicht. „Ich kann es nicht leugnen, aber … ich könnte damit aufhören."

„Du bist ja verrückt", entfuhr es Livia und sie machte Anstalten, sich ein weiteres Mal von ihm abzuwenden.

„Nein, hör doch", hielt Arvin sie zurück. „Hass und Liebe sind nicht einfach nur Gefühle, die einen Menschen beherrschen. Hass und Liebe sind Dinge, für die man sich entscheidet. Ich habe mich entschieden, dich zu hassen, das gebe ich zu. Aber ich möchte mich jetzt gerne umentscheiden. Was du getan hast … die Sache mit dem Haus … das hättest du damals nicht getan. Niemals! Anscheinend hast du dich durch den Unfall tatsächlich verändert!"

Livia blinzelte hektisch mit den Lidern. „Du willst dich also umentscheiden. Und wie soll das in der Praxis aussehen?"

Arvin hob ein wenig hilflos die Hände. „Ich hab … keine Ahnung."

„Das … ist wenig", stellte Livia fest.

„Ich weiß. Aber damals … als wir geheiratet haben … habe ich dich geliebt und es ist trotzdem schiefgegangen. Vielleicht … probieren wir es jetzt mal anders herum …"

Livia lachte fast ein wenig hysterisch auf, konnte sich aber dennoch nicht dazu durchringen, Arvin ein weiteres Mal stehen zu lassen. Das hier war völlig verrückt … und doch … Sie bückte sich und hob ihre Reisetasche wieder auf. „Ich geb dir 'ne Woche", hörte sie sich sagen. „Wenn du mich bis dahin überzeugt hast, bleibe ich. Wenn nicht …" Sie zuckte die Achseln. Dann umspielte plötzlich der Hauch eines Lächelns ihre Lippen. „Die Brücken laufen mir ja nicht weg."

Kapitel 27

Zwei Wochen später befanden sich Arvin und Livia auf einem der Spaziergänge, die sie seit dem Notartermin immer gemeinsam unternahmen. Spike rannte gerade begeistert durch das Unterholz und ließ es dabei ordentlich rascheln und knacken, während Arvin und Livia den Weg einhielten, der ganz in der Nähe ihres Hauses durch ein großes Waldstück führte. Es war Viertel nach fünf, die typische Zeit für den Rundgang, auf den Arvin sonst immer nur Spike mitgenommen hatte.

Wie immer gingen Arvin und Livia dicht nebeneinander, berührten einander aber nicht. Das war typisch für die Beziehung, die sie nun pflegten. Sie war durch Höflichkeit und Entgegenkommen, aber auch durch Zurückhaltung gekennzeichnet.

„Ich kann immer noch nicht fassen, dass du Spike bei mir lassen wolltest", sagte Arvin in diesem Moment. „Dabei weiß ich genau, wie gern du ihn hast."

„Das war eine Entscheidung zu Spikes Gunsten", erwiderte Livia. „Erstens wollte ich ihn nicht aus seiner gewohnten Umgebung reißen. Und zweitens hängt er sowieso mehr an dir als an mir."

„Er hängt auch sehr an dir."

Als wollte er genau das unter Beweis stellen, kam Spike in diesem Moment angerannt und stupste Livia in die Beine. Sie ging in die Hocke. „Was willst du denn, du alte Nervensäge?", fragte Livia und wuschelte durch seine lange schwarze Mähne. Spike stieß ein paar herzergreifende Winseltöne aus. „Einen Stock soll ich dir werfen, was?", lachte Livia und sah sich auch schon um. Hier im Wald war es zum Glück nicht schwer, ein geeignetes Objekt zu finden. Sie griff nach dem erstbesten Zweig, nahm ihn in ihre linke Hand, und schleuderte ihn so weit nach vorn, wie sie nur konnte. Als Spike hinterherschoss, wandte sie sich wieder Arvin zu. „So etwas hätte ich ihm wahrscheinlich nie mehr bieten können. Erstens hatte ich geplant, in eine größere Stadt zu ziehen. Die Wahrscheinlichkeit, dort Arbeit zu finden, ist sicher höher als hier auf dem Land. Und zweitens hätte ich dann den ganzen Tag lang irgendwo gearbeitet und kaum noch Zeit für ihn gefunden."

„Ich verbringe auch die meiste Zeit im Büro", gab Arvin zu bedenken.

„Schon. Aber ich hab darauf spekuliert, dass du ihn im Notfall mit ins Büro genommen hättest."

Arvin lachte auf. „Frau Baumann wäre sicher begeistert gewesen. Sie hat Angst vor Hunden. Und schwarze Hunde sind für sie das personifizierte Grauen."

Livia lächelte versonnen. Aber es war gar nicht so sehr der Gedanke an Frau Baumann, der ihr das entlockte. Eher war es Arvin. Wenn er lachte, wurde es Livia warm ums Herz. Früher hatte sie ihn nie lachen hören. Kein einziges Mal. Seit dem Notartermin war das anders. Nicht dass er ununterbrochen lachte. Nein, er lachte eher selten. Aber wenn er es tat, dann klang es so tief und voll … so ansteckend, dass Livia warme Schauer über den Rücken liefen. Und auch sonst hatte er sich um hundertachtzig Grad gedreht. Livia ertappte sich in letzter Zeit immer häufiger dabei, dass sie sich auf seine Rückkehr aus dem Büro freute. Vor allem die Gespräche, die sie mit ihm führte, hatten es ihr angetan. Er war so ernsthaft und konnte zuhören wie kein Zweiter. Und er merkte sich sogar, was sie gesagt hatte!

„Ich bin vorhin bei Karen vorbeigefahren", sagte Arvin.

Livia sah ihn an. „Und?"

„Sie hat uns am Sonntag zum Mittagessen eingeladen. Uns beide."

„Hast du ihr gesagt, dass wir uns jetzt besser verstehen?"

Arvin nickte. „Sie hat sich gefreut."

Livia zog die Stirn in Falten. „Das klingt nicht so positiv, wie es klingen sollte."

„Ich weiß auch nicht", seufzte Arvin. „Sie ist so seltsam in letzter Zeit. Und sie sieht krank aus."

Livia nickte. „Ja, das tut sie schon lange. Aber wenn ich sie darauf anspreche, weicht sie mir aus."

„Mir auch."

Sie gingen eine Zeit lang schweigend nebeneinander her. Livia fand, dass es heute wunderschön im Wald war. Zwischendurch brachen immer wieder die Strahlen der Junisonne durch das Blattwerk der Bäume und erhellten einzelne Flecken ihrer Umgebung. Gerade jetzt konnte sie den Staub sehen, der dicht und schwer in der Waldluft hing. „Glaubst du, wir sollten sie am Sonntag mal so richtig in die Mangel nehmen?", fragte Livia, nachdem sie ein paar Minuten über Karen nachgedacht hatte.

Arvin zuckte die Achseln. „Das könnte dazu führen, dass sie sich noch mehr verschließt", sagte er zögernd.

„In dem Punkt ähnelt ihr euch wohl ...", kommentierte Livia und dachte daran, dass sie mit Arvin noch kein einziges Mal über seine Vergangenheit gesprochen hatte. Sie hatte schon ein paarmal vorsichtig dazu angesetzt, seine Eltern zum Thema zu machen, war aber gescheitert. Wie sollte sie unter diesen Umständen jemals mit ihm über den Unfall sprechen?

„Wie hat dir eigentlich das Buch gefallen, das du dir ausgesucht hast?", wechselte Arvin das Thema.

Livia schluckte. Arvin las so viel. Das hatte sie schon immer beeindruckt. Um mithalten zu können, hatte sie sich irgendein Buch aus seiner Sammlung herausgepickt und darum gebeten, es lesen zu dürfen. Aber das hatte sie natürlich nicht getan. Sie fand einfach keinen Zugang zu Büchern! Für ein Kochrezept reichten ihre Fähigkeiten mittlerweile, aber für mehr ... „Es war toll", log sie. „Richtig toll."

„Hast du's denn schon durch?"

Livia nickte lahm. Sie hatte die ersten zwei Sätze schon durch ...

„‚Schuld und Sühne' von Dostojewski ...", überlegte Arvin. „Wäre es nicht besser gewesen, du hättest die modernere Version gelesen? ‚Verbrechen und Strafe' heißt es, glaub ich ..."

„‚Schuld und Sühne' war auch okay", presste Livia hervor. „Was liest du denn im Moment?"

„Die Hauptperson hieß Raskolnikow, nicht wahr?“, versuchte sich Arvin zu erinnern. „Ich fand es wirklich schwierig, sein Menschenbild zu ergründen. Warte mal … wie war das noch? Hat er manche Menschengruppen nicht mit dem Begriff ‚Laus‘ belegt?“

„So war es wohl“, nuschelte Livia. „Hast du ‘ne Idee, was ich als Nächstes lesen könnte?“

„Hat er eigentlich nur einen oder mehrere Morde begangen?“, überlegte Arvin.

„Ich hab’s gar nicht gelesen, okay“, fuhr Livia ihn an. „Ich hab’s nicht gelesen, weil ich allenfalls drei Sätze am Stück lesen kann. Mehr nicht. In Wirklichkeit hab ich mir das Buch nicht aus Interesse ausgeliehen, sondern nur um dich zu beeindrucken. Und wenn wir schon mal dabei sind: Ich bin nach meinem Unfall auf dem Stand eines Drittklässlers stehen geblieben. Bist du jetzt zufrieden?“

Arvin schwieg.

„Ich bin dumm“, sagte Livia leise. „Das ist die Wahrheit.“

„Niemand ist dumm“, widersprach Arvin. „Gott hat jedem Menschen besondere Fähigkeiten geschenkt. Und alle sind gleich wichtig. Der eine kann eben lesen, der andere handwerkern, der Dritte kochen oder malen oder musizieren. Was kannst du?“

„Mit meinem Arm überhaupt nichts“, erwiderte Livia bitter und ballte die rechte Hand zur Faust. Obwohl das klappte, merkte sie doch, dass ihr rechts immer noch nicht genügend Kraft zur Verfügung stand.

„Du kannst schöne Blumenbeete pflanzen“, sagte Arvin.

„Toll“, entfuhr es Livia. „Eine Fähigkeit, die in unserem Haus über alle Maßen geschätzt wird.“

Arvin musste schlucken. „Ich weiß, dass es nicht ganz einfach ist, mit mir zusammenzuleben“, sagte er heiser. „Aber wenn du Probleme mit dem Lesen hast, solltest du nicht mit Dostojewski anfangen, sondern zum Beispiel mit einem Gartenbuch. Vielleicht …“ Er zögerte. „Hinter dem Haus gibt es eine Ecke, die ich sowieso nie betrete … Da könntest du machen, was du willst.“

„Wirklich?“, fragte Livia atemlos. „Ich darf Blumen pflanzen? So wie ich will?“

Arvin lächelte sanft. „Ich denke, das geht."

Livia hüpfte ein Stück in die Höhe. „Kannst du mir die Stelle nachher gleich zeigen?", fragte sie aufgeregt. „Und ... und abstecken ... Du musst mir genau sagen, wo meine Grenzen sind, damit ich mich auf keinen Fall zu sehr ausbreite. Einverstanden?"

„Einverstanden."

❧

Am Sonntag standen Arvin und Livia zum allerersten Mal gemeinsam vor Karens Wohnungstür.

Nachdem sie geklingelt hatten, öffnete ihnen Vanessa. Sie trug einen engen olivfarbenen Rock, der beinahe eine Dame aus ihr machte, und dazu eine weiße Bluse. Als sie Arvin sah, sprang sie sofort auf seinen Arm. „Hast du mir was mitgebracht?"

Livia biss sich erschrocken auf die Unterlippe. An ein Mitbringel hatte sie überhaupt nicht gedacht. Und überhaupt ... brachte sie Vanessa eigentlich nie etwas mit ...

„Guten Tag, Vanessa. Schön dich zu sehen", sagte Arvin.

„Guten Tag, Onkel Arvin. Schön dich zu sehen", entgegnete Vanessa brav. Ihre kleinen Ärmchen hatten sich hinter Arvins Nacken verknotet. Und ihre nackten Füße suchten hinter seinem Rücken nach Halt. „Hast du mir was mitgebracht?"

„Und hallo, Livia, wie geht es dir heute?", ignorierte Arvin die Frage schon zum zweiten Mal.

„Hallo, Livia", sagte Vanessa und lächelte ihr zu. Aber die Aufmerksamkeit war nur von kurzer Dauer. Nach der Begrüßung wandte sie sich sofort wieder Arvin zu. „Hast du mir jetzt was mitgebracht?"

„Nein."

„Doch!", kreischte Vanessa.

Arvin schüttelte bedauernd den Kopf. „Das muss ich in der Eile vergessen haben."

„Nie im Leben!", widersprach Vanessa und hüpfte wieder von seinem Arm. „Hosentaschen", murmelte sie und nahm erst die eine, dann die andere unter die Lupe. Aber sie fand nur ein

Taschentuch, ein Portemonnaie und einen Autoschlüssel. „Die Tasche da“, forderte Vanessa und deutete auf die Brusttasche des beigefarbenen Hemdes, das Arvin zu einer schwarzen Jeans trug.

Arvin ging vor seiner Nichte in die Knie und ließ sie die Hemdtasche untersuchen.

Derweil wurde Livia immer unglücklicher. Sie hätte wirklich an ein Mitbringsel denken sollen …

Die Hemdtasche war vollkommen leer. „Schuhe ausziehen!“, befahl Vanessa.

Arvin seufzte tief, streifte aber brav die Schuhe von den Füßen.

„Socken“, murmelte Vanessa und tastete die Socken ab.

Livia schluckte. Wo blieb denn bloß Karen? Und warum beendete sie diese unangenehme Situation nicht endlich?

Da Vanessa auch in den Socken nicht fündig wurde, erhob sie sich, stemmte die Hände in die Hüften und sagte: „Gib mir wenigstens einen Tipp.“

„Ich hab's vergessen, wirklich“, beteuerte Arvin.

Eine Weile schien Vanessa eifrig nachzudenken. Dann hellte sich ihr Blick plötzlich auf. „Du hast es bei Livia versteckt. Das ist es!“, entfuhr es ihr.

Bevor sie sich jedoch auf die Handtasche stürzen konnte, die Livia bei sich trug, intervenierte Arvin. „Halt! Das ist Livias Handtasche. Du musst sie erst fragen.“

Vanessa hielt mitten in der Bewegung inne, rollte wie eine Große mit den Augen und wandte sich an Livia. „Darf ich in deiner Handtasche nachsehen?“

Livia wand sich und warf Arvin einen hilfesuchenden Blick zu. Als dieser jedoch aufmunternd nickte, blieb ihr nichts anderes übrig, als die Tasche zu öffnen.

Vanessa wühlte einen Moment darin herum und schrie dann plötzlich: „Da! Ich hab's!“ Und mit diesen Worten zog sie ein kleines, mit buntem Papier umwickeltes Päckchen aus Livias Handtasche hervor.

Livia runzelte die Stirn. Was die Kleine da in Händen hielt, hatte sie noch nie zuvor gesehen! Deshalb war sie wahrscheinlich noch neugieriger als Vanessa, als diese ungeduldig und mit flinken Fingern das Papier abriss. Zum Vorschein kam ein kleiner Schlüsselanhänger, der die Form einer Taschenlampe hatte.

Vanessa drückte interessiert auf den einzig vorhandenen Knopf … und erzeugte damit einen Lichtstrahl. Sie juchzte auf und fiel Arvin um den Hals. „Danke, Onkel Arvin. Danke!" Und dann flatterte sie auch schon wie ein glückliches kleines Vögelchen davon. „Mama, Mama, sieh doch mal, was Onkel Arvin mir dieses Mal mitgebracht hat", hörte Livia sie noch rufen.

Livia sah zu Arvin hinüber und stellte fest, dass er immer noch hinter ihr hersah und dabei strahlte wie ein frisch gebackener Olympiasieger.

Er liebt sie, dachte Livia und spürte, wie ein Hauch von Eifersucht über sie hinwegschwappte. Noch im gleichen Moment wurde ihr klar, wie unpassend dieses Gefühl war. Vanessa war ein kleines Mädchen und außerdem Arvins Nichte. Und dennoch …

„Ist sie nicht süß?", fragte Arvin in diesem Moment.

„Das ist Livias Handtasche, du musst sie erst fragen", zitierte Livia Arvins Worte von vorhin.

„Oh", machte Arvin und verzog schuldbewusst das Gesicht. „Das tut mir leid, wirklich. Du hattest vorhin was vergessen und bist noch mal ins Haus zurückgekehrt, erinnerst du dich? Um die Zeit zu überbrücken, hab ich schon mal darüber nachgedacht, wo ich ihr Geschenk verstecke. Na ja, die Handtasche lag offen auf dem Beifahrersitz … Und dann hat es ewig gedauert, bis du wiedergekommen bist … Deshalb hab ich wohl vergessen, dich zu informieren. Bist du jetzt böse?"

Anstelle einer Antwort fragte Livia: „Bringst du ihr immer was mit?"

„Ja", nickte Arvin. „Findest du, ich verwöhne sie zu sehr?"

Ja!, dachte Livia. *Du verwöhnst sie nach Strich und Faden! Und mir bringst du nie etwas mit!* „Das ist schon okay", antwortete sie und lächelte freundlich. „Schließlich ist sie deine einzige Nichte."

„Soll ich das Essen im Flur servieren?", rief jemand aus der Küche.

„Nein, wir kommen schon", antwortete Livia und zog nun ebenfalls die Schuhe aus. Wenig später betrat sie mit Arvin die kleine, aber helle Küche. Karen stand am Herd und rührte gerade in einem Topf herum. Die langen rötlich-braunen Haare waren hochgesteckt, doch guckten die Haarenden heraus und standen wild in alle möglichen Richtungen ab. Das sah ausgesprochen schick aus. Ansonsten trug sie eine Bluejeans und ein weißes T-Shirt und darüber eine Kochschürze, die so eng anlag, dass sie verriet, wie ungeheuer schmal und zerbrechlich Karen in letzter Zeit geworden war. Livia warf Arvin einen besorgten Blick zu und hatte den Eindruck, dass dieser genau dasselbe dachte wie sie.

„Was gibt's denn?", fragte Arvin und machte Anstalten, den Inhalt des Topfes zu begutachten.

Karen warf eilig einen Deckel auf den Topf. „Geguckt wird nicht", sagte sie streng. „Sonst macht ja das Raten keinen Spaß mehr."

„Hallo erst mal", grinste Arvin und nahm seine Schwester in den Arm. „Du fühlst dich heute an wie eine halbe Portion. Hast du abgenommen?"

Karen löste sich aus Arvins Umarmung und überging die Frage, indem sie Livia begrüßte. Erst danach wandte sie sich wieder Arvin zu. „Also los, fang an. Was hab ich gekocht?"

„Heute ist es ungeheuer schwierig", murmelte Arvin und probierte es nacheinander mit Schweinebraten, Hackbraten und noch diversen anderen Fleischgerichten.

Derweil überlegte Livia, ob irgendetwas mit ihren Geruchsnerven nicht stimmte. Es roch nämlich nach Fisch. Und das ziemlich eindeutig!

Nachdem Arvin über Lasagne, Pizza und Sauerkraut bei Sahnekartoffeln angelangt war, wurde es Livia zu bunt und sie sagte: „Wie wär's mit Lachs auf Buttergemüse und dazu Reis?"

„Der Kandidat hat hundert Punkte", grinste Karen und wandte sich kopfschüttelnd an Arvin. „Du schwächelst", stellte sie fest.

„Du hast doch nicht wirklich Fisch gemacht, oder?" Arvin klang total verwirrt. „Wir sind doch beide eingeladen. Und Livia hasst Fisch, wie du weißt."

„Ich hasse Fisch?“, wunderte sich Livia.

Arvin sah sie an, als stamme sie von einem anderen Stern.

„Seit dem Unfall hat sich so einiges geändert“, lächelte Karen und klopfte Arvin aufmunternd auf die Schulter. „Das wirst du schon noch merken.“

„Aber eine Abneigung gegen Fisch ... so was ändert sich doch nicht ...“

Karen zuckte die Achseln. „Bei Livia schon ...“

Arvin sah Livia an. „Im Ernst?“

„K-keine Ahnung“, stammelte Livia. „Lachs auf Buttergemüse ist jedenfalls mein Leibgericht.“

Arvin schüttelte den Kopf, als müsste er dringend wieder zu sich kommen. „Seltsam ...“, murmelte er. „Wirklich seltsam ...“

Arvins Verwunderung hielt ziemlich lange an und schlug sich darin nieder, dass er Livia beim gemeinsamen Essen immer wieder dabei beobachtete, wie sie mit größtem Appetit ihren Lachs verspeiste. Aber auch Livia hatte Grund zum Staunen. Während des Essens ertappte sie sich mehrfach dabei, wie sie Arvin anstarrte. Schon allein die Art und Weise, wie er mit Vanessa umging, war unglaublich. Er las ihr quasi jeden Wunsch von den Augen ab und kümmerte sich bereitwillig um all ihre Bedürfnisse. Er war sich auch nicht zu schade, ihr den Mund abzuwischen oder die Nase zu putzen. Von seinem Umgang mit Karen einmal ganz zu schweigen. Es entging Livia nicht, mit welcher Besorgnis er Karen immer wieder ansah und dass er alles tat, um ihr Arbeit abzunehmen. Als Vanessa zum Beispiel ihren Saft verschüttete, sprang er sofort auf und richtete den Tisch ganz allein wieder her. Und auch sonst war er furchtbar aufmerksam. Das alles warf ein völlig neues Licht auf ihn. War er wirklich so anders, als sie ihn kennengelernt hatte? War er am Ende gar ein wirklich liebevoller Onkel und Bruder?

Als das Essen zu Ende war, stand Arvin auf, ging zur Stereoanlage hinüber und legte eine CD ein. „Ich mach euch ein bisschen Musik an, okay? Dann langweilt ihr euch nicht, während ich aufräume.“

Karen stand auf. „Du bist Gast hier, Arvin. *Ich* räume auf.“

„Kommt nicht infrage!“, protestierte Arvin, war mit zwei großen Schritten bei Karen und drückte sie auf ihren Stuhl zurück. „Du hast schon gekocht. Ich mache den Rest.“ Er wandte sich an Livia. „Ich hab deine Lieblings-CD eingelegt. Dafür hast du die Aufgabe, dafür zu sorgen, dass sie sich nicht vom Fleck rührt!“ Mit diesen Worten ging er zur Stereoanlage zurück und schaltete die CD an. Dann begann er den Tisch abzuräumen.

Kurz darauf erklang Musik, die Livia schon im ersten Moment ein bisschen seltsam vorkam. Offensichtlich war es reine Instrumentalmusik, ohne Gesang, die auch nicht übermäßig melodisch klang. Im Gegenteil … je länger sich Livia hineinhörte, desto mehr fühlte sie sich an afrikanische Musik erinnert! Und überhaupt … was waren das denn für Instrumente? Die klangen so … so unecht! „Was ist ’n das?“, fragte sie irgendwann.

Arvin, der gerade die Teller in der Spülmaschine verstaute, antwortete: „Na, DJ Charp!“

„DJ Charp“, wiederholte Livia und verriet durch ihren Tonfall, dass sie noch nie etwas von ihm gehört hatte.

Arvin hielt in seiner Bewegung inne und hob fragend die Augenbrauen. „Du erinnerst dich nicht …?“

Livia schüttelte den Kopf.

„Aber es gefällt dir doch …?“

Livia schluckte und schüttelte erneut den Kopf.

„Nicht …“, schlussfolgerte Arvin.

„Nicht mehr“, grinste Karen.

„Auch nicht?“, fragte Arvin entgeistert.

Karen schüttelte den Kopf. „Techno ist out. James Blunt kommt jetzt besser an.“

„James Blunt“, wiederholte Arvin in einem Tonfall, der auch bei Heino nicht anders ausgefallen wäre … „Du hast sie also infiziert …“

Karen grinste über beide Wangen. „Muss wohl …“

„Na, dann …“ Arvin schlurfte erneut zur Stereoanlage, schaltete die CD aus und kramte James Blunt aus dem CD-Halter. Dabei machte er ein ziemlich missmutiges Gesicht.

Das entging Livia nicht. „Was hast du?“, fragte sie. „Kannst du James Blunt nicht leiden?“

Arvin zuckte die Achseln. „Ich frag mich nur allmählich, mit wem ich da verheiratet bin. Es scheint, als wäre bei dir kein Stein auf dem anderen geblieben."

Livia schluckte. „Als wir beim Notar waren, haben dir die Veränderungen ganz gut gefallen …"

Um Arvins Mundwinkel begann es verdächtig zu zucken. „Eins zu null für dich", musste er zugeben. „Trotzdem würde ich ganz gerne mal wissen, mit wem ich es hier zu tun habe. Krieg ich 'ne Gebrauchsanweisung oder so was?"

„Sie ist keine Maschine, Arvin", schalt ihn Karen.

„Maschine oder nicht, man wird ja wohl noch mal nach 'ner kleinen Charakterisierung fragen dürfen." Er sah ihr mit offenem, ehrlich interessiertem Blick in die Augen. „Wer bist du, Livia? Verrätst du mir das?"

Livia erblasste. Das war die exakt falsche Frage! „Ich … ich …", stammelte sie.

„Jetzt lass sie doch in Ruhe, Arvin", verlangte Karen. „Solche Fragen stellt man nicht zwischen Stereoanlage und Spülmaschine."

„Na gut …", seufzte Arvin, schaltete die Stereoanlage wieder aus, kam zum Tisch zurück und ließ sich demonstrativ auf seinem Platz nieder. „Also?"

Livia wusste überhaupt nicht, wohin sie gucken sollte. Merkte denn hier keiner, dass sie jeden Moment in Tränen ausbrechen würde?

„Arvin!", mahnte Karen und warf ihm bedeutungsvolle Blicke zu. Wenigstens eine, die etwas mitbekam …

„Sie ist meine Frau", gab Arvin zurück. „Ich hab ein Recht zu erfahren, was für ein Mensch sie ist."

„Recht hin, Recht her", fauchte Karen. „Es geht hier um die Art und Weise. Manche Dinge lässt man sich nicht aufzählen. Man beaobachtet und registriert."

„Ich bin aber nicht gut im Beobachten und Registrieren", gab Arvin zurück. „Das solltest du von allen am besten wissen."

„Hört auf!", fuhr Livia dazwischen. „Ihr könnt euch streiten, so viel ihr wollt. Aber das wird nichts daran ändern, dass es nichts gibt, was ich Arvin sagen könnte." Livias Stimme erinnerte mit jedem Wort stärker an ein Schluchzen. „Ich kenne mich nicht. Ich weiß nicht, wer ich bin." Sie schlug die Hände vors Gesicht. „Und wisst ihr was? Manchmal bin ich mir nicht mal sicher, ob es mich überhaupt gibt!"

Auf diese Worte folgte eine tiefe, betretene Stille. Arvin und Karen sahen einander an und schienen nicht zu wissen, was sie sagen sollten. Schließlich hob Karen ihre linke Hand und strich damit sanft über Livias Haar.

Wenig später erhob sich Arvin. „Das geht so nicht weiter", murmelte er, ging zu einem der Küchenschränke und kramte einen Zettel und einen Stift daraus hervor. Mit beidem bewaffnet, kehrte er zum Tisch zurück. „Wir werden das ändern", sagte er mit fester Stimme.

Livia sah auf. Ihre Augen glänzten feucht.

„Wir machen eine Aufstellung", verkündete Arvin und schrieb das Wort „Livia" in großen Lettern oben auf den schneeweißen Din-A4-Zettel. „Wenn Karen mithilft, kriegen wir bestimmt 'ne ganze Menge zusammen." Er unterstrich Livias Namen zweimal, setzte ab und schrieb ein Stück weiter unten und weiter links ein weiteres Wort auf, das er einmal unterstrich.

Livia starrte interessiert auf das Blatt und las: „Hobbys".

„Blumen", sagte Arvin und schrieb das entsprechende Wort darunter. „Du liebst es, Blumenbeete zu pflanzen – so viel weiß ich schon." Ein Stück tiefer schrieb er das Wort „Vorlieben" und darunter „Musik". „James Blunt", seufzte er und schrieb auch das auf. Dann kam das Wort „Nahrungsmittel". „Lachs auf Buttergemüse", grinste Arvin. Er schrieb es auf.

„Gummibärchen", schlug Karen vor.

„Stimmt!", begeisterte sich Arvin. „Und Kaubonbons ... und Traubenzuckerlollies ... Jede Art von Zuckerzeug eben!" Er schrieb das alles auf.

„Anscheinend kennst du sie doch nicht so schlecht", stellte Karen fest.

„Meinst du wirklich? Ich weiß nicht ... Livia kauft immer ein. Und wenn ich es mir recht überlege ... na ja ... kauft sie meistens Dinge, die *ich* gerne esse. Weintrauben zum Beispiel oder Lakritz. Oder magst du diese Dinge auch?"

Bei dem Gedanken an Arvins fiese Lakritze lief es Livia eiskalt den Rücken herunter. Sie schüttelte heftig den Kopf.

„Gehen wir chronologisch vor", überlegte Arvin und begann, mit dem Kugelschreiber herumzuspielen. „Frühstück. Isst du lieber Brot oder Brötchen – aus Weiß- oder aus Vollkornmehl?"

Livia zuckte die Achseln. „Keine Ahnung!"

„Vollkornbrot", sagte Karen streng.

„Wir wollen nicht wissen, was gesund ist, sondern was sie *mag*", tadelte Arvin. „Los jetzt, Livia, du darfst uns die Wahrheit sagen."

Livia hob hilflos die Hände. „Ich weiß es wirklich nicht", seufzte sie. „Ich esse einfach, was da ist."

„Das stimmt doch nicht", widersprach Karen. „Ich weiß zum Beispiel, dass du viel lieber exotische Marmeladen als zum Beispiel Erdbeer- oder Kirschmarmelade isst. Und einmal hab ich dich dabei erwischt, dass du dir einen Toast mit Butter und Zucker gemacht hast." Sie schüttelte sich, als wäre das etwas Furchtbares. „Ach ja, und du trinkst gern Kaffee."

„Stimmt wohl ..."

„Ja, achtest du denn nicht auf das, was du magst?", wunderte sich Arvin.

Livia runzelte die Stirn. In der Tat hatte sie sich noch nie sehr viel mit sich selbst beschäftigt. „Sollte ich das denn?"

„Aber ja", antwortete Arvin. „Wenn man sich selbst nicht kennt, kann man auch nicht so leben, wie man programmiert wurde. Man kann seine Begabungen nicht ausnutzen, seine Begrenzungen nicht respektieren und nicht gut zu sich sein."

„Wer sagt denn, dass man ‚gut zu sich sein soll'?", fragte Livia.

„Wer ... wer das sagt?", stammelte Arvin. „Keine Ahnung. Gott wahrscheinlich."

„Gott?", wiederholte Livia skeptisch.

„Ich denke schon ..." Arvin überlegte einen Moment. „Auf jeden Fall hat er jeden Menschen als Individuum erschaffen, als Einzelanfertigung mit Stärken, Schwächen, Vorlieben und Abneigungen. Welchen Sinn hätte es, wenn der Mensch anschließend kein Recht hätte, nach dem aufgespielten Programm zu leben?"

Livia lehnte sich auf ihrem Platz zurück und verschränkte die Arme vor der Brust. „Man merkt, dass du Informatiker bist", schmunzelte sie.

„Ob du's glaubst oder nicht, aber ich habe mich intensiv mit der Frage befasst, inwieweit Menschen und Computer Ähnlichkeit miteinander haben."

Die Unterhaltung bewegte sich in eine philosophische Richtung und weckte allmählich Livias Interesse. „Und?"

„Sie haben starke Ähnlichkeit, weisen aber auch erhebliche Unterschiede auf", begann Arvin und rückte seine Brille zurecht. Er schien ganz in seinem Element zu sein. „Die Ähnlichkeit liegt darin, dass beide von jemandem erschaffen wurden, nämlich der Mensch von Gott und der Computer vom Menschen. Und beiden ist ein Programm mitgegeben worden, nach dem sie anschließend arbeiten. Der Unterschied liegt allerdings in einem kleinen, aber unglaublich wirkungsvollen Detail, das ‚eigener Wille' heißt. Der Computer hat so einen Willen nicht. Und glaub mir, trotz aller gegenteiligen Kinofilme – ich denke da an ‚I, Robot' und wie sie alle heißen – wird sich das auch niemals ändern. Der Computer tut, was man ihm sagt. Der Mensch nicht."

„Du meinst … sein Wille beherrscht das Programm?"

„Genau!", nickte Arvin. „Du hast es verstanden!"

„Also lebt er nur dann nach dem Programm, wenn er es für sinnvoll hält."

„Könnte man sagen."

„Womit wir wieder bei der anfänglichen Frage wären: Warum sollte der Mensch gut zu sich sein? Es wäre doch viel besser, wenn er … sagen wir mal … gut zu anderen wäre, wenn er zum Beispiel das Allgemeinwohl über sein eigenes Wohl stellen würde …"

„Berechtigter Einwand", räumte Arvin ein. „Allerdings wage ich zu behaupten, dass ein Mensch, der überhaupt nicht auf sich achtet und immer nur an andere denkt, über kurz oder lang in sich zusammenbricht. Es gibt nicht umsonst Erschöpfungsdepressionen und dergleichen."

„Und wen würde das kümmern?", fragte Livia. „Sieh dir doch mal die Ameisen an. Das Volk gedeiht, weil sich jede einzelne Ameise bereitwillig für die Allgemeinheit aufopfert. Wenn eine zugrunde geht, vergießt niemand eine Träne."

„Ich sollte den Unterschied zwischen Menschen und Ameisen studieren", murmelte Arvin. Er schwieg einen Moment. „Aber wenn ich es mir recht überlege, erschließt er sich einem wie von selbst. Du hast nämlich recht: Wenn eine Ameise zugrunde geht, vergießt niemand eine Träne. Aber wenn ein Mensch zugrunde geht, weint Gott sich die Augen aus."

„So ein Unsinn!", ereiferte sich Livia. „Wenn es Gott wirklich gibt – und die Betonung liegt auf ‚wenn', dann hat er bestimmt Besseres zu tun, als irgendeinem Idioten nachzuweinen. Es gibt mittlerweile mehr als sechs Milliarden Menschen auf der Welt. Warum sollte sich Gott um einen einzelnen sorgen? Um mich zum Beispiel. Ich wette, er weiß nicht mal, wie ich heiße, geschweige denn, welche Marmelade ich gerne esse."

„Du irrst dich, Livia. Er weiß sogar, welche Blutgruppe du hast und warum dein rechter Arm im Moment so schlecht funktioniert. Und die Liste da ..." – er deutete auf das Blatt, das mit „Livia" überschrieben war – „... die hat er schon vor langer Zeit fertiggestellt. Und er zitiert sie dir im Schlaf, wenn's drauf ankommt."

„Und woher nimmst du diese Erkenntnis?" Livias Worte klangen scharf und ließen deutlich erkennen, dass sie verärgert war.

Arvin zog seine dunklen Brauen zusammen. „Ich kenne die Bibel. Daher weiß ich, dass Gott den Menschen extrem wichtig nimmt. Er hat ihn nach seinem Bild erschaffen. Als Gegenüber. Und er hat ihn so sehr geliebt, dass er ihm bis in die Hölle hinterhergelaufen ist."

„Bis in die Hölle? Wie meinst du das?"

„Er ist selbst Mensch geworden und hat das schlimmste Leid erduldet, das man sich nur vorstellen kann. Und alles nur, um den Menschen zu erlösen."

„Jesus, meinst du?"

Arvin nickte.

Livia seufzte tief. „Das sind doch nicht mehr als Geschichten, Arvin. Schöne Geschichten, aber auch zu schön, um wahr zu sein. Die Welt ist nicht so. Das große Glück lauert nirgends. Es ist einfach nicht da."

Arvin sah sie an und schüttelte ungläubig den Kopf. Dann sagte er: „Du … du klingst nicht wie Livia." Er wandte sich an Karen. „Livia hat sich nie über solche Dinge Gedanken gemacht. Sie war …" – er zuckte die Achseln – „‚oberflächlich' ist ein negatives Wort. Aber ich weiß nicht, wie ich es sonst beschreiben soll. Sie hat fröhlich in den Tag hineingelebt, sie hat sich genommen, was sie haben wollte, und das Leben ausgekostet. Aber du …" Er sah wieder zu Livia herüber und hob hilflos die Hände.

„Leid verändert den Menschen", warf Karen ein.

„Ich werde aufschreiben, dass du ein Mensch bist, der seine Illusionen verloren hat." Arvin sah Livia ins Gesicht. „Ich weiß bloß nicht, wo." Eine halbe Ewigkeit hingen seine Worte wie eine Frage im Raum. Aber es gab keine Antwort. Livia wusste sie am allerwenigsten. Aber schon die Frage allein führte tief in ihr Herz. Wie war es möglich, dass Arvin – ausgerechnet Arvin – sie entdeckt hatte?

Kapitel 28

Es wurde ein wirklich schöner Sonntag. Nach dem Essen unternahmen Karen, Vanessa, Arvin, Livia und Spike – der während der Mahlzeit im Auto geblieben war – einen ausgiebigen Spaziergang zu einem wunderschönen Waldspielplatz. Hier gab es eine Riesenrutsche, einen Wasserlauf, allerhand Schaukeln und vor allem eine Seilbahn.

Dass es bedeckt und stürmisch war, merkte man hier nicht. Die Bäume boten Schutz vor dem Wind und das Fehlen der Sonne machte im schattigen Wald kaum einen Unterschied. Dafür hatte das schlechte Wetter einen entscheidenden Vorteil: Außer den Scholls hatten sich nur einige wenige Leute auf den Waldspielplatz verirrt, sodass Vanessa ohne Pause ihrer Lieblingsbeschäftigung nachgehen konnte: dem Seilbahnfahren. Und so war Arvin ununterbrochen damit beschäftigt, den Sitz wieder heraufzuholen und Vanessa damit unter Juchzen und Kreischen auf die Reise zu schicken. Dass er die erste Zeit damit zubringen würde, hatte Livia erwartet, aber als er zwei Stunden lang nichts anderes gemacht hatte, war sie allmählich doch beeindruckt. Spaß konnte ihm das doch jetzt nicht mehr machen, oder? Trotzdem blieb er fröhlich, lachte und scherzte mit Vanessa und holte sie wieder, wieder und wieder nach oben.

„Ist er immer so?", fragte Livia irgendwann. Sie saß mit Karen auf einer Bank, trank den Kaffee, den sie mitgenommen hatten, und konnte sich nicht sattsehen an Vanessas kindlicher Begeisterung.

„Bei Vanessa schon."

„Immer?", fragte Livia ungläubig.

„Ich hab dir doch gesagt, dass er ein wundervoller Mensch ist", lächelte Karen.

„Hm", machte Livia und schwieg eine Weile. Ganz in ihrer Nähe setzte sich eine kleine Amsel auf einen Balken und begann sich zu putzen. „Hat er noch mehr Qualitäten?", setzte sie das Gespräch schließlich fort.

Karens Lächeln verbreiterte sich. „Dass er gut zuhören kann, hast du schon bemerkt, glaube ich. Außerdem ist er ehrlich, direkt, zuverlässig, humorvoll ..."

„Was noch?", fragte Livia begierig.

„Na ja ... er ist ... ein wandelnder Taschenrechner."

„Ein was?

„Er ist ein Rechengenie. Geh mit ihm in einen Supermarkt, und du kennst die Rechnung, bevor ihr zur Kasse kommt."

„Wirklich?", amüsierte sich Livia.

Karen nickte. „Wenn er Zahlen sieht, muss er sie zusammenzählen. Ich glaube, es ist wie ein Zwang. Er kann einfach nicht anders."

„Und seine Schattenseiten?", fragte Livia.

„Ich weiß nicht ... Na ja ... er kann überhaupt nicht kochen. Was bedeutet, dass er sich vor seiner Ehe im Wesentlichen von Dosenfutter ernährt hat."

„Und weiter?"

„Keine Ahnung", wiegelte Karen ab. „Ich rede nicht gern über seine Schattenseiten, außerdem kennst du sie besser als ich ..."

„Er ist sehr nachtragend", setzte Livia die Aufzählung nun selbst fort. „Wenn man sich's mit ihm verscherzt, kommt man so schnell nicht wieder auf einen grünen Zweig."

„Eigentlich nie mehr", sinnierte Karen. „Du bist da die rühmliche Ausnahme. Wirklich, ich hätte nie gedacht, dass du das Steuer noch mal rumreißt!"

„Und dann ist da noch seine Abneigung gegen jede Art von Veränderung", sagte Livia und beobachtete, wie sich Arvin total erschöpft in den nächstgelegenen Sandhaufen fallen ließ. Vanessa nutzte die Gelegenheit und begann, auf ihm herumzuturnen. „Das bedeutet wohl, dass er total festgefahren ist, oder?"

Karen zuckte die Achseln. „Man kann jede Charaktereigenschaft positiv oder negativ formulieren. Wenn Arvin jemanden liebt, tut er das bis ins Grab. Würdest du so etwas ‚festgefahren' nennen oder eher ‚treu'?"

„Willst du damit sagen, dass es positiv ist, wenn man nach hundert Jahren immer noch die gleiche Tapete an der Wand hat?", ereiferte sich Livia.

„Nein, will ich nicht", beschwichtigte Karen. „In mancher Hinsicht ist er ja wirklich zu festgefahren. Das Grundstück kann man vielleicht noch ertragen. Aber er würde zum Beispiel nie einen anderen Job machen." Sie seufzte tief. „Ich kann mir auch nicht vorstellen, dass er jemals die Firma aufgeben würde – und das, obwohl es schon so lange an der Zeit gewesen wäre."

„Dann läuft sie immer noch nicht besser?"

Karen schüttelte den Kopf. „Kein bisschen. Ich glaube, Arvin kann schon nicht mehr schlafen vor lauter Sorgen."

Livia erschrak. Dass es so schlimm um die Firma stand, hatte sie bisher nicht realisiert. Und dass dies Arvin so sehr zu schaffen machte, auch nicht. Ob es stimmte, dass ihm die Sorgen den Schlaf raubten? Sie sah ihn an und stellte fest, dass er mit Vanessa nur so um die Wette strahlte. Unbekümmerte, jungenhafte Freude umgab ihn. Natürlich wusste sie nicht, wie er nachts schlief. Sie wusste nur, dass er sich seit dem Notartermin immer freundlich benahm und gute Laune ausstrahlte. Ob es notwendig war, ihn in Zukunft etwas genauer zu beobachten?

„Wahrscheinlich ist es nur eine Frage der Zeit, bis Enno Insolvenz anmeldet", fügte Karen hinzu.

Livia hielt die Luft an. Enno war eigentlich ein Reizthema zwischen ihr und Karen … Passend dazu schwieg jetzt auch Karen. Eine Weile beobachteten beide, wie Vanessa Arvins Füße im Sand eingrub.

Irgendwann räusperte sich Karen und sagte: „Hör zu, Livia, ich … ich will mich ja nicht schon wieder in deine Angelegenheiten einmischen, aber … die … die Sache mit Enno …" Sie atmete einmal tief durch. „Weiß Arvin, dass du ihn siehst?"

„Ich sehe ihn ja nicht mehr", antwortete Livia. Als sie diese Worte aussprach, stellte sie mit Verwunderung fest, dass sie keinerlei Gefühlsregung hervorriefen, nicht einmal Bedauern. „Ich habe den Kontakt zu ihm abgebrochen."

„Wirklich?"

Livia nickte. „Ich weiß, dass er es war, mit dem ich ein Verhältnis hatte", sagte sie leise. „Ich schätze, du weißt es auch …"

Karen atmete ganz tief durch. Als sie jetzt sprach, zitterte ihre Stimme ein wenig. „Ich habe es vermutet …"

„Und Arvin? Hat er es auch vermutet?"

Karen lachte bitter auf. „Die Ehemänner sind immer die Letzten, die es erfahren, das weißt du doch!"

„Aber er wusste, dass ich fremdgegangen bin. Da wird er sich doch seine Gedanken gemacht haben …"

Karen schluckte. „Ich glaube, er hat jedes männliche Wesen im Umkreis von hundert Kilometern verdächtigt. Jeden Postboten, jeden Nachbarn …"

Livia lachte einmal kurz auf. „Außer Manfred, hoffe ich." Aber als sie kurz darauf zu Karen hinübersah, stellte sie fest, dass diese keineswegs amüsiert war. „Jetzt … jetzt sag aber nicht …", stammelte sie.

Karen zuckte müde die Achseln. „Ich hab dich mal besucht, Livia. Und da ich einen Schlüssel besaß …"

Livias Gesicht wurde zu einer Maske des Entsetzens. „Du hast uns … erwischt? *In flagranti?*"

„Könnte man sagen …", seufzte Karen und verzog bedauernd das Gesicht.

„Ja, und dann?", brach es aus Livia hervor. „Wie hat Manfred reagiert?"

„Er war völlig von der Rolle und ist geflohen, als sei der Tod persönlich hinter ihm her." Karen musste plötzlich grinsen. „Ich glaub, danach war er geheilt. Jedenfalls hast du mir hinterher ein paarmal vorgehalten, ich würde deine Liebhaber vergraulen."

„Gunda", flüsterte Livia und es schwang tiefstes Bedauern darin mit. Dann brach es wie ein Vulkan aus ihr hervor: „Wie konnte ich so etwas nur tun, Karen? Kannst du mir das verraten? Manfred, ausgerechnet Manfred."

„Wo wir schon mal beim Thema sind …", begann Karen ein wenig zaghaft.

„Nein!", wehrte Livia ab. „Ich will nicht noch mehr hören. Keine weiteren Liebhaber. Nicht heute."

„Das meine ich nicht …"

„Was denn?", schaffte Livia zu fragen.

„Ich meine Manfred und … die Tatsache, dass Gunda und er … nun ja … einen Schlüssel zu eurem Haus besitzen …"

Livias Augen weiteten sich. „Was willst du damit sagen?"

Karen schluckte schwer. „Du kennst ihn besser als ich. Gibt … gibt es den Hauch einer Möglichkeit, dass er eine Bedrohung in dir sieht? Dass er zum Beispiel Angst hat … du weißt schon … du könntest dich erinnern oder … oder mit mir sprechen … und dann Gunda davon erzählen?"

Livia starrte ihre Freundin aus kugelrunden Augen an. „Verdächtigst du ihn etwa? Glaubst du, er ist derjenige, der die Anschläge auf mich verübt hat?"

Karen zuckte die Achseln. „Keine Ahnung."

„An dem Samstag, an dem wir Spike geholt haben", brach es aus Livia hervor, „wollte Manfred eigentlich mit. Und dann ist er urplötzlich krank geworden…"

„Andererseits", überlegte Karen, „saß Gunda vorne. Durch den herabgeworfenen Stein war sie viel stärker gefährdet als du. Außerdem begannen die Anschläge, bevor du dich mit Gunda angefreundet hast. Da scheidet Manfred doch aus, oder?"

Livia schauderte. „Ich will meinen Schlüssel zurück", krächzte sie.

„Dann hältst du es also auch für möglich …"

„Ich weiß überhaupt nicht mehr, was ich für möglich halte und was nicht!“, schluchzte Livia, doch war es ein unterdrücktes Schluchzen. Die Augen ängstlich auf Arvin und Vanessa gerichtet, versuchte sie sicherzustellen, dass die beiden nichts von diesem Gespräch mitbekamen. Objektiv betrachtet, war diese Vorsichtsmaßnahme allerdings überflüssig. Arvin steckte inzwischen bis über beide Ohren im Sand … „Vor ein paar Tagen hatte ich diesen Anruf …“

„Anruf?“

„Ich bin mir sicher, dass es der Mann aus dem Krankenhaus war“, flüsterte Livia. Ihre Stimme zitterte. „Er hat irgendetwas von irgendwelchem Geld gesagt und dass ich es ihm endlich geben soll. Er hat mir sogar einen Ort genannt, an dem ich es deponieren soll.“

„Hast du der Polizei davon erzählt?“, fragte Karen alarmiert.

„Das kann ich nicht!“, gab Livia zurück. „Er hat mir auch gedroht. Keine Polizei, hat er gesagt, sonst erzählt er alles Arvin.“ Sie fasste Karen an den Händen und sah ihr ängstlich in die Augen. „Ich hab keine Ahnung, was er Arvin erzählen kann, Karen. Aber ich will nicht … Ich glaube nicht, dass er noch mehr Liebhaber verkraften kann …“

„Keine aktuellen Liebhaber, aber frühere …“

„Ich hab solche Angst, dass er mich wieder fallen lässt“, flüsterte Livia. „So furchtbare Angst!“

„Und dieser ominöse Mann“, überlegte Karen. „Könnte er derjenige sein, der dir nach dem Leben trachtet?“

Livia zuckte die Achseln. „Seit dem Telefonat hab ich mir ununterbrochen den Kopf darüber zerbrochen. Es scheint ihm um Geld zu gehen. Aber wie soll er es bekommen, wenn ich tot bin?“

„Trotzdem solltest du der Polizei davon erzählen“, mahnte Karen.

Livia zögerte. „Ich überleg's mir, okay?“ Ihr Blick enthielt eine Mischung aus Angst und Zärtlichkeit, als er jetzt zu Vanessa und Arvin zurückwanderte. Arvin war inzwischen aufgestanden und damit beschäftigt, Sand aus seinen Schuhen zu schütteln. „Bist du sicher, dass er keinerlei Verdacht gegen Enno hegt?“

Karen nickte. „Ziemlich."

„Hält er ihn für seinen Freund?"

Karens Kopf ruckte herum. „Du siehst es auch, nicht wahr?", sprudelte es aufgeregt aus ihr heraus. „Dass er nicht loyal ist!"

Livia zuckte die Achseln. „Ich weiß nicht … Er schätzt Arvins Fähigkeiten. Aber irgendwie hab ich das Gefühl, dass er eine Konkurrenz in ihm sieht."

„Auf jeden Fall hat er sich an Arvins Frau herangemacht", knurrte Karen. „Und das gleich mehrfach." Als Livia schwieg, sah Karen ihr prüfend ins Gesicht. „Oder glaubst du, dass er dich liebt? Aufrichtig liebt, meine ich?"

Livia überlegte einen Moment. „Mich sicher nicht", sagte sie schließlich. „Aber vielleicht das, was er in mir sieht. Vielleicht hat er die alte Livia geliebt …"

„Und die alte Livia", fragte Karen, „hat die ihn auch geliebt?"

Livia seufzte tief. „Das weiß ich doch nicht, Karen. Ich hab keine Ahnung …"

„Einen solchen Vertrauensbruch würde er jedenfalls kein zweites Mal verkraften", mahnte Karen leise.

„Ich weiß aber, dass ich nicht die alte Livia bin", antwortete Livia mit fester Stimme. „Ich bin die neue Livia. Ich bin das hier." Sie kramte in ihrer Hosentasche herum und holte den Zettel heraus, den sie vorhin miteinander erstellt hatten. Er war kein x-beliebiges Blatt Papier, sondern etwas ganz Besonderes, quasi der Beweis dafür, dass sie existierte und dass es Menschen gab, denen das etwas bedeutete. Fast ehrfürchtig faltete sie ihn auseinander. „Ich mag Blumen, Lachs, Maracujamarmelade und James Blunt." Sie blickte auf und stellte fest, dass Arvin schon wieder Seilbahn fuhr. „Und ich mag Arvin." Sie musste lächeln. Denn dieser Satz hatte durchaus ein Gefühl ausgelöst …

Kapitel 29

„Hast du eigentlich schon aufgeschrieben, dass du Hunde magst?", fragte Arvin, als sie ein paar Tage später wieder einmal mit Spike im Wald unterwegs waren.

Livia, die mittlerweile nicht mehr nur den Zettel, sondern auch immer einen Stift dabeihatte, kramte beides aus der Hosentasche und ließ sich auf einem der Baumstämme nieder, die am Wegesrand aufgestapelt waren. „Das ist so offensichtlich, dass ich es fast vergessen hätte", lächelte sie und eröffnete die Rubrik „Tiere". Sie schrieb immer noch mit der linken Hand, war inzwischen aber sicher, dass ihre Handschrift flüssig und sauber aussah. Meistens jedenfalls … „Diese Bäume sind zu uneben", seufzte sie und betrachtete das etwas verunglückte Wort. „Ich brauche deinen Rücken als Unterlage." Sie erhob sich wieder, kehrte auf den Weg zurück und wartete, bis Arvin ihr den Rücken zugedreht hatte. Dann erst schrieb sie das Wort „Hunde" nieder. Dabei ließ sie sich allerdings mehr Zeit als nötig. Arvins Rücken war so breit und stark, dass sie ihn am liebsten noch länger berührt hätte. Aber das wagte sie nicht. Zwischen ihnen gab es immer noch diese Hemmschwelle, die niemand überschritt …

„Was für Tiere magst du sonst noch?", erkundigte sich Arvin, als sie ihren Weg gemächlich fortsetzten.

„Keine Ahnung …"

„Pferde?"

„Hm … weiß nicht."

„Oder Katzen?"

Livia zuckte die Achseln.

„Vielleicht Schweine?"

Livia sah auf einmal eine Sau mit lauter kleinen Ferkeln vor sich. „Nur, wenn sie gerade geferkelt haben", überlegte sie und lächelte sanft. „Wusstest du, dass jedes Ferkel seine eigene Zitze hat?"

Arvin hob interessiert die Augenbrauen. „Nee, aber woher weißt *du* das?"

Livia hatte auf einmal das Gefühl, als hörte sie das Grunzen der kleinen Ferkel und als hätte sie den Geruch von Tieren und Mist in der Nase. „Acht bis zwölf Wochen", murmelte sie, „dann sind sie entwöhnt."

Arvin war inzwischen stehen geblieben und beobachtete sie. „Bist du noch bei mir?", fragte er leise.

„Hm?", machte Livia geistesabwesend.

„Du hast nie viel über deine Vergangenheit gesprochen", sagte Arvin. „Aber soweit ich weiß, bist du in der Stadt aufgewachsen …"

„Jan hat mich manchmal im Stall eingesperrt", flüsterte Livia.

Arvin hielt den Atem an. „Wer ist Jan?", flüsterte er so sanft wie möglich.

Livia holte Luft, um darauf zu antworten, stolperte aber im gleichen Augenblick über eine hervorstehende Baumwurzel. Arvin reagierte blitzschnell, bekam sie zu fassen und konnte gerade noch verhindern, dass sie zu Boden ging.

Zurück in der Wirklichkeit, verschlug es Livia fast den Atem. Zwei kräftige Arme waren fest um ihre Taille geschlungen. Und über ihr, nur wenige Zentimeter entfernt, war Arvins Gesicht. Sie spürte seinen Atem auf ihrer Haut, roch seinen frischen, männlichen Duft, sah seinen Mund …

Einen unglaublichen, zauberhaften Moment lang blieb die Zeit stehen. Sie starrten einander nur an und rührten sich nicht, atmeten kaum, sogen nur den Anblick des anderen in sich auf.

Dann begann Spike direkt neben ihnen zu bellen.

Beide hatten ihn nicht kommen hören und zuckten erschrocken zusammen. Arvin ließ Livia los, als hätte er sich an ihr verbrannt, machte einen riesigen Schritt zurück und wandte sich umgehend Spike zu. „Was ist los, alter Junge?" Aber seine Stimme war heiser und er wirkte ein wenig benommen.

Livia schlang beide Arme um ihren Körper, so als könnte sie die Leere, die gerade eben entstanden war, auf diese Weise füllen.

Arvin kniete neben Spike nieder und tätschelte ihn, was das Zeug hielt. „Wer ist Jan?", fragte er, ohne Livia auch nur anzusehen.

Livia fühlte sich überhaupt nicht angesprochen, erst als Arvin die Frage wiederholte, verstand sie, dass sie gemeint war. „Was meinst du?", fragte sie verständnislos.

„Du hast gesagt, Jan hätte dich manchmal im Stall eingesperrt."

Livia zog die Stirn in Falten und versuchte, sich auf Arvins Frage zu konzentrieren. Das war nicht leicht. In Gedanken sah sie immer noch sein Gesicht vor sich. Warum hatte sie es nicht berührt? Sie hätte so gern gewusst, wie es sich anfühlte ... „Ich kenne keinen Jan", sagte sie, merkte aber noch im gleichen Moment, dass an dieser Aussage irgendetwas nicht stimmte. „Karen hat auch schon mal so was gesagt", murmelte sie.

Arvin erhob sich und riskierte wieder einen vorsichtigen Blick. „Was gesagt?"

„Dass ich einen Jan erwähnt hätte. Damals, im Krankenhaus."

„In welchem Zusammenhang?"

„Keine Ahnung. Ich weiß nicht mehr."

„Das ist aber wichtig", fuhr Arvin sie an.

Livia zog die Stirn in Falten. „Warum?"

„Na, weil ... weil es vielleicht ein Zugang zu deiner Vergangenheit ist!"

„Vielleicht will ich überhaupt keinen Zugang zu meiner Vergangenheit", sagte Livia leise.

„Warum nicht?"

Livia atmete einmal tief durch und sah Arvin in die Augen. „Sag mir *eine* Sache aus meiner Vergangenheit, nur *eine*, die du zurückhaben willst."

Arvin schluckte ... und schwieg.

Livia war plötzlich kalt. Sie hatte nicht vorausgesehen, wie sehr sie dieses Schweigen treffen würde. „Eine wird es doch geben, oder?", hörte sie sich fragen.

Arvins Gesicht wurde von Bedauern überflutet, doch sagte er auch jetzt kein einziges Wort.

„Eine einzige", flehte Livia mit dünner Stimme.

Arvin sah zu Boden.

In Livias Augen traten Tränen. „Ich muss furchtbar gewesen sein", sagte sie mit einer verzweifelten Handbewegung, „einfach nur furchtbar."

Arvin sah sie wieder an. „Wenn du furchtbar gewesen wärst, hätte ich mich nicht in dich verliebt", presste er hervor. „Du warst ... quirlig, lebendig und ... unglaublich schön!"

Unglücklicherweise schien er damit genau das Falsche gesagt zu haben. Livias Gesicht verfinsterte sich, als hätte sich eben eine Wolke vor die Sonne geschoben.

„Was ist?", fragte Arvin erschrocken.

„Ich war hübsch", krächzte Livia und bekam endlich mit, wie ihr Spike zum wiederholten Mal gegen den Oberschenkel stupste. Aus dem Augenwinkel bemerkte sie, dass er einen Stock im Maul hatte. „Das hast du treffend formuliert."

„Du warst es und du bist es immer noch."

„Lüg mich nicht an", fauchte Livia, griff nach dem Stock in Spikes Maul und schleuderte ihn voller Wut in den Wald hinein. Spike hetzte umgehend hinterher und brach dabei krachend durchs Unterholz. „Ich bin längst nicht mehr so hübsch wie früher. Ich hab das Bild gesehen."

„Welches Bild?"

„Das von unserer Hochzeit. Ich war bei Frau Schneider. Und glaub mir, ich hab mich nicht wiedererkannt."

„Du warst bei Tante Ella?", staunte Arvin. „Und du hast die Hochzeitsfotos gesehen?"

„Irgendjemand musste mir ja meine Fragen beantworten …", knurrte Livia.

Arvin atmete einmal tief durch. Dann sagte er mit fester Stimme: „Das klären wir jetzt. Komm mit!" Und mit diesen Worten nahm er ihre Hand und zog sie energisch in die Richtung, die nach Hause führte. Livia stolperte hinter ihm her und wusste nicht recht, wie ihr geschah. Die Hand, die in Arvins ruhte – zum ersten Mal in Arvins Hand ruhte -, war ihre Rechte und hatte sich noch nie so gut durchblutet angefühlt wie jetzt …

Arvin pfiff jetzt einmal kurz und stellte dadurch sicher, dass Spike ihnen folgte.

Als sie bald darauf zu Hause ankamen, konnte sich Livia nicht mehr erinnern, welchen Weg sie genommen hatten oder wie lange sie unterwegs gewesen waren. All ihre Gedanken waren auf die Frage gerichtet, was genau Arvin jetzt zu klären gedachte …

„Ich hole was", verkündete er, kaum dass er die Haustür aufgeschlossen hatte. „Setz dich einfach ins Wohnzimmer und mach's dir bequem."

Livia sah ihm mit hochgezogenen Brauen hinterher und stellte fest, dass er in seinem Schlafzimmer verschwand. Dann streifte sie mit klopfendem Herzen die Schuhe von den Füßen, zog ihre Jacke aus und begab sich mit Spike ins Wohnzimmer.

Sie musste nicht lange auf Arvin warten. Als er kam, umgab ihn eine Aura fröhlicher Ungeduld. Er hatte eine Holzschachtel bei sich, die mit pastellfarbenen Blumen bemalt und ganz offensichtlich schon recht alt war. Er setzte sich neben Livia aufs Sofa, vergaß dieses Mal sogar, den Sicherheitsabstand einzuhalten, und sagte lächelnd: „Ich öffne sie nur, wenn du versprichst, nicht auf mich loszugehen."

Livia sah fragend zu ihm auf und stellte fest, dass er unheimlich attraktiv aussah, wenn etwas ihn so sehr vereinnahmte wie das hier. Das Leuchten seiner Augen schien seine gesamte Erscheinung zu erhellen.

„Na, weil ich sie dir nicht früher gezeigt habe", sagte Arvin.

Sie?

Die unausgesprochene Frage beantwortete sich wie von selbst, als Arvin den Deckel anhob und ein Haufen Fotos darunter zum Vorschein kam.

Livia sog scharf die Luft ein und griff begierig in den Stapel. Bilder von ihr, Livia … zusammen mit Arvin, Vanessa oder Karen. Hochzeitsbilder … mindestens zehn Stück … Porträtfotos von ihr selbst …

Livias Hände waren fieberhaft am Werk und steckten die Bilder wie von selbst von vorne nach hinten. Zuerst war es der reinste Schnelldurchlauf, erst als sie alle Bilder einmal kurz gesehen hatte, begann sie, bei jedem länger zu verweilen. Die Hochzeitsfotos waren fast wie aus dem Bilderbuch. Livia und Arvin auf zwei Schaukeln … Livia und Arvin, wie sie rechts und links hinter einem Baum hervorlugten … Livia und Arvin Hand in Hand daherschreitend …

Livia starrte auf die ineinander verschlungenen Hände. Fast kam es ihr so vor, als könnte sie Arvins Hand immer noch in ihrer spüren …

Nach den Hochzeitsfotos kam eine Porträtaufnahme, bei der Livia beinahe das Atmen vergaß. Fasziniert starrte sie sie an.

Arvin hatte recht: Sie war wirklich eine Schönheit gewesen! Das kam auf diesem Bild noch deutlicher heraus als auf dem Bild, das man ihr im Krankenhaus gegeben hatte … oder auf dem Bild, das sie bei Frau Schneider gesehen hatte. Ausdrucksstarke dunkle Augen, von pechschwarzen, langen

Wimpern umrahmt, eine feine, aber lange Nase, ein hübsch geschwungener Mund. Die Haare waren wahrscheinlich getönt, jedenfalls glänzten sie in einem kräftigen Kastanienbraun. Sie umrahmten gleichmäßig und glatt das hübsche Gesicht.

Je länger Livia das Bild betrachtete, desto unglücklicher wurde sie. Woran lag es nur, dass sie heute ganz anders aussah?

„Es wurde kurz vor unserer Hochzeit aufgenommen“, sagte Arvin leise.

Livia starrte es weiterhin an. Kein Wunder, dass er sie wunderschön gefunden hatte … „Sie haben mich nicht wieder so hinbekommen“, flüsterte sie unglücklich.

„Wer?“

„Die Schönheitschirurgen.“

„Dafür sehen deine Haare jetzt viel besser aus als früher“, sagte Arvin.

„Was sind schon Haare?“, seufzte Livia.

„Also, ich finde, sie machen eine Menge aus …“

„Wirklich?“, flüsterte Livia hoffnungsvoll. Dann sagte sie mit zitternder Stimme: „Kannst … du mir einen Spiegel holen?“

Arvin nickte. „Ich schätze, das ist wohl notwendig.“ Dann erhob er sich und holte einen kleinen Handspiegel aus dem Bad.

Livia riss ihn ungeduldig aus seiner Hand und hielt das Foto direkt neben den Spiegel.

„Die Nase ist ganz gut geworden“, flüsterte sie, nachdem sie beides eine Weile verglichen hatte. Dann ließ sie die rechte Hand, die das Foto gehalten hatte, mit einem Seufzer sinken. Es fehlte einfach an der entsprechenden Ausdauer.

Arvin bemerkte es und hob die Hand wieder an, indem er sie mit seiner Linken unterstützte.

Livia schluckte und hatte auf einmal Mühe, sich auf Spiegel und Foto zu konzentrieren. Arvins Hand fühlte sich warm und unglaublich stark an. Ein leichtes Zittern durchfuhr sie.

„Der Mund“, sagte sie, „findest du nicht auch, dass er vorher … ich weiß auch nicht … irgendwie anders war?“

Arvin zuckte die Achseln. „Ein bisschen vielleicht.“

„Und die Augen …“, sagte Livia und verlor sich im blauen Meer ihrer Vergangenheit. „Darin erkenne ich mich überhaupt nicht wieder. Nur die Farbe stimmt. Aber alles andere …" Und dann brach es ungehemmt aus ihr hervor: „Sie waren vorher tausendmal schöner!"

Aber Arvin schüttelte entschieden den Kopf. „Das stimmt nicht, Livia. Das Gegenteil ist der Fall. Sie sind jetzt viel schöner."

„Bist du blind?", fuhr Livia ihn an. „Guck dir doch mal diese kugelrunden Edelsteine an! Damit hätte ich jeden Schönheitswettbewerb gewonnen."

„*Du* bist blind", beharrte Arvin. „Diese Augen" – er zeigte auf das Foto – „waren kalt und von sich selbst überzeugt. Aber diese hier" – er deutete auf die Augen im Spiegel – „sind warm, bescheiden und freundlich. Sie gefallen mir hundertmal besser."

In Livias Hals bildete sich ein dicker Kloß. „Wirklich?", fragte sie heiser.

„Wirklich!", bestätigte Arvin.

Im nächsten Moment öffnete sich Livias Hand und das Foto segelte tanzend zu Boden. Gleichzeitig drehte sie ihre Hand und versuchte, sie auf Arvins zu legen. Es war ihr fast gelungen, als Arvin aufsprang und die Berührung dadurch urplötzlich beendete. „Ich … die …" Er stolperte rückwärts. „… arbeiten", stammelte er mühsam. „Ich muss noch arbeiten." Er prallte hart gegen den Sessel, wirbelte herum und floh nunmehr vorwärts. „Du kannst die Bilder behalten", rief er noch, dann war er auch schon durch die Tür verschwunden.

Die „Arbeit" bestand darin, dass sich Arvin Spike schnappte und im Laufschritt in den Wald zurückkehrte. Dabei legte er ein Tempo vor, als sei ihm jemand auf den Fersen.

Spike hetzte hinter ihm her und versuchte mehrmals, durch Bellen seine Aufmerksamkeit zu erregen. Anscheinend spürte er, dass irgendetwas nicht stimmte.

Aber Arvin nahm im Moment nur sich selbst wahr. Und das viel zu intensiv. Es fühlte sich an wie damals! Weiche Knie. Achterbahnfahrten im Magen. Tunnelblick.

Und dabei hatte er sich geschworen, dass ihm so etwas kein zweites Mal passieren würde. *Geschworen.*

Es fühlte sich so demütigend an. So als wäre er ein kleines Kind, das seine Gefühle nicht beherrschen konnte. Und seine Gedanken auch nicht! Schon seit Wochen funkte ihm ständig Livia dazwischen. Livia, wenn er abends einschlief, Livia, wenn er aufwachte, Livia, wenn er sich auf seine Arbeit konzentrieren sollte. Ihr Geruch … diese unnachahmliche Mischung aus Äpfeln und Zimt, die er früher gar nicht wahrgenommen hatte … erfüllte inzwischen jeden Raum des Hauses außer seinem Schlafzimmer. Aber auch dort hatte er keine Ruhe vor ihr. Wenn er die Augen schloss, sah er sie vor sich … die geschmeidige Art und Weise, wie sie sich bewegte, und vor allem diese sanften, einladenden Augen.

Und jetzt auch noch ihre weiche kleine Hand!

Er wusste, dass er selbst schuld war. Er war es, der damit angefangen hatte. Irgendetwas hatte ihn förmlich gezwungen, sie anzufassen. Schon seit Tagen hatte er darüber nachgedacht. Er hatte so gern wissen wollen, wie sich ihre Haut anfühlte. Vielleicht hatte er sogar geglaubt, dass eine Berührung seine tobenden Gefühle besänftigen würde.

Aber das war nicht geschehen. Im Gegenteil.

Und sie hatte ihn auch noch ermutigt! Jede ihrer Bewegungen, jeder Augenaufschlag war inzwischen eine Ermutigung.

Dabei wollte er das gar nicht! Er wollte nicht, dass ein anderer Mensch ihn in der Hand hatte. Er wollte nicht, dass sein Wohlbefinden von jemand anderem abhing. Er hatte so lange darum gekämpft, allein zurechtzukommen!

Wenn er seinen Widerstand jetzt aufgab, das wusste er, dann reichte die kleinste Erschütterung aus, um ihn in tausend Teile zersplittern zu lassen. Wie die Vase, die sie kaputt gemacht hatte. Nur mit dem Unterschied, dass niemand da sein würde, um die Scherben wieder aneinanderzufügen …

Bei diesem Gedanken regte sich tief in seinem Inneren sanfter Widerstand. Im Grunde … na ja … kannte er schon jemanden, der in der Lage war, Dinge zu reparieren. Jesus konnte das. Auch wenn es um Herzen ging.

Hatte er zumindest gehört …

Kapitel 30

Livia bekam natürlich mit, dass Arvin von jenem Tag an wieder mehr Abstand zu ihr hielt. Und es blieb ihr auch nichts anderes übrig, als das zu respektieren. Aber sie beobachtete ihn. Eigentlich tat sie kaum etwas anderes als das …

Mit der Zeit fiel ihr auf, dass er oft müde und abgespannt wirkte, wenn er von der Arbeit nach Hause kam. Und dass die Ringe um seine Augen immer tiefer wurden …

Sie erinnerte sich an das Gespräch mit Karen. Hatte sie etwa recht gehabt? Brachten ihn vielleicht die finanziellen Sorgen der Firma um den Schlaf? War das am Ende auch der Grund für seine Abwehrhaltung ihr gegenüber? *Arbeiten*, hatte er nicht was von *arbeiten* gesagt, als er damals vor ihrer Berührung davongelaufen war?

Der Gedanke setzte sich bei ihr fest. Vor allem enthielt er das Potenzial, etwas verändern zu können. Wenn sie nun mithalf, das finanzielle Problem zu lösen, gab es vielleicht auch eine Möglichkeit, ihre Beziehung in Ordnung zu bringen …

Sie hatte schon früher – besonders damals, als sie beschlossen hatte zu gehen – darüber nachgedacht, dass es allmählich an der Zeit war, ihren eigenen Lebensunterhalt zu verdienen. Das Problem war nur ihre rechte Hand. Sie konnte nicht arbeiten, wie andere das konnten. Andererseits hatte sie gelernt, eine ganze Menge mit der linken Hand auszugleichen. Außerdem war sie ausgebildete Floristin. Ob es da nicht doch eine Möglichkeit gab?

Sie beschloss, es zu versuchen, nahm den nächsten Bus in die Stadt und klapperte nach und nach alle Blumenläden ab, die in den Gelben Seiten zu finden waren. Die ersten drei hatten keinen Bedarf an Personal, aber an der Tür des vierten hing ein Zettel mit der Aufschrift „Aushilfe auf Mini-Job-Basis gesucht“.

Livias Herz schlug ein bisschen schneller. Sie öffnete die Glastür und betätigte dadurch eine melodische Klingel. Vor ihr lag jetzt ein klitzekleiner Laden von höchstens zehn Quadratmetern, der mit Blumen und verschiedenen Arrangements geradezu vollgestopft war. Im hinteren Teil des Raumes befand sich ein kleiner Tresen, dahinter eine Tür, die in einen weiteren Raum zu führen schien.

Es dauerte einen Moment, dann hörte Livia ein Schlurfen. Im nächsten Moment betrat eine extrem kleine und ziemlich dicke Frau durch die Hintertür den Laden. „Was kann ich für Sie tun?“, fragte sie in energischem Tonfall.

Livia hatte das Gefühl, dass der kleine Raum jetzt vollständig ausgefüllt war, und wich unwillkürlich einen halben Schritt zurück. „Das … das Schild. Sie … suchen eine Aushilfe, nicht wahr?“

Die Frau musterte Livia erst einmal von Kopf bis Fuß und gab Livia dadurch die Möglichkeit, es ihr gleichzutun. Sie war wirklich klein, sogar ein ganzes Stück kleiner als sie selbst. Und sie trug ein Hemd, das viel Ähnlichkeit mit einem Herrenoberhemd hatte. Es war an den Ärmeln mehrmals umgeschlagen. „Ich brauche jemanden, der anständige Sträuße binden kann“, erklärte die Frau.

Livia schluckte und bewegte unwillkürlich die Finger ihrer rechten Hand. „Ich bin gelernte Floristin“, antwortete sie tapfer. Nur schade, dass sie sich an ihre Ausbildung nicht erinnern konnte …

„Ich geb hier nichts auf Zertifikate“, knurrte die Frau. „Was ich brauche, sind gelungene Sträuße.“

„Das krieg ich hin“, versicherte Livia, fühlte sich mit dieser Aussage aber nicht wirklich wohl in ihrer Haut. Sie trat unruhig von einem Bein aufs andere.

„Aber?“, fragte ihr Gegenüber denn auch.

Livia seufzte tief. „Ich hab die Sträuße im Kopf“, bekannte sie leise. „Ich weiß bloß nicht, ob ich sie binden kann.“

Die Frau verschränkte ihre Arme vor der Brust. „Versteh ich nich …“

Livia atmete einmal tief durch, nahm ihren ganzen Mut zusammen und sagte: „Ich hatte einen schweren Verkehrsunfall und kann meine rechte Hand nicht mehr richtig benutzen. Im Grunde … hab ich keine Ahnung, ob ich hier was zustande kriegen würde …“

Der Blick der Frau wurde eine Spur weicher. „Wir können es ja mal probieren …“

Livias Gesicht erhellte sich. „Wirklich?", fragte sie aufgeregt.

Die Frau nickte, marschierte in den hinteren Raum und bedeutete Livia, ihr zu folgen. Der Raum war doppelt so groß wie der vordere. Hier gab es alles, was man brauchte, um Sträuße zu binden: jede Mengen Blumen in Gefäßen, die auf dem Boden standen, dazu Grünzeug, Draht, Dekomateralien, Bänder, Papier und einen großzügigen Tresen.

Sie waren kaum dort hinten angekommen, als es auch schon wieder klingelte.

„Hier", sagte die Frau und drückte Livia einen kleinen Zierkohl in die Hand. „Mach was draus!" Mit diesen Worten verschwand sie erneut im Ladenbereich.

Livia schluckte und betrachtete erst einmal, was sie in der Hand hielt. Der Zierkohl stellte so manche Blume in den Schatten und bestand aus extrem vielen Schichten, die am Rand wie eine Gardine gerafft waren und durch die Kombination von zartem Grün und tiefem Lila bestechend schön wirkten. Daraus ließ sich nun wirklich etwas machen …

Livia begann zu lächeln, sah sich um und machte sich gleich danach mit Feuereifer ans Werk. Es war, wie sie beschrieben hatte. Sie hatte den Strauß in null Komma nichts im Kopf, tat sich aber schwer mit der Ausführung. Je größer und schwerer der Strauß wurde, desto schwieriger war es, ihn mit der rechten Hand zu bändigen. Zweimal glitschte ihr das halb fertige Werk aus der Hand, dann kam ihr die Idee, jede einzelne Schicht mit Draht zu fixieren. Jetzt konnte er wenigstens nicht mehr auseinanderfallen. Dadurch wurde auch das Festhalten einfacher.

Im Laden klingelte es inzwischen zweimal nacheinander.

Das gab Livia die Zeit, die sie brauchte. Sie arrangierte den Kohl in der Mitte und am höchsten Punkt, umgab ihn erst mit zartgrünem Kraut, dann mit lila Gerbera und anschließend wieder mit zartgrünem Kraut. Nach außen hin fiel der Strauß in der Höhe immer mehr ab. Den Abschluss bildete violettes Papier, das Livia ähnlich wie die Blätter des Kohles zusammendrapierte.

Livia war noch damit beschäftigt, das Ganze fest mit Draht zu umwickeln, als die dicke Frau zurückkehrte.

„Wow“, sagte sie erstaunt. Dann betrachtete sie den Strauß genauer, bewegte die Lippen, so als würde sie etwas zusammenrechnen, und sagte: „Das ist genau die Preisklasse, die gerade verlangt wird. Soll ich versuchen, ihn zu verkaufen?“

Livia nickte nur.

Die Frau nahm den fertigen Strauß entgegen, zögerte kurz und betastete dann die Stelle, an der alles zusammenlief. „Sieht aus, als müsste ich zwei Euro für Draht berechnen“, grinste sie. Aber als sie Livias entsetzten Gesichtsausdruck sah, winkte sie ab. „War nur ’n Scherz.“

Sie dampfte wieder ab und kehrte wenig später mit einem zufriedenen Lächeln zu Livia zurück. „Schon verkauft. Wie heißt du eigentlich?“

„Livia Scholl.“

„Ich bin Hedda.“ Sie streckte Livia eine Hand entgegen, die sich beim Schütteln weich wie Butter und ziemlich feucht anfühlte. „Wann könntest du denn anfangen?“

Livias Kinnlade klappte herunter. „Heißt das …?“

„Ich zahle schlecht“, warnte Hedda. „Und ich erwarte, dass du flexibel bist und gelegentlich mal für mich einspringen kannst.“

„Kein Problem.“ Ihre Worte überholten einander fast.

„Also wann?“

„Sofort!“, sagte Livia. „Und wenn es nur zum Üben ist …“

Auf Heddas Lippen bildete sich ein breites Grinsen. „Du gefällst mir“, sagte sie. „Ich glaube, wir werden gute Freunde werden.“

❧

„Mir reicht’s allmählich!“, sagte Enno. Er stand vor Arvins Schreibtisch und redete nun schon seit geraumer Zeit auf ihn ein. „Wenn du so weitermachst, geht hier alles den Bach runter!“

Arvin seufzte tief. Er saß zusammengesunken auf seinem Bürostuhl und wirkte ein bisschen wie ein begossener Pudel. „Ich kann mich im Moment einfach nicht konzentrieren.“

„Glaubst du, die Kunden interessiert das?“

Arvin schüttelte betreten den Kopf.

„Ich glaub's einfach nicht", murmelte Enno fassungslos. „Früher hab *ich* mir diese Vorträge anhören müssen." Und dann wandte er sich wieder an Arvin und sagte lauter: „Kannst du mir sagen, an welcher Stelle wir die Rollen getauscht haben?"

„Sie betrügt mich schon wieder", flüsterte Arvin geistesabwesend.

Enno erstarrte. „*Was?*"

Arvin stützte sich mit dem rechten Ellenbogen auf der Armlehne seines Bürostuhles ab, ließ seinen Kopf in seine geöffnete Hand sinken und begann mit Daumen und Mittelfinger seine Schläfen zu kneten. „Vor drei oder vier Wochen ist es mir zum ersten Mal aufgefallen. Ich hab stundenlang versucht, sie zu erreichen, aber sie war nicht da. Als ich sie später danach gefragt habe, hat sie behauptet, sie sei mit Spike unterwegs gewesen. Aber niemand ist *fünf* Stunden am Stück mit dem Hund draußen!" Er blickte in die Ferne. „Also hab ich angefangen, sie zu beobachten."

Enno hing an Arvins Lippen. „Und?"

Arvins Unterkiefer mahlte. „Sie ist andauernd nicht zu Hause. Und sie hat sich verändert."

„Inwiefern?"

„Sie ist viel fröhlicher als früher." Obwohl das kaum möglich war, verfinsterte sich Arvins Blick noch ein bisschen mehr. „Sie ist geradezu abstoßend fröhlich", knurrte er. „Sie tanzt durchs Haus, summt irgendwelche Lieder und strahlt nur noch."

„Das ist allerdings verdächtig", musste Enno zugeben. „Ich wusste nur gar nicht …" Er zögerte einen Moment, sprach es dann aber doch aus: „… dass das ein Problem für dich ist. Hattest du nicht gesagt … na ja … dass du nicht vorhast, irgendetwas mit ihr anzufangen?"

Arvin schluckte. *Vielleicht ist es gerade das*, dachte er und schloss für einen Moment schmerzlich berührt die Augen. *Vielleicht hat sie sich bei jemand anderem geholt, was sie braucht.* Er dachte an all die Signale zurück, die sie ausgesandt und die er bewusst ignoriert hatte. War es da nicht ihr gutes Recht, zu jemand anderem zu gehen?

Kapitel 31

Es war ein gewöhnlicher Mittwochmorgen im August. Draußen schien die Sonne und es herrschten Temperaturen um fünfundzwanzig Grad. Ein sanfter Wind bewegte die Blätter der Bäume, doch deutete nichts darauf hin, dass er sich im Verlaufe des Tages steigern würde. Auch der Wetterbericht hatte weder Sturm noch Orkan vorhergesagt. Wer konnte da schon ahnen, dass dieser Tag Livias Leben gehörig durcheinanderwirbeln würde …

Gegen halb neun saß Livia mit Arvin am Frühstückstisch und fragte sich zum wiederholten Male, warum er in letzter Zeit so furchtbar schlechte Laune hatte. Ob sich die Situation der Firma noch mehr verschlechtert hatte?

Ihre eigene sah umso rosiger aus. Die Arbeit im Blumenladen machte Livia mehr Spaß, als sie in Worte fassen konnte. Es war so toll, eine Aufgabe zu haben, so toll, mit Blumen zu arbeiten, so toll, Menschen kennenzulernen und so toll, eine Chefin zu haben, die restlos begeistert von einem war.

Seit ein paar Tagen vertrat sie Hedda sogar schon ganz allein! Und es sah so aus, als würde sie ab dem kommenden Monat noch ein paar Stunden mehr arbeiten können. Vielleicht gab es sogar die Möglichkeit, auf Steuerkarte zu arbeiten.

Aus dem Augenwinkel sah sie zu Arvin herüber. Er biss gerade missmutig von einem Leberwurstbrot ab und stierte vor sich hin. Ob es allmählich an der Zeit war, ihm die frohe Botschaft zu verkünden? Sie hatte ihre neue Beschäftigung vor ihm geheim gehalten, weil sie zuerst sichergehen wollte, dass es etwas Dauerhaftes war. Natürlich war es nicht viel, was sie verdiente, aber doch immerhin ein Anfang. Kleinvieh macht auch Mist, wie man so schön sagt.

„Du siehst müde aus", sprach sie ihn an. „Hast du nicht gut geschlafen?"

Arvin grummelte irgendetwas und stürzte den restlichen Kaffee aus seiner Tasse herunter.

Livia zog die Stirn in Falten. Bei dieser Laune war es wirklich kein Wunder, dass sie bisher keine Gelegenheit gefunden hatte, ihm von ihrer neuen Betätigung zu erzählen. „Möchtest du noch einen Kaffee?", fragte sie so freundlich wie nur möglich.

Als Arvin nickte, erhob sie sich, ging zur Kaffeemaschine hinüber und holte die Kanne. Während sie zu Arvin zurückging, schnupperte sie dem würzigen Kaffeeduft hinterher. Dann goss sie Arvins Tasse wieder voll. „Riecht der nicht lecker?"

Dieses Mal antwortete Arvin überhaupt nicht. Selbst der Geruch von Kaffee konnte diese Apfel-Zimt-Mischung nicht überlagern ...

Livia seufzte tief. Auf eine gute Gelegenheit zu warten, war absolut aussichtslos. „Ich möchte dir was erzählen", sagte sie und stellte fest, dass sich Arvin umgehend versteifte.

„Und ... und zwar?", presste er hervor.

Livia schluckte. Was war denn nur los mit ihm? Andererseits ... hatte sie endlich mal seine ungeteilte Aufmerksamkeit. Sie ging zu der Schublade hinüber, in der sich das Haushaltsgeld befand, nahm ein Bündel Scheine heraus und legte es auf den Tisch. „Das ist das Haushaltsgeld des letzten Monats", verkündete sie und konnte das Strahlen, das in ihrem Herzen war, einfach nicht unter Verschluss halten.

„Ja und?"

„Zähl nach!", forderte sie ihn auf.

Arvin wirkte ziemlich irritiert. „Ich dachte, du wolltest mir was erzählen ..."

„Zähl – nach!", wiederholte Livia. Sie war unglaublich stolz darauf, dass sie nichts von seinem Geld angerührt hatte. Sie hätte ihr eigenes Geld natürlich ansparen können, um irgendwann einen Privatdetektiv davon zu engagieren. Schließlich hatte sie noch immer nicht in Erfahrung bringen können, wo sich ihre Eltern aufhielten. Aber dann wiederum ... waren Arvins Geldsorgen doch dringender, oder?

Arvin seufzte, griff nach dem Geld und zählte die Scheine. „Hm", machte er, als er damit fertig war. Und dann zählte er ein zweites Mal nach. „Gibt es einen Grund dafür, dass ich nicht verhungert bin?"

Livia nickte und strahlte.

„Und der wäre?", wunderte sich Arvin.

Livia setzte sich mit einer Pobacke auf den Küchentisch, verschränkte die Arme vor der Brust und verkündete stolz: „Ich hab Arbeit!"

Arvins Gesichtzüge entgleisten.

„Da staunst du, nicht wahr?", lachte Livia. „Ich arbeite schon seit fünf Wochen im Blumeneck in der Ellingstraße. Ich kann Sträuße binden … Kunden bedienen … und sogar die Kasse abschließen."

„Oh Gott", flüsterte Arvin und hatte auf einmal Tränen in den Augen.

Livia erschrak. „Was ist denn?", fragte sie entsetzt und sprang auf. Dann kam sie vorsichtig auf Arvin zu. „Ich dachte …" Sie musste erst den Kloß herunterschlucken, der sich in ihrem Hals gebildet hatte. „Ich dachte, du würdest dich freuen. Ich dachte, ich könnte dir damit helfen, die Firma zu retten …"

Arvin rang sichtbar um Fassung.

„Hey!", machte Livia, vergaß all ihre Vorsätze und legte ihre Hand auf Arvins Wange.

Arvin schloss die Augen und wuchs Livias Hand entgegen. „Ich liebe dich", krächzte er, ohne die Augen wieder zu öffnen.

Livia hörte auf zu atmen. Träumte sie jetzt? Würde sie gleich aufwachen und feststellen, dass es mitten in der Nacht war? Aber Arvins Gesicht war so real und sie spürte seinen schweren Atem an ihrer Hand …

Ohne weiter zu überlegen, folgte sie dieser Empfindung, beugte sich herab und fing nunmehr mit dem Gesicht seinen warmen Atem ein, roch seinen herben Duft …

Als Arvin die Augen öffnete, wich sie unwillkürlich zurück, wurde aber aufgehalten, weil sich eine große, kräftige Hand um ihren Nacken legte und jede weitere Bewegung verhinderte. Aus tiefdunklen Augen sah Arvin sie an. „Darf ich …?" In diesem Moment hatte seine Stimme einen unglaublich tiefen, vollen Klang.

Livia konnte nur apathisch nicken.

Und dann zog er sie auf seinen Schoß und küsste sie.

Und die Welt hörte auf sich zu drehen.

Das hier war nicht ein Kuss, wie sie ihn erwartet hatte. Er war nicht wie in den Filmen, die sie gesehen hatte, nicht so voller Leidenschaft, nicht … nicht so erwachsen. Nur zärtlich und vorsichtig … und voller Freude, so als hätte er nie zuvor jemanden geküsst, sondern sein ganzes Leben nur auf sie gewartet … auf Livia.

„Sag, dass du mir gehörst", flüsterte er nach einer Weile. „Bitte sag es."

„Ich gehöre dir", hauchte Livia, mehr verwundert als alles andere. „Dir ganz allein."

Und dann setzte er seine Liebkosungen fort, küsste aber nicht mehr nur ihren Mund, sondern ihr gesamtes Gesicht, ihre Augen, ihre Wangen …

„Da fühle ich nichts", flüsterte Livia, als er die Stelle an ihrer Stirn erreicht hatte, die immer noch vollkommen taub war.

„Wo?" Er fuhr mit den Fingern über ihre Stirn und ließ sich genau beschreiben, wo sich die Stelle befand. „Stört dich das?"

„Seit eben ja", lächelte Livia und konnte förmlich spüren, wie ihr Körper und ihre Seele unter diesen lang entbehrten Zärtlichkeiten aufblühten.

„Bei mir war diese Stelle hier", sagte Arvin und deutete auf sein Herz. Und dann sah er sie mit einem unglaublich liebevollen Lächeln an. „Aber jetzt fühl ich da wieder was."

„Warum –", begann Livia, wurde aber unterbrochen, weil Arvins Handy klingelte.

„Die Firma", seufzte Arvin, blieb aber demonstrativ sitzen. „Das hört gleich wieder auf."

Sie lauschten dem Klingeln, bis es endlich aufhörte.

„Warum warst du so schlecht gelaunt in letzter Zeit?", vollendete Livia die Frage von eben. „Warum –" Das Handy begann erneut zu klingeln.

Arvin verzog gequält das Gesicht. „Es muss was Dringendes sein …"

Sofort stand Livia auf. „Dann gehst du besser ran."

Arvin seufzte tief, erhob sich dann aber doch. Er durchquerte die Küche, nahm das Handy aus einem der Regale und drückte einen Knopf. „Ja? … Ach, du bist es … Ja, ich weiß, ich bin halt ein bisschen später als sonst … Hat das nicht Zeit bis – … Auch das noch … Ja, schon gut, ich komme …"

Nachdem er aufgelegt hatte, warf er Livia einen zutiefst bedauernden Blick zu. „Einer unserer größten Kunden kommt nicht mehr ins Programm ... Wenn ich das nicht umgehend in Ordnung bringe, können wir den Laden endgültig dichtmachen."

„Dann solltest du dich beeilen."

„Ich werde mich beeilen", sagte Arvin ernst. „Ich werde mich beeilen, wie ich mich noch nie zuvor beeilt habe. Glaubst du ..." – er grinste verlegen – „... wir können nachher da weitermachen, wo wir aufgehört haben?"

❧

Auf Arvin zu warten war noch nie eine solche Qual gewesen wie heute.

Warum war es ausgerechnet der Mittwoch, an dem sie nicht arbeitete?

Sie versuchte, die Zeit mit Putzen und Waschen auszufüllen, lief aber eigentlich nur im Kreis. Dabei vergewisserte sie sich immer und immer wieder, dass sie wirklich wach war und dass das, was sie heute Morgen erlebt hatte, nicht nur im Traum passiert war.

Wieso war es überhaupt passiert?

Ich liebe dich, hatte er gesagt und seine Worte klangen auch jetzt noch wie Meeresrauschen in ihren Ohren. Aber warum heute? Warum hatte er ihr das nicht schon viel früher gesagt? Und warum hatte er in letzter Zeit immer so schlechte Laune gehabt?

Fragen über Fragen, die die Qual, heute Morgen unterbrochen worden zu sein, noch um vieles vergrößerten.

Um sich abzulenken, ging Livia einkaufen, besorgte Unmengen von Weintrauben und Lakritz und vergaß auf dem Rückweg Spike vor dem Laden. Als es ihr auffiel, hatte sie bereits die Hälfte des Weges zurückgelegt. Sie hetzte zurück, holte Spike, der brav gewartet hatte, stieß fast mit einem Radfahrer zusammen und war heilfroh, als sie einigermaßen unbeschadet wieder zu Hause angekommen war. Immerhin ging es jetzt schon auf den Nachmittag zu. Ob Arvin heute früher nach Hause kam?

Sie wärmte sich ein bisschen Essen vom Vortag auf, bekam aber nur drei Bissen herunter. Vielleicht konnte sie ja mal im Büro anrufen …?

Sie dachte noch darüber nach, als Spike plötzlich zu bellen begann. Kurz darauf klingelte es an der Tür. *Arvin?*

Aber das war unwahrscheinlich, schließlich hatte er einen Schlüssel. Konnte er ihn in der Eile vergessen haben? Eigentlich nicht … Der Schlüssel befand sich an dem Schlüsselbund, an dem auch der Autoschlüssel befestigt war. Und er war schließlich mit dem Auto ins Büro gefahren …

Trotzdem schlug Livia das Herz bis zum Hals, als sie die Haustür öffnete und … Enno vor ihr stand. Er trug einen dunklen Anzug und war top gestylt vom Scheitel bis zur Sohle. „Was …?" Mit ihm hatte sie am allerwenigsten gerechnet. „Was machst du denn hier?"

Enno beugte sich zu Spike herab, der ihn schwanzwedelnd begrüßt hatte und ihm jetzt großzügig durch das Gesicht schleckte. „Kann ich reinkommen?"

„Ja … ich meine … nein … ich weiß nicht." Sie wand sich. „Arvin kann jeden Moment nach Hause kommen."

„Arvin wird unter Garantie nicht vor Mitternacht nach Hause kommen", behauptete Enno und trat einen Schritt näher.

Livia wich unwillkürlich ein Stück zurück, was zur Folge hatte, dass Enno den Flur betreten konnte. „Jetzt warte doch mal", protestierte Livia. „Arvin wäre bestimmt nicht einverstanden –"

Er schloss einfach die Tür hinter sich. „Gib mir fünf Minuten", bat er. „Ich … ich muss einfach mit dir reden."

Es war die Eindringlichkeit in seinem Blick, die Livia schließlich erweichte. „Also gut." Sie sperrte Spike in die Küche und führte Enno ins Wohnzimmer … wie in alten Zeiten. Allerdings setzte sie sich nicht neben ihn aufs Sofa, sondern nahm im Sessel ihm gegenüber Platz.

„Ist es wahr?", fiel Enno mit der Tür ins Haus.

Livia starrte ihn an. „Ist was wahr?"

Enno, der sich gerade erst hingesetzt hatte, sprang wieder auf und wanderte im Wohnzimmer umher. „Er tanzt durchs Büro wie ein verliebter Teenager und erzählt allen, wie wundervoll du bist!" Es klang wie ein Vorwurf.

Livia lächelte verlegen. „Wir haben uns versöhnt."

Enno blieb direkt vor ihr stehen. Er roch ungewohnt, so als hätte er sein Aftershave gewechselt. „Was habt ihr?"

„Ich schätze, wir sind wieder ein Paar", flüsterte Livia und zuckte entschuldigend die Achseln.

„Bist du verrückt, ich meine ... *wir* waren ein Paar. Du und ich. Und ich –" – seine Stimme brach – „... ich warte seit Monaten darauf, dass du zu mir zurückkommst. Ich dachte, du bräuchtest nur Zeit und jetzt –"

Livia senkte den Blick. „Es tut mir leid, Enno. Aber du und ich, das wird nichts. Ich liebe Arvin. Irgendwie hab ich ihn immer geliebt. Wahrscheinlich ..." Sie hob hilflos die Hände. „Mein Kopf erinnert sich nicht, aber ich nehme an, mein Herz erinnert sich."

Enno lachte ungläubig auf. „Du solltest dir mal zuhören. Das ist ..." – er schüttelte heftig den Kopf und lachte erneut – „... total abgefahren ..."

„Abgefahren oder nicht, aber es ist, wie es ist. Ich bin mit Arvin zusammen." Sie dachte an vorhin und konnte ein verklärtes Lächeln nicht unterdrücken. „Ich bin mit meinem Ehemann zusammen!"

Enno starrte sie immer noch entgeistert an. „Aber ihr konntet euch nicht ausstehen. Ich meine ..." Er fasste sich sprichwörtlich an den Kopf. „Du magst jeden, das weiß ich wohl. Aber Arvin ... nach allem, was du getan hast ... was *wir* getan haben ..."

„Was wir getan haben, war ein Fehler", sagte Livia schlicht. Gleichzeitig spitzte sie die Ohren. Spike hatte zu bellen begonnen. Er war es halt nicht gewohnt, allein in der Küche zu sitzen ...

Ennos Gesichtsausdruck verfinsterte sich. „Ach ..." Seine Stimme nahm einen metallischen Klang an. „Als Arvin noch deine Beete kaputt gemacht hat, da war ich als Gesellschaft gut genug. Aber jetzt –"

Livia seufzte und erhob sich. „Hör zu", begann sie und legte tröstend ihre Hand auf Ennos Schulter, „du warst und bist mir als Gesellschaft immer gut genug. Schließlich sind wir Freunde.

Aber du musst doch auch schon gemerkt haben, dass wir nicht wirklich zueinanderpassen. Wir –" Sie zögerte. „Ich weiß nicht, wie ich es formulieren soll, aber … wir stellen uns nicht die gleichen Fragen, verstehst du?"

„Und Arvin stellt sich die Fragen, die du dir stellst?", fragte Enno verständnislos.

Livia nickte und ärgerte sich ein bisschen darüber, dass Spike immer noch bellte.

„Welche Suppe koche ich morgen, oder was?"

Livia ließ ihn los, als hätte sie sich die Finger an ihm verbrannt. „Danke für die Hilfe", sagte sie kalt. „Ich kann jetzt nämlich sehr viel besser formulieren, was uns trennt. Das eigentliche Problem ist, dass du mich nicht wirklich kennst und dich auch gar nicht für mich interessierst … nicht für mein Herz, nicht für meine Ängste oder meine Wünsche." Sie tastete in ihrer rechten Hosentasche nach dem Zettel, den sie mit Karen und Arvin erstellt hatte. Er knisterte beruhigend durch den Stoff hindurch.

„Ich hab eher das Gefühl, dass du deine Wünsche selbst nicht kennst", erwiderte Enno verächtlich. „Sonst würdest du dich nämlich nicht so einem Weichei wie Arvin an den Hals schmeißen. Wetten, er küsst nicht halb so leidenschaftlich wie ich?" Mit diesen Worten packte er zu und zog Livia so plötzlich und so kräftig an sich heran, dass sie davon völlig überrascht wurde. Die Hände noch unten in Höhe ihrer Hosentaschen, prallte sie ungebremst gegen Ennos Brustkorb und rang im nächsten Moment erschrocken nach Atem. Aber auch das wurde im Keim erstickt, weil sich Ennos Mund hart auf ihren presste, seine Zunge alles, was sich ihr den Weg stellte, zur Seite schob und in ihren Mund eindrang. Die Augen weit aufgerissen, sah Livia Sterne vor sich tanzen. Einige Sekunden lang verhinderten Schreck, Ekel und Atemnot jeden klaren Gedanken und damit jeden Widerstand.

Dann ließ Enno auf einmal von ihr ab. Livia taumelte rückwärts, landete in ihrem Sessel und rang mühsam um Luft.

„Was machst du denn hier?", fragte Enno.

Livia begriff überhaupt nichts, sie war gerade so weit wiederhergestellt, dass sich die lange überfällige Wut zu entwickeln begann.

„Es ist nicht so, wie du denkst", sagte Enno.

Mit wem redete er da nur? Livia folgte seinem entsetzten Blick, drehte sich um und – vergaß ein weiteres Mal das Atmen.

Arvin stand in der Tür. Er sah aus, als wäre er dem Tod begegnet, seine Gesichtshaut war aschfahl und sein Blick …

Livia wusste sofort, dass sie ihn ihr Leben lang nicht wieder vergessen würde. Dieser Blick verlieh dem Wort „Enttäuschung" eine neue Dimension.

Sie sprang auf und wandte sich ihm zu. „Arvin", presste sie hervor, aber als er sie ansah, wusste sie schon, dass alles, was heute Morgen entstanden war, in Scherben lag. „Ich hab nicht –"

Er erstickte ihren Satz mit einem einzigen Blick, der so schmerzerfüllt war, dass er ein Schaudern durch Livias Körper sandte. Dann drehte er sich um und ging.

Eine Weile war alles still. Dann sagte Enno kleinlaut: „Das wollte ich nicht."

Livia umrundete wie in Zeitlupe den Sessel und nahm Platz. Seltsamerweise fühlte sie überhaupt nichts – weder Wut noch Verzweiflung. Ob sich diese Gefühle gegenseitig aufhoben? Sie starrte ins Leere.

„Ich werd's ihm erklären", sagte Enno.

Aber Livia rührte sich nicht. Sie war nicht einmal in der Lage, Ärger zu produzieren. Dabei hätte sie allen Grund gehabt, sowohl auf Enno als auch auf Arvin – gerade auch auf Arvin – wütend zu sein. Wieso vertraute er der Situation mehr als ihr?

Enno trat unentschlossen von einem Bein aufs andere. „Soll ich jetzt gehen?", fragte er.

„Weißt du, was das Schlimmste ist?", flüsterte Livia. Sie starrte immer noch in den Raum hinein, ohne etwas zu fokussieren.

„Nein?"

„Das Schlimmste ist", fuhr sie fort, „dass er hundertmal wundervoller küsst als du."

❧

Ein paar Stunden später stand Livia vor Arvins Schlafzimmertür und klopfte. „Können wir nicht wenigstens miteinander reden?“ Ihr Tonfall war energisch, wenn nicht gar gebieterisch. Die Phase, in der sie gebeten und gebettelt hatte, war längst vorbei.

Stille.

„Du bist ein Feigling!“, fauchte Livia. „Verkriechst dich in deinem Zimmer wie ein kleiner Junge und gehst jeder Auseinandersetzung aus dem Weg. Komm wenigstens raus und beschimpf mich!“

Nichts.

Oh, was würde sie darum geben, wenn er zumindest mal reagieren würde!

Sie klopfte – hämmerte – erneut. Ihre Fingerknöchel waren inzwischen feuerrot. „Arvin Scholl! Du kommst jetzt sofort raus und redest mit mir!“

Wieder nichts.

Sie trat gegen die Tür. „Wenn du nicht sofort rauskommst, schlag ich die Tür ein!“

Keine Reaktion.

In ihrer Wut trat sie so heftig und unkontrolliert gegen die Tür, dass ein fieser Schmerz in ihren rechten Zeh fuhr. Sie schrie jedoch nicht auf, sondern warf sich auf den Boden und erstickte den Schmerzensschrei, indem sie beide Hände auf den Mund presste und sich hin und her wand. Um nichts in der Welt hätte sie ihm jetzt eine solche Genugtuung verschafft!

Ein paar heftige Atemzüge lang war sie zu gar nichts in der Lage. Dann ließ der Schmerz allmählich nach und wurde von einem erneuten Schwall Wut ersetzt. „Also gut!“, schimpfte sie und griff nach dem letzten Mittel, das ihr jetzt noch einfiel. „Ich gehe ins Wohnzimmer und zerstöre dort alles, was mir in die Hände kommt. Vasen, Fotoalben – einfach alles! Hör gut zu, gleich hörst es klirren.“ Sie stapfte los, hörte aber schon nach wenigen Sekunden, wie der Schlüssel im Schloss herumgedreht wurde und die Tür mit einem Knarren aufschwang.

Sie blieb stehen, drehte sich aber nicht zu ihm um.

„Warum sollte ich etwas dagegen haben?“, fragte er von hinten. „Ich fühle mich auch jetzt schon, als wäre alles, was ich besitze, kaputt.“

„Ich habe ihn nicht geküsst", beteuerte Livia. „Er hat mich geküsst."

„Er war nicht zum ersten Mal hier." Es war eine Feststellung.

Livia schloss für einen Moment die Augen und erinnerte sich an Karens Worte. *Einen solchen Vertrauensbruch würde er kein zweites Mal verkraften.* Aber was hätte sie anders machen können? Wenn sie ihm die Wahrheit gesagt hätte, wäre es gar nicht erst zu einer Versöhnung gekommen! „Nein", gab sie kleinlaut zu. „Er war nicht zum ersten Mal hier. Und es … es kommt noch schlimmer." Wenn schon, denn schon. Sie würde ihn kein weiteres Mal belügen. „Enno war derjenige, mit dem ich dich damals betrogen habe."

Lange, unendlich lange Zeit sagte Arvin überhaupt nichts. Livia hörte ihn atmen. Es war ein schweres, ungleichmäßiges Geräusch. „Und nach deinem Unfall …" Es war eine Zerbrochenheit in seiner Stimme, die Livia kalte Schauer über den Rücken jagte.

„Er war ein paarmal hier. In … in der Zeit, in der wir – du und ich – uns nicht verstanden haben, war er mir ein Freund. Aber mehr war da nicht. Wir haben nicht miteinander geschlafen oder so was."

„Nach diesem Kuss", presste Arvin hervor, „soll ich dir das glauben?" Seine Stimme wurde lauter. „Ich soll dir das glauben, obwohl ich gesehen habe, *gesehen*, wie du in seinen Armen dahingeschmolzen bist?"

Livia wirbelte zu ihm herum. „Ich war nur überrascht, Arvin. Er hat mich so plötzlich gepackt … Du bist im falschesten Moment herein–"

„Nein!", unterbrach er sie wütend. „Ich bin im richtigsten Moment hereingeplatzt. Im aller-aller-richtigsten!"

Livia stieß die Luft, mit der sie ihren Satz hatte beenden wollen, frustriert wieder aus. „Und jetzt?", flüsterte sie schließlich.

Arvins Blick wurde kalt. „Jetzt spulen wir ein paar Wochen zurück."

„Und wohin?"

„Zum Notartermin. Du erinnerst dich sicher an das Gespräch, das wir geführt haben, als der Termin erledigt war."

Livia schluckte schwer und piepste: „Du wirfst mich raus?"

Arvin senkte den Blick. „Nein. Ich bitte dich nur zu gehen. Ich bitte dich zu gehen, damit ich dich nicht mehr sehen muss. Damit … noch ein Stück von mir übrig bleibt."

Das wird es nicht, dachte Livia verzweifelt. *Heute Morgen hast du mir dein Herz gegeben, das habe ich gemerkt. Wenn du mich jetzt wegschickst, wird es mit mir reisen!*

Aber sie wusste, dass es keinen Zweck mehr hatte, mit ihm zu diskutieren. Ihre einzige Hoffnung bestand darin, seiner Bitte Folge zu leisten. Wenn sie erst fort war, würde ihn vielleicht die Sehnsucht wieder in ihre Arme treiben … Und so setzte sie sich langsam in Bewegung, schlich in ihr Zimmer, holte ihre Reisetasche aus dem Schrank und begann, sie wahllos mit Kleidungsstücken und Gegenständen vollzustopfen. Als nichts mehr hineinging, zog sie so lange am Reißverschluss, bis er sich endlich schloss, und zerrte die Tasche auf den Flur hinaus.

Arvin ließ sich derweil nicht blicken. Er ließ sie einfach so ziehen, ohne ein Wort des Abschieds, ohne Geld, ohne alles.

❧

Eine gute Stunde später stand Livia mit Sack und Pack vor Karens Haustür und klingelte. Sie wusste ja, dass Karen keine Lust hatte sie aufzunehmen, hoffte aber, zumindest eine Nacht dort bleiben zu können. Gunda und Manfred waren keine Alternative und andere Freunde hatte sie nun einmal nicht.

Seltsamerweise öffnete niemand die Tür – weder nach dem ersten noch nach dem zweiten, noch nach dem dritten Klingeln. Also begann Livia zu klopfen.

„Karen!", rief sie mit unterdrückter Stimme und klopfte, was das Zeug hielt. „Vanessa?" Sie sah auf ihre Uhr. Da es bereits nach acht war, sprach einiges dafür, dass Vanessa bereits im Bett lag. Aber was war mit Karen?

„Karen!", rief sie erneut. „Jetzt mach doch auf! Karen!"

Sie fuhr fort, gegen die Tür zu hämmern, erreichte aber nur, dass sich die gegenüberliegende Wohnungstür öffnete. Eine ältere Dame streckte den Kopf in den Flur hinaus. „Eigentlich müssten sie da sein."

„Danke", seufzte Livia und klopfte weiter.

Und tatsächlich ... nach geschlagenen zehn Minuten ging tatsächlich die Tür auf und Karen stand vor ihr. Sie trug einen pastellgrünen Hausanzug aus weichem Nickistoff und strahlte, was das Zeug hielt. „Das ist aber eine nette Überraschung!"

Livia zog die Stirn in Falten und betrachtete Karen erst einmal von oben bis unten. Irgendetwas stimmte hier doch nicht. Karen war frisch geschminkt, das sah sie deutlich. Diese Tatsache war schon an sich eher ungewöhnlich, vor allem in Kombination mit der bequemen Kleidung. Am auffälligsten aber war, dass ihre Augen trotz der Schminke stark gerötet waren. Es sah fast so aus, als hätte sie bis eben noch geheult. Dabei war es doch an ihr, Livia, zu heulen ... „Stimmt was nicht?", fragte sie langsam.

Karens Lächeln erstarb. Von einem Moment auf den nächsten wirkte sie zehn Jahre älter. „Das sollte ich dich fragen", erwiderte sie und deutete auf die Reisetasche.

„Hast du Lust auf eine Heulparty?", erkundigte sich Livia.

„Bin schon mittendrin", seufzte Karen und gab die Tür frei.

Livia trat ein, stellte ihre Reisetasche im Flur ab und folgte ihrer Freundin und Schwägerin ins Wohnzimmer. Hier sah es ziemlich schlimm aus. Der Boden war mit benutzten Taschentüchern gepflastert. „Keine Sorge", sagte Karen in einem Anfall schwarzen Humors. „Ich hab noch welche." Mit diesen Worten ging sie an den Wohnzimmerschrank, kramte eine Familienpackung Taschentücher daraus hervor und legte sie auf den Wohnzimmertisch. „Willst du auch was zu trinken?" Als Livia zögerte, fügte sie hinzu: „Heulen macht einen trockenen Mund."

„Wasser", sagte Livia und ließ sich mit einem abgrundtiefen Seufzer aufs Sofa fallen, während Karen in der Küche verschwand.

Als Karen zurückkehrte, hatte Livia bereits die Schuhe ausgezogen, die Beine auf dem Sofa angewinkelt und ein Kissen zwischen Bauch und Oberschenkel geklemmt.

„Wie ich sehe, hast du es dir schon bequem gemacht", lächelte Karen. Sie stellte eine Wasserflasche und zwei Gläser mit einem klirrenden Geräusch auf dem Couchtisch ab. „Wo drückt denn der Schuh?"

Aber Livia schüttelte entschieden den Kopf. „Dieses Mal nicht", sagte sie ernst. „Dieses Mal erzählst *du* zuerst."

Karen musste schlucken, beschäftigte sich eine erstaunlich lange Zeit damit, Wasser in die Gläser zu füllen und die Flasche zuzuschrauben, und nahm dann neben Livia auf dem Sofa Platz. Dabei suchte sie sich allerdings keine angenehme Sitzposition, sondern blieb ganz vorne auf der Sofakante sitzen, so als würde sie jede Minute wieder aufspringen wollen.

Livia wartete eine Weile, als jedoch nichts geschah, sagte sie: „So schlimm wird es nun auch wieder nicht sein."

Karen wandte in Zeitlupentempo den Kopf nach rechts und warf Livia einen Blick zu, der dieser das Blut gefrieren ließ.

„Doch so schlimm?", flüsterte Livia.

Karen stieß einen abgrundtiefen Seufzer aus. „Eigentlich nicht. Es ist nur so schwer … Vanessa loszulassen."

Livia runzelte die Stirn. Sie begriff überhaupt nichts. „Vanessa loszulassen?"

„Ich hab sie von Gott bekommen. Jetzt muss ich sie an Gott zurückgeben. Ich …" Sie hob mit einer verzweifelten Geste die Arme. „Eigentlich weiß ich, dass er sie gut versorgen wird. Und trotzdem …"

„Das klingt", begann Livia und spürte, wie eine Gänsehaut über ihren gesamten Körper lief. „Das klingt, als müsste sie sterben oder so was."

Als Karen den Kopf schüttelte, atmete Livia auf. „Sie nicht. Ich", sagte Karen langsam.

Livia gefror zu einer Eisskulptur und sah Karen mit weit aufgerissenen Augen an.

„Ich weiß es schon so lange", flüsterte Karen, ohne Livia anzusehen, „dass ich mich an den Gedanken gewöhnt habe. Immerhin … gehe ich nach Hause, in den Himmel, wo Gott auf mich wartet. Das ist doch was!"

Aber Livias Gesichtszüge entspannten sich kein bisschen. Selbst wenn Gott tatsächlich auf einen wartete, stellte sich immer noch die Frage, ob das von Vorteil war! „Wieso?", presste sie kaum hörbar hervor.

Karen sagte nur ein einziges Wort: „Krebs."

„Aber du arbeitest im Krankenhaus … und es gibt Therapien", brach es aus Livia hervor. „Chemotherapie! Und … und Operationen. Was ist damit? Und warum …" Ihre Stimme drohte zu versagen. „Warum hast du es uns nicht früher gesagt?"

Karen seufzte tief. „Ich hatte so den Eindruck … na ja …" – sie zuckte die Achseln – „dass ihr genug eigene Probleme habt."

Livia hielt das Kissen inzwischen so fest, als wäre es ihr einziger Halt. „Wir hatten vielleicht Probleme … aber kein Problem kann so groß sein, dass du deswegen eine Krebserkrankung verschweigen müsstest."

„Ich wollte sie auch nicht verschweigen. Ich wollte nur Zeit gewinnen. Oder besser gesagt: Ich wollte, dass ihr die Zeit habt, ohne Druck zueinanderzufinden! Und das habt ihr doch auch, nicht wahr?"

Livia hielt Karens Blick tapfer stand und nickte. Dass sie die Zeit genutzt hatten, um alles wieder kaputt zu machen, musste Karen nicht wissen. Nicht heute, nicht in dieser Situation. „Aber was ist jetzt mit einer Operation? Wieso liegst du nicht längst unter dem Messer?"

„Ich hab Bauchspeicheldrüsenkrebs." Sie blickte in die Ferne. „Und ich habe Kollegen, die sich mit so etwas auskennen." Sie seufzte tief. „Du kannst dir nicht vorstellen, wie viele Untersuchungen ich hinter mir habe." Vor ihrem geistigen Auge schien sie das alles Revue passieren zu lassen. Dann lachte sie plötzlich auf. „Und wie lange sie versucht haben, mir das Ausmaß der Katastrophe zu verschweigen …" Sie schüttelte den Kopf. „Aber ich kenne das Geschäft … Ich hab so lange nachgefragt, bis sie mir die ganze Wahrheit gesagt haben."

Livia schluckte schwer. „Und die wäre?"

„Bauchspeicheldrüsenkrebs ist im Grunde weder operabel noch heilbar."

„Aber das kann nicht sein!", brach es aus Livia hervor. In ihren Augen schimmerte es feucht. „Die Medizin entwickelt sich mit riesigen Schritten weiter. Die verpflanzen mittlerweile doch alles, was nicht niet- und nagelfest ist … Hände … Gesichter …"

„Aber keine Bauchspeicheldrüsen …"

„Warum nicht?", jammerte Livia und begann zu weinen. „Warum denn nicht?"

Lange Zeit sagte Karen gar nichts, sondern tätschelte nur tröstend Livias Knie und reichte ihr ein Taschentuch nach dem anderen. Sie selbst weinte nicht. Jetzt, wo Livia ihren Trost brauchte, besaß sie eine erstaunliche Stärke. Als Livias Tränenschwall allmählich nachließ, sagte sie: „Ich weiß, wie sehr dich das jetzt schockieren muss. Glaub mir, ich hab auch sehr lange gebraucht, um das einigermaßen zu verdauen." Sie rückte näher an Livia heran, nahm deren Hand und drückte sie ganz fest. „Aber es ist, wie es ist. Und ich hab beschlossen, der Wahrheit ins Gesicht zu sehen. Ich will nicht zu den Menschen gehören, die sich an Strohhalme klammern, die doch nicht halten. Ich will mich lieber an Gott festhalten."

„Toller Gott, wenn er dich sterben lässt!", fauchte Livia.

„Jeder Mensch muss sterben", sagte Karen bestimmt. „Und es gibt keinen Grund, sich davor zu fürchten. Wer an Gott glaubt, wird auch wieder auferstehen."

„Aber Vanessa …", jammerte Livia. „Und ich …"

„Vanessa, genau", sagte Karen. Livia spürte, wie sich ihre Hand ein wenig verkrampfte. „Sie ist der Hauptgrund für meine Einstellung." Karen sah Livia ernst ins Gesicht. „Ich kann es mir nicht erlauben, die letzten Wochen durch eine Chemotherapie zu versauen. Ich will die Zeit, die mir noch bleibt, mit Vanessa verbringen!"

Livia schnaubte lautstark in ihr Taschentuch. „Weiß sie es?"

Karen schüttelte den Kopf. „Ich kann es ihr nicht sagen, solange ich keine Perspektive für sie habe." Sie zögerte einen Moment, warf Livia ein paar vorsichtige Blicke zu und fragte dann: „Würdet ihr sie nehmen, Arvin und du?"

In Sekundenschnelle liefen bei Livia ganze Gedankenstränge wie Spinnweben zu einem Zentrum zusammen. Karen meinte es ernst. Vanessa brauchte jemanden, der für sie sorgte. Das ging nur, wenn sie – Livia – zu Arvin zurückkehrte. Er würde nichts dagegen haben, nicht unter diesen Umständen. „Natürlich würden wir das!"

„Aber weswegen bist du überhaupt hier?", fragte Karen misstrauisch. „Und weswegen hast du eine Reisetasche dabei?"

Karen würde ihre Bitte zurückziehen, wenn sie erführe, wie es zwischen Arvin und ihr stand! Und dann würden sich ihre Sorgen verzehnfachen! „Ich dachte, ich könnte heute Nacht hierbleiben", entgegnete Livia, um Zeit zu gewinnen. Gleichzeitig suchte sie hektisch nach einer logischen Erklärung.

„Habt ihr euch gestritten?"

Livia schüttelte heftig mit dem Kopf. „Nein, natürlich nicht. Aber das Haus … es ist so einsam, wenn Arvin nicht da ist."

„Wo ist er denn?"

„Es gab Probleme mit einem großen Kunden. Richtige Probleme. Enno und Arvin sind zusammen hingefahren. Sieht so aus, als müssten sie über Nacht bleiben."

„Arvin hasst es, woanders zu übernachten", sagte Karen und sah Livia einmal mehr prüfend ins Gesicht. „Außerdem hast du was von Heulparty gesagt …"

„Stimmt", seufzte Livia und wunderte sich selbst, dass sie so schnell eine Lügengeschichte parat hatte … „Im Grunde wollte ich dir mein Leid klagen. Aber jetzt … nach allem, was du mir gesagt hast … hab ich den Eindruck, als wäre es gar nicht so schlecht, was mir passiert ist …"

„Was ist dir denn passiert?"

„Ich hatte Arbeit", begann Livia. „In einem Blumenladen. Auf Minijobbasis. Aber ich hab wohl nicht schnell genug gearbeitet. Deshalb hab ich sie wieder verloren."

Karen nickte. „Mit Blumen zu arbeiten hat dir sicher gefallen."

In Livias Augen flackerte etwas auf. „Es war wunder-wunderschön!" Und es war zu Ende. So oder so … Wie alles heute. Alles ging heute zu Ende. Einfach alles. Nur die Heulparty, die begann jetzt erst richtig …

Kapitel 32

Die Wochen gingen dahin und nichts war mehr, wie es früher war.

Livia lebte wieder bei Arvin.

Und auch Karen und Vanessa waren dort eingezogen. Sie bewohnten gemeinsam Karens altes Kinderzimmer. Das hatte viele Vorteile. Ganz nebenbei hatte Livia eine Ausrede parat, um Gunda und Manfred den Ersatzschlüssel wieder abzunehmen … Der Kontakt war ohnehin ein wenig verkrampfter geworden, seitdem Livia von ihrer Affäre mit Manfred erfahren hatte. Entscheidend aber war, dass Karen Livia dabei behilflich sein konnte, in ihre Rolle als Ersatzmutter hineinzuwachsen. Livia konnte Karen pflegen, wenn es ihr schlecht ging. Vanessa konnte sich an die neue Umgebung und an Livia gewöhnen. Karen konnte so viel Zeit wie nur möglich mit ihrer Tochter verbringen. Da sie nicht mehr arbeitete, sondern krankgeschrieben war, war das eine Menge Zeit. Die gesparte Miete konnte für Vanessa angelegt werden. Das vermittelte Karen das Gefühl, dass sie ihrer Tochter auch finanziell etwas hinterlassen konnte.

Trotz alledem war die Situation der pure Horror für alle Beteiligten.

Karen wurde jeden Tag daran erinnert, dass Vanessa hier in diesem Haus groß werden würde und dass sie selbst dem Tode geweiht war.

Vanessa hatte Schwierigkeiten mit der Veränderung und spielte die drei Erwachsenen, die als gemeinsame Erziehungsberechtigte noch kein eingespieltes Team waren, gnadenlos gegeneinander aus. Außerdem entwickelte sie Probleme in der Schule.

Arvin litt furchtbar unter den Veränderungen, vor allem unter dem Chaos, das Vanessa überall anrichtete, aber auch unter der Enge und natürlich unter Livias Anwesenheit. Obwohl er unter den gegebenen Umständen sofort zugestimmt hatte, dass Livia zu ihm zurückkehrte, spürte sie deutlich, dass er hinter seiner aufgesetzten Freundlichkeit eine Mauer aufgerichtet hatte, die noch höher und dicker war als jemals zuvor. Und sie tat auch viel stärker weh als früher! Der Kontrast zu jenem Morgen, als alles Eis zerschmolzen war, war einfach nicht zu ertragen.

Und dann die Heimlichtuerei! Karen durfte nicht wissen, dass sie sich wieder zerstritten hatten. Und so gab es jeden

Morgen einen Abschieds- und jeden Abend einen Begrüßungskuss, dazu Zeiten, die sie zwangsweise allein miteinander verbringen mussten, weil Karen Angst hatte, in ihre Beziehung einzubrechen. Und da saßen sie dann, allein im Wohnzimmer oder in der Küche, schwiegen sich an und schlugen die Zeit tot. Immerhin konnte Livia weiterhin im Gästezimmer nächtigen. Sie hatte Karen erklärt, dass es zwar zur Versöhnung gekommen sei, ihre Beziehung aber noch ein bisschen Zeit bräuchte, um zu wachsen.Livia weinte viel, was sich natürlich auch vor Karen nicht verbergen ließ. Aber sie schob es tapfer auf Karens Erkrankung und hatte dadurch immer eine Ausrede parat. Und auch wenn Karen feststellte, dass Arvin und Livia nicht besonders aufmerksam miteinander umgingen, war ihre Erkrankung eine wirksame Erklärung. Nur dass sie dann wieder mehr Zeit allein miteinander verbringen mussten …

Es war ein ebensolcher Abend. Arvin hatte sich hinter ein Buch über Informatik verkrümelt. Er saß in seinem Sessel und hatte ihn so gedreht, dass er Livia schon fast den Rücken zukehrte. Auf diese Weise hatte Livia das Sofa ganz für sich allein; trotzdem fand sie keine Position, in der sie sich wohlfühlte. Und auch keine Beschäftigung, die ihr behagte. Sie blätterte schon seit geraumer Zeit lustlos in einem Gartenbuch. Das Problem war allerdings, dass sie kein einziges neues Bild mehr fand. Und wer las schon gerne Texte …? Sie winkelte also die Beine an, drückte sich in die Sofaecke und begann, Arvin zu beobachten. Interessanterweise wirkte er sehr vertieft, las aber ohne umzublättern! Livia kam es bald so vor, als betrachte sie eine Statue. Frustriert suchte sie sich eine andere Position, nahm die Fernsehzeitschrift vom Couchtisch und blätterte ziellos darin herum. Am liebsten hätte sie jetzt den Fernseher angemacht. Aber das ging ja nicht; schließlich hatte Karen ihnen einen Eheabend verordnet. Und es war ja auch nicht auszuschließen, dass man den Fernseher in den anderen Räumen hörte.

Eine gute Stunde langweilte sich Livia zu Tode. Dann sagte sie: „Ich vermisse die Arbeit im Blumenladen."

Arvin rührte sich nicht.

„Ohne die Blumen ist alles so furchtbar grau." Eigentlich meinte sie die Stimmung. Aber als sie zum Fenster hinaussah, war auch dort alles nebelig und farblos. Und das, obwohl noch nicht mal der Herbst begonnen hatte! Arvin schwieg.

„Mir fällt hier die Decke auf den Kopf, weißt du?"

Keine Reaktion.

„Ich gehe hier zugrunde, Arvin!", zischte Livia.

„Du kannst ja wieder anfangen zu arbeiten, sobald –" Er hatte zu sprechen begonnen, ohne auch nur den Kopf zu heben, und war dann genauso plötzlich wieder verstummt.

„Sobald sie tot ist?", vollendete Livia seinen Satz.

Arvin schwieg erneut.

„Wir müssen darüber reden, Arvin."

„Warum?"

„Weil ich wissen muss, wie es mit uns weitergehen wird."

Endlich ließ Arvin das Buch sinken, drehte sich aber nicht zu Livia um. „Wie soll es schon weitergehen? Wir haben Karen ein Versprechen gegeben, und das werden wir einlösen. Vanessa wird bei uns aufwachsen. Sie wird bekommen, was sie braucht."

„Sie braucht Eltern, die einander lieben …"

„Die bekommt sie doch", antwortete Arvin kalt. „Oder hast du an meinem schauspielerischen Talent etwas auszusetzen? Also ich finde mich oskarreif …"

„Glaubst du wirklich, wir können ihr auf Dauer verheimlichen, wie es um uns steht?", ereiferte sich Livia.

Arvin zuckte gleichgültig die Achseln. „An diese eine Sache wird sie sich einfach gewöhnen müssen."

„An diese eine Sache?", brach es aus Livia hervor. „An diese eine Sache?"

Arvin seufzte tief. „Ich gebe zu, dass sie einiges durchmacht. Aber es gibt nun einmal keine Möglichkeit, dieses Problem zu lösen."

„Du könntest mir verzeihen."

Arvins Kopf drehte sich ruckartig zu ihr herum.

Livia sah ihn an. In ihren Augen schimmerten Tränen. „Bitte verzeih mir", flüsterte sie.

„Dann gibst du es also zu?", fragte Arvin heiser.

„W-Was?"

„Dass du ein Verhältnis mit Enno hast."

Livia schüttelte heftig den Kopf. „Ich habe keins und ich hatte auch keins. Jedenfalls nicht in der Zeit, an die ich mich erinnern kann."

Arvin drehte den Kopf wieder weg. „Nun, dann gibt es ja auch keinen Grund, dir zu verzeihen", sagte er kalt.

„Doch, natürlich gibt es den! Ich war nicht ehrlich zu dir. Ich hab mich mit Enno getroffen und es dir verheimlicht. Aber das ... das hab ich nur getan, weil ... weil ... Am Anfang haben wir sowieso nicht miteinander gesprochen und später ... da hatte ich Angst, dass du es mir übel nehmen würdest ..."

„Und das soll ich dir glauben?" Nichts in Arvins Position oder Mimik deutete im Moment darauf hin, dass er sich mit jemandem unterhielt.

„Ja!" Es war beinahe ein Flehen.

„Warum?"

Livia schluckte schwer. „Weil ich dich liebe", flüsterte sie.

Arvin lachte auf. „*Liebe* ... ein großes Wort. Wahrscheinlich das Wort, das auf dieser Welt am häufigsten missbraucht wurde."

„Nicht von mir", krächzte Livia. „Nicht jetzt."

„Und worauf gründet sich diese ‚Liebe'?", erkundigte sich Arvin. Seine Worte trieften vor Herablassung.

„Sie gründet sich auf das, was in meinem Herzen ist", presste Livia hervor.

„Und das wäre?

Livia atmete einmal tief durch. „Da ist zum Beispiel der Wunsch, dass es dir gut geht. In dieser Intensität hab ich das noch nie für jemanden empfunden. Ich möchte ..." Sie musste kämpfen, um die Fassung zu wahren. „Ich möchte, dass du wieder mal lachst ... dass du dich freust und unbeschwert bist ... dass deine Augen leuchten ... so wie damals ..." Sie fasste sich unwillkürlich an die Lippen und hatte das Gefühl, als könnte sie noch einmal seine Küsse spüren. „Aber es geht dir nicht gut, das sehe ich. Du leidest – genau wie ich. Es würde dir tausendmal besser gehen, wenn wir uns versöhnen würden ... wenn –"

„Schluss jetzt!", fiel ihr Arvin ins Wort. Immerhin war er jetzt aus seinem Sessel nach vorn geschossen und tat nicht mehr so unbeteiligt. Aber er sah sie auch jetzt nicht an. „Ich entscheide, was gut für mich ist. Und ich sage, dass ich Abstand brauche. Und wenn ich keinen räumlichen Abstand bekomme, will ich wenigstens emotionalen! *Ist das klar?*"

Livias Stimme glitt ins Weinerliche ab. „Ich kann das nicht, Arvin! Ich brauche dich! Du bist es, der mir eine Identität gegeben hat." Sie griff in ihre Hosentasche und kramte ihren mittlerweile ziemlich verknitterten Lieblingszettel daraus hervor. „Sieh doch!" Sie hielt ihm den Zettel entgegen, erntete aber auch jetzt keinen einzigen Blick. „Ich trage ihn immer bei mir. Er verkörpert, was ich bin. Und das Schlimme ist …" Sie begann zu schluchzen. „Das Schlimme … ist … dass er noch lange … nicht … fertig ist! Sieh dir doch … die ganzen Lücken an!"

„Hör auf", knurrte Arvin.

In Livias Weinen mischte sich ein hysterisches Lachen. „Wir sind uns ähnlich, du und ich …"

Arvin sah sie an, als zweifele er an ihrem Geisteszustand.

„Wir haben beide ein ‚V' in der Mitte." Sie hatte schon so manches Mal darüber nachgedacht.

Es dauerte einen Moment, bis Arvin begriff, dass sie ihre Vornamen meinte. „Und wofür steht es?"

„Ich weiß nicht … vielleicht für Vakuum …?", brachte Livia hervor. Sie hatte aufgehört zu schluchzen. Dafür rannen die Tränen jetzt völlig ungehindert an ihren Wangen hinunter. „Bei mir resultiert dieses Vakkum aus Vereinsamung … Verzweiflung … Verwirrung." Ihr Gesicht spiegelte genau das wider … „Und bei dir?" Sie überlegte einen Moment. Dann flossen die Worte wie von selbst aus ihr heraus. „Verlust", flüsterte sie und spürte, wie ihr etwas offenbart wurde, „Verlassensein … Verschlossensein … Verhärtetsein …" Ihre Stimme verklang und ihre Worte verloren sich im immerwährenden Ticken der Wohnzimmeruhr.

Kapitel 33

Der Krebs war ein unberechenbarer Hausgenosse. Manchmal machte er sich unsichtbar. Dann war Karen das blühende Leben, und man merkte kaum, dass eine tödliche Krankheit in ihr lauerte.

An anderen Tagen wiederum fand sie kaum aus dem Bett, erbrach sich in einer Tour und hatte eine Hautfarbe, die man nur als grau bezeichnen konnte.

Mit der Zeit lernte Livia, spontan und flexibel zu sein. Sie hörte auf, jeden Tag im Voraus zu planen, und verhielt sich so, wie es für Karen am besten war. Wenn diese einen schlechten Tag hatte, schnappte sich Livia Vanessa und ging mit ihr auf den Spielplatz, in eine Eisdiele oder ins Schwimmbad. Hatte Karen einen guten Tag, zog sich Livia zurück und überließ die beiden sich selbst. Tage, an denen es Karen mittelprächtig ging, verbrachten alle drei zu Hause. Oft spielten sie dann Spiele, malten Bilder, kneteten oder bastelten miteinander. Livia konnte dann die unangenehmen Aufgaben übernehmen. Sie schaffte alles herbei, was nötig war, räumte auf, wies Vanessa zurecht, wenn es sein musste, und sorgte dafür, dass sich Karen nicht übernahm.

Manchmal wunderte sie sich selbst, woher sie all die Kraft nahm. Trotz Arvin, trotz seiner Ablehnung, trotz der hohen Belastungen funktionierte sie einwandfrei, wie ein Uhrwerk, das einfach weiterlief, obwohl es schon lange niemand mehr aufzog.

„Geht's dir nicht gut?“, fragte Livia, als sie eines Abends mit Karen, Vanessa und Arvin beim Abendbrot saß.

Karen blickte auf. Sie war heute noch blasser als sonst und saß schon seit Längerem vor einer halben Scheibe Brot, von der sie noch kein einziges Mal abgebissen hatte. „Alles in Ordnung, mein Schatz“, lächelte Karen und meinte damit Vanessa, in deren Gesicht sich gerade tiefe Besorgnis widergespiegelt hatte.

Arvin warf Livia einen warnenden Blick zu.

Aber Livia hatte schon selbst bemerkt, dass sie sich mehr vorsehen musste. Vanessa schien allmählich zu begreifen, wie es um ihre Mutter stand. In letzter Zeit erkundigte sie sich immer häufiger ohne besonderen Anlass nach dem Gesundheitszustand ihrer Mutter …

Das Telefon klingelte und Arvin erhob sich. Aber als er den Hörer abnahm und sich mit „Scholl“ meldete, schien niemand am Apparat zu sein. „Hallo?“, sagte er ungehalten. „Hallo!“ Er schaltete das Telefon wieder aus und schüttelte verärgert den Kopf.

„Also wenn ich es mir recht überlege“, begann Karen, „hab ich in den letzten Tagen andauernd irgendwelche Anrufe gehabt, bei denen sich niemand gemeldet hat …“

„Wirklich?“ Arvin setzte sich wieder. „Bei mir war es das erste Mal. Und bei dir?“ Es war eine der seltenen Gelegenheiten, bei denen sich Arvin direkt an Livia wandte.

„Ich kann mich an keine derartigen Anrufe erinnern“, antwortete sie und schauderte. Ob Arvin wohl den Mann aus dem Krankenhaus in der Leitung gehabt hatte? Bisher hatte er nur ein einziges Mal bei ihr angerufen. Und das war schon erstaunlich lange her. Ob er sie endlich in Ruhe ließ? Die Hoffnung, dass die Polizei ihn ausfindig machen könnte, hatte sie inzwischen aufgegeben. Sie hatte Herrn Walther zwar die Notiz übergeben, die er in ihrem Briefkasten hinterlassen hatte. Doch hatte man darauf weder Fingerabdrücke noch sonstige Hinweise gefunden. Herr Walther tappte komplett im Dunkeln.

Ihre Gedanken wurden unterbrochen, als ein Stuhl lautstark über den Boden scharrte. Karen war plötzlich aufgestanden. „Bitte entschuldigt mich einen Moment“, sagte sie und schwankte plötzlich. Eilig griff sie nach der Tischplatte, klammerte sich mit beiden Händen daran fest und schien nach einigen Sekunden ihr Gleichgewicht wiederzuerlangen.

Livia unterdrückte den Impuls, ihr zu Hilfe zu eilen.

Karen ließ die Tischplatte wieder los und steuerte auf die Küchentür zu. „Ich … ich müsste mal kurz …“

Dann ging alles sehr schnell. Arvin und Livia sprangen fast gleichzeitig auf, Livias Stuhl prallte gegen die Wand, der von Arvin polterte lautstark zu Boden, Vanessa kreischte los. Und Karen fiel bewusstlos in Arvins Arme.

❧

Als Livia Karen am nächsten Morgen im Krankenhaus besuchte, bot diese ein Bild des Jammers. Schläuche führten in ihre Nase, ein Tropf sorgte für ausreichende Flüssigkeitszufuhr und überall standen technische Geräte herum, die ihre Lebensfunktionen überwachten.

Zuerst traute sich Livia gar nicht richtig ans Bett heran. Sie fühlte sich ohnehin nicht wohl in ihrer Haut. Obwohl sie einen grünen Kittel trug und ihre Hände mehrfach mit Desinfektionsmittel gereinigt worden waren, hatte sie Angst, Karen mit irgendetwas anzustecken.

Aber Karen hatte aus irgendeinem unerfindlichen Grund darauf bestanden, mit ihr – Livia – zu sprechen.

Einen Moment lang überlegte sie ernsthaft, ob es nicht doch besser war, ein anderes Mal wiederzukommen.

Aber Karen war wach und wandte den Kopf. Es gelang ihr sogar, zu lächeln und den Arm ein paar Zentimeter zum Gruß zu heben. *Typisch Karen*, dachte Livia, *liebe, tapfere Karen.*

Sie trat ein paar Schritte näher. „Wie geht es dir?", flüsterte sie.

Karen bedeutete ihr mit den Fingern, noch näher zu kommen.

Und Livia kam. Sie trat direkt ans Bett heran. Durch den Stoff ihrer Jeans hindurch spürte sie das kalte Metall des Bettgestells, doch wagte sie noch immer nicht, Karen zu berühren.

Aber Karen streckte ihr erneut die Hand entgegen.

Die Geste raubte Livia das letzte bisschen Selbstbeherrschung. In einer einzigen fließenden Bewegung kniete sie sich neben das Bett, ergriff die ihr entgegengestreckte Hand und begann sie zu küssen. Tränen und Speichel benetzten Karens Hand, als Livia ihre ganze Verzweiflung auf ihre beste Freundin ergoss.

Karen ließ es einfach geschehen. Geraume Zeit verging in heftiger Trauer.

Erst als ihre Schluchzer ein wenig abebbten, krächzte Livia: „Es tut mir so leid. Du solltest diejenige sein, die weint. Nicht ich. Ich sollte stark sein!"

„Du warst so lange stark", flüsterte Karen. „Und du warst mir eine solche Hilfe ..."

„Sag das nicht!", brach es aus Livia hervor. „Ich hab nur einen Bruchteil von dem zurückgegeben, was du mir gegeben hast! Und ich will ..." Sie begann erneut zu schluchzen. „Ich will ... noch mehr machen. Ich will ... dass du nach Hause zurückkommst ..."

„Ich bin mir nicht sicher“, sagte Karen. „Vielleicht … vielleicht ist es schon so weit …“

„Sag das nicht! Sag das nicht!“, schluchzte Livia und presste Karens Hand so auf ihre Wange, als müsse sie von ihr gestreichelt werden.

„Ich muss wissen, dass du das schaffst“, sagte Karen. „Ich muss wissen, dass du gut für Vanessa sorgen wirst.“

„Natürlich werde ich gut für Vanessa sorgen!“, schluchzte Livia und knetete dabei verzweifelt Karens Hand. „Ich werde wie eine Mutter für sie sein. Das verspreche ich dir. Ich verspreche es dir! Aber ich will nicht …“ Ihr Ton wurde lauter und energischer. „Ich will nicht, dass du das als Freibrief zum Sterben ansiehst“, brach es aus ihr hervor. „Ich will, dass du kämpfst! Dass du dich wieder aufrappelst. Sonst … sonst … sonst bring ich dich nämlich um!“ Es dauerte einen Moment, bis der Irrsinn ihrer Worte zu Livia vordrang. Dann aber löste er ein Lachen und einen neuen Schwall Tränen gleichzeitig aus.

Und auch Karen grinste ein wenig. „Abgemacht“, flüsterte sie, hörte sich dabei aber so schwach und müde an, dass Livia aufstand.

„Du musst jetzt schlafen“, erklärte Livia. „Die Schwester hat gesagt, ich dürfte nur für ein paar Minuten zu dir rein.“

„Da ist noch etwas …“, sagte Karen, obwohl ihre Augen bereits geschlossen waren. Sie war offensichtlich tatsächlich furchtbar erschöpft.

Livia blieb abwartend vor ihr stehen, nutzte aber die Gelegenheit, unter ihrem Kittel nach einem Taschentuch zu graben.

„Wegen Vanessa“, begann Karen ein wenig zögerlich.

Livia wischte sich ihr tränenüberströmtes Gesicht ab und schnäuzte sich geräuschvoll. „Ich hab dir doch gesagt: Ich werde mich gut um sie kümmern.“

Karen schüttelte ganz leicht den Kopf, hielt ihre Augen aber geschlossen. „Das ist es nicht“, seufzte sie. „Es ist …“

„Ja?“

„Ihr … ihr Vater“, stammelte Karen. „Hast du dich je gefragt …“

„Schon …“, gab Livia zu. „Aber da du nie darüber reden wolltest …“

„Enno ist ihr Vater.“

Das Taschentuch, das Livia eben noch benutzt hatte, fiel zu Boden.

Karen öffnete einen Spaltbreit die Augen und streifte Livia mit einem vorsichtigen Blick. „Ihr biologischer Vater“, fuhr sie fort. „Nicht mehr und nicht weniger.“

Livia konnte nicht antworten. Sie war wie vor den Kopf geschlagen. Enno Vanessas Vater? Enno, den Karen so sehr verachtete? Oder war gerade das der Grund für ihre Abneigung? Hatte er sich vor der Verantwortung gedrückt? Livia erinnerte sich noch allzu gut an den Streit, den Karen und Enno miteinander gehabt hatten. „Die Abmachung, von der damals bei eurem Streit die Rede war …“, hörte sie sich sagen.

Karen atmete ein paar Mal tief durch. Es war ein schweres, schnaufendes Atmen. „… besagt, dass Arvin niemals etwas davon erfahren darf“, presste sie schließlich hervor. „Weder davon, dass ich mich mit Enno eingelassen habe, noch davon, dass er uns verraten hat …“

„Verraten? Was heißt das? Hat er dich fallen gelassen, als du schwanger wurdest?“

Karen verzog den Mund zu einem schiefen Grinsen. „Wie eine heiße Kartoffel.“

„Aber ich verstehe trotzdem nicht … Wieso darf Arvin nichts davon erfahren?“

„Na, weil … Ich weiß auch nicht … Wir haben ihm die Beziehung ja von Anfang an verschwiegen …“

„Warum?“

Ein Hauch von Ärger mischte sich in Karens Schwäche. „Warum? Warum? Du kennst Arvin nicht … Er ist so furchtbar eifersüchtig …“

Livia hob irritiert die Augenbrauen. „Auf seine Schwester?“

„Wir haben nun mal eine sehr enge Beziehung“, seufzte Karen. „Und Arvin ist … Er ist … Du weißt, wie sehr er Veränderungen hasst, oder? Außerdem wusste ich, dass er unsere Beziehung niemals gutgeheißen hätte. Schließlich hat sich Enno von jeher über unseren Glauben lustig gemacht." Sie schüttelte den Kopf. „Heute verstehe ich mich selbst nicht mehr. Enno und ich ... wir ... wir leben in völlig verschiedenen Welten. Und im Grunde ... hatte ich ja auch von Anfang an das Gefühl, dass ich besser die Finger von ihm lassen sollte." Sie seufzte tief. „Aber ich hab mich damals so allein gefühlt und Enno war so attraktiv ... und so hartnäckig." Sie lächelte sanft. „Wusstest du, dass Gott uns auch dann vergibt, wenn wir richtigen Mist bauen? Dass er gerade dort auf uns wartet, wo wir am meisten versagt haben? Aber das kann ich Arvin nicht erklären. Er ist anders, er hat nicht gelernt, sich in Gottes Hände fallen zu lassen."

„Und warum erzählst du *mir* die ganze Geschichte?" Livias Stimme klang zerbrechlich. Das hier war ein bisschen viel für sie.

Karen räusperte sich. „Ich hab Angst, dass ... dass Enno vielleicht Ansprüche auf Vanessa anmeldet, wenn ich ..."

Livias Blick verfinsterte sich. Sie wollte nicht daran denken, dass Karen sterben könnte! „Dann hängt er also an ihr ...", schlussfolgerte sie.

„Nein!" Karen schüttelte erstaunlich heftig den Kopf. „Das ist nicht der Grund. Wenn er Ansprüche anmeldet, dann nur, um Arvin eins auszuwischen."

„Aber Arvin und Enno, sie sind doch Freunde!"

„Enno hat keine Freunde", behauptete Karen. „Und deshalb will ich nicht, dass er sie bekommt. Ich will es auf keinen Fall, hörst du? Ich hab ein entsprechendes Schriftstück aufgesetzt, eine Art Testament. Es ist in meiner Handtasche." Sie streckte mühsam die linke Hand aus und deutete in die entsprechende Richtung.

Livia suchte mit den Augen den Raum ab. Und tatsächlich: Unweit des Bettes stand ein Stuhl mit Karens schwarzer Handtasche. Ob es normal war, dass auf einem Zimmer der Intensivstation persönliche Gegenstände herumstanden? Oder ob Karen sie extra hatte holen lassen?

„Holst du sie her?" Karens Stimme glich wieder einem Flüstern.

Livia tat, wie ihr geheißen, öffnete den Reißverschluss der Tasche und holte einen weißen Umschlag daraus hervor.

„Verwahre ihn gut“, mahnte Karen. „Aber zeig ihn Arvin nicht. Und benutz ihn nur, wenn gar nichts anderes mehr hilft.“

Livia nickte gehorsam. Was blieb ihr schon anderes übrig … Sie hielt den kühlen, glatten Umschlag fest umklammert und wandte sich zum Gehen, um die Tasche an ihren Platz zurückzubringen.

„Warte!“, hielt Karen sie auf.

Livia drehte sich zu Karen um und hob fragend die Augenbrauen.

„Ich bin noch nicht fertig mit meiner Beichte“, krächzte Karen. „Hinten in der Handtasche ist ein zusätzliches Fach …“

Livia klemmte sich den Umschlag unter den rechten Arm und wandte sich erneut dem Inneren der Handtasche zu. Sie fand das Fach und öffnete einen weiteren Reißverschluss. Dann holte sie eine kleine, durchsichtige Plastiktüte aus dem Fach hervor. In der Plastiktüte, die mit einem Gummiband verschlossen war, befand sich eine gewöhnliche Nagelschere. „Eine Nagelschere“, sagte Livia und machte Anstalten, das Gummiband zu lösen.

„Lass es dran“, hauchte Karen.

Livia hielt in ihrer Bewegung inne.

„Siehst du das Blut?“

Livia runzelte die Stirn, untersuchte die Nagelschere genauer und stellte fest, dass ein dunkelroter Film an den Klingen haftete. *Blut?* „Ich verstehe nicht …“, wunderte sie sich.

„Bitte sei mir nicht böse …“ Karens Worte verklangen. Sie hatte Mühe, mehr als einen Satz am Stück zu sprechen. „Ich hab sie … hier im Krankenhaus … gefunden … in deinem Zimmer … unter dem Bett … an dem Tag … nach dem Albtraum …“

Livia hörte auf zu atmen. Albtraum … Krankenhaus … Die Worte genügten, um die Erinnerung an jene Nacht wieder aufleben zu lassen. Es gab keinen Zweifel daran, was Karen meinte. Der Albtraum, bei dem sie gefallen war und irgendetwas ihr die Luft zum Atmen genommen hatte … Auch jetzt, wo die Erinnerung zurückkehrte, fehlte ihr die Kraft, tief Luft zu holen. Sie starrte auf die Nagelschere. Aber was hatte das alles mit dieser Schere zu tun?

„Vielleicht war es wirklich kein Traum …“, hauchte Karen.

Livia schluckte schwer. Kein Traum? Sie starrte auf das Blut und erinnerte sich daran, dass sie keine sichtbaren Verletzungen davongetragen hatte. Aber sie erinnerte sich auch daran, dass sie gekämpft und dieses Stöhnen gehört hatte … „Du glaubst auch, dass da jemand war?“, flüsterte sie ungläubig. „Du glaubst, ich hab ihn mit der Schere verletzt?“

„Es gab … Blutstropfen. Einen vor der Tür … ein paar im Flur …“

Livia griff sich an die Kehle. „Aber wenn … wenn du es gewusst hast … wieso hast du mir nichts davon gesagt?“

Dieses Mal erhielt sie keine Antwort.

„Ich versteh das nicht!“, sagte Livia tonlos. „Du hast mich immer in dem Glauben gelassen, es sei nur ein Traum gewesen!“

„Bitte verzeih mir …“

Hinter Livia öffnete sich die Tür und eine Schwester steckte den Kopf in den Raum hinein. Es war die gleiche, die ihr vorhin beim Anziehen des Kittels geholfen hatte. „Sie müssen jetzt wirklich gehen!“, mahnte sie eindringlich.

„Ja, sofort!“, nickte Livia und wartete, bis sich die Tür wieder geschlossen hatte.

„Du hast es auch Herrn Walther nicht gesagt!“, klagte sie Karen an.

Wieder keine Antwort.

Aber auch das setzte eine ganze Kette von Gedanken in Gang. „Du hast geglaubt, es könnte Arvin gewesen sein“, schlussfolgerte Livia voller Entsetzen.

Hinter ihr öffnete sich die Tür ein weiteres Mal.

„Es tut mir wirklich leid, aber jetzt ist Schluss“, sagte die Schwester. Obwohl sie klein und zierlich war und ausgesprochen sanftmütig wirkte, schien sie sich durchsetzen zu können. Als Livia nicht reagierte, trat sie ein, ging auf Livia zu, nahm sie am Arm und wollte sie in Richtung Tür ziehen. „Bitte gehen Sie jetzt.“

„Ist das die Wahrheit?“, fragte Livia und blieb einfach stehen, wo sie war.

„Frau Scholl!“, schimpfte die Schwester und zerrte an Livias Arm.

„Antworte mir, Karen!", forderte Livia in einem lauten, eindringlichen Befehlston. „Ich gehe nicht, wenn du mir nicht antwortest!"

„Ja", hauchte Karen und begann, auf ziemlich erbärmliche Weise zu schluchzen. „Das ist die Wahrheit! Ja!"

❧

Karens Geständnis war so verstörend, dass es Livia das letzte bisschen Boden unter den Füßen wegzog.

Arvin ein potenzieller Mörder?

Nach dem Zwischenfall mit der Heizungsanlage hatte Livia ihn schon selbst verdächtigt, aber dann beschlossen, dass er harmlos war. Sie versuchte, sich zu erinnern.

Er hatte gesagt, er sei Christ und würde niemals töten. Außerdem … genau … was sie überzeugt hatte, war die Tatsache, dass er mit ihrem auch Spikes Leben aufs Spiel gesetzt hatte. Und das, genau das, war Arvin beim besten Willen nicht zuzutrauen.

Oder?

Karen war der Mensch, der Arvin von allen am besten kannte. Wenn sie es für möglich hielt, dass er einen Mord begehen könnte, dann war es auch möglich! Wenn sie ihn verdächtigte, dann war er verdächtig!

Bei dem Gedanken kroch die nackte Angst über Livias Rücken. Der Feind im eigenen Haus? Und das jetzt, wo sie mit Arvin allein war? Wo Karen im Krankenhaus lag?

Livia wagte sich an diesem Tag kaum nach Hause und begegnete Arvin mit regelrechter Angst in den Augen. Was, wenn er den nächsten Schachzug schon längst geplant hatte? Wenn er nur abwartete, bis Karen gestorben war, um dann sie, Livia, hinterherzuschicken?

Als sich Arvin beim Abendbrot plötzlich von seinem Platz erhob, hüpfte Livia erschrocken samt ihrem Stuhl ein paar Zentimeter rückwärts.

Arvin hielt mitten in seiner Bewegung inne und sagte: „Ich wollte nur Käse holen …" Dann starrte er Livia durchdringend an. „Stimmt irgendetwas nicht?"

Livia schluckte. „Alles … in Ordnung", hauchte sie.

Aber Arvin hielt ihrem Blick noch immer stand. „Es … es belastet mich auch."

Livia verlor sich einen Moment in seinen dunklen Augen. Das waren die ersten freundlichen Worte, die er seit Wochen mit ihr gewechselt hatte. Und das ausgerechnet heute!

„Wir könnten …" Arvin trat unentschlossen von einem Bein aufs andere und blickte von Livia zu Vanessa. „Wir könnten gemeinsam für deine Mama beten …"

In Vanessas Gesicht leuchtete etwas auf. „Dass sie wieder nach Hause kommt", brach es aus ihr hervor. „Ich will, dass sie wieder nach Hause kommt."

„Das wollen wir auch", sagte Arvin und schaffte es, seiner Nichte aufmunternd zuzulächeln. „Los, kommt." Er setzte sich wieder. „Wir sagen Jesus alles, was uns bedrückt."

Vanessa faltete sofort ihre Hände und schloss die Augen.

Arvin hingegen starrte schon wieder auf Livia.

Um seinem Blick zu entgehen, schloss auch Livia die Augen.

„Lieber Herr Jesus", begann Vanessa, „bitte mach meine Mama wieder gesund." Ihre Stimme klang bei diesen Worten so dünn und so zerbrechlich, dass sich ein dicker Kloß in Livias Hals bildete. „Bitte mach, dass sie wieder nach Hause kommt", fuhr Vanessa fort. „Und lass den Krebs weggehen."

Allmählich gesellte sich eine ordentliche Prise Wut zu Livias Trauer. Wieso tat Arvin das? Wieso ließ er zu, dass neue Hoffnung in Vanessa aufkeimte? Hoffnung, die sowieso nicht erfüllt werden würde? Oder hatte er ihre – Livias – Angst gespürt und zog nur eine Show ab, um sie in Sicherheit zu wiegen?

Solche und ähnliche Gedanken gingen Livia durch den Kopf, während Vanessa ihre verzweifelten Bitten zusammenstammelte.

Als Arvin dann allerdings zu beten begann, hörten diese Gedanken auf. Mit seiner dunklen, vollen Stimme bat er so inständig und so überzeugend um Karens Leben, dass sich alle Zweifel an seiner Integrität in Luft auflösten. Und mehr noch – das Gebet schuf etwas … eine Art von Offenheit … vielleicht sogar die Intimität, die Livia so lange und so schmerzlich vermisst hatte … Fest stand jedenfalls, dass Livia ihm noch Stunden hätte zuhören können.

Und das schien allen so zu gehen, denn die Stille, die auf sein Gebet folgte, dauerte während des gesamten Abendessens an und begleitete sowohl Vanessa – die heute mit Livia in einem Zimmer schlief – als auch Livia selbst in eine erstaunlich ruhige Nacht.

❧

Als Livia am nächsten Morgen erwachte, fühlte sie sich so ausgeschlafen und so wohl, dass sie sich erst eine Zeit lang genüsslich räkelte, bevor ihr Blick auf Vanessa fiel. Aber dann war die Realität schlagartig wieder da und sie schnellte in die Höhe.

Karen … das Krankenhaus … das Personal hatte nicht angerufen. Ob das ein gutes Zeichen war?

Neben ihr begann Spike leise zu winseln, doch konnte Livia ihn gerade noch rechtzeitig zum Schweigen bringen. Sie schlüpfte eilig aus dem Bett, zog sich geräuschlos an und stürmte mit Spike im Schlepptau in die Küche. Aber da war niemand. Ein Blick auf die Einfahrt und den dort abgestellten Wagen verriet ihr, dass Arvin noch im Haus war.

Sie steuerte auf das Wohnzimmer zu, klopfte und trat ein. Arvin stand am Fenster und starrte nach draußen. Er war unrasiert. „Haben sie angerufen?“, fragte Livia atemlos. Sie wären am gestrigen Abend nicht nach Hause zurückgekehrt, wenn man ihnen nicht versichert hätte, sofort anzurufen, falls sich Karens Zustand wieder verschlechtern würde.

Arvin rührte sich nicht. Erst als Spike auf ihn zustürmte, reagierte er. Ein wenig müde beugte er sich zu ihm hinunter und begrüßte ihn mit ein paar Streicheleinheiten.

Livia gönnte Spike die Zuwendung von Herzen. Trotzdem versetzte ihr die Geste einen eifersüchtigen Stich direkt ins Herz. „Haben sie angerufen?“, fragte sie noch einmal.

Arvin richtete sich wieder auf und schüttelte den Kopf. „Ich hab angerufen“, entgegnete er.

„Und?“ Es war eine Frage, die einem Flehen gleichkam.

„Es geht ihr besser.“

Livia ließ einen Haufen angestauter Luft entweichen. „Wie viel besser?“

„Eigentlich sehr viel besser", antwortete Arvin lahm. „Ihr Puls ist jedenfalls stabil."

Livia runzelte die Stirn. „Wieso klingt das aus deinem Mund wie ein Problem?"

Arvin schwieg und starrte schon wieder aus dem Fenster. Aber es war kein gleichgültiges Starren, das war deutlich zu erkennen. Im Gegenteil. Seine angespannte Haltung und sein mahlender Unterkiefer erweckten den Eindruck, als ringe er um Fassung.

Livia wartete ab.

„Sie haben ein paar Untersuchungen gemacht." Arvins Stimme klang gepresst.

Livia musste sich eine Weile in Geduld üben, bis er endlich weitersprach. Aber als er es tat, wünschte sie, er hätte es gelassen … „Sie vermuten, dass der Krebs schon gestreut hat", brach es aus ihm hervor. „Und dass schon andere Organe befallen sind. Weißt du, was das bedeutet?"

Livia schluckte schwer.

„Es ist genau, wie Karen gesagt hat. Aber ich glaub …" Arvin atmete so schwer, dass er seinen Satz kaum zu Ende bringen konnte. „Ich glaub, ich hab es einfach nicht wahrhaben wollen …"

Livia antwortete auch jetzt nicht. Sie war vollkommen überwältigt. Überwältigt von den schlimmen Nachrichten. Überwältigt aber auch von der Offenheit, mit der Arvin ihr heute begegnete. Ob es doch noch Hoffnung auf eine Versöhnung gab? Ob die Sorge um Karen in der Lage war, Arvin und sie wieder zusammenzuschweißen?

„Ich weiß nicht, wie es weitergehen soll", flüsterte Arvin und rieb sich verzweifelt Augen und Stirn. „Ich weiß es einfach nicht."

Wir könnten es gemeinsam durchstehen, dachte Livia, wagte aber nicht, es laut auszusprechen. Sie hatte furchtbare Angst, diesen kleinen Fortschritt wieder aufs Spiel zu setzen.

Kapitel 34

„Ist das klein genug?“, fragte Vanessa.

Livia wandte den Kopf und betrachtete die Gurkenstücke, die Vanessa gerade produzierte. Sie hatte ein Messer in der Hand, das gerade scharf genug war, um Gurken zu zerteilen, aber – hoffentlich – vor ihren Fingern haltmachen würde.

„Das ist super“, lächelte Livia und hoffte, dass Vanessa einen Salat, den sie zumindest teilweise selbst geschnitten hatte, auch essen würde. „Außerdem bist du tausendmal schneller als deine Mutter.“

Karen verzog beleidigt das Gesicht. Sie saß vor einem Haufen Feldsalat und musste Hunderte von Blättern vom Strunk zupfen, was natürlich ziemlich lange dauerte. „Das ist wieder typisch“, schimpfte sie mit gespielter Entrüstung. „Erst gibst du mir die bekloppteste Arbeit von allen und dann beschwerst du dich auch noch über das Tempo. Unverschämtheit.“

Livia musste lachen. Sie war im Moment ohnehin recht guter Laune. Karen hatte sich erstaunlich gut von ihrem Zusammenbruch erholt. Im Grunde ging es ihr mit jedem Tag besser. Sie ging sogar schon wieder spazieren und half – wie jetzt – bei der Hausarbeit.

Vanessa hob ihr Schneidebrett und schaufelte die fertigen Gurkenstücke in die bereitstehende Glasschüssel. Dann betrachtete sie skeptisch den Rest ihrer Gurke. „Ich hab noch nicht mal die Hälfte“, stellte sie fest.

„Und ich noch nicht mal ein Drittel“, seufzte Karen.

Das Telefon klingelte.

Da Karen eingekeilt auf der Eckbank saß, erhob sich Livia. Das Telefon stand auf der Arbeitsplatte. Livia nahm es aus der Station und meldete sich mit ihrem Nachnamen.

Einen Moment lang blieb es still am anderen Ende der Leitung. Dann sagte jemand: „Hey.“

Livia schluckte. Sie wusste genau, wer dran war.

„Kannst du sprechen?“

Livia hob vorsichtig den Blick und sah zu Karen und Vanessa hinüber, die inzwischen leidenschaftlich darüber diskutierten, wer noch die meiste Arbeit vor sich hatte. „Nein“, krächzte sie. Gleichzeitig begriff sie, was das für seltsame Anrufe gewesen waren, die Karen in letzter Zeit erhalten hatte. Offensichtlich hatte Enno schon häufiger versucht, sie zu erreichen. *Immerhin*, dachte sie erleichtert, *immerhin war es nicht der Mann mit der Baseballkappe.*

„Geht's dir gut?“

Livias Lippen wurden schmal. „Nein.“

„Können wir uns sehen?“, fragte Enno. Seine Stimme klang kleinlaut, was eigentlich ziemlich süß war …

„Nein.“

„Nur auf 'n Kaffee.“

Livia fröstelte plötzlich. Sie hatte nicht vor, sich mit Enno zu treffen. Aber es war beunruhigend, dass sie die Gründe dafür erst mühsam aus ihrem Gedächtnis hervorkramen musste … „Nein.“

„Du wiederholst dich“, sagte Enno. Livia konnte hören, dass er grinste. Aber es gelang ihr, ärgerlich zu bleiben.

„Wer ist dran?“, fragte Karen. Von einem Moment auf den nächsten war Livia das Zentrum des Interesses.

„Äh …“, stammelte sie, wollte das Telefon weglegen, besann sich dann aber und führte es zu ihrem Mund zurück. Dann sagte sie ein wenig mühsam: „Hören Sie, ich … ich bin beschäftigt … Suchen Sie sich jemand anderen für Ihre Umfrage, ja?“ Sie drehte Karen eilig den Rücken zu, stellte das Telefon in die Station zurück und atmete einmal tief durch. Aber auch jetzt hatte sie noch das Gefühl, beobachtet zu werden. Und tatsächlich. Als sie sich wieder umdrehte, traf sie ein Blick, der prüfender nicht hätte sein können.

„Gurken schneiden ist langweilig“, verkündete Vanessa in diesem Moment.

„Eben warst du noch ganz begeistert …“, wunderte sich Livia.

Vanessa zuckte die Achseln, schnitt eine dicke Scheibe von ihrer Gurke ab und begann, sie in Würfel zu zerteilen. Als sie es geschafft hatte, sagte sie wie beiläufig: „Ich glaub, ich hab meine Hausaufgaben noch nicht fertig …“

„Dann solltest du besser mal nachsehen“, schlug Karen vor.

Ein breites Grinsen legte sich auf Vanessas Gesicht. „Okay …“ Sie ließ ihr Messer fallen, sprang auf und war so schnell verschwunden, dass Karen und Livia nur noch ihre Staubwolke sahen …

„Na, so was“, sagte Livia und schüttelte verdattert den Kopf. Dann seufzte sie, nahm Vanessas Platz ein und begann die restlichen Gurken zu zerteilen.

„War das die Polizei?“, fragte Karen völlig unvermittelt.

Livias Kopf ruckte voller Erstaunen zu ihr herum. „Was? Ich meine … wieso?“

„Haben sie das Blut untersucht?“

Livia musste schlucken. In den letzten Tagen hatte sie sich häufiger gefragt, ob sich Karen überhaupt an das erinnern konnte, was sie ihr im Krankenhaus gesagt und gegeben hatte. Anscheinend konnte sie es. Sie schüttelte den Kopf. „Nein, ich … ich hab's noch nicht weitergegeben …“

„Aber warum denn nicht? Es ist ein wichtiges Beweismittel.“

„Wenn es so wichtig ist, hättest du es mir auch schon früher geben können!“, hörte sich Livia sagen. Anschließend staunte sie selbst über ihre Worte. Ihr war gar nicht bewusst gewesen, dass sie Karen wegen dieser Sache noch böse war.

Einen Moment lang schwieg Karen. Dann sagte sie: „Es tut mir leid, okay? Anfangs hab ich der Schere keine Bedeutung beigemessen und dann … nach der Sache mit dem Autounfall … hatte ich zu lange geschwiegen …“

Livia presste ärgerlich die Lippen aufeinander, sah Karen aber nicht an. „Wenn du der Schere keine Bedeutung beigemessen hättest, dann hättest du sie auch nicht aufbewahrt. Jedenfalls nicht in einem Plastiktütchen.“

Karen schwieg erneut. Lange, sehr lange Zeit antwortete sie nicht. Als sich Livia schließlich zu ihr umblickte, stellte sie fest, dass Karen weinte. Ein paar dicke Tränen liefen ihre Wangen hinunter.

Livia seufzte tief. „Jetzt hör schon auf. Ich weiß ja, dass du es nicht böse gemeint hast. Du sitzt halt zwischen den Stühlen.“

„Tu ich das?“, schluchzte Karen. „Oder bilde ich mir das nur ein?“ Sie ergriff das Taschentuch, das Livia ihr reichte, und wischte ihre Tränen ab. „Ich weiß nicht mehr, was ich denken soll, Livia. Ich verdächtige meinen eigenen Bruder. Dabei liebe ich ihn! Ich liebe ihn von ganzem Herzen!"

„Das weiß ich doch! Und er weiß es auch!"

„Aber ich hab ihm einen Mord zugetraut. Passt das denn zusammen? Passen Liebe und Misstrauen zusammen?"

Livia seufzte tief und dachte an ihre eigene Situation. Im Grunde ging es ihr genauso wie Karen. Sie liebte und misstraute Arvin. Manchmal liebte sie ihn und manchmal misstraute sie ihm. Heute kam das eine stärker durch und morgen das andere …

„Ich halt das nicht mehr aus", jammerte Karen. „Ich muss wissen, was Sache ist. Und darum will ich, dass du diese Schere der Polizei übergibst. Ich will Gewissheit haben!"

Livia sah Karen eine Weile nachdenklich an. Im Grunde deckte sich Karens Wunsch mit ihrem eigenen. Sie wollte ebenfalls Gewissheit haben. Warum hatte sie dann gezögert? Warum hatte sie die Schere in ihren Nachttisch gelegt und dort „vergessen"? Schließlich fragte sie leise: „Und wenn nicht das herauskommt, was du dir wünschst? Wenn es doch sein Blut ist … was soll dann aus ihm werden?"

Karen schluckte schwer. „Ich hab bestimmt eine Million Mal darüber nachgedacht …" Sie vergrub ihre Stirn in ihren Händen. „Wenn er es war, wenn er es wirklich war, dann gibt es nur eine einzige Erklärung dafür …"

Livia hing quasi an Karens Lippen …

„… nämlich dass er den Unfall und den Tod unserer Eltern nicht verkraftet hat", vollendete Karen ihren Satz.

Livias Augen weiteten sich. Dass Karen ihrem Bruder einen Mord zutraute, war schon der Hammer, aber dass sie ihn jetzt auch schon für geistesgestört hielt …

„Und in diesem Fall", fuhr Karen fort, „braucht er dringend Hilfe."

„Und du glaubst, dass er die bei irgendwelchen Psychofritzen kriegen könnte?"

Karen seufzte tief. „Wir steigen viel zu tief in dieses Thema ein, Livia. Wenn wir so weitermachen, glauben wir noch, was wir uns hier zusammenreimen. In Wirklichkeit hat Arvin nichts

Unrechtes getan. Er ist ein toller Mensch – ein bisschen wunderlich vielleicht, aber wirklich toll. Bring die Schere zur Polizei. Dann werden sich all unsere Zweifel in Luft auflösen."

❧

Livia tat, wie ihr geheißen, und wurde schon am nächsten Tag bei Kommissar Walther vorstellig. Sie erzählte ihm, wann und wo Karen die Schere gefunden hatte, vermied aber, Arvin ins Spiel zu bringen.

„Hm", machte Herr Walther, nachdem er sich die Sache hatte erklären lassen. Er saß hinter seinem Schreibtisch, war ganz tief in seinem Bürostuhl versunken und sah extrem nachdenklich aus.

„Was ist?", fragte Livia. „Denken Sie, ich übertreibe?" Sie blickte auf die Schere, die samt Tütchen vor ihr auf dem Tisch lag. „Vielleicht ist es eine ganz normale Schere. Vielleicht wurde sie dazu benutzt, einen Verband zu wechseln. Vielleicht ist das Blut auf diese Weise an die Schere gelangt. Vielleicht ist es sogar mein Blut!"

Herr Walther schüttelte den Kopf. „Unwahrscheinlich. Erstens ist es eine ganz normale Nagelschere und zweitens liegen benutzte Scheren in Krankenhäusern nicht auf dem Fußboden herum. Nein, das ist es nicht ..."

„Was ist es denn?"

„Na ja ..." Er zögerte. „Es geht um den potenziellen Täterkreis. Wir haben natürlich diesen ominösen Mann mit der Baseballkappe. Aber unsere Psychologen glauben, dass er ein Mann des Wortes, nicht ein Mann der Tat ist. Vielleicht ist er auch nur ein Trittbrettfahrer oder so was. Nein, ich werde einfach das Gefühl nicht los, dass die Anschläge von jemandem aus Ihrem Umfeld verübt werden. Und DNA-Analysen – so schön sie auch sind – nützen uns nur etwas, wenn der Täter schon einmal auffällig geworden ist. Nur dann befindet er sich in unserer Datei."

„Was bedeutet das?"

„Wir brauchen Speichelproben ...", überlegte Kommissar Walther. „Aber um das durchzusetzen, hab ich nicht genug in der Hand ..."

Livia schwieg.

„Am wichtigsten wäre mir natürlich eine Speichelprobe Ihres Mannes …“, sinnierte Herr Walther.

Livia schluckte. „Sie glauben auch, dass er …?“ Sie hielt inne. Sie wollte diesen Verdacht einfach nicht aussprechen.

Der Blick des Polizeibeamten traf Livia wie eine Pistolenkugel. „Damals, nach der Sache mit der Heizung, haben wir Ihren Mann nur gehen lassen, weil Sie sich so sicher waren, dass er unschuldig ist. Haben Sie diese Meinung inzwischen geändert?“

Livia starrte angestrengt auf die Schere. „Das nicht“, antwortete sie mit gebrochener Stimme. „Aber ich … ich brauche Sicherheit … *hundertprozentige* Sicherheit, wenn Sie verstehen, was ich meine.“

❧

Auf dem Nachhauseweg war Livia mehr als nachdenklich. Verdächtigte sie jetzt wirklich Arvin? Und hatte sie sich allen Ernstes bereit erklärt, eine Haar- oder Speichelprobe von ihm zu besorgen? Und wie sollte das gehen? Sie überlegte. Vor ein paar Wochen wäre es vielleicht noch möglich gewesen, aber jetzt … jetzt lebten vier Personen in diesem Haus, vier Personen, die ständig Haare verloren … Natürlich hatten alle unterschiedliche Haarfarben, aber sah man das bei einem einzelnen Haar? Und konnte man sich auf die Länge verlassen? Sie selbst hatte natürlich längere Haare als Arvin, aber doch nicht nur. Da war immer auch mal ein kürzeres dabei …

Livia war noch nicht weit gekommen – weder mit ihrem Weg noch mit ihren Überlegungen –, als sie plötzlich von hinten angesprochen wurde.

„Jetzt warte doch mal, Livia.“

Sie blieb stehen und wirbelte herum. Obwohl die Straße, auf der sie sich befand, ziemlich stark befahren war und deshalb ein erhebliches Hintergrundgeräusch zu hören war, hatte sie Ennos Stimme sofort erkannt.

„Du rennst, als würdest du verfolgt.“

„Werd ich ja auch“, entgegnete Livia ungewohnt schlagfertig.

Enno musste grinsen. Er sah wieder einmal so aus, als käme er direkt von einem Kunden. Jedenfalls trug er eine schwarze Anzughose und darüber einen langen dunkelgrauen Mantel, dessen Kragen er hinten hochgeschlagen hatte. Das sah ausgesprochen elegant aus. „Ich suche seit Tagen nach einer Gelegenheit, um mit dir zu sprechen. Ist dir eigentlich bewusst, dass du kaum mehr allein das Haus verlässt?"

Enno war inzwischen so dicht an Livia herangetreten, dass diese ein Stück zurückwich. „Ich muss mich um Karen kümmern. Es geht ihr schlecht. Ich hab Angst, dass sie zusammenklappt und niemand da ist, um ihr zu helfen."

„Mir geht es auch schlecht", jammerte Enno und setzte einen Hundeblick auf.

„Das tut mir leid für dich, Enno", erwiderte Livia kühl. Sie hatte sich vom ersten Schock erholt und fand langsam wieder zu sich selbst. Um eine junge Frau mit Kinderwagen vorbeizulassen, trat sie einen Schritt zur Seite.

„Wie kannst du nur so hartherzig sein?", fragte Enno mit unterdrückter Stimme. „Hast du eine Ahnung, was ich in letzter Zeit durchgemacht habe? Arvin spricht kein Wort mehr mit mir. Ich werde wie ein Aussätziger behandelt!"

„Wundert mich nicht", sagte Livia, drehte sich um und setzte ihren ursprünglichen Weg fort.

Enno eilte hinter ihr her. „Jetzt komm schon ...", quengelte er. „Schenk mir nur ein einziges Lächeln oder ein freundliches Wort. Dann bin ich schon zufrieden."

Livia unterdrückte ein Schmunzeln. „Mir ist nicht danach."

„Du bist mir noch böse, nicht wahr? Dabei konnte ich gar nichts dafür. Ich wusste doch nicht, dass Arvin so früh nach Hause kommen würde."

Livia seufzte tief und blieb stehen. Sie vermied es jedoch, Enno anzusehen. Sie musste um jeden Preis vermeiden, dass ihre Abwehr Risse bekam ... „Was passiert ist, ist passiert. Aber das bedeutet noch lange nicht, dass es ein zweites Mal passiert!"

„Was heißt das?", fragte Enno mit einer Stimme, die vor Unschuld nur so troff.

Livia fasste sich für einen Moment leidend an die Stirn. „Das heißt, dass ich kein zweites Mal mit dir gesehen werden möchte, okay? Ich frag mich sowieso …" Ihre Stimme verklang. Es war vielleicht nicht gut, dieses Thema anzuschneiden. Andererseits brannte es ihr ziemlich unter den Nägeln …

„Was fragst du dich?"

Livia seufzte tief und vermied es, Enno anzusehen. Sie wollte keine schlafenden Hunde wecken. Deshalb musste sie Vanessa komplett aus dem Spiel lassen. Aber vielleicht ging es ja auch ohne dieses Detail … Sie fasste sich ein Herz und hob den Blick. „Ich frag mich allmählich, ob du allen Frauen aus Arvins Familie nachstellst."

Ein überraschter Ausdruck huschte über Ennos Gesicht. „Du weißt davon?"

„Sicher. Karen hat mir alles erzählt. Auch davon, dass ihr eure Beziehung vor Arvin verheimlicht habt. Aber sie will mir einfach nicht erzählen, woran sie gescheitert ist. Und weshalb sie so wütend auf dich ist. Hast du ´ne andere gehabt oder so was?" Wow. Sie hatte selbst nicht geglaubt, dass sie so gut lügen konnte!

Enno sah Livia prüfend an. „Sie hat dir also alles erzählt", begann er. „Hat sie dir auch erzählt, *wann* wir zusammen waren?"

Hast du dich jemals gefragt, ob ich Vanessas Vater sein könnte?, übersetzte Livia in Gedanken. Sie zuckte die Achseln. „Nö. Aber es klang so, als sei es schon irre lange her. Bestimmt zehn Jahre oder so …"

Livia hatte das Gefühl, als könne sie sehen, wie Enno aufatmete. „Ja, ja, das kann hinkommen", nickte er. „Aber es stimmt nicht, dass ich eine andere hatte. Die Beziehung ist schlicht an der Heimlichtuerei gescheitert. Karen wollte einfach nicht zu mir stehen. Vor allem nicht vor Arvin. Und ich hatte irgendwann keine Lust mehr, den Phantomfreund zu spielen."

Hm, dachte Livia, *das klingt erstaunlich plausibel.* Und er hatte auch gar nicht lange darüber nachdenken müssen … Andererseits … „Dass du Heimlichtuerei hasst, ist mir auch schon aufgefallen", sagte Livia und warf Enno einen herausfordernden Blick zu.

Enno begriff sofort, worauf sie anspielte. „Das mit uns war doch etwas anderes", protestierte er. „Schließlich war ich nie auf eine Beziehung aus. Jedenfalls am Anfang nicht. Was kann ich dafür, dass man sich im Handumdrehen in dich verliebt?" Er untermalte seine Worte mit einem Blick, der Gletscher zu schmelzen vermochte.

„Jetzt übertreib mal nicht", grunzte Livia und setzte sich wieder in Bewegung. Sie durfte jetzt nicht schwach werden! Wenn sie allerdings gehofft hatte, dass Enno zurückbleiben würde, hatte sie sich getäuscht. Er folgte ihr weiter auf dem Fuße.

„Was hast du bei der Polizei gemacht?", wollte er wissen.

Livia schüttelte missbilligend den Kopf. Woher wusste er das schon wieder? „Das geht dich nichts an."

„Solange du davon betroffen bist, geht es mich sehr wohl etwas an", widersprach Enno selbstbewusst. „Verdächtigen sie immer noch Arvin?"

„Wenn sie das täten, hätten sie ihn längst festgenommen."

„Nicht unbedingt. Ohne Beweise kann die Polizei überhaupt nichts machen. Oder gibt es neue Erkenntnisse?"

„Nicht, dass ich wüsste …"

„Aber es muss doch einen Grund für deinen Besuch gegeben haben …"

Livia schwieg und beschleunigte ihren Schritt.

Enno ließ sich ein Stück zurückfallen. „Ich werd wohl besser Arvin fragen", sagte er wie zu sich selbst.

Der Satz verfehlte seine Wirkung nicht. Livia blieb so plötzlich stehen, als wäre sie gegen eine Wand gelaufen. Geraume Zeit hielt sie bewegungslos inne und rang mit sich. Ennos Methode war gemein, das erkannte sie natürlich. Aber was nützte ihr diese Erkenntnis? Arvin durfte auf keinen Fall wissen, dass sie bei der Polizei gewesen war!

„Kaffee?", fragte Enno in ihre Überlegungen hinein.

Livia zögerte immer noch, sah aber keine andere Möglichkeit. „Okay", hauchte sie niedergeschlagen.

Kapitel 35

Es war ein wunderschöner Tag im Herbst. Der Himmel war so blau, als hätte man ihm gerade einen neuen Anstrich verpasst. Morgens hatten die Temperaturen nur knapp über dem

Gefrierpunkt gelegen, aber jetzt waren es richtig angenehme dreizehn Grad. Die Sicht war so klar, dass man den Kirchturm der benachbarten Ortschaft sehen konnte.

Livia hatte soeben Vanessa von der Schule abgeholt und spazierte mit ihr eine Allee aus amerikanischen Eichen entlang. Die zum Teil noch grünen, zum überwiegenden Teil aber bereits gelben und rot-goldenen Blätter wurden vom Sonnenlicht angestrahlt und stellten jedes Gemälde in den Schatten.

„Wenn du deine Hausaufgaben fertig hast, fahren wir zum Waldspielplatz", überlegte Livia. „Deine Mama ist im Moment so fit, dass sie das hinkriegt." Sie lächelte froh. Seit einigen Tagen war Karen das blühende Leben, fast so wie in alten Zeiten. Manchmal ertappte sich Livia sogar bei dem Gedanken an eine mysteriöse Wunderheilung. Karen glaubte doch so fest an Gott. Und Arvin hatte in letzter Zeit ziemlich häufig für sie gebetet. Ob es diesen Gott vielleicht doch gab? Und ob er am Ende sogar eingegriffen hatte?

„Ist das der Spielplatz mit der Seilbahn?", wollte Vanessa wissen. Sie hatte ihre kleine weiche Hand fest in Livias platziert und vermittelte Livia damit das Gefühl, dass sie akzeptiert und gebraucht wurde. Überhaupt hatte sich in letzter Zeit alles recht gut eingespielt. Vanessa gehorchte Livia schon fast so gut wie Karen und hatte aufgehört, die beiden gegeneinander auszuspielen.

„Genau der", lächelte Livia. „Wir setzen Mama auf die Bank und fahren immer hin und her. Was sagst du dazu?"

„Hm." Vanessa schien nicht so begeistert. „Franzi hat gefragt, ob ich mit ihr spielen will …"

„Auch gut", nickte Livia. Franziska war Vanessas neue Busenfreundin und ein Kontakt, der Vanessa richtig guttat. Die beiden verstanden sich so hervorragend, dass Vanessa schon ein paarmal bei Franziska übernachtet hatte. „Der Spielplatz läuft uns ja nicht weg."

Sie bogen jetzt in ihre Straße ab. Die schöne Allee mit dem breiten Fußweg verwandelte sich in eine reine Kopfsteinpflasterstraße, die es notwendig machte, auf das unbefestigte Seitenteil auszuweichen.

„Ich will aber *bei* Franzi spielen", betonte Vanessa.

Livia verzog das Gesicht. Sie kannte das riesige Haus mit dem wundervollen Garten nicht weit von ihnen, in dem Franzi wohnte. Und sie konnte auch gut verstehen, dass Vanessa das Trampolin, das Baumhaus und die anderen Spielgeräte dem eigenen, immer noch völlig spartanischen Garten vorzog. Aber sie wusste auch, dass Karen jede freie Minute mit ihrer Tochter verbringen wollte, und hatte überhaupt keine Lust auf Karens enttäuschtes Gesicht. „Du hast erst vorgestern bei Franzi gespielt", sagte sie deshalb. „Ich finde, ihr könnt auch mal bei uns spielen."

„Und was sollen wir da spielen?", ereiferte sich Vanessa. „Ich hab nicht mal 'n Gameboy."

Livia musste schlucken. Der spartanische Garten hatte etwas mit Arvins Abneigung gegen Veränderungen zu tun, der fehlende Gameboy mit Karens Wunsch, ihre Tochter sinnvoll zu beschäftigen. „Du hast Barbies", erinnerte sie ihre Nichte.

„Ich hab Barbies, die eine Million Jahre alt sind", behauptete Vanessa. „Aber Franzi hat Cinderella mit Kutsche, sieben Pferde und einen Palast, der im Dunkeln leuchtet!"

Nun, dagegen war nichts zu sagen ... „Also gut", sagte Livia und seufzte tief. „Ich bring dich hin."

Sie waren inzwischen vor dem Haus angekommen. Livia kramte in ihrer Hosentasche nach dem Schlüssel und öffnete die Haustür. „Wir sind wieder da!", rief sie.

Karen antwortete nicht.

„Ich mach mir was zu trinken!", sagte Vanessa und streifte sich die Schuhe von den Füßen. „Darf ich Apfelsaft?" Rumms ... der Tornister landete direkt vor Livias Füßen.

„Misch ihn dir aber mit Wasser", rief Livia hinter ihrer Nichte her und stellte erst einmal den Tornister zur Seite. Dann zog sie sich ebenfalls Schuhe und Jacke aus und folgte Vanessa in die Küche. „Trink nicht so hastig!", ermahnte sie Vanessa, die auf einem niedrigen Hocker vor der Arbeitsplatte stand und mit lauten Schlucken den Saft in sich hineinschlürfte.

Livia sah sich um und runzelte die Stirn. Wo war Karen? Sonst wartete sie doch immer schon im Flur auf ihre Tochter ...

Einem unguten Gefühl folgend, machte sich Livia auf die Suche. Sie sah zuerst im Wohnzimmer nach, fand aber niemanden und machte sich deshalb auf den Weg in Karens und Vanessas Schlafzimmer. Als sie leise die Tür geöffnet hatte, atmete sie auf. Karen lag in ihrem Bett und schlief.

Das tat sie doch, oder?

Eigentlich war es nicht verwunderlich, dass sich Karen noch einmal hingelegt hatte, schließlich hatten sie sich gestern Abend noch sehr lange unterhalten.

Was Livia jedoch irritierte, war diese Art von Schlaf … diese extrem *stille* Art von Schlaf.

Karen lag auf dem Rücken, weshalb Livia sie sehr gut sehen konnte. Und es gab eigentlich auch nichts, was darauf hindeutete, dass irgendetwas nicht in Ordnung sein könnte. Ihre Gesichtszüge waren friedlich, Livia meinte sogar, den Hauch eines Lächelns auf ihren Lippen wahrnehmen zu können. Das einzige Problem war … dass sie keine Atemzüge sehen konnte. So sehr sie auch danach suchte … Karen wirkte völlig bewegungslos … da war kein Heben und Senken ihres Brustkorbes …

„Mami?“, rief Vanessa vom Flur aus.

Livia machte einen Satz nach hinten, drückte dabei die Tür zurück ins Schloss und wirbelte herum. „Mami hat sich einen Moment hingelegt“, flüsterte sie Vanessa zu. „Ich glaube, wir sollten sie noch ein bisschen schlafen lassen.“

„Geht es ihr nicht gut?“, fragte Vanessa, die sich inzwischen bis auf wenige Meter genähert hatte.

„Doch, doch“, beeilte sich Livia zu versichern. „Es ist nur … dass sie ziemlich viel Ruhe braucht. Ich denke … wir essen erst einmal allein zu Mittag …“

„Was gibt's denn?“, wollte Vanessa wissen.

„R-reste“, würgte Livia hervor. „Suppe von gestern.“

„Die ess ich aber nur, wenn's Klütschen dazu gibt.“

„Klar gibt's die“, versicherte Livia. „Klütschen“ waren Mehlklöße mit Rosinen, die Livia irgendwann einmal hergestellt hatte, ohne zu wissen, woher sie diese kannte. Aber sie hatten eine solche Begeisterung bei Vanessa hervorgerufen, dass diese jetzt sogar Gemüsesuppe aß.

Livia begab sich also in die Küche, stellte den Topf mit der Suppe auf den Herd, rührte den Teig aus Mehl, Milch und Rosinen an und hielt diesen esslöffelweise in die mittlerweile heiße

Suppe. Dass ihr all dies gelang, grenzte an ein Wunder. Denn mit den Gedanken war sie nur bei Karen. Einerseits rechnete sie damit, dass Karen jeden Moment im Türrahmen erschien und erst einmal herzhaft gähnte, andererseits gingen die wildesten Ängste mit ihr durch. Was, wenn sie nicht mehr lebte? Wenn sie gestorben war, ohne dass sich dies vorher angekündigt hatte?

Als Vanessa endlich vor Suppe und Klütschen saß, sagte Livia: „Bleib schön sitzen und iss deine Suppe. Ich geh mal kurz aufs Klo."

Mit einem Herzen, das ihr beinahe aus dem Brustkorb sprang, eilte Livia ein zweites Mal durch den Flur und auf Karens Schlafzimmer zu. In dem Bewusstsein, dass sie nicht viel Zeit hatte und Vanessa jeden Moment nach ihr rufen könnte, öffnete sie die Tür und betrat das Zimmer.

Karen hatte sich nicht gedreht. Sie lag immer noch auf dem Rücken.

Livia hörte auf zu atmen und trat näher. Die Augen vor Angst geweitet, den Blick fest auf Karen gerichtet, hoffte sie fast verzweifelt auf eine einzige kleine Bewegung, ein einziges Zucken der Lider, einen einzigen kleinen Atemzug …

Aber da war nichts zu sehen …

„Karen", flüsterte Livia. Und dann ein bisschen lauter: „Bitte … Karen!"

Keine Antwort.

Livia zitterte inzwischen am ganzen Körper. Als sie jetzt ihre Hände ausstreckte, hatte sie Mühe, diese zu kontrollieren. Es gelang ihr jedoch, die Bettdecke ein wenig anzuheben und nach Karens Hand zu tasten. Da war sie … und sie war ganz warm! „Karen", sagte Livia und drückte deren Hand.

Immer noch keine Reaktion.

Livia schluckte schwer, streichelte heftig die Hand ihrer Freundin und begann auf einmal zu beten. „Bitte mach, dass sie lebt!", flüsterte sie verzweifelt. „Bitte!"

Von der Hand aus tastete sie sich hoch zum Handgelenk, suchte nach einem Pulsschlag, fand keinen, zog die Hand wieder unter der Decke hervor, legte sie an Karens Hals …

Aber die Suche war überflüssig. Die Temperatur an Karens Hals sprach eine eigene eiskalte Sprache …

„Karen!", schluchzte Livia auf, unterdrückte die Geräusche aber noch im gleichen Moment, indem sie ihre Hand vor den Mund riss. „Oh, Gott!" Sie wankte, ging in die Knie, spürte den unbändigen Drang, alles herauszulassen, und wusste doch, dass sie jetzt auf keinen Fall zusammenbrechen durfte. „Arvin", flüsterte sie durch einen Schleier von Tränen hindurch.

„Livia?", hörte sie Vanessa von ganz weit her rufen.

Livia unterdrückte einen weiteren Schluchzer, zog sich am Bett in die Höhe und wischte zeitgleich mit dem Ärmel über ihre tränennassen Wangen. Sie zwang sich, keinen weiteren Blick auf ihre tote Freundin zu richten, sondern drehte sich nur weg, probte ein Lächeln und floh aus Karens Zimmer.

„Kann ich noch 'n paar Klütschen?", rief Vanessa wie aus einer anderen Welt.

„Bin schon unterwegs", sang Livia so unbeschwert, dass sie über sich selbst staunte. Gleichzeitig war sie damit beschäftigt, die letzten Tränen aus ihrem Gesicht zu verbannen und ihre Züge wieder unter Kontrolle zu bekommen.

„Du sollst nicht nur die Klütschen essen, sondern auch die Suppe", sagte sie, als sie mit einem fröhlichen Lächeln die Küche betrat.

„Ich *hab* Suppe gegessen, sogar ganz schön viel", protestierte Vanessa. „Guck mal da!" Sie deutete auf den Rand, den die Suppe im Teller hinterlassen hatte.

„Könnte es sein, dass der Spiegel gesunken ist, weil die Klütschen verschwunden sind?", fragte Livia, während sie verzweifelt darüber nachdachte, ob sie zuerst einen Arzt, das Krankenhaus oder doch lieber Arvin informieren sollte. Und was war mit Vanessa? Sie konnte es ihr nicht ewig verheimlichen! Andererseits … sah sie sich beim besten Willen nicht in der Lage, die Botschaft jetzt weiterzugeben …

„Wenn du mir noch welche gibst, ess ich die ganze Suppe auf", versprach Vanessa.

„Also gut." Livia lud einen ganzen Haufen Klütschen auf Vanessas Teller und sagte: „Ich muss mal kurz telefonieren. Du bleibst hier sitzen, okay?"

Vanessa betrachtete mit strahlenden Augen ihre Klütschen und nickte.

Livia hingegen griff nach dem Telefon, verließ ein weiteres Mal die Küche, eilte auf Karens Zimmer zu, drehte den Schlüssel im Schloss herum, zog ihn ab und rannte von dort aus ins Wohnzimmer. Dort wählte sie mit zitternden Fingern Arvins Nummer.

Nach ein paarmal Klingeln meldete sich Frau Baumann.

„Scholl hier", presste Livia hervor. „Ich möchte meinen Mann sprechen."

„Der telefoniert."

„Sagen Sie ihm, er soll auflegen."

„Ich glaube, es ist ein wichtiges Gespräch …"

„Sagen – Sie – ihm, er – soll – auflegen", wiederholte Livia. Einen Moment herrschte Schweigen am anderen Ende der Leitung. „Ich sag's ihm."

Nur Sekunden später war Arvin am Apparat. „Ist was mit Karen?", waren seine ersten Worte.

Livia schossen erneut die Tränen in die Augen. Wie … wie sollte sie ihm das hier erklären???

„Livia?", fragte Arvin. Panik schwang in seiner Stimme mit.

„Kannst … kannst du kommen?", würgte Livia hervor.

„Geht's ihr schlecht?"

Livia antwortete nicht. Sie konnte nicht.

„Livia, sag was", flehte Arvin. „Soll ich einen Arzt anrufen? Hast du das schon gemacht?"

„Nein … ich …" Und dann brach die mühsam aufrechterhaltene Kontrolle wie ein Kartenhaus in sich zusammen. Livia wurde von heftigen Schluchzern geschüttelt und brachte erst recht kein einziges Wort mehr zustande.

„Ich rufe einen Krankenwagen."

„Nein!" Die Schluchzer hörten so plötzlich auf, wie sie gekommen waren. Livia wischte ihre Tränen weg und sagte dann mit fester Stimme: „Ich will nicht, dass Vanessa etwas mitkriegt. Nicht jetzt. Ich … ich kann das jetzt nicht begleiten. Heute nicht."

„Was begleiten?" Es war eine Frage wie ein Flehen.

„Sie ist tot, Arvin." Die Worte schienen durch den Raum zu schweben und nirgendwo anzukommen, erst recht nicht am anderen Ende der Telefonleitung. „Ihr … ihr Hals … er ist schon kalt! Und ich war gar nicht lange weg. Nur einkaufen und Vanessa abholen. Verstehst du? Sie ist einfach so gestorben. Ohne uns! Ganz allein. Und dabei hab ich Zwetschgenkuchen besorgt! Sie liebt doch Zwetschgenkuchen … Arvin?"

Dieses Mal war es Arvin, der kein Wort herausbrachte.

Seltsamerweise schien diese Sprachlosigkeit erst recht dafür zu sorgen, dass Livia die Kontrolle behielt. „Ich werde Vanessa jetzt zu Franziska bringen. Sie ist ohnehin mit ihr verabredet. Wir treffen uns in einer halben Stunde hier, okay?"

Wieder keine Antwort.

Livia wischte sich die letzten Tränen ab und begriff, dass Arvin im Moment keine Hilfe war. Gleichzeitig stellte sie sich vor, wie er in diesem Zustand ins Auto stieg … Das musste sie in jedem Fall verhindern! „Ich will nicht, dass du dich hinters Steuer setzt", hörte sie sich sagen. „Arvin?"

„Du könntest dich irren", flüsterte dieser.

Livia musste schlucken. Irgendetwas in ihr war sich hundertprozentig sicher, dass Karen nicht mehr lebte. Im Grunde hatte sie es von Anfang an gewusst … „Ich leg jetzt auf und rufe noch mal bei Frau Baumann an. Warte, bis sie dir ein Taxi gerufen hat, okay?"

Dieses Mal wartete Livia gar nicht erst auf eine Antwort, sondern legte tatsächlich auf und wählte die Nummer von Frau Baumann. Beim ersten Mal war besetzt, aber schon beim zweiten kam sie durch. Sie erklärte in kurzen Worten, was geschehen war, nahm Frau Baumann das Versprechen ab, Arvin auf keinen Fall allein loszuschicken, und wählte dann die Nummer von Franziskas Mutter. Auch hier erklärte sie kurz die Situation und bat darum, Vanessa etwas früher vorbeibringen zu können. Franziskas Mutter war sofort einverstanden und bot an, auch Vanessas Hausaufgaben mit zu betreuen. Livia bedankte sich überschwänglich und kehrte in die Küche zurück.

„Franziskas Mutter hat angerufen", log sie. „Sie lässt fragen, ob ihr heute mal gemeinsam Hausaufgaben machen möchtet. Franziska und du, meine ich."

Vanessas Augen begannen zu leuchten. „Geht das denn?"

„Also, von mir aus …"

„Au ja!", freute sich Vanessa und sprang auf. „Wann gehen wir los?"

„Sofort!", erwiderte Livia und löste damit einen weiteren Begeisterungssturm bei Vanessa aus.

Und so kam es, dass die beiden schon wenige Minuten später erneut das Haus verließen und sich auf den Weg zu Franziska machten. Dort angekommen, sah Livia zu, dass sie sich möglichst schnell wieder verabschiedete. Obwohl sie sonst immer noch ein paar freundliche Worte mit Bärbel, so hieß Franziskas Mutter, wechselte, verspürte sie heute keinerlei Drang dazu. Außerdem warf ihr Bärbel eine so brisante Mischung aus mitleidigen und fragenden Blicken zu, dass Livia einfach nur wegwollte.

Auf dem Nachhauseweg wurde Livia dann von einem Krankenwagen überholt, der mit Blaulicht und Sirene unterwegs war. Ob der zu ihnen nach Hause wollte? Und ob Arvin ihn gerufen hatte?

Livia beschleunigte ihren Schritt, stellte fest, dass er tatsächlich in ihre Straße abbog, und rannte schließlich in Panik hinter ihm her. Irgendetwas in ihr wollte keinen Krankenwagen … konnte nicht ertragen, dass Karen angefasst werden würde …!

Als sie schließlich keuchend auf die Einfahrt einbog, fand sie nicht nur den Krankenwagen, sondern auch Arvins Wagen vor. Überdies stand die Haustür sperrangelweit offen.

Sie lief ins Haus.

Auch hier standen alle Türen offen. Aufgeregtes Stimmengewirr war zu hören.

Livia folgte den Geräuschen … rannte dadurch schnurstracks auf Karens Schlafzimmer zu … und sah die beiden Männer in weißer Kleidung. Sie standen rechts und links neben Karens Bett, hatten die Bettdecke zurückgeschlagen und Karens Bluse geöffnet. Da sie ganz offensichtlich keinen BH trug, war jetzt ihre gesamte Brust entblößt. „Aufhören!", kreischte Livia und stürzte sich wie eine Furie auf den Mann, der links neben dem Bett stand. Sie packte ihn von hinten, rammte ihre Fingernägel in seine Schulter und zog ihn mit aller Kraft rückwärts. „Lassen Sie sie in Ruhe! Sie ist tot!" Da der Mann in beiden Händen irgendwelche Gerätschaften trug, war er nicht so ohne Weiteres in der Lage, Livia abzuwehren, sondern torkelte rückwärts und wäre wohl zu Boden gegangen, wenn nicht noch jemand anderes eingegriffen hätte.

Livia wurde im nächsten Moment selbst von hinten gepackt und fand sich in einer eisernen Umklammerung wieder. „Und wenn nicht?", raunte ihr Arvin zu.

„Lass mich los! Lass mich los!", schrie Livia verzweifelt. „Sie sollen Karen in Frieden lassen."

Der Mann, den Livia eben noch angegriffen hatte, setzte jetzt zwei graue Rechtecke auf Karens Oberkörper auf, den einen links oben unterhalb der Schulter, den anderen rechts unter der Brust. Dann sagte er: „Jetzt."

Daraufhin bediente der andere Mann ein Gerät, das sich in einer schwarzen Tasche befand und neben Karen auf dem Bett lag. Ein Piepen ertönte und Karens Körper wurde wie von unsichtbarer Hand in die Höhe geworfen, um gleich darauf leblos auf die Matratze zurückzufallen.

„Noch einmal!", sagte der Mann in Weiß.

„Nein! Nein!", kreischte Livia und trat wie wild um sich, um Arvin loszuwerden. „Karen! Karen!" Was die Männer mit ihr machten, war in ihren Augen schlimmer als eine Vergewaltigung! Karen war tot! Und sie wollte tot sein! Konnten sie das denn nicht sehen? Dass sie freiwillig gegangen war? Dass sie nicht die Absicht hatte zurückzukommen?

Wieder ertönte dieses schreckliche Geräusch und wieder hüpfte Karens Körper unkontrolliert in die Höhe.

Livia hatte derweil zu schluchzen begonnen, kämpfte aber immer noch mit ihrer gesamten Kraft gegen Arvin an. Aber obwohl sie sogar ihren Kopf zu Hilfe nahm, indem sie diesen wieder und wieder wie eine Waffe nach hinten warf, hatte sie keine Chance. Arvin wich ihren Stößen geschickt aus und schien entschlossen zu sein, den Helfern den Rücken freizuhalten. Während Karen ein drittes und ein viertes Mal defibrilliert wurde, weinte Livia hemmungslos, doch wurden ihre Bewegungen allmählicher langsamer und schwächer.

Als sich der Mann schließlich zu Arvin umdrehte und mitleidig den Kopf schüttelte, hing sie schon beinahe schlaff in seinen Armen.

„Es tut mir leid“, sagte der Mann niedergeschlagen. „Wir können nichts mehr für sie tun.“

Arvins Griff wurde lockerer. Er beugte sich vor und ließ Livia auf den Fußboden hinabgleiten, wo sie schließlich hocken blieb.

„Und … und jetzt?“, stammelte Arvin.

„Wir sind verpflichtet, die Polizei zu benachrichtigen“, antwortete der Mann. „Ob eine Obduktion erforderlich wird, müssen die entscheiden. Bitte rühren Sie zunächst nichts an.“

Bei diesen Worten stöhnte Livia halb gequält, halb amüsiert auf. Nichts anrühren? *Nichts anrühren?*

Der Mann beugte sich jetzt zu Livia herunter, berührte sie sanft an der Schulter und fragte: „Wie geht es Ihnen? Denken Sie, dass Sie medizinische Hilfe benötigen?“

„Gehen Sie … weg“, würgte Livia hervor.

Der Mann erhob sich wieder. „Sie sollten Ihre Frau jetzt keinesfalls allein lassen“, seufzte er. „Scheuen Sie sich nicht, uns noch einmal zu rufen, wenn es Probleme gibt. In Ordnung?“

Arvin murmelte etwas, das wie eine Zustimmung klang, und verließ dann mit den beiden Männern den Raum.

Als Livia gleich darauf feststellte, dass sie mit Karen allein war, erwachte sie wie Dornröschen von jetzt auf gleich aus ihrer Apathie, sprang auf und eilte auf Zehenspitzen zur Tür hinüber. Dort fand sie auf der Außenseite den Zimmerschlüssel, steckte ihn mit zitternden Fingern von innen ins Schloss, zog leise die Tür heran und drehte mit einer einzigen fließenden Bewegung den Schlüssel herum.

Als ihr das gelungen war, atmete sie erleichtert auf. Es kam ihr so vor, als hätte sie Karen einen letzten, lebenswichtigen Dienst erwiesen und alle Eindringlinge für immer vertrieben.

Obwohl sie mitbekommen hatte, dass nichts verändert werden sollte, dachte sie nicht daran, sich an diese Vorgabe zu halten. Stattdessen eilte sie an Karens Bett und machte sich umgehend daran, ihr die Bluse wieder anzuziehen. Vorsichtig, wenn nicht gar zärtlich, zog sie die Bluse in die richtige Position, verschloss einen Knopf nach dem anderen, faltete den Kragen, richtete ihre Haare wieder her, legte ihre Arme direkt neben ihren Körper und deckte sie zu, als bestünde die Gefahr, dass sie friere.

Aber auch als das alles vollbracht war, ließ sich der Eingriff der beiden Männer nicht verleugnen. So sehr sich Livia auch bemüht hatte, so unvollkommen war das Ergebnis. Die Äußerlichkeiten vermochten einfach nicht darüber hinwegzutäuschen, dass es keine Möglichkeit gab, ihren Gesichtsausdruck zurückzuholen. Dieser ungewöhnliche, besondere Friede, das sanfte Lächeln … es war unwiederbringlich verloren …

So wie Karen unwiederbringlich verloren war …

Die Erkenntnis traf Livia mit einer Wucht, die all ihre Selbstbeherrschung in Stücke zerriss. Karen war tot! Sie würde nie wieder da sein! Nie wieder lächeln! Nie wieder mit ihrer Tochter Spiele spielen!

Bilder gemeinsamer Tage, Bilder des gestrigen Abends tauchten vor Livias geistigem Auge auf und raubten ihr die Luft zum Atmen. Karen war tot. Sie war tot …

❧

Die nächsten Tage erlebte Livia wie durch dicken Nebel hindurch. Sie war apathisch, fühlte sich, als hätte jemand alles Leben aus ihr herausgesogen. Es gab keine Bewegung, keine Handlung mehr, die von allein aus ihr heraussprudelte. Sie musste sich alles abringen … jedes Wort, das sie sprach, jeden Schritt, den sie tat. Und wenn Vanessa nicht gewesen wäre … wenn ihr Versprechen an Karen nicht gewesen wäre, ja, dann hätte sie wohl komplett aufgegeben.

So aber versorgte sie ihre Nichte, so gut es eben ging, weinte mit ihr, sprach mit ihr über Karen, besuchte die Spielplätze, die Karen mit ihr besucht hatte, und hielt irgendwie das Leben aufrecht.

Arvin beteiligte sich an alledem nicht.

Überhaupt schien das letzte bisschen Kontakt zu ihm mit Karens Tod verloren gegangen zu sein. Er redete nur das Nötigste, vermied es, mit Vanessa und Livia zusammen zu sein, und schob die vielen Dinge, die zu regeln waren, vor, um sich bei jeder nur erdenklichen Gelegenheit allein ins Wohnzimmer zurückzuziehen.

Mit der Zeit fragte sich Livia, was er dort wohl tat. Weinte er? Sah er sich Fotos von Karen an? Oder unterdrückte er all seine Trauer?

Sechs Tage nach Karens Tod wurde ihre Leiche zur Beerdigung freigegeben. In Anbetracht der fortgeschrittenen Zeit wurde die Beerdigung bereits auf den darauffolgenden Freitag terminiert.

Arvin hielt es für besser, wenn Vanessa nicht daran teilnahm, und so packte die Kleine nach der Schule ihre Koffer, um das Wochenende bei ihrer Freundin Franziska zu verbringen.

Livia hingegen nahm das letzte bisschen Kraft zusammen, um auch diese Veranstaltung mit Würde hinter sich zu bringen.

Der Pastor, der die Beerdigung leitete, war der Pastor aus Arvins und Karens Kirchengemeinde. Livia hatte ihn also schon einmal gesehen.

Er hielt eine hervorragende Predigt, würdigte Karens Leben als aufopfernde Mutter, Schwester und Schwägerin und raubte Livia damit das letzte bisschen Selbstbeherrschung. Während die Tränen in Strömen ihre Wangen hinunterrannen, fragte sie sich ununterbrochen, warum Arvin nicht weinte. Obwohl er direkt neben ihr in der ersten Reihe saß, verzog er während der gesamten Predigt keine einzige Miene, sondern saß einfach nur so da.

Ähnlich verhielt es sich, als Karens Sarg in die Erde hinuntergelassen wurde. Während Livia von unkontrollierbaren Schluchzern geschüttelt wurde, stand Arvin ruhig am Rand des Erdlochs und schien völlig unberührt.

In Anbetracht der Tatsache, dass sich Livia nicht unter Kontrolle hatte, war sie heilfroh, dass Arvin in der Zeitungsannonce darum gebeten hatte, von Beileidsbekundungen am Grab Abstand zu nehmen. Als sie dann allerdings feststellte, dass sich die Zurückhaltung auch auf das anschließende Kaffeetrinken erstreckte, war Livia ein wenig geknickt. Da Arvin alle Besucher kannte und mit vielen ein Gespräch führte, saß Livia ganz allein an ihrem Tisch und fühlte sich wie eine Aussätzige. Nicht einmal Frau Schneider war gekommen! Livia hatte in einem Nebensatz mitbekommen, dass sie mit einer schweren Bronchitis im Bett lag.

Irgendwann war Livia so vereinsamt, dass sie sich sogar schon bei der Frage ertappte, wo Enno eigentlich war. Er hätte sich bestimmt mit ihr unterhalten … Als ihr dann allerdings die Tragweite dieses Gedankens bewusst wurde, errötete sie fast vor Scham. Karen hätte bestimmt nicht gewollt, dass Enno auf ihrer Beerdigung auftauchte. Und ganz bestimmt würde sie sich im Grabe umdrehen, wenn sie wüsste, dass sich Livia in letzter Zeit wieder ein paarmal mit ihm getroffen hatte …

Nach einem Zeitraum, der Livia wie eine halbe Ewigkeit vorkam, begannen sich die ersten Gäste zu verabschieden. Obwohl sie jetzt ein bisschen gefordert war und zumindest ein paar Hände schüttelte, gefiel Livia auch das nicht. Irgendwie kam es ihr so vor, als würde etwas durch ihre Finger rinnen, was sie noch gar nicht aufzugeben bereit war …

Aber es gab keine Möglichkeit, es aufzuhalten.

Gegen halb sechs verschwand der letzte Gast und Livia blieb mit Arvin allein zurück.

„Was …“ Livia musste sich erst räuspern, bevor sie ihren Satz zustande brachte. „Was machen wir jetzt?“ Während sie dies fragte, eilten ein paar Kellnerinnen an ihr vorbei. Sie waren noch damit beschäftigt, den restlichen Kaffee samt Kuchen und belegten Brötchen abzuräumen.

„Wir fahren nach Hause.“

Livia hatte den Impuls zu widersprechen. Wusste Arvin denn nicht, dass es kein wirkliches Zuhause mehr war? Dass sie dort alles an Karen erinnerte? Dass Karen dort gestorben war? Und dass sie sich ernsthaft fragte, wie sie ohne Vanessa die Nacht überstehen sollte? Aber Arvins Körperhaltung war so abwehrend und so negativ, dass sie nicht wagte, ihm ihre Gedanken mitzuteilen. Und so schwieg sie, stieg wenig später zu Arvin in den Wagen und ertrug die Fahrt in stiller Verzweiflung.

Im Haus angekommen, wartete immerhin Spike auf sie. Arvin begrüßte ihn heute allerdings nur kurz und zog sich dann umgehend ins Wohnzimmer zurück. Um nicht völlig verrückt zu werden, machte Livia mit Spike erst einmal einen längeren

Spaziergang. Dann besuchte sie Gunda. Die erwartete allerdings Besuch und hatte nicht viel Zeit für sie. Livia blieb also nichts anderes übrig, als nach Hause zurückzukehren. Sie aß ein paar Krümel zu Abend und zog sich in ihr Zimmer zurück.

Frieden fand sie allerdings auch dort nicht.

Die Einsamkeit hing wie eine schwere Decke über ihrem Kopf und drohte sie zu erdrücken.

Sollte das hier ihre Zukunft sein??? Ein Leben ohne Karen? Mit einem Mann, der kein Wort mit ihr wechselte?

„Gott", hörte sie sich plötzlich fragen, „findest du, dass ein Mann, der an dich glaubt, sich so verhalten sollte?"

Aber sie glaubte ja nicht an Gott, und so war es nicht verwunderlich, dass sie keine Antwort erhielt.

Kein Wunder, dachte sie wütend. *Hier redet ja sowieso niemand mit mir.*

Eine Weile versuchte sie, mit Spike zu spielen, aber das funktionierte heute nicht richtig. Ob der Hund spürte, dass sie nicht wirklich bei der Sache war? Sie tigerte noch eine Weile planlos in ihrem Zimmer auf und ab, dann konnte sie den Impuls nicht mehr unterdrücken und verkroch sich unter ihrem Bett. Aber auch dort wurde es nicht wirklich besser. Der Boden war hart und kalt. Ihr Kopf war voll mit Bildern von Karen und in ihrem Herzen pochte der Verlust wie eine offene Wunde. Wie nur … wie sollte sie jemals ohne Karen zurechtkommen?

Spike war da auch keine Hilfe. Er hatte wohl keine Lust auf eine Nacht unter dem Bett und ließ sich einen Meter neben dem Bett nieder.

Eine Weile beobachtete Livia ihn noch, dann fiel sie in einen unruhigen Schlaf, der nicht durch Erholung, sondern durch nervenaufreibende Träume gekennzeichnet war. Und immer kam Karen darin vor. Karen, die ihr ein Baby in den Arm drückte. Und dann Karen, die von zwei Männern in Weiß in einen Krankenwagen gesperrt wurde … Sie wehrte sich heftig und rief immer wieder Livias Namen. Aber so sehr sich Livia auch bemühte, so schnell sie auch rannte, sie konnte die Distanz zum Krankenwagen einfach nicht überbrücken. Als dann auch noch die Hecktür hinter Karen zugeschlagen wurde, schreckte Livia hoch.

Sie stieß mit dem Kopf schmerzhaft gegen ihr Lattenrost und war sofort hellwach. Stöhnend tastete sie sich unter dem Bett hervor, bekam Spike zu fassen und klammerte sich erst einmal schutzsuchend an ihm fest. Dann starrte sie mit weit aufgerissenen Augen in ihre Umgebung. Um sie herum war es finster, doch begriff sie schnell, dass draußen ein heftiges Gewitter tobte. Blitz und Donner wechselten sich ab und folgten so schnell aufeinander, dass das Zentrum direkt über ihnen zu sein schien. Kein Wunder, dass sie die Geräusche in ihren Traum eingebaut hatte …

„Nur ein Traum", flüsterte Livia. Aber das „Nur" traf nicht den Kern der Sache. Denn es gab keinen Traum, aus dem sie hätte erwachen können. Die Realität übertraf den Traum sogar noch. Karen war tot. Es gab keinen Krankenwagen, aus dem man sie hätte befreien können. „Karen", flüsterte Livia und schlang beide Arme ganz fest um Spike. „Karen!" Schließlich setzte sie das Tier wieder ab und verkroch sich unter ihre Bettdecke.

Eine Zeit lang vermischte sich ihr Schluchzen mit dem Rauschen des Windes und den heftigen Donnerschlägen. Dann wurde alles zusammen ein bisschen ruhiger und schließlich wieder ganz still. Trotzdem war an Schlaf nicht einmal zu denken. Livia war hellwach und so aufgewühlt, dass ihre Beine wie von selbst unter der Decke herumzappelten. Dabei wollte sie nichts lieber als schlafen. Schlafen und vergessen. Schlafen und die Zeit herumkriegen. Oder gar schlafen wie Karen? Und nichts mehr spüren? Nicht mehr weinen? Nicht mehr kämpfen …

Als Livia merkte, dass sich ihre Gedanken in eine ungute Richtung entwickelten, stand sie auf und zog sich an. Sie brauchte jetzt dringend ein bisschen frische Luft!

Ohne sich davon abhalten zu lassen, dass es inzwischen halb drei und damit tiefste Nacht war, schlich sie mit Spike auf den Flur hinaus, schlüpfte in Jacke und Schuhe und trat vor die Tür. Obwohl der Regen inzwischen aufgehört hatte, war es noch extrem windig. Livia kuschelte sich fest in ihren Mantel und atmete die kalte, klare Luft tief in sich hinein.

Die frische Luft tat Livia gut, sorgte aber nicht dafür, dass ihre innere Unruhe verschwand. Im Gegenteil. Sie hatte jetzt das Gefühl, als würde irgendetwas sie von hier forttreiben. Aber wohin?

Spike schien das zu spüren, denn er blickte immer wieder zu ihr auf und tänzelte um ihre Beine herum.

„Schon gut", beruhigte Livia ihn.

Sie vergewisserte sich, dass sie den Schlüssel eingesteckt hatte, schloss leise die Haustür und ging ein paar Schritte die Einfahrt hinunter. Die Straßenlaternen waren bereits ausgeschaltet. Wäre der Mond nicht gewesen, hätte sie wohl überhaupt nichts mehr gesehen. So aber fand sie problemlos den Weg zur Straße.

Es war ungewöhnlich, um diese Zeit spazieren zu gehen. Sonst fuhren immer Autos die Straße entlang, aber jetzt war alles still. Nur das Rauschen der Blätter war zu hören ... mal leise und sanft und dann wieder laut und wild. Warum war ihr niemals aufgefallen, welch voller Klang in Bäumen und Blättern steckte? Welches Konzert dort gespielt wurde?

Sie bewegte sich weiter vorwärts, stellte sich dabei aber nie die Frage, in welche Richtung sie gehen sollte. Die Frage war nicht notwendig. Die Richtung stand fest. Es zog sie geradezu magisch zu Karen.

Der Friedhof lag nicht gerade um die Ecke, war aber durchaus zu Fuß zu erreichen.

Wenn nur die Kälte nicht gewesen wäre! Hatte Livia die kühle Luft anfangs noch als angenehm empfunden, so begann sie mit der Zeit immer mehr zu frieren. Ihre Jacke war für den scharfen Wind und die nächtlichen Temperaturen einfach nicht ausgelegt. Sie verschränkte ihre Arme fest vor der Brust und erhöhte ihr Tempo. Ihr Weg führte an vielen Gärten und schließlich an einem Spielplatz entlang, den sie oft mit Karen und Vanessa besucht hatte. Sie blieb stehen und fröstelte so stark, als besäße sie überhaupt keinen Schutz vor Kälte und Dunkelheit. Es war dieser Kontrast. Dieser Kontrast zu dem warmen, hellen Sommertag, den sie erst vor ein paar Wochen hier verbracht hatten. Vanessas Lachen schallte ihr in den Ohren, als wäre es eben erst verklungen. Damals hatte Karen noch an allem teilgenommen ...

Der Gedanke war zu schmerzhaft, als dass sie ihn noch länger hätte ertragen können. Eilig, fast als wäre jemand oder etwas hinter ihr her, setzte sie sich wieder in Bewegung. Bald darauf überquerte sie eine Straße, die tagsüber so stark befahren war, dass sie ein echtes Hindernis darstellte. Jetzt aber lag sie still und ruhig vor ihr wie ein schlafendes Ungeheuer, das erst am Tage wieder erwachen würde. Livia lief eine Zeit lang mitten auf der Straße, breitete ihre Arme aus und tat so, als hätte sie das Ungeheuer bezwungen. Aber dem war nicht so. Das wahre Ungeheuer lauerte am Ende ihres Weges. Sein Name war „Tod". Und es gab niemanden, der es bezwingen konnte.

Doch, den gibt es. Livia musste schlucken. Es war ihr fast so vorgekommen, als hätte sie leise Karens Stimme gehört. Und sie wusste ja auch, dass ihr Karen an dieser Stelle widersprochen hätte. Sie hatte es immer getan. Noch an ihrem letzten gemeinsamen Abend hatten sie sich über exakt dieses Thema unterhalten.

Ich werde wohl diese Erde verlassen. Aber ich werde nicht wirklich sterben, hatte sie gesagt. *Denn Jesus Christus hat den Tod besiegt. Und wer an ihn glaubt, wird niemals sterben.*

Wenn dem nur so wäre!

Aber warum hatte dieser „Sieger" nicht auch Karens Krankheit besiegt? Warum hatte er die Gebete nicht gehört? Warum hatte er einer Tochter die Mutter weggenommen?

Livia schüttelte den Kopf, als würde sie damit auch diese Gedanken abschütteln können. Sie wollte nicht an einen Gott glauben, der niemals da war, wenn man ihn brauchte. Der niemals antwortete, wenn man mit ihm sprach.

„Oder bist du da?", hörte sie sich fragen.

Spike blickte überrascht zu ihr auf.

Aber eine Antwort bekam sie nicht.

„Wusste ich's doch", murmelte Livia und setzte ihren Weg mit finsterer Miene fort.

Sie gelangte jetzt in ein Gebiet, das nur noch vereinzelt bebaut war. Die kleine Nebenstraße, auf der sie sich befand, führte an einem größeren Waldstück entlang und machte Livia ein wenig Angst. Das Rauschen der Bäume war nicht weniger geworden und hätte auch gut von einem Verfolger stammen können ... Sie nahm die Leine ein wenig kürzer und empfand

Spikes Gegenwart als echten Trost. Im Notfall würde er sie bestimmt beschützen.

In der Ferne war jetzt bereits der Eingang des Friedhofs sichtbar. Livia steuerte darauf zu. Aber als sie die kleine Pforte erreicht hatte, zögerte sie doch. Ob es gut war, bei Nacht einen Friedhof zu besuchen?

Sie schluckte, konnte sich aber einfach nicht dazu durchringen, den Rückweg anzutreten. Sie wollte hier sein. Bei Karen. Und nicht zu Hause. Nicht bei Arvin.

Die kleine Pforte quietschte, als Livia sie öffnete, und machte die Umgebung noch unheimlicher, als sie es ohnehin schon war. Immerhin schien es am Himmel kaum noch Wolken zu geben. Jedenfalls leuchtete der Mond hell und klar, ohne zwischendurch verdunkelt zu werden.

Sie ließ die Pforte offen stehen und ging mit vorsichtigen Schritten den Hauptweg entlang.

Es war ein großer Friedhof, auf dem man sich durchaus hätte verlaufen können. Vom Hauptweg gingen viele kleinere Seitenwege und von dort weitere Abzweigungen ab. Trotzdem fiel es Livia nicht schwer, den richtigen Weg zu beschreiten. Als sie ihn heute Mittag gegangen war, hatte er sich wie eine Wunde in ihr Gedächtnis gebrannt.

Sie hielt sich zuerst links, bog hinter einem riesigen Familiengrab rechts ab und … erstarrte. Sekunden … nein … minutenlang stand sie einfach nur so da und versuchte zu begreifen, was sie dort sah.

Da war Karens Grab. Hoch aufgetürmt und von Blumen und Kränzen übersät. Ein großer dunkler Grabstein mit den Namen von Karens Eltern. Und davor …

Er saß direkt am Grabstein, lehnte mit der rechten Schulter am kalten Mamor und hatte die Beine angewinkelt. Mit den Armen hielt er sie fest umschlungen. Den Kopf hatte er auf den Knien abgelegt.

Arvin. *Hier.*

Spike schien ihn zu erkennen, denn er zog kurz an der Leine, als wollte er zu ihm. Aber Livia ließ es nicht zu. Sie stand da, als wäre sie zu einer der steinernen Tafeln geworden, die auf die Toten hinwiesen.

Sie sah ein Bild, das wie ein Messer in ihr Herz schnitt und einen Strom von Liebe und Mitleid freisetzte. Eins wusste sie in diesem Moment: Nicht der Arvin, den sie am Tage gesehen hatte, war der wahre Arvin. Sondern dieser hier. Der Arvin der Nacht. Was sie hier sah, jetzt und hier, das war sein Herz. Hier befand es sich, hier, auf dem Friedhof. Hier in der Dunkelheit. Hier bei Karen und seinen Eltern.

Und da war noch etwas. Eine Begegnung. Er war hier. Und sie war hier. Und das war kein Zufall. Es war ein Beweis dafür, dass ihre Herzen zueinandergehörten!

„Arvin", sagte Livia und ihre Stimme klang heiser.

Aber Arvin reagierte nicht.

„Arvin?", probierte es Livia noch einmal lauter.

Wieder keine Reaktion. Aber es war auch nicht gerade leise um sie herum. Der Wind pfiff um die Grabsteine und wirbelte gerade jetzt die Bänder durcheinander, die an Karens Kränzen hingen.

Sie ging ein paar zaghafte Schritte auf Arvin zu, hielt Spike aber an der kurzen Leine. Dann blieb sie stehen und versuchte zu erkennen, ob Arvins Augen offen oder geschlossen waren. Aber die Lichtverhältnisse waren nicht die besten und so gelang ihr das nicht.

„Arvin", sprach sie ihn erneut an, dieses Mal energischer.

Und dann hob er seinen Kopf. „Was ..." Er klang benommen und schien zunächst gar nicht zu begreifen, wer da vor ihm stand. „Was macht ihr hier?" Nur eine Frage. Voller Verwunderung, aber ohne Vorwurf.

„Ich konnte nicht schlafen", erwiderte Livia und lächelte scheu.

Als hätte ihm diese Antwort missfallen, veränderte sich sein Gesichtsausdruck. Das Erstaunen verschwand, gab einer gewissen Verärgerung Raum und verwandelte sich dann in deutlich erkennbare Abwehr. „Geht wieder nach Hause!", fauchte er sie an.

Livia trat unwillkürlich einen Schritt zurück. Derweil wedelte Spike wie verrückt mit dem Schwanz und versuchte, Arvin auf sich aufmerksam zu machen. „Es tut mir leid", presste Livia hervor. „Ich wusste nicht, dass du hier bist. Ich wollte ..."

Sie deutete auf Karens Grab und hoffte, dass er sie verstehen würde. Dass er begriff … Dieser Ort gehörte ihnen beiden. Auch *ihr* Herz war hier. Nicht so wie seines. Nicht derart gefangen. Aber dennoch …

„Lass mich in Ruhe“, formulierte er die Worte, die sie längst in seinem Gesicht gelesen hatte. Er empfand sie als Eindringling.

„Ich will nicht“, hörte sich Livia sagen. Und dann hob sie hilflos die Hände. „Ich will nicht länger ausgeschlossen werden, Arvin. Wir können das hier gemeinsam bewältigen.“

Arvin schüttelte den Kopf und nahm dadurch schon vorweg, was er sagen würde. „Gemeinsam …“, sagte er verächtlich. „Als ob wir irgendetwas gemeinsam hätten …“ Er rappelte sich hoch. „Sie war *meine* Schwester, Livia, meine und nicht deine. Niemand wird je verstehen, was uns verband. Auch du nicht.“

„Euch verband die Trauer um eure Eltern. Dass ihr niemanden sonst hattet, aufeinander angewiesen wart. Eure halbe Kindheit lag im Leben des anderen. Ich verstehe das, Arvin.“

„Unsinn!“, widersprach Arvin. „Du verstehst gar nichts! Und zwar schon deshalb nicht, weil sie dir nichts bedeutet hat!“

„Das … das stimmt doch nicht“, stammelte Livia betroffen. „Wäre ich sonst hier? Ich war genauso auf sie angewiesen wie du. Ohne Karen hätte ich niemals ins Leben zurückgefunden. Du hast mich von Anfang an abgelehnt. Aber Karen … Ihr Blick hat gesagt, dass ich leben soll. Sonst hätte ich es nicht getan. Ich wäre einfach gestorben.“ Sie hatte es nie zuvor ausgesprochen. Es war ihr auch nie bewusst gewesen. Aber es stimmte. „Ich verdanke ihr mein Leben“, flüsterte sie ergriffen.

„Da hast du recht“, sagte Arvin kalt. Sein Mund war verzerrt, dadurch wirkten seine Worte, als würde er sie Livia vor die Füße spucken. „Du verdankst Karen dein Leben. Und deshalb werde ich auch nie verstehen, warum du es ihr nicht gedankt hast. Warum du nicht da warst, als sie Hilfe brauchte. Warum du nicht mal einen Arzt gerufen hast.“

Livia begann zu zittern. „Sie war schon tot, als ich sie fand, Arvin. Und das war … Es war richtig so!“

„Nein, es war nicht richtig so", fuhr Arvin sie an. „Der Tod ist niemals richtig!"

„Richtig ist vielleicht das falsche Wort", wand sich Livia. „Aber Karen war bereit zu sterben. Oh, wenn du nur ihr Gesicht gesehen hättest, dann wüsstest du, was ich meine. Der Tod war … wie soll ich sagen … in Ordnung für sie."

„War er nicht!", brüllte Arvin. „Weil sie nicht gefragt wurde. Gott hat es entschieden. Einfach so. Er hat sie mir weggenommen. Wie er mir alles wegnimmt, was ich liebe." Arvin verstummte so abrupt, dass die Stille, die nun entstand, eine eigene Sprache sprach.

Livia wusste sofort, dass er etwas gesagt hatte, was er niemals hatte sagen wollen. Als läge das Gewicht dieser Tatsache schwer auf seinen Schultern, begann er zu taumeln und musste sich für einen Moment am Grabstein festhalten.

„Du hast genauso wenig Frieden mit Gott wie ich", stellte Livia überrascht fest.

Arvin schloss die Augen. Dieses Mal konnte er nicht widersprechen.

„Mach wenigstens Frieden mit mir", sagte Livia leise. „Kein Mensch kann mit allem und jedem im Krieg leben. Und kein Mensch kann für immer allein sein. Wir haben beide den Menschen verloren, der uns von allen am meisten bedeutet hat. Lass uns gemeinsam damit fertig werden." Sie machte einen Schritt auf ihn zu, streckte ihre Hand aus und griff vorsichtig nach der seinen.

Aber er entriss sie ihr. In seinen Augen blitzte eine eisige Kälte auf. „Du bist es nicht wert, Livia. Du bist es nicht wert, dass ich dir eine dritte Chance gebe. Sieh zu, wie du allein klarkommst." Und damit ließ er sie stehen, machte einen großen Bogen um sie herum und ging einfach davon. So als würde es ihm nicht einmal etwas ausmachen …

Seine Schritte hallten gespenstisch über den Friedhof, vermischten sich mit Spikes Winseln und drangen wie Pfeile in Livias Rückenmark. Aber sie wurden leiser und waren schließlich gar nicht mehr zu hören.

Für Livia war das, als wäre das letzte bisschen Leben davongegangen. Und sie blieb allein zurück. Auf einem Friedhof.

Kapitel 36

Als Arvin am nächsten Morgen erwachte, war es ungewöhnlich still im Haus. Und diese Tatsache war umso erstaunlicher, als er durch einen Blick auf seine Uhr feststellte, dass es bereits nach neun war.

Er richtete sich auf und spitzte die Ohren. Normalerweise hatte er einen sehr leichten Schlaf. Wenn Livia bereits aufgestanden war und mit Spike einen Spaziergang unternommen hatte, hätte er das bestimmt mitbekommen.

Die Erinnerung an die gestrige Nacht überfiel ihn so plötzlich, dass er sich nicht dagegen wappnen konnte, und versetzte ihm fast so etwas wie einen Schlag in die Magengegend. Glücklicherweise gelang es ihm sofort, die Gedanken zu vertreiben und durch andere zu ersetzen. In der Firma wartete man bestimmt schon auf ihn. Gestern hatte er den ganzen Tag nicht gearbeitet. Frau Baumann lief wahrscheinlich schon im Kreis und würde ihn mit einer Liste von zehn bis zwanzig Telefonnummern empfangen, die dringend abtelefoniert werden mussten. Zum Glück hatte sie sich bereit erklärt, ausnahmsweise auch mal am Samstag zu arbeiten.

Er stand auf, ging unter die Dusche und zog sich an. Für ein ruhiges Frühstück war es schon zu spät. Deshalb beschloss er, sich nur ein Brot zu schmieren und es im Auto zu essen.

Als er in die Küche kam, fand er den Esstisch sauber und leer vor. Das war seltsam. Entweder schlief Livia noch oder sie hatte abgeräumt, weil sie wegen gestern Nacht wütend auf ihn war. Eigentlich kein Wunder …

Er war damit beschäftigt, die Butter hervorzukramen, als es plötzlich an der Tür klingelte.

Ohne es zu wollen, erhellte sich sein Blick. Offensichtlich hatte Livia ihren Schlüssel vergessen. Er ging zur Tür und öffnete.

„Oh“, machte Gunda und trat unwillkürlich einen Schritt zurück. „Ich dachte, Sie wären schon weg. Wegen des Wagens …“ Sie deutete verwundert auf die leere Einfahrt.

Arvin blickte verständnislos von Gunda zu dem Ort, an dem normalerweise sein Auto stand. Jetzt war es verschwunden. Aber warum? Hatte er es gestern woanders geparkt? Oder stand es noch vor der Firma?

„Stimmt was nicht?“, fragte Gunda besorgt. Wegen der kurzen Entfernung hatte sie auf eine Jacke verzichtet. Sie trug nur eine Stoffhose und einen dünnen grauen Rollkragenpullover. Aber es war kalt heute Morgen und sie begann zu frieren. Um dem entgegenzuwirken, verschränkte sie ihre Arme vor der Brust.

In Arvins Kopf rotierte es. Er hatte den Wagen zuletzt benutzt, als er gestern gegen Abend in Begleitung von Livia die Kaffeetafel anlässlich der Beerdigung verlassen hatte. Und da hatte er ihn unter Garantie hier auf dem Hof abgestellt! „Ich …“ Er machte urplötzlich auf dem Absatz kehrt, eilte zu der Anrichte, die auf dem Flur stand, und zog die oberste Schublade auf. Aber auch hier … gähnende Leere. Vor allem kein Autoschlüssel!

„Wo ist Livia?“, fragte Gunda und schlüpfte hinter Arvin in den Flur. „Geht es ihr nicht gut?“

„Ich … ich nehme an, sie schläft noch“, stammelte Arvin. Normalerweise konnte er Gunda nicht leiden. Aber heute war er viel zu durcheinander, um unfreundlich zu werden.

„Um diese Zeit?“, fragte Gunda argwöhnisch.

„Könnte auch sein, dass sie mit dem Hund los ist …“

„Darf ich mal nachsehen?“

Arvin zuckte die Achseln, unternahm aber auch nichts, als Gunda ihre etwas ausgetretenen Latschen von den Füßen streifte und kurzerhand auf Livias Zimmer zumarschierte. Als sie es erreicht hatte, begann sie leise zu klopfen. „Livia?“, rief sie mit unterdrückter Stimme.

Die Antwort kam nicht von Livia, sondern von Spike. Erst winselte er nur, dann begann er vorsichtig zu bellen.

„Livia!“, rief Gunda lauter.

„Wenn Spike da ist, ist Livia auch da“, behauptete Arvin, der Gunda gefolgt war.

Gunda antwortete nicht darauf, sondern drückte die Klinke herunter und öffnete die Tür. Es dauerte nur Sekunden, dann stürmte ein schwarzes Etwas an ihr vorbei und auf Arvin zu. Laut bellend sprang Spike an seinem Herrchen hoch und schleckte ihm durchs Gesicht. „Ist ja gut", lachte Arvin und streichelte seinen Kopf. „Ist ja gut."

Auf diese Weise dauerte es einen Moment, bis Arvin begriff, dass eine Begrüßung zwischen Gunda und Livia ausblieb. Und es dauerte noch länger, bis er registrierte, dass Gunda stumm und bewegungslos vor Livias Bett stand und einen Zettel in der Hand hielt.

„Was ... was ist das?", stammelte er und betrat hinter ihr den Raum.

„Sie will sich umbringen", flüsterte Gunda in genau diesem Moment. „Oh Gott, sie will sich umbringen!"

Arvin war mit zwei langen Schritten bei ihr und entriss ihr den Zettel. In einer Handschrift, die immer noch ein wenig eckig und unbeholfen wirkte, stand da:

Lieber Arvin,
auch wenn du mich gestern Nacht über alle Maßen verletzt hast, will ich, dass du eins weißt: Deine Zuneigung war immer das, was ich mir von allen Dingen auf der Welt am meisten gewünscht habe. Ich weiß nicht, warum das so ist. Am Anfang mochte ich dich nicht einmal. Aber dann begann ich zu spüren, dass da eine Tiefe, eine Intensität in dir ist, die mich geradezu magisch angezogen hat. Vielleicht ist es diese Verlorenheit, die wir beide teilen. Enno besitzt so etwas nicht. Eigentlich besitzt er überhaupt nichts, was mich anzieht. Deshalb habe ich ihn stets auf Abstand gehalten. Auch wenn du einen anderen Eindruck hast: Ich habe ihn niemals freiwillig geküsst. Und ich bin auch jetzt nicht in der Lage – fast bedaure ich es –, die Zuneigung, die nur er mir anbietet, anzunehmen. Stattdessen ist mir Folgendes klar geworden: Wenn du mich nicht lieben willst, soll mich niemand lieben. Wenn du mich zurückweist, bin ich zurückgewiesen.

Ich weiß, dass das nicht so sein sollte. Ich weiß, dass ich meinen Wert aus anderen Quellen schöpfen sollte. Aber aus welchen? Für Karen hatte ich einen Wert. Aber sie ist tot. Heute Nacht habe ich in meiner Verzweiflung sogar Gott gefragt, ob ich für ihn einen Wert besitze, aber er hat mir nicht geantwortet! Niemand antwortet mir mehr! Und darum weiß ich: Die Welt wird nicht ärmer, wenn ich sie verlasse. Selbst Spike wird ohne mich auskommen, wenn du dich um ihn kümmerst.

Bitte sag Gunda, dass sie eine wertvolle Freundin für mich war. Bitte sag ihr auch, dass es mir leidtut.

Ich wünsche dir alles Gute, Arvin. Du glaubst es mir vielleicht nicht, aber es ist so.

Leb wohl!
Deine Livia

Arvin starrte auf den Zettel. Sämtliche Farbe war aus seinem Gesicht, sämtliche Luft aus seinen Lungen gewichen. Was er dort las, war wie eine Anklage, die von Gott persönlich stammte. Es gab keinen Zweifel, dass er derjenige war, durch den Gott hatte reden, durch den Gott hatte lieben wollen – und dass er versagt hatte!

„Sie kann unmöglich den Wagen genommen haben", krächzte Gunda und lief planlos durch den Raum. „Sie hat keinen Führerschein."

„Niemand sonst hat Zugang zu den Autoschlüsseln", flüsterte Arvin. Er starrte immer noch auf den Zettel, doch verschwamm die Schrift vor seinen Augen.

„Aber sie hat nie gelernt, Auto zu fahren. Außerdem kann sie ihre rechte Hand nicht richtig benutzen!"

„Die Beeinträchtigung ist längst nicht mehr so groß wie am Anfang", behauptete Arvin. „Und wenn sie verzweifelt genug war …"

„Das ist alles meine Schuld", schluchzte Gunda und raufte sich die Haare. „Dabei wusste ich doch, dass es ihr nicht gut geht. Trotzdem hab ich sie fortgeschickt. Und das nur wegen dieser blöden Einladung!"

„Es ist nicht Ihre Schuld", sagte Arvin mit einer Bestimmtheit, die keinen Widerspruch duldete. „Es ist meine. Aber auch das hilft uns jetzt nicht weiter. Haben Sie einen Wagen?"

Gunda nickte. „Manfred arbeitet samstags nicht."

„Dann kommen Sie. Wir müssen sie suchen."

❧

„Wohin fährt man, wenn man sich das Leben nehmen will?", fragte Arvin verzweifelt, nachdem er bereits drei Stunden lang auf dem Beifahrersitz gesessen hatte und mit Manfred am Steuer und Gunda auf der Rückbank planlos durch die Stadt und deren Umgebung gefahren war.

„Wohin fährt *Livia*, wenn sie sich das Leben nehmen will?!“, korrigierte Gunda von hinten. „Das ist hier doch die Frage!“

Sie befanden sich auf einer der Hauptausfallstraßen der Stadt und mussten jetzt bremsen, weil vor ihnen ein Polizeiwagen rechts abbiegen wollte. Überhaupt waren sie in den drei Stunden erstaunlich vielen Polizeiwagen begegnet – ein gutes Zeichen dafür, dass auch die Polizei, die sie sofort informiert hatten, mit hohem Aufwand nach Livia suchte.

„*Wie* würde sie sich umbringen?“, fragte Arvin. „Wenn wir das klären, finden wir sie vielleicht.“

„An eine Waffe wird sie nicht rankommen können“, überlegte Gunda. „Und an Medikamente auch nicht.“ Ihre Stimme begann zu wackeln. „Meine Güte, so furchtbare Gedanken hält ja keiner aus!“

„Ich hab mal gelesen, dass sich Frauen meistens die Pulsadern aufschneiden“, warf Manfred ein.

„Aber das braucht Zeit“, sagte Arvin mit gepresst klingender Stimme. „Auf jeden Fall würde das erklären, warum sie den Wagen genommen hat. Sie braucht einen Ort, an dem sie so schnell niemand findet.“

„Ich glaub, ich sollte mal tanken“, sagte Manfred und setzte den Blinker. Fünfzig Meter weiter ragte am Straßenrand die Preistafel einer Tankstelle in die Höhe. „Wenn wir liegen bleiben, hilft das Livia auch nicht weiter.“

„Vielleicht wollte sie uns nur Angst machen“, überlegte Gunda und schnäuzte sich. „Vielleicht ist sie einfach nur auf und davon.“

„Sie haben den Brief doch gelesen, oder nicht?“, widersprach Arvin leise.

Tränen schossen in Gundas Augen. Ja, sie hatte ihn gelesen. Und ja, sie wusste selbst, dass es Livia ernst war. „Aber es könnte doch sein, dass sie der Mut verlässt, wenn sie ihre Ankündigung wahr machen will. Das könnte doch sein …“, formulierte sie ihre letzte Hoffnung.

„Sie hat viel Mut", antwortete Arvin und dachte an alles zurück, was er mit ihr erlebt hatte. Wie oft hatte sie ihn herausgefordert …

„Aber wenn es ihr gelingt", jammerte Gunda. „Dann war alles umsonst. Die vielen Operationen, die monatelange Reha, alles umsonst!"

Arvin antwortete nicht, sondern starrte nur wie hypnotisiert auf die Tanksäule, aus der Manfred gerade Benzin zapfte.

Währenddessen hatte Gunda aufgehört, ihre Gefühle unter Kontrolle zu halten. Sie weinte einfach. „Sie hat mich … oft gefragt, warum sie den Unfall überlebt hat", schluchzte sie. „Sie war sich niemals … sicher, ob es wirklich richtig war."

Es dauerte einen Moment, bis Arvin begriff, was Gunda da gesagt hatte. Aber als er es tat, wirbelte er herum und starrte Gunda an. „Das ist es! So denkt sie!"

Gunda hörte auf zu weinen und starrte zurück. „Was?"

„Sie kehrt zurück zu diesem Zeitpunkt. Und zu diesem Ort. Darum hat sie den Wagen genommen. Warum bin ich nicht früher darauf gekommen?"

„Ich verstehe überhaupt nichts."

Arvin riss die Wagentür auf. „Beeilen Sie sich, Herr Lorenz, ich glaube, ich weiß, wo sie ist!"

❧

Manfred hatte inzwischen ein Tempo drauf, das er noch nie zuvor gefahren war. Er kümmerte sich nicht mehr um Geschwindigkeitsbegrenzungen, hatte bereits einen Polizeiwagen abgehängt und war mit durchgetretenem Gaspedal auf dem Weg in höher gelegene Regionen.

Der Verkehrsunfall, bei dem Livia damals so schwer verletzt worden war, hatte sich in einer bergigen Region nur etwa fünfzehn Kilometer von der Stadt entfernt ereignet. Je näher sie der entsprechenden Stelle kamen, desto unruhiger wurde Arvin. „Bitte, Herr", flehte er leise, „bitte lass etwas dazwischengekommen sein." Er ballte seine Hände zu Fäusten. „Das Benzin könnte ihr ausgegangen sein. Der Motor könnte versagt haben …"

Aber als sie schließlich auf die Stelle zukamen, wurde schnell klar, dass das alles nicht der Fall war. Die Leitplanke sah genauso zerfetzt aus wie damals! Ein paar der ausgerissenen Metallflächen glitzerten in der Sonne.

„Nein, bitte … bitte, bitte nicht", jammerte Arvin und sprang schon aus dem Wagen, als er noch rollte. Dann rannte er auf die kaputte Leitplanke zu.

„Warten Sie auf mich!", rief Manfred hinter ihm her und zerrte mit so viel Kraft an der Handbremse, dass diese laut und protestierend knarrte. Dann stürmten er und Gunda hinter Arvin her.

„Rufen Sie einen Krankenwagen", brüllte Arvin und sprang bereits auf eine kleine Ebene, die sich vielleicht anderthalb Meter unterhalb der Straße befand. Von dort ging es einen Abhang hinab, der aus Felsvorsprüngen und einigen niedrig wachsenden Pflanzen bestand.

„Bringen Sie sich nicht selbst in Gefahr", rief Manfred hinter ihm her, fand damit aber keinerlei Gehör.

Als er mit Gunda den Straßenrand erreichte, bot sich ihnen ein beängstigendes Bild. Viele Meter unter ihnen lag ein Wagen. Ob es Arvins war, konnten sie nicht erkennen. Da er alle vier Räder in den Himmel streckte, war von oben nicht einmal seine Farbe zu erkennen, geschweige denn sein Kennzeichen oder sein Fahrer. Und doch zweifelte niemand …

„Kann man so etwas überleben?", flüsterte Gunda.

Währenddessen hatte Manfred bereits sein Handy aus der Tasche gezogen und die Nummer 110 gewählt.

„Wenn er so weitermacht", flüsterte Gunda verängstigt, „brauchen wir zwei Krankenwagen." Es war deutlich erkennbar, dass Arvin auf seinem Weg nach unten sämtliche Vorsicht außer Acht ließ. Er rannte, kletterte, stolperte wie ein wild gewordener Stier in die Tiefe und kam in dem Moment unten an, in dem Manfred mit der Einsatzleitstelle telefonierte …

❧

„Livia", krächzte Arvin, doch konnte man den Namen kaum verstehen, weil er so außer Atem war, dass er fast röchelnd nach

Luft rang. Er hatte den Wagen inzwischen erreicht, kniete neben ihm und konnte durch die Scheibe sehen, dass all seine Befürchtungen zutrafen. Sie war im Wagen! Und sie blutete. Überall war Blut, sogar an der Fensterscheibe! Und sie lag in einer seltsam verdrehten Position auf der Fläche, die einmal das Dach des Wagens gebildet hatte.

Kein Gurt! Ganze Arbeit geleistet …, schoss es Arvin durch den Kopf.

„Livia", keuchte Arvin ein weiteres Mal, richtete sich auf und riss mit aller Kraft am Griff der Fahrertür. Doch sie ließ sich nicht öffnen, bewegte sich keinen Millimeter. Verzweifelt zerrte er an der Tür, stemmte sich mit dem Fuß gegen die Karosserie, zog mit aller Kraft und hatte doch keinen Erfolg.

Er ließ sich erneut auf die Knie fallen und blickte durch die Fensterscheibe. Wenn sie sich wenigstens bewegt hätte! Wenn er sie hätte atmen sehen können! „Oh, Gott, bitte, lass sie noch leben", flehte er, „bitte!"

Als er sich ein weiteres Mal aufrichtete, hörte er Gunda von oben rufen: „Ist sie am Leben?"

Aber er kümmerte sich nicht darum, hätte die Frage ohnehin nicht beantworten können. Stattdessen umrundete er den Wagen und versuchte, die Beifahrertür zu öffnen. Und tatsächlich … sie knarrte zwar, ging auch etwas schwer, leistete aber keinen wirklichen Widerstand. Und sie blieb auch noch offen stehen, als er sie losließ!

„Bitte, Herr", flehte er noch einmal und kroch in den Wagen. Dort musste er dann allerdings feststellen, dass der Abstand zwischen Decke und Sitzen äußerst gering war. Um sich Platz zu verschaffen, löste er die Arretierung der Kopfstütze, zog sie nach unten weg und warf sie hinter sich aus dem Wagen. Jetzt konnte er vorwärtskriechen … erreichte Livia … und suchte mit der Hand zuerst nach ihrem Hals … nach ihrem Puls. Und er fand ihn! Kräftig, viel kräftiger als erwartet, pochte er gegen seine schweißnassen Finger.

„Oh, Gott, danke", stieß er hervor und suchte als Nächstes nach der Verletzung, die das viele Blut verursacht hatte. Und auch hier hatte er sofort Erfolg. An der Schulter, die ihm zugewandt war, klaffte eine große Wunde, aus der immer noch Blut sickerte. Da der Pullover, den Livia trug, ebenso aufgeschlitzt war wie ihre Haut, konnte er erkennen, dass die Wunde nicht nur breit, sondern auch furchtbar tief war.

Er überlegte kurz, krabbelte dann ein Stück in den hinteren Teil des Wagens und schaffte es, mit dem Arm in den Kofferraum zu langen. Er griff zielsicher in den rechten Seitenbereich und kramte von dort den Verbandskasten hervor. Jetzt half ihm die Tatsache, dass es sein Wagen war, mit dem Livia unterwegs gewesen war.

Noch während er zurück zu Livia kroch, riss er den Verbandskasten auf, was allerdings zur Folge hatte, dass dessen gesamter Inhalt herausfiel. Glücklicherweise landeten die Mullbinden dabei direkt vor seiner Nase. Er riss eine davon auf, wickelte sie zweimal um Livias Wunde und benutzte die andere als Druckmittel zum Erstellen eines Druckverbandes. Als er sie fest auf die Wunde presste, stöhnte Livia leise auf, erwachte aber nicht.

So schnell er konnte, vollendete Arvin sein Werk, suchte dann noch einmal neu nach schwereren Verletzungen, fand aber keine und ließ sich schließlich völlig erschöpft neben Livia auf das ausgepolsterte Dach des Wagens sinken. Ein paar Sekunden blieb er schwer atmend so liegen. Dann rückte er so weit wie möglich an Livia heran, vergrub sein Gesicht in ihren Haaren und atmete den Geruch von Äpfeln und Zimt ein.

Wieso hatte er nicht schon früher bemerkt, dass es das hier, nur das hier war, was er schon immer hatte tun wollen?

„Vergib mir", flüsterte er und wusste selbst nicht, ob er Livia oder Gott oder beide meinte.

Nicht viel später ertönte in der Ferne die Sirene eines Krankenwagens.

❧

Als Livia die Augen aufschlug, dauerte es nur Sekundenbruchteile, bis sie begriff, dass sie sich in einem Krankenhaus befand. Sie hatte zu viel Zeit in dieser Umgebung verbracht, als dass es irgendeinen Zweifel daran geben konnte. Die weiß gehaltenen Wände und Schränke, die schneeweiße Bettwäsche, der Geruch von Desinfektionsmitteln …

Aber wo war Karen? Sie hatte doch sonst immer an ihrem Bett gesessen, wenn sie aufgewacht war …

Die Erinnerung an alles, was geschehen war, ließ nicht lange auf sich warten. *Karen tot … Arvin … der Friedhof …*

Aber warum fühlte sie sich so normal? Sie hatte keine Schmerzen und ihr Kopf war klar, ihr Denken vollkommen unbeeinträchtigt.

Sie hob die linke Hand, stellte fest, dass diese an einem Tropf hing, und tastete damit vorsichtig ihren Kopf und ihr Gesicht ab. Alles in Ordnung. Dann wollte sie ihre rechte Hand heben, ließ jedoch davon ab, als ein heftiger Schmerz in ihre rechte Schulter fuhr. Also doch! Sie hob mit der linken Hand die Bettdecke hoch und stellte fest, dass ihre rechte Schulter bandagiert war. Aber das war dann auch schon alles. Alle anderen Körperteile schienen vollkommen unverletzt.

Wie war das möglich? Was war schiefgegangen? Warum war sie nicht tot?

„Kann hier denn überhaupt nichts klappen?“, schimpfte sie und richtete sich langsam auf. Die Schulter pochte jetzt ziemlich stark und ein bisschen schwindelig war ihr auch. Trotzdem fühlte sie sich fit genug, um das, was sie einmal begonnen hatte, auch zu Ende zu bringen. Der Wille zu sterben war nicht aus einer Laune heraus entstanden. Auch nicht aus der Verzweiflung, die sie – zugegebenermaßen – gestern oder vorgestern Nacht empfunden hatte. Nein, es war eine Entscheidung, die sie gründlich genug durchdacht hatte. Sie wollte nicht mehr leben. Warum auch? Für wen?

Einen kurzen Moment zögerte sie. Vanessa … Für Vanessa hätte es Sinn gemacht. Aber wenn sie Arvin verließ, bestand auch keine Möglichkeit mehr, für Vanessa zu sorgen. Und Arvin zu verlassen, daran führte nun einmal kein Weg vorbei.

Sie richtete ihren Blick auf die Kanüle, die in ihrem Handrücken steckte und ihren Körper mit Flüssigkeit versorgte. Die musste als Erstes ab, war allerdings mit einem Pflaster fixiert. Um die rechte Schulter nicht unnötig zu belasten, führte sie ihre linke Hand bis ganz an ihre rechte heran und versuchte dann, das Pflaster zu lösen. Unglücklicherweise saß es ausgesprochen fest. Und sie hatte ja auch immer noch Probleme mit ihrer rechten Hand. Besonders feinmotorische Bewegungen fielen ihr schwer. Auf diese Weise dauerte es einen Moment, bis sie das Pflaster endlich abgepult hatte. Im Vergleich dazu war es ein Kinderspiel, die Kanüle loszuwerden.

Jetzt schwang sie ihre Beine aus dem Bett und probierte aus, ob diese sie tragen würden. Und tatsächlich, es klappte auf Anhieb. Sie machte ein paar Schritte auf das Fenster zu, zog die Gardine zur Seite und blickte hinaus.

Nun, das war mindestens der vierte Stock. Wenn nicht schon wieder alles schiefging, sollte das reichen.

Als sie sich dann allerdings vorstellte, wie sie dort unten liegen würde, wurde ihr doch etwas mulmig zumute. Abgesehen davon konnte sie sich nicht vorstellen, in diesem halb offenen Krankenhaushemd dort zu liegen!

Deshalb hielt sie jetzt auf die Schränke zu, öffnete einen nach dem anderen und fand schließlich einen größeren Haufen Kleidungsstücke … Unterwäsche, Pullover, Hosen.

Sie musste schlucken. Da es eindeutig ihre Sachen waren, musste Arvin sie geholt haben. Was hatte er wohl beim Zusammenpacken gedacht? Hatte auch er sich gefragt, warum sie nie etwas vernünftig zu Ende bringen konnte?

Der Gedanke trieb Tränen in ihre Augen und rief eine neue Entschlossenheit hervor. So schnell sie konnte, zog sie sich an, holte einen Stuhl und eilte damit zum Fenster zurück. Dann öffnete sie es und stieg mithilfe des Stuhles hinauf auf das Fensterbrett. Da das Fenster ungewöhnlich hoch war, konnte sie fast aufrecht im Rahmen stehen.

Kühle, frische Luft strömte ihr entgegen und gaukelte ihr noch einmal vor, dass sich das Leben lohne.

Dann ging die Tür auf.

„Jetzt reicht's mir aber wirklich", hörte sie Arvins Stimme. „Ich muss mir diese stundenlangen Verhöre nicht bieten lassen."

Erschrocken sah Livia, dass Arvin das Krankenzimmer betrat. Und hinter ihm war noch jemand.

„Das müssen Sie sehr wohl", fauchte Kommissar Walther. „Sie waren von Anfang an verdächtig. Und sie wussten, wo sich Ihre Frau befindet, obwohl das nicht in ihrem Abschiedsbrief stand. Und deshalb werde ich erst dann an einen Selbstmordversuch glauben, wenn Ihre Frau mir das persönlich be–"

Der Satz endete, weil Herr Walther auf Arvin auflief, der ganz abrupt stehen geblieben war.

„Livia", keuchte Arvin erschrocken und stürmte auch schon vorwärts.

„Bleib stehen!", kreischte Livia. „Oder ich springe sofort!" Um ihren Worten Nachdruck zu verleihen, lehnte sie sich aus dem Fenster und hielt sich nur noch mit der linken Hand am Rahmen fest.

Arvin bremste genauso abrupt wieder ab, wie er losgesprintet war, und stand jetzt noch ungefähr anderthalb Meter von ihr entfernt. „Livia, bitte ...", beschwor er sie atemlos. Dann streckte er ihr flehend die Arme entgegen. „Bitte tu das nicht."

„Frau Scholl, ich bitte Sie!", rief nun auch Herr Walther.

Livia warf noch einen prüfenden Blick in die schwindelerregende Tiefe und beugte sich dann wieder ein Stück vor. „Jetzt tu doch nicht so, als ob es dir etwas ausmacht", sagte sie und funkelte Arvin herausfordernd an.

„Es macht mir etwas aus, wirklich", beteuerte Arvin. „Was ... was du getan hast, hat mich aufgerüttelt und ... mir die Augen geöffnet." Er merkte, dass seine Worte in dieser Situation nicht glaubwürdig klangen, und raufte sich verzweifelt die Haare. „Hör doch! Als ich deinen Brief fand, wurde mir sofort klar, wie dumm ich mich benommen habe. Und dass ich mir jetzt selbst wegnehme, was ich liebe. Verstehst du das?"

Livia musste schlucken, war aber noch längst nicht geneigt, ihm zu glauben. „In dieser Situation würdest du mir alles erzählen, nicht wahr?"

Arvin schüttelte den Kopf. „Nein. Würde ich nicht. Wenn ich der wäre, für den du mich inzwischen hältst, würde ich dich springen lassen. Ist doch so ..."

„Ihr Mann hat Sie gefunden", meldete sich nun Herr Walther zu Wort. „Und er hat den Krankenwagen gerufen. Wenn er nicht gewesen wäre –"

„Ich weiß nicht, warum, aber ich war nicht schwer verletzt", stellte Livia fest.

„Falsch", behauptete der Kommissar. „Die Wunde in Ihrer Schulter war ziemlich tief. Wenn die Blutung nicht gestillt worden wäre, hätten Sie durchaus dabei draufgehen können. Ihr Mann hat Ihnen also das Leben gerettet."

„Eben waren Sie doch noch der Meinung, dass er mir nach dem Leben *trachtet*."

„D-das war eben", stotterte Kommissar Walther, „be-bevor Sie im Fensterrahmen standen."

„Okay", musste Livia zugeben. „Das Argument muss ich wohl gelten lassen." Sie riskierte einen weiteren Blick in die Tiefe. Sollte sie oder sollte sie nicht?

Arvin schien ihre Gedanken zu lesen. „Ich will nicht, dass du springst", sagte er mit fester Stimme.

Livia blickte wieder zu ihm auf. „Du hast gesagt, dass ich keine dritte Chance wert bin", sagte sie und konnte nicht verhindern, dass sich der Schmerz einen Weg in ihre Stimme bahnte.

„Du bist 490 Chancen wert", antwortete Arvin leise.

„490?"

„Sieben mal siebzig mal. So oft soll man dem anderen vergeben. Das hat Jesus gesagt."

„Aber Vergebung reicht mir nicht", stellte Livia klar. „Ich brauche hundertmal mehr. Ich brauche Liebe. Wirkliche Liebe. Ich bin ausgetrocknet, verstehst du? Völlig verdorrt! Und ich hab keine Lust, so weiterzumachen. Keinen Tag mehr. Nicht mal mehr heute!"

„Ich werde dir geben, was du willst, und noch viel mehr. Ich verspreche es dir."

Livia sah ihn an und untersuchte seinen Blick auf irgendein Anzeichen von Unehrlichkeit. Nur fand sie keins. „Wie kann ich mir sicher sein, dass das auch noch gilt, wenn ich von diesem Fensterbrett gestiegen bin?"

Arvin hielt ihrem Blick stand. „Probier es aus, Livia. Gib mir eine dritte Chance …"

Kapitel 37

Es war wie der Himmel auf Erden. Wie alles, was sie sich jemals gewünscht hatte.

Arvin, der seine Chance genutzt hatte. Arvin, der wieder ihr gehörte.

Und Vanessa, die sofort auf die veränderte Stimmung im Haus reagierte und die man zum ersten Mal seit Karens Tod wieder lachen hörte! Glücklicherweise hatte sie das gesamte Wochenende bei Franziska verbracht und dadurch von Livias Selbstmordversuch nichts mitbekommen. Zwei Tage nach ihrer Entlassung aus dem Krankenhaus hatte Livia plötzlich das Gefühl, dass ihr Herz vor lauter Glück zerspringen müsste. Und so hüllte sie sich angesichts der niedrigen Temperaturen in eine dicke Jacke, schnappte sich Spike und besuchte mit ihm den Friedhof.

Als sie Karens Grab erreicht hatte, spürte sie sofort, dass es eine gute Entscheidung gewesen war, hierherzukommen. Für sie war dies der Ort, wo sich Trauer und Glück die Waage hielten. Und das war richtig. Das war ihre Realität.

„Hey, du", flüsterte sie und hockte sich vor das Grab. Spike winselte leise, so als spürte er, wer hier begraben lag. Livia stieß einen tiefen Seufzer aus und befahl Spike, links neben ihr Platz zu nehmen.

„Tut mir leid, dass ich dich erst jetzt wieder besuche. Du weißt wahrscheinlich, was passiert ist …" Sie legte eine Pause ein, so als wartete sie auf eine Antwort. „Ich sehe ja ein, dass es eine Dummheit war. Aber manchmal haben auch Dummheiten ihr Gutes." Sie spielte verlegen mit dem Schmuckband, auf dem die Namen ‚Arvin, Livia und Vanessa' zu lesen waren. „Ich schätze, ich hab Arvin einen gehörigen Schrecken eingejagt." Sie lächelte zaghaft. „Ob du's glaubst oder nicht, aber seit jenem Tag trägt er mich auf Händen! Ich glaube, wir kriegen es doch noch auf die Reihe!" Sie fuhr mit dem Zeigefinger die Buchstaben „A", „R", „V", „I" und „N" nach. Der Stoff fühlte sich glatt und kühl an. „Als ich vorgestern nach Hause kam, war das ganze Haus voller Blumen." Sie musste plötzlich kichern. „Ich glaub, er hat den ganzen Blumenladen aufgekauft. Kannst du dir das vorstellen? Arvin und Blumen? Oder besser gesagt: Arvin und Blumen, die sein Haus verändern? Also, wenn das so weitergeht, darf ich irgendwann noch den ganzen Garten umgraben …“ Sie streichelte gedankenverloren Spikes Kopf. „Obwohl … ein paar Wochen wird das wohl noch dauern“, schränkte sie ein. Schließlich steckte ihr rechter Arm immer noch in einer Schlinge.

Eine Weile schwieg sie und beobachtete eine Meise, die ungeniert auf Karens Blumenkränzen herumhüpfte.

„Ich hab mir überlegt, dass ich wieder arbeiten gehen werde“, sagte sie plötzlich. „Stell dir vor, Hedda hat nichts dagegen, wenn ich vormittags komme, während Vanessa in der Schule ist … Aber auch das dauert sicher noch ein paar Wochen.“

Wieder hielt sie einen Moment inne. Dann sagte sie: „Das Einzige, was wirklich nervt, ist die Polizei.“ Der Gedanke sorgte dafür, dass sie sich argwöhnisch umblickte. Seit sie aus dem Krankenhaus gekommen war, fuhr ununterbrochen ein Polizeiwagen an ihrem Haus vorbei. Aber hier auf dem Friedhof war außer einer alten Dame niemand zu sehen.

„Dieser Kommissar Walther kann Arvin einfach nicht leiden.“ Livia zog die Stirn in Falten und musste daran denken, dass sie ihm noch einen Besuch schuldete. Im Krankenhaus hatte er einfach keine Ruhe gegeben und ihr das Versprechen abgenommen, in den nächsten Tagen mal zu ihm aufs Revier zu kommen. Sie fürchtete, dass es um die Sache mit der Schere ging. Nach ihrem letzten Besuch auf dem Polizeirevier hatten sich die Ereignisse überschlagen, sodass sie gar nicht dazu gekommen war, sich um eine Haarprobe von Arvin zu kümmern. Und jetzt wollte sie nicht einmal daran denken, ihn weiter zu verdächtigen. Trotzdem – Hauptkomissar Walther würde wahrscheinlich nicht locker lassen …

Sie überlegte. Ab morgen musste Arvin wieder arbeiten. Dann war sie wieder allein mit Vanessa und hatte – gehandicapt wie sie war – kaum noch Zeit für Extrawürste. Vielleicht war es besser, wenn sie einen kleinen Abstecher machte und von hier aus beim Revier vorbeiging? Sie hatte keine wirkliche Lust dazu, sah aber ein, dass es vernünftig war. Und so stand sie auf, verabschiedete sich von Karen und setzte ihren Vorsatz sofort in die Tat um.

❧

Herr Walther hatte sofort Zeit für sie. Jedenfalls wurde sie vom Empfang aus direkt zu ihm nach oben geschickt.

Als sie wenig später bei ihm klopfte, kam er sofort zur Tür, begrüßte sie freundlich und bot ihr einen Sitzplatz an. Dann begann er, die Vorgänge, die sich in Form von Akten auf seinem Schreibtisch türmten, wie Altpapier zur Seite zu räumen. Dabei wirkte er fast ein wenig übereifrig. Kurz darauf klingelte das Telefon, doch ignorierte er es.

Livia war das ein wenig unangenehm. „Telefonieren Sie ruhig", ermutigte sie ihn. „Ich hab's heut nicht eilig."

„Nein, nein, nicht nötig", beeilte sich Herr Walther zu versichern. „Möchten Sie vielleicht einen Kaffee?"

„Gern", nickte Livia und befahl Spike, sich hinzusetzen. „Ist es in Ordnung, dass ich den Hund dabeihabe?"

„Aber selbstverständlich. Nehmen Sie Milch und Zucker?"

„Nur Milch."

Herr Walther verließ jetzt eilig sein Büro, was Livia die Möglichkeit verschaffte, sich erst einmal umzusehen. Das Büro des Hauptkommissars war recht geräumig und auch schön hell. Es war mit einem Schreibtisch und einigen Aktenschränken ausgestattet. Außerdem gab es eine Verbindungstür zum Nebenzimmer.

Als Herr Walther gleich darauf zurückkehrte, hatte er zwei weiße Plastikbecher mit dampfendem Kaffee dabei. „Ich hoffe, Sie mögen Automatenkaffee", entschuldigte er sich.

„Bestimmt", nickte Livia, die nicht sicher war, ob sie überhaupt schon mal einen getrunken hatte. Als sie den Becher dann allerdings entgegennahm, war er so kochend heiß, dass sie ihn erst einmal wegstellen musste.

„Er kühlt schnell ab", sagte Herr Walther und nahm auf der gegenüberliegenden Seite des Schreibtisches Platz. Dann faltete er die Hände vor der Brust und sah Livia ernst an. „Sie haben sicher eine Ahnung, weshalb ich Sie hierhergebeten habe …"

„Ahnung … ich weiß nicht", wand sich Livia. „Geht es um die Sache mit dem Haar?"

„Unter anderem", nickte der Kommissar.

„Ich … ich wusste nicht, wie ich es besorgen soll", entschuldigte sich Livia. „Ich konnte Arvin ja schlecht eins ausreißen. Und wir hatten so viele ähnliche Haare im Haus – meine, Arvins, Karens … Außerdem ist Karen ein paar Tage später gestorben …"

„Und Ihr Leben hing ebenfalls am seidenen Faden …"

„Das stimmt", räumte Livia ein. „Aber dieses Mal war es kein Anschlag. Ich habe selbst versucht …" Sie zögerte. Das Thema war ihr irgendwie unangenehm. Aus heutiger Sicht konnte sie kaum noch nachvollziehen, was in sie gefahren war. „Sie wissen schon …"

Herr Walther nickte verständnisvoll. „Ich muss mir also keine Sorgen machen, dass Sie diese … Dummheit … wiederholen?"

Livia schüttelte entschieden den Kopf. „Auf keinen Fall. Auf gar keinen Fall." Sie begann plötzlich zu strahlen. „Mein Leben hat sich um hundertachtzig Grad gedreht. Ich bin jetzt glücklich, verstehen Sie? Richtig glücklich!"

Herr Walther schien diese Freude allerdings nicht zu teilen. Jedenfalls blickte er sorgenvoll in Livias Gesicht. „Sie scheinen Ihrem Mann neuerdings blind zu vertrauen."

Livias Lächeln erstarb. *Neuerdings* … Sie musste daran denken, dass sie in ihrem letzten Gespräch mit Herrn Walther selbst ein paar Zweifel an Arvin zum Ausdruck gebracht hatte. „Ich war … durcheinander … und unglücklich …"

„Und wachsam", behauptete Herr Walther. „Das gefiel mir gut."

„Und mein jetziger Zustand gefällt Ihnen weniger", schlussfolgerte Livia.

„So ist es. Ich befürchte, dass Sie jetzt zu vertrauensselig sind. Denken Sie doch an all die Anschläge auf Ihr Leben! Warum sollte damit plötzlich Schluss sein? Irgendjemand ist immer noch da draußen und wartet auf den richtigen Zeitpunkt!"

Livia verzog das Gesicht. „Nett, dass Sie mich daran erinnern."

„Was soll ich tun? Soll ich Ihnen etwa Honig um den Bart schmieren und einen Kranz zu Ihrer Beerdigung schicken?"

Livia schluckte und krallte sich unwillkürlich an Spikes Fell fest. Der schien ihre Angst zu spüren und begann leise zu knurren. „Schon gut, mein Junge", sagte Livia und lockerte ihren Griff. Dann wandte sie sich wieder Kommissar Walther zu. „Ich verstehe natürlich, was Sie meinen ... aber ... ich habe den Eindruck, dass Sie immer noch Arvin verdächtigen. Warum tun Sie das?"

„Na ja ... erstens weil ich ihn von Anfang an verdächtigt habe und zweitens ..." Er schien einen Moment lang nachzudenken. „Kommt es Ihnen nicht auch ein wenig seltsam vor, dass er Sie erst wie den letzten Dreck behandelt und dann so urplötzlich ins Gegenteil verfällt?"

Livia versteifte sich. „Nein, eigentlich nicht. Sie haben ihn selbst gehört. Die Tatsache, dass ich mir das Leben nehmen wollte, hat ihn wach gerüttelt. Ihm ist halt klar geworden, dass er mich nicht verlieren will."

„Vielleicht ist es so. Vielleicht aber auch nicht. Vielleicht hat er Sie so schlecht behandelt, damit Sie freiwillig aus dem Leben scheiden ..."

Livia schnappte nach Luft. „Das ... das glauben Sie doch wohl selbst nicht."

Kommissar Walther zuckte vielsagend mit den Achseln.

„Aber das ... das ist Blödsinn", regte sich Livia auf. „Er hat mich gefunden und die Blutung gestillt!"

„Mag sein. Aber sein Verhalten war schon immer sehr widersprüchlich, nicht wahr?"

Livia atmete einmal tief durch und griff nach ihrem Kaffeebecher. Als sie einen Schluck nahm, stellte sie fest, dass er bereits die ideale Temperatur erreicht hatte. „Ist ‚Widersprüchlichkeit' der einzige Grund für Ihre Verdächtigungen?", erkundigte sie sich gereizt.

„Nein, da ist auch noch das Verhalten, das er in der Befragung im Krankenhaus an den Tag gelegt hat. Er war nervös, äußerst nervös."

„Weil er eigentlich zu mir wollte!", fiel ihm Livia ins Wort.

„Es war nicht diese Art von Nervosität", behauptete Kommissar Walther. „Es war mehr. Sie hätten ihn sehen sollen. Er ist unruhig im Zimmer hin und her gewandert und hat ständig nach draußen gesehen."

„Er hat sich nicht wohlgefühlt im Krankenhaus", verteidigte ihn Livia. „Er ist nicht gern in fremder Umgebung."

„Und das finden Sie normal, ja?"

Livia musste schlucken. „Normal nicht, aber … man gewöhnt sich halt dran."

Kommissar Walther sah ihr tief in die Augen. „Sind Sie denn niemals auf die Idee gekommen, dass er … nun ja … verrückt ist oder so? Schizophren vielleicht?"

Livia starrte den Kommissar voller Entsetzen an. Das Schlimme an dieser Aussage war gar nicht die Aussage selbst, sondern die Erinnerung, die damit verknüpft war. Die Erinnerung daran, dass auch Karen, seine engste Bezugsperson, einmal einen solchen Verdacht geäußert hatte! „Ich …", das Wort klang so heiser und kratzig, dass sie sich erst einmal räuspern musste. „Ich möchte nicht, dass Sie so über Arvin sprechen", fuhr sie mühsam fort. „Er ist vielleicht ein bisschen sonderbar, aber er ist auch ein ganz besonderer Mensch. Sie müssten einmal sehen, wie liebevoll er sich um Vanessa kümmert …"

„Soweit ich weiß, ist Schizophrenie immer davon gekennzeichnet, dass der Patient zwei verschiedene Gesichter zeigt …"

Das war zu viel! Sie wollte – *konnte* – das alles nicht länger verkraften! „Wenn Ihre Spekulationen alles sind, worauf Sie Ihren Verdacht stützen, möchte ich nichts mehr davon hören." Sie stand auf und wandte sich zum Gehen.

„Sind sie nicht."

Livia blieb stehen, drehte sich noch einmal zu Kommissar Walther um und sah ihn fragend an.

„Ich habe auch das Blut untersucht, das an der Schere war."

Livia schluckte schwer. „Und?"

„Es gehört zu einem Menschen, der die Blutgruppe B+, also B, Rhesusfaktor positiv, besitzt."

Livia konnte nicht verhindern, dass sie zu zittern begann. „Ich … ich kenne Arvins Blutgruppe nicht", flüsterte sie.

Kommissar Walther hielt ihren Blick gefangen, als wäre er eine Schlange, die ihre Beute im Blick hat. „Ich schon … Als wir im Krankenhaus waren, war ich kurz mit seiner Jacke allein. Wie es der Zufall so will, befand sich darin sein Portemonnaie samt Führerschein und Unfallhilfe- und Blutspenderpass …"

In diesem Moment wäre Livia am liebsten davongelaufen, doch konnte sie sich nicht rühren. Sie konnte nicht einmal atmen.

„Ihr Mann hat die Blutgruppe B+."

„B ist eine häufige Blutgruppe", behauptete Livia tapfer.

„Falsch", widersprach der Kommissar. „Nur neun Prozent der deutschen Bevölkerung hat B+."

„Neun Prozent … Das … das ist fast jeder Zehnte! Es könnte Zufall sein! Es könnte Zufall sein!" Ihre Sätze klangen mehr wie ein Flehen.

„Möglich ist alles", gab Herr Walther zu. „Auf alle Fälle wüssten wir es genauer, wenn Sie uns damals das Haar gegeben hätten. Aber das haben Sie nicht."

Livia schwieg.

„Aber jetzt, jetzt haben Sie doch mehr Nähe zu ihm."

„Ich soll sein Vertrauen dazu missbrauchen, ihm ein Haar zu entwenden?", fragte Livia ungläubig.

„Ich brauche Sicherheit, hundertprozentige Sicherheit", wiederholte Herr Walther die Worte, die Livia einmal selbst benutzt hatte.

Kapitel 38

Als Livia eine gute halbe Stunde später auf die Einfahrt des heimatlichen Grundstückes einbog, konnte man ihr ihren Seelenzustand nur allzu gut ansehen. Sie ging gebeugt, fast so, als hätte sie Bauchschmerzen. Und sie war mit ihren Gedanken noch lange nicht zu Hause. Sie wollte nicht tun, was Kommissar Walther von ihr verlangt hatte. Auf keinen Fall! Selbst *wenn* … was natürlich unwahrscheinlich war … aber selbst *wenn* sein Verdacht der Wahrheit entsprach … wollte sie es dann überhaupt wissen?

Als sie die Haustür erreicht hatte, blieb ihr nichts anderes übrig, als in ihrer Tasche nach dem Schlüssel zu kramen. Sie hatte das harte, scharfkantige Metall bereits in der Hand, als sich die Tür wie von allein öffnete.

„Onkel Arvin und ich, wir haben gekocht“, plapperte Vanessa drauflos. Sie hatte einen alten roten Pullover an, der mit Flecken nur so übersät war. „Ganz allein und ohne deine Hilfe. Es gibt Spaghetti Bogonäse. Die magst du doch, oder?“

Livia brauchte ein paar Sekunden, um zu begreifen, dass es Mittagszeit war. „Ich … ja, klar“, stammelte sie und nahm prompt den Geruch von angebratenem Fleisch wahr.

„Dann komm rein, Onkel Arvin sagt, du bist sausauspät.“ Mit diesen Worten beugte sich Vanessa zu Spike herunter und schlang beide Arme um ihn. „Wenn was übrig bleibt, kriegst du auch was ab“, tröstete sie den Hund, der schon die ganze Zeit heftig mit dem Schwanz gewedelt hatte. Als sie sich kurz darauf wieder aufrichtete, stellte sie fest, dass sich Livia noch nicht vom Fleck gerührt hatte. „Beeil dich doch! Es wird alles kalt“, schimpfte sie.

Livia zuckte zusammen, als hätte sie jemand geweckt. „Schon gut!“, murmelte sie und zog Jacke und Schuhe aus. Dann folgte sie den Düften in Richtung Küche.

„Na, endlich!“, empfing Arvin sie. Aber es lag kein Vorwurf in seiner Stimme, nur ehrliche Freude. „Wir dachten schon, wir müssten alleine essen.“

Im Angesicht dieser Begrüßung war die Anspannung von eben auf einmal wie weggeblasen. Die Freude in Arvins Augen, seine riesige blaue Kochschürze, der gedeckte Mittagstisch, der Duft … all das ließ Livia auf einmal doch zu Hause ankommen. Sie begann zu strahlen. „Seid ihr denn gar nicht böse auf mich …?“

„Quatsch“, winkte Arvin ab. Dann kam er auf sie zu und legte einfach nur seine Hand auf Livias Wange. In seinen Augen glänzte tiefe Zuneigung. „Ich weiß ja, wo du warst …“

Livia musste schlucken und senkte den Blick.

„Ich vermisse sie doch auch", flüsterte Arvin und bewegte seinen Daumen sanft auf Livias Wange hin und her.

Ein Zittern durchfuhr Livia. Arvins Berührung löste viel mehr in ihr aus, als sie in so kurzer Zeit begreifen oder verarbeiten konnte …

„Das find ich jetzt aber bescheuert!", zeterte Vanessa drauflos. Sie hatte sich mit verschränkten Armen direkt vor Arvin aufgebaut und funkelte ihn wütend an. „Erst sagst du, dass wir es furchtbar eilig haben, und dann stehst du einfach nur so da."

Arvin ließ seine Hand wieder sinken, behielt das sanfte Lächeln aber bei und wandte sich seiner Nichte zu. „Da hast du mich kalt erwischt", sagte er mit gespielter Unterwürfigkeit. „Kannst du mir noch mal verzeihen?"

„Nur, wenn ich jetzt endlich was zu essen kriege", verhandelte Vanessa.

„Hast du dir denn schon die Hände gewaschen?", erkundigte sich Livia.

Vanessas Blick verfinsterte sich. „Hände waschen, Hände waschen, Hände waschen", maulte sie. „Ich hab kaum noch Haut an den Händen …"

Arvin lachte auf und auch Livia musste schmunzeln. Aber was in ihrem Herzen war, ging noch weit darüber hinaus. Da war ein Gefühl tiefer Dankbarkeit. In diesem Moment war alles so, wie es sein sollte. Arvin, Livia und Vanessa. Eine ganz normale Familie.

❧

In den darauffolgenden Tagen kehrte ein Stück Alltag in den Haushalt der Familie Scholl zurück. Arvin ging wieder zur Arbeit und Vanessa zur Schule. Livia war aufgrund ihrer Verletzung noch nicht in der Lage, wieder arbeiten zu gehen. Sie war voll und ganz mit Vanessa und dem Haushalt beschäftigt. Glücklicherweise schaute Gunda recht häufig vorbei und unterstützte sie bei allen Tätigkeiten, die mit nur einem Arm nicht möglich waren. Und auch Arvin tat alles, was in seiner Macht stand, um Livia zu helfen. Er war immer pünktlich zu Hause und bestand darauf, ihr Teile des Haushalts abzunehmen. Mit der Zeit wurde vor allem die Wäsche sein Arbeitsgebiet. Livia konnte sie weder aufhängen noch bügeln. Und auch das Falten ließ sich mit zwei Händen viel besser bewältigen.

Livia empfand Arvins Hilfe als pure Wertschätzung und freute sich darüber. Allerdings spürte sie auch, dass seine Unterstützung mit gewissen Erwartungen verbunden war. Auf jeden Fall gab er den Abstand, den er früher so penibel eingehalten hatte, von Tag zu Tag mehr auf. Das äußerte sich nicht nur darin, dass er ihr von seiner Arbeit und seinen Erlebnissen erzählte, sondern auch darin, dass er ihre Nähe suchte und sie immer häufiger auch körperlich berührte.

Wann immer das geschah, löste es sehr unterschiedliche Reaktionen bei Livia aus. Einerseits genoss sie es. Es war, was sie sich immer gewünscht hatte. Andererseits … war da ein leises, aber doch spürbares Gefühl der Abwehr. War es Misstrauen? Sie wusste es selbst nicht. Oft trat sie einfach einen Schritt zurück … oder begann irgendeine Arbeit …

Wann immer das geschah, spürte sie, dass Arvin sehr sensibel, vielleicht sogar ein wenig verstört darauf reagierte. Trotzdem konnte sie diese Reaktionen nicht abstellen. Sie passierten einfach! Eines Abends – Livia kam gerade aus ihrem Zimmer, in dem seit Karens Tod auch Vanessa übernachtete – fragte Arvin: „Ist es eigentlich nötig, dass du weiterhin in diesem Zimmer schläfst?"

Livia ließ die Türklinke los und wandte sich erstaunt zu Arvin um. „Was …" Sie musste sich räuspern. „Was meinst du damit?"

Arvin lehnte lässig an der Wand des Flures und antwortete betont beiläufig: „Ich mein ja nur … Vanessa macht einen guten Eindruck in letzter Zeit. Sie hätte bestimmt kein Problem damit, ein Zimmer für sich allein zu haben."

„Ja und … und *ich*?" Das Wort war noch nicht verhallt, da beschlich Livia bereits das ungute Gefühl, dass sie diesen Satz lieber nicht hätte sagen sollen. Und dass sie die Antwort gar nicht hören wollte!

„Du könntest bei mir schlafen", sagte Arvin denn auch.

Livia starrte ihn an. „Aber Vanessa … Sie … sie ist es nicht gewohnt, allein zu übernachten." Ein Hauch von Panik schwang in ihrer Stimme mit. „Und sie hat Karens Tod noch lange … noch lange nicht –"

Verwunden, hatte sie sagen wollen. Aber das Wort erstarb in einem Blick, der so tief war, dass Arvin damit direkt zum Kern der Sache vorzudringen schien. „Was mache ich dieses Mal falsch?", fragte er als Nächstes. Es klang verletzt.

Livia schluckte schwer. „N-nichts." Dann wandte sie sich ab und ging in Richtung Küche.

Arvins Schritte verfolgten sie.

In der Küche angekommen, öffnete Livia den Kühlschrank und holte eine Flasche Apfelsaft daraus hervor.

„Weich mir nicht aus", hörte sie Arvin hinter sich sagen.

Livia schloss die Kühlschranktür, stellte den Apfelsaft auf der Arbeitsplatte ab und starrte die Wand an. „Du machst gar nichts falsch", krächzte sie schließlich. „Gar nichts."

„Wir haben hier gesessen", sagte Arvin und ging langsam auf die Essecke zu. „Genau hier." Er deutete auf einen der Stühle. „Und du hast gesagt, dass du mir gehörst."

Livia starrte weiter die Wand an.

„Ist es, weil ich dir misstraut habe?"

Nein, dachte Livia schlicht, *es ist, weil ich dir misstraue.* Und so war es. Was sie bisher nur erahnt hatte, war in diesem Moment so klar wie ein Frühlingsmorgen. Das Gespräch mit Kommissar Walther hatte sie zutiefst verunsichert. „Gib mir ein bisschen Zeit, Arvin", presste sie hervor. „Ich bin … Ich fühle mich auch so schon überfordert. Mit Vanessa, dem Haushalt …"

„Du brauchst einfach nur Zeit?" In seinen Worten schwang Hoffnung mit.

Livia nickte hektisch.

„Dann nimm sie dir", sagte Arvin und atmete einmal tief durch. „Ich hab gelernt zu warten." Er lachte einmal kurz auf. „Wenn es irgendetwas gibt, das ich gelernt habe, dann das."

❧

„Viel Spaß, mein Schatz", sagte Livia und gab Vanessa einen Abschiedskuss. Sie sah mal wieder unheimlich süß aus heute Morgen. „Ich hol dich dann nachher ab!"

„Franzi, warte auf mich!“, protestierte Vanessa und hielt Franziska, die gerade an ihr vorbeiging, am Griff des Ranzens fest.

„Ey, lass das!“, schimpfte Franziska und riss sich mit einem Ruck los.

Livia holte Luft, um den Streit zu schlichten, kam aber nicht dazu, weil Vanessa und Franziska schon miteinander davonrannten. Sie pustete die Luft langsam aus. Anscheinend war es an der Zeit zu begreifen, dass Vanessa mit ihren Freundinnen selbst zurechtkommen konnte.

Sie beobachtete die beiden noch eine Weile und sah ihnen dabei zu, wie sie im Schulgebäude verschwanden. Ruhe kehrte dadurch aber nicht ein. Um sie herum plapperten und lachten und wuselten immer noch Hunderte von Kindern. Ein typischer Schultag eben. Oder doch nicht so typisch?

Livia stieß einen tiefen Seufzer aus, wandte sich um und trat ihren schweren Gang an.

Die Luft war kalt und feucht und ihr Atem fügte dem Nebel noch das eine oder andere Dampfwölkchen hinzu. Es war inzwischen Dezember und Livia trug Mütze und dicke Handschuhe. Trotzdem krabbelte ihre linke Hand beim Gehen immer mal wieder in ihre Jackentasche. Sie war immer noch da, die kleine Dose, von der sie oberflächlich betrachtet schon, in Wirklichkeit aber doch nicht so genau wusste, was sie enthielt. War es Vernunft? Oder Verrat? War es richtig oder war es falsch?

Der Weg zum Polizeigebäude war lang und ließ Livia jede Menge Zeit zum Grübeln. Wer konnte ihr verdenken, dass sie endlich Gewissheit haben wollte? Andererseits bestanden die Zweifel nur, weil dieser Walther sie ihr eingeimpft hatte! Wenn er nicht gewesen wäre …

Aber er war! Und er hatte nun mal das Blut untersucht. B positiv. Sie hatte bei Gunda das Internet durchforstet und nachgeprüft, dass tatsächlich neun Prozent der deutschen Bevölkerung diese Blutgruppe hatten. Das ließ Raum für Zufälle. Aber eben auch Raum für Zweifel!

Abgesehen davon war dieser Gang nur zu Arvins Bestem. Ja, wirklich! Er wünschte sich eine richtige Beziehung, und wenn sie, Livia, ohne diese Gewissheit nun mal nicht bereit dafür war …

Auf der anderen Seite … Sie stellte sich vor, wie Arvin reagieren würde, wenn er von dieser Aktion erführe … Würde das nicht das letzte bisschen Vertrauen zerstören?

Als Livia gute zwanzig Minuten später vor dem Polizeigebäude ankam, waren ihre Beine so schwer, als hätten sie eine achtstündige Wanderung hinter sich. Und dann musste sie auch noch vier Treppen steigen, um in Kommissar Walthers Büro zu gelangen!

Um das Ganze möglichst kurz und schmerzlos zu gestalten, klopfte sie schließlich an der entsprechenden Tür und erstürmte quasi das Büro. Sie verzichtete auf jede Art von Begrüßung oder Smalltalk, näherte sich dem Schreibtisch, hinter dem Herr Walther saß, und klatschte die kleine Schmuckdose direkt vor ihm auf die Schreibtischunterlage.

Herr Walther sah erstaunt zu ihr auf.

„Das Haar“, sagte Livia und machte keinerlei Anstalten, ihre Jacke abzulegen oder einen Sitzplatz einzunehmen.

Kommissar Walther räusperte sich. „Wollen Sie sich nicht setzen?“

Livia schüttelte entschieden den Kopf. „Wie lange wird es dauern, bis Sie ein Ergebnis haben?“

Herr Walther zuckte die Achseln. „Eine Woche vielleicht …“

„Gut“, sagte Livia und machte auf dem Absatz kehrt. „Dann informieren Sie mich über das Ergebnis.“

Sie war schon fast an der Tür, als Herr Walther sie noch einmal ansprach. „Wie kann ich sicher sein, dass es sich um ein Haar Ihres Mannes handelt?“

Livia blieb stehen, knirschte mit den Zähnen und sagte gepresst: „Ich hab's ihm quasi vom Kopf gerissen. Reicht das?“ Genau diesen Satz hatte sie eigentlich vermeiden wollen. Dieser Satz … dieser Moment … war es doch, der aus Vernunft Verrat gemacht hatte! Sie schauderte und versuchte, nicht daran zu denken, wie sie Arvin zärtlich durchs Haar gefahren war … wie er genussvoll die Augen geschlossen hatte … wie sie mit dem Haar – das sich zugegebenermaßen von selbst gelöst hatte – von dannen gezogen war …

„Sie sollten kein schlechtes Gewissen haben", sagte Kommissar Walther.

„Kann ich jetzt gehen?", fragte Livia mit zittriger Stimme. Sie war den Tränen nahe. Was wusste er schon? Wusste er vielleicht, was es Arvin gekostet hatte, ein weiteres Mal Vertrauen zu ihr zu fassen? Und wie zerbrechlich dieses Vertrauen war?

Ihre Frage wurde nicht beantwortet. Stattdessen sagte der Polizeibeamte: „So wie Ihre Schwägerin die Blutspur beschrieben hat, muss es eine ziemlich tiefe Verletzung gewesen sein …"

Livia rührte sich nicht. Sie stand immer noch mit dem Gesicht zur Tür.

„Wer auch immer es war, den Sie damals mit der Schere verletzt haben, dürfte zumindest eine Narbe zurückbehalten haben …"

Livia schluckte schwer. Sie wusste eigentlich, dass sie gehen musste. Sie hatte den Zweifeln schon viel zu viel Raum gegeben!

„Wir könnten gemeinsam überlegen, wo sich diese Narbe befinden müsste …" Die Stimme des Beamten klang sanft und freundlich.

In Livias Gesichtsmuskulatur zuckte es – ein äußeres Zeichen für den inneren Kampf, der in ihr tobte.

„Am besten, Sie setzen sich noch einen Moment", schlug Herr Walther vor.

Und Livia kehrte an den Schreibtisch zurück.

Kapitel 39

Die nächsten Tage waren anstrengend für Livia.

Sie spürte, dass der Same des Zweifels in ihrem Herzen aufgegangen war, und wartete verzweifelt auf das Ergebnis der DNA-Analyse. Gleichzeitig merkte sie, wie sie jede Handlung, jedes Wort, jede Bewegung von Arvin genau analysierte. Es war schwierig, den Argwohn, der dahintersteckte, unter Kontrolle zu behalten. Wenn sich Arvin allein ins Wohnzimmer zurückzog, musste sie sich ununterbrochen sagen, dass er dort nur ein Buch las und nicht den nächsten Anschlag auf sie plante. Wenn er ihr im Haushalt half, versuchte sie, dies mit seinem freundlichen Wesen zu erklären und nicht mit der Absicht, sie einzulullen und in Sicherheit zu wiegen.

Trotzdem war sie so schreckhaft, dass sie manchmal einen halben Herzinfarkt erlitt, wenn Arvin überraschend neben ihr auftauchte.

Vier Tage nach ihrem Gespräch mit Kommissar Walther hielt sie es nicht mehr aus und rief bei ihm an. Dabei erfuhr sie allerdings nur, dass das Ergebnis der Analyse noch ein paar Tage auf sich warten lassen würde. Livia war darüber so verzweifelt, dass sie den ganzen Tag lang in Aktivismus verfiel, das halbe Haus putzte und auf diese Weise versuchte, die Zeit herumzukriegen.

Als Arvin am Abend nach Hause kam, bemerkte er sofort, dass es im Flur kräftig nach Zitrone und Reiniger duftete. Nachdem er Livia begrüßt hatte, erkundigte er sich, ob sie Besuch erwarteten, von dem er nichts wisse.

„Kein Besuch“, konnte Livia ihn beruhigen. „Aber ich hab mich beim Putzen mal wieder so richtig ausgetobt.“

Arvin musterte sie kurz von oben bis unten und blieb mit seinem Blick an ihrer Schulter hängen.

Livia hob vorsichtig den rechten Arm. „Tut kaum noch weh“, lächelte sie.

„Trotzdem solltest du den Arm nicht gleich überanstrengen“, mahnte Arvin und streifte sich die Schuhe von den Füßen.

„Hab ich auch nicht. Du weißt schon …“ Sie bewegte die Finger ihrer rechten Hand. „Mit der Hand ist nicht viel anzufangen.“ Dafür hatte sie allerdings ihren Rücken ein bisschen überlastet. Er fühlte sich an, als hätte sie ein paar Säcke Mehl damit durch die Gegend geschleppt …

„Ich hoffe nur, du hast in deiner Putzwut nichts umgestellt …“

„Würd ich doch nie tun“, seufzte Livia und rief nach Vanessa. „Arvin ist da! Kommst du ihn begrüßen? Vanessa?“

„Lass nur. Ich werd sie schon finden.“ Arvin hängte noch kurz den Mantel über die Garderobe und steuerte dann auf Livias und Vanessas Zimmer zu. Livia folgte ihm, musste aber feststellen, dass Vanessa nicht dort war. Gemeinsam schauten sie erst im Wohnzimmer, dann in der Küche nach, wurden aber nicht fündig.

Livia beschlich ein ungutes Gefühl. „Sie wird doch nicht in Karens Zimmer sein?", überlegte sie.

„Wieso? Ich denke, der Raum ist abgeschlossen ..."

Livia schluckte. Seit dem Tag, an dem Karen aus jenem Raum getragen worden war, hatte ihn niemand mehr betreten. „Es war an der Zeit, dass dort mal gelüftet und sauber gemacht wird", erwiderte Livia tonlos. „Vielleicht hab ich vergessen, wieder abzuschließen."

Arvin seufzte tief. „Sehen wir nach."

Wenig später öffneten sie vorsichtig die Tür zu jenem Raum ... und fanden Vanessa schlafend auf dem flauschigen Teppich vor. Sie hatte sich zu einer Kugel zusammengerollt und nuckelte herzallerliebst an ihrem rechten Daumen.

Einen Moment lang drohte Livias Herz vor lauter Liebe zu platzen. „Vielleicht ist es gut so", flüsterte sie schließlich. „Früher oder später musste sie sich damit auseinandersetzen."

Arvin antwortete nicht, sondern starrte nur wortlos in den Raum hinein.

„Am besten, wir lassen sie schlafen", raunte Livia ihm zu. „Sie ist heute Morgen sowieso viel zu früh aufgestanden." Aber als sie leise den Rückzug antrat, musste sie feststellen, dass Arvin ihr nicht folgte. Er stand einfach nur so da und wirkte ... irgendwie verkniffen ... Erst jetzt bemerkte Livia auch, dass er die rechte Hand zur Faust geballt hatte ...

Sie berührte ihn sanft an der Schulter. Offensichtlich war Vanessa nicht die Einzige, die sich mit gewissen Dingen auseinandersetzen musste. „Komm jetzt", flüsterte sie.

Aber als sich Arvin zu ihr umdrehte, gefror ihr fast das Blut in den Adern. Sein Blick war eiskalt und voller Wut.

Schnell zog Livia die Tür zu. „Was ist los?", fragte sie atemlos.

„Warum ... warum hast du das getan?", knurrte Arvin.

Livia sah ihn aus großen Augen an. „Was getan?"

„Das Bett!", stieß er hervor.

Und dann dämmerte es Livia ... „Du meinst ... dass ich die Bettwäsche abgezogen habe?"

„Wir hatten besprochen, dass alles so bleibt, wie es ist!“, fuhr Arvin sie an. Er war inzwischen dichter an Livia herangetreten und hatte sich wie eine Schrankwand vor ihr aufgebaut.

„Ja, ich … ich hab extra nichts verrückt“, verteidigte sich Livia, „und auch nichts weggenommen … nur gelüftet und …“

„Und das Bett abgezogen, in dem sie gestorben ist!“, fauchte Arvin.

Livia trat unwillkürlich einen Schritt zurück, wurde aber von der Wand des Flures aufgehalten. Sie hatte sich noch nie so bedroht gefühlt wie in diesem Moment. Arvin stand direkt vor ihr und war mindestens anderthalb Köpfe größer als sie. Um ihm ins Gesicht sehen zu können, musste sie den Kopf fast vollständig in den Nacken legen. „Es … es tut mir leid“, stammelte sie. „Ich hab nicht gewusst, dass dich das stört!“

„Dass mich das stört? Dass mich das stört?“ Seine Hand schnellte vor und klatschte direkt neben Livias Kopf gegen die Wand des Flures. „Jetzt kann ich nie wieder dort sein! Nie wieder!“

„Wo sein? Wo?“, wollte Livia wissen.

„Da, wo sie war!“, keuchte Arvin. „Ihr Geruch …“ Als hätte er schon zu viel gesagt, blickte er in diesem Moment beschämt zur Seite.

„In ihrem Bett?“, flüsterte Livia. „Wann warst du denn dort?“ Sie dachte an die Nacht auf dem Friedhof – wie er dagesessen hatte, dicht am Grab – und begriff auf einmal, wie wenig sie im Grunde von ihm wusste. „Du hast in ihrem Bett geschlafen?“

Angesichts dieser Frage wandte sich Arvin ruckartig ab und ging davon.

„Wann? Nachts? Hast du nachts in ihrem Bett geschlafen?“, rief Livia hinter ihm her.

Arvin beschleunigte seinen Schritt.

Livia folgte ihm. „Weich mir nicht aus“, wiederholte sie den Satz, den Arvin bei ihrer letzten Auseinandersetzung gebraucht hatte. „Ich will jetzt wissen, wie oft du seit Karens Tod in ihrem Bett geschlafen hast!“ Sie trippelte im Abstand weniger Zentimeter hinter Arvin her. „Ich hab ein Recht, das zu wissen!“ Als Arvin nicht reagierte, packte sie ihn am Arm und versuchte, ihn festzuhalten. „Wie oft? Wie oft hast du nachts in ihrem Zimmer geschlafen?"

„Jede Nacht!", brüllte Arvin und schleuderte Livia so unvermittelt und mit einer so heftigen Bewegung von sich weg, dass diese das Gleichgewicht verlor und einen Moment später unsanft auf dem Gesäß landete. Einen Moment lang musste sie um Luft ringen. Als sie einigermaßen wieder zu sich kam, war Arvin verschwunden.

❧

„Ja, hallo?"

Livia schluckte und brachte keinen einzigen Ton heraus. Sie hatte sich in ihrem Zimmer eingeschlossen und unter ihrem Bett verkrochen. Da lag sie nun in tiefer Dunkelheit, hielt ein Telefon an ihr Ohr und hatte die einzige Nummer gewählt, die ihr auf Anhieb eingefallen war.

„Hallo, wer ist denn da?"

„Ich bin's", gelang es Livia zu antworten. Sie klang verheult und total fertig.

„Livia?", fragte Enno besorgt.

„Ich sollte dich eigentlich gar nicht anrufen", sagte Livia und fühlte sich gleich doppelt schlecht. Wenn Arvin wüsste, mit wem sie hier sprach …

„Wart mal eben", flüsterte Enno ins Telefon. Erst ertönte ein dumpfes Geräusch, dann war einen Moment Pause. Anschließend knisterte es. „So, da bin ich wieder. Ich musste nur mal eben die Tür zumachen. Frau Baumann, du weißt schon … Also, was ist los?"

Livia atmete einmal tief durch, sagte aber nichts. Sie wusste auch gar nicht, was sie hätte sagen sollen. Im Grunde … verstand sie ihr Gefühlschaos ja selbst nicht!

„Stress mit Arvin?", mutmaßte Enno.

„Megastress", presste Livia hervor.

„Das klingt nicht gut", seufzte Enno. „Andererseits … könnte das dazu führen, dass du dich doch noch für mich entscheidest …" Livia hörte deutlich, dass der Schalk in seinen Worten steckte, konnte aber nicht darüber lachen. Ihr Leben war eine einzige Katastrophe! Den Mann, den sie haben konnte, den wollte sie nicht. Und der, den sie haben wollte, war vielleicht verrückt! „War 'n Witz!", setzte Enno hinzu. „Wieso lachst du nicht?"

„Glaubst du ...", begann Livia, zögerte dann jedoch.

„Ja?"

Und dann sprach sie es doch aus: „Glaubst du, dass Arvin gesund ist?"

„Gesund? Wie meinst du das?"

„Geistig gesund", ergänzte Livia. „Glaubst du, dass er ... na ja ... *normal* ist?"

„Wer ist schon normal ...?"

Livia ließ die Luft, die sich gerade eben bei ihr angestaut hatte, kontrolliert entweichen. „Vergiss es einfach. Es war ... dumm von mir, so etwas zu fragen."

„War es wirklich", bestätigte Enno. „Schließlich wissen wir beide, dass Arvin ein wenig sonderbar ist. Da muss man nicht drumherum reden."

Livia schluckte. „Du meinst seine Marotten ..."

„Ja, die auch ..."

„Auch? Wieso auch?", brach es aus Livia hervor. „Was denn noch?"

„Na ja ... keine Ahnung ... da wäre zum Beispiel seine Affenliebe zu eurem Hund. Er liebt den Hund ja mehr als irgendeinen Menschen ..."

Angesichts dieser Worte zog ein kurzer, aber stechender Schmerz durch Livias Körper.

„Obwohl ...", fuhr Enno fort, „wenn ich es mir recht überlege, muss er seine Schwester noch mehr geliebt haben. Seit Karens Tod hört er ununterbrochen CDs von James Blunt. Immer nur James Blunt. Während der gesamten Bürozeit. Kannst du dir so etwas vorstellen?"

Nun, allmählich schon ... „Aber er macht nicht den Eindruck, als wäre er schizophren, oder?", fragte Livia zaghaft.

„Schizophren", wiederholte Enno. „Hm ..."

„Was heißt denn ‚hm'?", polterte Livia los.

„‚Hm' heißt, dass ich keine Ahnung habe", gab Enno zu. „Es gibt das Sprichwort, dass Genie und Wahnsinn eng beieinander liegen. Für mich ist Arvin der Beweis dafür, dass dieses Sprichwort stimmt. Mehr kann ich nicht dazu sagen."

Mehr musste er auch nicht sagen.

❧

„Ich finde, wir sollten mal zusammen schwimmen gehen", sagte Livia, als sie am nächsten Morgen mit Arvin und Vanessa gemeinsam am Frühstückstisch saß. Es war ein Samstag.

Arvin blickte erstaunt zu ihr auf.

„Au ja!", begeisterte sich Vanessa mit übervollem Mund. Dadurch waren ihre Worte nur schwer zu verstehen. „Schwimmen ist toll! Ich war noch nie mit euch beim Schwimmen! Franzi hat sogar ihren Geburtstag im Schwimmbad gefeiert. Sie geht jede Woche tausendmal schwimmen!"

Arvins Blick verfinsterte sich. „Iss bitte erst den Mund leer, bevor du sprichst." Dann wandte er sich an Livia. „Ich finde, du solltest solche Vorschläge erst mit mir besprechen, bevor du sie in Vanessas Gegenwart äußerst."

Livia errötete. Er hatte natürlich recht. Aber wie sollte sie ihm begreiflich machen, dass es auch zu *seinem* Besten war, wenn sie einen Weg fand, seinen Oberkörper unter die Lupe zu nehmen? Wenn es eine Verletzung gab, dann musste sie sich dort befinden. „Tut mir leid", sagte sie schuldbewusst. „Aber die Idee ist nicht wirklich schlecht, oder?"

„Bitte, Onkel Arvin", bettelte Vanessa – nunmehr verständlich. „Da gibt es die tollste Rutsche der Welt!"

„Ich muss heute noch mal ins Büro", knurrte Arvin. „Gestern ist viel zu viel liegen geblieben."

Livia schlug enttäuscht die Augen nieder. War das seine Art, mit „gestern" umzugehen? Sie hatten nicht wieder über den Vorfall im Flur gesprochen. Aber es war ja auch typisch für Arvin, dass er sich in seine Arbeit flüchtete, anstatt das Gespräch zu suchen. Sie hielt ihm zwar zugute, dass er wahrscheinlich gar nicht gemerkt hatte, was er mit seiner heftigen Bewegung angerichtet hatte. Aber eine Entschuldigung hätte trotzdem nicht geschadet. Oder war das Ganze ihre Schuld? Hatte er nur so heftig reagiert, weil sie ihn fortwährend zurückstieß?

Kapitel 40

Drei Minuten stand sie jetzt schon bewegungslos vor der Tür zum Wohnzimmer und rang mit sich selbst. Es gab so vieles, das dagegen sprach!

Andererseits konnte sie das Warten beim besten Willen nicht länger ertragen! Tag für Tag, zuletzt sogar mehrmals täglich hatte sie bei Kommissar Walther angerufen und förmlich um das Ergebnis der DNA-Analyse gebettelt. Inzwischen hatte er ihr sogar versprochen, das Labor mit Nachfragen zu bombardieren und sie umgehend anzurufen, wenn es etwas Neues gab. Aber wann würde das sein? Wann? Wann? Wann? Immer wieder hatte er auf Personalnot und Analysestaus verwiesen, immer wieder zur Geduld gemahnt! Ach, er hatte gut reden! Er musste ja nicht mit einem Menschen zusammenleben, den er zugleich liebte und verdächtigte! Und ganz sicher konnte er nicht verstehen, was eine Übereinstimmung von Blut und Haar für sie bedeuten würde. Dass es ihr alles wegnehmen würde, was ihr Leben ausmachte!

Nein, es ging nicht. Sie konnte diese Ungewissheit nicht länger ertragen! Sie konnte einfach nicht! Und so hob sie die Hand und klopfte.

Aus dem Inneren des Raumes ertönte ein Grunzen, das mit viel Fantasie als „Herein" gedeutet werden konnte. Und so drückte Livia die Klinke herunter und betrat mit zitternden Knien das Wohnzimmer.

Arvin saß in seinem Lieblingssessel, hatte eine Zeitung in der Hand und schaute jetzt erstaunt zu ihr herüber. In den letzten Tagen hatte Funkstille zwischen ihnen geherrscht, kaum ein persönliches Wort war gewechselt worden. Und jetzt dieser Besuch?

„Ist … Vanessa im Bett?", fragte Arvin.

Livia nickte und blieb im Abstand von mehreren Metern vor Arvin stehen. Dabei bedauerte sie ein weiteres Mal, dass all ihre Versuche, auf andere Weise Gewissheit zu erlangen, gescheitert waren. Weder ins Schwimmbad noch in die Sauna hatte er mitkommen wollen. Und auch als sie einen kleinen Fleck auf seinem Lieblingspullover platziert hatte, war sie nicht zum

Ziel gekommen. Er hatte ihre Bitte, den Fleck „mal eben“ zu behandeln, einfach ignoriert und sich in seinem Schlafzimmer umgezogen.

Livia trat unschlüssig von einem Bein aufs andere. Sie hatte sich schon früher wie eine Verräterin gefühlt. Aber das hier schlug dem Fass den Boden aus … „Ich … ähm …“ Sie musste sich erst räuspern, bevor sie weitersprechen konnte. „Ich finde, dass du zu viel arbeitest. Ich meine … du … du wirkst gestresst und verspannt. Da dachte ich …“

Arvin runzelte die Stirn und schien sie mit seinem Blick zu durchbohren. Er ahnte doch nichts?

„Da dachte ich“, wiederholte Livia mühsam, „dass du vielleicht … na ja … eine kleine Massage oder so was gebrauchen könntest.“

Arvins Blick wurde noch eine Spur ungläubiger.

„N-nur, wenn du willst“, stammelte Livia und trat unwillkürlich einen Schritt zurück.

„Ja!“ Arvin sprang so plötzlich auf, als hätte er Angst, dass sie ihm wieder entfleuchen würde. „Sicher! Das ist eine … tolle Idee.“

„Ja?“ Livia war sich da alles andere als sicher. Wenn er so positiv auf ihren Vorschlag reagierte, wog ihr Verrat umso schwerer.

„Heißt das …“ Arvin zögerte, sah ihr dann aber geradewegs ins Gesicht. „Heißt das, dass …“ Und dann brach es förmlich aus ihm heraus: „… die Wartezeit jetzt vorbei ist?“

Livias Lippen begannen zu zittern. Vor dieser Schlussfolgerung hatte sie sich am meisten gefürchtet. Im Grunde hatte sie ja vermutet, dass seine schlechte Laune und vielleicht sogar seine heftige Reaktion wegen Karens Bett eng mit ihrer Unnahbarkeit zusammenhingen. Und dennoch … wenn sie sich nur überzeugen könnte … dann wäre die Wartezeit doch vorbei!

Sie nickte tapfer und musste im nächsten Moment dabei zusehen, wie sich ein Strahlen über Arvins Gesicht legte.

„Das ist …“ Er wollte die Zeitung falten, die er noch immer in Händen hielt, knüllte sie aber mehr und warf sie achtlos auf den Wohnzimmertisch. „Das ist toll!“

Livia schluckte schwer. „Wenn … wenn du nichts dagegen hast, hole ich ein bisschen Speiseöl, dann kann ich dich besser durchkneten."

„Ach ja, die Massage", erinnerte sich Arvin. „Wo …?"

„Hier!", antwortete Livia schnell. Schon der Gedanke ans Schlafzimmer war zu viel für sie. „Auf dem Sofa, okay?"

Arvin blickte einmal zum Sofa hinüber und nickte dann langsam.

„Zieh doch schon mal den Pullover aus", schlug Livia vor. „Ich bin gleich wieder da." Mit diesen Worten flüchtete sie aus dem Wohnzimmer, stürzte in die Küche und lehnte sich dort erst einmal schwer atmend gegen die Tür. Ihr war nach Heulen, Schluchzen und Schreien zumute, aber bestimmt nicht nach einer sanften Rückenmassage. Deshalb dauerte es lange, ausgesprochen lange, bis sie sich so weit beruhigt hatte, dass sie mit der Flasche Öl ins Wohnzimmer zurückkehren konnte. Dort angekommen, musste sie feststellen, dass es sich Arvin bereits auf dem Sofa gemütlich gemacht hatte. Er hatte sich oben herum frei gemacht, lag auf dem Bauch und wartete auf sie.

Beim Anblick seiner überaus kräftigen Rückenmuskulatur wurden Livias Knie noch eine Spur weicher.

„Konntest du das Öl nicht finden?", murmelte er mit tiefer Stimme.

„Doch, doch", antwortete Livia und schraubte mit zitternden Fingern am Deckel der Flasche herum. Gleichzeitig konnte sie ihren Blick nicht von Arvins Muskeln nehmen. Wie sie sich wohl anfühlten …

Abgelenkt, wie sie war, kippte sie im nächsten Moment eine so große Menge Öl über seinem Rücken aus, dass Arvin erschrocken zusammenzuckte. „Kalt!", bemerkte er.

Die nächsten dreißig Sekunden war Livia damit beschäftigt, das Öl auf Arvins Rücken zu halten und zu verhindern, dass es aufs Sofa lief. Immerhin lag eine Packung Papiertaschentücher auf dem Wohnzimmertisch, die sie zu diesem Zweck missbrauchen konnte. Als die Gefahr schließlich gebannt war, fragte Arvin: „Kommt jetzt der angenehme Teil?"

Livias Blick wanderte zwischen ihren Händen, die ohnehin voller Öl waren, und Arvins ausgeprägter Rückenmuskulatur hin und her. Für einen Rückzieher war es jetzt ohnehin zu spät!

Ohne zu wissen, ob sie in ihrem Leben jemals eine Massage durchgeführt hatte, legte sie ihre Hände auf Arvins Schultern und begann, sie hin und her zu bewegen. Da sie mit ihrer rechten Hand ohnehin nur eingeschränkt Druck ausüben konnte, passte sie sie an dieses Level an und massierte ihn überaus zart und vorsichtig. Ihre Bewegungen standen in krassem Gegensatz zu seinen harten, verspannten Muskeln, hatten aber dennoch eine erstaunliche Wirkung.

Die Art, wie er atmete, wie er manchmal scharf die Luft einsog, dann wieder abgehackt ausatmete, das alles verbunden mit den wohligen Seufzern, die er von Zeit zu Zeit ausstieß, ging Livia durch und durch.

Livia ertappte sich dabei, wie sie die Augen schloss und einfach die Berührung und seine Reaktion darauf genoss. Es kam ihr vor, als hätte sie seit hundert Jahren, vielleicht seit ihrer Kindheit keinen anderen Menschen mehr berührt. Und schon gar nicht so berührt … Ob das so war?

Ihr Herz schlug immer schneller. Gleichzeitig breitete sich die Wärme, die in ihren Händen pulsierte, auf seltsame Weise über ihren ganzen Körper aus und setzte eine solche Sehnsucht frei, einen solchen Schmerz, dass sie irgendwann glaubte, es nicht mehr aushalten zu können. Ohne es zu wollen, ja, ohne es verhindern zu können, schossen Tränen in ihre Augen und tropften auf Arvins Rücken.

Livia war so sehr mit sich selbst beschäftigt, dass sie es gar nicht mitbekam, als Arvin sich versteifte. Erst als er sich plötzlich aufrichtete und Livia erschrocken ansah, wurde ihr klar, dass er ihre Tränen gefühlt haben musste.

Mit dem Ärmel ihres Pullovers wischte sie sie eilig fort.

„Was ist los?“, fragte Arvin zärtlich und besorgt zugleich.

„Ich … ich weiß nicht“, antwortete Livia wahrheitsgemäß. Sie wusste nur, dass sich ihre Hände kalt und tot anfühlten, jetzt, wo sie Arvin nicht mehr berührten. Und dass alles in ihr in Aufruhr geraten war!

„Hey!“, sagte Arvin und legte seine rechte Hand an Livias Wange. Das hatte er schon einmal getan … Mit dem Daumen wischte er eine Träne fort, die noch an ihrer Wange haftete. „Warum weinst du?"

Und dann ... sah sie es!

Als könnte es nicht wahr sein, starrte sie auf die kleine weiße Narbe an Arvins linkem Oberarm. Links – genauso, wie Kommissar Walther es vorhergesagt hatte!

„Sag mir doch, was los ist", bat Arvin.

Die Narbe verschwamm vor Livias Augen, doch spielte das keine Rolle mehr. Sie hatte sich längst wie ein Brandmal in ihr Gedächtnis eingegraben und die Sehnsucht, die eben noch in ihrem Herzen gewesen war, komplett abgetötet. Jetzt war nur noch Schmerz da – ein dumpfer, pochender Schmerz.

Sie stand auf und schüttelte dadurch Arvins Hand ab. „Entschuldige", würgte sie hervor. „Ich muss ..." Sie deutete auf die Tür, stolperte einen Schritt rückwärts, stieß sich am Couchtisch, drehte sich um und flüchtete ohne ein weiteres Wort aus dem Wohnzimmer. Sie schubste noch die Tür ins Schloss, rannte dann aber weiter, als wäre ein irrer Mörder hinter ihr her. Und vielleicht war er das ja auch ...

Ohne sich noch einmal umzusehen, stürmte sie durch den Flur bis zur Haustür, vergaß, Jacke oder Schuhe anzuziehen, ließ die Haustür sperrangelweit offen stehen und rannte in die dunkle Nacht hinaus. Ohne Sinn und Verstand hetzte sie bis zur Straße, wandte sich in die nächstbeste Richtung ... und lief ... lief ... lief ...

Es dauerte lange, bis sie wieder zu sich kam. Viel zu lange. Als die eisige Kälte endlich von ihren nackten Füßen und ihrem nicht gerade üppig bekleideten Körper bis zu ihrem Gehirn vordrang, war sie schon so weit von zu Hause weg, dass sie nicht mehr genau wusste, wo sie sich befand.

Sie blieb stehen, atmete röchelnd gegen ihren Sauerstoffbedarf an und spürte, wie ihr Herz nur so raste. Sicher war es in mehrerer Hinsicht durcheinandergeraten! Der Gedanke ließ Livia trotz ihres hektischen Atmens aufstöhnen. Arvin war es gewesen. Arvin hatte versucht, sie umzubringen! Nicht nur im Krankenhaus, sondern auch auf der Autobahn und zu Hause! Erst die Übereinstimmung in der Blutgruppe und jetzt auch noch die Narbe! Wie hatte sie nur so gutgläubig sein können?!

Bilder aus dem Gefängnis tauchten vor ihrem geistigen Auge auf. Damals hatte er so überzeugend geklungen! Oder hatte er nur gesagt, was er wirklich glaubte? War er am Ende tatsächlich schizophren? Genauso wie Kommissar Walther es vermutet hatte? Sie ließ noch einmal all die Widersprüchlichkeiten Revue passieren, die sie mit Arvin erlebt hatte. Seine Freundlichkeiten, seine Zärtlichkeit und dann wieder seine Spleens und Sonderbarkeiten, die Heftigkeit, mit der er sie zurückgestoßen hatte …

Sie schluchzte auf, fiel auf ihre Knie und begann zu weinen. Fast wünschte sie, er wäre schizophren! Dann gab es vielleicht einen Teil, wenigstens einen Teil von ihm, der sie liebte … und der das war, was *sie* liebte!

So saß sie da, zusammengekauert im Dreck des Straßenrandes und weinte bitterlich. Wie ein Strom rannen die Tränen ihre Wangen hinunter und wuschen all ihre Hoffnungen fort. Es würde niemals Stabilität oder Liebe in ihrem Leben geben. Niemals!

Irgendwann drang aus der Ferne ein Motorengeräusch zu Livias Ohren vor. Sie erschrak und riss die Augen auf. Und tatsächlich, noch weit entfernt leuchteten ihr die Lichter eines Pkws entgegen. Und er kam auf sie zu!

Livia stöhnte ängstlich auf, krabbelte auf den Knien von der Straße weg und tauchte in den nächstbesten Busch ein. Zweige schlugen in ihr Gesicht, Äste versuchten sie aufzuhalten, aber sie kämpfte so tapfer dagegen an, dass sie im nächsten Moment tief im Inneren des Busches versunken war. Sie konnte das Licht des Pkws jetzt nicht mehr sehen, hörte nur noch, wie er näher kam. Er fuhr langsam, ungewöhnlich langsam, so als suchte er etwas … oder jemanden?

Livia begann, vor Angst zu zittern, und stellte – fast ein bisschen erstaunt – fest, dass sie trotz allem, was geschehen war, leben wollte. Sie wollte leben!

Der Wagen fuhr an ihr vorbei, bewegte sich aber immer noch langsam vorwärts. Livia konnte einen kurzen Blick auf ihn erhaschen, doch war es so dunkel um sie herum, dass sie nicht erkennen konnte, ob es Arvins Wagen war. Seine Lichter erleuchteten mehr die Straße als ihn selbst.

Immerhin fuhr er weiter, immer weiter, bis er schließlich in der Ferne verschwunden war.

Inzwischen war Livia so kalt, dass sie nicht mehr nur vor Angst zitterte. Wenn sie hier blieb, in diesem Busch, wenn sie hier einschlief, würde sie morgen vielleicht nicht mehr aufwachen!

Sie kontrollierte noch einmal, dass der Pkw tatsächlich verschwunden war, und befreite sich dann mühsam wieder aus dem Geflecht von Zweigen und Ästen. Als sie sich schließlich auf ihre Füße stellte, zuckte sie vor Schmerz zusammen. Unter ihrem rechten Fuß pochte es heftig. Entweder hatte er im Gebüsch oder auf dem Weg hierher etwas abbekommen.

Humpelnd schlug sie die Richtung ein, die sie von dem Pkw wegführte, und beeilte sich vorwärtszukommen. Der Himmel war nicht bedeckt, ein halber Mond und jede Menge Sterne erleuchteten ihren Weg. Theoretisch musste sie sich jetzt auf dem Weg nach Hause befinden, doch war sie sich eigentlich sicher, dass sie genau dorthin nicht wollte. Aber wohin … an wen … sollte sie sich wenden?

An Gunda? Nein, das kam nicht infrage. Wenn sie sich zu Gunda flüchtete, musste sie in die Nähe von Arvin. Und da sie nicht ausschließen konnte, dass er mit dem Wagen auf der Suche nach ihr war, kam diese Richtung nicht in Betracht. Aber wohin dann?

Der Einzige, der ihr jetzt noch einfiel, war Enno. Die Frage war nur, ob sie den entsprechenden Weg finden würde. Sie sah sich um und versuchte herauszufinden, wo sie sich befand. Aber es gab hier weder Straßen noch Schilder. Nur Felder und kleinere Waldstücke.

Sie humpelte tapfer vorwärts, versteckte sich jedoch, wenn Autos an ihr vorbeifuhren. Allerdings hatte sie nicht länger den Eindruck, dass sie verfolgt wurde. Dafür fuhren die Autos einfach viel zu schnell und zielstrebig an ihr vorbei. Nach einiger Zeit gelangte Livia an eine Abzweigung, die ihr bekannt vorkam. Sie vermied den Weg, der nach Hause führte, und hielt sich stattdessen links. Eine Weile irrte sie umher, dann traf sie auf eine Hauptstraße, die sie kannte. Von hier aus konnte sie den Weg zu Enno finden, doch war sie sich nicht sicher, ob es gut war, an einer Hauptstraße entlangzugehen. Sie stellte schnell fest, dass die Straße auch um diese Zeit noch recht stark befahren war, und versuchte deshalb, auf Nebenstraßen, die parallel zur Hauptstraße verliefen, vorwärtszukommen. Dabei verlief sie sich natürlich ein paar weitere Male.

Als sie schließlich völlig durchgefroren und erschöpft vor Ennos Tür stand, gab es nur noch einen einzigen Wunsch in ihrem Herzen: dass er zu Hause war. Sie klingelte Sturm. Die Zeit, in der sie auf eine Antwort wartete, kam ihr vor wie eine Ewigkeit. Jetzt, wo sie sich nicht mehr bewegte, spürte sie die eisige Kälte des Windes erst richtig. Hinter ihr rauschten die Büsche, die links und rechts neben der Zuwegung gepflanzt waren. Es waren doch die Büsche …?

„Ja?“, kam es schließlich aus der Gegensprechanlage.

Livia musste schlucken und erinnerte sich an ihren letzten unangekündigten Besuch bei Enno. Da hatte er verhalten, aber immerhin nicht verärgert reagiert … „Ich bin's, Livia“, presste sie hervor. „Kann ich reinkommen?“

Nach ein paar bangen Sekunden surrte der Türöffner und Livia versetzte der Haustür einen verzweifelten Schubs. Dann stolperte sie in den dunklen Hausflur. Sie hörte, wie oben eine Tür aufgeschlossen wurde, und riss abwehrend die Hände vors Gesicht, als das Licht anging.

„Livia?“, rief Enno mit unterdrückter Stimme von oben.

Livia brauchte ein paar Sekunden, bis sie wieder etwas sehen konnte. „Ich komme“, krächzte sie und begann, die Treppenstufen zu erklimmen. Ihre Füße waren mittlerweile zu Eisklötzen zusammengefroren, was immerhin den Vorteil hatte, dass sie ihre Verletzung nicht mehr spürte.

„Wie siehst du denn aus?“, rief Enno, als sie schließlich in Sichtweite kam. Dann blieb sein Blick an ihren Füßen hängen. „Du … du blutest ja!“

„Kann ich reinkommen?“, piepste Livia und blieb unentschlossen vor ihm stehen. In Anbetracht der Tatsache, dass er selbst mal wieder perfekt gekleidet war – wenn auch nicht in Form eines Anzuges, sondern in Form einer Bluejeans und eines grünen Strickpullovers –, kam sie sich noch dreckiger vor.

„Ja … natürlich!“, stammelte Enno und gab umgehend den Weg frei. „Soll ich Verbandmaterial holen?“

„Das wäre toll“, stöhnte Livia und humpelte zunächst in den Flur hinein.

„Am besten, du gehst ins Wohnzimmer“, schlug Enno vor und öffnete schon mal die entsprechende Tür. Dann verschwand er eilig im Badezimmer.

Livia humpelte weiter bis zur Couch und ließ sich mit einem tiefen Seufzer auf die Sitzfläche fallen. Dann warf sie selbst einen Blick auf ihre Füße. Sie waren zerkratzt, blutig und mit schwarzem Dreck verschmiert. Und sie fühlten sich noch immer so an, als gehörten sie jemand anderem …

Enno kam schon bald darauf ins Wohnzimmer zurück. Er hatte eine kleine Plastikwanne dabei, die mit Wasser gefüllt war und aus der es sichtbar dampfte. Diese Wanne stellte er wortlos vor Livias Füßen ab. Er kniete sich daneben und begann vorsichtig, ihre Hosenbeine nach oben zu krempeln. Als er damit fertig war, sah er sie fragend an. „Wärst du mit einem kleinen Fußbad einverstanden?“

Sie nickte verlegen, hob den rechten Fuß und tauchte ihn mit Ennos Hilfe langsam in das warme Wasser ein. Die Empfindungen, die dabei durch ihren Körper flossen, waren so ziemlich das Intensivste, was sie jemals erlebt hatte. Im ersten Moment schoss einfach nur ein stechender Schmerz in ihren Fuß, dann kam es ihr so vor, als würden überall an ihrem Fuß tausend Nadeln in ihre Haut gestochen werden. Dieses Prickeln verlagerte sich von außen nach innen und wurde dabei immer schmerzhafter. Livia hatte Mühe, nicht laut aufzustöhnen, und verzerrte das Gesicht.

„Tut's weh?“, fragte Enno besorgt.

Livia nickte nur, hob aber dennoch tapfer ihren zweiten Fuß. Als auch dieser ins Wasser eintauchte, kullerten bereits die ersten Tränen über ihre Wangen.

„Ich hol dir 'n Taschentuch“, sagte Enno.

„Bring mir … was zu trinken mit“, bat Livia durch zusammengepresste Zähne hindurch.

„Wird gemacht.“ Enno eilte von dannen und kehrte wenig später mit einem Glas Wasser und Taschentüchern zurück.

„Das ist wirklich nett", seufzte Livia, nahm ihm das Wasser ab und stürzte es mit großen, gierigen Schlucken hinunter.

Derweil hatte sich Enno schon wieder neben ihren Füßen niedergelassen. Er tauchte jetzt einen Waschlappen ins Wasser ein und strich damit sanft über Livias Spann.

Livia schloss für einen Moment genießerisch die Augen, stellte aber fest, dass sie das zurück in Arvins Wohnzimmer versetzte, zu einem nackten, warmen Oberkörper … Sie zuckte zusammen und riss die Augen wieder auf.

„Hab ich dir wehgetan?", fragte Enno erschrocken.

Livia schüttelte stumm den Kopf und bemühte sich, ihre Gefühle zu ordnen. Da war immer noch diese Sehnsucht … Sie versuchte sich an Arvins Narbe zu erinnern, merkte aber, dass sich dadurch nicht viel änderte. Wahrscheinlich hatte sie ihre Gefühle für Arvin viel zu lange genährt und gepflegt, als dass sie von jetzt auf gleich wieder hätten verschwinden können. Außerdem hatte sie nicht gesehen, was Arvin ihr angetan hatte. Es zu wissen war nicht das Gleiche wie es zu sehen!

„Habt ihr euch mal wieder gestritten?", fragte Enno und ging dazu über, beide Füße insgesamt zu waschen. Dabei beschränkte er sich nicht nur auf den Spann, sondern wusch auch die Fußsohlen.

„Arvin ist es gewesen", sagte Livia aus heiterem Himmel. „Er steckt hinter den Anschlägen."

Enno hielt mitten in der Bewegung inne und hob den Kopf. Aus großen, verwunderten Augen starrte er Livia an. „Bitte?"

„Er ist schizophren oder so was", stieß sie hervor und schnaubte lautstark in ein Taschentuch. „Vielleicht weiß er gar nicht, was er tut!"

„Wie … wie kommst du denn darauf, dass er es war?", staunte Enno.

Daraufhin erzählte ihm Livia stockend, aber in allen Details, was damals im Krankenhaus geschehen war, dass Karen ihr die blutverschmierte Schere vermacht hatte und dass sie diese der Polizei übergeben hatte. „Der Abgleich mit dem Zentralregister hat zu nichts geführt. Deshalb …" Sie zögerte und schlug beschämt die Augen nieder. „Ich hab Herrn Walther ein Haar von Arvin besorgt."

„Und der Vergleich hat eine Übereinstimmung ergeben?" Enno schien völlig fassungslos.

„Na ja ... das Ergebnis lässt noch auf sich warten, aber die Blutgruppe stimmt überein. Und es ist eine seltene Blutgruppe, B+. Ich hab natürlich trotzdem gezweifelt. Aber Karen hat damals nicht nur die Schere, sondern auch eine Blutspur gefunden. Ich muss dem Täter also eine ziemlich tiefe Wunde zugefügt haben. Kommissar Walther war fest davon überzeugt, dass die Wunde eine Narbe hinterlassen hat, wahrscheinlich im Bereich des Oberkörpers." Sie seufzte tief. „Genau hier ..." – sie tippte mit dem Finger auf die Stelle an Ennos Schulter, an der sie bei Arvin die Narbe entdeckt hatte – „genau hier hat Arvin eine Narbe."

Enno schluckte hörbar, wandte wie in Zeitlupentempo den Kopf und starrte auf die Stelle, an der noch immer Livias Finger ruhte. „Du musst dich irren", flüsterte er benommen.

„Schön wär's", seufzte Livia. Im nächsten Moment klingelte es an der Tür, und sie zuckte so heftig zusammen, dass ein Teil des Wassers aus der Schüssel auf den Fußboden schwappte. „Wer ist das?"

Enno zuckte die Achseln. „Ich erwarte eigentlich niemanden." Dann erhob er sich und steuerte auf den Flur zu.

„Wenn es Arvin ist", rief Livia hinter ihm her, „dann mach ihm auf keinen Fall die Tür auf!"

„Keine Sorge", antwortete Enno, konnte Livia mit dieser Aussage aber nicht beruhigen. Ohne sich vom Zustand ihrer Füße abhalten zu lassen, sprang sie auf und rannte hinter ihm her.

Enno war inzwischen an der Haustür angekommen und hatte den Knopf der Gegensprechanlage gedrückt. „Ja?"

„Ich bin's, Arvin. Hast du 'n Moment Zeit?"

Livia erreichte Enno, umklammerte seinen Arm und schüttelte verzweifelt den Kopf.

„Im Moment ist es gerade ein bisschen schlecht", antwortete Enno. „Können wir nicht telefonieren oder so was?"

„Hast du schon wieder Damenbesuch?", erkundigte sich Arvin.

Livia schluckte. Das klang, als käme ‚Damenbesuch' bei Enno häufiger vor ...

„Blödsinn. Aber ich bin nass. Ich …“ – sein Blick fiel auf Livias Füße – „ich bade gerade meine Füße.“

„Na und?“, beschwerte sich Arvin. „Das hier ist ein Notfall. Und du weißt genau, dass ich außer dir niemanden hab, zu dem ich gehen könnte.“

Enno sah Livia an, verzog hilflos das Gesicht und flüsterte: „Wenn ich ihn nicht reinlasse, schöpft er Verdacht!“

Livia schluckte schwer. „Kann ich mich irgendwo verstecken?“

Enno sah sich eilig um, deutete auf eine Tür am Ende des Flures und sagte: „Das da hinten ist der Abstellraum. Den wird er bestimmt nicht betreten.“

„Also gut!“ Während Livia in Richtung Abstellraum flüchtete, zog Enno seine Socken aus, verschwand im Wohnzimmer und kehrte gleich darauf mit nassen Füßen zurück. Dann drückte er auf den Türöffner, wandte sich noch mal zu Livia um und flüsterte: „Sieh bloß zu, dass du keinen Lärm machst.“

Livia nickte, durchquerte die Tür und zog diese hinter sich zu. Dabei achtete sie allerdings darauf, dass ein Spalt offen blieb. Sie wollte … musste hören, mit welchem Anliegen Arvin hierhergekommen war! Jetzt war es in dem kleinen Abstellraum, der eben noch vom Flur aus beleuchtet worden war, fast vollständig dunkel. Nur ein kleiner Streifen Licht fiel durch den Spalt in der Tür. Seit eben wusste sie jedoch, dass sie sich in einem Raum befand, der kaum mehr als vier Quadratmeter maß und rundherum mit Regalwänden ausgestattet war. Kein Wunder, dass sie sich jetzt ein bisschen eingesperrt vorkam!

Enno öffnete die Wohnungstür, woraufhin Schritte hörbar wurden. Sie hallten gespenstisch durchs Treppenhaus und wurden dabei immer lauter. Als sie schließlich verstummten, sagte eine Stimme, die eindeutig Arvin gehörte: „Du hast ja tatsächlich deine Füße gebadet!“

„Ja, glaubst du, ich lüg dich an?“, erwiderte Enno entrüstet.

Livia zog die Stirn in Falten. Es war schon beeindruckend, wie überzeugend Enno log … Sie versuchte, durch den Spalt in der Tür einen Blick auf Arvin zu erhaschen. Unglücklicherweise stimmte der Winkel nicht ganz. Sie sah nur Enno und den auch nur von hinten.

„Gib deine Jacke her“, sagte Enno.

„Nee, lass mal. Ich will sowieso nicht lange bleiben. Ich wollte nur wissen, ob sich Livia bei dir gemeldet hat.“

„Livia? Wie kommst du denn darauf?“

„Sie ist abgehauen, Enno. Einfach so, ohne Grund. Und noch dazu ohne Schuhe und Jacke. Ich hab ein bisschen Angst, dass sie sich da draußen den Tod holt!“

Livia musste schlucken. War das hier der Teil von Arvin, der sie liebte? Vielleicht aufrichtig liebte?

„Habt ihr euch gestritten?“

„Nein, das ist es ja! Wir haben ...“ – Arvin stockte – „wir haben uns kein bisschen gestritten, nur ... nur unterhalten. Und dann springt sie einfach auf und flüchtet aus dem Haus. Kannst du dir so was vorstellen?“

„Eigentlich nicht.“

„Du musst mir helfen, sie zu suchen, Enno! Wir müssen ... ich weiß auch nicht ...“ – er klang aufgeregt und besorgt – „... alle Stationen abfahren, die sie angesteuert haben könnte.“

„Und welche Station kommt da außer mir infrage?“

„Wenn ich das nur wüsste!“, seufzte Arvin. „Die Nachbarn hab ich schon aus dem Bett geklingelt. Aber da war sie nicht. Genausowenig wie auf dem Friedhof. Und wenn sie nicht hier ist ...“ Seine Stimme wackelte ein bisschen. „Mensch, Enno, ich hab so Angst, dass sie sich wieder was antut!“

Livia schwankte ein bisschen und musste sich am Regal abstützen. Die ehrliche Besorgnis in Arvins Worten berührte ihr Herz. War es wirklich möglich, dass jemand, der in guten Momenten so dachte, in schlechten zum Mörder wurde?

„Jetzt komm erst mal rein“, schlug Enno vor. „Wir trinken ein Bier und entwerfen einen Schlachtplan, okay?“

Arvin seufzte tief. „Also gut.“ Und dann folgte er Enno ins Wohnzimmer und zog die Tür hinter sich ins Schloss. Dadurch wurde es mit einem Mal mucksmäuschenstill im Flur.

Livia wartete eine ganze Zeit lang ab, lauschte ihrem eigenen Atem und wartete darauf, dass die beiden ihren Schlachtplan beendeten. Aber das dauerte anscheinend. Die Minuten verrannen, und es wurde für Livia immer unangenehmer, auf ihren lädierten Füßen zu stehen. Deshalb beschloss sie, sich auf den Boden zu setzen, fasste dabei jedoch in etwas Weiches, Nasses und erschrak ganz fürchterlich. Um herauszufinden, worum es sich dabei handelte, schloss sie kurzerhand die Tür und schaltete das Licht an. Es dauerte einen Moment, bis sich ihre Augen an die plötzliche Helligkeit gewöhnt hatten. Dann aber stellte sie fest, dass sie nichts anderes als einen Wischmopp berührt hatte. Dass er noch nass war, warf ein positives Bild auf Ennos Haushaltsführung …

Andererseits wurde der Eindruck durch den Zustand des Abstellraumes wieder ein wenig relativiert. Hier herrschte alles andere als Ordnung. Dosen mit Lebensmitteln, Marmeladen- und Nutellagläser, Tüten mit Nudeln und Chips, Regenschirme, Baseballkappen, Fotoalben, alte Zeitungen und Bücher waren wild in den Regalen verstreut, Bierkisten, Eimer und Putzmittel, eine Leiter, ein Hocker, Farbbehälter, Tapeten- und Teppichreste beherrschten den Fußboden. Von System keine Spur!

Livia blickte sich kopfschüttelnd um. Männer kamen ohne Frauen eben doch nicht zurecht!

Um sich die Zeit zu vertreiben, nahm sie ein paar Zeitungen vom Stapel und durchsuchte sie nach etwas Brauchbarem wie einer Gartenzeitschrift. Leider fand sie nur „Spiegel" und „Focus". Frustriert legte sie die Zeitschriften ins Regal zurück. Dabei entdeckte sie etwas, das wie ein Kassettenrekorder aussah. In einem Anfall von Neugier drückte sie auf den Abspielknopf. Das Gerät begann leise zu rauschen, gab aber weder Musik noch irgendwelche anderen Töne von sich.

Dafür hörte sie jetzt, dass sich auf dem Flur etwas tat!

Sie erschrak fürchterlich, hechtete zur Tür und schaltete das Licht aus. Arvin durfte auf keinen Fall bemerken, dass im Abstellraum auf einmal Licht brannte! So etwas war manchmal auch durchs Schlüsselloch erkennbar!

Sie legte ihr Ohr ans Türblatt und horchte angestrengt in den Flur hinein. Leider sprachen Arvin und Enno sehr leise. Erst hörte sie nur dumpfes Gemurmel, dann klappte eine Tür und es herrschte Ruhe! War Arvin weg?

Im nächsten Moment ging die Tür auf und Livia stolperte direkt in Ennos Arme.

„Na, na, nicht so stürmisch“, grinste Enno.

Livia wich eilig vor ihm zurück und richtete ihren Pullover. „Tut mir leid, ich …“ Sie musste sich räuspern. „Ist Arvin weg?“

„Ja, er hatte nicht mal die Ruhe sich hinzusetzen. Schätze, er fährt jetzt ziellos in der Gegend herum und sucht dich.“ Enno schüttelte den Kopf. „Also, wenn du mich fragst, ist er ein verliebter Esel, aber ganz bestimmt kein Mörder. Und die Narbe … Er hatte doch damals diesen Autounfall. Du weißt schon, der Unfall, bei dem seine Eltern getötet wurden. Könnte die Narbe nicht daher stammen?“

„Und die Blutgruppe?“, fragte Livia.

„Zufall?“

„Ich weiß nicht“, begann Livia, verstummte aber, als ihr jemand dazwischenredete. *„Vorsicht auf Gleis drei, ein Schnellzug fährt durch.“*

Livia zog irritiert die Stirn in Falten. Gab es hier einen Bahnhof in der Nähe? „Was war denn das?“, fragte sie verwundert. Aber erst als sie einen Blick in Ennos Gesicht warf, stutzte sie wirklich. Das maßlose Entsetzen, das sie darin las, das Verschwinden sämtlicher Farbe, ließ sie erahnen, dass gerade etwas wirklich Bedeutungsvolles geschehen war. Und sie hatte ja auch selbst den Eindruck, diese Worte schon mal irgendwo gehört zu haben … „Oh, mein Gott“, brach es aus ihr hervor. Der Kassettenrekorder … die Nacht … in der sie Spike geholt hatte … der Anschlag auf ihr Leben! Sie ging rückwärts, bis sie hinten gegen die geöffnete Tür stieß. „Du“, stammelte sie, „du … du warst es!“

Ennos Blick wurde mit einem Mal kalt und entschlossen. „Frauen …“, fauchte er zutiefst verärgert. „Ihr seid so neugierig, dass ihr euch euer eigenes Grab schaufelt.“

„*Du* hast den Stein geworfen“, brach es aus Livia hervor. „Du warst gar nicht am Bahnhof! Mehr noch, du hast …“ Als sie begriff, mehr und mehr begriff, ging ihr auf einmal regelrecht die Luft aus. Sie keuchte auf und vollendete ihren Satz mit dem letzten bisschen Puste, das ihr noch verblieben war: „„… mich angerufen, damit *ich* mir mein eigenes Grab schaufel! Damit du vorbereitet bist! Damit du weißt, wann wir vorbeifahren. Wann du den Stein werfen musst!" Tränen der Wut und Enttäuschung traten in ihre Augen. „Und dann", fuhr sie fort, „als wir noch am Leben waren ..." Sie drehte sich um und marschierte in den Abstellraum zurück. Dann griff sie nach dem Hocker, riss ihn aus dem Haufen von Gerümpel, ließ dabei alles Mögliche zu Boden poltern und keuchte: „Wetten, es gibt ein Gewehr in diesem Abstellraum?!" Sie platzierte den Hocker an der nächstbesten Regalwand, erklomm ihn und begann in dem Durcheinander nach dem Gewehr zu suchen. „*Wetten?*"

„*Wetten nicht?*" Es war so viel Selbstbewusstsein und Entschlossenheit in seinen Worten, dass Livia innehielt und sich zu Enno herumdrehte.

Dadurch wurde sie mit einem Paar eiskalten, tiefdunklen Augen und ... einem Gewehrlauf konfrontiert. Sie hörte auf zu atmen.

„Gewehre gehören nicht in den Abstellraum", verkündete Enno. „Man sollte sie immer griffbereit haben."

Livia schluckte.

„Komm raus da!", befahl Enno.

„Was ... was hast du vor?", flüsterte Livia. Seltsamerweise erkannte sie erst jetzt den Ernst der Lage.

„Ich sagte: Komm raus da", wiederholte Enno. Sein Tonfall machte deutlich, dass er keinen Widerspruch duldete.

Livias Wut war inzwischen nackter, kalter Angst gewichen. Sie stieg brav vom Hocker.

„Jetzt drehst du dich um und nimmst die Hände auf den Rücken."

Livia schlug das Herz bis zum Hals, doch konnte sie den Gedanken nicht ertragen, Enno den Rücken zuzukehren. Es war bestimmt hundertmal leichter, jemanden zu erschießen, den man nicht ansehen musste. „Warum?", fragte sie, um Zeit zu gewinnen. „Ich meine ... was hab ich dir getan?" Erst als sie den Satz formuliert hatte, wurde ihr klar, wie sehr sie diese Antwort brauchte. „Hab ich etwas getan, woran ich mich nicht erinnern kann?"

Enno lachte auf, konnte sich kaum wieder beruhigen und kicherte eine ganze Weile vor sich hin.

„Was ist daran witzig?", fauchte Livia ihn an.

„Livia“, begann Enno schließlich, „die alte Livia … war eine wunderschöne Frau.“ Er hörte auf zu lachen und wurde ernst. „Mehr noch als das. Sie war alles, was sich ein Mann nur wünschen konnte.“ Sein Blick wanderte in die Ferne. „Alles, was ich mir wünschen konnte.“

„Ich weiß, dass wir ein Verhältnis miteinander hatten“, sagte Livia leise. „Aber ich weiß nicht, was dann passiert ist. Hab ich mit dir Schluss gemacht oder so was?“

Aber ihre Worte schienen Enno gar nicht zu erreichen. Er starrte nur weiter durch sie hindurch. „Es war ihre Idee. Ihre ganz allein. Sie konnte einfach den Hals nicht vollkriegen …“

„Was war ihre … meine Idee?“

„Alles“, antwortete Enno bitter. „Das ganze Programm. Die Unterschlagungen, die manipulierte Buchführung, das Schweizer Nummernkonto …“

Livia zog irritiert die Stirn in Falten. Sie hatte mit einer Lovestory gerechnet, aber nicht mit Habgier. „Du hast Gelder unterschlagen?“, begann sie allmählich zu begreifen. „*Firmengelder?*“

Enno schürzte die Lippen. „Im großen Stil“, gab er zu. „Warum sonst sollte die Firma so schlecht laufen?“

Livia schnappte nach Luft. „D-das ist der Grund?“, stammelte sie. „Aber warum … ich meine … warum hat Arvin nichts davon gemerkt?“

„Na, weil er ein Dummkopf ist.“ Enno schüttelte fast ein wenig mitleidig den Kopf. „Jedenfalls in bestimmten Bereichen. Er hat nur Computer und Programme im Kopf. Was die betriebswirtschaftlichen Dinge anbelangt, ist er total unzurechnungsfähig …“

„Weil er dir vertraut hat!“, fuhr Livia ihn an. Und dann machte sie unwillkürlich ein paar Schritte auf ihn zu. „Weil er geglaubt hat, er könnte sich auf dich verlassen!“

„Stop“, knurrte Enno und richtete seine Waffe neu auf Livia aus. Er war auf einmal wieder voll bei der Sache.

Livia erschrak und blieb stehen.

„Und jetzt drehst du dich um!“, befahl Enno.

„Nein!“, widersprach Livia. „Erst will ich wissen, welche Rolle ich in diesem ganzen Durcheinander spiele.“

„Rolle? Du?“, lachte Enno. „Du hast eine Statistenrolle. Mehr nicht. Und jetzt dreh dich um.“

„Du hast gesagt, ich hätte den Hals nicht vollkriegen können …“

„Ich hab gesagt, *Livia* hat den Hals nicht vollkriegen können. Sie wollte immer mehr Geld sehen, immer mehr, verstehst du?“ Um Ennos Mund bildete sich ein bitterer Zug. „Am Anfang haben wir es redlich geteilt, aber dann …“ Er wippte eine Weile unruhig hin und her, bis es schließlich ungebremst aus ihm herausbrach: „Sie war nicht nur geldgierig, sondern auch männergeil. Als ich anfing, sie zu langweilen, hat sie einfach Schluss gemacht und sich den Nächstbesten geangelt! Einen Vollidioten. Du hast schon Bekanntschaft mit ihm gemacht. Du weißt schon, der Typ mit der Baseballkappe.“ Er schüttelte missbilligend den Kopf. „Schon als du mir zum ersten Mal von ihm erzählt hast, ahnte ich, um wen es sich dabei handelt. Aber erst als er Geld von dir wollte, wurde mir klar, welche Gefahr er für mich darstellt. Anscheinend hatte Livia ihm von den Unterschlagungen erzählt. Aber es hat lange – eigentlich viel zu lange – gedauert, bis ich seinen Namen und seine Adresse in Erfahrung bringen konnte.“ Ennos Gesichtsausdruck war jetzt so hart, dass Livia ein kalter Schauer über den Rücken rieselte. „Torsten Waldeck“, fuhr er fort. „Ist dir eigentlich aufgefallen, dass du eine ganze Weile nichts mehr von ihm gehört hast?“ Er grinste fies. „Auch eine Leiche, die nie gefunden werden wird.“

„Du … du hast ihn umgebracht?“, flüsterte Livia ungläubig.

„Ich hoffe nur“, seufzte Enno, „dass er mein einziger Nachfolger war. Nicht auszudenken, was passiert, wenn da noch mehr Typen auftauchen …“

„Es … es tut mir Leid, wenn ich dich betrogen habe“, stammelte Livia. Was hatte sie nur angerichtet? Es war, als zöge sich eine Spur der Verwüstung durch ihr gesamtes bisheriges Leben!

Seltsamerweise fing Enno an dieser Stelle schon wieder an zu kichern. „Du bist unglaublich, weißt du das? Genau das Gegenteil von ihr, ehrlich. Und wenn du nicht so dumm gewesen wärst und diesen Schalter betätigt hättest ..." Er schwenkte den Gewehrlauf rüber zu dem kleinen Kassettenrekorder und dann zurück zu Livia. „Vielleicht hätte ich sogar Gefallen an dir gefunden ..."

Vielleicht, dachte Livia, *aha*.

„Jedenfalls war der Betrug nicht das Schlimmste", nahm Enno den Faden wieder auf. „Viel schlimmer als der Betrug war diese Gier, diese unersättliche Gier." Er ballte seine linke Hand zur Faust. „Obwohl sie längst einen anderen hatte, hat sie weiter ihren Anteil an den monatlichen Einnahmen verlangt. Kannst du dir so was vorstellen? Macht mit einem anderen rum und erwartet, dass ich ihr das finanziere?!" Er hatte die Faust inzwischen erhoben und fuchtelte damit herum. Auf diese Weise ließ er keinen Zweifel daran, wie wütend sie ihn gemacht hatte. „Aber nicht mit mir. Nicht mit mir!"

Währenddessen stand Livia einfach nur so da und starrte ungläubig auf Ennos Mund. Jedes Wort, das er sprach, zog ihr ein Stückchen Boden unter den Füßen weg. Was er sagte, klang, als wäre es die Wahrheit. Aber es fühlte sich nicht so an. War es möglich, dass sie das alles getan hatte? Dass sie kriminell war?

„Als ich mich weigerte, ihr das Geld zu überweisen", fuhr Enno fort, „hat sie mich erpresst." Er lachte auf. „Ich war ja so blöd ... Hab alles mit ihr geplant ... Sie wusste alles, jedes Detail. Und doch gab es keinen Beweis, dass sie da mit drinsteckte! Sie hatte mich in der Hand!"

Livia schauderte.

„Aber dann hat sie einen Fehler gemacht ..." Enno entspannte sich plötzlich, ließ seine linke Hand sinken und öffnete seine Faust. „Sie hat mehr als ihren Anteil verlangt."

Livia hing förmlich an Ennos Lippen.

„Das konnte ich nicht dulden."

„Was ... was hast du gemacht?", flüsterte Livia.

Enno zuckte die Achseln. „Ich hab sie erschossen."

Einen Moment lang herrschte einfach nur Stille. Dann sagte Livia: „Häh?"

„Jetzt staunst du, was?", grinste Enno.

„Du meinst wahrscheinlich, dass du den Autounfall herbeigeführt hast", mutmaßte Livia. Nach all den Anschlägen hatte sie sich schon häufiger gefragt, ob es bei dem ersten Autounfall mit rechten Dingen zugegangen war.

„Nein, ich hab sie erschossen“, beharrte Enno, erläuterte aber auch jetzt nicht, was er damit meinte. Anscheinend genoss er Livias Verwirrung.

„Ich glaub, *du* bist geisteskrank“, sagte Livia.

„Livia Scholl ist tot“, sagte Enno mit fester Stimme. „Sie starb durch eine Kugel aus diesem …“ – er deutete auf das Gewehr, das er in Händen hielt – „… Ding hier.“

„Du *bist* geisteskrank“, wiederholte Livia und atmete innerlich ein wenig auf. Vielleicht stimmte nichts von dem, was er gerade gesagt hatte …

„Das Problem war, dass ich absolut keine Lust auf polizeiliche Ermittlungen hatte“, lächelte Enno. Er machte jetzt den Eindruck, als wäre er recht zufrieden mit sich selbst. „Deshalb musste Livia unbedingt eines *natürlichen* oder sagen wir … *erklärbaren* Todes sterben!“

Livia verschränkte demonstrativ die Arme vor der Brust. „Wenn ich gestorben bin, was tu ich dann hier, hm?“

„Warte doch ab. Du kommst schon noch ins Spiel“, grinste Enno. „Also … einen Herzinfarkt konnte ich schlecht vortäuschen, deshalb kam ich auf die brillante Idee mit dem Autounfall. Die Schwierigkeit bestand darin, dass Livias Leiche eine Schussverletzung aufwies. Und man kennt ja die Begeisterung der Polizei für Autopsien und dergleichen. Deshalb hab ich Livias Leiche vergraben. Und zwar so, dass niemand sie jemals finden wird. Erstes Problem gelöst. Jetzt brauchte ich nur noch …“ – er strahlte sie fröhlich an –, „… eine intakte Leiche!“

Livia war die Verständnislosigkeit in Person und sah auch so aus.

„Also bin ich ein bisschen herumgefahren … hab mich umgesehen … und schließlich … nach anderthalb Tagen … auf ’nem Rastplatz ganz in der Nähe von Hamburg … *dich* gefunden.“ Er strahlte inzwischen über das ganze Gesicht. „Du warst genau die Richtige, hattest die gleiche Größe, die gleiche Statur, die gleiche Haarfarbe. Du hattest sogar eine gewisse Ähnlichkeit mit Livia.“

Livia erstarrte wie zur Salzsäule.

„Du kamst aus der Damentoilette. Ich musste dich nur kurz zu meinem Auto locken. Dort hab ich dich niedergeschlagen. Dann bin ich mit dir nach Hause zurückgefahren, hab dir Livias Kleider angezogen, ihren Schmuck … hab dich hinter das Steuer deines …“ Er verdrehte plötzlich die Augen. „Also, jetzt komm ich schon selbst durcheinander … *ihres* Autos gesetzt … na ja, eigentlich war es Arvins Wagen … egal … dann hab ich dich den Abhang hinuntergeschubst. Gut, nicht?“

Vor Livias Augen drehte sich alles.

„Leider hat ein Teil des Planes versagt. Ich hatte dafür gesorgt, dass das Auto Feuer fängt, hab aber nicht damit gerechnet, dass so schnell Hilfe kommt. Offensichtlich wurde das Feuer gelöscht, bevor du komplett verbrannt bist. Das war ziemliches Pech.“

„Du … du lügst“, stammelte Livia.

„Als klar wurde, dass du den Unfall überlebst, ist mir der Arsch ganz schön auf Grundeis gegangen, das kannst du mir glauben“, fuhr Enno unbeirrt fort. „Die Kopfverletzungen kamen mir natürlich entgegen, trotzdem musste ich damit rechnen, dass du dich irgendwann an alles erinnerst. Zuerst hab ich dafür gesorgt, dass dein Zahnarzt keinen Schock kriegt, wenn er dich mal behandelt.“ Er grinste amüsiert, stellte dann aber fest, dass Livia nicht mitlachte. „Warst du eigentlich mal beim Zahnarzt seit dem Unfall?“

Livia schüttelte nur den Kopf.

„Dann hätte ich mir das also sparen können“, seufzte Enno. „Und den Rest auch …“ Sein Blick verfinsterte sich. „Ich hab mehrmals versucht, dich endgültig aus dem Weg zu räumen. Geräuschlos natürlich.“ Er schüttelte den Kopf. „Aber du musst einen Schutzengel oder so was haben. Was ich auch tat, du hast es überlebt. Die Medikamente, die ich mühsam vertauscht habe … die Geschichte mit dem Dach … einfach alles.“ Er schüttelte fassungslos den Kopf. „Irgendwann verdichteten sich dann die Hinweise, dass deine Amnesie andauern würde. Ich hab Kontakt mit dir aufgenommen, um mich selbst davon zu überzeugen. Und du warst überzeugend. Zu diesem Zeitpunkt hab ich ernsthaft mit dem Gedanken gespielt, dich leben zu lassen. Aber dann …“ Er seufzte tief. „Dann hast du dich doch erinnert. Nur an Bruchstücke zwar, aber das war mir einfach zu gefährlich. Deshalb hab ich ein paar neue Versuche gestartet … Du weißt schon, erst auf der Autobahn und dann in eurem Haus. Letzteres war übrigens ganz schön schwierig … Ich hatte zwar den Ersatzschlüssel, den Arvin immer im Büro aufbewahrt, aber ich musste an Spike vorbei. Wenn er mich nicht so gut gekannt hätte, wär mir das bestimmt nicht gelungen …"

„An was für Bruchstücke hab ich mich erinnert?", piepste Livia.

„An deinen Namen zum Beispiel."

Livia sah Enno verständnislos an. „Ich hab … ich hab mich an meinen Namen erinnert?"

„Angelika", nickte Enno.

„Ich … heiße … *Angelika*?"

„Allerdings. Ich hab die Vermisstenmeldung gesehen. Und ich verfolge seitdem alles, was damit zusammenhängt. Zum Glück gibt es viele Vermisste in Deutschland. Die Polizei ist ziemlich überfordert …

„Angelika und weiter?", hauchte Livia mit letzter Kraft.

„Cordes", sagte Enno. „Und dein Bruder heißt Jan. Und euer Hund heißt Nellie …"

Livia erinnerte sich nicht wirklich. Sie erinnerte sich daran, dass Karen ihr mal gesagt hatte, sie hätte den Namen Jan gebraucht, und von Enno selbst wusste sie, dass sie Spike mal mit dem Namen Nellie angesprochen hatte, aber mehr … „Und wann, bitte schön, hab ich mich an den Namen Angelika erinnert?", brach es aus ihr hervor.

„Du bist überraschend hier aufgetaucht und hast die Mappe gesehen, die ich deinetwegen angelegt habe."

Livia schluckte. „Die Mappe, auf der ‚Angelika' draufstand", erinnerte sie sich. „Aber ich hab … ich hab nicht gewusst, dass ich so heiße!"

„Stimmt, aber du hast gespürt, dass du mal eine Angelika *kanntest*", sagte Enno. „Und so fängt es doch an!"

„Tut es das?", schleuderte Livia ihm entgegen. „Ich kenne jetzt meinen Namen und … und den meines Bruders … und sogar den unseres Hundes … aber ich …" Sie brach plötzlich in Tränen aus, musste sich an der Wand festhalten und verlor komplett die Fassung. „Ich kann nichts damit anfangen", schluchzte sie. „Gar nichts."

„Das macht nichts", sagte Enno. Und dann versetzte er Livia einen kräftigen Schlag mit dem Gewehrkolben, der ihr umgehend das Bewusstsein raubte.

❧

Livia erwachte von einem weiteren heftigen Schlag, stöhnte vor Schmerzen auf, wurde auf den Bauch geworfen und riss panisch die Augen auf. Im ersten Moment hatte sie nicht die geringste Ahnung, wo sie sich befand. Es war stockfinster um sie herum. Außerdem konnte sie ihre Arme nicht bewegen. Dafür bewegte sich alles andere …

Völlig desorientiert, wie sie war, versuchte sie sich aufzurichten, fiel auf die Seite, versuchte es nochmals … Dieses Mal gelang es besser als erwartet … doch brachte ihr das einen weiteren Schlag gegen den Schädel ein. Sie stöhnte auf und sank in ihre Ursprungsposition zurück.

„Hilfe", wollte sie rufen, schaffte es aber nicht, weil irgendetwas in ihrem Mund war. Sie begann, verzweifelt hin und her zu zappeln, um das, was sie festhielt, irgendwie abzuschütteln, hatte aber keinen Erfolg. Als sie schließlich erschöpft in sich zusammensackte, spürte sie eine ganze Weile nur ihren Kopf und das heftige Pochen, das sich darin niedergelassen hatte. Was war nur geschehen?

Ein unangenehmes Gefühl überkam sie. Irgendetwas war nicht in Ordnung, das spürte sie. Etwas Furchtbares war geschehen …

Die Erinnerung brach wie ein zerberstender Staudamm über sie herein und überflutete ihr gesamtes Denken. Sie war nicht Livia. Sie war … *Angelika* – wer immer das sein mochte. Und Enno war derjenige, der versucht hatte, sie umzubringen … oder der es gerade versuchte???

Panische Angst brach über sie herein und sorgte ein weiteres Mal dafür, dass sie sich aufbäumte. Aber es hatte keinen Zweck. Ihre Hände, das spürte sie inzwischen, waren hinter ihrem Rücken gefesselt. Und auch ihre Füße waren irgendwie aneinandergebunden.

Abgesehen davon … war sie wahrscheinlich in einem Auto unterwegs! Ja, das war sie. Dieses gleichmäßige Brummen kam vom Motor. Und auch das Schaukeln passte ins Bild. Da es so furchtbar dunkel war, musste sie sich im Kofferraum des Wagens befinden. Aber wohin wurde sie gebracht?

Arvin, dachte sie gequält, *hilf mir!*

Aber damit war nicht zu rechnen. Obwohl er wahrscheinlich noch immer auf der Suche nach ihr war, würde er wohl kaum in Ennos Kofferraum nachsehen!

Gott, dachte sie plötzlich, *hilf du mir!* Jetzt, wo sie wusste, dass nicht Arvin ihr Feind war, kam es ihr so vor, als könnte sie auch seinem Gott ein Stück Vertrauen entgegenbringen. Außerdem hatte Enno da so etwas gesagt … Dass sie einen Schutzengel hatte. Ob Gott sie in Wirklichkeit beschützt hatte?

Bitte, bitte, hilf mir, flehte sie. *Ich will nicht sterben!*

Kurz darauf bremste der Wagen kräftig ab und Livia wurde ein weiteres Mal mit Schwung nach vorn geworfen. Sie stöhnte auf und war sicher, dass sie gerade den hundertsten blauen Fleck gesammelt hatte. Dann kam der Wagen zum Stehen und Livia rollte wieder ein Stück rückwärts.

Als Nächstes hörte sie das Knarren, mit dem die Handbremse angezogen wurde. Dann wurde eine Tür geöffnet. Der Wagen vibrierte, als jemand ausstieg. Schritte knirschten auf anscheinend steinigem Untergrund. Dann knarrte es ein weiteres Mal und ein Schwall kühle Luft schlug gegen Livias Rücken. Instinktiv stellte sie sich tot und atmete so gleichmäßig, wie sie nur konnte.

„Na, wie war die Fahrt?", hörte sie Enno fragen.

Sie antwortete nicht.

„Hallo! Aufwachen!", befahl Enno und rüttelte kräftig an ihrer Schulter.

Livia reagierte nicht.

Im nächsten Moment grub sich eine Hand in ihre Haare, ihr Kopf wurde ein Stück in die Höhe gehoben, dann löste sich die Hand und ihr Gesicht klatschte ungebremst auf die Unterlage zurück. Es war allerdings nicht Livias Verdienst, dass sie auch jetzt noch so gewirkt hatte, als wäre sie bewusstlos. Der Test war so plötzlich gekommen und hatte sie so unvorbereitet erwischt, dass sie gar nicht auf die Idee gekommen war, sich zu wehren oder den Fall abzubremsen. Außerdem war sie auf ihren Brustkorb gefallen, was jedes Aufstöhnen verhindert hatte.

„Auch gut", sagte Enno und packte Livia mit beiden Händen in der Mitte. Dann riss er sie schwungvoll in die Höhe. Dieses Mal war Livia geistesgegenwärtig genug, um all ihre Muskeln erschlaffen zu lassen. Sie schlug mit den Beinen schmerzhaft gegen den Sockel des Kofferraumes, war aber so voller Angst, dass sie auch jetzt keinen Ton von sich gab. Und auch als sich ihr Schuh irgendwo im Kofferraum verfing und Enno mehrmals ruckartig ziehen musste, um ihn frei zu bekommen, blieb sie mucksmäuschenstill. Kurz darauf ließ Enno sie auf den Boden fallen. Livia landete mit dem Gesicht in einem Gemisch aus Sand und Steinen und konnte jetzt kaum noch atmen. Ein modriger Geruch stieg in ihre Nase und raubte ihr fast das Bewusstsein.

Währenddessen begann Enno, fröhlich zu pfeifen. Er machte sich irgendwie am Wagen zu schaffen, kehrte dann zu Livia zurück und fummelte an ihren Handfesseln herum.

Im nächsten Moment sackten ihre Hände rechts und links neben ihrem Körper auf den Boden. Enno arbeitete weiter, und Livia spürte, dass erst ihre Handgelenke und dann ihre Fußgelenke von irgendetwas – wahrscheinlich von Stricken – befreit wurden. War das ihre Chance?

Sie spielte mit dem Gedanken aufzuspringen und davonzulaufen, war aber realistisch genug, um zu erkennen, dass sie Enno nicht entkommen konnte. Sie war viel zu geschwächt!

Enno ließ jetzt von ihr ab und ging knirschenden Schrittes Richtung Wagen.

Vorsichtig öffnete Livia ihre Augen einen kleinen Spalt.

Es war dunkel um sie herum. Das einzige bisschen Licht, das die Umgebung erhellte, stammte aus dem Inneren des Wagens. Sie konnte jedoch erkennen, dass sich Enno am Kofferraum zu schaffen gemacht hatte. Jetzt holte er irgendetwas daraus hervor … einen … Kanister? Er öffnete den Deckel, ging zur Fahrertür und schleuderte einen Teil seines Inhalts in den Innenraum des Wagens, speziell auf die Sitze, das Armaturenbrett, den Fußboden …

Ein scharfer Geruch drang in Livias Nase und Lungen. *Benzin!*

Livia riss vor Entsetzen die Augen auf. Sofort wusste sie, wo sie sich befand und was sie hier tat. Enno wollte den Unfall wiederholen! Und anscheinend wollte er dieses Mal kein Risiko eingehen!

Als sich Enno plötzlich vom Wagen abwandte, schaffte es Livia gerade noch, die Augen wieder zuzuklappen. Dann musste sie hilflos ertragen, wie er sich nunmehr ihr näherte und die übel riechende Flüssigkeit großzügig über ihrem Körper und ihren Haaren verteilte. Das Benzin war eiskalt, obwohl es doch dazu gedacht war, Hitze zu verbreiten. Es war, als würde bereits die Hand des Todes nach ihr greifen, um sie in die Hölle zu werfen. *Lieber Gott, hilf mir,* betete sie. *Hilf mir nur dieses eine Mal!*

Enno ließ jetzt ein weiteres Mal von ihr ab und wandte sich dem Wagen zu. Livia hörte, dass er die Handbremse löste und den Wagen ächzend ein paar Meter vorwärtsrollte. Dann zog er die Handbremse wieder an. Wahrscheinlich stand der Wagen jetzt direkt am Abgrund!

Sie schauderte. Ennos Plan war einfach genial. Wenn sie hier starb, an dem Ort, an dem sie schon zweimal fast gestorben wäre, an dem Ort, an dem sie versuchte hatte, sich umzubringen, dann würde niemand mehr ermitteln, nicht einmal Kommissar Walther.

Aber dieser Gedanke setzte auch eine neue Klarheit in ihr frei. Sie konnte jetzt nicht sterben, *wollte* nicht! In erster Linie konnte sie Arvin das nicht antun. Wenn sie hier starb, würde er niemals erfahren, wie viel er ihr in Wirklichkeit bedeutete. Und sie konnte es auch sich selbst nicht antun. Erst musste sie wissen, wer sie war, welches Leben man ihr geraubt hatte … *Bitte, lieber Gott, lass mich zuerst herausfinden, wer ich bin.*

Enno kehrte jetzt zu ihr zurück, hob sie hoch und schleifte sie in Richtung Wagen. *Hilf mir, Gott,* betete Livia, *hilf mir!* Kurz darauf ließ Enno ihren leblosen Körper auf den Fahrersitz des Wagens fallen, wo er kraftlos in sich zusammensackte. Und das war nicht einmal gespielt! Sie fühlte sich vor Angst völlig gelähmt! Außerdem raubte ihr der beißende Benzingestank fast das Bewusstsein!

„Gurt oder kein Gurt?“, murmelte Enno nachdenklich. „Kein Gurt“, entschied er. Dann beugte er sich über Livia hinweg, griff ein weiteres Mal nach der Handbremse und löste sie.

Livia war inzwischen klar, dass es fünf vor zwölf war und sie irgendetwas tun musste. Aber was? Enno war ihr mit Sicherheit körperlich überlegen!

Als er sich aus dem Inneren des Wagens zurückzog, streifte er ihr Gesicht mit seinem Ellenbogen.

„So, dann müssen wir wohl Abschied nehmen“, sagte er mit beinahe feierlicher Stimme. „Und wag es nicht, ein weiteres Mal mit dem Leben davonzukommen!“ Mit diesen Worten packte er die Fahrertür mit der linken und das Wagendach mit der rechten Hand und schob den Wagen ein Stück vorwärts.

Er war noch nicht weit gekommen, als er plötzlich zu fluchen begann und den Wagen noch einmal anhielt. „Das wäre beinahe schiefgegangen!“, schimpfte er. Ärgerlich stöhnend verließ er seine Position und öffnete plötzlich die Beifahrertür.

Livia wagte es, die Augen noch einmal einen Spalt zu öffnen, und sah, dass er sich am Handschuhfach zu schaffen machte. Er öffnete es und kramte verzweifelt darin herum.

Jetzt!, war alles, was Livia denken konnte. *Jetzt oder nie!*

Sie richtete sich ruckartig auf, packte Enno seitlich an der Jacke und riss ihn mit aller Kraft zu sich heran. Unvorbereitet, wie er war, landete Enno zunächst bäuchlings auf dem Beifahrersitz, brüllte dann aber protestierend auf und versuchte sich hochzurappeln. Inzwischen hatte Livia den Wagen bereits mit einem Bein verlassen, spürte dann aber, dass Enno ihren Pullover zu fassen bekam. Sie kreischte verzweifelt auf und versuchte sich loszureißen, merkte aber, dass sie Ennos Griff nicht entkommen konnte. Trotzdem kämpfte sie mit Todesangst gegen ihn an.

In dem Gerangel begann sich der Wagen plötzlich wieder zu bewegen. „Scheiße!“, rief Enno und war einen Moment lang abgelenkt. Dieser Moment genügte Livia. Sie riss sich mit einer letzten, verzweifelten Bewegung los und landete geräuschvoll auf dem Boden vor dem Wagen.

„Scheiße!“, rief Enno ein weiteres Mal. Währenddessen knirschten die Räder des Wagens unaufhaltsam über den Boden. Dagegen herrschte im Inneren des Wagens eine beängstigende Stille. Livia verfolgte all das mit weit aufgerissenen Augen, war aber nicht in der Lage, auch nur den Kopf zu wenden. Dann hörte das Knirschen plötzlich auf.

„Neeeeeeeeeiiiiiiiinnnnnnnn!“ Ennos Aufschrei hallte durch die Dunkelheit, entfernte sich von ihr und schien eine Ewigkeit lang anzudauern. Dann wurde er durch einen fürchterlichen Knall zum Schweigen gebracht. Livia atmete wie eine Erstickende und wartete instinktiv auf eine Explosion, die jedoch ausblieb. Stattdessen hörte sie ein sanftes, freundliches Knistern, das zu dem, was gerade geschehen war, in keinem Verhältnis zu stehen schien. Ihre Umgebung wurde in ein warmes Licht getaucht.

Minutenlang saß Livia einfach nur zitternd auf ihren Knien und rührte sich nicht. Dann durchbrach doch ein Knall die Stille. Livia sprang entsetzt auf ihre Füße und machte ein paar Schritte auf den Abgrund zu. Dort ... vielleicht fünfzig Meter unter ihr ... loderte das Feuer. Man konnte kaum noch erkennen, dass sich ein Pkw in seinem Zentrum befand. Nur ein paar dunkle Umrisse deuteten darauf hin.

Livia war wie hypnotisiert und konnte ihren Blick von dem Feuerball nicht abwenden. Um ein Haar wäre sie es gewesen, die dort verbrannt wäre. Nur um ein Haar.

„Danke, Gott“, flüsterte sie. „Danke.“

Kapitel 41

Als Arvin um fünf Uhr morgens durch die Notaufnahme ins Krankenhaus stürmte, traf er zuerst Herrn Walther. Er saß auf einer Bank im Flur und sprang sofort auf, als er Arvin erblickte.

„Wie geht es ihr?“, fragte Arvin atemlos. „Was ist überhaupt passiert?“

Herr Walther kam eilig auf ihn zu und streckte ihm die Hand entgegen. „Wenn wir das nur wüssten. Sie wurde von einem Autofahrer aufgegabelt und sofort hierhergebracht. Es sieht so aus, als hätte sie einen Unfall gehabt.“

Arvin schüttelte kurz die ihm dargebotene Hand. „Was für einen Unfall?“

Herr Walther zuckte die Achseln. „Keine Ahnung. Sie redet kein Wort. Nicht mal mit mir.“

„Wo ist sie?“

Herr Walther führte Arvin ein paar spärlich beleuchtete Gänge entlang, eine Treppe hinauf und durch zwei Glastüren hindurch. Unterwegs erzählte er ihm, dass Livia in den drei Stunden, die sie bereits hier im Krankenhaus zugebracht hatte, gebadet, verbunden und gründlich durchgecheckt worden war. „Irgendwie denke ich ja, dass es ein Autounfall gewesen sein muss. Als sie hierherkam, stank sie ganz extrem nach Benzin.“

„Aber sie war zu Fuß unterwegs“, wunderte sich Arvin. „Sie hatte gar kein Auto zur Verfügung.“

„Warum war sie überhaupt allein unterwegs? Wohin –“ Kommissar Walther wurde unterbrochen, weil in seiner Brusttasche ein Handy klingelte. Er blieb stehen, kramte es hervor und hielt es ans Ohr. „Walther … Ja … Na, da bin ich aber neugierig … *Was?*“ Das klang ziemlich entsetzt.

Arvin starrte gespannt auf den Polizeibeamten. Was war denn jetzt schon wieder?

„Wie weit ist das von dem Ort entfernt, an dem sie aufgefunden wurde? … Das könnte hinkommen! … Oh Mann! … Konnten Sie denn den Halter ermitteln? … *Was?*“ Herr Walther schien es nicht glauben zu können. „Ja, gut … Und rufen Sie mich an, wenn Sie mehr wissen …“ Als er aufgelegt hatte, atmete er einmal tief durch, sah sich suchend um und steuerte schnurstracks auf den nächstbesten Stuhl zu. „Nehmen Sie Platz, Herr Scholl“, sagte er ernst. „Ich glaube, Sie sollten besser sitzen, wenn Sie das hören …“

❧

Als Arvin auf die Tür zuging, die zum Aufenthaltsraum führte, bot er keinen guten Anblick. Er war leichenblass und hatte zugleich feuerrote Augen. Der unbedarfte Beobachter hätte nicht sicher sein können, ob er Besucher oder Patient war …

Er öffnete die Tür und betrat einen Raum, der nur spärlich beleuchtet, aber recht gemütlich eingerichtet war. Sofas, Tische mit Zeitschriften und eine Anrichte mit Fernseher schufen eine anheimelnde Wohnzimmeratmosphäre. Außerdem war es angenehm warm in dem Raum.

Livia hatte sich in die Ecke eines dieser Sofas gekuschelt, den Kopf auf der Seitenlehne abgelegt und die Füße auf der Sitzfläche angewinkelt. Da ihre Augen geschlossen waren, sah es im ersten Moment so aus, als ob sie schlief. Arvin betrachtete sie und wunderte sich über ihren Aufzug. Sie trug Kleidungsstücke, die er noch nie an ihr gesehen hatte und die ihr zudem ein bisschen zu groß waren. Zumindest auf den roten Rollkragenpullover traf das zu. Er reichte nicht nur über ihren Oberkörper, sondern bedeckte auch noch einen Teil ihrer Beine. Sie sah fantastisch darin aus!

Während Arvin langsam auf sie zuging, waren in seinem Gesicht sowohl Sehnsucht als auch Schmerz zu lesen.

Da Livia auch jetzt nicht auf ihn reagierte, setzte er sich vorsichtig zu ihr aufs Sofa.

Sein Gewicht versetzte das Sofa und Livia gleichermaßen in Schwingungen, führte aber nicht dazu, dass Livia die Augen öffnete. Ob sie wirklich schlief? Ihre Atemzüge waren dafür eigentlich weder tief noch ruhig genug …

„Hey“, sagte Arvin leise. „Livia.“

Livia schoss umgehend in die Höhe, starrte Arvin einen Moment lang ungläubig an und warf sich dann quasi in seine Arme. „Arvin … oh, Arvin“, keuchte sie und klammerte sich förmlich an seinem Hals fest.

Arvin wurde abwechselnd heiß und kalt. Was war das denn für eine Begrüßung? Sie passte so überhaupt nicht zu dem, was er erwartet hatte. Außerdem stand sie in krassem Gegensatz zu der Art, in der sie gestern Abend gegangen war. Und überhaupt … war das alles völlig ungewohnt. Was war nur in der Zwischenzeit geschehen?

Zu Livias Umklammerung gesellte sich eine verräterische Nässe, die an seinem Hals herunterlief und sogar seine Brust befeuchtete.

Er versteifte sich. „Weinst du … *um ihn*?“, fragte er heiser.

Livia ließ ihn urplötzlich los, zuckte ein Stück zurück und starrte ihn aus großen Augen an. „Du weißt es schon“, flüsterte sie.

Arvin nickte stumm.

„Du hast geweint“, stellte sie fest.

Arvin schluckte. Es klang, als würge er einen Fremdkörper hinunter.

„Ist er … *tot*?“, presste sie hervor.

Arvin nickte gequält. „Was ist passiert?“

Livia konnte nicht anders. Sie schloss für einen Moment erleichtert die Augen.

Arvin interpretierte diese Geste auf seine Weise. Sein Blick verfinsterte sich. „Du hast mich angelogen“, flüsterte er vorwurfsvoll. „Du hast ihn doch geliebt.“

Livia riss die Augen wieder auf und starrte Arvin entgeistert an. „W-was?“

„Du bist vor mir geflohen und direkt in Ennos Arme gerannt!“, fauchte Arvin. „Dabei hatte ich dir überhaupt nichts getan.“ Er sprang auf und begann unruhig das Zimmer zu durchwandern. „Aber damit nicht genug. Obwohl du wusstest, dass ich mir Sorgen um dich mache, dass ich dich suche, hast du dich vor mir versteckt!“ Er kam zurück und baute sich direkt vor Livia auf. „Gib es doch einfach zu! Du warst in Ennos Wohnung, als ich dort ankam!“

Livia konnte es nicht bestreiten und schwieg.

Arvin sackte ein Stück in sich zusammen. „Enno hat mich auch angelogen“, sagte er leise. „Alle haben mich angelogen.“

„Mich auch“, krächzte Livia heiser.

Arvin sah sie an. „Wieso dich?“

Livia atmete ganz tief durch. „Er war nicht dein Freund, Arvin.“

Arvin presste seine Lippen fest aufeinander. „Ich weiß nicht, Livia. Wenn … wenn man liebt, tut man manchmal Dinge, die man nicht tun sollte. Ich … ich kann das verstehen. Er hat dich eben geliebt …“

Aber Livia schüttelte den Kopf. „Du hast ja keine Ahnung … Er hat dich ausgenommen wie eine Weihnachtsgans!“

Arvin hob verwundert die Brauen.

„Er hat Firmengelder unterschlagen“, fuhr Livia fort. „In großem Stil. Du solltest … ich weiß auch nicht … einen Wirtschaftsprüfer oder so was engagieren …“

Arvin starrte sie einfach nur an.

„Was ist? Glaubst du mir nicht?“

„Ich … ich weiß nicht …“, stammelte Arvin. „Warst … du an dieser Sache beteiligt?“

Livia seufzte tief und schüttelte dann den Kopf. „Nein, war ich nicht.“

„Woher weißt du es dann? Ich meine … ich versteh überhaupt nichts mehr!“

Livia ließ ihre Stirn in ihre geöffneten Hände sinken. Sie konnte jetzt beim besten Willen nicht mehr erklären. Alles war noch so frisch … wie eine Wunde, die nicht aufhören wollte zu bluten. „Bring mich nach Hause, ja?“, flüsterte sie. „Morgen erklär ich dir alles. Aber heute …“ Ihre Gedanken streiften die neue Identität, mit der sie sich auseinandersetzen musste, und zogen sich schon im nächsten Moment entsetzt davor zurück. Es war alles zu viel. Viel zu viel.

Kapitel 42

Livia wachte auf, als sich ein paar weiche, warme Ärmchen um ihren Hals schlangen und eine niedliche Stimme ihren Namen flüsterte. Sie versuchte sich wegzudrehen, stöhnte dann aber vor Schmerz auf und erwachte vollends.

„Hab ich dir wehgetan?“, piepste Vanessa entsetzt.

Livia setzte sich ruckartig auf, wurde erneut von Schmerzen überfallen und stieß einen jämmerlichen Ton aus.

„Es tut mir leid“, rief Vanessa und begann zu weinen. „Onkel Arvin hat gesagt, dass ich dich in Ruhe lassen soll. Ich wusste doch nicht, dass … dass dir was passiert ist!“ Sie sprang rückwärts vom Bett und rannte in Richtung Tür.

„Warte!“, befahl Livia und erreichte damit, dass Vanessa stehen blieb. „Komm wieder her!“ Während Vanessa dieser Aufforderung ein wenig zögerlich Folge leistete, tastete Livia vorsichtig ihr Gesicht ab. Kein Wunder, dass sie Vanessa erschreckt hatte. Da klebte einiges an Schorf an ihrer Haut. Am schlimmsten aber war ihr Kopf. Er pochte, als hätte jemand Fußball damit gespielt ... „Ich hab mich zwar verletzt, aber es sieht schlimmer aus, als es ist!" Sie versuchte zu lächeln, schaffte es aber nicht, das Entsetzen aus Vanessas Augen zu vertreiben. „Jetzt komm schon", ermutigte sie das Mädchen und streckte ihm ihre Hand entgegen.

Vanessa ergriff sie zwar, hielt aber den größtmöglichen Abstand. „Onkel Arvin wird sauer auf mich sein", piepste sie. „Richtig sauer."

„Ich werd's ihm schon erklären", tröstete Livia sie. „Außerdem ist es nicht gut, wenn man den halben Tag verschläft. Wie spät ist es?"

„Zwei", antwortete Vanessa.

Livia zog die Stirn in Falten. Es war taghell um sie herum. „Zwei Uhr nachmittags?", fragte sie ungläubig.

Vanessa nickte.

Livia seufzte tief. Wieder streiften ein paar unangenehme Gedankenfetzen ihr Bewusstsein. „Wo ist Arvin?"

„Er ist im Wohnzimmer und unterhält sich."

„Hat er Besuch?"

Vanessa nickte. „Da ist dieser Polizist, der schon ganz oft da war."

„Kommissar Walther", kombinierte Livia und musste schlucken. Sicher wollte er ein paar Antworten haben. Das Problem war bloß, dass ein paar nicht wirklich ausreichen würden ...

❧

„Hallo", sagte Livia, als sie schließlich frisch geduscht und ordentlich angezogen ins Wohnzimmer kam.

Arvin und Kommissar Walther sprangen zeitgleich von ihren Sitzplätzen.

„Geht es dir gut?", fragte Arvin besorgt.

Livia nickte, log damit aber. Sie fühlte sich hundeelend und zitterte am ganzen Körper. Vanessa hatte sie zum Spielen in ihr Zimmer geschickt. Sie durfte nicht mitbekommen, was jetzt zu besprechen war.

„Und hast du einigermaßen geschlafen?"

Livia nickte wieder. Seltsamerweise hatte sie trotz – oder gerade wegen? – ihres Zustandes wie eine Tote geschlafen.

Kommissar Walther räusperte sich. „Es … es gibt da noch ein paar Fragen …", sagte er ein wenig hilflos.

Livia nickte ein drittes Mal. „Ich weiß. Und ich bin hier, um sie zu beantworten."

„Du musst das nicht tun, Livia", widersprach Arvin in scharfem Tonfall. „Ich hab Herrn Walther bereits erklärt, dass du noch nicht vernehmungsfähig bist."

„Ich bin vernehmungsfähig. Aber ich bin nicht Livia", verkündete Livia.

Einen Moment lang herrschte verwundertes Schweigen. Dann wandte sich Arvin dem Polizeibeamten zu. „Ich hab Ihnen ja gesagt, dass das alles zu viel für sie war."

„Und ich hab Ihnen gesagt, dass die Fragen nun mal keinen Aufschub dulden. Ich hab schon gestern enorme Rücksicht genommen. Normalerweise hätte ich sie gar nicht so ohne Weiteres gehen lassen dürfen." Er sah Livia an. „Es gibt da gewisse Ungereimtheiten hinsichtlich des Unfalls … Das Fehlen von Bremsspuren zum Beispiel oder die Tatsache, dass beide Türen … sowohl die Fahrer- als auch die Beifahrertür offen standen."

„Darf ich mich setzen?", erkundigte sich Livia. Ihre Fußsohlen brannten wie Feuer.

„Aber … aber selbstverständlich", stammelte Kommissar Walther. Er trat ein Stück zur Seite. „B-bitte."

Livia atmete einmal tief durch, ging dann entschlossenen Schrittes auf die Sitzecke zu und nahm zwischen Arvin und dem Polizeibeamten Platz. „Enno hat versucht mich umzubringen", sagte sie.

Wieder schwiegen die beiden Männer. Allerdings warf Arvin dem Kommissar einen triumphierenden Blick zu.

„Wie … wie darf ich das verstehen?", erkundigte sich Herr Walther vorsichtig.

„Genau so, wie ich es gesagt habe", antwortete Livia. „Enno hat versucht mich umzubringen. Er hat mich niedergeschlagen, mit Benzin übergossen und auf den Fahrersitz gesetzt.

Dann wollte er den Wagen über die Klippe schieben. Aber er hat irgendetwas im Handschuhfach vergessen. Ich nehme an, es war irgendetwas, das ihn hätte verraten können. Zu diesem Zeitpunkt dachte er, ich sei bewusstlos, was ich ihm allerdings nur vorgespielt habe. Als er versuchte, das Handschuhfach zu öffnen, gelang es mir, ihn in den Wagen zu ziehen und selbst herauszukommen. Durch das Gerangel bekam der Wagen Fahrt und stürzte in den Abgrund."

„Und … ähm … warum sollte Herr Krantz so etwas tun?"

„Er wollte verhindern, dass alles auffliegt … die Sache mit den Unterschlagungen … der Mord an …" Sie zögerte. „An … mir … ich meine …" Sie seufzte tief. „An Livia …"

Arvin und Kommissar Walther tauschten vielsagende Blicke.

„Hört auf, so zu gucken", fauchte Livia verärgert. „Ich bin nicht verrückt. Ich bin … Angelika oder so", piepste sie. „Cordes", ergänzte sie. „Angelika Cordes." Es war furchtbar, diesen Namen auszusprechen. Denn es gab nichts, rein gar nichts, was sie damit verband. Als sie aufblickte, stellte sie fest, dass es Arvin und Kommissar Walther ähnlich ging. Ihr Blick suchte den von Arvin. „Das bedeutet, dass wir nicht verheiratet sind", flüsterte sie.

„Du brauchst Schlaf", sagte Arvin und stand auf. Dann wandte er sich erneut dem Polizeibeamten zu. „Finden Sie nicht auch, dass es jetzt genug ist?"

„Äh, ja … sicher …"

Arvin streckte Livia seine Hand entgegen. „Komm!"

Livia seufzte, ergriff seine Hand und ließ sich in die Höhe ziehen. Sie hatte keine Kraft mehr, um Widerstand zu leisten. Sie war erschöpft, vollkommen erschöpft. Als sie dann allerdings an Herrn Walther vorbeikam, blieb sie noch einmal kurz stehen, sah ihm ernst ins Gesicht und hauchte: „Angelika Cordes. Füttern Sie Ihren Computer mit diesem Namen."

❧

Zwei Tage später hatte sich Livia einigermaßen erholt – körperlich jedenfalls.

Arvin konnte an seinen Arbeitsplatz zurückkehren, weil Livia ihre Rolle als Hausfrau und Mutter wieder ansatzweise ausfüllte.

Aber es war schwieriger als sonst. Sie trug die schwere Last eines Wissens mit sich herum, das sie noch nicht wirklich mit jemandem geteilt hatte. Arvin jedenfalls war nicht darauf eingestiegen, obwohl sie noch mehrfach versucht hatte, das Thema anzuschneiden. Überhaupt war er ihr so fern wie nur möglich. Wahrscheinlich konnte er die Tatsache, dass sie zu Enno, ausgerechnet zu Enno geflüchtet war, einfach nicht verknusen.

Die schlechte Stimmung übertrug sich auch auf Vanessa. Sie war unausgeglichener und unzufriedener als sonst. Livia versuchte, sie auf andere Gedanken zu bringen, indem sie Franziska zu sich einlud. Aber obwohl Vanessa normalerweise gern mit Franziska spielte, nervten die beiden heute ununterbrochen mit der Frage, was sie denn spielen könnten. Erst gegen fünf konnten sie sich endlich auf Barbie einigen.

Zu diesem Zeitpunkt war Livia bereits völlig entnervt.

Und dann klingelte es auch noch an der Tür.

Als Livia öffnete, stand Kommissar Walther vor ihr. Er trug einen grauen Wollmantel und einen auffälligen roten Schal. „Guten Tag, Frau Cordes."

Livia starrte ihn an und brachte kein einziges Wort heraus. Obwohl sie es doch gewusst hatte, fühlte sich diese Bestätigung wie ein Bombeneinschlag an.

Währenddessen begann Herr Walther lang anhaltend zu husten. Offensichtlich diente sein Schal nicht nur der Optik.

Irgendwann hatte sich Livia zumindest so weit gefangen, dass sie ein Stück zur Seite treten konnte. Mit einer Handbewegung bedeutete sie dem Kommissar einzutreten.

Während sie ihm dabei zusah, wie er Schal und Mantel ablegte, schwirrten die verrücktesten Gedanken durch ihren Kopf. Ob sie verheiratet war? Und Kinder hatte?

Noch auf dem Weg ins Wohnzimmer gelang es ihr, die Frage zu formulieren, die ihr am meisten bedeutete: „Hab ich … Familie?"

„Sie haben eine Mutter, einen Vater und einen Bruder."

Eine Mutter, einen Vater und einen Bruder, wiederholte Livia in Gedanken. *Genau wie Enno gesagt hatte.* Es war gut, dass sie jetzt im Wohnzimmer angelangt waren. Sicher hätten ihre zitternden Knie demnächst unter ihr nachgegeben …

„Wissen sie von mir?“

Kommissar Walther nahm neben Livia auf der Couch Platz, kämpfte mit seinem Husten und schüttelte dabei den Kopf. „Ich … hab sie noch nicht kontaktiert …“

„Wie sind sie so? Ich meine … wie heißen sie … wo wohnen sie … was arbeiten sie …?“

„Moment“, hüstelte Herr Walther und zog einen Zettel aus der Hosentasche. Da er ziemlich zerknittert war, musste er ihn erst glatt streichen. „Also … Ihre Mutter heißt Inge, Ihr Vater Dieter und Ihr Bruder Jan … Ihre Eltern betreiben einen landwirtschaftlichen Hof weit oben in Niedersachsen. Soweit ich mich erinnere, züchten sie Schweine. Ich glaub … da oben züchten alle Schweine …“

„Schweine“, wiederholte Livia und versuchte, über diese Tiere einen Bezug zu ihrer Vergangenheit herzustellen. Leider hatte sie damit keinen Erfolg. Obwohl sie Bilder von Schweinen, Ferkeln und Ställen vor Augen hatte, bildete dies keine Überleitung zu Menschen oder Räumlichkeiten. „Wissen Sie sonst noch was?“

Herr Walther schürzte die Lippen. „Eigentlich nicht. Ihre Familie ist polizeilich noch nie in Erscheinung getreten. Deshalb hat der Computer kaum was rausgerückt.“

„Und … und jetzt?“, fragte Livia hilflos.

Der Kommissar zuckte die Achseln. „Jetzt müssen Sie entscheiden, wer Sie sein möchten …“

Livias Augen weiteten sich. „Wie bitte?“

Herr Walther ließ sich viel Zeit mit der Antwort. Erst einmal kramte er ein Taschentuch aus seiner Hosentasche und putzte seine Nase. Dann vertiefte er sich noch einmal in seinen Zettel. Als er schließlich wieder aufblickte, sagte er ernst: „Es gibt einen Grund, weshalb ich Ihre Familie noch nicht kontaktiert habe, Frau Cordes.“

Beim Klang ihres richtigen Namens zuckte Livia ein wenig zusammen.

„Der Grund ist“, fuhr ihr Gegenüber fort, „dass ich Sie zuerst fragen wollte, ob Sie das wirklich möchten.“

„Ob ich das möchte?“, wiederholte Livia. „Ich glaub, ich verstehe nicht. Hab ich denn eine Wahl?“

„Von mir aus schon", nickte der Kommissar. „Sie … Sie haben viel durchgemacht. Man hat Ihnen Ihre Identität gestohlen … Da ist es doch nur recht und billig, wenn Sie endlich mal selbst entscheiden, wer Sie sein möchten …"

Livia fröstelte und versuchte, mit den Händen ihre Oberarme zu wärmen. Leider vergeblich. Die Kälte in ihr war einfach zu groß. „W-wer ich sein möchte?"

„Außer mir kennt niemand die Wahrheit. Ihr Mann hat Ihnen sowieso kein Wort geglaubt. Enno Krantz ist tot. Und Ihre Familie … Nach so langer Zeit hat sie die Hoffnung, Sie noch einmal lebend wiederzusehen, sicher längst aufgegeben …"

Livia schluckte, als hätte sie ein ganzes Abendessen in den Magen zu befördern. „Aber das ist … ich … oh …" Geraume Zeit saß Livia einfach nur so da und versuchte zu begreifen, was das alles bedeutete. Dieses Angebot war … irgendwie ungeheuerlich und doch … Hatte sie nicht schon selbst darüber nachgedacht, alles beim Alten zu lassen? Wollte sie überhaupt eine neue Identität? Aber hing sie denn an ihrer alten? War sie glücklich hier?

Und dann ging plötzlich die Tür auf und Arvin spazierte herein. Ausgerechnet Arvin, die Personifikation dieses Problems, der Grund all ihrer Zweifel … „Sie schon wieder", begrüßte er Kommissar Walther und baute sich breitbeinig vor ihm auf. Livia begrüßte er überhaupt nicht.

„Guten Abend, Herr Scholl", seufzte Kommissar Walther und erhob sich. Dann streckte er Arvin höflich die Hand entgegen.

Arvin zögerte kurz, schüttelte sie dann aber doch. Allerdings setzte er sich nicht, sondern blieb abwartend vor dem Kommissar stehen. „Was ist der Grund Ihres Besuches?"

Kommissar Walther zögerte und sah fragend zu Livia herüber.

Livia sah Arvin an, spürte, dass er in diesem Moment nicht nur gegen den Kommissar, sondern auch gegen sie kämpfte, und fühlte einen heftigen Schmerz in sich aufsteigen. Gleichzeitig wusste sie, wie sie die Frage des Kommissars beantworten musste. Aber sie wusste auch, dass diese Antwort anders ausgefallen wäre, wenn er ihr nur den kleinen Finger entgegengestreckt hätte ... „Er ist gekommen“, begann sie und fuhr erst fort, als sie Arvins Aufmerksamkeit hatte, „er ist gekommen, um zu bestätigen, dass ich Angelika Cordes bin.“ Der Satz hatte einen nüchternen Klang. Aber in Wirklichkeit war er alles andere als das! Sie sagte es nicht, weil es die Wahrheit war. Sie sagte es, damit er darauf reagierte! Damit er sich dagegen wehrte! Damit er ihr sagte, dass sie Livia Scholl, seine Frau, bleiben sollte!

Für den Bruchteil einer Sekunde huschte so etwas wie Fassungslosigkeit über Arvins Gesicht. Dann ruckte sein Kopf zu Herrn Walther herüber und er bombardierte ihn lautlos mit Fragen.

„Vor mehr als zwei Jahren ist eine junge Frau namens Angelika Cordes spurlos verschwunden.“ Der Kommissar kramte erneut in seiner Hosentasche herum, zog ein kleines Foto daraus hervor und reichte es Livia.

Diese starrte es eine halbe Ewigkeit an, ohne in irgendeiner Form darauf zu reagieren.

„Kann ich auch mal?“, fragte Arvin.

Livia rührte sich nicht. Was sie dort sah, waren ihre Augen. Es waren ihre Augen! Nicht ihre Nase, nicht ihr Mund, aber ihre Augen!

Schließlich zog Arvin das Bild aus ihren verkrampften Händen und betrachtete es nun seinerseits.

„Meine Eltern werden mich nicht erkennen“, flüsterte Livia abwesend.

„Eltern erkennen ihre Kinder immer“, versuchte Kommissar Walther sie zu trösten.

„Heißt das, dass alles stimmt, was du gesagt hast?“, fragte Arvin, der nun wohl auch überzeugt war, mit gebrochener Stimme. Er packte Livia am Arm und zog sie vom Sofa zu sich hoch. „Die Sache mit Enno ... dass er dich töten wollte und ... und Gelder unterschlagen hat?“

Livia sah ihm in die Augen und nickte.

„Und ... und die richtige Livia?“

„Du tust mir weh“, hauchte Livia und versuchte, Arvin ihren Arm zu entziehen.

Tatsächlich ließ er sie los.

„Enno hat sie getötet, weil sie von den Unterschlagungen wusste und ihn damit erpresst hat.“

„Bedeutet das …“ Es fiel Arvin sichtlich schwer, diese Frage zu stellen. „… dass … sie gemeinsame Sache gemacht haben?“

Livia nickte erneut. Es war Zeit für die Wahrheit. Auch wenn sie schonungslos war.

„Und du hast es erst erfahren, als du an jenem Abend bei Enno warst?“

„Als du kamst, hab ich mich im Abstellraum versteckt. Durch Zufall fand ich dort einen Kassettenrekorder mit einer Kassette, auf der sich Bahnhofsansagen befanden. Es waren die gleichen Ansagen, die ich gehört hatte, als ich mit Enno telefoniert habe, kurz bevor Manfreds Wagen auf der Autobahn von diesem Stein getroffen wurde. Da war alles klar … Als Enno begriff, dass ich ihn durchschaut habe, hat er sein wahres Gesicht gezeigt und mir alles erzählt.“

„Trotzdem verstehe ich nicht, warum du dich vor mir versteckt hast. Warum du überhaupt weggelaufen bist …“

Livia senkte den Blick. Heute schämte sie sich für ihre Verdächtigungen. „Ich hatte deine Narbe gesehen“, sagte sie leise.

„Welche … welche Narbe?“ Arvin begriff überhaupt nichts.

Livia hob den rechten Finger und tippte an die Stelle an Arvins linkem Oberarm, an der sie die Narbe gesehen hatte. Als sie ihn dann allerdings berührte, schien er magnetisch zu sein. Sie konnte ihre Hand einfach nicht wieder zurückziehen.

Arvin schien genauso fasziniert zu sein und starrte auf Livias Hand. „Ja … und?“, flüsterte er.

Livia schluckte und konnte endlich die Hand herunternehmen. Aber wie sollte sie das erklären? Wie?

Kommissar Walther räusperte sich und kam ihr zu Hilfe. „Ich denke, Herr Scholl, dass das ein bisschen meine Schuld war. Ich hab … Sie von Anfang an verdächtigt und … und Ihre Frau … quasi … damit angesteckt …“

Arvins Blick schwenkte von Livia zu Kommissar Walther, war aber immer noch ein einziges Fragezeichen.

„Erinnern Sie sich an den Vorfall im Krankenhaus, diesen … diesen Albtraum, den Ihre Frau damals hatte?“

„Nun … ja … da war mal was …“, grübelte Arvin.

Angesichts dieses Themas bekam Livia plötzlich Schweißausbrüche. Arvin durfte auf keinen Fall erfahren, welche Rolle Karen bei diesem Vorfall gespielt hatte! „Eine … eine Schwester hat später eine Nagelschere in meinem Zimmer … gefunden“, stammelte sie hastig und streifte Kommissar Walther mit einem kurzen, aber warnenden Blick. „An … der Schere klebte Blut.“

„Außerdem wurde auch noch eine Blutspur auf dem Flur gefunden. Die Schwester hat dieser Tatsache damals keine Bedeutung beigemessen, die Schere aber aufbewahrt“, führte Herr Walther weiter aus. „Als sich dann die Mordanschläge auf Ihre Frau“ – er stockte plötzlich und räusperte sich – „auf … Ihre vermeintliche Frau … häuften und ich auch die früheren Vorfälle noch einmal untersuchte, gab sie sie mir.“

Livia atmete ein wenig auf.

„Langer Rede kurzer Sinn“, fasste der Polizeibeamte zusammen, „ich musste davon ausgehen, dass der Albtraum von damals in Wirklichkeit keiner war und es stattdessen einen Kampf zwischen ihr“ – er deutete dezent auf Livia – „und dem Attentäter gegeben hat, bei dem dieser verletzt wurde. In Anbetracht der Blutspur war die Verletzung sicherlich nicht unerheblich und hatte höchstwahrscheinlich eine Narbe zur Folge. Eine Narbe, von der ich vermutete, dass sie sich am Oberkörer des Attentäters befinden müsse.“

Arvins Blick erhellte sich kurz, wurde aber schon im nächsten Moment von Ärger überflutet. „Soll das heißen“, brach es aus ihm hervor, „dass du diesen ganzen Abend …“ – er war so fassungslos, dass er nicht gleich weitersprechen konnte – „… inszeniert hast, um festzustellen, ob ich eine Narbe am Oberkörper habe?“

Livia sackte schuldbewusst in sich zusammen.

„Eine … einzige kleine Narbe an irgendeiner Stelle und du stempelst mich als Mörder ab?“

„Sie … Sie müssen das verstehen“, versuchte Kommissar Walther die Situation zu retten. „Nachdem die Blutgruppen bereits übereinstimmten, lag die Schlussfolgerung einfach nahe."

„Blutgruppen?", fragte Arvin verständnislos.

„Das ... das Blut, das an der Schere klebte", erläuterte sein Gegenüber. „Wir haben es untersucht und festgestellt, dass die Blutgruppe mit der Ihrigen übereinstimmt."

„Aber das ... Sie ... Sie hätten doch einfach eine DNA-Analyse machen können, dann hätte sich schnell herausgestellt, dass ich unschuldig bin!"

„Das haben wir ja versucht", verteidigte sich Kommissar Walther. „Nur dauern diese Analysen meistens recht lang. In Ihrem Fall besonders lang ..."

„W-wieso in meinem Fall?", wunderte sich Arvin. „In meinem Fall gab es doch gar keine Analyse ..."

Livia schlug entsetzt die Hände vors Gesicht.

Komissar Walther seufzte tief. Anscheinend begriff er allmählich, was er gerade anrichtete. „Auch meine Schuld", ruderte er herum. „Ich ... ich hab ... einfach nicht lockergelassen und Ihre Frau ... Ihre ..." Er wedelte mit der Hand, um anzudeuten, dass er wieder einmal das falsche Wort benutzt hatte.

„Ja?", fauchte Arvin.

„Ich hab ihr quasi die Pistole auf die Brust gesetzt ..."

„Inwiefern?" Arvins Frage kam so schneidend, dass es nicht möglich war, ihr eine Antwort schuldig zu bleiben.

„Ich hab ihm ein Haar von dir besorgt", antwortete Livia nun für Kommissar Walther. „Heimlich."

„Du hast ... ihm ein Haar von mir besorgt", wiederholte Arvin.

Livia mochte ihn nicht ansehen und nickte nur.

Arvin drehte sich abrupt von ihr weg.

„Es tut mir so leid", flüsterte Livia. „Ich musste Gewissheit haben."

„Aber Enno hast du nie verdächtigt", presste Arvin hervor. Man hörte seiner Stimme an, wie verletzt er war.

Jetzt kam wieder ein wenig Leben in Livia. „Enno hat mir auch nie das Gefühl vermittelt, dass er mich hasst!", brach es aus ihr hervor. „Im Gegensatz zu dir war er immer nett zu mir. Er hat mich nie so abgelehnt und so zurückgestoßen wie du!"

Dieses Mal kam Arvins Antwort ganz ruhig und leise hinter seinem Rücken hervor. „Wahrscheinlich wusste ich, dass du nicht zu mir gehörst."

Womm!

Das saß.

Livia schwankte kurz und musste sich hinsetzen, um nicht einfach umzufallen. „Ich … ich wollte aber immer zu dir gehören, Arvin", krächzte sie leise. „Immer. Und es ist immer noch möglich. Wir könnten … ganz von vorne anfangen. Bei null."

„Null", antwortete Arvin. Seine Stimme klirrte vor Kälte. „Du sagst es. Genau das ist der Stand der Dinge." Und dann drehte er sich langsam zu ihr um und bedachte sie mit einem hasserfüllten Blick. „Du gehörst nämlich nicht zu mir. Hier nicht" – er zeigte Livia seinen Ringfinger und den Trauring, der sich dort befand, und deutete dann auf sein Herz – „und hier auch nicht."

Kapitel 43

Livia ging ein letztes Mal durch ihr Zimmer und betrachtete all die Dinge, die ihr gehörten … und doch nicht gehörten. Es waren Kleidungsstücke, Musik-CDs, eine Uhr, Bilder, die Vanessa ihr gemalt hatte, Fotos von Karen … Einerseits wollte sie das alles mitnehmen, andererseits wusste sie, dass ein neues Leben und neue Dinge auf sie warteten … Aber was gehörte wirklich zu ihr? Das Alte, das Neue, beides oder nichts von beidem? Sie seufzte tief und tastete noch einmal in ihrer Hosentasche nach dem Zettel, den sie mit Karens und Arvins Hilfe erstellt hatte. Ob sie auf dem Weg zu einem Ort war, der diesen Zettel mit der Realität verknüpfen würde? Ob sie bei ihrer Familie ihr wahres Selbst finden konnte? Vielleicht führte dieser Zettel ja nach Hause …

Sie seufzte tief und ließ zu, dass alle Zweifel noch einmal hochkamen und diesen Ring um ihr Herz legten, der es schon seit Tagen langsamer und ängstlicher schlagen ließ als jemals zuvor. Würde sie endlich das finden, was sie sich wünschte?

Würde sie die Art von Liebe finden, nach der sie sich sehnte? Liebe, die den Menschen meinte, der sie wirklich war, und nicht den, den man in ihr sehen wollte?

Eltern erkennen ihre Kinder immer, hatte Kommissar Walther gesagt. Aber stimmte das? Würde sie erkannt werden? *Wirklich* erkannt?

Als sie schließlich hörte, dass draußen ein Wagen vorfuhr, hatte sie sich entschieden. Sie beließ alles, wie es war, nahm nichts mit, nicht einmal die Fotos von Karen oder die Bilder von Vanessa. Es erschien ihr einfach nicht richtig. Sie würde nur das mitnehmen, was sie am Körper trug. Dazu den Zettel in ihrer Hosentasche. Und dann war noch etwas zu tun …

Sie zog ihren Trauring vom Finger, ging zu ihrem Bett hinüber und legte ihn auf ihr Kissen. Eine Weile starrte sie ihn einfach nur an. Dann fuhr sie mit dem Zeigefinger noch einmal den Kreis entlang, den er beschrieb. Obwohl dieser Ring ihr von allen Dingen am meisten bedeutete, konnte sie ihn am wenigsten mitnehmen. Er gehörte einer Fremden. Und er war auch ein Symbol – ein Symbol dafür, dass sie jetzt bereit war, die fremde Identität abzulegen und eine neue anzuziehen.

Bevor sie das Zimmer verließ, ging sie noch einmal zu ihrem Schrank, öffnete ihn und holte zwei Pakete daraus hervor. Beide waren mit Geschenkpapier umwickelt – das eine mit einem einfarbigen dunkelgrünen Papier, das andere mit einem bunten Kinderpapier. Das grüne Paket war quadratisch und hatte eine Seitenlänge von etwa dreißig Zentimetern. Das andere war quaderförmig und ein wenig größer.

Livia nahm die beiden Geschenke und ging damit ins Wohnzimmer.

Als sie die Tür öffnete, stürmten Vanessa und Spike wie zwei Verrückte auf sie zu. Livia schaffte es gerade noch, sich hinzuknien und die beiden Pakete auf dem Fußboden in Sicherheit zu bringen. Dann hatte Vanessa sie bereits erreicht und war auf ihren Schoß gesprungen, wo sie sich verzweifelt an ihr festklammerte. Und auch Spike turnte plötzlich auf ihr herum. „Ihr erdrückt mich ja“, keuchte Livia und erreichte damit, dass zumindest Spike ein bisschen von ihr abließ. Erst schnüffelte er an den Paketen, dann lief er winselnd um Livia und Vanessa herum und stupste sie gelegentlich in die Seite.

„Ich will aber nicht, dass du weggehst", jammerte Vanessa inzwischen. „Bitte geh nicht weg!"

Livia schluckte und rang um ihre Fassung. Sie hatte ja gewusst, dass es schwer werden würde. Aber so schwer …

Sie sah auf, suchte nach Arvin … und wurde umgehend daran erinnert, dass es richtig war, was sie tat. Arvin hatte sich zwar erhoben, hielt aber Sicherheitsabstand und wirkte dabei wie ein Soldat auf dem Schlachtfeld. Die Haltung aufrecht, der Blick starr, strahlte er eine Gelassenheit aus, die man problemlos mit Gleichgültigkeit verwechseln konnte …

Livia schluckte und vergrub ihr Gesicht an Vanessas Schulter. Schon um des Kindes willen hätte sie eigentlich kämpfen müssen … Aber wofür? Und wogegen? Sie wusste ja gar nicht, wer sie war, was sie erwartete und was sie eigentlich wollte …

Es läutete.

Arvin räusperte sich. „Das werden Lorenzens sein", sagte er. „Ich geh mal aufmachen."

Als Arvin den Raum verlassen hatte, durften endlich ein paar Tränen aus Livias Augen fließen. „Ich komm dich besuchen", flüsterte sie Vanessa zu. „Ganz oft. Versprochen."

Aber diese Worte hatten nur zur Folge, dass sich Vanessas Ärmchen noch fester um Livias Hals klammerten.

„Und ich hab auch ein Abschiedsgeschenk für dich", flüsterte Livia. „Damit du mich nicht vergisst …"

„Wie kannst du so was sagen", schluchzte Vanessa und benetzte Livias Hals dabei mit immer mehr Tränen. „Ich hab Mama nicht vergessen und ich werd dich auch nie vergessen!"

Jetzt war es vollends um Livia geschehen. Die Tränen schossen wie ein Strom aus ihren Augen und raubten ihr das letzte bisschen Sicht. Wie konnte sie Vanessa das alles nur antun?

„Hör mir zu, Vanessa", flüsterte sie. Und dann löste sie Vanessas Ärmchen mit aller Kraft von ihrem Hals, schob sie ein Stück von sich weg und sah ihr ernst in die Augen. „Hör mir jetzt zu!" Tatsächlich starrte Vanessa sie aus großen, geröteten Augen an.

„Ich muss jetzt gehen, meine Süße. Ich muss meine Mutter treffen. Wenn ich sie nicht treffe, weiß ich nicht, ob sie so wundervoll ist, wie deine es war. Verstehst du das?“

Vanessa schüttelte den Kopf.

„Du liebst deine Mami doch, oder?“

Vanessa nickte.

„Und du weißt, dass sie dich geliebt hat, nicht wahr?“

Vanessa nickte erneut.

„Und das wirst du niemals vergessen. Das ist hier …“ – sie tippte auf Vanessas Stirn – „…und hier …“ – sie tippte auf Vanessas Herz – „… ganz tief eingebuddelt. Das ist, als ob … deine Mama weiterlebt, solange du weiterlebst. Verstehst du das?“

Vanessa nickte.

„Ich hab so was nicht“, schluchzte Livia und gab einen neuen Schwall Tränen von sich. „Ich hab hier nichts …“ – sie deutete auf ihr Herz – „… und ich hab hier nichts …“ – sie deutete auf ihre Stirn. „Und deshalb muss ich gehen.“

Als hätte sie es tatsächlich verstanden, ließ Vanessa ihre Arme sinken. Was sich allerdings nicht änderte, war die Tatsache, dass weitere Tränen ihre Wangen hinunterrannen.

Livia hob die rechte Hand, wischte ein paar davon fort und musste feststellen, dass der Strom einfach nicht versiegen wollte. „Hey, mein Schatz“, flüsterte sie. „Ich muss zwar gehen, aber das bedeutet nicht, dass ich niemals wiederkomme. Ich werde herausfinden, was ich wissen muss, und dann eine Lösung für uns finden. Ich hab zwar keine Ahnung, wie die aussehen könnte, aber …“ Sie zuckte die Achseln. „Vielleicht … zieh ich einfach hier in die Nähe oder … ich hol dich zu mir … Sobald ich weiß, was wir machen können, melde ich mich bei dir, in Ordnung?“

Vanessa schluckte schwer. „Versprichst du mir, dass wir wieder zusammen sein werden?“

Livia atmete einmal tief durch. Obwohl sie geneigt war, *alles* zu versprechen, wusste sie doch, dass sie jetzt ehrlich sein musste. Sie dachte kurz darüber nach. Das Problem war, dass sie nicht wusste, wie Arvin sich verhalten würde. Er hatte das Sorgerecht! Sie sagte: „Ich kann dir nichts versprechen, was ich möglicherweise nicht halten kann, mein Schatz. Ich bin nicht deine Mutter. Ich hab keinerlei Rechte an dir. Aber ich verspreche dir, dass ich wiederkomme und dir sage, was wir machen werden, okay?"

Vanessa nickte tapfer. „Wann?"

„In zwei Wochen", entgegnete Livia. So viel zu ihrer Bereitschaft, das Alte loszulassen und etwas Neues zu beginnen …

„Wie viele Tage sind das?"

„Vierzehn", antwortete Livia mit dünner Stimme. Sie hatte den Zeitraum willkürlich gewählt, aber sie wusste, dass Vanessa eine Zahl brauchte, die sie begreifen und an der sie sich festhalten konnte.

Daraufhin rannte Vanessa weg, öffnete eine Schublade des Schrankes, holte einen Zettel und einen Stift daraus hervor und kehrte damit zu Livia zurück. Sie legte sich lang auf den Fußboden und begann, kleine Kreise auf den Zettel zu malen.

„Was machst du da?"

„Ich male Kringel", erläuterte Vanessa und zählte leise mit. „… elf … zwölf … dreizehn … vierzehn … Die kann ich dann abstreichen! Immer wenn ich morgens aufwache, streiche ich einen durch."

Livia atmete ganz tief durch. „Und wenn du es mal vergisst, wird dich Angelika daran erinnern!"

Vanessa blickte erstaunt zu ihr auf. „Wer?"

„Angelika", wiederholte Livia und reichte Vanessa das Paket, das sie für sie gepackt hatte.

Vanessa erhob sich, kam langsam auf Livia zu und nahm ihr das Paket aus der Hand. Dann riss sie langsam das Geschenkpapier herunter. Darunter kam ein Schuhkarton zum Vorschein. Vanessa öffnete den Deckel und fand … eine wunderschöne Puppe mit dunklen kinnlangen Haaren …

„Oh", sagte Vanessa nur.

Livia lächelte stolz. Sie hatte tagelang bei Gunda das Internet durchforstet, um diese Puppe zu finden. Sie war ein Schmuckstück sondergleichen mit dem hübschesten Gesicht, das sie je bei einer Puppe gesehen hatte.

„Danke", seufzte Vanessa und testete die beweglichen Augen der Puppe, indem sie sie aus der aufrechten in eine liegende und wieder zurück in eine aufrechte Position brachte.

Livia sah ihr dabei zu, hörte aber bereits, dass sich Schritte näherten. Mit einem leisen Seufzer richtete sie sich auf. Gleich darauf wurde die Tür geöffnet und Arvin erschien im Türrahmen. „Gunda wartet im Flur auf dich", sagte er und ließ seinen Blick über Vanessa und die Puppe gleiten.

Livia räusperte sich. „Ich hab auch ein Geschenk für *dich*."

Arvin hob erstaunt die Augenbrauen, sah kurz auf das grüne Paket, das immer noch auf dem Boden lag, und schüttelte dann den Kopf. „Das ist nicht nötig. Ich meine ... ich will keine Geschenke von dir."

„Dieses wirst du annehmen", sagte Livia ungewohnt scharf und bestimmt. Sie bückte sich danach, hob es auf und ging damit auf Arvin zu. „Du wirst es nehmen, weil ich eine Ewigkeit danach gesucht habe." Und das war kaum übertrieben. Vanessas Geschenk zu finden hatte bereits viel Zeit und Mühe gekostet, aber das hier ... Sie hatte Tage bei Gunda im Internet verbracht!

Livias energisches Auftreten verfehlte seine Wirkung nicht. Als sie Arvin jetzt das Paket entgegenstreckte, stellte sie fest, dass sich seine Hände wie von selbst öffneten und das Geschenk in Empfang nahmen.

„Pack es aus, wenn ich weg bin", bat Livia, „und dann entscheide dich zwischen ihm und seinem Gegenstück. In Ordnung?"

Arvins Blick bestand aus einem einzigen Fragezeichen.

„Merk dir einfach, was ich sage: Entscheide dich zwischen dem Inhalt des Pakets und seinem Gegenstück. Ich möchte, dass du mir eines davon zurückgibst – entweder das hier oder ... Du wirst wissen, was ich meine."

Arvin zog die Stirn in tiefe Falten. „Ich verstehe wirklich nicht ...", sagte er hilflos.

„Schick mir eins von beiden zu, okay?", sagte Livia. „Eins von beiden, vergiss das nicht ..."

Dann wandte sie sich ein weiteres Mal Vanessa zu, drückte sie noch einmal ganz fest und sagte leise: „Vierzehn, okay? Vierzehn!"

Vanessas Blick erhellte sich. „Vierzehn", nickte sie.

„Bis dann", flüsterte Livia und eilte auch schon aus dem Wohnzimmer.

Im Flur begrüßte sie Gunda mit einem unsicheren Lächeln.

„Wo ist dein Gepäck?", wollte Gunda wissen.

Livia schüttelte ganz leicht den Kopf.

„Gar nichts?", entfuhr es Gunda.

Livia antwortete nicht, weil Arvin in diesem Moment den Flur betrat.

„Es ist wirklich lieb, dass ihr mich fahrt", sagte Livia leise.

„Tja, wenn sonst niemand bereit ist", entgegnete Gunda und warf Arvin einen vorwurfsvollen, wenn nicht gar feindseligen Blick zu.

Livia schauderte und hatte das Gefühl, als würde der Boden unter ihren Füßen zu schwanken beginnen. Selbst Gunda ahnte nicht, wie sehr es sie schmerzte, dass Arvin nicht einmal bereit gewesen war, ihr diesen letzten Liebesdienst zu erweisen. Ein wenig umständlich zog sie Jacke und Schuhe an und drehte sich dann ein letztes Mal zu Arvin um. „Leb wohl", sagte sie heiser.

Sein Blick blieb unbeteiligt. „Ja, leb wohl", antwortete er. Und sonst nichts. Gar nichts.

Kapitel 44

„Anhalten!", kreischte Livia und klang dabei fast schon hysterisch.

Manfred trat in die Bremse, als hinge sein Leben davon ab. „Was ... was ist los?", keuchte er, während er mit einem schabenden Geräusch mitten auf dem unbefestigten Weg zum Stehen kam.

„Ich will, dass ihr anhaltet", piepste Livia, deren Stimme auf einmal sämtliche Energie verloren hatte.

Gunda drehte sich zu ihr um. „Jetzt beruhig dich mal", sagte sie. „Wir hatten dich doch gehört. Und wir wollten doch auch anhalten. Wir haben bloß einen Platz gesucht, an dem wir vernünftig parken können."

„Ich will aber nicht auf den Hof fahren", krächzte Livia. „Jedenfalls *noch* nicht!"

„Oh … ich verstehe“, nickte Gunda, „obwohl … wir sind doch gar nicht sicher, ob dies der richtige Hof ist oder … oder weißt du es?“

Livia atmete schwer und sog zugleich jeden Anblick ihrer Umgebung, jedes Detail voller Verzweiflung in sich auf. Sie konnte den Hof schon sehen, jedenfalls ein paar seiner Gebäude. Vor ihr lag das Haupthaus. Es war ein Fachwerkgebäude mit schwarzen Balken, roten Backsteinen, weißen Fenstern und dunklen Dachziegeln. Mittendrin prangte eine riesige mehrflügelige Holztür, die ein wenig zurücklag und mit vielen Fenstern ausgestattet war. Wahrscheinlich ersetzte sie das Scheunentor. Links und rechts befanden sich die Nebengebäude und Stallungen. Eine Schubkarre stand herum, ein paar Hühner streunten über den Hof. Aber Livia hatte keine Ahnung, *gar keine* Ahnung, ob dies ihr Elternhaus war!

Manfred schaltete den Motor aus. Die plötzliche Stille legte sich wie eine schwere Decke über Livias Gemüt. Sie erinnerte sich nicht. Sie erinnerte sich nicht!

„Vielleicht ist es der falsche Hof …“, erriet Gunda ihre Gedanken.

Aber da öffnete sich die Haupttür und eine Frau trat heraus. Sie schien jemanden zu erwarten, jedenfalls sah sie sich suchend um, entdeckte den Wagen und kam langsam näher.

Livia starrte sie an und wurde zugleich immer kleiner auf ihrem Sitzplatz. Sie kannte diese Frau nicht!

„Ich steig mal aus“, sagte Gunda, öffnete die Beifahrertür und trat aus dem Wagen. „Entschuldigung“, rief sie der Frau zu, die vom Alter her durchaus Livias Mutter hätte sein können. Sie war eine schlanke, hochgewachsene Frau von vielleicht Anfang fünfzig und trug einen weiten dunklen Rock, der zum Teil von einer hellen Schürze verdeckt war, sowie eine helle Bluse mit dunklen Streifen. Ihr Haar war dunkel, hatte aber schon einen erheblichen weißen Anteil und war zu einem eleganten Dutt hochgesteckt.

Sie passt zum Hof, dachte Livia spontan. Jedenfalls wirkte sie genauso alt und ehrwürdig, aber auch genauso hübsch und gepflegt.

„Wir suchen die Familie Cordes, Dieter und Inge Cordes“, rief Gunda der Frau zu.

Livia hielt den Atem an.

„Bringen Sie mir meine Tochter?“, rief die Frau zurück.

Livia hatte das Gefühl, als arbeitete ihr Herz nicht mehr.

„Wenn sie Angelika heißt ...“, rief Gunda.

Ich kenne die Frau nicht, ich kenne die Frau nicht, ich kenne die Frau nicht, hämmerte es in Livias Gehirn. *Ich kenne sie doch nicht ...*

Währenddessen kam Inge Cordes unaufhaltsam auf den Wagen zu. Sie hatte ihre Augen auf das Innere des Wagens geheftet, ignorierte dabei Gunda und blieb schließlich neben der hinteren Beifahrertür stehen.

Livia war inzwischen vollends in sich zusammengesackt und starrte ängstlich, wenn nicht gar panisch in die ihr fremden Augen.

„Angelika?“, fragte Frau Cordes verunsichert.

„Jetzt steig doch mal aus!“, flüsterte ihr Gunda von vorne zu.

Aber Livia konnte nicht. Sie war wie gelähmt. Ein einziger Gedanke beherrschte ihr gesamtes Sein: Sie war wieder nicht nach Hause gekommen!

Frau Cordes öffnete jetzt vorsichtig die Autotür und starrte Livia fragend an. „Angelika?“, flüsterte sie genauso verunsichert, wie Livia es war.

Livia zuckte nur die Achseln.

Dann atmete Frau Cordes einmal tief durch. „Du hast zumindest ihre Augen“, sagte sie mit fester Stimme.

Angelikas Augen – nur ihre Augen, dachte Livia.

„Komm doch erst mal rein“, sagte ihre Mutter mit sanfter, freundlicher Stimme. „Dann zeig ich dir alles.“ Sie streckte Livia ihre geöffnete Hand entgegen.

Livia starrte einen Moment lang zögernd auf die fremde Hand, hob dann vorsichtig die ihre und berührte wie in Zeitlupentempo ihr eigenes Fleisch und Blut. Anders als erwartet, war dieses allerdings nicht weich und einladend, sondern rau und hart. Und dann packte es auch noch äußerst beherzt zu und zog Livia mit viel Kraft aus dem Wagen. Anschließend ließ Frau Cordes Livia allerdings sofort wieder los, räusperte sich und sagte: „Du hast mir deine Freunde noch nicht vorgestellt.“

Livia sagte kein Wort. Sie war wie benommen von den widersprüchlichen Empfindungen, die immer noch durch ihren Körper rasten.

„Gunda Lorenz", sagte Gunda und streckte Frau Cordes nun ihrerseits die Hand entgegen. Dann drehte sie sich zu Manfred um, der inzwischen ebenfalls ausgestiegen war. „Und das ist mein Mann Manfred."

„Es ist furchtbar nett, dass Sie meine Tochter hergefahren haben", sagte Inge Cordes. „Sie bleiben doch sicher über Nacht?"

„Also, ehrlich gesagt, nein", seufzte Gunda. „Mein Mann muss morgen wieder arbeiten. Wir müssen schnell wieder los."

„Aber zum Kaffee bleiben Sie doch ..."

„Na ja, eine kleine Stärkung könnten wir schon vertragen", lächelte Gunda.

„Wunderbar", freute sich Frau Cordes. „Der Kaffee ist schon gekocht und der Tisch gedeckt. Kommen Sie!" Sie ging zackigen Schrittes voraus und hatte bald einen ordentlichen Vorsprung zu Livia, Gunda und Manfred aufgebaut.

„Und?", raunte Gunda Livia zu.

Livia starrte immer noch voller Verzweiflung in ihre Umgebung und wartete darauf, dass ihr etwas ... *irgendetwas* ... bekannt vorkam. Aber das tat es nicht! Livia schauderte, und das lag nicht nur an ihrem Gemütszustand, sondern auch an der Temperatur. Die Luft war kalt und extrem feucht. Nicht gerade einladend ...

Als sie sich dem Haus näherten, wurde eine Inschrift sichtbar, die über der Haupteingangstür in den Balken des Fachwerks eingegraben war. *Ohne Fleiß von früh bis spät wird dir nichts geraten. Neid sieht nur das Rosenbeet, aber nicht den Spaten.* Aber auch das erinnerte Livia an nichts. Gar nichts.

Ihre Mutter hatte inzwischen die Haustür erreicht und hielt sie für ihren Besuch weit geöffnet. Dennoch hatte Livia Angst davor, die Schwelle zu übertreten. Sie hatte keine Ahnung, was sie drinnen erwartete! Sie ging jetzt so langsam, dass sie sogar schon von Gunda und Manfred überholt wurde. Die beiden traten ein. Jetzt blieb auch Livia nichts anderes mehr übrig, als ihnen nachzufolgen.

Drinnen umfing sie zunächst der Eindruck von Düsternis. Da war eine große, geräumige Diele, von der ein paar Türen abgingen. Aber die Beleuchtung war mager und stammte einzig und allein von den Fenstern der Eingangstür. Es dauerte allerdings nicht lange, bis sich ihre Augen an die schlechteren Lichtverhältnisse gewöhnt hatten. Jetzt konnte sie ein paar große alte Eichenschränke ausmachen, die mit kunstvollen Blumenreliefs verziert waren. Zu ihrer Rechten stand außerdem ein Tisch mit sechs Stühlen, einer weißen, mit der Hand gearbeiteten Tischdecke und einem vollständigen Kaffeegeschirr. Außerdem gab es Ölgemälde an den Wänden: eines mit einem Stillleben, zwei mit Landschaften. Alles in allem wirkte auch die Diele sauber und sehr gepflegt. Es gab keine Spur von Spinnweben, Dreck oder Durcheinander.

Frau Cordes war inzwischen an der rückwärtigen Tür angelangt, öffnete sie … und rief damit eine kleine Explosion hervor. Diese stürzte in Form eines haarigen, quirligen Etwas laut bellend und winselnd in die Diele, passierte Gunda und Manfred, gelangte zu Livia und flippte an dieser Stelle vollends aus. Der Hund – der im Übrigen ziemlich groß und schwarz-weiß gefärbt war – drehte sich ein paarmal bellend um die eigene Achse, sprang dann an Livia hoch, schleckte ihr ungehemmt durchs Gesicht und wedelte dabei mit dem Schwanz, als hätte er einen Propeller, mit dem er demnächst abheben wolle.

„Nellie“, seufzte Livia, schlang beide Arme um den Hund und vergrub ihr Gesicht in seinem Fell, „miene söte Dirn.“

Gunda warf Manfred einen vielsagenden Blick zu und sah dann noch geraume Zeit dabei zu, wie Livia – pardon … Angelika – mit dem Hund schmuste und kuschelte.

Währenddessen erschien ein Mann im Türrahmen, der die ganze Szene ein wenig befremdet beobachtete und offensichtlich verzweifelt versuchte, einen Blick auf Angelika zu erhaschen. Er hatte das ungefähre Alter von Frau Cordes, war ähnlich schlank und groß und trug ein braun-blaues Holzfällerhemd und eine beigefarbene Hose. Am auffälligsten aber war der handtellergroße rote Fleck, der an seinem rechten Wangenknochen begann und sich von dort über das rechte Auge bis zur Schläfe erstreckte.

Frau Cordes trat jetzt von hinten an Angelika heran, legte die Hand auf ihre Schulter und sagte: „Wellste nich dien Vadder begröten?“

Livia wandte erstaunt den Kopf, sah den Mann ... und zog die Stirn in Falten. Anschließend wehrte sie sanft den Hund ab, der noch immer nicht genug von ihr bekommen konnte, und erhob sich. Sie ging langsam auf ihren Vater zu, blieb ein paar Meter vor ihm stehen und sagte kaum hörbar: „Uck wenn et so utsöet, as wär ick hier to Hus ... ick kann mie nich an die erinnern.“

Dem Mann schien es irgendwie ähnlich zu ergehen. Jedenfalls starrte er immer noch unentwegt in Livias Gesicht und sagte kein einziges Wort.

„Wo is Dschan affbläben?“, fragte Frau Cordes ihren Mann.

„Ick glöv, he trout sick nich.“

Frau Cordes seufzte tief, wandte sich an Gunda und Manfred und sagte: „Diese Kinder ... Man fragt sich wirklich, ob man sie irgendwann groß kriegt. Kommen Sie, wir setzen uns erst einmal.“ Mit diesen Worten steuerte sie auf den Tisch zu, rückte ein paar Stühle ab und bedeutete Gunda und Manfred Platz zu nehmen. Dann drehte sie sich um, sah den Hund an und sagte im Befehlston: „Nellie, ab in ’ne Köken.“ Der Hund erhob sich umgehend und trottete auf die geöffnete Tür zu. Als er dann aber Livia passierte, blieb er stehen und warf ihr einen sehnsüchtigen Blick zu. „Nellie!“, warnte Inge Cordes und erreichte damit, dass sich der Hund wieder in Bewegung setzte und brav den Raum verließ.

„Der gehorcht aber gut“, bemerkte Gunda, die sich inzwischen hingesetzt hatte.

„Ja“, seufzte Frau Cordes, „besser als der Rest der Familie.“ Dann lachte sie. „Kleiner Scherz.“

Gunda lachte mit, wirkte dabei aber etwas gequält. „Hübsches Geschirr“, sagte sie und deutete auf den Tisch. Dort standen Tassen, Untertassen und Teller, die zueinander passten und mit einem Blumenrelief verziert und bunt bemalt waren.

Inge Cordes begann zu strahlen. „Nicht wahr? Es stammt noch von meiner Großmutter. Sie hat es zu ihrer Hochzeit bekommen. Und deshalb hüte ich es wie meinen Augapfel. Ob

Sie es glauben oder nicht … es fehlt noch kein einziges Teil. Alles komplett – zwölf Tassen, zwölf Untertassen und zwölf Teller … Ist das nicht wundervoll? Sie müssen wissen, dass wir hier sehr großen Wert auf Traditionen legen. Der ganze Hof ist so aufgebaut, dass die Vergangenheit weiterlebt. Ihnen ist bestimmt aufgefallen, dass es von vorne nichts gibt, was auf unsere jetzige Zeit hindeutet. Wir haben alles so gelassen wie vor zweihundert Jahren!“

„Sie sagten: ‚von vorne‘“, meldete sich nun Manfred zu Wort. Seine Haltung verriet deutliches Interesse. „Heißt das, dass der Hof eigentlich gar nicht das ist, was er einem vermittelt? Also, von vorne macht er den Eindruck, als wäre es ein kleiner Hof, vielleicht … na ja, ich kenn mich mit Bauernhöfen nicht so aus, aber … es gibt doch Biobauern, die noch so weiterarbeiten wie früher …“

Dieter Cordes ließ Angelika stehen und machte ein paar Schritte auf Manfred zu. „So sieht es aus, nicht wahr? Es war der Wunsch meiner Frau, von vorne alles so zu belassen, wie es früher war. Das hier ist nämlich Inges Elternhaus. Aber wir sind in Wirklichkeit mit der Zeit gegangen, haben uns auf Ferkelerzeugung spezialisiert und fahren ausgesprochen gut damit. Wenn Sie mal mitkommen möchten, zeige ich Ihnen die Ställe. Man kann sie vom Haus aus sehen!“

„Jetzt aber nicht!“, fiel Inge ihm ins Wort. „Jetzt trinken wir erst einmal Kaffee. Bitte setzt euch!“ Dann wandte sie sich ihrer Tochter zu und fragte: „Hilfst du mir, Kaffee und Kuchen zu holen?“

Livia nickte und folgte ihrer Mutter durch einen Flur in eine riesige, hochmoderne Küche. Welch ein Gegensatz zu den übrigen Räumen!

Als hätte sie die Gedanken ihrer Tochter gelesen, sagte Inge auf Platt: „Die Küchengeräte von damals halten den heutigen Anforderungen nicht mehr stand.“

Livia antwortete nicht. Sie hatte ihre Sprache immer noch nicht so richtig wiedergefunden. Außerdem wartete sie im Grunde auf andere Themen. Interessierte es ihre Mutter denn gar nicht, wie es ihr ergangen war? Was sie erlebt hatte? Wie sie sich jetzt fühlte?

Frau Cordes hatte inzwischen den Kühlschrank geöffnet und einen Tortenteller samt Torte herausgeholt. Jetzt machte sie Anstalten, diesen Teller Livia in die Hand zu drücken.

„Oh, nein!", wehrte diese ab. Obwohl sie das Platt, das hier gesprochen wurde, ganz offensichtlich ohne Probleme abrufen konnte, war ihr Hochdeutsch vertrauter. „Ich … ich kann nicht …"

Inge Cordes hielt mitten in ihrer Bewegung inne. „Wieso nicht?", fragte sie auf Platt.

„Meine rechte Hand …", begann Livia. „Ich hatte … diesen Autounfall und hab rechts einfach keine Kraft mehr …"

„Oh", sagte ihre Mutter und stellte den Tortenteller auf der Arbeitsplatte ab. Die Gelegenheit, mit ihrer Tochter über die Vergangenheit zu sprechen, ließ sie jedoch ungenutzt. „Könntest du denn den Kaffee nehmen?"

Livia nickte und nahm eine Thermoskanne entgegen. Dabei benutzte sie natürlich in erster Linie ihre linke Hand. Ganz nebenbei fiel ihr Blick auf die Torte. Was ihr vorher noch gar nicht aufgefallen war, sprang ihr jetzt direkt ins Auge. „Herzlich willkommen zu Haus", stand da in großen bunten Lettern geschrieben. „Oh", machte Livia und begann auf einmal zu strahlen. „Das ist ja … das ist ja wunderschön!"

„Wir freuen uns ja auch, dass du wieder da bist", lächelte ihre Mutter. Sie sprach immer noch Platt. „Wir freuen uns wirklich sehr."

„Ich freue mich auch", brach es aus Livia hervor. „Die ganzen letzten Monate hab ich mich so entwurzelt gefühlt, so fehl am Platze und ich –"

„Wie trinken deine Freunde eigentlich den Kaffee?", unterbrach Inge sie. „Schwarz oder mit Milch und Zucker?"

Livia war einen Moment lang wie vor den Kopf gestoßen. „Mit … nur mit Milch", stieß sie schließlich hervor.

„Aha, schön", nickte Inge. „Wir wollen ja gute Gastgeber sein, nicht wahr?"

„S-sicher", stotterte Livia und folgte ihrer Mutter zurück in die Diele. Bereits in dem Moment, in dem sie die Tür durchschritt, fing sie einen Blick auf. Einen wirklichen Blick! Der junge Mann, zu dem er gehörte, saß neben Dieter Cordes am

Tisch, hatte wuschelige blonde Haare und hellblaue Augen. Er sah sympathisch aus.

Livia blieb stehen und starrte ihn an. Sollte das etwa ihr Bruder sein? Wenn ja, dann musste er zweiundzwanzig Jahre alt sein, zwei Jahre jünger als sie selbst. Nun, das konnte hinkommen.

Derweil war Inge damit beschäftigt, die Torte auf den Tisch zu stellen, Livia den Kaffee aus der Hand zu nehmen, ebenfalls auf dem Tisch zu platzieren und wieder im Flur zu verschwinden. Alle anderen unterhielten sich angeregt.

„Ich kenn dich auch nicht wieder", sagte der junge Mann auf Hochdeutsch und lächelte Livia freundlich zu.

Livia schluckte. „Bist du Jan?", fragte sie leise.

Der junge Mann nickte und sah sie dabei immer noch unverwandt an. „Und du bist wirklich Angelika?"

Livia antwortete nicht gleich, sondern schien zu überlegen. Nach einer Weile zuckte sie die Achseln, seufzte und sagte: „Ich glaub schon …"

„Du glaubst es?"

„Der Hund scheint mich wiederzuerkennen", antwortete Livia.

Jan lachte auf. „Nur der Hund?"

Livia presste hart die Lippen aufeinander. Sie blickte zu ihrem angeblichen Vater hinüber, der sich mit Manfred angeregt über Sauenhaltung unterhielt und dabei stolz mit Zahlen um sich warf. Anschließend beobachtete sie ihre Mutter dabei, wie sie mit einer Kuchenplatte und einem Milchkännchen in die Diele zurückkehrte, beides auf dem Tisch platzierte und dann noch mehrfach umstellte, bis sie mit dem Gesamteindruck endlich zufrieden war. „Ja", krächzte Livia, „nur der Hund."

„Willkommen zu Haus", grinste Jan.

❧

Beim Kaffeetrinken hatte Livia keine Möglichkeit, sich mit ihrem Bruder zu unterhalten. Sie saß einfach zu weit entfernt. Dafür bekam sie mit, wie Manfred ihn ansprach – und war sofort ganz Ohr. „Und Sie?“, fragte er ihn. „Arbeiten Sie auch hier auf dem Hof mit?“

Jan schüttelte den Kopf. „Ich studiere noch.“

Livia hob interessiert die Augenbrauen.

„Kann man Landwirtschaft studieren?“, wunderte sich Manfred.

„Ich studiere Physik und Englisch auf Lehramt“, erwiderte Jan.

„Lehramt, aha ... Das klingt, als hätte es mit Landwirtschaft nicht viel gemeinsam ...“

Jan antwortete nicht.

„Aber in den Semesterferien“, versuchte Manfred das Gespräch wieder aufzunehmen, „da arbeiten Sie bestimmt hier auf dem Hof mit ...“

„In den Semesterferien“, sagte Jan mit einem etwas pikierten Unterton, „arbeite ich in einer Vogelfutterfabrik.“

Inge Cordes räusperte sich. „Möchte noch jemand Torte?“

Einer nach dem anderen schüttelte ablehnend den Kopf.

„Benötigen Sie denn keine Unterstützung?“, wandte sich Manfred nun an Dieter Cordes. „Haben Sie womöglich so viele Maschinen, dass Sie ganz allein zurechtkommen?“

„Ich benötige sehr wohl Unterstützung“, knurrte Dieter Cordes und verschränkte ärgerlich die Arme vor der Brust. „Aber nicht nur in den Semesterferien, sondern dreihunderfünfundsechzig Tage im Jahr. Und da dieser Hof hier problemlos zwei oder noch mehr Familien ernähren kann, gibt es auch überhaupt keinen Grund, Englisch oder Physik zu studieren.“ Sein Blick verfinsterte sich zusehends. „Ausgerechnet ein Lehrer“, murmelte er verächtlich. „Als ob es nicht schon genug von diesen Besserwissern gäbe!“

Jan trommelte inzwischen ungeduldig mit den Fingern auf der Tischdecke herum. „Du hättest mich genauso wenig unterstützt, wenn ich Maschinenbau studiert hätte oder BWL oder ... oder Tibetologie“, behauptete er.

„Weil Studieren Unsinn ist, darum“, meldete sich nun Inge zu Wort. „Unsere Familie ernährt sich seit Generationen von der Landwirtschaft. Warum willst du mit dieser Tradition brechen?“

„Vielleicht weil ich keine Lust habe, für den Rest meines Lebens Papas Hilfsarbeiter zu sein …“

„Dein Vater hat nun mal die meiste Erfahrung!“, ereiferte sich Inge. „Willst du mit deinen knapp dreiundzwanzig Jahren auf dem Hof den Ton angeben?“

„Auf dem Hof nicht, aber ihr hättet mir ja mal die Verantwortung für einen kleineren Bereich übertragen können. Für die Forstwirtschaft zum Beispiel. Die paar Hektar Wald, die wir besitzen, hätte ich schon geschaukelt.“

„Ach, so wie damals“, giftete sein Vater, „als Kyrill den halben Wald umgepustet hat und du dich um die Steuer kümmern wolltest?“

„Du kanntest die Vorschrift auch nicht“, verteidigte sich Jan. Als er den fragenden Gesichtsausdruck der anderen sah, fügte er erklärend hinzu: „Es gab einen erhöhten Betriebsausgabenpauschbetrag wegen der Kalamitätsnutzungen, 90 % statt der 65 % aus § 51 Einkommensteuerdurchführungsverordnung. Als ich drauf kam, war schon Verjährung eingetreten.“ Er zuckte die Achseln. „Immerhin würde ich einen solchen Fehler kein zweites Mal machen!“

Dieter hob mit bedeutungsvollem Blick die Brauen. „Allerdings nicht!“, nickte er.

Jan atmete ein paarmal tief durch. „Es hat einfach keinen Zweck“, seufzte er schließlich. Dann sah er Livia an. „Was würdest du an meiner Stelle machen? Würdest du lieber ein saumäßiger Landwirt oder ein guter Lehrer sein?“

„Gute Lehrer gibt es nicht“, murmelte Dieter Cordes.

„Meine Profs sind da anderer Ansicht“, fauchte Jan und stand auf. „Und meine Noten ebenfalls. Aber das interessiert euch ja eh nicht.“ Dann wandte er sich noch einmal Livia zu. „Krieg ich ’ne Antwort?“

Livia starrte ihren Bruder aus großen Augen an, sagte aber nichts. Sie war so überladen mit Eindrücken und Gefühlen, dass sie überhaupt nicht mehr sprechen konnte.

„Typisch“, sagte Jan abfällig und schob seinen Stuhl zurück. „Ruft mich zum Abendessen, wenn ihr Lust habt. Ich geh ein bisschen lernen.“ Kurz darauf war er verschwunden.

Die anderen blieben ein bisschen sprachlos zurück.

Dann erhob sich Manfred und sagte: „So leid es mir tut, aber ich glaube ..." Er sah Gunda an. „Was meinst du?"

Gunda stand ebenfalls auf. „Wir müssen dringend zurück nach Hause. Sonst wird es einfach zu spät ..." Sie warf Livia einen fragenden Blick zu.

„Ich bring euch raus", sagte diese.

Es dauerte eine Weile, bis sich Herr und Frau Cordes angemessen und voller Dankesworte von Gunda und Manfred verabschiedet hatten, dann folgte Livia den beiden in Richtung Pkw.

Als sie außer Hörweite waren, fragte Gunda: „Und?"

Livia seufzte tief. „Ich weiß auch nicht ... Bin ich vom Regen in die Traufe gekommen?"

Gunda lachte auf. „Ehrlich gesagt, das hab ich mich auch ein paarmal gefragt." Sie schüttelte nachdenklich den Kopf. „Was du jetzt machst, ist deine Entscheidung." Sie hatten jetzt den Wagen erreicht und blieben stehen. „Aber du weißt, dass wir ein Gästezimmer haben ..."

„Hör auf", unterbrach Livia sie. „Euer Haus liegt direkt neben Arvins. Wie soll das gehen?"

„Keine Ahnung", seufzte Gunda. „Aber wie soll das hier gehen?"

„Keine Ahnung. Aber ich denke ... ich denke, ich sollte es rausfinden."

Gunda atmete ganz tief durch. „Das ist eine gute Entscheidung." Dann nahm sie Livia in den Arm. „Ruf mich an, wenn du Hilfe brauchst, okay? Und zwar zu jeder Tages- und Nachtzeit. Versprochen?"

„Versprochen", nickte Livia.

„Also dann ..." Gunda zögerte einen Moment lang und sagte dann mit fester Stimme: „Also dann, Angelika."

Livias Blick verfinsterte sich. Sie war heute schon mehrfach Angelika genannt worden. Und aus dem Mund ihres Bruders und ihrer Eltern erschien ihr das auch in Ordnung. Aber bei Gunda ... „Bitte nenn mich nicht so", hörte sie sich sagen.

Gunda sah ihr ernst ins Gesicht. „Warum nicht?"

Livia musste einen Moment lang darüber nachdenken. „Vielleicht ... weil ich noch nicht weiß, ob ich Angelika sein will ..."

„Hast du denn eine Wahl?“, fragte Gunda.

Livia atmete einmal tief durch, wandte den Kopf und warf einen Blick auf den Bauernhof, auf dem sie anscheinend aufgewachsen war. „Die Frage steht nicht zum ersten Mal im Raum …“, sagte sie zögerlich.

Kapitel 45

Als Livia ins Haus zurückkehrte, war ihre Mutter gerade dabei, den Kaffeetisch abzuräumen. Livia gesellte sich wie selbstverständlich zu ihr, nahm einen Stapel Geschirr in die linke Hand und wollte sich damit auf den Weg in die Küche machen.

„Nimmst du noch die Kaffeekanne?“, bat ihre Mutter sie auf Platt. Mit Gunda und Manfred schien auch die hochdeutsche Sprache den Hof verlassen zu haben. Livia starrte sie entgeistert an. Hatte sie denn nicht gehört, was sie ihr erklärt hatte? „Du … du weißt doch“, stammelte sie und sah auf die drei Teller, die Unterrtasse und die Tasse, die sich in ihrer linken Hand befanden und ohnehin schon nicht ganz leicht zu transportieren waren, „meine rechte Hand …“

„Mir scheint, du hast dich in letzter Zeit ein bisschen zu sehr auf deine Schwächen konzentriert“, meinte Inge Cordes. „Was man nicht trainiert, kann auch nicht besser werden.“

„Ich … ich hab aber trainiert“, protestierte Livia. „Ich war monatelang in der Reha und hab –“

„Reha“, sagte ihre Mutter abfällig, „das kann ich mir lebhaft vorstellen.“ Sie veränderte ihre Stimmlage und sagte – zur Abwechslung mal auf Hochdeutsch, dafür aber in einem monotonen Singsang: „So und jetzt ballen Sie die rechte Hand zur Faust … Prima gemacht!“ Dann schüttelte sie den Kopf, nahm wieder einen normalen Tonfall an und fuhr auf Platt fort: „Das ist in meinen Augen keine Therapie. Arbeit ist Therapie. Je mehr man arbeitet, desto besser gehorchen einem die Glieder. Und deshalb …“ – sie griff nach der Kaffeekanne, in der sich nur noch eine Pfütze Kaffee befand, und reichte sie Livia – „… hier. Trag das in die Küche, und du wirst dich wundern, wozu du fähig bist!“

Livia stand einen Moment lang einfach nur sprachlos da und starrte auf die Kaffeekanne in ihren Händen. Wenn da nicht diese riesige Kluft gewesen wäre … diese Kluft zwischen ihrem Leben und dem, was ihre Mutter darüber wusste … dann hätte sie dem Vortrag vielleicht sogar geglaubt, aber so … Sie konnte allerdings nichts mehr dazu sagen, weil ihre Mutter bereits den Raum verlassen hatte. Und so blieb ihr nichts anderes übrig, als mit Kanne und Geschirr hinter ihr herzueilen.

Auf dem Flur begegnete sie dann Jan. Er trat just in dem Moment, in dem ihre Mutter in der Küche verschwunden war, hinter einem Schrank hervor. Es war fast so, als hätte er auf sie gewartet …

„Na, schon wieder am Arbeiten?“, sprach er sie an.

Livia schluckte. Arbeit war anscheinend das Thema hier. „Ich räume nur den Tisch ab“, erwiderte sie vorsichtig.

„Ich nicht.“

„Das seh ich“, nickte Livia.

„Und? Freust du dich schon auf Henning?“, erkundigte sich Jan. Die ganze Zeit schon sprach er betont leise, so als wollte er nicht, dass ihn jemand hörte.

Livia zog die Stirn in Falten. „Henning?“

„Du erinnerst dich wirklich nicht“, kommentierte Jan ihre Frage.

Livia spürte, dass ihre rechte Hand bereits zu zittern begann, und sagte: „Hör zu, Jan, ich muss dringend dieses Zeug hier loswerden. Wenn du willst, können wir uns morgen ein bisschen intensiver unterhalten, okay?“ Sie ließ Jan stehen und steuerte auf die Küche zu.

„Daraus wird wohl nichts“, rief Jan mit unterdrückter Stimme hinter ihr her. „Morgen kommt schließlich schon dein Verlobter.“

Livia blieb so abrupt stehen, als wäre sie gegen eine Mauer gerannt. Dann drehte sie sich in Zeitlupentempo wieder um. „Wer?“, flüsterte sie.

„Henning, dein Verlobter.“

Livia schluckte schwer. „Ich … ich bin verlobt?“, stammelte sie.

Jan nickte nur.

„Aber … aber das … davon weiß ich nichts … ich meine … niemand hat mich darauf vorbereitet!“

Jan zuckte nur die Achseln.

Währenddessen schwankte die Kanne bedenklich in Livias Hand hin und her. Sie konnte sie kaum noch halten. „Und wie …“, stammelte Livia, „ich meine … wie ist er so … liebt er mich … liebe ich ihn?“

Jan zögerte. „Ich … könnte natürlich etwas dazu sagen, aber ich denke …“ Er seufzte tief. „Ich denke, dass das etwas ist, was du selbst herausfinden solltest …“

„Angelika?“, ertönte Inges Stimme aus der Küche.

„Geh schon“, riet Jan, „sonst wird sie gleich hysterisch …“ Mit diesen Worten drehte er sich um und machte Anstalten, durch die nächstbeste Tür zu verschwinden.

„Jetzt warte doch mal“, rief Livia hinter ihm her. „Du kannst mich nicht so schocken und dann einfach abhauen.“

Aber Jan hörte nicht auf sie und hatte die Tür bereits durchschritten.

„Wer haut ab?“, fragte eine Stimme hinter Livias Rücken.

Livia seufzte tief und drehte sich zu ihrer Mutter um. „Niemand …“

„Oh, oh“, sagte Inge und starrte auf die schwankende Kaffeekanne in Livias Hand. „Das sieht ganz schön gefährlich aus.“

„Nimmst du sie mir ab?“, bat Livia.

„Konzentrier dich einfach“, schlug Inge vor. „Dann wirst du es schon schaffen.“

Livia hatte im Moment keine Kraft zu widersprechen. Die Nachricht von einem Verlobten hatte ihr für heute den Rest gegeben. Und so konzentrierte sie sich brav auf ihre Kaffeekanne und trug sie in Richtung Küche. Sie hatte allerdings nicht damit gerechnet, dass sie so sehr an ihre Grenzen stoßen würde. Es kostete inzwischen all ihre Energie und Aufmerksamkeit, die Kanne in der Hand zu behalten. Dennoch gelangte sie unfallfrei in die Küche und wollte die Kanne an der nächstbesten Stelle absetzen.

„Stell sie dorthin“, sagte Inge und deutete auf die Kaffeemaschine.

Livia seufzte innerlich, gehorchte aber auch in diesem Fall und trug die Kanne hinüber auf die andere Seite der Küche. Anschließend wollte sie sie neben der Kaffeemaschine absetzen, war damit aber so beschäftigt, dass sie ihre linke Hand darüber vergaß. Sie sackte einen kurzen Moment etwas ab, wodurch die Tasse, die sich an oberster Stelle befand, gefährlich ins Wanken geriet. Livia sah das Unglück kommen, versuchte noch gegenzusteuern, hatte aber keinen Erfolg. Sie schrie auf und musste im nächsten Moment hilflos mit ansehen, wie die Tasse zu Boden fiel und dort mit lautem Geklirr in tausend Scherben zerbrach.

„Oh, das tut mir leid", seufzte sie und setzte nun endlich die Kaffeekanne auf der Arbeitsplatte ab. Dann befreite sie sich auch noch von dem Stapel Geschirr. „Immerhin hab ich die Kaffeekanne gerettet!" Sie lächelte ihrer Mutter entschuldigend zu, doch gefror ihr dieses Lächeln schon einen Augenblick später zu purem Eis. Der Anblick ihrer Mutter ließ keinen Zweifel daran, dass sie gerade etwas Furchtbares angerichtet hatte. Blankes Entsetzen stand in ihrem Gesicht geschrieben. Und jetzt erinnerte sich Livia auch, was ihre Mutter vorhin gesagt hatte. Es war das Geschirr ihrer Urgroßmutter! Das Geschirr, das ihre Mutter wie ihren Augapfel hütete! „Oh, nein", wimmerte Livia. „Es ist das Geschirr, das bis eben noch vollständig gewesen war, nicht wahr?"

Ihre Mutter antwortete nicht. Sie starrte immer noch ungläubig auf die Scherben, die über die ganze Küche verteilt und sogar bis vor ihre Füße gefallen waren.

„Das tut mir ehrlich leid", sagte Livia in einem Tonfall, der um Vergebung nur so bettelte. „Ehrlich!"

„Wir werden sie kleben", flüsterte ihre Mutter.

Livias Augenbrauen schossen in die Höhe. „W-wie bitte?"

„Wir werden sie kleben", wiederholte ihre Mutter, nun in einem sehr viel schärferen Tonfall.

Livia wusste einen Moment lang nicht, ob sie lachen oder weinen sollte. Sie war doch eigentlich bei Arvin ausgezogen ... Arvin war derjenige, der Porzellan klebte, oder etwa nicht? Abgesehen davon ... hatte selbst Arvin das Kleben allein übernommen. „Nein", hörte sich Livia sagen.

Die Augen ihrer Mutter verengten sich. „Doch!"

„Aber M-mutter“, sagte Livia, die im ersten Moment nicht gewusst hatte, wie sie ihre Mutter anreden sollte. Wie hatte sie sie früher angeredet? „Man kann Tassen nicht kleben.“ Und zwar genauso wenig, wie man Vasen kleben kann … „Erstens dauert es eine Ewigkeit, bis man ein solches Puzzle zusammensetzt.“ Arvin hatte eine ganze Nacht dafür gebraucht! „Und zweitens wird sie nie wieder so schön aussehen wie vorher!“

„Erst machst du sie kaputt, und dann weigerst du dich, sie zu reparieren?“

Livia spürte, wie sich eine ordentliche Portion Ärger in ihr zusammenbraute. „Ich hab sie nur kaputt gemacht, weil ich mehr tragen *sollte*, als ich tragen *konnte*“, sagte sie mit fester Stimme.

„Ach, jetzt bin ich also schuld, ja?“, fauchte Inge Cordes.

Livia seufzte tief. „So hab ich das doch nicht gemeint …“, probierte sie es in versöhnlicherem Tonfall. „Lass uns einfach die Scherben zusammenfegen und das Ganze vergessen, okay?“

Aber der Gesichtsausdruck ihrer Mutter blieb hart. „Du willst mir also nicht helfen …“ Sie setzte sich in Bewegung, verließ die Küche und kehrte wenig später mit einem Handfeger und einem Fegeblech in die Küche zurück. „Auch gut. Dann klebe ich die Tasse eben allein. Anscheinend stört es dich nicht, dass ich Stunden damit beschäftigt sein werde, deinen Fehler wiedergutzumachen.“ Mit diesen Worten bückte sie sich und begann, die Scherben vorsichtig zusammenzufegen.

Livia sah ihr einen Moment dabei zu und empfand eine Mischung aus Ärger, Trauer und Hilflosigkeit. Sie war gerade erst nach Hause gekommen und schon gab es Streit? Und überhaupt … sie wusste ja nicht einmal, wo sich ihr Zimmer befand und wohin sie sich zurückziehen konnte … Unruhig trat sie von einem Fuß auf den anderen. „Hast du denn Kleber?“, fragte sie schließlich.

Zum ersten Mal blickte ihre Mutter auf. „Da vorne in der Schublade“, antwortete sie und deutete in die entsprechende Richtung.

Livia seufzte und setzte sich in Bewegung.

❧

Anderthalb Stunden später waren Livia und ihre Mutter immer noch damit beschäftigt, die Tasse mithilfe von Porzellankleber wieder zusammenzusetzen. In dieser Zeit hatte Livia fast ununterbrochen an Arvin gedacht. Ob seine Liebe zu jener Vase mit der Liebe ihrer Mutter zu dieser Tasse vergleichbar war? Arvins Bemühen, alles so zu lassen, wie es war, war ihrer Meinug nach Ausdruck einer tief verwurzelten Verlustangst, die mit dem Tod seiner Eltern zu tun haben musste. Aber was war der Grund für das Verhalten ihrer Mutter?

Um es herauszufinden, hatte Livia mehrfach den Versuch gemacht, ein tiefer gehendes Gespräch mit ihrer Mutter anzufangen. Aber das war ihr nicht wirklich gelungen. Irgendwie sprachen sie nicht dieselbe Sprache ...

„Du fragst mich gar nicht, wie es mir in den letzten Monaten ergangen ist ...", brach es schließlich aus Livia hervor.

Ihre Mutter blickte nicht einmal auf. Ihre ganze Konzentration gehörte der kaum fingernagelgroßen Scherbe, die sie gerade eben hatte zuordnen können und die sie jetzt von allen Seiten großzügig mit Kleber bestrich. Inzwischen erfüllte schon ein starker Geruch von Lösungsmitteln den Raum. „Das weiß ich doch schon alles, mein Kind. Dieser Kommissar Walther – ein sehr netter Mann übrigens – hat es mir ausgiebig geschildert. Aber wir wollen nicht darüber reden. Was geschehen ist, war furchtbar genug. Lass uns in die Zukunft schauen und das Vergangene vergangen sein lassen."

Livia blickte entgeistert von ihrer Mutter zu der halb fertigen Tasse und zurück zu ihrer Mutter. Wollte diese Frau wirklich das Vergangene vergangen sein lassen? „Aber ich möchte darüber reden", protestierte sie. „Die Vergangenheit ist ein Teil von mir! Ich ... ich bin nicht mehr die Angelika, die du kanntest. Die Zeit, in der ich nicht wusste, wer ich bin, hat mich geprägt, verstehst du?"

„Es war eine schlimme Zeit, mein Kind, das weiß ich wohl. Aber denkst du nicht, dass du dich am besten wieder einleben kannst, wenn wir über den guten Teil der Vergangenheit sprechen, über die Zeit nämlich, die du hier verbracht hast?"

Livia zögerte einen Moment. Einerseits war sie nicht bereit, die Zeit, die sie mit Arvin verbracht hatte, schlecht zu nennen.

Andererseits war das natürlich ein verführerisches Angebot. Sie wollte ja mehr wissen, mehr über ihre Kindheit, über ihre Eltern, über Jan … und über Henning …

„Erinnerst du dich zum Beispiel an Tante Gertrud?", fuhr ihre Mutter fort.

Ich erinnere mich an gar nichts, dachte Livia, hatte aber das Gefühl, dass es nichts nützen würde, dies ein weiteres Mal auszusprechen.

„Weißt du noch, wie du mit ihr Schlitten gefahren bist?" Sie begann zu kichern. „Gertrud hatte die Angewohnheit, immer die steilsten und gefährlichsten Pisten auszusuchen. Einmal seid ihr vom Weg abgekommen und in hohem Bogen im nächstbesten Gebüsch gelandet. Ohne fremde Hilfe wärt ihr da nicht wieder rausgekommen."

„Wer ist Tante Gertrud?", erkundigte sich Livia.

Inge hob den Kopf und warf Livia einen etwas mitleidigen Blick zu. „Sie war die Schwester deines Vaters."

„War?"

Inge Cordes nickte. „Sie ist vor einiger Zeit gestorben. Krebs. Schlimme Sache."

„Gibt es noch mehr Verwandte?", wollte Livia wissen.

„Christa, meine Schwester, samt ihrem Mann Helmut und den Kindern Frank und Stephan. Sie wohnen allerdings weit weg. Deswegen haben wir nicht sehr viel Kontakt zu ihnen."

„Und wer ist Henning?", hörte sich Livia fragen.

Inges Augenbrauen schnellten in die Höhe. „Du erinnerst dich also doch", sagte sie und betrachtete Livia so prüfend, als könnte sie ihr hinter die Stirn sehen.

Livia schüttelte den Kopf. „Jan hat mir von ihm erzählt."

„Jan?" Inges Gesichtsfarbe wurde innerhalb kürzester Zeit um einige Nuancen roter und dunkler. „Wie ist das denn möglich?", fauchte sie. „Du bist doch erst seit ein paar Stunden wieder hier!"

„Gibt es einen Henning?", lautete Livias Gegenfrage.

„Ja, den gibt es. Und ich habe ihn für morgen zum Kaffee eingeladen. Freust du dich?"

„War ich wirklich mit ihm verlobt?"

„Du bist mit ihm verlobt“, korrigierte Inge. „Jedenfalls hoffe ich das …“ Sie seufzte tief und warf Livia einen weiteren abschätzenden Blick zu. „Hoffentlich erkennt er dich wieder …“ Sie befeuchtete ihre Lippen. „Und hoffentlich gefällst du ihm noch … Die Augen sind ja so geblieben. Aber der Rest … Das ist ein komplett anderes Gesicht!“

Livia starrte ihre Mutter entgeistert an. Wieso drehte sich hier alles nur um Henning? Wo blieb die Frage, ob sie – Livia oder wenn es sein musste auch Angelika – Henning wiedererkannte und ob *er ihr* gefiel?

„Du wirst auf jeden Fall das Kleid anziehen, das ich dir oben in deinem Zimmer schon zurechtgelegt habe. Es ist sein Lieblingskleid!“, fuhr ihre Mutter fort.

Oben in deinem Zimmer … hörte Livia nur und witterte endlich einen Rückzugsort. Und so kratzte sie all ihre diplomatischen Fähigkeiten zusammen und sagte: „Vielleicht passt es mir gar nicht mehr …“

„Meinst du?“, erschrak ihre Mutter.

„Was hältst du davon, wenn ich es sofort anprobiere und dir dann Bescheid sage?“

Inge sprang auf und vergaß für einen Moment glatt ihre Tasse. „Das ist eine hervorragende Idee. Bis morgen könnten wir es sonst noch ändern!“

Kapitel 46

Livia stand in ihrem Zimmer und war endlich, endlich, endlich allein.

Hatte sie den Tag, der jetzt zum Teil hinter ihr lag, wirklich erlebt? Alles kam ihr so seltsam vor, so als wäre es jemand anderem passiert und nicht ihr.

Das Leben, das angeblich mal ihres gewesen war … An Nellie konnte sie sich ja anscheinend erinnern. Aber es war nicht mehr als ein Gefühl, das sie mit dem Hund verband. Es gab keine Bilder oder Szenen … Schon gar nichts, was in die Realität führte, in der sie sich befand. Keine Erinnerung an Inge, Dieter oder Jan … an dieses Haus, ja, nicht einmal an dieses Zimmer.

Es war ein netter, heller Raum mit zwei großzügigen Veluxfenstern. Was Livia allerdings auf Anhieb störte, war die Tatsache, dass man nur in den Himmel und nicht in die Umgebung schauen konnte. Wo befand sie sich überhaupt? Vorne? Hinten? Sie ging zu einem der Fenster, stellte sich auf ihre Zehenspitzen und versuchte, einen Blick nach draußen zu erhaschen, sah aber nur ein paar Baumspitzen. Seufzend wandte sie sich dem Inneren des Raumes zu. Die Möbel waren schon etwas älter, sie waren allesamt weiß lackiert, dafür aber wuchtig und massiv. Es gab zwei Schrägen. Unter einer der beiden befand sich das Bett, das für Livias Begriffe sowohl schmal als auch kurz wirkte. Aber das war kein Problem, denn diese Beschreibung passte auch auf sie selbst. Auf dem Bett lag das Kleid, von dem ihre Mutter gesprochen hatte. Es war anthrazitfarben und besaß eine Corsage zum Schnüren und einen weiten, wadenlangen Rock. Das war also das Kleid, das „Henning so sehr an ihr mochte". Warum? Weil es figurbetont war? Oder weil es grau war? Vielleicht liebte er graue Mäuse?

Livia seufzte tief und ließ sich bäuchlings aufs Bett fallen. Dabei machte sie sich nicht einmal die Mühe, das Kleid zur Seite zu legen. Es bedeutete ihr nichts. Wahrscheinlich bedeutete ihr Henning auch nichts. Bedeutete ihr überhaupt irgendetwas irgendetwas?

Sie atmete in das weiche dicke Oberbett hinein, das wahrscheinlich mit Federn gefüllt war, und wusste im Grunde genau, wie die Antwort auf diese Frage lautete, nämlich: Ja. Vanessa bedeutete ihr etwas. Und dem Gesicht nach zu urteilen, das ununterbrochen vor ihrem geistigen Auge auftauchte, bedeutete ihr auch Arvin eine ganze Menge. Er war es, nach dem sie sich sehnte. Nicht dieser Henning. Nur Arvin, Arvin, Arvin. Das Lächeln, das er lächelte, wenn er mit Vanessa spielte. Der tiefe, warme Klang seiner Stimme. Und natürlich der Blick, mit dem er sie angesehen hatte. Nur ein paar Mal, aber immerhin ...

Sie fragte sich, was er jetzt, in diesem Moment, wohl gerade tat, und sah auf ihre Uhr. Es war halb sieben. Wahrscheinlich aß er gerade mit Vanessa zu Abend. Ob er das Geschenk schon ausgepackt hatte? Ob es ihm gefiel? Ob er verstand, was sie ihm damit sagen wollte?

Aber all das war ihre Vergangenheit und nicht ihre Zukunft. Ihre Zukunft war hier, auf diesem Hof, bei diesen seltsamen Menschen.

Sie seufzte tief und stand wieder auf. Vielleicht gab es in diesem Zimmer ja doch irgendetwas, woran sie sich erinnern konnte …

Sie begann mit dem Schreibtisch, der unter einem der beiden Veluxfenster stand. Im Gegensatz zu den anderen Möbelstücken war er nicht weiß lackiert, sondern hatte eine schlichte graue Kunststoffoberfläche. Stiftehalter, Zettelboxen, Locher, Tacker und ähnliche Büromaterialien standen offen darauf herum. Und drinnen? Rechts gab es einen Rollcontainer.

Sie setzte sich auf den dunklen Bürostuhl und öffnete die oberste Schublade. Da gab es Briefpapier, Blöcke und einige Postkarten. Eine Schublade tiefer fand sie Dinge wie Büroklammern, Radiergummis, einen Füller, ein paar Tintenpatronen … Sie öffnete die unterste Schublade. Sie war leer.

Nichts Persönliches. Nichts, was ihre Erinnerung hätte auffrischen können! Nicht einmal Bücher aus ihrer Ausbildung! Von Kommissar Walter hatte sie erfahren, dass sie nach der Realschule eine Ausbildung zur Bäckereifachverkäuferin gemacht hatte. Nichts mit Floristin oder so was! Im Anschluss an diese Ausbildung hatte sie jedoch nicht in ihrem Beruf gearbeitet, sondern auf dem Hof mitgeholfen.

Die totale Abhängigkeit, dachte Livia und hatte wieder dieses ungute Gefühl, mit dem sie schon hierhergefahren war. *Vom Regen in die Traufe?*

❧

Die erste Nacht in ihrem eigenen Bett war eine Katastrophe. Livia träumte von Schweinen, Kaffeetassen und Corsagenkleidern. Zum Glück fand das alles ein abruptes Ende, als es lautstark gegen ihre Tür trommelte. Livia saß sofort senkrecht in ihrem Bett.

„Aufstehen, die Arbeit ruft!“, rief ihre Mutter auf der anderen Seite der Tür. „Und zieh dich bloß nicht so fein an wie gestern.“ Dann ertönten Schritte, die sich entfernten.

Livia rieb sich die Augen und sah sich verwirrt um. Es war stockfinster in ihrem Zimmer. Und außerdem – eiskalt. Sie zog die Bettdecke ein bisschen höher und sah auf ihre Armbanduhr. Anhand der Leuchtziffern konnte sie erkennen, dass es genau sechs Uhr war. So früh? Einen Moment lang spielte sie ernsthaft mit dem Gedanken, sich wieder hinzulegen. Aber dann siegte ihr Pflichtbewusstsein. Oder war es Angst?

Sie seufzte tief, stieg aus dem Bett, streckte die Hände nach vorn aus und schlug die Richtung ein, in der sie die Eingangstür vermutete. Wenn sie sich richtig erinnerte, befand sich dort irgendwo der Lichtschalter. Sie hatte schon gestern Abend das Problem gehabt, dass sie sich im Dunkeln vom Lichtschalter bis zum Bett hatte tasten müssen.

Ihre nackten Füße fühlten zuerst den flauschigen Bettvorleger und gelangten dann auf das kalte glatte Parkett. Kurz darauf stießen ihre Finger gegen eine Wand … ertasteten den Türrahmen … ja, und den Lichtschalter! Sie schaltete die Deckenlampe an und musste geraume Zeit die Augen zusammenkneifen, so hell war es. Als sie sie endlich wieder öffnen konnte und sich in ihrem Zimmer umsah, fiel ihr einmal mehr auf, wie karg der Raum ausgestattet war. Es gab weder Blumen noch Bilder an der Wand – na ja, abgesehen von dem Stickbild, auf dem ein altes Bauernhaus abgebildet war. Aber ansonsten … keine Poster oder Fotografien an den Wänden, keine hübschen Dinge zum Hinstellen …

Sie beschloss, ihre Eltern danach zu fragen, und öffnete den Kleiderschrank. Sie hatte sich bereits gestern darin umgesehen und festgestellt, dass er nicht übermäßig gut bestückt war. Das graue Kleid war eigentlich das einzig etwas bessere Stück. Ansonsten gab es ein paar Hosen, den einen oder anderen Pullover und natürlich Unterwäsche. Sie zog die Jeans wieder an, die sie mit hergebracht hatte, dazu ein rotes Sweatshirt aus ihrem Kleiderschrank, dann ging sie nach unten in die Küche.

Schon auf dem Weg hörte sie, dass das Radio lief und irgendein sanfter, etwas melancholischer Titel gespielt wurde.

Die Küchentür stand offen. Als Livia in den Türrahmen trat, stellte sie fest, dass die Küche nur spärlich beleuchtet war. Es gab eine gedämpft wirkende Lampe über dem Esstisch und ein etwas helleres Licht unter der Dunstabzugshaube. Dort stand gerade ihre Mutter und öffnete den Deckel irgendeines dampfenden Topfes.

Ihr Vater saß bereits am reich gedeckten Frühstückstisch. Er hatte eine Zeitung vor der Nase und schien angestrengt zu lesen. Zwischendurch führte er eine Tasse Kaffee zum Mund. Auf seinem Frühstücksbrett lag ein Brot mit roter Marmelade.

Livia blieb unschlüssig in der Tür stehen und zählte die Gedecke. Es waren drei. Inge, Dieter und Jan. Und was war mit ihr? Sie räusperte sich. „Guten Morgen", presste sie etwas unsicher hervor.

„Moin", antwortete ihr Vater, blickte einmal kurz auf und lächelte ihr zu. Dann vertiefte er sich wieder in die Zeitung.

„Moin", antwortete auch ihre Mutter. „Willst du ein Ei?" Sie sprach wie immer Platt.

Livia zählte ein weiteres Mal die Gedecke. „D-darf ich mich denn setzen?"

„Aber selbstverständlich!", entgegnete ihre Mutter und schüttelte verwundert den Kopf. „Wieso denn nicht?"

„Na ja", piepste Livia. „Wegen ... wegen Jan. Frühstückt er denn nicht mit uns?"

„Offensichtlich nicht", sagte Inge in etwas pikiertem Tonfall. Dieter schwieg.

Livia wartete auf weitere Erklärungen, bekam aber keine. Irgendwann setzte sie sich dann in Bewegung und suchte sich einen Platz. Als sie den entsprechenden Stuhl zurückzog, schabte er lautstark über die Fliesen.

„Wie ist es jetzt mit dem Ei?", wollte Inge wissen.

„Oh ... äh ..." Sie ging im Geiste die Liste durch, die immer noch brav in ihrer rechten Hosentasche knisterte, und sagte dann: „Nein, danke. Darf ich mir Brot nehmen?"

Inge seufzte tief. „Wenn du jetzt um jeden Bissen fragst, wird die Mahlzeit Stunden dauern."

„Oh ... okay ...", stammelte Livia und nahm sich eine Scheibe Weißbrot. Einen Moment lang hatte sie ein schlechtes Gewissen. Aber Karen war nicht hier. Und es gab auch gar kein Schwarzbrot, nur Weißbrot und Graubrot! Sie ließ ihren Blick über die Marmeladen schweifen und entdeckte mehrere rote

Sorten. Laut Liste mochte sie aber am liebsten helle Sorten! „Gibt es auch Maracujamarmelade?"

Ihre Mutter drehte sich um und starrte erstaunt zu ihr herüber. „Ma ... Maracuja?", fragte sie ungläubig.

„Äh ... ja?", gelang es Livia zu antworten.

„Glaubst du, Maracujas wachsen auf deutschen Sträuchern?", erkundigte sich Inge.

Livia hob irritiert die Brauen. Sie konnte keinen Zusammenhang zwischen ihrer Bitte und der Frage ihrer Mutter herstellen. „Wahrscheinlich nicht ..."

„Und denkst du, dass wir Maracujamarmelade kaufen, wenn wir Hunderte von Himbeer-, Kirsch-, Erdbeer- und Brombeermarmeladen im Keller haben?"

„Oh ...", machte Livia und begriff allmählich. Gleichzeitig fragte sie sich, ob ihre Vorliebe für helle Marmeladen in Wirklichkeit eine Antireaktion auf den Keller ihrer Eltern darstellte. Ob sie sich zumindest auf diese Weise erinnerte? „Welches ist denn die Kirschmarmelade?"

Inge Cordes seufzte tief, kam zum Tisch herüber und stellte nacheinander drei Marmeladengläser vor Livia hin. „Erdbeermarmelade ... Himbeermarmelade ... Johannisbeergelee ... Meinst du, du könntest mit einer davon zufrieden sein?"

„S-sicher", stammelte Livia und griff willkürlich nach einem der drei Gläser. Anscheinend legte man hier keinen großen Wert auf persönliche Vorlieben.

„Hier, dein Ei", sagte Inge und stellte einen gefüllten Eierbecher neben Dieters Kaffeetasse.

„Danke", murmelte dieser. Da er gerade von seinem Brot abgebissen hatte, klang das etwas unverständlich.

Livia fragte sich, ob ihr Vater immer so wortkarg war. Oder war er nur ein Morgenmuffel? „Was gibt's denn heute zu tun?", fragte sie ihn.

Dieter Cordes sah auf und antwortete in etwas gelangweiltem Tonfall: „Die Sauen müssen gefüttert werden. Der Tierarzt kommt, um sich die Ferkel anzugucken. Eine der Wärmelampen muss repariert werden. Ein paar Sauen werden umgestallt. Bei dieser Gelegenheit werden die entsprechenden Ställe entmistet und gereinigt ... Anschließend müssen die Neugruppierungen eine Zeit lang beobachtet werden. Manche Sauen vertragen sich nicht besonders und fügen sich gegenseitig Bisswunden zu."

❧

Was heute Morgen nur Theorie gewesen war, wurde im Verlauf des Vormittags zur Praxis. Livia begleitete ihren Vater bei seiner Arbeit und sah zum ersten Mal Deckzentren, Warteställe und Abferkelställe. Sie erfuhr, dass jede Sau, die ihr Vater hielt, im Schnitt fünfundzwanzig Ferkel im Jahr absetzte, dass die Sau einhundertundfünfzig Tage im Jahr trug und dann zumeist zwölf Ferkel zur Welt brachte. Außerdem lernte sie die sogenannte Abruffütterung kennen, ein System, bei dem das Futter mithilfe eines Senders so zugeteilt wurde, dass jede Sau stets die richtige Menge erhielt.

Über alles, was die Sauenhaltung betraf, gab Dieter Cordes bereitwillig, wenn nicht gar freudig Auskunft. Über alle anderen Themen schwieg er sich aus. Insbesondere dann, wenn es um die Vergangenheit ging, um Livia, wie sie früher gewesen war, wurde er regelrecht wortkarg. Und als Livia ihn gar fragte, ob er sie denn vermisst hätte, grummelte er sich irgendetwas in seinen nicht vorhandenen Bart, verschwand um die nächste Ecke und ward plötzlich nicht mehr gesehen.

Livia stand allerdings nicht alleine da. Nellie war den ganzen Vormittag über nicht von Livias Seite gewichen und folgte ihr auch jetzt auf dem Fuße. Gemeinsam liefen sie eine Weile planlos durch die Ställe und begaben sich dann nach draußen. Zumindest hatte Livia jetzt die Gelegenheit, auch mal den hinteren Teil des Hofes zu erkunden.

Dass hier der Herrschaftsbereich ihres Vaters war, konnte man leicht erkennen. Obwohl alles genauso ordentlich und aufgeräumt wirkte wie im vorderen Teil, gab es überhaupt nichts, was an frühere Zeiten erinnerte. Alle Ställe, Maschinen und Werkzeuge waren neu und befanden sich – soweit Livia das überhaupt beurteilen konnte – auf hohem technischen Niveau.

Es war recht kühl und windig draußen und Livia hatte nur eine alte Arbeitsjacke an. Es dauerte daher nicht lange, bis sie zu frieren begann und ihren Rundgang beenden musste. Da es bereits auf zwölf Uhr mittags zuging, machte sie sich wieder auf den Weg ins Haus. In ihrem Bestreben, den gesamten Hof kennenzulernen, steuerte sie jedoch auf einen der Hintereingänge zu. Dort traf sie auf Jan, der – nur mit Jeans und einem weißen T-Shirt bekleidet – in der Kälte stand und eine Zigarette rauchte.

„Du rauchst?", wunderte sie sich.

„Was dagegen?", erwiderte dieser mit nur wenig Freundlichkeit in der Stimme. Dann lehnte er sich lässig gegen die Hauswand und nahm einen weiteren tiefen Zug.

„Äh ... nein", stammelte Livia. „Ich hab's bloß nicht gewusst ..."

„Wie so vieles ...", bemerkte Jan.

Livia musste schlucken. Dann sagte sie mit zitternder Stimme: „Meine Erinnerung ist nur verschüttet, sie kommt schon noch wieder ..."

Jans Züge wurden ein bisschen weicher. „Na, das wollen wir doch nicht hoffen", seufzte er.

Livia war inzwischen völlig verunsichert. „Wollen wir nicht?"

Jan schüttelte den Kopf. „Wenn sie wiederkommt, muss ich mit dem Schlimmsten rechnen. In dieser Situation zum Beispiel – ich meine, jetzt und hier – hättest du gesagt ..." Er ahmte eine etwas kiebige Frauenstimme nach und fuhr dann fort: „Na, Jan, schon aufgestanden? Aber warte mal" – er sah demonstrativ auf seine Uhr – „es ist ja schon zwölf und die Arbeit ist gemacht. Außerdem gibt's gleich Mittagessen. Da ist es ja kein Wunder, dass du mal wieder aus der Versenkung auftauchst."

„Das hab ich immer gesagt?", flüsterte Livia.

Jan verzog das Gesicht und nickte.

Livia überlegte einen Moment lang. „Dann ... dann hab *ich* sie wohl *nie* mit der Arbeit allein gelassen", schlussfolgerte sie.

„Der Verlust deines Erinnerungsvermögens scheint dein Denkvermögen verbessert zu haben", grinste Jan.

Livia schob die Frage, ob dies eine Beleidigung oder ein Kompliment war, beiseite und dachte stattdessen weiter über sich und Jan nach. Während Jan eine Rauchwolke nach der anderen in die Luft blies, rauchte es in Livias Kopf ganz ähnlich. Ein paar Minuten vergingen, dann fragte sie: „Also bin ich das weiße und du bist das schwarze Schaf?"

Jan vergaß glatt den nächsten Zug. „Du sagst es!" Er lachte erfreut auf. „Dann weißt du auch, warum sich Mama und Papa so sehr freuen, dass du wieder da bist!"

Livias Blick verfinsterte sich. „Tun sie das?"

Jetzt wurde auch Jan wieder ernst. Eine Weile sah er Livia nachdenklich an. Dann sagte er plötzlich: „Mir ist schweinekalt." Im nächsten Moment runzelte er irritiert die Stirn und sagte: „Schweinekalt, warum nicht kuhkalt?" Er schüttelte den Kopf und murmelte: „Und da behaupte ich nun, ich hätte mich abgenabelt." Er warf seine Zigarette auf den Boden und trat sie mit dem rechten Schuh aus. „Wir sehen uns beim Essen, okay?" Mit diesen Worten wandte er sich um und verschwand im Haus.

Livia sah ihm irritiert hinterher. Was war hier nur los? Was brodelte unter der Oberfläche dieser Familie? Sie konnte jedoch nicht lange darüber nachdenken, weil ihr schon so kalt war. Und so machte sie sich ebenfalls auf den Weg ins Haus. Sie gelangte in eine alte Waschküche, die sie noch nie zuvor betreten hatte. Hier gab es eine alte Spüle aus cremefarbenem Porzellan, einen uralten Herd und …

Sie blieb stehen und starrte die Wand an. War das nicht …?

Tatsächlich!

Das war sie! Die Tapete aus Arvins Küche! Die gleiche alte Tapete!

Livia war so von den Socken, dass sie sich auf den nächstbesten Hocker setzte und erst einmal tief durchatmete. War das der endgültige Beweis dafür, dass sie sich wirklich an manche Dinge erinnerte? Und dass der Rest tatsächlich – genauso wie sie Jan gegenüber eben behauptet hatte – zu ihr zurückkehren würde?

Nellie legte ihre Schnauze auf Livias Oberschenkeln ab, sah sie aus treuen, warmen Hundeaugen an und begann ganz leise zu winseln. Es sah fast so aus, als spürte sie, was in Livia vorging.

Livia seufzte tief, streichelte den warmen, weichen Kopf und murmelte: „Ich bin mir nicht sicher, ob ich hierhergehöre, weißt du?"

Nellie hörte auf zu winseln und wandte die Ohren in Livias Richtung, so als wollte sie alles ganz genau mitbekommen.

„Du verstehst mich, nicht wahr?", seufzte Livia und dachte an ihre eigene Frage zurück. *Tun sie das? Freuen sie sich?* „Manche Menschen können ihre wahren Gefühle nicht so gut ausdrücken", flüsterte sie und dachte wehmütig an Arvin. Obwohl er ihr nicht mehr vertraute, wusste sie doch, dass er sie im Grunde mochte und brauchte. Sie hatte den Schrei nach Liebe längst hinter seiner harten Schale entdeckt. Ob das bei ihren Eltern ähnlich war? Vielleicht freuten sie sich wirklich über ihre Rückkehr und konnten es nur nicht zeigen? Ihr Vater schien jedenfalls ein Mensch zu sein, der recht verschlossen war. Und ihre Mutter? Sie wusste es nicht. Bisher verstand sie diese Frau einfach nicht.

Aber wenn sie sich erinnern könnte …

Kapitel 47

„Gibt es eigentlich Fotos von mir?", fragte Livia, als sie mit ihren Eltern und Jan am Mittagstisch saß. Ihre Mutter hatte Kohlrouladen gemacht, ein Essen, das Livia nicht kannte, das ihr aber dennoch ganz hervorragend schmeckte.

„Hm", machte ihre Mutter, während sie damit beschäftigt war, den dünnen Faden durchzutrennen und von ihrer Roulade zu entfernen. „Ein paar wird es sicher geben. Aber erwarte nicht, dass sie eingeklebt sind. Für so etwas haben wir hier keine Zeit."

Livia rutschte unruhig auf ihrem Platz hin und her. Am liebsten wäre sie sofort aufgesprungen und auf die Suche gegangen. „Kannst du sie mir nachher zeigen?", bat sie.

„Ich muss erst überlegen, wo sie sind …", seufzte Inge und sah Dieter an. „Die waren alle in dieser Blechdose … Hast du eine Ahnung, wo ich die hingetan habe?"

Dieter schüttelte den Kopf und lud sich eine weitere Kohlroulade auf den Teller.

„Wahrscheinlich auf dem Dachboden“, murmelte Jan.

„Auf dem Dachboden?“, hakte Livia nach.

Jan zuckte die Achseln. „Bei uns sind alte Sachen im Haus und neue Sachen auf dem Dachboden. Ich schätze, die Bilder werden erst dann wieder hervorgekramt, wenn sie in irgendeine Ahnengalerie passen.“

Inge hob den Kopf und warf Jan einen vernichtenden Blick zu.

„Gibt es denn eine Chance, dass die Sachen tatsächlich auf dem Dachboden sind?“, erkundigte sich Livia.

„Ja“, sagte Jan, doch fiel diese Antwort mit einem entschiedenen „Nein“ von Inge zusammen.

Livia seufzte tief. „Ich würde halt gern versuchen, meine Erinnerung zurückzuholen. Vielleicht gibt es ja andere Dinge ... persönliche Dinge, die mir dabei helfen könnten.“

„An was ... dachtest du da?“, fragte Inge.

„Keine Ahnung ... Briefe, Bücher, vielleicht sogar Kinderspielzeug ... Dinge eben, die mir etwas bedeutet haben ... Weißt du ... mir ist aufgefallen, dass es in meinem Zimmer so etwas überhaupt nicht gibt. Im Grunde ... sieht mein Zimmer überhaupt nicht so aus, als hätte ich es bewohnt. Es wirkt eher wie ein ...“ – ihre Gedanken streiften Arvin und das Zimmer, das sie dort bewohnt hatte –, „... ein Gästezimmer!“

„Du hast eben keinen großen Wert auf Dinge gelegt“, behauptete Inge.

„*Du* hast keinen großen Wert auf *ihre* Dinge gelegt“, fauchte Jan und nahm vor lauter Wut eine dunkelrote Farbe an. Dann wandte er sich an Livia. „Sie haben alles weggeschmissen“, behauptete er, „und nur das behalten, was ‚zu gebrauchen‘ war.“

Livia erschrak und starrte erst ihn, dann ihre Mutter an. Dass diese angestrengt auf ihren Teller blickte, verhieß nichts Gutes. Ihr Blick wanderte zu ihrem Vater hinüber. Erstaunlicherweise hielt dieser ihrem Blick stand. „Es waren Monate vergangen“, sagte Dieter leise. „Die Polizei hat uns keine Hoffnung gemacht, dass du noch am Leben bist.“

Livia schluckte schwer. Obwohl es nicht das erste Mal war, dass jemand ihre Sachen wegwarf, tat es furchtbar weh … „Habt ihr überhaupt nach mir gesucht?"

„*Wir?*", wunderte sich ihr Vater. „Wie hätten *wir* denn nach dir suchen sollen? Das hat die Polizei übernommen!"

„Ihr habt nichts gemacht?" Livia war fassungslos. „Keine … Plakate gedruckt und aufgehängt? Keine Anzeigen im Internet geschaltet? Gar nichts?"

„Wir sind mit dem Hof von morgens bis abends beschäftigt!", rechtfertigte sich Inge. „Und mit dem Internet kennen wir uns überhaupt nicht aus!"

Livia schüttelte den Kopf und wusste nicht, ob sie heulen oder toben sollte. Bedeutete sie ihren Eltern denn überhaupt nichts?

❧

Livia saß in ihrem Zimmer auf dem Fußboden. Sie hatte sich an ihren Schrank angelehnt und schon geraume Zeit einfach nur die Wände angestarrt, als es an der Tür klopfte.

Livia reagierte nicht. Sie wandte nicht einmal den Kopf.

Es klopfte erneut. „Darf ich reinkommen?", fragte Inge zaghaft.

Livia seufzte tief. „Ja, sicher …" Es klang vollkommen gleichgültig.

Die Tür wurde geöffnet und Inge trat ein. Einen Moment lang blieb sie unsicher in der Tür stehen, dann kam sie auf Livia zu und blieb direkt neben ihr stehen. „Ich … ähm … hab das hier auf die Schnelle gefunden …"

Endlich sah Livia auf. Ihre Mutter hielt ein paar Fotos in der Hand. „Bin … ich das?", fragte Livia, auf einmal doch interessiert.

Ihre Mutter nickte und begann zu strahlen. Dann hielt sie Livia eines der Fotos hin. „Auf diesem Bild isst du gerade eine riesige Portion Eis. Da warst du … ich weiß nicht so genau … vielleicht zwölf oder dreizehn. Du hast deine Ferien bei Tante Gertrud verbracht."

Livia pflückte das Bild aus der Hand ihrer Mutter und stürzte sich wie eine Verhungerte darauf. Das Bild zeigte eine größere

Gruppe von Menschen, die in einem Eiscafé saßen. „Wer … wer bin ich denn?“, fragte sie verzweifelt.

Inge ging in die Knie, wobei es in selbigen herzhaft knackte. Dann zeigte sie auf ein Mädchen, das so ziemlich in der Mitte des Bildes vor einem riesigen Eisbecher saß. „Na, da. Das Mädchen mit den Zöpfen!“

Livia starrte lange, sehr lange, auf das Kind. Es hatte dunkle Zöpfe und trug ein pinkfarbenes Sweatshirt. Aber weder die Kleidung noch das Kind selbst riefen irgendwelche Erinnerungen hervor! „Ich … erkenn mich nicht wieder …“, sagte Livia. Ihre Stimme klang weinerlich. „Hast du noch mehr Bilder?“

Inge hielt ihr ein weiteres Foto hin. Es zeigte eine Schulklasse mit Kindern im Alter von vielleicht fünfzehn Jahren.

„Bin ich das da?“, fragte Livia und zeigte auf ein Mädchen mit kinnlangen dunklen Haaren.

Inge nickte. „Du erkennst dich also doch!“

„Nein, tu ich nicht!“ Dieses Mal hatte Livias Stimme einen etwas bitteren Klang. „Ich erkenne die Ähnlichkeit zu dem anderen Bild, das ist alles!“

„Und Susanne? Erkennst du die?“

„Wer ist Susanne?“

Inge deutete auf ein Mädchen mit lockigen blonden Haaren, das auf dem Bild freundlich lächelte. „Sie war lange deine Freundin.“

Livia starrte verzweifelt auf das nette Gesicht. Sie musste es doch erkennen! Warum erkannte sie es nicht? „Jetzt auch noch?“

„Hm …“, machte Inge. „Ich weiß nicht so genau … Sie ist lange nicht hier gewesen …“

„Was heißt lange?“

„Keine Ahnung …“, entgegnete Inge langsam. „Also … ein paar Jahre könnten es schon gewesen sein.“

Livia sah ihre Mutter feindselig an. „Und du hast mich niemals gefragt, was aus unserer Freundschaft geworden ist?“

„N-nein … also … eigentlich nicht …“

Livia presste verletzt die Lippen aufeinander. „Mit wem war ich denn sonst befreundet?“, erkundigte sie sich.

Sie erhielt keine Antwort.

Livia seufzte tief, sah zu ihrer Mutter hinüber und sagte leise und voller Enttäuschung: „Du kennst mich überhaupt nicht, stimmt's?"

Einen Moment lang sah es so aus, als würde Inge protestieren, dann schienen ihr aber die Worte zu fehlen und sie sagte: „Ich hab noch ein Bild!" Sie hielt es ihrer Tochter hin.

Livia zögerte kurz, nahm es dann aber doch und betrachtete es. Es zeigte ein Mädchen im Alter von vielleicht acht Jahren und einen Jungen von etwa zehn. Beide turnten gerade in einem Baum herum und schienen viel Spaß miteinander zu haben. Auf jeden Fall strahlten sie über beide Wangen und waren genauso dreckig wie zerzaust. Unten neben dem Baum saßen noch ein paar Erwachsene. Livia erkannte ihre Eltern und eine ihr unbekannte Frau.

„Ich nehme an, das bin ich", sagte Livia und deutete fast schon ein bisschen gelangweilt auf das Mädchen.

Inge nickte. „Und das da ist Stephan, dein Cousin – du weißt schon, einer der beiden Söhne von meiner Schwester Christa und ihrem Mann Helmut."

„Es gibt kein einziges Bild, das du gemacht hast", sagte Livia kühl.

Inge schluckte hörbar. „Wir ... wir sind keine großen Fotografen, dein Vater und ich ...", rechtfertigte sie sich.

„Habt ihr gelegentlich fotografiert oder nicht?", verlangte Livia zu wissen.

„Gelegentlich schon ..."

„Und wann konkret?"

„Na ja ... bei ... bei der Einschulung. Da ganz bestimmt. Und bei der Konfirmation auch!"

Livia schüttelte fassungslos den Kopf. „Das ist alles? Darin erschöpft sich euer Interesse an mir?"

„Natürlich nicht. Was redest du nur für einen Unsinn! Seit wann sind Fotos ein Maßstab dafür, wie viel Interesse man an jemandem hat? Außerdem ... außerdem ... hast du solche Fragen früher nie gestellt!"

„Aber jetzt stelle ich sie", beharrte Livia. „Also sag es mir. Sag mir, in welcher Form ihr Interesse an mir hattet!"

„In … in welcher Form?“, stammelte Inge. „Na, in … in allen möglichen Formen. Wir haben … dich versorgt …“

„Inwiefern versorgt?“

„Na, mit Nahrung und Kleidung … und … und …“

Livia dachte plötzlich an Arvin. Er war auch mal der Ansicht gewesen, dass Nahrung und Kleidung ausreichten. „Und?“, hakte Livia nach.

Inges Blick verfinsterte sich so plötzlich, als hätte jemand das Licht ausgeknipst. „Jetzt reicht es mir aber“, fauchte sie. „Du … du befragst mich, als wäre ich vor Gericht. Aber das habe ich nicht nötig!“ Sie rappelte sich hoch, hob ihren Zeigefinger und fuchtelte damit vor Livia herum. „Ich bin deine Mutter. Ich habe dich großgezogen. Und ich hab dich hier aufgenommen, obwohl ich nicht mal genau weiß, ob du wirklich meine Tochter bist!“

Inges Worte hallten durch den Raum und schienen alles zu verschlingen, was sich ihnen in den Weg stellen wollte. Auf diese Worte gab es keine Erwiderung, es konnte keine geben.

Livia starrte ihre Mutter nur voller Entgeisterung an.

Die gleichen Zweifel … doch ohne Fragen … ohne sich um Antworten zu bemühen …

Nichts.

Als wäre es ohne Bedeutung …

❧

Livia stand vor dem Spiegel und starrte sich an. Sie trug das Kleid. Aber sie wusste nicht, warum.

Die Frau im Spiegel war ein Niemand. Keine Livia. Keine Angelika. Niemand. Kein bekanntes Gesicht. Nicht einmal in diesem Kleid.

Dabei sah es gar nicht schlecht aus. Die zurückhaltende Farbe, die Corsage, die so verspielt wirkte und gleichzeitig Livias gute Figur betonte, dazu die weibliche Länge … All das verlieh Livia einen Hauch von Stil und Exklusivität.

Aber obwohl sie das erkannte, konnte sie sich heute nicht darüber freuen. Im Gegenteil, sie verspürte sogar so etwas wie

Aggressionen gegen das Kleid. Im Grunde fühlte sie sich, als steckte sie in einer Rolle Geschenkpapier!

Trotzdem hatte sie es an. Wegen Henning. Oder besser gesagt: wegen der verschwindend geringen Möglichkeit, dass dieser Henning die Antwort auf all ihre Fragen war.

Ein Verlobter. Nicht die Familie, in die sie hineingeboren worden war. Nicht ein Mensch, mit dem sie zusammengewürfelt worden war, sondern ein Mensch, den sie erwählt hatte, ausgesucht, um ihr Leben mit ihm zu verbringen. Er musste es doch sein, oder nicht? Er musste das Ziel ihrer Sehnsucht sein, der Mensch, der ihren Zettel zu Ende schreiben konnte …

Das Kleid hatte eine Tasche. Eine einzige nur, aber sie hatte ihn längst hineingestopft, den Zettel, der ihr so wichtig war, den Zettel, der immer noch ihr einziger Zugang zu ihrem Selbst darstellte …

Mit einem abgrundtiefen Seufzer tastete sie nach der Beule, die er in dem sonst so makellosen Kleid hervorrief, versuchte sie glatt zu streichen, fühlte, wie er knisterte …

„Angelika!" Das war die Stimme ihrer Mutter, die mit unverhohlener Begeisterung von unten nach oben brüllte.

Livia schluckte. Dann war er wohl da …

Sie riss sich von ihrem Spiegelbild los, verließ das Schlafzimmer ihrer Eltern und ging langsam zur Treppe. Ihr Herz schlug inzwischen so laut, als wollte es ihr aus der Brust hüpfen. Wenn auch er eine Enttäuschung war …

„Bitte lass ihn keine Enttäuschung sein", flüsterte sie und wunderte sich selbst darüber, dass sie nach langer Zeit mal wieder ein Gebet gesprochen hatte. Arvins Einfluss ließ sich eben doch nicht leugnen … Oder war es der Einfluss ihrer Vergangenheit? Hier im Haus gab es viele alte Holzschnitzereien mit Bibelversen. Außerdem hatte ihre Mutter bereits angekündigt, dass sie am Sonntag zur Kirche gehen würden. Aber ansonsten deutete eigentlich nicht sehr viel darauf hin, dass ihre Eltern gläubig waren.

„Nun beeil dich doch", rief Inge von unten. Ihre Stimme zitterte vor Aufregung.

„Ich komme ja", gab Livia zurück und versuchte, ihre zitternden Knie unter Kontrolle zu behalten. Langsam und vorsichtig bewältigte sie eine der schmalen und steilen Treppenstufen nach der anderen.

Sie hatte jetzt den Fuß der Treppe erreicht, wandte sich nach links und hörte bereits eine ihr unbekannte Stimme. Sie klang sympathisch …

Ihr Herz tat einen Sprung, und sie beschleunigte ihren Gang, durchquerte den Flur, öffnete die Tür zur Diele …

Als sie im Türrahmen erschien, verstummten von einer Sekunde auf die nächste sämtliche Gespräche.

Alles – einschließlich Livia – hielt den Atem an.

Er war groß und gut aussehend. Blond. Kräftig gebaut, fast so wie Arvin …

Und er sah sie an. Aus großen blauen, interessierten Augen …

Inge und Dieter hingegen starrten auf Henning.

Und dann öffnete Henning den Mund. „Mensch, Angelika“, sagte er, „du … du bist ja hübscher als vorher!“

Als hätten diese Worte einen Bann gebrochen, ging ein Aufatmen durch den Raum. Inge lachte auf, Dieter entspannte sich und begann im Raum herumzuwandern. Henning strahlte über das ganze Gesicht. Nur Livia stand da, als hätte man sie in eine Statue verwandelt. Sie war … seltsam verletzt.

Hätte sie nicht froh sein müssen? War es nicht ein Kompliment, das er gemacht hatte?

Er kam jetzt auf sie zu, breitete andeutungsweise seine Arme aus … und blieb dann abwartend vor ihr stehen.

Aber Livia rührte sich nicht. Sie kam ihm keinen Zentimeter entgegen. Sie konnte nicht.

„Wie geht es dir, Mäuschen?“, fragte er.

Livia schluckte. *Mäuschen? Wahrscheinlich „graues Mäuschen“* …

„G-ganz gut“, würgte sie hervor.

„Kein Wunder, wo du doch wieder zu Hause bist“, nickte Henning und ließ seine Arme sinken. „Ich hab gehört, du hast heute schon wieder ordentlich mit angepackt …“

„Ein bisschen …“, nickte Livia. „Auf dem Hof ist ja auch immer viel zu tun.“

„Das stimmt.“

Als die beiden Worte verklungen waren, entstand ein etwas unangenehmes Schweigen. Henning schien nicht zu wissen, welches Thema er jetzt anschneiden sollte. Stattdessen trat er unruhig von einem Bein aufs andere und grinste verlegen.

Und auch Livia fiel einfach nichts ein, was sie hätte sagen können.

Schließlich kam Inge ihnen zu Hilfe.

„Setzt euch doch. Der Kaffee ist schon fertig", forderte sie die beiden auf. Dann klopfte sie Henning freundlich auf die Schulter. „Es gibt Frankfurter Kranz, den magst du doch so."

„Frankfurter Kranz? Ehrlich?", freute sich Henning. „Hast du den gebacken, Angelika?"

Livia, die gerade den Stuhl zurückgezogen hatte, um sich hinzusetzen, hielt mitten in der Bewegung inne. „N-nein", stammelte sie. „Ich glaube ... ich glaube, ich kann so was gar –"

„Was für ein Unsinn!", schnitt Inge ihr das Wort ab. „Natürlich hat Angelika ihn gebacken. Ich hab ihr nur ein wenig dabei geholfen." Und dann wandte sie sich an Livia. „Sei doch nicht so bescheiden, mein Schatz! Du hast nicht umsonst in der Bäckerei gelernt." Sie lachte gekünstelt. „Und jetzt setzt euch endlich. Sonst wird der Kaffee kalt. Dieter?"

„Hm?"

„Ich hab den Zucker vergessen. Henning nimmt doch immer Zucker in den Kaffee. Holst du ihn bitte?"

Dieter stieß einen weiteren Grunzlaut aus und verließ den Raum.

Derweil machte sich Inge an dem Frankfurter Kranz zu schaffen und lud Henning ein Stück auf den Teller, das beinahe ein Viertel des Kuchens ausmachte.

„Lecker", strahlte dieser, wurde dann aber wieder ernst und flüsterte in Livias Richtung: „Du ... du hast das Backen doch nicht wirklich verlernt, oder?"

Livia bekam kugelrunde Augen und stammelte: „Na ja ..." Sie wusste in diesem Moment wirklich nicht, was sie sagen sollte. Dem Verhalten ihrer Mutter nach zu urteilen, war es für Henning enorm wichtig, dass sie backen konnte. Und sie wollte ihn ja auch nicht verschrecken ... „Als ... als ich weg war, hab ich mal Apfelstrudel gebacken ..." Der Gedanke versetzte ihr einen Stich mitten ins Herz. Den Apfelstrudel hatte sie gebacken, um Arvins Herz zu gewinnen. Aber das war gründlich schiefgegangen.

„Apfelstrudel. Das klingt toll", freute sich Henning. „Bei uns auf dem Hof gibt es jede Menge Apfelbäume. Du könntest jede Saison Hunderte von Apfelstrudeln backen."

Wie verführerisch, dachte Livia sarkastisch. Aber dann rief sie sich zur Ordnung. Henning wollte doch nur nett zu ihr sein. „Was gibt es sonst noch auf eurem Hof?", fragte sie höflich.

„Schweine natürlich", antwortete Henning. „Jede Menge Mastschweine. Und die meisten aus eurer Zucht. Aber das weißt du sicher ..."

Livia zog die Stirn in Falten. Der Gedanke, dass eine Heirat unter diesen Umständen äußerst praktisch war, ließ sich einfach nicht unterdrücken. „Ist das der Grund, aus dem wir heiraten wollten?"

Hennings Kopf ruckte erstaunt zu ihr herum. „Äh ... na ja ...", stammelte er. „Sicher auch ... Ich meine ... Es wäre schon toll, wenn man aus unserem und eurem Hof einen machen könnte, aber ... es gab auch noch andere Gründe ..."

„Und die wären?" Livia wunderte sich über sich selbst. Sie stellte doch sonst keine derart zielstrebigen Fragen ...

Henning räusperte sich und sah hilfesuchend zu Inge hinüber. „Liebe?", sagte diese.

„L-liebe, genau", stotterte Henning. „Ich ... liebe dich."

Livia sah ihm direkt ins Gesicht. „Und warum?"

„Warum?" Henning starrte sie einen Moment lang fassungslos an, kam dann aber wieder zu sich und stammelte: „Na, weil ... weil ... du ... h-hübsch und nett ..." Er suchte nach den richtigen Worten. „Du bist einfach ..." Er brach ab, seufzte tief und sagte dann: „Hör zu, Angelika. Im Grunde ist die Sache ganz einfach. Ihr braucht einen Nachfolger für euren Hof und ich brauche eine Frau. Aber ich brauche nicht irgendeine Frau, sondern eine Frau wie dich. Eine tüchtige Frau, eine Frau, die anpacken kann und auf die man sich verlassen kann. So eine Frau warst du. Bist du es immer noch?"

Livia starrte ihn an. *Ich brauche*, hatte er gesagt, *ich brauche eine Frau wie dich*. Das klang wundervoll in ihren Ohren. Eigentlich war es genau das, was sie immer hatte hören wollen. Und dennoch … „Ich weiß es nicht“, hörte sie sich flüstern.

❧

Als der Abend hereinbrach, hatte Livia das Gefühl, als wüsste sie schon recht viel über Henning. Sie hatte herausgefunden, dass er gerne (und vor allem viel) aß, fleißig und zielstrebig war und außerdem Fußball über alles liebte. Er war ein erklärter Werder-Bremen-Fan, besaß eine Dauerkarte und verpasste kein einziges Spiel. Das war dann aber auch schon sein einziges Hobby. Der Rest seiner Energien steckte in dem Hof, den er vor einigen Jahren von seinem Vater übernommen hatte und der allem Anschein nach ziemlich gut lief. Aber er protzte nicht damit, sondern erwähnte es nur beiläufig. Überhaupt schien er es nicht nötig zu haben, sich vor anderen oder vor Livia darzustellen. Er wirkte selbstbewusst und stark, außerdem fröhlich und gut gelaunt.

Livia mochte ihn. Er war ein Typ, mit dem man lachen konnte. Und er wusste, was er wollte.

Aber war es auch, was *sie* wollte?

Den ganzen Tag hatte er kein einziges Mal den Versuch gestartet, mehr über Livia zu erfahren. Es war, als interessiere es ihn überhaupt nicht, als hätte er an sich selbst bei Weitem genug!

„Was hast du eigentlich gemacht, als ich nicht da war?“, wagte Livia schließlich zu fragen.

Henning sah erstaunt zu ihr herüber. „Was ich gemacht habe?“ Er zuckte die Achseln. „Keine Ahnung. Ich hab gemacht, was ich immer gemacht habe. Die Arbeit lässt einem nicht viel Zeit zum Grübeln …“

Livia versuchte, nicht zu zeigen, dass sie enttäuscht war. „Und gab es … jemand anderen?“

Henning sah verlegen zur Seite. „Na ja … du warst lange weg, und es sah nicht so aus, als würdest du wiederkommen.“ Er streifte Livia mit einem kurzen Blick. „Um ehrlich zu sein … hab ich schon mal nach rechts und links geguckt. Aber glaub mir, da war niemand! Niemand! Die Mädchen von heute sind alle nur auf Partys aus. Oder sie wollen, dass man Ausflüge mit ihnen macht … oder Einkaufsbummel oder Mondscheinspaziergänge … Aber das kann ich mir nicht leisten. Ich hab einen Hof zu führen, verstehst du? Und darum bin ich mir heute umso sicherer, dass es keine andere Frau für mich geben kann. Wir beide passen zusammen, Angelika. Wie die Faust aufs Auge!"

Livia schluckte und hatte das Gefühl, als könnte sie spüren, wie die Faust ihr Auge traf …

Kapitel 48

Der nächste Tag war ein Sonntag.

Henning war am Abend davor erst sehr spät gegangen, und so hatte sich Livia darauf gefreut, endlich mal wieder ausschlafen zu können. Umso erstaunter war sie, als es auch an diesem Morgen lautstark gegen ihre Tür klopfte.

Völlig verschlafen zog sie ihre rechte Hand unter der warmen Bettdecke hervor und tastete auf ihrem Nachttisch nach der Uhr. Dabei hatte sie das Gefühl, dass die Luft in ihrer Kammer kaum über dem Niveau eines Kühlschrankes lag. In ihrem Bett hingegen war es kuschelig warm. Endlich fand sie die Uhr. Es war kurz vor halb acht. „Ist heute nicht Sonntag?", rief sie ihrer Mutter mit krächzender Stimme zu.

„Sonntag, genau", entgegnete diese vom Flur aus. „Zeit für die Kirche. Der Gottesdienst beginnt um neun. Also sieh zu, dass du aus den Federn kommst!"

Gottesdienst? Und das um neun? Livia war alles andere als begeistert und steckte ihren Arm wieder unter die warme Bettdecke. Sie war zwar noch nicht lange da, hatte aber schon erkannt, dass diese Familie anders war als Arvin. Gott spielte hier keine Rolle. Wie konnte dann ein Gottesdienst wichtig sein?

Sie war wohl wieder eingeschlafen, als es erneut an ihre Tür bummerte, dieses Mal noch energischer. „Aufstehen!", brüllte ihre Mutter wie ein Feldwebel. „Sonst kommen wir zu spät!"

„Ich bin aber noch müde", jammerte Livia.

„Die Familie Cordes", begann Inge in einem beinahe feierlichen Tonfall, „ist seit Generationen dafür bekannt, dass sie zu den eifrigsten und verlässlichsten Gottesdienstbesuchern der Gemeinde gehört. Und deshalb stehst du jetzt auf und kommst zum Frühstück. So-fort!"

Livia öffnete gehorsam ihre Augen und versuchte zu begreifen, was die Worte ihrer Mutter bedeuteten. Besuchten sie diesen Gottesdienst nur, um eine Tradition fortzuführen?

Das stand in krassem Gegensatz zu dem, was sie bei Arvin und Karen erlebt hatte. Die beiden hatten an Gott geglaubt, wirklich geglaubt. Sicher, sie hatten auch ihre Probleme mit Gott gehabt, gerade Arvin, aber es gab trotzdem keinen Zweifel daran, dass sein Suchen und Kämpfen echt gewesen war.

Arvin und Karen hatten es immer akzeptiert, wenn sie sich geweigert hatte, in den Gottesdienst zu gehen. Und hier wurde sie jetzt gezwungen?

„Das ist total bescheuert", flüsterte sie, gab sich aber dennoch einen Ruck und quälte sich aus dem Bett. Was blieb ihr schon anderes übrig …

❧

Die Kirche war ein mittelalterlicher Bau, der auf einer kleinen Anhöhe das gesamte Dorf überragte. Sie wirkte schon durch ihre Größe und die Tatsache, dass sie völlig frei auf einem mit Kopfsteinen bepflasterten Platz stand, sehr beeindruckend.

Livias Blick wanderte von den beiden kleinen Türmchen hinüber zu der schweren, hübsch verzierten Eingangstür aus dunklem Eichenholz. Ihr war, als hätte man sie um ein paar Hundert Jahre in die Vergangenheit versetzt. Fast konnte sie sich vorstellen, wie ihre Vorfahren zu Fuß oder mit Pferd und Wagen hier ankamen und den Gottesdienst besuchten.

Obwohl … das Ganze erforderte sehr viel weniger Fantasie als gedacht! Gerade jetzt schlich ein altes, gebeugtes Mütterlein mit Kopftuch auf die Tür zu und zerrte verzweifelt daran herum. Livias Vater beschleunigte seinen Schritt, überholte Livia und öffnete der alten Dame galant die Tür. Sie bedankte sich überschwänglich und verschwand dann im Inneren des

Gebäudes. Kurz darauf konnten auch Livia und ihre Mutter eintreten.

Im Inneren der Kirche war es zunächst einmal dunkel und kalt. Außerdem schlug Livia feuchte Luft entgegen. Als sie sich dann allerdings an die Lichtverhältnisse gewöhnt hatte, gab es etwas, das ihr noch viel unangenehmer war: die neugierigen Blicke! Aus allen Kirchenbänken starrten sie ihr entgegen. Oder bildete sie sich das ein?

Ihre Mutter grüßte höflich erst in die eine, dann in die andere und wieder in die entgegengesetzte Richtung. Livia stolperte planlos hinter ihr her.

Aber dann drehte sich Inge plötzlich um und flüsterte: „Du sitzt hier.“ Mit diesen Worten drückte sie Livia nach links in eine bestimmte Reihe. Livia wusste im ersten Moment überhaupt nicht, wie ihr geschah. Erst als sie Hennings Gesicht neben sich sah, begriff sie allmählich. „H-hallo“, stammelte sie und erntete ein fröhliches Grinsen.

Ihre Mutter nahm neben Livia Platz und schob sie bei dieser Gelegenheit noch dichter an Henning heran. In den Bänken vor und hinter Livia steckten die Leute ihre Köpfe zusammen und begannen zu tuscheln.

„Na, gut geschlafen?“, flüsterte Henning von links. Er trug ein hellblaues Oberhemd und ein dunkles Jackett.

Livia zuckte die Achseln. Sie konnte ihm ja schlecht erklären, dass sie die halbe Nacht im Traum Schweine geschlachtet hatte …

„Guck mal“, flüsterte ihre Mutter von rechts. „Da vorne in der ersten Reihe. Das ist Anni Bockelmann. Wenn ich nicht gewesen wäre, hätte dein Vater sie geheiratet. Findest du nicht auch, dass er Glück gehabt hat? Sie wiegt inzwischen fast drei Zentner!“

Livia sah nach vorne, wurde aber abgelenkt, als sie das Fenster erblickte, das sich links neben dem Altar befand. Es war kunstvoll bemalt und leuchtete in den herrlichsten Farben. „Das Fenster da“, flüsterte sie Henning zu. „Findest du nicht auch, dass es wunderschön ist?“

„Ja, ganz nett. Hast du Lust, mich demnächst mal zu besuchen? Ich könnte dir die Apfelbäume zeigen, über die wir gesprochen haben!“

Livia war wie hypnotisiert von der Leuchtkraft der dargestellten Szene. „Denkst du, dass das der Garten Eden sein soll? Links der Baum der Erkenntnis und rechts Adam und Eva?"

„Wahrscheinlich. Wann hättest du denn Zeit?"

„Hm?"

Sie konnten die Unterhaltung nicht zu Ende führen, weil jetzt die Orgel zu spielen begann. Kurz darauf ging der Pastor nach vorne. Er war schon um die fünfzig und trug einen dunklen Vollbart. In Kombination mit dem schwarzen Talar wirkte er ziemlich ehrwürdig.

Es begann ein wechselseitiger Singsang zwischen Pastor und Gemeinde, den Livia sehr zu ihrem eigenen Erstaunen sowohl von der Melodie als auch vom Text her mitsingen konnte. Anscheinend war sie in der Vergangenheit recht häufig im Gottesdienst gewesen. Am meisten aber erstaunte es sie, dass sie sich daran erinnerte!

Nach Gebet und Schriftlesung begann die Predigt. Darin ging es um einen Zöllner namens Zachäus.

Hatte sich Livia am Anfang noch auf ihrem Sitzplatz zurückgelehnt und auf eine ordentliche Portion Langeweile eingestellt, beugte sie sich im Verlauf der Predigt immer weiter vor. Man sah ihr an, dass ihr Interesse geweckt war.

Der Pastor hatte aber auch einen sehr lebendigen und ausdrucksstarken Erzählstil. Oder war es das Thema? Die Tatsache, dass sie sich ein Stück weit mit diesem Zachäus identifizieren konnte? Auf alle Fälle war er ein unauffälliger Typ. Er hatte einen Beruf, den niemand schätzte, und war zu allem Überfluss auch noch klein, ein Mensch eben, den alle übersahen. So wie Livia …

Dieser Zachäus hatte von Jesus gehört. Sein Interesse war geweckt worden. Und was tat er?

Und er lief voraus und stieg auf einen Maulbeerbaum, um ihn zu sehen, denn dort sollte er durchkommen.

Livia rutschte noch ein bisschen weiter nach vorne und stützte sich mit ihren Händen am kühlen, glatten Holz der vorderen Sitzbank ab. Der Typ war allen Ernstes auf einen Baum geklettert! Er hatte sich quasi zum Affen gemacht!

Und was tat Jesus?

Und als Jesus an die Stelle kam, sah er auf und sprach zu ihm: Zachäus, steig eilend herunter; denn ich muss heute in deinem Haus einkehren.

Livia konnte es nicht so recht fassen. Hatte sich dieser Jesus bei einem kleinen Zöllner eingeladen, der auf einem Baum saß?

Auch der Pastor schien diese Stelle beachtlich zu finden, denn er widmete den Rest seiner Predigt der These, dass Jesus in das Verborgene sieht, jeden Menschen ganz genau kennt und ihm begegnen möchte.

Livia runzelte die Stirn und verschränkte die Arme vor der Brust. Irgendetwas ärgerte sie. War es vielleicht die Tatsache, dass Gott ihr, Livia, noch nie begegnet war? Sie ballte ihre rechte Hand, so gut es eben ging, zur Faust. Das Defizit an Kraft, das sie dort spürte, war für sie ein Sinnbild für all die Dinge, die ihr passiert waren, die Unfälle, die sinnlose Zeit bei Arvin … Gut, Arvin hatte an Gott geglaubt, aber ihr, Livia, war Gott bei dieser Gelegenheit nicht begegnet! Oder? Sie dachte an Enno zurück und daran, wie sie ihm entkommen war … Damals hatte sie verzweifelt zu Gott gebetet. Und sie war mit dem Leben davongekommen!

„Glaubst du das?“, flüsterte sie zu Henning hinüber. „Glaubst du, dass Jesus einen kennt?“

„Ach, das sind doch nur Wunschträume“, winkte dieser ab. „Die Menschen sind einfach zu feige, der Realität ins Auge zu sehen.“

„Der Realität?“

„Ja, der Tatsache, dass wir unsere Existenz dem Zufall verdanken. Evolution, du weißt schon …“ Er zuckte die Achseln. „Ich für meinen Teil hab mich damit abgefunden. Und ich versuche, das Beste daraus zu machen. So einfach ist das.“

Einfach?

„Hast du gehört, wie Werder gestern gespielt hat?“, wechselte Henning das Thema.

Zufällig nicht. „Wie denn?“, fragte Livia höflich.

„Drei zu eins“, strahlte Henning.

„Aber du … du warst gar nicht im Stadion“, wunderte sich Livia. Ihr Herz tat einen kleinen Sprung. Sollte Henning etwa ihretwegen ein Spiel versäumt haben?

„Es war ein Auswärtsspiel … in München", erläuterte Henning.

Livias Schultern sackten ein Stück ab. „Ach so."

„Drei zu eins gegen Bayern", schwärmte Henning. „Weißt du, was das bedeutet?"

Livia schüttelte den Kopf.

„Es bedeutet, dass wir wieder auf dem Weg an die Spitze sind!"

So einfach war das Leben eben …

❧

Livia bekam den Rest der Predigt nicht mit, weil sie Hennings Fußballgöttern lauschen musste. Dementsprechend schlecht war ihre Laune, als der Gottesdienst zu Ende war.

Als sie ihren Eltern in Richtung Ausgang folgte, stellte sie fest, dass sich der Pfarrer in der Nähe der Tür postiert hatte und jedem seiner Schäfchen die Hand schüttelte.

Als Livia an der Reihe war, hielt er ihre Hand ein wenig länger fest. „Hallo, du musst wohl Angelika sein. Ehrlich gesagt, erkenne ich dich nicht wirklich wieder … Geht es dir gut?"

Livia war erstaunt, dass der Pastor wusste, wer sie war. Sie selbst konnte sich kein bisschen an ihn erinnern. Verunsichert zuckte sie die Achseln. Lügen wollte sie nun auch wieder nicht … Schon gar nicht beim Pfarrer!

„Und deine vielen Fragen … Sind ein paar davon beantwortet worden?"

Livia hob verständnislos die Brauen. *Fragen?*

„Du hattest immer die meisten Fragen von allen. Das war schon beim Konfirmationsunterricht so." Der Pfarrer lächelte warm. „Um ehrlich zu sein … hab ich immer dafür gebetet, dass sie beantwortet werden. Wurden sie?"

Bevor Livia irgendetwas antworten konnte, wurde sie von der Menge weiter nach vorn geschoben.

❧

Als sie nach Hause zurückgekehrt waren, erhielt Livia den Auftrag, Kartoffeln zu schälen. Unglücklicherweise gab es in diesem Haushalt keinen Sparschäler und ohne Sparschäler … Sie versuchte, mit diesem Problem Gehör zu finden, fand sich aber schon wenig später mit einem normalen kleinen Küchenmesser und einem Haufen von Kartoffeln am Küchentisch wieder. Dieter und Inge kümmerten sich derweil um irgendein Problem im Schweinestall.

Missmutig griff Livia nach einer besonders großen Kartoffel und versuchte, sie zu entkleiden. Aber sie war es nicht gewohnt, ohne Sparschäler zu arbeiten. Umso stärker machte sich ihre rechte Hand bemerkbar …

Und die Kartoffel verkleinerte sich zusehends.

„Euer Verbrauch an Reis muss enorm gewesen sein“, sagte eine Stimme, die ein wenig amüsiert klang.

Livia blickte verärgert zur Tür und sah Jan darin stehen. Er hatte die Arme vor der Brust verschränkt und lehnte lässig im Türrahmen.

„Bis Mittag schlafen und dann auch noch blöde Sprüche klopfen“, fauchte sie. „Komm lieber her und hilf mir!“

Erstaunlicherweise setzte sich Jan tatsächlich in Bewegung, nahm neben Livia am Küchentisch Platz und griff nach einer Kartoffel. Dann nahm er Livia das Messer aus der Hand und begann mit der Arbeit.

„Du kannst das gut!“, sagte Livia und staunte, wie schnell das Messer über die Kartoffel glitt.

„Jahrelange Übung“, seufzte Jan, warf die erste Kartoffel in die Schüssel mit dem Wasser und holte sich die nächste.

„Heißt das, dass du früher mehr geholfen hast?“, erkundigte sich Livia.

„Mehr geholfen hab ich schon“, lächelte Jan, „aber nicht beim Kartoffelschälen. Das ist in dieser Familie Frauensache. Nö, ich war meist bei Vadder und bin ihm zur Hand gegangen.“ Er benutzte jetzt die Spitze des Messers und pulte damit ein besonders tiefes Auge aus der Kartoffel. Dann warf er auch diese Kartoffel ins Wasser und holte sich eine neue. „Nein, das mit den Kartoffeln hab ich im Studium gelernt.“ Er musste plötzlich grinsen. „Nicht, dass du jetzt denkst, es wäre ein Studienfach gewesen, aber ... na ja, ich bin halt Selbstversorger und ... falls du's mit all den anderen Sachen vergessen hast ... ein absoluter Kartoffelfan."

„Wir haben oft Pellkartoffeln gegessen", beantwortete Livia Jans Frage von vorhin. „Die hat Arvin dann beim Essen gepellt." Sie musste schlucken. Irrte sie sich oder hatte sie Arvins Namen zum ersten Mal seit Tagen wieder laut ausgesprochen?

„Arvin?", fragte Jan.

Livia nickte und versuchte, die Tränen zurückzuhalten. Schon der Gedanke an ihn löste so viel aus!

„Mudder hat gesagt, du seist quasi ... verheiratet gewesen ..."

„Nicht so, wie du denkst", seufzte Livia und dachte wehmütig an das eine Mal, bei dem sie auf Arvins Schoß gesessen hatte. Das war einer Ehe doch schon recht nah gekommen, oder?

„Hat er dich eigentlich gebeten zu bleiben?", wollte Jan wissen.

Livia schluckte schwer und musste erneut die Tränen bekämpfen. Sie schüttelte mühsam den Kopf.

„Und ... und wenn er es getan hätte ...", begann Jan mit seinem anscheinend untrüglichen Gespür für die Zusammenhänge, „wärst du dann geblieben?"

Livia schauderte und war sich nicht sicher, ob sie angesichts dieser Frage wütend oder positiv überrascht sein sollte. Stand es Jan überhaupt zu, derart intime Fragen zu stellen? Aber es stellte sie ja sonst niemand! „Er ... hat aber nicht", flüsterte Livia und starrte wie hypnotisiert die Wand an.

„So ist das also", sagte Jan, und es klang, als wären keine Fragen mehr offen.

Eine Weile hingen beide ihren Gedanken nach. Ein paarmal platschte eine Kartoffel ins Wasser, dann fragte Jan ganz unvermittelt: „Und jetzt?"

Livia sah ihn an. „Hm?"

„Was wird jetzt aus dir?", konkretisierte Jan seine Frage. „Ich meine ... hast du dich schon entschieden, ob du wieder in deine alte Rolle schlüpfst?"

Livia starrte ihn an. Dann sagte sie langsam: „Du meinst ... die Rolle der gehorsamen Tochter?"

Auf Jans Gesicht bildete sich ein zufriedenes Grinsen. „Genau die!“ Aber in seiner Begeisterung passte er einen Moment lang nicht.richtig auf, rutschte mit dem Messer ab und landete damit in der Innenfläche seiner Hand. „Mist“, fluchte er, warf Kartoffel und Schäler auf den Tisch und hechtete hinüber zur Arbeitsplatte, wo eine Küchenrolle stand. Er riss ein Blatt davon ab und stillte damit die Blutung.

„Geht's?“ erkundigte sich Livia besorgt.

Jan grummelte irgendetwas und tupfte auf seiner Verletzung herum. Livia konnte inzwischen erkennen, dass sich das Papiertuch nur geringfügig rot gefärbt hatte, und machte sich nicht allzu große Sorgen.

„Sag jetzt nicht, dass ich alleine weitermachen muss.“

Jan seufzte tief, öffnete eine Schublade und holte ein Pflaster daraus hervor. Damit kehrte er zu Livia zurück. „Wenn du mich anständig verarztest, mach ich weiter“, versprach er.

Livia entfernte die Abdeckung der Klebeflächen, nahm Jans Hand und befestigte dann das Pflaster. Während sie noch damit beschäftigt war, fragte sie wie beiläufig: „Und du meinst, ich habe die Wahl?“

Jan sah sie nachdenklich an. „Man hat immer die Wahl“, sagte er ernst. „Und du hast sie heute mehr als jemals zuvor.“

„Warum?“

„Na, weil du sie erkennst!“, sagte er leidenschaftlich. „Und das hast du früher nie getan! Wirklich, ich … ich kann nicht fassen, wie sehr du dich verändert hast!“

❧

Jan hatte gut reden. *Man hat immer die Wahl* … Super. Aber war nicht die entscheidende Frage, zwischen welchen Alternativen man wählen konnte?

Dieser Hof hier und diese Familie war alles, was sie hatte! Hier hatte sie Eltern, eine Identität, eine Aufgabe … Wenn sie das aufgab, blieb ihr überhaupt nichts! Kein Job, keine Freunde, nicht einmal ein Dach über dem Kopf.

Und das nannte Jan dann „Wahl“?

Gedanken wie diese schwirrten durch Livias Kopf und raubten ihr den Appetit auf das Mittagessen. Besonders die Kartoffeln schmeckten heute seltsam …

Als die Mahlzeit beendet war, verabschiedete sich Livia zu einem kleinen Spaziergang, auf den sie Nellie mitnahm. Obwohl es draußen nieselte, taten ihr die frische Luft und die Bewegung gut. Sie wandte sich, so gut es ging, von jeder Zivilisation ab und hielt stattdessen auf Felder und Wiesen zu. Als aus Straßen Wege wurden, nahm sie Nellie von der Leine und sah ihr dabei zu, wie sie begeistert und unbeschwert herumtobte.

Irgendwie hatten es Hunde gut. Sie mussten keine Entscheidungen treffen und konnten einfach das Leben genießen.

Sie hingegen …

Das eigentliche Problem hieß Henning. Sie konnte sich schon vorstellen, auf dem Hof zu bleiben und ihre Eltern zu unterstützen, aber sie konnte sich nicht vorstellen, mit Henning zusammenzuleben. Objektiv betrachtet, war er eigentlich ganz nett. Aber wenn sie sich ihre Zukunft mit ihm ausmalte, sah sie sich auf einem Sofa sitzen und Äpfel schälen, während im Fernsehen ein Fußballspiel lief …

Sie schauderte und rief nach Nellie, die weit zurückgeblieben war und in irgendeinem Erdloch scharrte. Jetzt sah sie zwar auf, blieb aber immer noch abwartend stehen. „Komm her!“, befahl Livia ein zweites Mal, woraufhin der Hund gehorsam auf sie zustürmte.

Nein, Henning kam nicht infrage. Schon der Gedanke, ihn zu berühren oder gar zu küssen, ekelte sie an. Vielleicht hatte sie das früher anders gesehen. Früher, bevor sie Arvin kennengelernt hatte, bevor sie wusste, welche Alternativen es gab …

❧

Auf dem Rückweg vom Spaziergang näherte sich Livia dem Hof aus einer komplett anderen Richtung. Dabei kam sie an einem Fleckchen Erde vorbei, das ihr vorher noch nicht begegnet war. Es lag nicht weit vom Haus entfernt und wurde ganz offensichtlich für den Anbau von Gemüse genutzt. Jedenfalls wirkte es, als wäre es erst kürzlich umgegraben worden.

Der größte Teil lag brach, eine Ecke war mit Schnittlauch und Petersilie bewachsen, Kraut oder Gras gab es nicht. Jedenfalls nicht hier vorne. Ein Stück weiter hinten sah es ein bisschen anders aus. Hier gab es ein rechteckiges Stück Erde, das in dem Ganzen ziemlich negativ hervorstach. Es sah völlig verwildert aus und war mit Unkraut, Laub und vertrockneten Pflanzenresten übersät. Bei näherem Hinsehen konnte man allerdings erkennen, dass hier einmal Blumen gestanden hatten, jedenfalls gab es noch zwei kleinere Hortensienbüsche, ein paar Christrosen, die sogar blühten, und ein paar saftige Blätter, die an Primeln erinnerten.

Livia war seltsam fasziniert und betrachtete das Beet, als erzählte es ihr irgendeine Geschichte. Nellie winselte ein paarmal und zog an der Leine, um deutlich zu machen, dass sie jetzt endlich wieder reinwollte. Aber Livia reagierte nicht auf sie. Sie war wie hypnotisiert und wurde von dem Beet magnetisch angezogen. Ohne es richtig entschieden zu haben, trat sie noch ein paar Schritte näher, ging neben den Primeln in die Hocke und berührte ein paar der Blätter mit ihren Fingerkuppen. Und dann war es wieder da! Das Bild, das sie schon einmal vor Augen gehabt hatte. Das Bild mit den bunten Blumen … Sie blinzelte ein paarmal und konnte ihre Empfindungen nicht wirklich einordnen. Oder doch? War das hier der Ort, den sie da vor sich sah?

Sie erhob sich, trat ein paar Schritte zurück und betrachtete das Beet noch einmal aus etwas größerer Entfernung. Im Grunde gab es keinen Zusammenhang mit dem Bild, das sie vor Augen hatte und das seltsamerweise auch nicht wieder verschwand. Sie sah ein Rechteck aus blauen Hyazinthen, das mit einem Herz aus Tulpen und Osterglocken gefüllt war, daneben herrliche Christrosen, Astern und Hortensien … Sie schluckte schwer. Hyazinthen, Tulpen und Osterglocken waren Zwiebeln und steckten vielleicht noch in der Erde. Um diese Jahreszeit war es jedenfalls nicht verwunderlich, dass sie nicht zu sehen waren. Aber es war möglich, dass sie im Frühjahr wieder hervorkrochen! Vielleicht … ihr Herz tat einen übermütigen Sprung … war es sogar möglich, dass sie dieses Beet wieder in Schuss brachte …? Wenn sie den Abfall entsorgte, das Unkraut ausjätete, die Stauden beschnitt und alles düngte und wässerte …

Auf einmal gab es kein Halten mehr. Livia wirbelte so schnell herum und eilte dann mit einem solchen Tempo aufs Haus zu, dass Nellie kaum hinter ihr her kam.

„Mutter!“, keuchte Livia, als sie ihre Eltern schließlich in der Küche aufgespürt hatte. Die beiden saßen nebeneinander am Esstisch und hatten einige Zettel vor sich ausgebreitet.

„Das Beet da draußen“, sprudelte es aus Livia hervor. „Du weißt schon, das Blumenbeet neben den Gemüsebeeten. Gehört das mir?“

Inge und Dieter tauschten einen Blick.

„In der Tat hast du dort mal Blumen angepflanzt“, antwortete Dieter.

Ich wusste es. „Könnte ich es dann wieder haben?“, fragte Livia aufgeregt. „Ich meine … ihr braucht es doch nicht und man könnte es in null Komma nichts wieder herrichten. Ich hab schon ein paar Ideen im Kopf! Ich weiß natürlich nicht, wo sich die Blumenzwiebeln befinden, aber das merke ich dann ja im Frühjahr. Dann pflanze ich halt ein paar Sachen um. Ist gar nicht schlimm!“

Inge verschränkte die Arme vor der Brust und sagte vorwurfsvoll: „Ich dachte, du erinnerst dich nicht an deine Vergangenheit …“

„Bei den meisten Sachen ist das auch so!“, lachte Livia. „Aber bei den Blumen nicht! Die Anordnung der Hyazinthen zum Beispiel, die ist mir schon vor langer Zeit wieder eingefallen. Verrückt, nicht?“

Inges Blick verfinsterte sich noch mehr. „Ja, verrückt“, nickte sie. „Vor allem weil diese Blumen das Sinnloseste waren, was auf unserem Hof jemals angebaut wurde. Du hast sie damals weder verkauft noch verschenkt. Sie standen einfach nur so da und wuchsen. Ich durfte mir noch nicht mal welche pflücken, wenn ich irgendwo eingeladen war.“

„Oh“, machte Livia.

„Ja, oh“, fauchte Inge. „Und deshalb kriegst du dieses Beet auch nicht wieder. Ich werde es verwenden, um Erdbeeren dort anzupflanzen. Das hab ich schon lange vor. Unsere Marmelade hat dieses Jahr kaum gereicht. Und das, obwohl wir einer weniger waren …"

Livia schluckte schwer. „Ich … ich lege aber gar keinen Wert auf Erdbeermarmelade …"

„Dann pflanz ich halt Erbsen. Die isst dein Vater so gern …"

„Aber, ich … ich möchte dieses Beet zurück", flehte Livia. „Es ist wichtig für mich, versteht ihr? Es macht mich glücklich!"

„Apropos glücklich", sagte Dieter und warf seiner Frau einen auffordernden Blick zu.

Livia hob die Augenbrauen.

Inge warf einen kurzen Blick auf die Zettel, die vor ihr lagen. „Henning hat angerufen", sagte sie.

Einen Moment lang herrschte Stille. „Ja … und?", fragte Livia.

„Ein weiterer Grund, weshalb es müßig ist, noch länger über dieses Beet zu diskutieren."

Livia schüttelte irritiert den Kopf. „Ich verstehe nicht …"

„Bei Henning gibt es sicher auch noch ein paar freie Beete. Er ist nämlich der Meinung, dass die Hochzeit von langer Hand vorbereitet werden muss, und lässt fragen, ob dir der …" – Inge griff nach ihrer Brille, setzte sie auf und warf einen weiteren Blick auf den Zettel, der vor ihr lag – „der 19. Juni recht wäre."

Livias Augen weiteten sich. „D-das fragt er euch?", stammelte sie.

Dieter zuckte die Achseln. „Warum denn nicht? Ihr seid euch doch einig, oder nicht? Früher wart ihr es jedenfalls."

„Früher vielleicht", brach es aus Livia hervor, „aber jetzt …" Sie zögerte, sah ein wenig ängstlich von ihrem Vater zu ihrer Mutter und wieder zurück zu ihrem Vater. „Also, um … um ehrlich zu sein", stammelte sie, „will ich gar nicht mehr …"

Inge schnappte erschrocken nach Luft. „Wie bitte?"

„Na ja … ich … ich kenn ihn doch gar nicht mehr. Und außerdem … hab ich das Gefühl, dass er sich überhaupt nicht für mich interessiert."

„Aber natürlich interessiert er sich für dich. Er hat schließlich einen Hochzeitstermin vorgeschlagen", protestierte ihr Vater.

„Er interessiert sich vielleicht für diesen Hof", entfuhr es Livia, „aber der Hof und ich … das ist nicht dasselbe!"

„Er ist halt zielstrebig. Was ist daran falsch?", fragte Inge und setzte ihre Brille wieder ab. Dann hielt sie sie mit ausgeklappten Bügeln in ihrer linken Hand und untermalte damit ihre weiteren Worte. „Er ist so ziemlich der einzige junge Mann im Umkreis von hundert Kilometern, dem ich diesen Hof vererben würde. Also, soweit es mich betrifft, kann ich mir keinen besseren Schwiegersohn wünschen."

„Du könntest dir einen Schwiegersohn wünschen, dem das Glück deiner Tochter am Herzen liegt", hörte sich Livia sagen.

Einen Moment lang wurde es mucksmäuschenstill in der Diele. Dann sagte Inge mit zitternder Stimme: „Was … was soll denn das heißen? Soll das heißen, dass mir dein Glück nicht wichtig ist?"

„Man könnte gelegentlich auf die Idee kommen …", krächzte Livia mit letzter Kraft.

„Ach tatsächlich? Dann will ich dir mal was sagen, mein Kind!" Inge hatte noch immer ihre Brille in der linken Hand und stieß sie jetzt mit jedem Wort, das sie sprach, wie einen Dolch in Livias Richtung. „*Dein Glück liegt mir sehr wohl am Herzen*. Ich mache mir nämlich ernsthaft Sorgen, dass dich außer Henning niemand mehr nimmt. Oder glaubst du, dass irgendjemand ein Mädchen wie dich haben will? So ein kleines Blumenkind, das noch nicht mal mehr vernünftig Kartoffeln schälen kann?"

Die Farbe wich so schnell aus Livias Gesicht, als hätte Inge sie mit ihren Worten hinausgeprügelt. Lange Sekunden stand sie einfach nur so da und war unfähig zu sprechen oder sich auch nur zu bewegen. Diese Worte … sie wären nicht so schlimm gewesen, wenn Livia nicht ein untrügliches Gespür für die Wahrheit besessen hätte … wenn sie in diesem Moment nicht ganz genau gewusst hätte, dass ihre Mutter genau das gesagt hatte, was sie wirklich dachte … was sie von Anfang an gedacht hatte …

„Angelika", begann ihr Vater schließlich, verstummte aber, als Livia einfach nur die linke Hand hob. Ohne die Hand wieder herunterzunehmen, drehte sie sich ganz langsam um und verließ den Raum.

Kapitel 49

Sie lag jetzt schon seit einer halben Stunde unter ihrem Bett und weinte bitterlich. Dabei hatte sie doch so gehofft, dass die Zeit der Tränen endlich vorbei war! Und sie hatte sich so fest vorgenommen, nie mehr unter irgendein Bett zu flüchten!

Aber wohin sollte sie sich sonst flüchten?

Es gab ja keinen Ort, an dem sie Trost finden konnte. Keinen Ort, an dem sie zu Hause war. Niemanden, der sich wirklich für sie interessierte.

Im Grunde war alles noch schlimmer als in ihren schlimmsten Albträumen! Niemand auf dieser Welt fragte nach … Livia … Angelika … Wer war sie überhaupt … wie hieß sie überhaupt?

Sie wurde von einem neuen Schub Schluchzern geschüttelt und krallte sich an einem der Bretter fest, die direkt über ihr waren und zum Lattenrost gehörten. Direkt darüber fühlte sie die Matratze, auf der sie nachts schlief – obwohl sie eigentlich gar nicht wusste, warum. Sie gehörte nicht in dieses Bett. Sie gehörte nicht einmal in dieses Haus. Da passte die staubige, dunkle Enge hier unter dem Bett schon besser zu ihr. Sie hatte viel Ähnlichkeit mit einem Sarg und die Frage war ja auch … ob sie überhaupt am Leben war. Und wenn ja, welche Rolle spielte es …?

Um ihre innere Wut irgendwie loszuwerden, stemmte sie den Lattenrost ein paar Zentimeter in die Höhe, ließ ihn wieder fallen und drückte ihn ein weiteres Mal nach oben. Dabei wurde ihr klar, dass sie wieder an dem gleichen Punkt war wie damals, als sie mit voller Absicht über die Klippe in die Tiefe gefahren war …

Links neben ihr klatschte irgendetwas auf den Fußboden.

Sie wandte den Kopf.

Direkt neben ihr lag etwas. Ein kleines dunkles Heft oder Buch …

Sie ließ den Lattenrost los und griff danach. Der Einband war weich und bestand aus schwarzem, rauen Plastik.

Neugierig schlug sie das Büchlein auf. Es enthielt handschriftliche Notizen, die hier unten in der Dunkelheit allerdings nicht gut zu lesen waren.

Der Strom ihrer Tränen versiegte im Meer ihres Interesses. Sie wischte mit dem Ärmel über ihre nassen Wangen und rutschte zügig unter dem Bett hervor. Dann drehte sie sich kurzerhand auf den Bauch und vertiefte sich in das kleine Büchlein. Sie begann ganz vorne, beim ersten Eintrag. Die Handschrift, die sie dort vor sich sah, war leicht zu lesen. Sie bestand aus Tinte und hatte einen weichen, weiblichen Schwung. Ob das ihre eigenen Eintragungen waren?

Sie fing an zu lesen.

Liebes Tagebuch,

heute ist der 17. August. Ich beginne dieses Büchlein in der Hoffnung, dass ich in dir jemanden finde, der mir zuhört. Jemanden, der schweigt, wenn ich spreche. Der mich nicht unterbricht, wenn ich davon erzähle, wie herrlich Blumen duften, der mich nicht an die Arbeit treibt, wenn ich mit Nellie spazieren gehen will. Es ist mir egal, dass du nicht wirklich lebst. Die, die leben, sind nicht besser. Die, die leben, scheinen nicht zu glauben, dass ich es auch tue. Sie scheinen mich nicht zu hören, nicht zu sehen, nicht zu verstehen. Bin ich Luft? Ein Geist, der sich auf diese Erde verirrt hat?

Heute war Henning wieder hier. Er hat Papa bei der Reparatur des Maishäckslers geholfen. Eigentlich ist er nett. Jedenfalls hat er immer gute Laune. Mama und Papa wollen, dass wir heiraten. Aber sie fragen mich nicht, ob ich es auch will. Eigentlich will ich nicht. Er sagt, dass er mich liebt, aber in Wirklichkeit liebt er Werder Bremen. Wenn er einen Fußball sieht, leuchten seine Augen. Wenn er mich sieht, sehen sie gelangweilt aus. Wenn ein Tor fällt, springt er in die Höhe, dreht sich im Kreis und schreit wie ein kleines Kind. Wenn er mich sieht, sagt er „Hallo“ und ringt sich ein Lächeln ab. Noch nie hat er Zeit mit mir allein verbracht. Wenn wir zusammen waren, hat er sich immer ein Programm ausgedacht. Wir waren ein paarmal im Kino, haben mit seinen Eltern Kaffee getrunken oder gemeinsam gearbeitet. Aber wir waren noch nie gemeinsam essen oder so was. Ich frage mich, ob ihm der Gedanke, einen ganzen Abend nur mich anzusehen, Angst macht. Vielleicht ist es so. Sicher findet er mich langweilig. Aber ich rede nur deshalb nicht, weil mir niemand in die Augen sieht. Ich lache nicht, weil mir niemand schöne Dinge erzählt.

An dieser Stelle ertönte ein sanftes „Plopp". Es stammte von einer Träne, die aus Livias Augen mitten auf ihr kleines Tagebüchlein getropft war. Nein, es gab keinen Zweifel, dass das hier ihr Tagebuch war, ihr Herz ... Vielleicht war sie viel mehr Angelika, als sie es jemals für möglich gehalten hätte ...

Um ihre Eintragungen zu schützen, wischte Livia die Träne eilig ab. Und vorsichtshalber rieb sie auch noch einmal über ihre Augen ... Dann las sie eilig weiter. Es folgten viele Geschichten aus ihrem Alltag, Beschreibungen der Treffen mit Henning, aber auch viele Streitgespräche, die sie mit ihren Eltern oder Jan geführt hatte. Oft tauchte auch das Blumenbeet darin auf. Vor allem ihrer Mutter war es wohl ein Dorn im Auge gewesen. Ihr Vater hingegen hatte zumeist vermittelt und darauf hingewirkt, dass sie es behalten durfte.

Und dann kam folgende Passage:

Was würde wohl passieren, wenn ich Henning einen Korb gäbe? Mama würde natürlich im Dreieck springen. Und Papa? Wenn ich es mir recht überlege, hab ich der Hochzeit seinetwegen zugestimmt.

Livia hob erstaunt die Augenbrauen.

Ich wollte für ihn da sein! Ich wollte anders sein als Jan – besser. Papa war immer so stolz auf mich, wenn ich mitgearbeitet habe. Wie oft hat er gesagt, dass ich alles noch viel besser hinkriege als Jan! Und dann ist Jan abgehauen. Was sollte ich denn machen? Sollte ich Papa mit all der Arbeit allein lassen? Obwohl er mich jetzt noch tausendmal mehr brauchte?

Brauchte, echote es in Livias Kopf, *brauchte, brauchte, brauchte ...*

Jan hat mich von Anfang an gewarnt. „Tu es nicht", hat er gesagt, „schon gar nicht meinetwegen. Begib dich nicht in totale Abhängigkeit von Mama und Papa."

Aber ich wollte ja nicht auf ihn hören. Oder konnte ich nicht?

Livia schluckte und versuchte, in ihr Herz hineinzuhorchen. Was da stand, war genau das, was sie fühlte! Einerseits wollte sie fort von hier, alles stehen und liegen lassen. Andererseits konnte sie es nicht tun, selbst jetzt nicht, nach diesem Streit! Wenn sie ihre Eltern verließ, blieb ihr nichts mehr. Dann gab es niemanden mehr, für den sie wichtig war, niemanden!

Ich kann mich daran erinnern, dass ich Jan mal gefragt habe, warum er gegangen ist. Damals hat er geantwortet, er habe das Gefühl, dass er hier auf dem Hof wie in einer Zwangsjacke stecke. Er habe keine Möglichkeit herauszufinden, wer er wirklich sei, aber gerade das sei doch seine Verantwortung: herauszufinden, was in ihm stecke, und genau das aus sich herauszuholen.

Ich weiß noch genau, was ich geantwortet habe.

„Verantwortung?", habe ich gesagt. „Gerade du sprichst von Verantwortung? Ein Egoist wie du, der nicht weiß, wie man Dankbarkeit buchstabiert?"

Er hat nur frustriert den Kopf geschüttelt und ist gegangen. Wahrscheinlich hat er gemerkt, dass ich nicht verstehe, was er meint.

Aber ich habe angefangen, darüber nachzudenken. Eigentlich ist kein Tag vergangen, an dem ich nicht darüber nachgedacht hätte. Und heute verstehe ich es vielleicht schon etwas besser. Der Gedanke an Henning fühlt sich auch wie eine Zwangsjacke an. Ich weiß, dass ich neben Henning nicht viel Beachtung finden, geschweige denn etwas aus mir herausholen werde. Aber welche Alternative hab ich denn? Ich hab mein Leben auf diesem Hof verbracht! Ich könnte gar nicht alleine oder woanders leben.

Na ja, dachte Livia.

Außerdem bin ich mir nicht sicher, ob überhaupt etwas in mir steckt, das sich herauszuholen lohnt. Was kann ich schon? Ich hab einen mittelmäßigen Realschulabschluss gemacht und in der Lehre auch nicht gerade geglänzt. Ich kann weder gut singen noch kann ich gut malen oder handarbeiten. Ein Künstler steckt jedenfalls nicht in mir.

An dieser Stelle runzelte Livia die Stirn und dachte an die Blumengestecke, die sie bei Hedda gezaubert hatte. Immerhin etwas …

Ich kann vielleicht ein bisschen kochen, krieg aber nur das hin, was Mama mir vorher gezeigt hat. Im Grunde … gibt es nur eine einzige Sache, in der ich wirklich gut bin: arbeiten. Ich arbeite rund um die Uhr, ohne auch nur einmal zu murren. Und genau diese Eigenschaft ist es doch, die Henning braucht. Also bitte: Warum sollte ich ihm einen Korb geben?

Livia schluckte und konnte nicht umhin, über ihr Handicap nachzudenken. Das Arbeitspferd von damals war sie jedenfalls nicht mehr … Sie konnte ja nicht einmal richtig Kartoffeln schälen!

Sie schob das Tagebuch ein Stück von sich weg und atmete erst einmal tief durch. Aber es war ein zittriges Atmen. Im Moment fühlte sie sich ein bisschen wie ertappt. Wie war es nur möglich, dass man all seine Erinnerungen verlor und dennoch derselbe Mensch blieb? Mit den gleichen Fragen?

Ein Geräusch ertönte und ließ Livia zusammenfahren. Sie blickte nach oben. Auf dem Veluxfenster, das sich rechts von ihr befand, lag ein Zweig, der wahrscheinlich vom Wind dorthin geweht worden war. Er rutschte ein Stück nach rechts, dann wieder nach links und wurde im nächsten Moment davongefegt. Es war stürmisch draußen, genau wie in ihrem Herzen …

Sie nahm das Tagebuch erneut zur Hand und las weiter.

Die nächste Eintragung begann mit den Worten:

Heute waren wir wieder in der Kirche. Ich gehe wirklich gern dorthin. Eigentlich ist es gar nicht wegen des Gottesdienstes, sondern wegen Pastor Wittek. Er ist sooooo nett. Obwohl ich schon seit Jahren nicht mehr in den Konfirmationsunterricht gehe, scheint er mich nicht zu vergessen. Er begrüßt mich immer und fragt, wie es mir geht. Das tut sonst eigentlich niemand. Weil ich ihn so gerne mag, hör ich immer gut zu, was er predigt. Manchmal frage ich mich allerdings, ob ich die Einzige bin, die das tut. Frau Schaffrick zum Beispiel fängt immer an zu schnarchen, wenn die ersten Minuten vorbei sind. Und Mama studiert jedes Geräusch, das sie von sich gibt. Jedenfalls hält sie auf dem Rückweg immer Referate darüber, wie unmöglich sich die alte Dame benommen hat. Papa sieht so aus, als würde er andächtig zuhören, aber wenn ich ihn auf dem Rückweg nach seiner Meinung frage, stelle ich fest, dass er überhaupt nichts mitbekommen hat. Noch schlimmer ist es mit Henning. Wenn er auch da ist, textet er mich ununterbrochen mit den Spielergebnissen vom Samstag zu.

Livia musste grinsen. Manche Dinge änderten sich eben nicht …

Sie las weiter. Es folgten noch viele Geschichten über Henning, dann ein nüchterner Bericht über seinen nüchternen Heiratsantrag und ihr ebenso nüchternes „Ja". Vom Tag ihres Einverständnisses an änderten sich die Eintragungen. Jedenfalls äußerte sie in ihrem Tagebuch keine Zweifel mehr an der Hochzeit. Stattdessen war sie wohl dazu übergegangen, die Sache schönzureden. Immer wieder las sie Sätze wie: Es ist richtig. Es ist meine Bestimmung. Ich passe auf diesen Hof. Ich mag Henning.

Je mehr sie sich jedoch mit dem Gedanken an ein Leben an Hennings Seite arrangierte, desto mehr Zweifel äußerte sie an der Existenz Gottes. Jeden Sonntag gab es Eintragungen, in denen es um genau dieses Thema ging. Wenn es Gott wirklich gäbe, dann würde er doch wissen, dass ihre Mutter den Gottesdienst nur besuchte, um über andere herzuziehen. Aber er tat nichts dagegen – warum nicht? Und die kleine Hannah mit dem Downsyndrom … wenn es Gott wirklich gäbe, dann hätte er nicht zugelassen, dass sie mit solchen Einschränkungen geboren wird, oder? Andererseits … war Hannah neben Pastor Wittek die Einzige, die ihr sonntagsmorgens freundlich zunickte …

Auch die letzte Eintragung, die in dem kleinen Büchlein zu finden war, stammte von einem Sonntag. Darin ging es jedoch nicht um den Gottesdienst, sondern vielmehr um den darauffolgenden Montag. Offensichtlich wollten Angelika und ihre Mutter nach Hamburg fahren, um sich dort nach einem Brautkleid umzusehen. Angelika schien darüber nicht sehr begeistert zu sein. Über viele Zeilen hinweg beschwerte sie sich darüber, dass es für ein Brautkleid noch viel zu früh sei. Außerdem wisse sie überhaupt nicht, welche Art von Kleid sie tragen wolle. Von der Tatsache, dass ihre Mutter einen furchtbaren Geschmack habe und ihr bestimmt ein katastrophales Kleid aufdrängen würde, einmal ganz zu schweigen …

Livia konnte die Emotionen, die hinter diesen Worten standen, nicht nur am Inhalt, sondern auch an der Handschrift ablesen. Jedenfalls wurde sie von Satz zu Satz krakeliger und unsauberer.

Schließlich endete das Ganze mit diesem verzweifelten Text: *Gott, warum lässt du mich so im Stich? Warum schickst du mir keinen Mann, den ich liebe? Warum übersiehst du mich immer? Weißt du überhaupt, wen du da gemacht hast? Ich weiß es jedenfalls nicht! Ich weiß nicht, wer ich bin … was ich kann … wo und wie ich leben will … was ich mag und nicht mag … ich weiß gar nichts mehr. Gar nichts! Gott, wenn es dich gibt, dann zeig mir all das! Zeig es mir. Ich flehe dich an, zeig es mir!*

Kapitel 50

Es war so still, als wäre die Zeit stehen geblieben.

Livia wagte kaum zu atmen. Sie rührte sich nicht, saß einfach nur so da und starrte auf die Worte, die sie gerade gelesen hatte.

Irrte sie sich oder hatten sich die Lichtverhältnisse verändert? Es kam ihr so vor, als leuchtete ein wärmeres, intensiveres, rötlicheres Licht in ihr Zimmer hinein. Und das war nicht die einzige Veränderung. Sie fühlte sich auch … anders … irgendwie klarer … als hätte sich das Durcheinander ihres Lebens von einem Moment auf den nächsten geordnet und sortiert.

Noch konnte sie es nicht wirklich fassen, geschweige denn formulieren, doch spürte sie schon, wie sich der Nebel lichtete …

Sie tastete in ihrer rechten Hosentasche nach dem Zettel und zog ihn knisternd hervor. Dann faltete sie ihn fast ehrfurchtsvoll auseinander.

Alles ergab einen Sinn – ihr Leben, der Unfall, ihre Rückkehr und nicht zuletzt … der Fund ihres Tagebuchs!

Ihre Hände schlossen sich noch fester um den Zettel in ihrer Hand und wollten ihn überhaupt nicht mehr loslassen. Nie mehr. Dieser Zettel war der Beweis – jedenfalls für sie –, dass es

Gott gab! Dass er sie *nicht* vergessen und *nicht* übersehen hatte. Dass sie wichtig für ihn war!

Oh, wie hatte sie nur so blind sein können! So dumm! So misstrauisch!

Alles, was ihr zugestoßen war, war eine Antwort Gottes. Alles! Die Tatsache, dass sie aus dieser Familie genommen worden war, dass sie in Arvin und Karen Menschen kennengelernt hatte, die an Gott glaubten, dann all die Predigten, die sie gehört hatte … Ihre Gedanken überschlugen sich … Zachäus, den Jesus auf dem Baum aufgespürt hatte, das war eigentlich sie selbst … und die alte, verlumpte Puppe des kleinen Mädchens … das war auch sie selbst … und oh … fast kam es ihr so vor, als wäre alles, was ihr widerfahren war, eine Inszenierung Gottes, ein Theaterstück – vom Himmel geschrieben und bis ins Detail geplant – aufgeführt nur zu einem einzigen Zweck: um all ihre Fragen zu beantworten! Die Fragen nach Gott, nach dem Sinn ihres Lebens und nicht zuletzt … nach ihrer Identität!

Sie blickte auf ihren Zettel … ließ es zu, dass sich ihre Augen mit Tränen füllten, und las mit verschwommenem Blick, wer sie war, was sie gut konnte und was nicht, was sie liebte und was sie verabscheute …

Es war nicht schlimm, dass dieser Zettel noch nicht vollständig war. Eher war auch das ein Wink Gottes, der ihr sagen wollte, dass sie nun am Zug war, dass es jetzt an ihr war, den Rest herauszufinden, das Leben zu leben – *ihr* Leben zu leben.

„Danke“, flüsterte sie überwältigt. „Oh, Gott, ich danke dir! Ich danke dir so sehr!“

Ihre Worte riefen etwas hervor, womit sie nicht gerechnet hatte. Es war, als wäre Gott persönlich zu ihr gekommen, als hätte er den Raum betreten und sich ganz dicht neben sie gesetzt. Livia hatte das Gefühl, als könnte sie ihn spüren, einatmen, in sich aufnehmen …

Ein wunderbares Gefühl der Zufriedenheit ergriff sie, als gäbe es plötzlich nichts mehr, was nicht in Ordnung wäre, nichts mehr, was ihr fehlte.

„Ich hab dich lieb“, krächzte sie und gab sich ganz der Wärme und Liebe hin, die sie umgab wie ein weiches, kuscheliges Federbett …

Kapitel 51

Sie ging langsam die Treppe hinunter … Stufe für Stufe … und umklammerte dabei den Stoff der Jacke, die über ihrem Arm lag. Der metallene Zipper des Reißverschlusses schlug rhythmisch gegen ihren Oberschenkel und stimmte sie auf den Kampf ein, den sie zu führen gedachte.

Sie achtete darauf, dass ihr Rücken gerade und ihr Kopf erhoben war, und folgte einem leisen Stimmengewirr in Richtung Küche. Die Tür war nur angelehnt.

Livia legte ihre Hand auf die Klinke, atmete noch einmal tief durch und schob die Tür auf.

Inge bemerkte sie zuerst. Sekundenbruchteile später war jedes Gespräch verstummt.

Erstaunt stellte Livia fest, dass nicht nur ihre Eltern, sondern auch Jan und Henning anwesend waren. Und sie saßen alle gemeinsam am Küchentisch!

Na, wenn das kein angemessener Rahmen war …

„Hey“, sagte Henning und lächelte ihr freundlich zu.

Livia verzog keine Miene. „Hallo, Henning“, erwiderte sie kühl.

Inge räusperte sich. „Wir diskutieren gerade den Hochzeitstermin“, sagte Inge und warf Livia einen zutiefst mahnenden Blick zu. „Jan meint, er sollte in den Semesterferien liegen.“

Livia war einen Moment sprachlos. Sie wusste ja, was zu tun war, aber mit einer derart klaren Vorlage hatte sie nun doch nicht gerechnet.

„Äh …“, begann sie ein wenig zögerlich und wandte sich dann an ihren Bruder. „Jan …“ Sie wusste noch nicht so recht, wie sie anfangen sollte. Außerdem war ihr dieser Teil ziemlich unangenehm. Sie wollte nicht von einer Abhängigkeit in die nächste verfallen, sah aber keine andere Möglichkeit … „Hast … hast du in deiner Studentenbude eigentlich eine Gästematratze?“

„Äh … ja …“, antwortete dieser verwirrt.

„Und kann ich dich dann mal besuchen?“

Jan zuckte die Achseln. „Klar, warum nicht …“

„Heute?“

Die Fragezeichen, die sich in den Gesichtern ihrer Zuhörer eingruben, waren nicht zu übersehen. Besonders Jan schien völlig perplex. „W-wie meinst 'n das?", stotterte er.

Livia atmete ganz tief durch, hob ihr Kinn noch ein bisschen höher und sagte mit fester Stimme: „Ich reise ab."

Inges Gesichtszüge entglitten. „Wie bitte?", entfuhr es ihr.

„Ich werde nicht länger hier bleiben", erläuterte Livia und sah Henning an. „Und ich werde dich nicht heiraten." Jetzt war es heraus.

Im nächsten Augenblick schlug Dieter mit der flachen Hand auf den Tisch und sorgte dafür, dass alle anderen – und allen voran Livia – erschrocken zusammenzuckten. „Jetzt ist aber Schluss", donnerte er. „Du wirst wegen dieses lächerlichen Beetes nicht unser aller Zukunft aufs Spiel setzen!"

„Es … es geht nicht um das Beet", stammelte Livia, die sich von ihrem Schrecken noch nicht völlig erholt hatte.

„Dann geht es eben um das, was deine Mutter gesagt hat." Dieter wandte den Kopf. „Inge, entschuldige dich dafür."

Inges Kopf ruckte zu ihrem Mann herum und schwenkte dann wie in Zeitlupentempo zu Livia herüber. „Ent…schuldigung", presste sie hervor.

„Du musst dich nicht entschuldigen", sagte Livia leise. „Du hattest ja recht mit dem, was du gesagt hast. Ich bin ein Blumenkind. Und deshalb passe ich nicht hierher. Ich reise ab."

„Du kannst abreisen, wenn du verheiratet bist", widersprach ihr Vater mit der gleichen Vehemenz, die er schon eben an den Tag gelegt hatte.

Livia starrte ihn an. Sie war davon ausgegangen, dass sie diese Diskussion mit ihrer Mutter führen würde. Aber Inge saß nur sprachlos vor ihr. Stattdessen hatte ihr Vater auf einmal das Zepter in der Hand! Sie räusperte sich. „Papa", sagte sie eindringlich. „Ich weiß, dass du einen Nachfolger für diesen Hof brauchst, aber …" Sie streckte ihm beide Hände entgegen und warb sowohl mit dieser Geste als auch mit ihrem Tonfall verzweifelt um Verständnis. „Aber dieser Hof ist nicht wichtiger, als ich es bin. Ich bin weder eine Bäuerin noch würde ich mit Henning glücklich werden. Ich kann dir diesen Gefallen nicht tun!"

Angesichts dieser Worte ging eine Veränderung mit Dieter vor. Sein zorniger Gesichtsausdruck verwandelte sich in Verwirrung. „Ja, aber …“ Er hob die Schultern und ließ sie langsam wieder sinken. Einen Moment schien er sprachlos. Dann hob er noch einmal zu sprechen an. „Du … du warst doch immer die, auf die ich mich verlassen konnte“, sagte er.

Livia senkte den Blick. „Ja, das war ich wohl“, sagte sie mit leiser, zitternder Stimme. „Und das war ich, weil ich mir damit deine Liebe gesichert habe.“ Als sie jetzt wieder zu ihrem Vater aufblickte, hatte sie Tränen in den Augen. „Aber es wird jetzt Zeit, dass ich erwachsen werde und mich von dir löse. Dass ich mein Zuhause verlasse und mein eigenes Leben lebe. Wirst du mich auch lieben, wenn ich deine Erwartungen enttäusche?“

Anstelle einer Antwort klingelte es an der Tür.

Aber niemand rührte sich.

„Henning“, sagte Inge. „Sag doch auch mal was!“

„Was soll ich sagen?“, knurrte Henning ungehalten. „Ich denke, Angelika weiß, welches Angebot sie gerade ausschlägt.“

„Das Angebot auf ’ne Dauerkarte im Stadion“, murmelte Jan so leise, dass es nur diejenigen hörten, die es auch hören wollten. Über Livias Gesicht huschte jedenfalls ein dankbares Schmunzeln.

Es klingelte erneut an der Tür, dieses Mal mehrfach hintereinander.

„Ich geh schon“, seufzte Jan und erhob sich. Auf dem Weg nach draußen murmelte er noch: „In der Hoffnung, dass ich nichts verpasse …“, dann war er verschwunden.

„Lass niemanden rein!“, rief Inge ihm hinterher. Dann wandte sie sich erneut an ihre Tochter und fragte: „Willst du das wirklich? Allein leben, meine ich? Ohne Aufgabe, ohne Ziel? Stell dir das doch mal vor! Niemand wartet auf dich …“

Livia schluckte schwer. Anscheinend wusste ihre Mutter ganz genau, auf welchen Knopf sie drücken musste. Aber es wartete ja jemand! Gott wartete auf sie! Und das war genug! „Ja“, sagte sie. „Das will ich! Ich will mein eigenes Leben leben, auch wenn es schwierig wird. Ich will herausfinden, wer ich bin, und auf eigenen Füßen stehen. Ich will das. Ich will es wirklich."

Inge seufzte tief. „Ja, dann …"

Vom Flur her drangen Stimmen in die Diele vor. Obwohl die Anwesenden nichts verstehen konnten, deutete die Lautstärke darauf hin, dass ein Streitgespräch im Gange war. Noch mehr Probleme?

Henning stand auf, würdigte Livia dabei aber keines Blickes. „Ich denke, ich fahr jetzt mal nach Hause."

Livia sah ihn an. Irgendwie ärgerte es sie, dass er noch kein einziges Wort mit ihr gewechselt hatte. „Ich hoffe, du verzeihst mir", sprach sie ihn an.

Jetzt endlich sah er zu ihr herüber. Aber sein Blick war kalt. „Glaub nicht, dass du es dir anders überlegen kannst."

Livia hielt seinem Blick stand. „Ich werde es mir nicht anders überlegen", entgegnete sie.

Mittlerweile waren die Stimmen verstummt und stattdessen Schritte zu hören, die sich näherten. Kurz darauf steckte Jan seinen Kopf durch die Tür. „Ich … äh … weiß, dass es völlig unpassend ist, aber dieser Typ lässt sich einfach nicht abweisen."

Livia drehte sich um.

Im nächsten Moment schwang die Tür auf und …

„Arvin!", entfuhr es Livia.

Er war unrasiert und hatte tiefe Ringe unter den Augen. Außerdem hatte er eine kleine Reisetasche bei sich.

„Was … was tust du denn hier?"

Arvins Blick wanderte durch den Raum, blieb kurz an Henning hängen und kam dann wieder bei Livia an. „Ist er das?"

„Hm?" Livia hatte keine Ahnung, was er von ihr wollte.

„Der Typ, den du heiraten sollst … Ist er das?"

Livia schüttelte den Kopf, als müsste sie ihre Gedanken ordnen. „Woher weißt du das?"

„Ich hab ein paar Erkundigungen eingezogen."

„Aha …" Aber es klang nicht so, als hätte sie etwas verstanden.

„Es gibt noch andere Möglichkeiten, weißt du?"

Livia verzog verständnislos das Gesicht. Was ging hier vor?

„Ich verstehe auch was von Landwirtschaft!" Er ließ die Reisetasche auf den Boden fallen, beugte sich zu ihr herunter und zerrte brutal an einem der äußeren Reißverschlüsse herum. Als er ihn endlich geöffnet hatte, holte er mehrere Bücher daraus hervor, ließ zwei versehentlich fallen, sammelte sie wieder auf und streckte sie Livia entgegen. „Hier, guck mal."

Livia riskierte einen kurzen Blick und las: „Schweine mästen – rentabel nur für Könner"; „Top Agrar Spezial".

„Ich bin nicht dumm, weißt du? Ich könnte das alles auch. Es hat viel mit Zahlen zu tun. Ich wäre ein guter Landwirt."

Livia starrte ihn an … registrierte einmal mehr sein ungepflegtes Äußeres … sein Verhalten … und fragte vorsichtig: „Hast du … irgendwie … den Verstand verloren?"

Arvin schien ihre Frage völlig anders zu interpretieren und fuhr fort, auf sie einzureden: „Livia, ich weiß, wie Landwirte denken. Die Hofnachfolge ist etwas Lebenswichtiges, das verstehe ich. Aber du musst mir eine Chance geben. Ist das dein Vater?" Er deutete auf Dieter, wartete die Antwort aber gar nicht ab, sondern ließ Livia stehen und ging auf ihn zu.

„Sind Sie Dieter Cordes?"

Dieter nickte mechanisch, blieb aber sitzen.

„Mein Name ist Arvin Scholl." Er streckte die Hand aus, ergriff Dieters Hand und schüttelte sie. „Ich möchte Sie um die Hand Ihrer Tochter bitten."

Angesichts dieser Worte klappte Livias Unterkiefer herunter, als hätte man ihn urplötzlich ausgehakt. War das etwa der Hintergrund für Arvins Verhalten? „Du … du bist tatsächlich übergeschnappt", stammelte sie.

Arvin wandte den Kopf. „Bin ich nicht. Ich liebe dich und ich will mit dir zusammen sein." Und dann setzte er einen Blick auf, der von Spike hätte stammen können … „Ich hab mich wie ein Esel benommen, Livia. Ich hätte dich nicht gehen lassen dürfen. Und es gab auch gar keinen Grund, sauer auf dich zu sein. Nach allem, was ich immer so angestellt hab, musstest du ja annehmen, ich sei nicht ganz richtig im Kopf."

„Und jetzt … jetzt bist du es?"

Über Arvins Gesicht huschte der Hauch eines Grinsens. „Im Rahmen meiner Möglichkeiten ...“

Livia verschränkte die Arme vor der Brust und sagte streng: „Und deshalb willst du Landwirt werden ...“

„Ich will *dich.* Und wenn du nur mit Hof zu haben bist, nehm ich das in Kauf!“

„Aber du hasst Veränderungen“, hielt Livia dagegen. „Du kriegst doch schon ’ne Krise, wenn ich dein Bett neu beziehe!“

„An dem Tag, an dem du abgereist bist“, sagte Arvin mit belegter Stimme, „hat sich bei uns zu Hause mehr verändert, als ich in Worte fassen kann. Das ... das ganze Haus ist nicht mehr so, wie es war. Alles ist kalt und leer und hässlich geworden. Es ist ... ach, ich weiß auch nicht, wie ich es ausdrücken soll ...“ Er zuckte hilflos die Achseln. „Es kommt mir fast so vor, als hättest du jedem Raum, jedem Gegenstand eine Seele verliehen, die jetzt einfach verschwunden ist!“

Livia starrte Arvin wortlos an. Niemals zuvor hatte sie eine Liebeserklärung erhalten. Und schon gar keine solche!

„Haben Sie wirklich ein Problem mit Ihrer Bettwäsche?“, schaltete sich nun Dieter in das Gespräch ein.

„Ich ... nein!“, verteidigte sich Arvin. „Ich meine ...“ Er schüttelte den Kopf, versuchte sich halbwegs wieder zu sammeln und fuhr dann fort: „Ich hab vielleicht ein paar Eigenarten, aber ich bin ... eine hervorragende Partie. Ich besitze zum Beispiel ein äußerst florierendes Unternehmen!“ Er wandte den Kopf und sagte in Livias Richtung: „Und das ist nicht gelogen. Das Geld, das Enno beiseitegeschafft hat, wurde gefunden. Wir sind quasi saniert.“ Dann sah er wieder Dieter an. „Außerdem habe ich Mathematik und Informatik studiert. Ich bin intelligent. Ich kann mir alles anlesen, was ich wissen will. Und ich kann mit Zahlen umgehen. Wenn es sein muss, werde ich auch mit Schweinen fertig!“

Während Dieter Arvin nur ungläubig anstarrte, platzte jemand anderem der Kragen. „Was laberst du denn für ’ne Scheiße?“, entfuhr es Henning, der ohnehin neben Arvin stand und natürlich alles mitbekommen hatte. „Hab ich das richtig verstanden? Du bist ein Bürohengst und dein Wissen über Landwirtschaft beschränkt sich auf die paar Bücher da ...?" Er deutete abfällig auf die Bücher, die Arvin immer noch in der Hand hatte. „Und auf dieser Grundlage willst du diesen Hof übernehmen? Hast du überhaupt schon mal 'n Schwein von Nahem gesehen?"

„Ich hab mir einiges angelesen", behauptete Arvin tapfer.

Henning lachte auf, als könnte er so viel Naivität kaum fassen. „Na, dann erzähl doch mal. Was weißt du zum Beispiel über Schweine und Gentechnik?"

„Gentechnik? Das ist doch ein Problem der Pflanzen- und nicht der Fleischproduktion ...", mutmaßte Arvin. Aber er sprach leise und klang ziemlich verunsichert.

„Hast du 'ne Ahnung", korrigierte ihn Henning denn auch von oben herab. „Die Öffentlichkeit hat's noch nicht bemerkt. Aber die konventionellen Betriebe füttern schon lange mit Gensoja. Was denkst du, bedeutet das für das Schweinefleisch?"

„Lass ihn in Ruhe, Henning", befahl Livia von hinten.

Aber die beiden Streithähne standen sich immer noch gegenüber, als befänden sie sich in einer Arena. Beide hielten den Blick des anderen gefangen, als könnten sie auf diese Weise den Kampf gewinnen.

„Ist mir egal, was das bedeutet", knurrte Arvin. „Und es macht mir auch gar nichts aus, bei null anzufangen. Wenn Livia mir hilft, kann ich es schaffen."

„Sie heißt Angelika", behauptete Henning und verfärbte sich noch eine Spur dunkler, als er es ohnehin schon war.

„Ich heiße nicht Angelika!", schrie Livia und stampfte mit dem rechten Fuß auf.

Auf Arvins Gesicht bildete sich ein triumphierendes Grinsen, das die Wut bei seinem Gegenüber noch erhöhte.

„Und ich heiße auch nicht Livia!", setzte Livia hinzu.

Arvins Grinsen erstarb.

„Ich heiße ..." Livia verstummte, rang einen Moment mit sich und schlug dann mit einem verzweifelten Stöhnen die Hände vors Gesicht. Ja, wie hieß sie eigentlich? Sie war nicht Livia, aber Angelika war sie auch nicht! Gerade deshalb musste sie ja von hier fort.

Jetzt endlich gab Arvin den Kampf mit Henning auf und drehte sich zu Livia herum. Wärme und Verständnis spülten den Ärger von eben fort. „Hey", sagte er ein wenig hilflos, ging auf Livia zu und hob die Hände, um sie in den Arm zu nehmen. Aber dann zögerte er plötzlich, warf einen kurzen, irritierten Blick auf Henning und ließ die Hände wieder sinken. Ohne Livia zu berühren, sagte er: „Ich kann mir vorstellen, wie du dich fühlst. Seit …" Er schluckte, streifte ein paar der Anwesenden mit seinem Blick und entschied sich dann, trotz des Publikums weiterzusprechen. „Seit du nicht mehr da bist, weiß ich auch nicht mehr so genau, wer ich bin."

Livia nahm die Hände vom Gesicht und sah Arvin aus großen Augen an.

„Wir … wir könnten dir einen neuen Namen geben. Du bist … lass mich überlegen … du bist beides gewesen … Livia und Angelika … beides hat dich geprägt … beides ist Teil deiner Vergangenheit … und jetzt bist du jemand Neues … du bist …" Als er zu einem Ergebnis kam, erhellte sich sein Gesicht. „Du bist Lika", sagte er. „Das ist ein neuer Name, ein Name, der dir allein gehört. Wie findest du das?"

„Lika?", amüsierte sich Henning. „So was Bekloppte hab ich ja in meinem ganzen Leben noch nicht gehört!" Aber er schaffte es nicht, durch diese Bemerkung den Blick auseinanderzureißen, den Arvin und „Lika" miteinander tauschten.

Arvin registrierte es und schien Hoffnung zu schöpfen. „Nimm mich statt ihm", sagte er mutig. „Wir waren eh schon verheiratet!"

Aber „Lika" schüttelte den Kopf. „Waren wir nicht!", widersprach sie. „Du wolltest mich immer nur loswerden."

„Das hat sich geändert, Livia!" Er gab ein missbilligendes Stöhnen von sich und sagte: „Lika, meine ich! Hör zu … seit du weg bist, hab ich dich jede Sekunde vermisst. Jede. Ich brauche dich. Bitte komm zu mir zurück."

Angesichts seiner Worte versteifte sich Lika. Dann schüttelte sie entschieden den Kopf. Sie wollte nicht mehr „gebraucht" und vereinnahmt werden. „Ich kann nicht", entgegnete sie.

„Kannst du doch!", entfuhr es Arvin. Er hob die Hände, als wollte er sie beschwören. „Ich … ich weiß ja, dass er recht hat." Er deutete kurz auf Henning. „Ich hab seit zwanzig Jahren kein

Schwein mehr zu Gesicht bekommen. Aber ich kann es lernen, wirklich! Wenn du mir hilfst, werde ich es lernen."

Lika sah die Liebe, die in diesen Worten mitschwang, und zerschmolz wie Schnee im Sonnenschein. Dann seufzte sie warm: „Ich werde dir aber nicht helfen."

Arvin ließ niedergeschlagen die Schultern sinken. „Nicht?"

Sie schüttelte den Kopf.

„Und ... warum nicht?", fragte Arvin.

„Weil ich den Hof verlassen werde", antwortete Lika . „Ich bin im Begriff abzureisen."

Arvin zog irritiert die Stirn in Falten. „Abzureisen?"

Lika nickte. „Ich will keine Bäuerin sein. Ich bin dafür nicht geeignet." Sie kramte in ihrer Hosentasche herum und holte den Zettel daraus hervor, den sie mit Karen und Arvin erstellt hatte. „Ich liebe Blumen. Und ich will, dass sie blühen und stehen bleiben. Das passt nicht zu einer Bäuerin, die ernten und verwerten muss. Außerdem bin ich ungeschickt. Ich kann nicht mal vernünftig Kartoffeln schälen ..."

„Ja, aber ... Wohin willst du denn jetzt?"

Lika zuckte die Achseln. „Ich weiß auch nicht so genau. Einfach nur weg, schätze ich ..."

„Bei mir ... ist weg!", stammelte Arvin. „Es ist weit weg, es müsste ... genau richtig sein ..."

Lika sah ihn eine Weile nachdenklich an. Dann sagte sie: „Was ich jetzt brauche, ist Freiheit, Arvin, keine neuen Grenzen."

„Aber ich kann dir diese Freiheit geben", beteuerte Arvin. „Ich verspreche dir: Wenn du zu mir zurückkommst, werde ich nie mehr die Angst regieren lassen. Du dürftest alles renovieren und ... und den ganzen Garten umgraben!"

Lika musste lächeln. „Ich kenn dich ein bisschen besser, weißt du ..."

„Nein!", widersprach Arvin. „Du kanntest den alten Arvin, aber ich hab mich verändert!"

„Ich ... ich weiß nicht, Arvin ... Ich hab es so oft geglaubt! Aber ... es war ein so entsetzliches Hin und Her zwischen uns. Immer wenn ich glaubte, alles würde gut werden, hast du mich wieder gehasst ... mir misstraut ... Immer dasselbe. Immer und immer wieder."

„Ich weiß!", nickte Arvin hektisch. „Aber dieses Mal ist es anders. Und das kann ich dir beweisen!" Er trat einen Schritt zur Seite, beugte sich zu seiner Reisetasche herunter und holte etwas daraus hervor, das die Form einer Kugel hatte und in Zeitungspapier eingewickelt war.

Lika sah ihm erwartungsvoll dabei zu, wie er es auswickelte. Es war … die alte, grüne, von Rissen übersäte Vase!

Arvin ließ das Zeitungspapier zu Boden segeln, sah Lika in die Augen und … warf die Vase hinterher!

Als sie zu Boden krachte und auf den Fliesen in tausend Scherben zerbrach, stöhnten einige der Anwesenden erschrocken auf. Aber nur Lika wusste, welche Tragweite dieser Zerbruch tatsächlich hatte. Ungläubig starrte sie auf das Meer grüner Teile … auf die Scherben, die ihm so viel bedeuteten und jetzt überall verstreut lagen … unter dem Tisch, neben den Küchenschränken … Und sie musste unweigerlich daran denken, was sie ihm damals … beim ersten Mal … angetan hatte.

„Arvin", flüsterte sie ergriffen.

Aber Arvin hatte sich schon wieder zu seiner Reisetasche herunterbeugt und holte eine zweite Kugel daraus hervor. Sie war etwas größer als die erste und ebenfalls in Zeitungspapier eingeschlagen. Dieses Mal wusste Lika genau, was sich darin befand …

Arvin entfernte erneut das Zeitungspapier. Zum Vorschein kam eine Vase, die der ersten erstaunlich ähnelte. Sie war allerdings ein bisschen größer, ein bisschen schöner und ein bisschen aufwändiger verarbeitet. Vor allem aber fehlten ihr die Risse, die die andere Vase so verunstaltet hatten …

„Das ist das schönste Geschenk, das ich jemals bekommen habe", sagte Arvin mit belegter Stimme. „Und du hattest recht damit. Wenn ich das Alte nicht loslasse, kann ich nicht größer und schöner werden!"

Lika schluckte schwer. Sie hatte so gehofft, dass er es verstehen würde!

„Wenn du mich verlässt", sagte Arvin mühsam, „zerbricht diese hier auch. Verstehst du das? Ich hab … alle verloren, die ich liebe! Ich kann dich nicht auch noch verlieren!"

Lika blinzelte gegen die Tränen an, die sie in ihren Augen hatte. „Aber das sollte nicht so sein, Arvin", krächzte sie. „Man sollte sein Leben nicht auf Menschen aufbauen. Man sollte allein auf Gott bauen. Nur er kann einen so lieben, wie es notwendig ist!"

„Dann bring es mir bei, Livia!" Bei diesen Worten purzelten zwei Tränen aus Arvins Augen, die er im nächsten Moment mit einer ärgerlichen Handbewegung wegwischte. „Oh Gott, das ist so … erniedrigend." Er schlug sich an die Brust. „*Ich* … sollte derjenige sein, der dir beibringt, wie man glaubt, und jetzt bist du diejenige …" Er hob hilflos die Hände. „Und trotzdem …" Er hob erneut den Blick zu ihr auf. „Bitte komm mit mir und bring es mir bei! Ich … ich will aufhören, an der Vergangenheit zu kleben. Aber das kann ich nur … wenn du bei mir bist."

„Igitt", entfuhr es Henning voller Verachtung, „das ist so kitschig. Ich glaub, so 'n Weichei hab ich in meinem ganzen Leben noch nicht getroffen."

„Fußballer braucht das Land", sagte Jan in militärischem Tonfall.

Lika bekam diese Bemerkungen allerdings überhaupt nicht mit. Sie hatte das Gefühl, als hätte sich ihr Herz wie ein Luftballon aufgebläht. Und es sah nur noch Arvin. „Ich … *würde* den ganzen Garten umgraben", drohte sie.

Arvin nickte, als hinge sein Leben davon ab.

„Und alles wegschmeißen, was ich nicht leiden kann."

Arvin schluckte, nickte aber erneut.

„Auch die Fotoalben!"

Arvins Gesicht verlor von einem Moment auf den anderen sämtliche Farbe. Einen Moment lang musste Lika befürchten, dass er umkippte, aber dann fing er sich und nickte wie benommen ein weiteres Mal.

„War 'n Witz", lächelte Lika und flog so plötzlich in Arvins Arme, dass er beinahe das Gleichgewicht verlor. Anschließend hing sie dann allerdings an seinem Hals, ohne dass er die Umarmung erwiderte. „Entspann dich", lachte sie, „das war 'n Witz! Ehrlich!" Sie wich ein Stück zurück, nahm Arvins Gesicht in ihre Hände und sagte mit liebevollem Blick: „Wir müssen doch einen vernünftigen Weg finden. Man muss die Vergangenheit nicht vernichten, um in die Zukunft zu schauen. Hab keine Angst! Ich werd dich schon nicht überfordern."

In Arvins Gesicht zuckten mehrere Muskeln. „Heißt das ... ich hab dich überredet?"

Lika lächelte warm. „Scheint so ..."

Die Erleichterung überflutete ihn wie ein geborstener Staudamm, spülte wieder Blut in sein Gesicht und gipfelte darin, dass er Lika nun doch in seine Arme nahm und vor lauter Begeisterung gleich ein paar Zentimeter in die Höhe hob. Lika kicherte auf.

„Das kann jetzt wirklich nicht wahr sein", kommentierte Henning das Geschehen. „Dieter! Sag doch mal was!"

Daraufhin stellte Arvin Lika ganz abrupt wieder auf ihre Füße und sah besorgt in Dieters Richtung.

Lika folgte seinem Blick. Die Frage, die sich jetzt in ihrem Gesicht widerspiegelte, war nicht zu übersehen.

Dieter Cordes schluckte schwer, spielte einen Moment mit seinem Ehering und meinte dann: „Vielleicht ... vielleicht krieg ich ja Enkelkinder, die mal den Hof hier übernehmen wollen."

Lika begann zu strahlen. Obwohl er es nicht deutlich gesagt hatte, hatte sie ihre Antwort bekommen. Er würde sie auch noch lieben, wenn sie eigene Entscheidungen traf! Sie sah zu ihrer Mutter hinüber. „Mutter?"

Inges Blick war schon die ganze Zeit zwischen ihrer Tochter, dem Fremden und Henning hin- und hergewandert. „Henning ist so nett!", sagte sie jetzt und legte ihr ganzes Bedauern in diesen Satz. „Du ... du könntest ja auch noch mal darüber schlafen ..."

Lika spürte, wie Arvins Hände, die inzwischen auf ihrer Taille ruhten, eine Spur fester und besitzergreifender wurden. „Das ist nicht nötig", sagte sie ruhig, aber bestimmt. „Ich liebe Arvin, nicht Henning. Und ich glaube, dass diese Liebe ein Geschenk von Gott ist. Wie könnte ich da noch zögern?"

„Liebe ... Gott ...", sagte Inge abfällig. „Du benutzt große Worte. Aber Liebe ist nur ein Gefühl und Gott ... also, ich hab ihn noch nie gesehen ..." Sie schüttelte den Kopf. „Wenn ich ehrlich bin, mach ich mir große Sorgen um dich. Ich erkenne dich überhaupt nicht wieder. Seit du zurückgekommen bist, beschäftigst du dich nur noch mit deinen *Gefühlen* und *Wünschen* …" – sie betonte die beiden Worte und begleitete sie mit wegwerfenden Handbewegungen – „… anstatt mal die Ärmel hochzukrempeln und ordentlich zu arbeiten. Glaubst du wirklich, dass Gott so ein Verhalten auch noch belohnt?"

Lika begann leicht zu zittern und schwankte einen Moment lang regelrecht hin und her, wurde jedoch von Arvin stabilisiert. „Er belohnt jeden Menschen, der aufrichtig nach ihm sucht und ihm gestattet, Einfluss auf sein Leben zu nehmen", sagte Arvin mit seiner tiefen, angenehmen Stimme. Dann senkte er kurz den Blick, seufzte und sagte: „Auch wenn es bei mir ein bisschen länger gedauert hat … na ja … Aber wie steht es mit Ihnen? Sind Sie ein solcher Mensch?"

„Ich hab nicht viel Zeit, ihn zu suchen", fauchte Inge. „Und da mich meine Kinder eines nach dem anderen mit all der Arbeit hier alleine lassen, wird das auch in Zukunft nicht viel besser werden."

„Das tut mir leid", entgegnete Arvin und zog Lika an sich heran. „Aber um es mit den Worten der Bibel zu sagen – vielleicht kennen Sie ja die Geschichte von Maria und Martha: Lika hat das bessere Teil erwählt, und das sollte nicht von ihr genommen werden!"

Lika legte den Kopf in den Nacken, sah zu Arvin auf und warf ihm einen dankbaren Blick zu. Dann vergrub sie ihr Gesicht an seinem Brustkorb. Für heute hatte sie genug gekämpft. Da konnte es nicht schaden, wenn Arvin den Rest übernahm …

Kapitel 52

„Wie heißen diese Blumen?", fragte Vanessa und deutete auf die Pflanzen, die Lika gerade auf Karens Grab setzte.

„Das sind Tränende Herzen", antwortete Lika und hielt mit ihrer Arbeit inne. Sie saß mitten auf dem Grab in der schwarzen Erde. Um sie herum war bereits eine Spirale von Blumen entstanden, die zur Mitte hin immer enger wurde. Sie bestand aus Tränenden Herzen in Pink und Weiß, die von der Frühjahrssonne angestrahlt wurden und dadurch märchenhaft schön wirkten.

„Pflanzt du sie, weil Mamas Herz auch manchmal tränt?“, wollte Vanessa wissen.

Lika warf dem kleinen Mädchen einen mitfühlenden Blick zu. „Nein, nicht deshalb“, sagte sie. „Mamas Herz weint nicht. Es ist jetzt zu Hause bei Gott. Die Blumen sind für uns. Weil unser Herz noch manchmal weint.“ Sie blickte auf den Grabstein aus anthrazitfarbenem Granit, las Karens Namen und blieb schließlich an den beiden Daten hängen. Karen war so früh gestorben. So furchtbar früh!

Vanessa schluckte so laut, dass Lika es hörte. „Mama fehlt mir so doll“, sagte sie leise.

„Mir auch“, seufzte Lika. Sie riss ihren Blick vom Grabstein los und wandte ihn den Blumen zu. Dann hob sie die linke Hand und berührte eine der pinkfarbenen Blüten mit ihrem Zeigefinger. Sie zeichnete die Herzform nach und gelangte zu den weißen Blättern, die unten, an der Spitze des Herzens, herausquollen. Wenn sie hier war, hier bei Karen, dann tränte auch ihr eigenes Herz auf diese Weise.

„Könnte man die Blüten nicht zukleben?“, fragte Vanessa.

Lika sah überrascht zu ihr hinüber. „Zukleben? Wie meinst du das?“

Vanessa kam ein Stück näher und machte Anstalten, zu Lika ins Zentrum der Spirale zu steigen.

„Tritt nicht auf die Blumen!“, mahnte Lika und breitete gleichzeitig ihre Arme aus.

Vanessa hob den langen Jeansrock, den sie trug, ein Stück in die Höhe, machte einen großen Schritt und stürzte sich quasi in Likas Arme. Dort angekommen, drehte sie sich vorsichtig um und setzte sich auf Likas Oberschenkel. „Die da“, sagte sie und deutete auf eine pinkfarbene Blüte, die sich noch nicht geöffnet hatte und deren weiße Ausläufer bislang nur zu erahnen waren. „Wenn man sie unten zuklebt, kann sie nicht mehr weinen.“

Lika wandte den Kopf, weil sie aus dem Augenwinkel heraus eine Bewegung wahrgenommen hatte. Auf dem kleinen Weg, der zu Karens Grab führte, näherte sich Arvin mitsamt zwei grünen Gießkannen. Seinem Gang nach zu urteilen, waren sie randvoll mit Wasser gefüllt. Lika lächelte sanft, verfolgte jede von Arvins Bewegungen und sagte leise: „Aber wenn sie nicht weint, kann die Traurigkeit nicht heraus."

„Muss sie denn heraus?"

Ohne Arvin aus den Augen zu lassen, drückte Lika einen Kuss auf Vanessas Haare. Dabei stieg ihr ein süßer, blumiger Geruch in die Nase. „Wenn die Traurigkeit nicht rauskommt, kann man nicht glücklich sein."

„Kann man denn gleichzeitig traurig und glücklich sein?", wollte Vanessa wissen.

„Aber ja", lächelte Lika. Sie hörte bereits Arvins Schritte und stellte fest, dass bei jedem Schritt ein Schluck Wasser aus seinen Gießkannen schwappte. „Ich bin es jedenfalls. Gerade jetzt, in diesem Augenblick, bin ich unendlich traurig wegen deiner Mama und unendlich glücklich wegen dir und Arvin."

„Puh", ächzte Arvin, der sich inzwischen in Hörweite befand. „Die Dinger sind ganz schön schwer, wenn man sie kilometerweit schleppen muss."

„Du bist doch stark, Onkel Arvin", meinte Vanessa.

„Das sieht nur so aus", beklagte sich Arvin und setzte die Gießkannen mit einem tiefen Seufzer vor dem Grab ab. Dabei platschte eine noch größere Menge Wasser auf den Boden und bildete einen kleinen See. „Ich bin schließlich ein Bürohengst, der von körperlicher Arbeit nicht viel versteht."

„Komisch", wunderte sich Lika. „Vor Kurzem hast du dich noch um eine Stelle als Landwirt bemüht ..."

„Das war, bevor ich wusste, dass die Aufgabe eines Ehemannes darin besteht, Gewässer zu verlegen", murrte Arvin.

„Zu spät", grinste Lika und hielt triumphierend ihre rechte Hand in die Höhe, an der sich ein schlichter goldener Ring befand. Sie besaß jetzt seit genau sieben Wochen und vier Tagen ein Exemplar, das wirklich ihr gehörte.

„Ich weiß", seufzte Arvin und spielte mit dem Gegenstück herum, das an seinem rechten Ringfinger steckte und in das der Name „Lika" eingraviert war. „Unser Garten ist allmählich auch nicht mehr zu retten."

Vanessa hüpfte auf ihre Füße. „Der Garten ist toll!", protestierte sie. „Am besten ist der Rasen … und die Schaukel … und die Sandkiste!"

„Die Schaukel geht", gab Arvin zu. „Aber nur weil sie im Baum hängt – was diesem Baum übrigens das Leben gerettet hat."

Um Likas Mundwinkel begann es zu zucken. „Die Schaukel geht, weil du sie manchmal benutzt", widersprach sie.

Arvin blickte erstaunt zu ihr herüber. „Das hast du gesehen?"

Lika strahlte ihn an. „Allerdings."

„Dann bekommt mir die Ehe wohl doch nicht so schlecht …"

„Sie bekommt dir ganz hervorragend", behauptete Lika und spitzte den Mund.

„Dreierkuss!", verlangte Vanessa und legte ihre Wange schon mal an Likas.

„Vierer", widersprach Arvin und trat zu seiner Familie in die Mitte der Spirale. „Deine Mama ist nämlich auch mit dabei!" Und dann beugte er sich nach unten und die drei – pardon vier – vereinigten ihre Münder zu einem extrem schlabberigen Schmatz.